目錄

目錄

目錄

編者薦言

最後的藏獒

陳曉林

一、藏獒面臨劫難

儘管時至今日，諸如「愛，是能夠創造奇蹟的」之類宣示或信念，仍是許多文藝書寫、影視情節或舞台展演所常設定的題材；但對於現今多數成熟世故而精於算計的人們而言，這類老生常談大抵已激不起內心的迴盪。

對於正耽溺於意識形態或政治鬥爭的人們而言，所謂不離不棄、無怨無悔的愛，更猶如天方夜譚，既無助於他們拚選票、搏政權，當然不屑一顧，還要嗤之以鼻。

事實上，愛，有時也是脆弱的。

不要低估政客們挑激仇恨、製造對立、激揚鬥性、泯滅人性，所可能導致的鉅劫奇災。曾經在青藏高原上與牧民世世相守，以牠們對飼主、對土地永不移易的忠誠與摯愛，而儼然成爲人類最貼心夥伴的喜瑪拉雅純種藏獒，便在這樣的浩劫奇災中幾乎遭到了全體絕種的噩運。

那是一個政治口號高唱入雲的時代，卻也是一個將人性與真情扭曲到慘不忍睹的時代。那個時代，距今不過四十年，人們記憶猶新，故而猶可歷歷如繪地傳述發生在那片無垠大地上的悲愁故事。而純種藏獒幾乎全體絕滅的故事，便是文化大革命製造的最大悲劇之一。

二、人禍烈於天災

在以刻畫青藏高原上新一代獒王「岡日森格」、傳奇性戰獒「多吉來吧」，與畢生喜愛藏獒的「父親」如何結緣相守、生死相隨的故事——《藏獒》中，作者其實已預示了這個鉅劫奇災的到來，以及「岡日森格」、「多吉來吧」等純種藏獒的結局。然而，終究要到作者在《藏獒3：完結篇》中詳細演述這些如沸如焚的相關事蹟，人們才能真正感知到其中所蘊含的種種秘辛、神奇與愴烈。

藏獒的職責，本以保護飼主所牧養的牛羊牲畜爲主；但千百年來，天生至情至性、不惜爲情捨生的藏獒，已將牠們的情義延伸擴大到保護飼主全家大小，以及飼主所指定的草原、牧地、寺廟；只要爲牠們所呵護的人畜或領地受到外來侵襲，牠們便會義無反顧地挺身而出，即使流血犧牲、粉身碎骨亦在所不惜。在《藏獒2》中，作者抒寫西結古草原的藏獒群，在雪災的蹂躪下爲了救援牧民與牛羊，是如何的盡心盡力，殫精竭慮；而在一批批狼群奔襲草原，要撲噬孩童與牲畜時，更是如何的捨生忘死，血染雪原。

但人禍往往比天災更具毀滅性。西結古草原上的藏獒群，克服過百年未遇的雪災，也因應過突如其來的狼災，雖然傷亡慘烈，仍能生生不息。

可是，文革一來，揭地掀天，原本和平相處的各草原族群，在政治派系的分立鬥爭下，紛紛被迫選邊站，而向來受到各族一致尊崇的寺院、經籍、活佛、喇嘛，則成爲「破四舊」的鬥爭對象。於是，在人爲的挑激與催逼下，藏獒互搏的痛史展開了它的冊頁。

三、藏獒深情重義

爲了捍衛飼主的安全與活佛的寺院，西結古草原的藏獒面對的不僅是來自其他各處草原的藏獒，因爲率領那些外地藏獒到來逼宮的政治人物手上，更有隨時可以上膛開火的槍支。藏獒，可以隻身與大熊、雪豹格鬥而毫不遜色，若論群戰，十隻成年藏獒足可匹敵數以百計的狼群；但血肉之軀畢竟不可能擋得住呼嘯而來的槍彈，藏獒的浩劫來臨了！

那些率領槍手與藏獒，從東結古草原、上下阿媽草原、多獼草原趕來包圍西結古牧民及其藏獒的首領與騎士，其實也只是被不同派系的政客唆使和利用的可憐人而已。政客以各種口號意圖煽起他們心中的「階級仇恨」，但牧民與牧民之間、草原與草原之間容或有些陳年宿怨，卻怎也不到非拚個你死我活的地步；而草原民族對藏傳佛教、活佛、寺廟、僧侶長期來的崇慕與篤信，也不是只憑暴力可以抹去的。

問題是：一旦政客們刻意將仇恨的種子撒下，深情重義的藏獒在各爲其主的對立格局下，就勢必成爲首當其衝的受害者。

四、揭開一頁痛史

挑激「階級仇恨」若還不足以驅使青藏各處族人摧毀寺院，否棄僧伽，則藉由人爲地隔離與壓制愛情，來引發當事人的狂亂，再由狂亂的行爲製造出對立、傷害與血腥殺戮的場景，從而使仇恨的種子迅速發芽、茁長，便成爲文革的一大特色。

在這齣藏獒幾乎絕滅的悲劇中，最令人怵目驚心的是：最先悍然向西結古藏獒群開槍，後來更下令用十五桿叉子槍打死深受牧民喜愛的獒王「岡日森格」者，不是別人，正是當初在草原上天天與藏獒爲伍、曾多次由藏獒救命的流浪兒巴俄秋珠；而他的戀人梅朵拉姆正是草原上最疼愛藏獒，一日不見藏獒就悵然若失的如花美女。巴俄秋珠能夠娶到梅朵拉姆，難道不是因爲他以藏獒般對伴侶的摯愛與忠誠，終於感動了梅朵拉姆所致？

被草原各族美喻爲「觀音菩薩，年年十八」的梅朵拉姆，在文革中因父母的背景經歷被敵對派系冠上莫須有的罪名，挾持而去，巴俄秋珠爲失去愛人而發狂。在他那單純而熾烈的頭腦中，以爲可藉由搜尋出文革當權派所要的藏傳佛教寶物「藏巴拉索羅」，將之獻給所謂「北京的文殊菩薩」（即毛澤東），便可立下功勞，換回他的戀人梅朵拉姆。當他瘋狂地向藏獒群開槍掃射時，他豈不知道梅朵拉姆必將因眾多藏獒之死而心碎？

但他被政客鋪天蓋地煽動起來的「無明」所蒙蔽，竟鑄下噬臍莫及的大錯。他在遭到報應而中槍身亡時，還發出驚天動地的慘叫：「我的梅朵拉姆啊！」然而，日後梅朵拉姆回到草原，在知悉獒王「岡日森格」竟是死在她的丈夫手下，而一眾與她相依爲命的藏獒也都在這場浩劫中罹難時，她以入水自沈來爲他的愚行贖罪，兼以救贖他的靈魂，幾乎可謂是必然的抉擇。她所表現的，正是她從與藏獒長期相依爲命中所獲得的啓示：爲護衛所愛而死，是生命的淨化，靈魂可以回歸草原。

五、所謂藏傳秘寶

另一個苦心培養殺手級魔獒來到西結古草原復仇的神秘可怕人物「勒格紅衛」，從名字就可嗅出其與文革紅衛兵之間的精神共通性。他的仇恨，是源於想像中的情人慘死，他一直認爲是西結古的丹增活佛害死了他的戀人「明妃」。然而，隨著情節的進展，他發現自己錯怪了活佛，爲爭奪「藏巴拉索羅」而大開殺戒更是愚昧之極。

當他以鋒利的格薩爾寶劍自戕，而將小藏獒尼瑪與達娃交還給「父親」時，他同樣在嘗試以贖罪的行動來追求生命的淨化，回歸藏獒所代表的真情與純樸。無論巴俄秋珠、或勒格紅衛、或率領槍手與藏獒來圍困西結古寺、勒逼丹增活佛的各派草原人馬，均一直以爲傳說中的藏境秘寶「藏巴拉索羅」，即是當年揚威全西藏的格薩爾王所使用過的那把寶劍。但當丹增活佛以自焚涅槃的大仁大勇行徑，護衛了佛法的莊嚴與信仰的神聖，並向他們開示「藏巴拉索羅」乃是因時因地因人因事而顯現不同形象的「神變之物」時，他們全都目瞪口呆了。

因爲，活佛以自焚涅槃所彰顯的至寶不是利劍，而是象徵草原之愛的兩隻小藏獒：尼瑪與達娃。

六、最後一代獒王

在小藏獒清澈無邪的眼睛裡，世俗的紛擾、政治的操弄、文革的鬥爭、血腥的仇恨，都顯得是那樣的無聊和無謂。然而，正是這些紛擾、操弄、鬥爭、仇恨，竟使得亙古以來即無怨無悔地守護在牧民身邊的喜瑪拉雅純種藏獒群，鮮血灑遍青藏高原，幾乎陷入萬劫不復的深淵。

以英勇的拚搏、以睿智的領導、更以大無畏的冷靜赴死，捍衛了草原上萬千生靈的尊嚴，這是最後一代獒王岡日森格的風範。

爲了回到自己認同的主人及親愛的伴侶身邊，寧可奔波一千二百公里，承受被追捕、被槍擊、被輾壓的苦痛，這是無敵戰獒多吉來吧的深情。牠在耗盡精血與心力後也溘然而逝。

爲了保衛在草原上成長、就讀的學童，不讓來勢洶洶的狼群傷害、吞噬他們，被當地藏族牧民暱稱爲「漢扎西」（即漢菩薩）的「父親」所餵養的藏獒，在一波又一波的天災人禍中幾乎全數罹難。難道，在活佛自焚涅槃也挽回不了的劫運中，青藏高原上的純種藏獒果真要全體絕滅嗎？

七、藏獒從容殉身

文革浩劫的餘波，是草原上藏獒一批批罹患了不可抗拒的狗瘟。或許，人類在這塊土地上惡意種下的仇恨，竟是由天性深情重義的藏獒以牠們群體的生命來承受、來消解、來救贖吧！這些劫後餘生的藏獒，紛紛自行走到雪山巔峰、危崖深處，默默等待最後時刻的到來。

令人鼻酸的是，牠們自行赴死的行動背後，其實還有另一層悲壯而神聖的深意；用作者的話來表述，即是藏獒知道自己殞亡後，窺伺在旁的狼群必將進襲草原牧民的領地，故而以自身的倒仆引得狼群來啃食，牠們是「用痛苦的離別，用生命的代價，履行了牠們保衛牛羊、忠於草原的天職。」

最後的純種藏獒群體，就這樣消失在雪山巔峰、危崖深處，可謂「落了片白茫茫大地真乾淨」。

連活佛啟示作為救贖希望的那兩隻小藏獒尼瑪與達娃，也因「漢扎西」在心碎神傷下離開草原而絕食相殉，印證了藏獒對有情的飼主永遠不離不棄的傳說。

八、留下一線希望

然而，弔詭的是，在由政客們以刻意煽起仇恨的手段製造了無邊浩劫之後，上天終究還是為遼闊而美麗的草原留下了一線生機，也為至情至性、忠誠重義的純種藏獒留下了一脈血裔。

當草原牧民風塵僕僕地趕來，將具有岡日森格、多吉來吧血緣的孑遺小藏獒致送給回到都市生活、但終因思念藏獒而惘然若失的「父親」之時，人們頓時憬悟到：活佛的涅槃，畢竟還是觸動了草原上牧民內心深處原有的淳樸善性，至於作為救贖希望的小藏獒則不必執著其為尼瑪與達娃，而可以是任何一隻與人類忠誠相守、真情相對的藏獒。

不過，那樣的純種藏獒只有生存在天蒼蒼、野茫茫的雪山與高原上，牠們的靈性才會煥發，生命才會精彩。把牠們強行遷移到都市近郊來交配繁殖，當作寵物來買賣與對待，牠們就不再是草原的奇蹟、救贖的希望。

作為草原上最後的傳奇，作為活佛座前神秘的見證，藏獒與「漢扎西」的故事，將一代又一代的流傳下去。然而，孑遺的喜瑪拉雅藏獒，將只能奔躍在雪山聳峙、草原遼闊的大自然之鄉！

愛，有時確是很脆弱的；不過，關於愛的傳奇，關於藏獒的傳奇，終可望在現代人久已鈍化的心靈底層，觸發並維繫些微尚堪察覺的溫暖吧。

開篇　預兆

事後看去，文革顯然是一場舉世無雙的劫難。

父親萬萬沒有想到，那場舉世無雙的劫難，不僅沒有放過天高地遠的西結古草原，而且還從父親的寄宿學校開始，拿藏獒開刀。

劫難到來之前，西結古草原發生了幾件讓父親刻骨銘心的事情，後來父親才意識到，那便是預兆。

預兆首先是父親的藏獒多吉來吧帶來的。因爲思念主人而花白了頭髮的多吉來吧，被帶到多獼鎮的監獄看守犯人的多吉來吧，在咬斷拴牠的粗鐵鏈子、咬傷看管牠的軍人後，一口氣跑了一百多公里，終於回來了。父親高興地說：「太好了，多吉來吧只能屬於我，其他任何人都管不了。」但是命運並不能成全父親和多吉來吧共同的心願：彼此相依爲命、永不分離。

就在情愛甚篤的多吉來吧和大黑獒果日養育了三胎七隻小藏獒、醞釀著激情準備懷上第四胎時，多吉來吧又一次離開了西結古草原。

那時候，父親最大的願望就是擴大寄宿學校，把孩子們上課、住宿的帳房變成土木結構的平房，好讓同年級的所有孩子可以在教室裏一起上課，不用分撥；宿舍裏也可以燒炕，不會再凍壞孩子們。更重要的是，房子比帳房堅固，即使再有狼群來，只要不出去，就不會發生狼群吃掉孩子的事情。

恰好剛剛建起的西寧動物園派人來到西結古草原尋覓動物，他們看中了多吉來吧，拿出幾十元要把牠買走。

父親說：「多吉來吧怎麼能賣呢？不能啊，誰會把自己的兄弟賣到故鄉之外的地方去呢？」動物園的人不肯罷休，一次次提高價格，一直提高到了兩千元。父親從來沒見過這麼多的錢，這麼多的錢足夠修建兩排土木結構的平房，教室有了，而且是分開年級的；宿舍有了，而且是分開男生女生的。

父親突然發狠地咬爛了自己的舌頭，聲音顫抖著說：「你們保證，你們保證，保證要對多吉來吧好。」

父親流著淚，向多吉來吧和大黑獒果日一次次地鞠躬，說了許多個熱烘烘、水淋淋的「對不起」，然後幫著動物園的人，把多吉來吧拉上汽車，裝進了鐵籠子。

多吉來吧知道又一次分別、又一次遠途、又一次災難降臨了自己，按照牠從來不打算違拗父親意志的習慣，牠只能在沈默中哭泣。但是這次牠沒有沈默，牠撞爛了頭，拍爛了爪子，讓鐵籠子發出一陣陣驚心動魄的響聲。

父親撲過去抱住了鐵籠子：「怎麼了？怎麼了？」父親滿懷都是血，是多吉來吧的血，牠似乎在告訴父親，接下來的，是血淚紛飛的日子。

遠遠地去了，多吉來吧，到距離西結古草原一千二百多公里的西寧城裏去了。多吉來吧可愛的妻子大黑獒果日照例追攆著汽車，一直追出了狼道峽。

多吉來吧離開不久，和父親一樣把藏獒當親人喜歡的梅朵拉姆也從西結古人的眼前消失了。

梅朵拉姆是被迫離開的，她作爲結古阿媽縣的縣委副書記，陪同州委麥書記來西結古草原落實菜羊菜牛的採購任務，來了才一天，就被一輛來自西寧城的吉普車帶走了。她是那麼不願意，藏在了牧民家裏。是麥書記帶人找到了她。

麥書記說：「妳要相信組織是正確的。」

來人嚴肅地說：「妳不考慮妳自己，也得考慮妳的父母，為了妳的父母，妳必須回去。」

麥書記問梅朵拉姆的父母怎麼了，來人深沉得就像黑夜，只搖頭不說話。梅朵拉姆只好跟著走了，她給麥書記留下了一個電話號碼，是她父母單位的，她說：「萬一有什麼事兒，你們從州上打這個電話，一定打呀。」說著就哭了。

儘管事有蹊蹺，但誰也不會聯想到西結古草原未來的劫難。只有藏獒有了預感，牠們包圍了吉普車，不讓它走動。吉普車在一陣猛烈的吼叫之後，惡毒地前躥，將藏獒撞得東倒西歪，在輾破一隻藏獒的肚子以後，揚長而去。一路塵土裏著梅朵拉姆為藏獒慘死的哭聲飛揚。岡日森格帶著領地狗群瘋狂地追攆著，一路哀號。

緊跟著是水災，春天的野驢河水漲出了人們的想像。黨項大雪山的融化比往年推遲了，卻比往年增多了，天氣好像是突然溫暖，幾天之內就融化了平時兩個月的冰水。而在野驢河下游，冰面還沒有完全消融，河道也沒有安全開通，上游衝下來的冰塊死死堵住，形成了一道高高的冰壩。大水朝著兩側漫溢而去，淹沒了草原和牛羊、帳房和牧民。這是突發事件，根本來不及向草原以外的政府求救，牧民們只能依靠藏獒自救。已經無法知道西結古草原的領地狗和各家各戶的藏獒救出了多少人、多少牲畜，只知道很多藏獒累死了，累死在把主人拖向陸地岸邊的那一刻，累死在追趕著牛羊順流而下的激浪中。

父親的寄宿學校的帳篷搭在高處，遠離野驢河，損失不大。但出售多吉來吧的錢卻被公社截留用於救災，修建平房的願望就擱淺了，而且成了永遠的空想。

水災以後是雷電之災。雷電發生在下午，轟鳴把天空炸裂了，閃電就從裂縫中橫劈下來，劈死了索朗旺堆生產隊的牧民喜饒巴。劈死喜饒巴的這個瞬間，他家的藏獒德吉彭措瘋了似的撲向了雷電。雷電遠遠地逃走了，但卻把仇恨的種子深深埋進了德吉彭措的心裏。

喜饒巴無妻無後，待藏獒德吉彭措如同親生兒子。他被雷電殛殺以後，德吉彭措便成了一個孤兒，父親把牠帶到了寄宿學校，牠就成了父親的藏獒。但是只要天空出現雷鳴電閃，牠就會狂吼不止，會追逐而去。終於有一天，德吉彭措追進了昂拉雪山，追上了冰峰雪嶺之後，就再也沒有回來。

半個月之後，父親去昂拉雪山找到了德吉彭措，但已經不是生命，而是一具燒焦的屍體。父親用他的大黑馬把德吉彭措馱下了山，馱到了天葬場。本來是禿鷲蔽日的天葬場，那天居然一隻禿鷲也沒有。父親仰望天空，禁不住悲從中來，連綿不絕。

父親去了西結古寺，把他的預感告訴了丹增活佛。

丹增活佛問父親：「你知道藏巴拉索羅嗎？」

父親搖頭。

丹增活佛歎口氣說：「不知道也好，知道的越少，就越沒有牽掛，越沒有牽掛，就越沒有恐怖。漢扎西你去吧，什麼也不要管，今後發生的一切都是預見之中的，在寧瑪巴古老的伏藏《鬼神遺教》裏，就有過一個這樣的預言：在一個有三座大雪山的地方，誕生了黑命主狼王，牠拿走了人的靈魂，試圖用黑暗取代佛光。」

父親還想問什麼，丹增活佛說：「去問魔鬼吧，魔鬼就要來了。」

第一章　魔獒

魔鬼終於來了，劫難終於來了。

漆黑如墨，青果阿媽草原的夜晚就像史前的混沌，深沉到無邊。一個魁偉高大、長髮披肩的黑臉漢子，騎著一匹赤騮馬，帶著一隻以後會被父親稱作「地獄食肉魔」的藏獒，從狼道峽穿越而來。

地獄食肉魔一進入西結古草原就顯得異常亢奮，居然肆無忌憚地跑向了三隻藏馬熊。主人黑臉漢子似乎想看看自己的藏獒到底有多大的能耐，陰險地攛掇著：「上，給我上，咬死牠們，咬死丹增活佛。」地獄食肉魔看了看主人，利牙一齜，撲了過去。

三隻藏馬熊是兩公一母，兩隻公熊之間正在進行愛情的角逐。一看有藏獒跑來騷擾，兩隻公熊爭先恐後地迎了過來。地獄食肉魔就在這個最危險的時刻顯示了自己的神奇，牠突然停下來，直立而起，吸引得兩隻公熊也同時站起來又是揮掌又是咆哮。地獄食肉魔旋風一樣把身子橫過去，橫出了一道流星的擦痕，然後歪著頭，從兩隻公熊亮出的肚子前衝了過去。

只聽「嚓」的一聲響，又是「嚓」的一聲響，兩隻公熊無毛而薄軟的小肚子搶著爛了，剛才的愛情角逐讓牠們勃起的生殖器還沒有來得及縮回去，就被地獄食肉魔一口咬住，連同小肚子一起扯爛。兩隻公熊趕緊把直立變成爬行，但爲時已晚，只能憤怒地吼叫，痛苦地哀鳴。

牠們的力量遠遠超過了地獄食肉魔，卻被對方用難以想像的速度和詭詐輕而易舉地剝奪了生命的希望。母熊落荒而逃，牠逃離了殺手，也逃離了同伴，因爲牠知道，愛情和愛人都已經沒有了，兩隻公熊今天不死，明天就一定會死——流血而死，疼痛而死，悲觀絕望而死。

黑臉漢子帶著地獄食肉魔朝前走去。他在心裏獰笑。他的目的當然不是咬死兩隻藏馬熊，而是實現自己的誓言：所有的報仇都是修煉，所有的死亡都是資糧，鮮血和屍林是最好的神鬼磁場，不成佛，便成魔。他要用自己的藏獒，咬死西結古草原所有的寺院狗、所有的領地狗、所有的牧羊狗和看家狗。

包括獒王岡日森格。

包括曾經是飲血王黨項羅刹的多吉來吧。

黑臉漢子一路念叨著岡日森格和多吉來吧，選擇最便捷的路線來到西結古草原的腹地，第一個碰到的，便是父親的寄宿學校。他勒馬停下，藏在了一座草丘後面。他不想見到父親，無論他多麼想殺死這裏的藏獒，都必須等待一個父親不在寄宿學校的時候。

父親在寄宿學校，但很快就離開了。父親當然不是爲了黑臉漢子和地獄食肉魔離開，父親的眼前，出現了麥書記的棗紅馬。馬鞍歪著，皮韁子扯到了一邊，馬肚帶也斷了。棗紅馬揚頭瞪眼，一副受到驚嚇的樣子。

父親朝遠方瞅了瞅，看到一片灰黃的煙塵從狼道峽的方向騰空而起，一種不祥之感油然而生。他心急火燎地扯掉鞍韉，跳上棗紅馬，打馬就跑，沒忘了喊一聲：「美旺雄怒，美旺雄怒。」

一隻赭石一樣通體焰火的藏獒從帳房後面跳出來，跟著父親跑向了碉房山。漆黑閃亮的大藏獒大格列和另外四隻大藏獒以及小兄妹藏獒尼瑪和達娃，羨慕地望著被主人招走的美旺雄怒，亢奮地來回奔竄著，意識到自己的使命是守護寄宿學校和孩子們，很快又安靜下來。

父親驅馬跑向煙塵騰起的地方。但是煙塵在移動，很快又延伸到別的地方去了。他只看到了馬蹄和獒爪的印痕，那麼多，一大片。他知道自己追不上那些人，掉轉馬頭，跑向了碉房山。

碉房山上的牛糞碉房裏，西結古人民公社的書記班瑪多吉一聽到父親火燒火燎的喊聲，就從石階上跑了下來，看了看麥書記的棗紅馬，大叫一聲：「不好，麥書記被劫走了。」

父親說：「誰會劫走麥書記？為啥劫走麥書記？」

班瑪多吉說：「是為了藏巴拉索羅。麥書記不能出事，藏巴拉索羅更不能出事，藏巴拉索羅必須屬於我們西結古草原！」

班瑪多吉皺著眉頭朝遠方看了看又說：「你說他們往東去了？東邊是藏巴拉索羅神宮，再往前就是狼道峽。劫走了麥書記的人，一定會去藏巴拉索羅神宮前祈告西結古的神靈，然後直奔狼道峽。快，你去通知領地狗群，我去通知我們的騎手，集合，都到藏巴拉索羅神宮前集合。」說著，大步流星走向了不遠處的草坡，那兒有他的大白馬和護身藏獒曲傑洛卓。

大白馬和棗紅馬朝著不同的方向飛奔而去。馬背上的班瑪多吉和父親就像兩個急如星火地奔跑在戰場上的古代騎手。一黑一赤兩隻藏獒跟在他們身後，牠們粗碩厚硬的爪子彈向柔軟的草原，沙沙沙地飄動在草浪之上，輕盈瀟灑得如同流雲飛走。草原無邊，藍天無限，晴好的風日裏，大踏步走來的卻是陰險。

父親離開寄宿學校不久，黑臉漢子便從草丘後面閃了出來，低沉地吆喝著，命令地獄食肉魔衝了過去。

守護寄宿學校的藏獒大格列和另外四隻大藏獒以及小兄妹藏獒尼瑪和達娃，已經來到牛糞牆的缺口，也就是寄宿學校的大門前，用胸腔裏的轟鳴威脅著來犯之敵。牠們不是好戰分子，只要地獄食肉魔不再繼續靠近，牠們就不會主動進攻。

但是地獄食肉魔沒有停下，進攻只能開始。

大格列首先撲了過去。牠是一隻曾經在礱寶雪山嚇跑了一隻雪豹的藏獒，牠只要進攻，就意味著勝利。勝利轉眼出現了，大格列驚叫一聲，發現勝利的居然不是自己，而是對方。地獄食肉魔用難以目測的速度帶出了難以承受的力量，讓大格列首先感覺到了脖子的斷裂。砉然倒地的瞬間，大格列看到第二隻大藏獒的喉嚨也在瞬間被利牙撕開了。

第二隻大藏獒被父親稱作「戰神第一」，曾經在冬天的大雪中一口氣咬死過九匹大狼而自己毫毛未損。遺憾的是，這一次牠損失了生命，牠都來不及看清楚同伴大格列是怎樣倒下的，自己就已經血流如注、命喪黃泉了。

第三隻撲向地獄食肉魔的是「怖畏大力王」，牠曾經守護過牧馬鶴生產隊的一個五百多隻羊的大羊群，連續三年沒有讓狼豹叼走一隻羊。牠有撲咬的經驗又有撲咬的信心，但結果卻完全超出了牠的經驗和想像，牠的撲咬還沒發生，就把脖子上的大血管奉獻給了地獄食肉魔。

第四隻大藏獒叫「無敵夜叉」。牠是一隻老公獒，身經百戰，老謀深算，幾乎沒有在打鬥中失過手。牠知道來了一個勁敵，就想以守爲攻，伺機咬殺。正這麼想著，發現機會已經來臨，對方居然無所顧忌地臥了下來。牠帶著雷鳴的吼聲撲了過去，立刻意識到牠的身經百戰和老謀深算幾乎等於零，牠的撲咬不是進攻，而是自殺。

還剩下最後一隻大藏獒了。有一年雪災，這隻大藏獒幫助救援的人找到了十六戶圍困在大雪中的牧民，牧民們就叫牠「白雪福寶」。牠從現在開始只剩下了一秒鐘的生命，一秒鐘很快過去了，就像光脈的射擊、聲音的飛馳，白雪福寶還沒有做出撲咬還是躲閃的決定，比意識還要快捷的利牙就呼嘯而至，讓牠茫然無措地滋出了不甘滋出的鮮血。

黑臉漢子看著倒在地上的五隻大藏獒，咬牙切齒地咕噥了一句：「該死的反動派、該死的牛鬼蛇神、該死的丹增活佛。」

地獄食肉魔耷拉著血紅血紅的長舌頭，耀武揚威地走進了寄宿學校的大門。黑臉漢子騎馬跟在牠身後，警惕地看著前面：多吉來吧，寄宿學校的保護神、曾經是飲血王黨項羅刹的多吉來吧怎麼還不出現？他看到學校的孩子們一個個驚恐不安、無所依靠地哭喊著，這才意識到多吉來吧不在寄宿學校。他遺憾地歎了一口氣，瞪著孩子們懷抱中的小兄妹藏獒尼瑪和達娃，下馬走了過去。

黑臉漢子把小兄妹藏獒尼瑪和達娃揣進自己的皮袍胸兜，帶著地獄食肉魔，離開寄宿學校，帶著刀刀見血的仇恨，亢奮不已地朝著實現誓言的方向走去。

這是西元一九六七年的夏天，草原的景色依然美麗得宛若天境。

第二章 圓光

那些日子，整個青果阿媽草原都在傳說，麥書記把「藏巴拉索羅」帶到了西結古，交給了西結古寺的住持丹增活佛。丹增活佛把麥書記和「藏巴拉索羅」秘藏在了西結古寺，所以如今的青果阿媽州，權力和吉祥的中心已不在州府所在地的多獼草原，而在西結古草原的西結古寺。傳說的力量自古以來就是最偉大的力量，草原上推動歷史發展的往往是傳說，甚至可以說，草原的歷史就是傳說的歷史。而消失不久的部落戰爭的影子，就在傳說的推動下悄悄復活了。

沒有人不相信這樣的傳說，尤其是西結古草原的人。因爲有人真真切切看到麥書記走進了西結古寺。那一刻，西結古寺的傍晚突然亮了一下，把麥書記的棗紅馬和馬背上的褡褳映照得無比醒目。褡褳自然也進入了傳說：「藏巴拉索羅」就裝在褡褳裏頭，沉重得幾乎把馬腰壓塌。

幾乎在傳說出現的同時，西結古寺裏，丹增活佛舉行了一次「圓光占卜」。

占卜是在大經堂裏舉行的，一幅「格薩爾與五種猛獸」的巨大「堆繡」懸掛在兩根柱子之間，「堆繡」前的大供桌上，立著三尊菩薩，分別是觀世音菩薩、地藏王菩薩、大勢至菩薩，三個龍鳳呈祥的七彩木斗環飾成半圓，一個木斗裏是酥油糌粑糰的切瑪和青稞，切瑪和青稞上，插著十六根箭；一個木斗裏是藥寶食子，有肉豆蔻、雪蓮花、藏茵陳、佛手參、虎頭大黃、白脂石、鷲心石等等；一個木斗裏放滿了金豆、銀餅、珊瑚、珍珠、瑪瑙、紅松石和綠松石。木斗前面的三個銀碗裏，是作爲三白的牛奶、酸奶和奶皮，另三個銀碗裏，是作爲三甜的冰糖、紅糖、蜂蜜。供桌的中間，是金碧輝煌的吉祥八清淨，有「萬字不斷」、寶瓶、金魚、蓮花、白傘、右旋海螺、金輪、尊勝幢等。供桌前面，最顯眼的地方，擺著一銅碗清水和一面銀鏡，水碗被一頂高僧戴的五佛冠覆蓋著，銀鏡被黑、白、黃、綠、藍、紅、紫的七彩經綢包裹著。被彩色經綢包裹著的，還有占卜師丹增活佛的右手大拇指。

丹增活佛面對菩薩和格薩爾盤腿打坐，入定觀想「藏巴拉索羅」，祈請菩薩頒佈神諭，祈請格薩爾明示「藏巴拉索羅」的未來。西結古寺的喇嘛們組成三排，也是盤腿打坐，一遍又一遍地高聲念誦著「藏巴拉索羅」和綠度母咒：「唵嗒咧都嗒咧都咧煞哈。」

一個從牧民家裏挑選來的六七歲的小男孩，被喇嘛們簇擁在中間，好奇地左看看，右看看。許多牧民擁擠在大經堂裏，跪倒在地，等待著占卜的結果。

兩個小時後，丹增活佛用一陣謝神降臨的長號般的聲音，宣告了祈請結束，接下來就要驗看占卜結果。那個六七歲的小男孩——他一定是個天真純潔、靈肉沒有污染、絕對不會說假話的男孩，被老喇嘛頓嘎帶到了丹增活佛前。

早已守候在那裏的藏醫喇嘛尕宇陀，當著孩子的面，解開了丹增活佛右手大拇指上的彩色經綢。尕宇陀指著大拇指上亮晶晶的指甲蓋說：「看看，仔細看看，上面有什麼？」

孩子看了看，毫不猶豫地說：「經幡。」

尕宇陀也看了看，看到的是一幅袖珍的圖畫，圖畫上有一串飄揚的經幡。尕宇陀又把孩子領到供桌前，揭掉了覆蓋著水碗的五佛冠：「看看，仔細看看，裏面是什麼？」

孩子看了一眼就說：「這麼多啊，山上的經幡。」

尕宇陀也看了看，看到水碗裏還是一幅經幡飄揚的圖畫。接著，他又小心翼翼打開被七彩經綢包裹著的銀鏡說：「看看，仔細看看，不要急，慢慢說，銀鏡裏的顯現是最重要的。」

孩子面對銀鏡，吃驚地發現，跟平時自己照鏡子不一樣，裏面不是自己的臉，而是一堆石頭和一片經幡的列陣，便大聲說：「拉則，拉則（山頂上的神宮）。」

藏醫喇嘛尕宇陀也看了看銀鏡，丟開孩子，走到丹增活佛跟前說：「多多的經幡有哩，是從山頂鋪到山坡上的神宮。」

丹增活佛盯著自己右手大拇指的指甲，虔誠地說：「無處不在的菩薩，請告訴我們這些福分淺薄的人，為什麼不是藏巴拉索羅，為什麼沒有未來的昭示？」一連說了幾聲，看到亮晶晶的指甲蓋上還是經幡飄揚的影像，便搖著頭對尕宇陀說，「真正的藏巴拉索羅並沒有顯現，顯現的只是山頂上的神宮。」

尕宇陀說：「以往有關藏巴拉索羅的圓光中，顯現的都是麥書記，所以我們說，麥書記和藏巴拉索羅是合二為一的。可這次顯現的怎麼是神宮呢？」

丹增活佛說：「神宮是吉祥的，就叫藏巴拉索羅神宮吧。建起神宮，祈求神靈的賜福，這是我們必須要做的。」

尕宇陀問道：「真正的藏巴拉索羅什麼時候才能顯現呢？」

丹增活佛說：「不知道，當真正的藏巴拉索羅顯現的時候，觀世音菩薩、地藏王菩薩、大勢至菩薩，還有蓮花生的化身格薩爾王，都會作為吉祥的見證出現在指甲蓋上、水碗中和銀鏡裏。等著吧，過些日子我們還要占卜，或許下一次，我們就能看到由觀世音菩薩、地藏王菩薩、大勢至菩薩和格薩爾王恩賜給我們的藏巴拉索羅了。」

於是，西結古草原的牧民以最快的速度、最大的熱情，在一座遙遙面對狼道峽的山岡上，建起了藏巴拉索羅神宮，神宮是保佑藏巴拉索羅，也保佑麥書記的。在西結古牧民的眼裏，麥書記是一個只要牧民遇到災害就會跑來救苦救難的人，這樣的人不是人，是可親可敬的神。神保佑了我們，我們就要保護神，西結古草原的心腸，總是如此的柔軟而明亮。

麥書記聽到了傳說和藏巴拉索羅神宮，心情沉重地對丹增活佛說：「我悄悄地來，就是不想讓人知道。如今不比從前，我走到哪裡都不是好事情，傳來傳去會引火燒身的。」

丹增活佛說：「也是你考慮不周啊，你來的時候派個人通知我一聲，我會讓藏扎西帶著袈裟去狼道峽口迎接你。你披上了紅氆氌的袈裟，就沒人認出你來了。」

麥書記說：「我哪裡還能派出人來，我已經是一個渾身不吉利的孤家寡人了。」說著黯然神傷。

丹增活佛說：「既然我們的圓光占卜顯現了神宮，神宮就必須出現在我們的草原上。要知道你的災難就是草原的災難，你的平安就是草原的平安。」說著，抬頭望了望大經堂正前方的釋迦、燃燈、彌勒三世佛的造像，微閉了眼睛又說：「慈悲吧，祝福吧，魔鬼是不會損害你的，我祈請無處不在的金剛上師爲你消除恐懼和擔憂，放心吧麥書記，只要有喧囂，就會有寧靜，吉祥的日子不是遠去了，而是走來了。」說著盤腿坐下，大聲念起了金剛薩埵摧破咒。

麥書記思前想後，覺得還是離開西結古寺的好，在這個特殊到無法理喻的年代裏，人的災難不能讓神來承擔，神是承擔不起的。他謝絕了丹增活佛的一再挽留，離開西結古寺，騎馬出現在草原上，朝著狼道峽走去。他向所有遇到的人打招呼，目的是想引發新的傳說：麥書記走了，帶著藏巴拉索羅離開西結古草原，回到青果阿媽州上去了。

遺憾的是新的傳說還沒有來得及產生，外面的騎手就出現在了西結古草原。他們帶著自己草原的領地狗群，一路奔跑一路喊：「藏巴拉索羅萬歲，藏巴拉索羅萬歲。」他們把自己的心思暴露無遺，想讓西結古草原明白，他們來這裏是正當、正確、正義的，誰也不能藏匿了麥書記、霸佔了藏巴拉索羅而不受到任何追究。

接著就出現了麥書記的失蹤，出現了被人拉歪了鞍韉、割斷了馬肚帶的棗紅馬，出現了父親揪心揪肺的擔憂：莫非丹增活佛的預言，不，寧瑪巴古老的伏藏《鬼神遺教》的預言，就要變成現實？——在一個有三座大雪山的地方，誕生了黑命主狼王，牠拿走了人的靈魂，試圖用黑暗取代佛光。

第三章 獒王老了

野驢河邊的草灘上，領地狗群正在休息。

陽光照透了河水，讓人和藏獒都有了這樣的感覺：陽光真是太多太多，多得堆積成了無盡的波浪，一任滔滔流淌。草原一進入夏天，河水就胖了、大了，大得領地狗們經常不是走著過河，而是游著過河。就像現在這樣，一聽到父親的吆喝，牠們紛紛跳進了河，跳著跳著就游起來。牠們游得很快，沒等父親來到河邊，就紛紛上岸，迎著父親跑過來。

父親掉轉馬頭，朝著野驢河下游跑去。領地狗群跟上了他，一陣狂奔亂跑把大地震得草顫樹抖，連碉房山都有些搖晃了。突然河水來了一個九十度的大轉彎，寬淺的水面攔在了面前。

父親催馬而過，所有的領地狗都加快速度激濺而過，水面嘩啦啦一陣響，浪花飛起來，地上的雨水上了天。一道彩虹跨河而起，五彩的祥光慈悲地預示著什麼——生命的來或去、時間的短或長、天氣的陰或晴，或者別的。

父親停下了，回頭看著彩虹，心裏頭並沒有升起應該升起的喜悅。彩虹無疑是吉祥的，但他只相信彩虹預示了某一個人、某一隻藏獒、某一件事情的吉祥，而不相信它會預示整個西結古草原的吉祥。動盪、打鬥、流血、死亡立刻就要來到了，怎麼可能吉祥？

吉祥的彩虹倏忽而逝。父親的眼光從天上回到了地面，憐憫地落在了獒王岡日森格身上。岡日森格一直跑在後面，牠似乎盡了最大的努力想跑到前面去，但依然跑在最後面。牠老了，已經力不從心了，一代獒王以最勇武威猛的姿態帶著領地狗群衝鋒陷陣的作用，似乎正在讓時間輕輕抹去。

可牠畢竟還是獒王，牠得努力啊，努力不要停下，不要失去一隻領地狗的意義，更不要成爲領地狗群的累贅。

父親知道，岡日森格早就不想做獒王了，牠幾次把獒王的位置讓給別的領地狗，甚至有一次都得到了人的認可，凡事都讓領地狗群中最聰明、最有人緣，也最能打鬥的曲傑洛卓出頭露面。但是不行，領地狗群在一瞬間就形成了默契：最大可能地孤立和打擊曲傑洛卓。

父親和熟悉領地狗群的人都很奇怪：在以往的年代裏，在別處的草原，所有的獒王都會在能力和體力下降的老年，被年輕體壯、能力超群的其他藏獒取而代之，唯獨岡日森格是例外的，誰也不想取代牠，包括曲傑洛卓。曲傑洛卓一點點當獒王的意思都沒有，更不想因爲得到了人的信任而被領地狗們趕出群落。

趕出群落的曲傑洛卓被父親收留了幾個月後，又做了班瑪多吉的護身藏獒。班瑪多吉書記高興地逢人就說：「我有了曲傑洛卓誰敢來欺負我？上阿媽的人敢來嗎？哼哼。」

他哪裡知道，曲傑洛卓對他的依附是萬般無奈的，牠一萬個不想離開領地狗群，時刻想回去，回到獒王岡日森格身邊去。

父親跳下馬背，輕聲呼喚著岡日森格，走了過去。一直跟在他身邊的火焰紅藏獒美旺雄怒立刻明白了他的意思，跑過去攔在獒王岡日森格面前，用碰鼻子的方式傳達著父親的意思。岡日森格望著父親快步迎了過來。

父親揪著岡日森格的耳朵說：「你就不要去了吧，你老了，已經不需要再去戰鬥了，跟我去寄宿學校，讓孩子們跟你在一起。」

岡日森格沒有任何表示。

父親又說：「你要是不放心領地狗群，就讓美旺雄怒跟牠們去，美旺雄怒雖然不能取代你的作用，但如果領地狗群需要你，牠會立刻通知你。」

岡日森格也許並沒有聽懂父親的話，但父親不斷揪牠耳朵的動作讓牠明白了父親的意思。牠聽話地坐了下來，吐著舌頭，戀戀不捨地看著領地狗群。

父親面朝領地狗群，揮著手喊起來：「藏巴拉索羅，藏巴拉索羅，獒多吉，獒多吉。」他在告訴領地狗群，你死我活的時刻又一次來到了，快到藏巴拉索羅神宮那裏去。然後又使勁拍了拍身邊的美旺雄怒，又一次喊道：「藏巴拉索羅，藏巴拉索羅，獒多吉，獒多吉。」

火焰紅的美旺雄怒奇怪地看著父親和坐在地上一動不動的岡日森格，猶猶豫豫地跟在了領地狗群的後面。領地狗群奔跑而去，漸漸遠了。

父親翻身上馬，岡日森格跟上了他。一人一狗朝著寄宿學校移動著，很快變成了草岡脊線上的剪影。剪影的距離漸漸拉大了，大得父親在草岡這邊，岡日森格在草岡那邊。父親勒馬停下，想等等岡日森格，突然聽到了美旺雄怒的喊聲。父親策馬跑了上草岡，吃驚地發現，領地狗群又回來了。

跑向藏巴拉索羅神宮的領地狗群，半途中發現牠們的獒王沒有跟上來，就自作主張地又回來了。牠們聰明地把獒王岡日森格攔截在了父親看不見的草岡那邊，用無聲的環繞告訴獒王：你在哪裡，我們就在哪裡。

岡日森格很不滿意，煩躁得來回走動著，牠清楚地記得父親喊了好幾聲「藏巴拉索羅」，知道領地狗群根本不應該回來，回來是不負責任，是有辱使命的。牠用壓低的吼聲生氣地表達著自己的意思：快去啊，快到藏巴拉索羅神宮那裏去，你死我活的戰鬥等待著你們。

領地狗群依然環繞著牠，固執地表達著牠們跟隨獒王的意願。父親看明白了，長歎一聲，騎馬走過去說：「那你就去吧，去吧，岡日森格，牠們離不開你，但是你要小心，一定要小心。」

岡日森格抬頭望著自己的恩人，深陷在金毛中的眼睛淚光閃閃的，似乎是訣別：那我就去了，去了。

父親後來說，那是一個容易傷感的年代，藏獒和人都敏銳地覺察到傷感時時刻刻逼臨著自己，似乎任何一件事情都會觸動那顆脆弱的心，讓他們淚如泉湧。父親看到岡日森格流出了淚，自己也禁不住濕潤了眼眶，憂心忡忡地揮了揮手。

獒王岡日森格走了，沒走幾步就跑起來，牠已經感覺到了藏巴拉索羅神宮的危險，舒展年邁的四肢，不失矯健地跑起來。領地狗群跟在了獒王後面，沒有誰超過牠，不知是無法超過，還是不想超過。

美旺雄怒懂事地回到了父親身邊，牠知道只要岡日森格一歸隊，自己就沒有必要繼續混跡於領地狗群了，牠是一隻已經把主人融入生命、也讓主人把自己融入生命的藏獒，更喜歡和主人待在一起。

父親點了點頭，認可了美旺雄怒的選擇，正琢磨是跟著領地狗群去藏巴拉索羅神宮看看，還是回寄宿學校守著孩子們，一抬頭，看到遠方草毯和雲氈銜接的地方，狼煙一樣快速流動著一彪人馬，流動的方向是碉房山，是西結古寺。他定定地看了一會兒，突然驚叫一聲：「哎呀媽呀，我怎麼沒有想到？」

這時棗紅馬也意識到，視野之內那一彪人馬的流動很可能與牠的主人麥書記有關，嘶叫一聲，抬腿就跑。美旺雄怒「轟轟轟」地叫起來，警告父親和棗紅馬停下，看父親和棗紅馬不理牠，便撒腿跟了過去。

他們朝著西結古寺疾馳而去。

父親拉著棗紅馬、帶著美旺雄怒走上碉房山，在西結古寺，看到的是一幫多獼草原的騎手。多獼騎手拉著馬站了一堆，他們低著頭彎著腰，面對一群喇嘛謙卑而小聲地說：「麥書記呢？我們來接他，就像寺廟之佛和曠野之神都知道的，多獼草原是整個青果阿媽草原的中心，麥書記應該回去，藏巴拉索羅更應該回去。」

在多獼騎手的身邊，立著二十隻多獼藏獒，個個都是壯碩偉岸的大傢伙，牠們低著頭一聲不吭，好像主人的謙卑感染了牠們，牠們也只好裝模作樣地謙卑一下。

父親知道表面上越是謙卑就越是堅定勇敢，騎手和藏獒都一樣，他們既然敢於來到這裏，就都抱定了硬碰硬的決心。

西結古寺的喇嘛們特意在紅袈裟的外面披上了黃色的法衣，這是顯示也是強調，他們要在這個特殊的年代裏，讓人們知道佛法依然是威嚴而莊重的。十六隻作爲寺院狗的藏獒一字排開，昂起頭瞪視著多獼藏獒，一副森嚴壁壘、眾志成城的高山氣派。

爲首的鐵棒喇嘛藏扎西說：「麥書記來過，一點也不假，但如果說他現在還在我們這裏，就像是說夏天過了草原還會開花一樣，連你們自己的藏獒和我們的寺院狗都不相信。不信你問問我們的寺院狗，麥書記是不是已經遠遠地走了。」

寺院狗們一聽藏扎西提到了牠們，便衝著多獼藏獒叫起來，此起彼伏，唾液飛濺。但二十隻多獼藏獒沒有一隻被激怒的，仍然平靜地低著頭，一聲不吭。

多獼騎手的首領扎雅再一次彎下腰，謙卑而小聲地說：「我們都是佛爺加持過的人，不相信喇嘛的話還能相信誰的？我們再到別的地方去找找，看看在西結古草原，除了寺院，還有哪個地方敢把麥書記和藏巴拉索羅藏起來。」說罷朝著自己人招了招手，「走啊，我們先去裏面拜拜佛，拜了佛再去尋找麥書記。」

藏扎西聽出這是要搜查寺院的意思，跨前一步，臉上毫無表情地說：「閉關啦，神佛們閉關啦，從今天開始，塗泥封門修行三年，三年以後你們再來。」

多獼騎手的首領扎雅突然把腰直了起來，眼睛一橫說：「誰閉關啦？你們的丹增活佛閉關我們相信，要說一世之尊、二度法身、三方教主、四大天王、五智如來、六臂觀音、七光琉璃、八大菩薩、九尊度母、十座金剛統統都已經閉關，那是妄言，我們倒要看看，尊敬的喇嘛爲什麼要欺騙我們。」說罷，舉起一隻手，朝空中吆喝了一聲：「獒多吉，獒多吉，拉索羅，拉索羅。」

二十隻多獼藏獒突然跑起來，牠們並沒有跑向前面深懷敵意的寺院狗，而是圍繞身後的嘛呢石經牆，朝拜似的順時針旋轉著。

鐵棒喇嘛藏扎西和一群喇嘛以及十六隻寺院狗都有點發呆：牠們這是要幹什麼？現在不是玩遊戲的時候。正琢磨著，只聽「轟」的一聲響，多獼藏獒突然散開了，散向了所有的小路、所有的通道。那些樹杈一樣的小路和通道是通向寺院縱深處各個殿堂的，也就是說，接下來所有的殿堂將在同一時刻受到多獼藏獒的偵查：到底有沒有麥書記和藏巴拉索羅的味道，能不能嗅到他們的去向。

藏扎西憤怒地掄起了鐵棒，又不知道掄向誰，把鐵棒往下一蹾，指著多獼騎手的首領說：「你們的藏獒不能胡跑八跑，這是冒犯，冒犯寺院是要受到懲罰的。」他看對方冷笑著不說話，便朝著寺院狗喊道，「攔住牠們，快啊，快去攔住牠們。」

其實十六隻寺院狗早就衝出去了。牠們衝向了小路和通道上的多獼藏獒，比鐵棒喇嘛還要憤怒地大喊大叫著。然後就是廝打，十六隻作為寺院狗的西結古藏獒和十六隻來自遠方的多獼藏獒在大大小小的通道上瘋狂地廝打起來，都是一對一的廝打，激烈得好像遍地都是龍捲風，塵土高高地揚起來，彌散在以金色、紅色、白色為主調的寺院頂上。蔚藍的天空突然籠罩起一片灰黃，彷彿要遮掩那一種慘不忍睹的結果。

廝打的結果在未廝打之前就已經知道了：兩敗俱傷。所有的藏獒都知道對方和自己都是龍吟虎嘯的厲害角色，幾分鐘之後就會是皮肉爛開，也讓對方皮肉爛開。但牠們還是要為這一場無法徹底取勝的廝打拼盡全力，因為各自的主人需要牠們這樣。主人們並不準備接受一個兩敗俱傷的結果，在鐵棒喇嘛藏扎西和眾喇嘛這邊，是一定要趕走來犯者的；在多獼騎手這邊，是不找到麥書記和藏巴拉索羅決不罷休的。

喇嘛們飛快地跑向了殿堂。這樣的舉動更讓多獼騎手相信：麥書記和藏巴拉索羅就在西結古寺某個神秘的堂奧裏。連父親也有點奇怪：既然麥書記已經走了，為什麼不讓多獼人去裏面看看？

藏扎西留下來，繼續面對著多獼騎手，生怕他們也像他們的藏獒那樣四散著跑向那些通道、那些殿堂。一扭頭發現父親站在不遠處，便大聲喊起來：

「漢扎西你來得正好，你看看我們西結古寺今天怎麼了，簡直兵荒馬亂嘛。他們多獼人和多獼狗蠻橫得就像土匪，說我們藏匿了麥書記，你可以作證，你的馬也可以作證，麥書記是不是遠遠地走了？麥書記走了，帶著他的藏巴拉索羅走了，他就是把藏巴拉索羅留給我們，我們也不要。我們有自己的藏巴拉索羅，我們的藏巴拉索羅，就在野驢河上游高高的白蘭草原，漢扎西你得跑一趟，去白蘭草原把藏巴拉索羅帶到這裏來，這裏沒有牠和牠的夥伴就擋不住多獼土匪。」

父親聽著有點糊塗，走過去小聲問道：「你是說麥書記去了白蘭草原？」

藏扎西顯得比他還要疑惑，壓低了聲音卻又讓對面多獼騎手的首領能聽見：「麥書記爲什麼要去白蘭草原，那裏難道有他藏身的地方？」

父親說：「你不是說藏巴拉索羅在白蘭草原嘛。」

藏扎西把嘴湊到父親耳邊，聲音低得多獼騎手的首領再也聽不見了：「我說的是寺院狗，一隻了不起的名叫藏巴拉索羅的藏獒和另一些寺院狗寄養在白蘭草原的桑傑康珠家，你趕快去把牠們帶回來，寺院需要牠們，需要強大的保衛。」

父親「哦」了一聲說：「原來藏巴拉索羅也可以用來給藏獒起名字，可你還是沒說明白藏巴拉索羅是什麼？」

藏扎西搖了搖頭說：「我也不明白是什麼，反正藏巴拉索羅是麥書記的命根子，也是草原人的命根子。」

這時，多獼騎手的首領扎雅突然搶過來，一把拽住了棗紅馬的轡頭，又把韁繩從父親手裏扯了過去，驚得父親渾身抖了一下。赭石一樣通體焰火的美旺雄怒忽地跳起來，直撲多獼騎手的首領扎雅。父親大喊一聲：「美旺雄怒不要。」

美旺雄怒身子重重地落在了扎雅身上，牙齒卻忍讓地沒有咬住他，只用爪子「吱啦」一聲撕裂了對方紫褐色的氆氌袍。

多獼騎手的首領扎雅躲開美旺雄怒大聲說：「這不是麥書記的馬嗎？我認識的，麥書記不在這裏在哪裡？」

父親跳過去扭住了韁繩說：「麥書記在哪裡我還要問你們呢，要是他好好待在寺院裏，他的馬為什麼要跑到寄宿學校去？把馬還給我，還給我，我還要去白蘭草原呢。」

扎雅固執地不鬆手。父親擔心美旺雄怒會再次撲向對方，爭搶了幾下就放開了。

鐵棒喇嘛藏扎西說：「就把麥書記的馬給他們，土匪是什麼都要搶的。你騎著寺院的馬去吧。」

父親想了想說：「不，我還是回寄宿學校騎我自己的馬。」

父親帶著美旺雄怒下了碉房山，走向了寄宿學校。他堅持要騎自己的馬，是因為他突然覺得自己必須立刻回到寄宿學校去，一是督促孩子們學習，不要看老師一離開就沒完沒了地打鬧，二是他想把美旺雄怒留在學校，草原上到處都是陌生人陌生藏獒，光有大格列和另外四隻大藏獒以及小兄妹藏獒尼瑪和達娃，他放心不下。

他快步走著，還沒望見寄宿學校的影子，就已經累了。而美旺雄怒卻像火箭一樣衝了出去，一邊猛衝一邊狂叫。一種不祥的感覺如利爪一樣抓了一下父親的心，他的心臟和眼皮一起突突突地狂跳起來。

半小時後，父親望著草地上的血泊和屍體，好像被人一刀插進了他的心臟，慘烈地叫了一聲，暈倒在地。

第四章　千里回奔

記憶中永遠不會遙遠的主人和妻子以及故鄉草原的一切，主宰著多吉來吧的所有神經，讓牠在憤懣、壓抑、焦慮、悲傷中度過了一天又一天。牠不知道這裏是西寧城的動物園，更不知道從這裏到青果阿媽州的西結古草原，少說也有一千二百公里，遙遠到不能再遙遠，牠只知道這是一個牠永遠不能接受的地方，這個地方時刻瀰漫著狼、豹子、老虎和猞猁，以及各種各樣讓牠怒火中燒的野獸的味道，而牠卻被關在鐵柵欄圍起的狗舍中，就像坐牢那樣，絕望地把自己浸泡在死亡的氣息提前來臨的悲哀中，感覺著肉體在奔騰跳躍的時候靈魂就已經死去的痛苦。

每天都這樣，太陽一出來，多吉來吧就在思念主人和妻子、思念故鄉草原以及寄宿學校的情緒中低聲哭泣，然後就是望著越來越多的遊客拼命地咆哮，撲跳。牠撞得鐵柵欄嘩啦啦響，牠用吼叫把流淌不止的唾液噴得四下飛濺，讓遊客們紛紛抬手，頻頻抹臉。牠總以爲只要自己一直咆哮，一直撲跳，遊客們就會遠遠地離開，讓牠度過一個安靜而孤獨的白天，一個可以任意哭泣、自由思念的白天。但結果總是相反，牠越是怒不可遏、暴跳如雷，簇擁來的遊客就越多，裏三層外三層，簡直就密不透風了。於是牠更加憤怒更加狂躁地咆哮著，撲跳著。

直到中午，飼養員出現在後面光線昏暗的柵欄門前，打開半人高的柵欄門，讓牠進到一個鋪著木板的餵養室裏，丟給牠一些牛羊的雜碎和帶骨的鮮肉後，牠的咆哮、撲跳才會告一段落。牠不像別的藏獒，只要透心透肺地思念著故土和主人，就會不吃不喝，直到餓死，或者抑鬱而死。不，牠是照樣吃，照樣喝。牠不想讓自己體衰力竭，因爲牠還想繼續咆哮和撲跳，還想著總有一天，鐵柵欄倏然迸裂，牠將衝出去咬死所有囚禁牠的人和野獸——牠總覺得空氣中瀰漫不散的狼和豹子以及各種野獸的味道，都是囚禁牠的原因。

但是今天，牠已經沒有力氣咆哮了，兩個輪換著餵養牠的飼養員三天沒有照面，沒有人餵牠。多吉來吧蜷縮在牢籠的一角，瞪視著外面的人群。人群亂哄哄的，比以往多了一些，有的是遊客，有的不是遊客。多吉來吧能分辨遊客和非遊客，遊客是那些走來走去、看這個看那個也包括駐足看牠的人，非遊客是那些只看大鳥籠的人。

大鳥籠高大如山，包裹著一些布和紙，裏面有許多牠在草原上見過和沒見過的大鳥和小鳥。多吉來吧不知道那些包裹著大鳥籠的布和紙是一些被稱作「標語」和「大字報」的東西，只知道那上面寫著字。人類的字牠是見過的，在主人漢扎西的寄宿學校裏就見過，也知道字是被人看的，人看字的時候，就會很安靜。那些圍著大鳥籠子看字的人開始也是安靜的，但後來就不安靜了，就吵起來，打起來。

打起來以後，多吉來吧看到了餵養牠的兩個飼養員，一個在挨打，一個在打人。多吉來吧撐起饑餓乏力的身體，衝著人群吼了幾聲，牠不能容忍別人拳打腳踢餵養牠的飼養員，只能容忍餵養牠的飼養員拳打腳踢別人。儘管兩個飼養員對牠從來都是公事公辦、不冷不熱的。後來，兩個飼養員互相打起來，多吉來吧不知道如何選擇「容忍」和「不容忍」，立刻停止了吼叫。牠焦急地望著前面，直到一個飼養員把另一個飼養員打倒。牠再次吼起來，心裏的天平馬上傾斜了：牠是藏獒，牠有保護弱者的天性，牠同情那個挨打的中年飼養員，仇恨那個打人的青年飼養員。

這天晚上，挨了打的中年飼養員從鐵柵欄外面扔進來了幾個饅頭，絮絮叨叨對牠說：

「我已經沒有權力餵你了，有權力餵你的人又不管你的死活，我家裏只有饅頭沒有肉，你就湊合著吃吧。」

這是餓餒之中一個挽救性命的舉動，感動得多吉來吧禁不住哽咽起來。

以後的一個星期裏，都是這個中年飼養員偷偷餵牠。牠知道中年飼養員餵牠是冒了挨打的危險的，就一邊吃饅頭一邊哽咽，哽咽得中年飼養員也哽咽起來：「沒想到你什麼都懂，你比人有感情，你能報答我嗎？你要是足夠聰明，就應該知道我希望你做什麼。」這話顯然是一種告別，中年飼養員從此不見了。

青年飼養員似乎突然想起了自己的工作職責，和以前一樣帶著不冷不熱的神情出現在牢籠後面光線昏暗的柵欄門前。他打開半人高的柵欄門，讓多吉來吧走進鋪著木板的餵養室，丟給了牠一些牛羊的雜碎和帶骨的鮮肉。

一種力量和激動正在啓示著多吉來吧：衝破囚禁的日子就在今天，不僅僅是爲了牠格外思念的主人和妻子以及故土草原、寄宿學校，還有對中年飼養員的報答，還有橫空飛來的預感：瀰漫在城市上空讓牠慌亂的氣息正在向西席捲，那是預示危機和災難的氣息。如果這氣息捲向草原，危機和災難就會降臨草原。

多吉來吧狼吞虎咽吃掉了所有雜碎和帶骨的鮮肉，卻沒有像往常那樣回到鐵柵欄圍起的房子中，繼續牠的咆哮和撲跳，而是毫不猶豫地撲向了青年飼養員。

撲向青年飼養員的那一瞬間，多吉來吧忽然明白了，讓牠慌亂的氣息是人臊味。

多吉來吧以最猙獰的樣子撲向青年飼養員，僅僅在他脖子上留下了一道牙痕，就放開他。青年飼養員意識到這是牠給他的一個活命的機會，大喊大叫著奪路而逃。餵養室通往外界的那扇門倏然打開了，多吉來吧緊貼著飼養員的屁股，一躍而出。

多吉來吧逃出牢房，遊客們尖叫著，到處亂跑。牠追了過去，又撲向大鳥籠子，看到那些圍觀紙字的人比遊客跑得還快，正要奮力追趕，發現許多野獸已經出現在自己身邊，強烈刺鼻的獸臊味兒幾乎就要淹沒牠。多吉來吧撲向虎舍，看到老虎在鐵柵欄內的虎山之上無動於衷，又撲向山貓，撲向猞猁，撲向黑豹，最後撲向了狼。牠直立而起，搖晃著狼舍的鐵柵欄「轟轟轟」地叫著，嚇得兩匹狼瑟瑟發抖。

多吉來吧猛撞狼舍的鐵柵欄，突然聽到了一聲吆喝，扭過頭去，看到那個青年飼養員逆著人流朝牠走來，手裏拽著一條粗大的鐵鏈。

多吉來吧猛然醒悟，牠的目標不是戰鬥，而是自由。多吉來吧朝著有人群的地方逃跑，牠追上人群，用自己的凜凜威武、洶洶氣勢豁開一道裂口，然後狂奔而去，等到人群消失、裂口消失的時候，牠發現動物園的圍牆已經拋在身後，野獸的味道突然輕淡了，牠又聞到那股讓牠慌亂的人臊氣息。牠停下來，轉身回望著，看到從圍牆斷開處，幾個人追了出來，爲首的是青年飼養員。

多吉來吧向西奔跑。這個不是死就是逃的日子，正是草原出現變化的前夕，和平與寧靜就要消失，災難的步履已經從城市邁向了遙遠的故鄉，對多吉來吧的思念將出現在西結古人的心裏。

多吉來吧遠離了動物園，奔跑在西寧城的大街上。已經是下午了，斜陽不再普照大地，陰影在房前屋後參差錯落地延伸著，街道一半陰一半陽。陰陽融合的街道對多吉來吧來說，就是一些溝谷、一些山壑。溝谷裏有人有車，牠不到大車小車奔跑的地方去，知道那是危險的，更記得當初就是這些用輪子奔跑的汽車帶著牠離開了西結古草原，一路顛簸，讓牠在失去平衡的眩暈中走進了動物園的牢房。

牠在人行道上奔跑，人們躲著牠，牠也躲著人。牠跑過了一條街，又跑過了一條街，不斷有丫丫杈杈的樹朝牠走來，有時是一排，有時是一棵，夏天的樹是蔥蘢的，樹下面長著草，一見到草牠就格外興奮，畢竟那是草原上的東西。還有旗幟，那些在風中飄搖的綢緞，也是再熟悉不過的，只是牠不知道，飄搖的綢緞在草原上叫做經幡和風馬旗，在這裏叫做紅旗和橫幅。如果牠和牠的種屬不是天生的色盲，牠一定還會發現，草原的經幡是五彩繽紛的，而城市的旗幟只有一種顏色，那就是紅色，就像喇嘛身上的袈裟，城市已經是一片紅色的海洋了。

多吉來吧突然慢下來，圍繞著一座雕像轉了好幾圈。牠不知道這是一個偉人的雕像，只是覺得它跟西結古寺裏的佛像一樣，就倍感親切，以爲這是草原、故土、西結古對牠的陪伴，牠是漂流異鄉、孤苦伶仃的多吉來吧，牠太需要這樣的陪伴了。

再次往前走的時候，多吉來吧看到就像包裹著動物園裏的大鳥籠，布和紙以更加泛濫的形式出現在了街道兩邊。牠討厭牠們，尤其討厭紙，不僅因爲那些紙後面有一股難聞的漿糊味，也不僅因爲那些紙上寫著神秘而嚇人的字，更重要的是它的出現不符合草原的習慣，草原上只有很少很少的紙，人是珍惜紙的，不會糊得到處都是，也不會在紙上把字寫得那麼大、那麼猙獰可怖。

多吉來吧跑過了五條街，發現前面又齊刷刷出現了三條街，突然意識到這種房屋組成的有樹的溝谷，這種飄搖著綢緞、懸掛著布、張貼著紙的街道是無窮無盡的，牠不可能按照最初的想法，儘快甩開它們，走向一抹平坡的草原。牠疑惑地停了下來，一停下來就聽到有人發出了一聲恐怖的尖叫。

原來牠停在了一個六七歲的紅衣女孩身邊，牠當然不可能去傷害一個女孩，打死也不可能，但十步之外的女孩的母親卻以爲牠停在女孩身邊就是爲了吃掉女孩。母親尖叫著撲了過來又停下，聲嘶力竭地喊起來：「救人啊，救人啊。」

很多人從四面八方跑了過來，一看到多吉來吧如此高大威猛，就遠遠地停了下來，有喊的有說的：「獅子，哪裡來的獅子？」「獅子身上有黑毛嗎？不是獅子是黑老虎。」「不對，是狗熊吧。」「什麼狗熊，是一隻草原上的大藏狗。」多吉來吧聽不懂他們的話，但從他們的神情舉止中看出了他們對牠的畏避，似乎有一點不理解，詢問地朝著人們吐了吐舌頭。

那母親以爲這隻大野獸馬上就要吃人了，嚇得「撲通」一聲跪倒在地上，哭著招呼圍觀的人：「快來人哪，快來人哪，這裏出人命了。」倒是那紅衣女孩一點害怕的樣子也沒有，好奇地看著身邊這隻大狗，小心翼翼地伸手摸了摸牠的頭毛。

多吉來吧在西結古草原時長期待在寄宿學校，職責就是守護孩子，一見孩子就親切，牠搖了搖蜷起的尾巴，坐在了女孩身邊。

母親叫著女孩的名字，讓她趕快離開。女孩跑向了母親，多吉來吧跟了過去。在這個舉目無親的地方，孩子就是親人，就能指引牠走出這個城市。母親站起來，抱起女孩就跑。多吉來吧發現她們前去的是一個街口，一片敞亮，以爲母女倆是在給牠指路。牠高興地追過去，在她們身後十米遠的地方健步奔跑著。

那母親回頭一看，再次尖叫著，驚慌失措地朝馬路對面跑去，那兒人多，走向人多的地方她們就安全了，更重要的是，人群後面有一小片樹林，樹林旁邊就是她們的家。

母親的腿軟了，她跑得很慢。多吉來吧跟在後面，也放慢了奔跑的速度。這時候，車來了。是動物園用來拉運動物的嘎斯卡車，渾身散發著野獸的氣息。車頭裏坐著追攆而來的青年飼養員，他帶著一桿用來訓練民兵的步槍。他看到多吉來吧追著那女人和紅衣女孩來到了馬路中央，就把舉起來瞄準了半天的槍放下，果斷地對司機說：「衝上去，撞死牠。」

嘎斯卡車「忽」的一聲加大油門，朝著毫無防備的多吉來吧衝了過去。

第五章　神宮

一座面對狼道峽的山岡，草色綠得能把人畜暈倒。岡頂和山麓按東西南北的方向聳立著四座神宮。神宮也叫拉則神宮，意思是山頂上的俄博，或者叫山頂上的箭垛。神宮由地宮和天宮兩部分組成，地宮裏埋藏著一些被寺院活佛加持過的寶物：佛像、佛經、佛珠、佛衣、金剛橛、七珍八寶等等。從地宮中央高高升起著一桿宮心木，被紅色的氆氌裹纏著，環繞著宮心木，就是天宮的景象：幾袋糧食圍了一圈，一些泥塑的佛像圍了一圈，金銀銅鐵的盛水寶器圍了一圈，抹著酥油的嘛呢經石圍了一圈；然後是短柄的達瓦刀、長柄的尼瑪刀、鐵鑄的斧鉞和打造的金剛杵；最後是一圈白石，白石內外密集地插著指頭粗的檉柳和綁著羽毛的樺木箭，一根根白色的羊毛繩和黑色的牛毛繩從宮心木的高端流瀉而下，連接著檉柳和箭叢，無數哈達、經幡和風馬旗飄搖在繩子上，斑斑斕斕，蔚爲壯觀。

神宮的作用就是祈求神的降福，依靠神來戰鬥，西結古草原的人希望山神、河神、天神、地神、風暴神、雷雨神、四季女神等等一切自然之神都匯合在此處，以巨大的凝聚力保衛尊敬的麥書記和神聖的藏巴拉索羅。

首先來到這裏的是上阿媽草原的騎手，他們站在山岡前平整的草地上，敬畏地望著四座神宮，一時不知道怎麼辦好。他們明白這樣的神宮是專門用來保衛藏巴拉索羅的，如果他們想把藏巴拉索羅從西結古草原拿走，就必須舉行拉索羅儀式，祭祀神的同時，祈求所有的地方神開闊一下自己的心胸，寬容地對待他們這些外鄉人在西結古草原的所有行動。他們堅定地相信，如果不舉行拉索羅儀式，神的懲罰立刻就會降臨頭頂。可是現在，他們什麼儀式也來不及舉行，就聽到了一陣馬蹄的轟響，聽到了幾聲人的吶喊，更重要的是，他們聽到西結古領地狗群的集體吼叫，隱隱約約地，從野驢河的方向逆風而來。

比人反應更強烈的是上阿媽領地狗。牠們「嘩」地一下跑到了人的前面，用自己的身軀堵擋在了迫臨而來的危險前面。牠們也開始吼叫，此起彼伏，如獅如虎，試圖用自己的聲音蓋過對方的聲音，用自己的震懾抗衡對方的震懾。

就在兩股領地狗群震懾與反震懾的聲浪中，西結古公社的書記班瑪多吉出現了。他帶著一群西結古草原的騎手，縱馬而來，一溜兒排開，在綠色山麓下的四座彩色神宮前，拉起了一道防禦線。班瑪多吉勒馬停下，面對著一群上阿媽騎手，「哼」了一聲說：

「我們吉祥的黑頸鶴信使還沒有把潔白的請柬送達上阿媽草原，你們怎麼就跑到我們的草原上來了，你們來幹什麼？」

上阿媽騎手中，領頭的是公社副書記巴俄秋珠。巴俄秋珠笑了笑說：「班瑪書記你好，你忘了我在西結古草原長大，我十多年都沒有回來了，我回來看看不行嗎？」

班瑪多吉說：「看看是可以的，但爲什麼要帶著這麼多騎手、這麼多藏獒？」

巴俄秋珠說：「人多狗多是爲了表示對你們的尊重。聽說你們的草原上長出了藏巴拉索羅神宮，我們大家都想來頂禮磕頭。」

班瑪多吉揮著手吼道：「你們有什麼資格到這裏來頂禮磕頭，這裏是我們的神，我們的神就只能保佑我們。」

巴俄秋珠說：「我記得有一年你來上阿媽草原開會，見了我們新刻在石崖上的佛菩薩倒頭便拜，我們說什麼了沒有?天下藏民的神都是一樣的神，你們的也是我們的，就好比西結古寺裏的佛爺喇嘛保佑著我們大家一樣，西結古草原寬宏大量的騎手們，爲什麼變得這麼小氣，爲什麼不准我們頂禮磕頭?」

班瑪多吉說：「巴俄秋珠，你什麼時候變得油嘴滑舌了?你們是衝著麥書記和藏巴拉索羅來的，誰不知道你們的狼子野心啊。」

巴俄秋珠說：「知道就好，藏巴拉索羅代表了我們青果阿媽草原，更代表了吉祥的未來，我們要把它獻給北京城裏的文殊菩薩。」

班瑪多吉說：「既然這樣，那你們就回去吧，藏巴拉索羅已經來到了我們西結古草原，只有我們才有資格把它獻給北京城裏的文殊菩薩。」

巴俄秋珠說：「我們是想回去，但上阿媽草原的父老鄉親不讓我們回去，他們對我說，把藏巴拉索羅敬獻給北京城裏的文殊菩薩的，只能是我們上阿媽草原。」

班瑪多吉還要說什麼，就見站在巴俄秋珠前面的幾隻大藏獒眼放凶光，朝著他這個敢於指手畫腳的人狂吠了幾聲，抑制不住地撲了過來，便大喊一聲：「曲傑洛卓，曲傑洛卓。」

曲傑洛卓早就守護在他前面，威脅地跳了一下，又立住了。牠知道幾隻上阿媽大藏獒並不是真的要來撕咬自己的主人，眼放凶光也好，狂吠奔撲也罷，都不過是做做樣子而已，便把身子一橫，飄晃著長長的鬣毛，坐了下來。幾隻上阿媽大藏獒撲到跟前就停下了，不陰不陽地低吼了幾聲，朝後退去。

巴俄秋珠喊起來：「退回來幹什麼？往前衝啊。」

幾隻大藏獒沒有聽他的，也像曲傑洛卓那樣坐了下來。一時間，雙方的藏獒都不叫了，連正從遠方奔撲而來的西結古領地狗群也不叫了，好像牠們從這邊的平靜中得到了某種啓示：生活在延續，日子一如既往地和平著，領地狗與領地狗之間並不會發生激烈的廝打與流血。

沒有發生廝打與流血的日子已經很久很久了。幾年來，和平與寧靜一直是草原的伴生物，部落飛快地消失，草原與草原之間的界限已經淡化，人民公社用一種高度集中的生產方式把更多的牧民招呼到了一起，人是可以在自己的公社不同的草原上常來常往的。領地狗群雖然依舊堅守著自古以來的領地，卻已經看慣了外來人和外來藏獒的造訪，不像過去那樣神經質地見生人就設防，見生狗就追咬了。彷佛一種默契正在形成：能不打就不打，包容，包容。

上阿媽騎手的首領巴俄秋珠看到幾隻大藏獒居然不聽自己的，惱怒地從馬上跳下來，挨個踢著大藏獒的屁股，看牠們還是無動於衷，就揮動馬鞭抽起來，邊抽邊說：「不敢打鬥的藏獒就不是藏獒，我要你們幹什麼。」

來到西結古草原的上阿媽領地狗是清一色的藏獒，牠們的獒王帕巴仁青，是一隻黃色多於黑色的巨型鐵包金公獒，看到巴俄秋珠揮鞭如雨，牠從狗群裏跳出來，撲過去用自己的身子擋住了巴俄秋珠，彷佛是說：主人啊，要抽你就抽我吧。

巴俄秋珠更加生氣了：「你這個不負責任的獒王，你還來護著牠們，那我就先抽死你。」他讓自己的騎手統統下馬，對他們說：「抽，你們輪換著給我抽，要讓我們的領地狗知道，牠們要麼死在戰場上，要麼死在主人的鞭子下，退卻是沒有活路的。」

騎手們猶豫著不想舉起鞭子。巴俄秋珠說：「你們不忍心抽是不是？那你們給我上，給我把西結古騎手一個個撂倒，給我佔領神宮，搶來麥書記和藏巴拉索羅。」

這更不可能，雖然上阿媽草原和西結古草原是兩個公社，但畢竟是一個縣的，雙方的騎手已經多少年沒有發生衝突了。人和人之間很少積怨的事情，缺乏仇恨的動力，怎麼去打呢？只能讓藏獒打，藏獒天生就是爲了打鬥，而且是爲人而打，藏獒不打，他們就打藏獒。主人的存在，就應該是鞭子的存在。上阿媽騎手們朝著獒王帕巴仁青舉起了鞭子，這個抽幾下，那個抽幾下。帕巴仁青慘叫著，但就是不躲開，牠生怕自己一躲開，主人的鞭子就會落到別的領地狗身上。

騎手的鞭子終於喚醒了上阿媽領地狗們的天性，那幾隻最早出擊的大藏獒又開始出擊了，牠們掛著眼淚撲向了班瑪多吉，撲向了西結古陣營。

曲傑洛卓一看幾隻大藏獒的神情就明白：這次是真的，真的撕咬起來了。牠從班瑪多吉身前衝出去，想攔住對方，發現對方狗多勢眾，便飛身而起，落地的時候已經越過幾隻大藏獒，站到了巴俄秋珠的馬腿之前。

馬後退了一步，驚慌得嗚嗚直叫，連馬背上的巴俄秋珠也禁不住「哦喲」了一聲。這正是曲傑洛卓所期待的，牠要吸引幾隻大藏獒回身來救牠們的主人，自己主人的危險也就不解自脫。遺憾的是，幾隻大藏獒根本沒有上牠的當，依然保持著最初的進攻路線，直撲班瑪多吉。

班瑪多吉有點不知所措，他坐下的大白馬回身就跑。大白馬一跑，好幾匹西結古騎手的坐騎也都跟著跑起來。巴俄秋珠哈哈笑著，一聲吆喝，所有的上阿媽領地狗都叫囂著殺了過來。一溜兒排開的西結古的防禦線頓時散亂了。

曲傑洛卓奮力攔截那隻離主人班瑪多吉最近的藏獒，卻被上阿媽草原的另一隻驢大的雪獒橫斜裏撲過來咬住了。一黑一白兩隻同樣健碩的藏獒扭打起來。

上阿媽的其他領地狗並沒有倚仗數量上的優勢破壞藏獒之間一對一的打鬥規則，視而不見地從牠們身邊紛紛經過，直撲西結古騎手，確切地說，是直撲騎手的坐騎。那些坐騎驚得順著山岡兩側拼命逃跑，騎手們想停下來直面對方藏獒的撕咬都不可能。

班瑪多吉氣急敗壞地大喊：「我們的領地狗怎麼還不來？岡日森格，岡日森格，你真是老了嗎，真是不中用了嗎？」

喊聲未落，就聽五十步開外，獒王岡日森格回應似的吼叫起來。

獒王來了，西結古草原的領地狗群來了，一來就攔住了瘋狂追攆的上阿媽領地狗。

逃跑的西結古騎手和追攆的上阿媽藏獒都停了下來。岡日森格高昂著頭顱，一副從容不迫的樣子，徑直跑向了上阿媽的領地狗群。牠的處變不驚的威儀以及眼神裏的和平與靜穆，讓人不由得心生欽仰，沒有哪隻藏獒撲過來攔截牠。牠跑到了依然扭打在一起的曲傑洛卓和那隻驢大的雪獒跟前，並沒有幫著自己人撕咬，而是用一種蒼老而渾厚的聲音在牠們耳邊低低地吼起來。

扭打停止了，雙方都有傷痕，但都不在要害處，曲傑洛卓和驢大的雪獒好像一直都在比賽碰撞摔打的蠻力，而沒有用上尖利的牙齒和堅硬的爪子，忍讓的眼睛都含有這樣的意思：還不到你死我活的時候，等著瞧啊。

岡日森格帶著曲傑洛卓回到了自己的群落裏。上阿媽的領地狗也朝後退去，退到了上阿媽騎手跟前。對峙的局面立刻出現了，一轉眼的工夫，山岡前平整的草地上，映襯著東西南北四座藏巴拉索羅神宮，西結古領地狗和上阿媽領地狗不靠人的指揮，自動完成了兩軍對壘時必不可少的部署。就在一片三十米見方的空地上，心照不宣的決鬥就要開始了。

誰都知道自古以來，領地狗群之間的爭鋒絕對不可能是一窩蜂的群毆，天經地義的打鬥秩序永遠都是一對一的抗衡，什麼時候哪隻藏獒出陣，由獒王來決定。好比人類的打擂臺。和人類不同的是，牠們沒有三盤兩勝或者五盤三勝之說，牠們會拼盡全部成員，拼到只剩下最後一隻狗。勝利的標誌也不是你死傷得多，我死傷得少，而是直到對方沒有一隻狗能夠站起來迎戰。除非一方在打鬥的過程中主動認輸並且撤退，除非人出面阻攔，或者帶著領地狗群離開。

但現在人是既不會阻攔也不會離開的，西結古的騎手和上阿媽的騎手都指望自己的領地狗群獲勝。雙方在沈默中緊張地觀察著，用不著談判協商，一個默契正在形成：誰的領地狗群贏了，誰就可以擁有藏巴拉索羅神宮的祭祀權，祭祀權的獲得，意味著神的保佑和身外之力的加持，意味著他將找到麥書記並得到神聖的藏巴拉索羅，就能將吉祥的藏巴拉索羅獻給北京的文殊菩薩。

上阿媽獒王帕巴仁青已經意識到人的意志不可違背，打鬥在所難免，必須全力對付。牠在自己的狗群裏逡巡著，閃爍著深藏在長毛裏的紅瑪瑙石一樣的眼睛，確定著第一個出場的獒選。一隻毛色和長相跟上阿媽獒王一樣的鐵包金公獒跳到了獒王跟前，請戰似的蹺起了前肢。

獒王帕巴仁青停下了，嚴厲而不失溫情地在對方鼻子上重重舔了一下。鐵包金公獒立刻跳了起來，牠跳出領地狗群，朝對方的陣線冷冷地望了一眼，不緊不慢地來到了打鬥場的中央。

騎馬站在後面的巴俄秋珠不禁「哦喲」了一聲：「小巴扎？怎麼是小巴扎？」立刻意識到，這個時候是不能有任何懷疑的，便換了一種口氣說，「小巴扎加油，加油啊小巴扎。」

小巴扎是上阿媽獒王帕巴仁青的孩子，出生才一年兩個月，還沒有完全長熟，怎麼能第一個出場呢？但在上阿媽獒王帕巴仁青看來，牠派自己的孩子第一個出場，既有尊重對手的意思，又有一定要旗開得勝的決心。按照慣例，對方也會派出一隻一歲多一點的藏獒對打，而在這個年齡段上，很少有藏獒能和小巴扎相較，無論是個頭和力量，還是隨機應變的水準，小巴扎都是最出色的。

現在就看西結古領地狗了，看獒王岡日森格會派出誰來第一個應戰。岡日森格在自己的群落裏走來走去，路過了所有的藏獒，折回來又一次路過了所有的藏獒，似乎在拖延打鬥的來臨。跑到岡日森格跟前請戰的藏獒一隻接著一隻，岡日森格都視而不見。

打鬥場上的小巴扎有點著急了，叫陣似的吼起來。

一隻小黑獒從西結古領地狗群裏跳出來，飛身而去，撞在了小巴扎身上。牠年齡跟小巴扎差不多，性格也和小巴扎一樣，初生牛犢不畏虎，看著年邁的獒王舉棋不定，早就忍不住了。

岡日森格十分不滿地衝著小黑獒吼了一聲，退回到西結古領地狗群的邊緣，萬分擔憂地看著打鬥。

小黑獒和小巴扎迅速扭到了一起，扭到一起後就再也分不開了，畢竟雙方都是少年藏獒，打架只能是孩子氣的，不像成年藏獒之間的爭鬥，一個回合一個回合節奏分明地撕咬。小巴扎意識到這樣的扭打一點風度也沒有，極力想脫開，但是不行，小黑獒硬是撕住牠不放，似乎小黑獒自己想做個孩子，就不想讓對方變成大人。

小巴扎只好認可這樣的打法，開始全神貫注地對付。扭打激烈起來，吼叫著，翻滾著，牧草的碎葉像雪花一樣揚起來。血光出現了，一道接著一道，也不知道是誰的血。

突然不動了，就在小黑獒摁住小巴扎，小巴扎又翻過來摁住小黑獒的時候，扭打停止了。所有的人、所有的藏獒都瞪起了眼睛，他們都知道，小黑獒失敗了，不是戰鬥失敗，而是生命失敗，牠被小巴扎咬死了。

小巴扎揚起血污的頭顱，呼哧呼哧喘著粗氣，眨巴著眼睛，極力想弄掉黏住了眼旁黑毛的鮮血，突然意識到自己首先應該得意一番、驕傲一下，便轉身朝著上阿媽領地狗群和自己的阿爸上阿媽獒王帕巴仁青走了幾步，氣派地晃了晃頭。意思好像是說：瞧瞧我呀，我沒有給上阿媽領地狗丟臉。

巴俄秋珠喊起來：「不行了，你們不行了，藏巴拉索羅神宮歸我們祭祀了。」

班瑪多吉無言以對，只在心裏埋怨西結古領地狗群。

小巴扎回過身來，把身體靠在後腿上，向著西結古領地狗群張大了血淋淋的嘴，炫耀著自己的利牙，等待著下一個挑戰者的到來。

西結古領地狗一片靜默，所有的藏獒都想即刻撲上去為小黑獒報仇，但獒王岡日森格始終不吭聲，牠好像忘了自己是獒王，不知道這會兒應該幹什麼了。

面前的打鬥場上，小巴扎無聲的炫耀已經變成了血沫飛濺的喊叫，肆無忌憚的挑釁裏，含滿了嘲笑和輕蔑。

班瑪多吉喊起來：「上啊，上啊，你們怎麼了？」

西結古領地狗群騷動起來，好幾隻藏獒來到了岡日森格跟前摩拳擦掌。岡日森格依舊視而不見。一隻少年公獒終於忍不住了，咆哮了幾聲，憤激難抑地跑向了打鬥場中央的小巴扎。

少年公獒比剛剛戰死的小黑獒大兩個月，是從小和小黑獒一起吃喝、一起玩耍的夥伴，夥伴一死，牠就哭了。對藏獒來說，傷心和報仇是一座山的兩面，既然已經傷心過了，報仇就是必然的了。獒王岡日森格來不及攔住牠，便警告似的叫了一聲：小心啊。牠似乎已經預知了這場打鬥的結果，傷感地歎息著，回頭看了一眼一直待在班瑪多吉身邊的曲傑洛卓，臥下來，一眼不眨地望著前面。

正如岡日森格所料，打鬥一開始，就出現了一邊倒。小巴扎乘時乘勢，狂猛地撲過來，又迅速地退回去，避免了剛才和小黑獒打鬥時的糾纏。少年公獒顯出笨拙來，牠還沒有脫離孩子階段，全部的打鬥經驗都依賴於平時兄弟哥們之間的扭纏和翻滾，根本就不適應這種大藏獒才會有的打鬥節奏。三個回合下來，牠的脖子、肩膀和臉上就有了三處傷口。而小巴扎身上卻沒有任何少年公獒留下的痕跡，牠是早熟而聰明的，三個月前就開始和自己的阿爸上阿媽獒王帕巴仁青對打，阿爸用牠所知道的所有辦法撲倒咬住了牠，牠也就心領神會地學到了這些辦法，成了一隻在年齡相仿的藏獒中沒有敵手的出色少年。

少年公獒的身後，許多西結古領地狗叫起來，好像是在提醒少年公獒。但是獒王岡日森格知道，這樣的提醒還不如不提醒，一旦小巴扎意識到別人的提醒在對方身上起了作用，牠立刻就會改變主意，直接咬向對方的喉嚨，或者咬向喉嚨和肚子之外的另一個地方。打鬥靠的是打鬥者自己的感覺，而絕不是別人的指揮。感知瞬間的變數，敏捷地捕捉到經驗和經驗之外的任何危險跡象，心腦和肉體的完美協調，反射動作似的產生應對的辦法，才是最最重要的。

岡日森格懊悔地自責著：我失職了呀，我怎麼沒有早早地教會孩子們。牠知道，少年公獒死定了，除非牠轉身逃跑。可少年公獒是西結古草原的藏獒，面對強敵，就是讓牠死上一百次，也不會逃跑一次。牠再次回頭看了一眼仍然待在班瑪多吉身邊的曲傑洛卓，忽地站起來，瞪凸了眼睛看著少年公獒。

傷痕累累的少年公獒悲壯地朝前移動著，面對牠已經感覺到的死亡，無所畏懼地一連靠近了好幾步。

岡日森格突然想起來，還有一種辦法也許能讓少年公獒不死，岡日森格吼了一聲，向前走去。

第六章　紅衣女孩

嘎斯卡車撞翻了多吉來吧。但轉眼死去的，轉眼又活過來了。青年飼養員和另外一些人剛剛把多吉來吧抬上嘎斯卡車的車廂，牠就睜開眼睛倔強地站了起來。牠腿上背上頭上都是血，望著面前驚呆了的人，把發自胸腔的惡氣呼呼地噴在了他們身上。但是牠沒有咬人，牠現在不屑於咬人，哪怕是圖謀害他的壞人。牠假裝不知道是人讓牠流了血，讓牠昏死了片刻，搖頭晃腦地甩著鮮血，撞開人群，跳下了車廂。

遺憾的是，牠沒有按照自己的願望儘快離開這裏，牠摔倒了，趴在地上半天沒有起來，畢竟是鋼鐵的汽車撞了牠，身體的好幾處疼得牠無法行走。趁著這個機會，青年飼養員從車廂前面爬下去，拿了槍，就在五米之外瞄準了牠。

多吉來吧是見過槍的，在草原上就見過，知道槍是一種無法抗拒的武器，人只要拿著它，再厲害的動物也只能自認倒楣。牠想跑開，瞪圓了眼睛，使勁站起來，又「撲通」一聲臥下了。牠把眼睛眯起來，無奈地望望黑洞洞的槍口，又望望更加黑暗的飼養員的眼睛，從肺腑裏發出了一串呼嚕嚕的聲音，像是威脅，又像是乞求。飽經滄桑、歷練風雨的多吉來吧已經學會乞求了？

青年飼養員的眼睛亮了一下，這一絲光亮，照見了自己內心的善良。他畢竟陪伴了牠一年，冷熱饑飽操心了牠一年，他的心突然就軟了，食指竟然沒有力量扣動扳機。

青年飼養員走了，帶走了原本要打死多吉來吧的槍，帶走了幾乎撞死牠的嘎斯卡車，把自由和無法想像的命運留給了多吉來吧。

司機說：「你的心真狠，你居然把牠遺棄了。」

青年飼養員說：「我是怕麻煩，咱動物園要一隻傷狗幹什麼。」

多吉來吧掙扎著站了起來，蹣蹣跚跚朝前走去。圍觀的人們隔著十幾步就給牠讓開了路。牠吃力地抬起頭，望著前面百米外一片敞亮的街口，那裏大概就是走出城市的關口吧？但是牠知道自己是走不到街口去的，牠急需要臥下、休息，在安靜的沉睡中調動起體內自我修復的各種因素，儘快趕走傷痛的折磨，強健起來，奔跑起來。

牠走上了人行道，臥下來喘了幾口氣，又起身走向了緊挨著人行道的一小片樹林。樹林雖小，卻是葳蕤茂密的，藏在裏面，街上的人就看不見了。

讓多吉來吧想不到的是，城裏的人和草原上的人是完全不一樣的，一點也不在乎一隻藏獒的需要和感覺，更有人跟狼一樣，有著欺軟怕硬的稟性。他們看牠毫無反抗的能力，就圍住了那片樹林，撥開樹枝，用一些寒夜賊星一樣的眼光窺伺著牠。五六個人你一言我一語：「啊唷，兩條狗皮褥子也能做了。」「就在這裏扒皮，還是抬回去扒皮？」「當然要抬回去了，我不要狗皮，我就要狗肉。」「去，拿繩子來，先把牠綁了再說。」

眼睛和聲音都是不懷好意的，多吉來吧已經感覺到了，牠憤怒地叫囂著，卻叫不出自己的威猛和兇暴來，乏力和疼痛的感覺讓牠的大頭沉重得低了下來，氣體的進出急促而軟弱，就像破裂了的氣管一樣嗤嗤地響。牠無奈地停止了叫囂，張大嘴，頭一歪，陰森森地望著那些不懷好意的眼睛，漸漸閉上了自己的眼睛。

很快繩子就來了。幾個闖進樹林的人在三步之外用掰下來的樹枝試探地搗著多吉來吧，看牠沒有反應，就挨過來，像宰牲畜那樣，把多吉來吧的四個爪子綁在了一起，又在牠脖子上狠狠地勒了幾圈。多吉來吧嗅到了這幫人的味道，儲存在記憶裏。

這時爲首的人說：「王祥你看著，我們去找架子車。」

王祥說：「你們可要快點，萬一牠醒了呢？」

多吉來吧聽懂了他們的話，便在立刻就要昏死過去的時候，頑強地拉住了自己的意識，閉上嘴，用牙齒咬住了舌頭：醒著，我要堅決醒著。然而從心裏從腦中出現的卻不是清醒，而是迷濛的晚景，就像草原的雨天蒸起了一天一地厚重的煙嵐。

死了，眼看就要死了，即使不死於汽車的衝撞，也會死於人的捆綁，狠勒在脖子上的麻繩讓牠呼吸困難，馬上就要斷氣了。將死而未死的迷濛讓多吉來吧聞到了一絲熟悉的味道，彷彿是遠去的，又像是最近的。牠讓情緒在身體內部的奔湧中安靜下來，仔細品了品，散淡的意識便漸漸聚攏在了一個紅色的人體上。哦，牠明白了，原來是那個六七歲的紅衣女孩。

她來了，她走進了樹林，站到了牠面前，帶著一臉的小迷茫和小驚訝，聲音細細地問道：「大狗你死了嗎？」

多吉來吧使出殘剩的力氣讓尾巴搖了搖，又用鼻子哼哼地歎了一口氣，牠吃力地張了張嘴，像是艱難的呼吸，又像是最後的求助。女孩理解了，她蹲下身子，伸出小手，抓住了緊緊勒繞在多吉來吧脖子上的麻繩。

守在樹林外面的那個叫王祥的人喊了一聲：「小孩妳出來，小心把妳咬了。」

紅衣女孩不理他，她知道是他們綁了大狗，就更有點故意搗蛋的意思了：你們綁了我爸爸，現在又要綁大狗，你們是多壞的人啊！她用兩隻白嫩的小手開始解繩子，可怎麼也解不開，解得手指都疼了，就趴在多吉來吧身上，用兩排珍珠似的小白牙，一點一點地解石頭疙瘩一樣的繩結。

王祥看紅衣女孩不理他，正想鑽進樹林把她扯出來，就見自己的兒子從馬路對面走了過去。於是他喊住兒子，讓他過來，叮囑道：「你在這兒守著，林子裏頭有一隻快死的大狗，人問起來，你就說死狗是我們的。」又皺起眉頭看了看遠處說，「他們怎麼還不來，是不是找不到架子車了？我知道哪裡有。」王祥快步走去，留下兒子心不在焉地在樹林邊坐了下來。

兒子對爸爸給他派的活一向是反感和抵觸的，這次也不例外，坐了半天才意識到爸爸是讓他在這裏守著一隻大狗的，忽地跳起來，掀開樹枝就往林子裏鑽。

他愣了，他十歲的樣子，或者還不到，最喜歡的就是狗，現在他看到一隻壯碩的有黑毛也有紅毛的狗就趴在他眼前，大狗身邊還有一個紅衣女孩，女孩趴在地上，正在用牙齒一口一口地解著綁住了大狗四個爪子的麻繩。

勒繞在脖子上的麻繩已經解開，多吉來吧好受多了，由雪山草原、艱難歲月磨礪而成的生命的堅韌、由喜馬拉雅獒種的優秀遺傳帶給牠的抗病抗痛的能力，不知不覺發揮了作用。牠覺得自己走向死亡的腳步漸漸緩慢，似乎就要停止了，劇烈的疼痛變得可以忍受，呼吸也順暢了許多。牠忍不住睜開眼睛，瞪著男孩，嗓子裏呼呼的，就像刮出了一陣仇恨的風。

男孩叉著腰說：「牠是我的狗，妳動什麼？」

女孩抬起頭瞪著他，以同樣堅定的口氣說：「不是你的狗，是我的狗。」

男孩說：「是我們的，我們的狗。」這次他強調了「我們」，想把自己的爸爸端出來。

女孩一聽更生氣了：「你們爲什麼綁我的狗？我的狗，我的狗，我看見了就是我的狗。」

兩個孩子好像在爭搶一件在大街上見到的玩具，誰也不讓誰。多吉來吧似乎知道他們在吵什麼，衝男孩呼呼地威脅著，又伸出舌頭友好地舔了舔女孩的手。

男孩不吵了，他意識到爸爸的說法是不可靠的，大狗的舉動已經說明了牠歸誰所有。他坐在了地上，眼饞地望著多吉來吧繼續舔舐女孩手的舉動，衝著女孩討好地笑了笑。女孩不理他，再次趴倒在地上，去用牙齒費力撕扯綁住了大狗四個爪子的繩結。

男孩說：「我爸爸去找架子車了，他們要把牠拉走。」

女孩不理，多吉來吧也不理。

男孩說：「我爸爸是個壞蛋，跟他一起的都是壞蛋，他們愛吃狗肉，我不愛吃。」說著咽了一下口水。

女孩和多吉來吧還是不理。

男孩說：「我來解疙瘩，我力氣比妳大。」說著，屁股蹭著地面挪了過去。把牙齒都撕扯疼了的女孩只好把繩結讓給男孩。男孩望著多吉來吧膽怯地說：「牠不會咬我吧？」

多吉來吧很長時間都是孩子的伴侶，就像熟悉自己一樣熟悉孩子，牠立刻看出女孩和男孩已經和解，又從男孩的神情舉止中猜透了他的心，眼睛裏頓時露出了平和友善的光波。

而喜歡狗的男孩也敏捷地領悟到了狗眼裏的內容，嘿嘿一笑，抓住多吉來吧爪子上的繩結，使勁用手拽著，拽了幾下沒拽開，就像女孩那樣，趴在地上用牙齒撕扯起來。捆綁結實的麻繩終於解開了。多吉來吧斜躺著，吃力地把四肢蜷起來又伸展開，扭了扭腰肢，然後把兩條前腿平伸到前面，嘴埋進兩腿之間，身子端端正正地趴臥著。這是恢復體力、自療傷痛的最好姿勢，這個姿勢表明了牠內心的踏實：牠已經感覺到了不死的希望，那就是自己被汽車撞壞撞痛的是韌帶和肌肉，而不是骨頭，骨頭好好的，至少那些維繫生命和行動的大骨頭好好的。

男孩挪到前面，摸了摸多吉來吧的鼻子，從口袋裏掏出一個青稞麵花捲，自己咬了一口，把剩下的送到了多吉來吧嘴邊。多吉來吧不吃。

女孩說：「我的狗，你餵什麼？」

男孩不跟她計較，把青稞麵花捲塞進口袋，摸了摸獒頭上的傷痕說：「牠流血啦，血流完了牠就會死掉。」

女孩說：「才不會呢。」

男孩說：「我有辦法讓牠不流血。」

女孩說：「我的狗，不許你想辦法。」

男孩討好地說：「我給妳的狗想辦法還不行嗎？走，我們買藥去。」

女孩搖著身子不說話。

男孩說：「我爸爸流過血，他買藥的時候我見過，我知道買什麼藥。走啊，沒有藥大狗就會死掉的。」說著拉起了女孩的手。

藥店離這裏不遠，男孩拉著紅衣女孩走進去，來到櫃檯前，仰頭望著一個女售貨員，大大咧咧地說：「我要買白藥。」

女售貨員問道：「什麼白藥啊？很多藥都是白的。」

男孩說：「就是流血的白藥。」

女售貨員拿出一個拇指大的小瓶子：「是這個嗎？」

男孩點點頭，一把搶了過來，拉著女孩，轉身就跑。等女售貨員繞過長長的櫃檯，走到藥店門外時，男孩和女孩已經消失在了人群裏。

回到樹林裏，男孩打開小瓶子，把粉末狀的雲南白藥撒在了多吉來吧的傷口上，老練地再次掏出青稞麵花捲，抹了一些藥，塞到了多吉來吧半張的嘴裏。多吉來吧忍著疼痛吞下那個花捲，望著兩個孩子，眼睛濕濕的，就像人的感激那樣，真實而閃光。

男孩知道自己已經發揮了作用，說話應該是有分量的，就站起來，兩手扠在腰裏說：「現在我們應該換地方啦，換到我爸爸找不到的地方去。」

女孩覺得他在學著大人的樣子玩遊戲，嘿嘿地笑著，也把手扠起來說：「換地方嘍。」

這時樹林外面有了響動，一輛架子車骨碌碌地過來，倏然停下了。幾個男人大聲地互相開著玩笑，來到了樹林的邊緣。

男孩緊張地說：「我爸爸抓大狗來了，怎麼辦？」

女孩渾身一顫，咚地坐下，一把抱住了多吉來吧的頭。

第七章 秘蹤

在寄宿學校，暈死過去的父親很快被孩子們和美旺雄怒的喊聲喚醒了，醒來後才知道，他需要承受的悲痛要比他看到的嚴重得多：有人來過了，帶著一隻藏獒，不光咬死了漆黑如墨的大格列和另外四隻大藏獒，還掠走了小兄妹藏獒尼瑪和達娃。

大格列和另外四隻大藏獒戰神第一、怖畏大力王、無敵夜叉、白雪福寶，都是來自牧馬鶴草原的獒中梟雄，誰能幾口咬死牠們？父親腦海裏出現了一個形象，那是他在西結古寺的降閻魔洞裏看到的，是十八尊護法地獄主中排位第四的地獄食肉魔，這個形象之所以如此的刻骨銘心，是因爲傳說牠能一夜之間吃掉草原上所有的藏獒。父親不寒而慄，有人帶著一個堪比地獄食肉魔的恐怖傢伙來過了，又走了。他們到底要幹什麼？難道就是爲了咬死大格列和另外四隻大藏獒，搶走尼瑪和達娃？

父親坐在大格列和另外四隻大藏獒身邊，眼睛濕汪汪的，突然站起來，衝著孩子們吼道：「哪裡的人，哪裡的藏獒，你們認得嗎？」

被地獄食肉魔嚇傻了的孩子們一個個搖頭。

父親又吼道：「他們往哪裡去了？」

孩子們齊刷刷地舉手指了過去。父親回頭一看，吃了一驚：孩子們指的方向是野驢河的上游，高曠寂靜的白蘭草原。他心裏不禁一陣抽搐：咬死大格列和另外四隻大藏獒也許僅僅是個開始，這個人、這隻堪比地獄食肉魔的藏獒，顯然是路過寄宿學校，他們很可能是衝著藏巴拉索羅去的，藏巴拉索羅危險了，寄養在白蘭草原桑傑康珠家的藏巴拉索羅和另一些寺院狗，將面對一場血肉噴濺的極惡之戰。

父親打了一聲呼哨，從五百米外的草場上招來了自己的大黑馬，解開纏繞在脖子上的韁繩，跳上去就跑，突然又拉著韁繩拐回來，對一個歪戴著狐皮帽、伏在大格列身上哭泣的孩子說：「秋加你起來，千萬別動大格列，這裏是行凶現場，現場是不能動的。」

父親催馬而去，看到美旺雄怒跟了過來，比劃著喊道：「你留下來，留下來。」然後長歎一聲：「要是多吉來吧還在寄宿學校就好了。」

寄宿學校的六隻大藏獒是一年前多吉來吧離開西結古草原去西寧動物園後，父親從過去的牧馬鶴部落頭人、現在的牧民大格列那裏要來的。要來不久，大格列就生病去世了。爲了紀念這位性情耿直、爲人豪爽的朋友，父親把其中兩隻最年輕的大藏獒的名字改成了大格列和美旺雄怒。

美旺雄怒是牧民大格列的寶帳護佑神，意思是火自在青年不死三昧主，恰好也契合了這隻大公獒赭石一樣通體焰火燃燒的毛色。父親和這六隻大藏獒彷彿上一輩子就一起待過，一見面就很親熱，他就像舊主人一樣對待著牠們，牠們也像對待舊主人一樣對待著他。草原上的人都說，親密的夥伴除了一個變綠一個長肥的草原和牲畜，再就是一個舔者麻一個拌糌粑的漢扎西和他的藏獒，「者麻」是不拌的糌粑，意思是說父親和他的藏獒親密無間到同吃同住了。

一個月前，父親又從領地狗群裏抱來了小兄妹藏獒尼瑪和達娃，牠們是多吉來吧和大黑獒果日的第三胎公獒賽什朵的孩子，是多吉來吧和大黑獒果日的嫡傳後代，父親在牠們身上寄託了自己對多吉來吧的思念，也寄託了對未來的希望。可是現在，寄託沒有了，希望被強盜掠走了。掠走尼瑪和達娃的強盜一定是個識別藏獒的行家，一眼就看出牠們未來的品相和能力是草原藏獒中第一流的。

父親騎馬奔馳在草原上，心急如焚，只嫌野驢河太長太長，怎麼也到不了上游，到不了白蘭草原。

白蘭草原是西結古草原最美麗的部分，有高大的喬木、豐茂的牧草，有巨大的冰川和冰川融水形成的碧綠的湖泊。它依靠著白蘭雪山，曾經是著名的白蘭羌的駐牧地，號稱白蘭國，一千多年後，它成了西結古寺的屬地，生活著西結古寺的屬民，屬民們固定給西結古寺當差和交納菜牛菜羊。公社化以後，所有的屬地屬民都歸了公社，但公社書記班瑪多吉特意在白蘭草原組建了一個生產隊，交由西結古寺管理，實際上就是維持了古老的習慣，讓西結古寺仍然擁有一定的屬地屬民。至於西結古寺把一隻叫做藏巴拉索羅的了不起的藏獒和另外一些寺院狗寄養在白蘭草原的桑傑康珠家，父親還是第一次知道。

終於進入了白蘭之口，一片長滿了虎耳草、血滿草、仙鶴草和野生蕪菁的漏斗形原野出現在面前，漏斗的中間是星羅棋布的湖，人們叫尕海。白蘭濕地的紫色嵐光裏，一群群的白鶴、天鵝、斑頭雁和藏雪鴨各自爲陣又互相交會著，清亮的鳥叫聲穿雲而去，翩然起舞的姿影禮花一樣飛上了天。

父親來不及觀賞仙境一樣的景色，繞過濕地，跑向了進入白蘭草原後碰到的第一個牧民。

那牧民一臉黝黑，魁偉高大，留著披滿了肩膀的英雄髮，帶著一匹赤騮馬和一隻雄壯的藏獒，正躺在一片粉黃色的仙女三姊妹花中休息。發現他後，牧民站了起來，雙手緊緊抱在皮袍鼓鼓囊囊的胸兜上，目光如炬地看著他。雄壯的藏獒卻趴臥在花叢裏，嗡嗡嗡地低聲叫起來。

父親一聽叫聲就知道這是一隻不認識自己且充滿了敵意的藏獒，沒有跑得太近，遠遠地停下來喊道：「你好啊兄弟，桑傑康珠家在哪裡？」

牧民抬手指了一下。父親驅馬就跑，焦急中連聲謝謝都忘了說。

父親來過幾次白蘭草原，知道桑傑康珠既有姑娘的美麗，又有小夥子的能幹，就像牧民們說的：「白蘭草原哪裡最美麗？尕海在哪裡哪裡就最美麗；牧家的人堆裏誰最耀眼？桑傑康珠在哪裡哪裡就最耀眼。」桑傑康珠十六歲時才隨著阿爸回到老家白蘭草原，一來就用槍打死過一隻奇大的藏馬熊。那時候她家只有兩隻藏獒，阿爸天天帶著牠們去放牧。藏馬熊似乎摸準了這個規律，只要羊群一走，就會來到帳房跟前轉悠。有一次甚至走進了帳房，偷吃了糌粑，踩塌了鍋灶，撞翻了佛龕。

桑傑康珠沒有害怕，第二天就把這隻奇大的藏馬熊打死在離帳房三百米的水窪裏。這說明她有白蘭人的遺傳：最早的白蘭國就是一個女性比男性更強悍、更尚武的部落王國；也說明她有她奶奶的遺風：她過世的奶奶從十三歲開始，就成了西結古草原交通風雨雷電的苯教咒師。桑傑康珠唱著兒歌，把自己想像成苯教的神靈病主女鬼、女骷髏夢魘鬼卒、魔女黑喘狗、化身女閻羅，端起槍瞄準了藏馬熊。

那些兒歌就是咒語，奶奶把咒語當做兒歌教給了她。打死藏馬熊以後，阿爸的槍就成了她的槍，她就像一個小夥子一樣，天天揹著比她高的叉子槍進進出出。後來槍被公社書記班瑪多吉沒收了，桑傑康珠追到碉房山上責問班瑪多吉：「爲什麼不能讓我有槍，槍是我們白蘭人的衣裳，你收走了槍，就等於扒了我的衣裳。」

班瑪多吉說：「這是上面的指示，牧民的槍都要統一保管。」

桑傑康珠說：「你說是保管？誰來保管？總得有個人吧，那個人是誰啊，能不能是我？」

班瑪多吉說：「保管的地方和人都已經有了，那就是西結古寺，就是丹增活佛。」

桑傑康珠又去西結古寺找到丹增活佛，虔誠地磕了一個頭，站起來後就又是雙手扠腰、慍色滿面了：「佛爺你說爲什麼？爲什麼你要拿走我的槍？」

丹增活佛說：「不是我拿走了妳的槍，是擔心妳做出惡業的怙主菩薩、四十二護法拿走了妳的槍。」

桑傑康珠聲音尖脆地說：「我是病主女鬼，我是女骷髏夢魘鬼卒，我是魔女黑喘狗，我是化身女閻羅，槍就是我的無上法器，什麼菩薩護法，誰也不能沒收我的法器，趕快把槍還給我。」

丹增活佛呵呵一笑說：「妳說的這些都是山野之神，在佛菩薩這裏，任何山野之神都不過是小鬼，小小的鬼，頂禮膜拜佛菩薩是妳唯一的選擇。趕快去怙主菩薩和四十二護法座下上香磕頭吧，但願妳的語言沒有減損妳對他們的恭敬心。」

桑傑康珠沒有去上香磕頭。她的阿爸繼承奶奶的衣缽，也是一位苯教咒師，卻又虔誠地信仰著佛教，知道她的情狀後，一連幾天都在家中的佛龕前念經，祈請怙主菩薩和四十二護法不要把懲罰降臨到女兒身上。

菩薩和護法是寬容的，丹增活佛也是寬容的，不僅懲罰沒有降臨，還把一群以了不起的藏巴拉索羅爲首的威武而吉祥的寺院狗寄養在了他們家。這是莫大的榮幸，爲什麼會飄然而來？阿爸是知道的：就是因爲啊，桑傑康珠是美麗而耀眼的。

一個姑娘的美麗和耀眼，本身就是佛菩薩的恩賜，當她的面孔在陽光下展露而又出言不遜時，誰都會原諒，一切都會被原諒。但是今天，美麗的已經不美麗，耀眼的已經不耀眼。當桑傑康珠一家帶著幾輩子都不曾積累這麼多的悲傷出現在父親面前時，父親都不知道如何表達自己的吃驚了。
悲慘的事件比父親想像得還要悲慘，儘管他從寄宿學校出發時就知道對方只有一個人一隻藏獒，但他還是不相信似的問道：「他們幾個人？幾隻藏獒？」
桑傑康珠說：「就一個黑臉漢子、一隻藏獒。」
「真的是這樣嗎？」父親還是不相信。
桑傑康珠說：「還有兩隻小藏獒。」
父親說：「那是他們偷搶了我的，我的小兄妹藏獒尼瑪和達娃。」
父親怎麼能不震驚呢？僅僅一隻藏獒就殺死了這麼多藏獒，包括那隻曾經一口氣咬死過三隻雪豹的了不起的藏巴拉索羅，西結古寺寄養在桑傑康珠家的全部寺院狗一隻不剩地都被咬死了。在桑傑康珠家的帳房前，從遠方的白蘭雪山傾斜著延伸而來的草地上，父親望著死去的藏獒數了數，一共十二隻，除了三隻不到一歲的小藏獒，其餘的都是肩高至少八十公分的大藏獒，尤其是金黃色的藏巴拉索羅，偉壯的身軀如同一隻獅子，差不多就是獒王岡日森格的另一個版本了。
父親搖著頭，不停地說著：「不可能，不可能。」連如此偉壯的藏巴拉索羅都被咬死了，那牠是一隻什麼樣的野獸？父親的腦海裏再一次出現了那個恐怖、獰厲、巨大、無常、貪嗔無量的形象：降閻魔洞裏，十八尊護法地獄主中排位第四的地獄食肉魔。他雙手捂住了自己的胸脯，似乎害怕心臟跳得太激烈而蹦出胸腔，喘著氣說：「要是多吉來吧還在西結古草原就好了。」
桑傑康珠瞪著父親說：「別提你的多吉來吧了，我看見牠的時候，想到的就是你的多吉來吧，我心想：那個名叫多吉來吧的飲血王黨項羅刹怎麼又回來了？」

父親「呵」了一聲，那口氣中既有對多吉來吧的深沉思念，又有對桑傑康珠的不滿：你怎麼可以把牠和多吉來吧聯繫到一起呢，我的多吉來吧不是魔鬼是善金剛，牠去了千里之外的西寧動物園，啊，我怎麼讓牠去了千里之外的西寧動物園呢？

父親說：「多吉來吧和地獄食肉魔都是人教出來的，兇猛和惡毒大概是一樣的，但心是不一樣的。」

氣糊塗了的桑傑康珠說：「一樣，牠們從裏到外都是一樣的。」

父親問道：「妳是說牠跟多吉來吧長得很像，也是一隻脊背和屁股漆黑漆黑、前胸和四腿火紅火紅的藏獒？」

桑傑康珠把眼睛裏的仇恨收斂了一下說：「是啊，是啊，我不知道這魔鬼叫什麼名字，我就叫牠多吉來吧。」

父親氣咻咻地打斷她的話：「不要再叫牠多吉來吧了，牠怎麼叫多吉來吧呢，多吉來吧是我的親弟兄知道嗎？妳快說！黑臉漢子帶著地獄食肉魔去了哪裡？」

桑傑康珠不理他，轉身走進了帳房，一會兒她出來，快步走向帳房後面，腰裏已經多了一把刀鞘上鑲著綠松石、刀柄上嵌著紅瑪瑙的藏刀。帳房後面拴著幾匹馬，桑傑康珠從地上搬起鞍子，扣在一匹青花母馬的背上，使勁繫上了馬肚帶。

被地獄食肉魔嚇得臉色慘白、渾身僵硬的桑傑康珠的阿爸，一個臉上的褶子比頭髮還要多的苯教咒師，直到這時才抖抖索索走出了帳房。他告訴父親，魔鬼來的時候他沒有露面，一直躲在帳房裏一邊偷看一邊念咒，可他的咒語是不頂用的，不該發生的事情還是發生了。又說：「那個魔鬼一樣的黑臉漢子、那隻魔鬼一樣的藏獒，朝著你來的路走了，這會兒大概已經走出了白蘭草原。」

父親愣了一下說：「我怎麼沒碰到？」突然一個警醒：他不是沒看到，他看到了，又被他輕易放過了，那個他進入白蘭草原後看到的第一個牧民，那隻趴臥在花叢裏嗡嗡嗡低聲吠叫的藏獒，不就是兇手嗎？父親更加清晰地想起來：兇手的雙手緊緊抱在皮袍的胸兜上，胸兜鼓鼓囊囊的，裏面不是小兄妹藏獒尼瑪和達娃是什麼？

父親轉身跑向了自己的大黑馬。他要去追攆兇手了，還要把這個壞到不能再壞的消息帶給西結古寺的丹增活佛和鐵棒喇嘛藏扎西，帶給公社書記班瑪多吉，帶給正率領著領地狗群決一死戰在藏巴拉索羅神宮前的獒王岡日森格：了不起的藏巴拉索羅死了，寄養在白蘭草原桑傑康珠家的十二隻寺院狗都死了，還有我的大格列，牠也死在地獄食肉魔的利牙之下了。

一匹青花母馬從父親身邊風行而過。父親愣了一下，就聽身後桑傑康珠的阿爸喊起來：

「回來，康珠妳回來，妳不能去送死，不能啊。」

憤怒至極的桑傑康珠不聽阿爸的，鞭馬鞭得更狠了。

父親追了過去，他本想跑到前面攔住她，可是他的大黑馬已經有點老態，怎麼也追不上年輕的青花母馬，眼看著桑傑康珠和自己越來越遠。他嚴厲而急切地喊起來：「康珠姑娘，康珠姑娘。」

回答父親的是一匹狼的嗥叫：「嗚兒，嗚兒。」父親打了個愣怔，胸口一陣驚跳，自從九年前發生了寄宿學校的十個孩子被狼群咬死的慘劇後，父親一聽到狼叫就緊張，就會聯想到孩子們的安全。他勒馬停下，朝狼叫的地方看了半晌，看到了羊群，卻沒有看到狼，又策馬往前跑去。父親憂心忡忡：麥書記失蹤了，外面的騎手犯境了，地獄食肉魔來到了，緊接著，狼又開始聚合行動了。

發出嗥叫的是一匹白蘭母狼。牠是昨天晚上靠近桑傑康珠家的，靠近的目的是爲了報復。牠的兩個孩子、兩匹剛剛獨立生活的公狼，第一次偷襲羊群，就被寄養在桑傑康珠家的寺院狗咬死了。牠必須咬死至少二十隻羊作爲回敬，否則就憤怒難平。

但是一靠近桑傑康珠家的羊群，機敏的藏獒就開始吼叫了，無論從哪個方向，無論是上風還是下風，牠都能感覺到死亡隨時都會發生，不是羊的死亡，而是自己的死亡。

不甘心就此撤退的白蘭母狼遠遠地觀望著，突然看到，用不著自己行動，報復就從天而降，而且是那麼徹底：所有的藏獒都死了，就在牠的矚望之中，被一隻格外強悍的藏獒以不可思議的速度一隻隻咬死了。牠驚呆了，簡直不敢相信自己的眼睛，更不明白這到底是爲什麼，怎麼藏獒咬起藏獒來，比藏獒撕咬狼群還要兇殘無度？

現在，羊群就像數不清的一大團一大團的肉，毫無障礙地暴露在了白蘭母狼面前。白蘭母狼衝進驚慌失措的羊群，咬死了三隻羊，突然就不咬了。牠嗥起來。很快有了回應，近的、遠的、更遠的，四面八方的狼嗥悠然響起。白蘭草原的狼群，朝著桑傑康珠家駐牧的地方，迅速彙集而來。這些狼是互相認識的，冬天屬於一個群體，夏天食物豐富，旱獺、鼢鼠、兔子、黃鼬這些小型動物到處都是，用不著集體捕獵，就又會分散行動。但有時候，牠們也會改變冬聚夏散的規律，就像現在，意外而特殊的情況發生了，牠們必然要聚在一起行動了。牠們先是趕走了滿地的禿鷲，用死去藏獒的血肉填飽了肚子，然後才開始用牠們的語言表示驚詫：我們的宿敵怎麼都死了？

一匹毛色發黑的頭狼——父親借用寧瑪巴古老的伏藏預言，把牠稱作黑命主狼王——比別的狼有了更準確的判斷：發生在藏獒之間的不是打鬥，是屠害，而且是有預謀的屠害。很可能藏獒的死亡並沒有結束，接著還會有。而狼群必須跟上去，藏獒死在哪裡，就應該吃到哪裡，畢竟是藏獒的肉，是世仇的肉，進食的過程伴隨著洩恨和報仇的快感，跟吃羊肉牛肉鼠肉兔肉是完全不一樣的。更重要的是，牠想搞清楚，究竟爲了什麼，會發生如此慘烈的藏獒對藏獒的咬殺。

黑命主狼王朝前走去。別的狼也都迤邐而行。草原一片沈默，雲朵詭譎了，風的吼叫變得機密而恐怖：吃掉牠，吃掉牠。

雪獒愣怔了一下：你不會是怯懦到想去進攻一個已經不能動了的孩子吧？就見曲傑洛卓繞著小巴扎跑了一圈，然後閒庭信步似的走過來，走著走著，就微閉了眼睛，不知爲什麼，臉上笑瞇瞇的。

曲傑洛卓來到雪獒跟前，就像第一次走近牠那樣，衝著牠的鼻子爆炸似的吼了一聲，然後迅速跳開，奔躍而去，圍著小巴扎跑了一圈，又笑瞇瞇地回到了雪獒身邊。

雪獒還是愣怔著，以爲對方又要爆炸似的吼一聲。就在這個時候，雪獒想不到的事情發生了，曲傑洛卓既沒有用速度也沒有用力量，不過是用了一點麻痹，就一口咬向對方，咬住了大血管和喉嚨之間的那個地方。一陣猛烈的撕扯，鮮血染紅了雪獒的潔白，就像春天消融著草原的積雪。雪獒扭頭就要反咬，卻見曲傑洛卓已經鬆開牙齒，跳起來朝後蹦去。

驢大的雪獒惱羞成怒地就要撲過去，忽聽身後傳來一陣上阿媽獒王帕巴仁青的吼叫，牠望了一眼沒有理睬，那吼叫便越來越急。雪獒知道這是讓牠趕快回去的意思，十分不情願地回應了一聲，慢騰騰扭轉了身子。

雪獒朝回走去，不斷顧望著曲傑洛卓，眼睛裏一半是不服氣的憤怒，一半是不期而至的感激。感激是因爲雪獒突然意識到曲傑洛卓並不是只能咬在自己的大血管和喉嚨之間，牠本來可以咬斷自己的大血管，也可以咬住自己的喉嚨挑斷氣管，但是牠沒有，牠留了雪獒一條命。

雪獒記住了，記住了恩情但也沒有忘記仇恨。對藏獒來說，報恩和報仇是兩種並行不悖的生命驅動，牠們共同塑造著藏獒，令人欽羨地完善著藏獒那種恩怨分明的狗格和獒性。

這時，西結古草原的獒王岡日森格掩飾不住興奮地輕輕叫起來，牠看到換下雪獒的居然是上阿媽獒王，上阿媽獒王上場了。這就提高了曲傑洛卓的地位，只要曲傑洛卓打敗上阿媽獒王，牠就獲得了出任西結古獒王的最有說服力的資格。岡日森格用不大的叫聲鼓舞著曲傑洛卓。

曲傑洛卓感激地回望了一眼，用叫聲堅定地回應著：不，即使我贏了，你還是我們的獒王。

上阿媽獒王帕巴仁青來到打鬥場中央，憐憫地看了看還沒有氣絕的小巴扎，滴了幾滴眼淚，揚頭一甩，就把所有悲傷的濕潤甩出了深深的眼眶。牠朝前走了幾步，無限輕蔑地瞪了一眼曲傑洛卓，然後屁股一蹲，坐下了，這是更加輕蔑的表示。但是所有上阿媽領地狗都知道，這樣的輕蔑是裝出來的，牠們都看出這隻名叫曲傑洛卓的西結古大藏獒具有不凡的身手，不僅雪獒打不過，別的藏獒也很難取勝，只能由獒王親自上場了。

曲傑洛卓定定地立著，看著天，看著地，就是沒用正眼看對手，這也是蔑視，牠要從神態上以牙還牙。而牠的感覺卻全部集中在對手身上，對手姿態的變化、眼光的游弋、鼻子的抽搐、毛髮的抖動，甚至氣息的長短，牠都能感覺到。牠以此判斷著對手的策略，確定著自己防守和出擊的辦法。

什麼動靜也沒有，聲音駐足了，草原上隨時都在跑動的透明的綠風戛然消失。雙方表面上的蔑視如浮雲一樣飄忽，而實際上的重視卻如潛流湧動在牠們心裏，也湧動在觀戰的每隻藏獒、每個騎手的心裏。

空氣越來越緊張，驚心動魄的撲咬一觸即發。上阿媽獒王帕巴仁青趴下了，趴得就像一隻癩皮狗，緊貼著地面，散了架似的。而曲傑洛卓感覺到的卻是強大的威逼，一股重錘擊石般的威逼撲面而來。

突然有了聲音，是風的聲音，是上阿媽獒王帕巴仁青掀起的一股黑色疾風，以狂飆突進的力量，朝著曲傑洛卓覆蓋而來。

曲傑洛卓渾身的肌肉砰地緊了一下。根據經驗牠沒有胡亂行動，牠覺得上阿媽獒王要麼會中途停一下，以迷惑牠，打亂牠躲閃的節奏；要麼會改變方向，撲向自己認定的提前量，以便在牠躲閃落地的同時，一口咬住牠的脖子；要麼會從牠的頭頂呼嘯而過，然後急轉身，從後面萬無一失地攻擊牠。所以牠穩穩地站著，覺得只要自己沈住氣不動，對方的詭計就會不攻自破，然後牠將在對方失算的懊惱中撲過去，後發制人。

但是曲傑洛卓沒想到上阿媽獒王帕巴仁青居然什麼詭計也沒有，一點戰術都不講，就像一個沒有經歷過真正拼殺的孩子，就靠著牠的魯莽和無知以及難以想像的速度，直截了當地撲向了自己。黑色疾風「呼啦」一聲蓋住了曲傑洛卓，那股重錘擊石的力量壓住了牠的身子，也壓住了牠的所有本領。牠期望於自己的奮勇瀟灑的戰鬥轉眼變成了擺脫危險的狼狽掙扎。

巴俄秋珠高興地吆喝起來：「勝利了，勝利了，藏巴拉索羅歸我們了。」

上阿媽騎手們也跟著他吆喝起來，聲音一浪高過一浪。

曲傑洛卓奮力抗爭著，拖泥帶水地翻滾到了一邊，脖子上已經是血色濡染了。一個血洞，深深的就像藏獒的眼睛，血滋著，滋成了一條線。這一口太讓嗜殺成性的藏獒們佩服，太讓曲傑洛卓丟臉，也太讓西結古草原的獒王岡日森格提心吊膽了。岡日森格禁不住叫起來，是助威，也是再次表達自己的期待：一定要勝利啊曲傑洛卓。

曲傑洛卓穩住自己，看到上阿媽獒王又一次趴下了，趴得更像一隻癩皮狗。曲傑洛卓冷笑一聲，憤憤地想：你不要以為你趴得跟上次一樣，我就會覺得你還會像上次那樣撲我咬我，不，我決不上你的當。

很快又有了聲音，依然是黑色疾風席捲而來的嗚響，上阿媽獒王帕巴仁青再一次朝著曲傑洛卓覆蓋過來。曲傑洛卓挺著血脖子昂然而立，固執地一動不動。

結果和上次完全一樣，上阿媽獒王帕巴仁青罩住了曲傑洛卓，曲傑洛卓的勇敢對抗又一次變成了狼狽掙扎。等牠掙扎著脫離上阿媽獒王的撕咬後，發現這一次對方的牙齒還是深深扎進了脖子上的那個血洞。一個血洞連續扎了兩次，那血洞就越來越大、越來越深了。血冒著，冒成了一股水，把曲傑洛卓的半個身子都染紅了。

巴俄秋珠帶領著上阿媽騎手們再次吆喝起來。

緊張觀望著的西結古獒王岡日森格突然張大嘴，想用叫聲提醒曲傑洛卓：注意啊，上阿媽獒王下一次的進攻一定還是前兩次進攻的重複。想了想又把吼叫咽回去了，牠知道曲傑洛卓能聽懂的聲音，上阿媽獒王也能聽懂，自己的提醒不僅幫不了曲傑洛卓，反而會害了牠。

果然就像岡日森格預料的那樣，上阿媽獒王第三次重複了先前像癩皮狗一樣地趴下，然後以狂飆突進的力量直截撲咬的辦法。

曲傑洛卓絕對不相信上阿媽獒王的第三次撲咬還會這樣，牠不願意陷入對方的詭計，卻陷入了詭計後面的詭計。牠仍然靜立著不動，結果發現自己又錯了。上阿媽獒王帕巴仁青第三次覆蓋了曲傑洛卓，第三次咬住了對方的脖子，更不可思議的是，牠的牙齒第三次深深扎進了已經扎了兩次的那個血洞，血洞更深更大了。

曲傑洛卓的脖子上血滋著，滋成了一根棍，看到那根棍的人和狗都知道，大血管斷了，出現了一片喊叫聲，在上阿媽方面是興奮，在西結古方面是驚歎。看不到那根棍但能感覺到熱血滋湧的曲傑洛卓也知道，自己的大血管正在快速送走鮮活的氣息，命脈正在關閉，死亡即刻就會來到眼前。

曲傑洛卓回頭看了看肝膽相照的獒王岡日森格，看了看牠日日夜夜都想回去的西結古領地狗群，看了看牠的主人班瑪多吉，兩行訣別的眼淚簌簌而下。獒王岡日森格用同樣悲傷的眼淚訣別著曲傑洛卓，走了過去。

班瑪多吉從馬上跳了下來，邊走邊喊著：「曲傑洛卓，你回來吧，回來吧。」

曲傑洛卓沒有讓獒王岡日森格和主人班瑪多吉走到自己跟前來，牠渾身一陣劇烈的抖動，似乎把所有的精氣都從骨髓深處抖落到了四肢上，然後跳了起來。誰也沒想到曲傑洛卓脖子上的血滋成了一根棍還能跳起來，更沒想到跳起來後，牠還能以風的速度撲向上阿媽獒王。

趴在地上的上阿媽獒王帕巴仁青知道自己已經來不及起身迎戰，奮力打了一個滾兒，打出了六米之外。曲傑洛卓擦著對方的獒毛呼嘯而過，下雨一樣淋了對方一身血，然後直飛而去。牠沒有停下來轉身再次撲向上阿媽獒王，牠好像再也停不下來了，飛著，飛著，直直地飛著，鮮血淋漓地飛著，飛向了上阿媽領地狗群，用自己峻急猛惡的奔勢，撞開了一道豁口。

曲傑洛卓把自己從上阿媽領地狗群的豁口中扔了進去，如同把一塊巨大的岩石從山頂扔向了深淵，力大無比。人和狗都不想讓牠撞到自己，紛紛躲閃著，只有跟牠交過手的驢大的雪獒沒有躲閃，牠懷揣報恩的心情，從一個本來不會撞到牠的地方迎過來，橫擋在了曲傑洛卓前面。神態是慈祥的，叫聲是輕盈的，眼睛是濕汪汪的，裏面除了感激還有同情。牠知道按照慣例，這樣的神態和叫聲一定會使曲傑洛卓停下來，停下來當然還是得死去，但至少可以感覺到同類送別的眼淚，同類也可以感覺到牠離世前的不捨。獒類世界的同病相憐和惺惺相惜由來已久，這種祖先遺留的心態是從來不分敵手還是朋友的。

但是曲傑洛卓沒有停下，牠朝著雪獒直撞而去，就像撞在了山上，山倒了，牠也倒了。脖子上的血嘩地一下噴成了柱子，接著就沒了，好像這是最後一次噴湧，把剩餘的所有鮮血都噴湧完了。曲傑洛卓靜靜地躺在地上，眼光以最豔麗的血色掃視著天上的蔚藍，呼吸和心跳卻正在迅速而不情願地消失著。

同樣失去呼吸和心跳的還有驢大的雪獒，雪獒死了。曲傑洛卓撞在了牠的肚子上，肚子沒有爛，但裏面的臟器肯定徹底爛了，爛得牠連傷別的感覺都來不及表達了。雪獒一身潔白，即使內臟出血，外表也像雪山一樣高貴而耀眼。

在包圍著死去的曲傑洛卓和雪獒的上阿媽領地狗群裏，首先傳出了哭泣的哀叫。接著，西結古領地狗群也嗷嗷嗷地哭起來。獒王岡日森格的哭聲格外響亮，牠在這個藏獒與藏獒之間不知道為什麼要發生戰爭的日子裏，用哭聲表達著牠內心最隱秘的疑惑。

班瑪多吉也哭起來，發出的聲音跟獒王岡日森格的聲音一模一樣，畢竟曲傑洛卓是他的護身藏獒，感情已經很深很深了。他牽著馬走過去，想走進上阿媽領地狗群去看看他的曲傑洛卓，最好能把牠馱回到這邊來。剛要走進打鬥場，就聽上阿媽騎手的首領巴俄秋珠喊起來：

「你不要過來，小心啊，我們的領地狗群可不喜歡你走進牠們中間。」

班瑪多吉停下來站了片刻，轉身回去了。

藏獒們不可抑制的哭聲裏，迅速走出悲傷的上阿媽獒王帕巴仁青站到了打鬥場的中央，渾厚而剛硬地叫起來。這是挑戰，是得意非凡的勝利者督促對手趕緊上場的信號。西結古獒王岡日森格聽到挑戰後沈默了片刻，用微弱的聲音回應著，好像是說：等一等，或許不需要應戰了，你們贏了，我們輸了。

獒王岡日森格來到了班瑪多吉跟前，仰頭望著他，眼睛裏飽含期待甚至祈求。班瑪多吉看不懂牠眼睛裏的意思，皺著眉頭，咬著牙齒，粗聲大氣地說：「岡日森格，我們這是怎麼了？我們的領地狗怎麼都這麼懦弱，養兵千日，用兵一時啊，要爲曲傑洛卓報仇，打敗牠們，一定要打敗牠們，麥書記是我們的，藏巴拉索羅是我們的。」

岡日森格沒聽懂或者不願意聽懂班瑪多吉的話，依然祈求地望著他，直到班瑪多吉說出這樣的話來：「你爲什麼不去打？你總不能讓我、讓我們的騎手去打鬥吧？總不能看著西結古草原的藏獒和人都死盡了，你才行使獒王的權力吧？總不能把藏巴拉索羅神宮的祭祀權拱手讓給他們，讓他們找到麥書記，把藏巴拉索羅從西結古草原拿走吧？」

沒等班瑪多吉說完，岡日森格就轉身離開了。

憂傷的獒王岡日森格走到了自己的領地狗群中，一個一個地看著牠的部下，每一個部下的表情都是激動而憤怒的，包括那些不可能參與打鬥的母獒和小獒，都希望自己是下一個上場的獒選。但是岡日森格始終沒有首肯，牠路過了所有能夠上場的成年公獒，覺得沒有一隻能夠抗衡上阿媽獒王，就沉重地搖起了頭，勇敢不等於去送死，已經知道無法取勝的藏獒還有什麼必要派牠上場呢？

所有西結古騎手的眼睛都盯著岡日森格。他們看到牠離開領地狗群朝前走去，走了幾步，突然就消失了，連影子也沒有了，這才意識到天黑了，誰也沒有發現黃昏什麼時候到來，天就已經漆黑一團了。

第九章　强盜

西寧城的那片小樹林裏，女孩剛抱住多吉來吧的頭，就有五六個男人呼呼啦啦湧進來，他們看了看男孩和女孩，又看了看已經解掉麻繩的大狗，一時沒敢過來。王祥撿起地上的麻繩，瞪著自己的兒子呵斥道：「我就知道你不幹好事。」說著一麻繩抽在了兒子臉上。

男孩瞪著爸爸仇恨地喊起來：「大狗不是你的狗，大狗是她的狗。」

王祥說：「她的狗？她一個小屁孩，能養出比獅子老虎還要大的狗來？」

幾個男人笑起來，看到多吉來吧癱軟在地上，眼睛睜著，卻沒有力氣瞅他們一下，就大膽地靠了過去。爲首的人從王祥手裏叼過麻繩，又要行綁。

紅衣女孩哭了，她給予保護也尋求保護似的把小身子偎在了大狗懷裏。王祥過去，一把揪起了女孩。女孩哭得更厲害了。

爲首的人揮動著麻繩說：「把他們攆走，快把他們攆走。」

一個男人先把男孩推出了樹林，又要趕女孩時，突然僵住了，只見趴在地上虛弱不堪的大狗突然搖搖晃晃站了起來，瞪著他們一聲不吭。

爲首的人似乎不相信這隻就要死去的大狗會咬人，一把揪住女孩的紅衣服，喊了聲：「出去。」話音未落，就聽大狗一聲號叫，嘩地一下撲了過來。爲首的人被咬傷了，咬傷的就是他揪住紅衣女孩的那隻手。那個剛把男孩推出樹林的人被一隻狗爪抓爛了褲子和裏面的皮肉，而對用麻繩抽了男孩的王祥，多吉來吧只是用頭頂翻了他，沒有在他身上留下牙傷和爪痕，似乎牠已經聞出他是那男孩的爸爸。僅僅一個動作，就對付了三個人，五六個男人哇啦哇啦喊叫著，連滾帶爬地出了樹林。

多吉來吧把頭伸出樹林，「轟轟轟」地叫了幾聲，看他們狼狽而逃，就又退回來臥在了地上。

紅衣女孩抹著眼淚再次坐到了多吉來吧身邊。男孩回來了，紅著臉，坐在了多吉來吧的另一邊。坐了很久，天就要黑了，樹林裏一片黯淡。

男孩又一次說：「現在我們應該換地方啦，換到我爸爸找不到的地方去。」

女孩撲騰著大眼睛，似乎並不理解換地方是什麼意思。

男孩又說：「天黑了牠怎麼辦？我爸爸他們還會來的。」

女孩明白了，抱了抱多吉來吧說：「大狗回家，大狗回家，大狗我們回家吧。」說著站了起來。

多吉來吧望著女孩，看她做出要走的樣子，便懂事地站起來，率先朝著樹林外面走去。

多吉來吧一直走在前面，準確無誤地走著。要是大人肯定會吃驚，這從來沒去過紅衣女孩家的大狗，怎麼會帶著兩個孩子走向女孩家呢？但在孩子們看來這很正常，大狗本來就應該知道他們希望牠知道的一切。多吉來吧邊走邊嗅著地面，地面上留著女孩從街上回家，又從家走向那一小片樹林的腳印，牠理解了女孩要帶牠回她家的意思，就循著腳印的味道走去了。

這天晚上，多吉來吧住在了紅衣女孩家。女孩家就女孩一個人，爸爸被抓到牛棚裏去了，媽媽被單位叫去交代問題去了。媽媽走了以後，她獨自待在家裏害怕，就去樹林裏找大狗，現在她不害怕了，她把大狗帶到家裏來陪伴自己了。女孩當然無法把這些告訴多吉來吧，但多吉來吧本能地四處聞了聞，就聞出了眼淚的味道，那些混合在潮氣中的酸楚告訴牠，這是一個正處在不幸中的家庭。牠舔了舔女孩的臉，像是在安慰她，也像是在強調自己對她的陪伴和保護，至少今夜是這樣。

女孩摸著被多吉來吧舔出癢癢來的臉，高興地拿出饅頭讓多吉來吧吃，也讓男孩吃。多吉來吧和男孩不客氣地吃著，吃夠了，多吉來吧來到水缸邊，也不管會不會弄髒裏面的水，伸進頭去，噗嗤噗嗤舔起來。男孩笑著，也學著牠的樣子舔了一肚子涼水。男孩從身上摸出那個從藥店搶來的小瓶子，把剩下的雲南白藥一半撒在了多吉來吧的傷口上，一半倒在了牠的舌頭上。

男孩該回家了，出去看了一眼漆黑的天色，被嚇回來了。

女孩說：「你住我們家吧，我們家的床比天都大。」

男孩說：「我身上有土，我不上妳家的床，我和大狗一起睡。」

他們一左一右坐在多吉來吧身邊玩起來，玩累了就靠著多吉來吧睡著了。多吉來吧把身子彎起來，用一種能夠溫暖兩個孩子的姿勢趴臥著，漸漸進入了夢鄉。

夢鄉一片紅亮嘈雜，就像牠期盼中的故土西結古草原。怎麼那麼多血啊，血在奔騰，那不是牠熟悉的野驢河嗎？詭異的亢奮的人臊吹拂，主人漢扎西危險了，寄宿學校的孩子們又要面對狼災了，妻子大黑獒果日瘋了似的吼叫著，叫著叫著就被冰雪掩蓋了。一片血色，飛起來的血色，號哭著的血色。

天快亮的時候，多吉來吧被自己的吼聲驚得站了起來，這是最後一次驚醒，不是被噩夢，而是被一種遠來的敵意的聲音。是腳步聲，隱隱約約、雜雜遝遝的。牠警覺地幾步走向了門口，這幾步讓牠不禁有了一種傷痛正在消失、身體正在恢復的興奮。牠沒有撞開門板出去，而是來到了門邊燈光照不到的黑暗中，靜靜地等待著。

牠在等待強盜，牠那與生俱來的超人的感覺，給了牠一個準確的訊息並左右了牠的行動：那些發出雜遝腳步聲的是強盜，而且一定會出現在這裏，這裏是牠今夜的領地，身後是兩個牠必須保護的孩子。

腳步聲越來越響了，接著又有了喊叫的聲音和打鬥的聲音，這說明強盜並不想在這個夜深人靜的時刻隱瞞自己的行動。多吉來吧有點奇怪，牠對城裏的事情總是感到奇怪，牠當然不知道強盜是來抄家的，而抄家在那個年代屬於絕對正確的革命行動。牠試著跳了一下，又跳了一下，感覺已經好多了，四肢依然是有力而結實的，不妨礙奔跑，也不妨礙打鬥，只是脖子還有點疼，那是麻繩勒的。牠瞪大了紅亮的眼睛，再一次跳起，就在門被打開的同時，撲向了蜂擁而來的人群。

慘叫出現了，先是一個人的，接著就是好幾個人一起慘叫。來抄家的二十多個造反派從門口嘩地一下散向四周，他們看到一個碩大的黑影閃電般地東撲西跳，嚇得大呼小叫，紛紛逃跑。

多吉來吧追攆著，但並不瘋狂。牠意識到自己今夜的領地很小，就是紅衣女孩的家，離開了那個家，一切就都是陌生難測的。牠不能在陌生的地方逞兇，牠追出去一百多米就不追了，吼了幾聲，聽到房子裏傳來紅衣女孩的哭聲，趕緊返回，衝進了房子。

抄家的人跑出去一公里才氣喘吁吁停下來，心有餘悸地回頭觀望。有人問：「是什麼？到底是什麼？」一個被咬傷了胳膊的人說：「獅子，這個地方怎麼會有獅子？」另一個被咬傷了肩膀的人說：「家裏還養著獅子，他們爲什麼不交代？想用獅子對付我們，真正是死不悔改。」有個穿著黃呢大衣的人說：「走，回去找那個女的，我喜歡她家的獅子，我要讓她把獅子交給我。」

紅衣女孩是被外面的喧罵嚇哭的，一見大狗回來，就上前揪住了多吉來吧的耳朵。多吉來吧歪過頭來，舔了舔女孩的胳膊，像是告訴她那些強盜已經被攆跑了。

男孩睡得很沉，迷迷糊糊搞不清剛才發生了什麼，站起來揉著眼睛問道：「是不是我爸爸又來了？是不是啊？」他以爲多吉來吧什麼都應該知道。

多吉來吧坐在了地上，這就是牠的回答，不管牠聽沒聽懂男孩的話，牠都得用行動告訴對方：放心吧，不管誰來都沒關係，有我呢。

不可能再有睡眠了，一隻大狗和兩個孩子默默地等待著黎明。當天上的乳白刷白了窗戶、街上出現汽車奔跑的聲音時，多吉來吧的心裏同時也出現了一絲光亮，那就是昨天牠看到的一片敞亮的街口。牠覺得這個街口應該是城市的出口，牠必須儘快走出去，走向草原，走向主人和妻子。牠起身過去，用爪子撥開門扇，來到門外，聞了聞討厭的城市的雜亂氣息，便回頭告別似的盯上了兩個孩子。

兩個孩子清亮清亮的眼睛同時也盯上了多吉來吧，彷彿他們和牠之間有一種天然相通的感覺，讓他們立刻明白了牠的意思。他們跑了出來，一人喊了一聲：「大狗你不能走。」

喊聲未已，多吉來吧就跑起來，不時地回頭，戀戀不捨地看著，看到兩個孩子追了過來，就又停下，回身朝他們搖著尾巴。

兩個孩子跑到牠跟前。男孩一把揪住牠的鬣毛說：「大狗你要去哪裡？」

女孩打了一下男孩的手說：「你怎麼揪牠？你揪疼了牠。」

多吉來吧睒了睒眼睛，刷啦啦掉出一串眼淚來，牠這是感動，也是感激，更是傷心，就要離去了，儘管一起只待了一夜，但牠是在孤獨的苦難中和他們度過了難忘的十多個小時，這對記恩感恩、容易悲傷的藏獒來說，已經足夠引起感情的波動了。多吉來吧伸出舌頭，把不肯落地的幾滴眼淚舔進了嘴裏，又舔了一下女孩的臉，舔了一下男孩的臉，然後帶著不得不離去的憂傷，轉身走了，走了。

男孩推了推女孩：「妳把大狗叫回來。」

紅衣女孩沒有動，她從大狗的眼睛裏看出了義無反顧的離別之意，知道自己不可能叫牠回來，就定定地站著，用兩隻小手背捂住兩隻大眼睛，淚水簌簌地哽咽起來。

男孩喊了一聲：「大狗你回來，她哭了。」喊著自己也哭了。

多吉來吧回頭望了一眼，猶豫著，似乎要過來，突然又堅決地扭轉了頭，跳了一下，奔跑而去，遠了，遠了，很快消失了。

多吉來吧直接跑向了牠昨天看好的那個街口，街口依然一片敞亮。可是一走進敞亮牠就發現自己的判斷失誤了，敞亮的原因是街口連接著廣場，而不是城市的消失。牠失望地原地打轉，禁不住衝著堵擋在面前的另一些房屋、另幾個街口狂吠起來。狂吠引起了路人的注意，他們紛紛停下來畏葸地看著牠。牠立刻意識到這樣的注意對自己十分不利，趕緊閉了嘴，轉身就走。

牠原路返回，想回到紅衣女孩和男孩身邊去，經驗告訴牠：孩子總是善良和可靠的。而在陌生的城市裏孤獨流浪的牠，除了依仗本能走向善良和可靠，不可能有別的選擇。

牠走著走著跑起來，一種就要失去什麼的感覺讓牠急切地想回到那個牠住了一夜的家裏，把自己交給女孩和男孩，也讓自己負責任地去保護女孩和男孩。但是很快牠就知道過去的已經過去了，人類社會和獒類社會一樣，孩子是不起主導作用的，一旦孩子受制於大人，就什麼希望也沒有了。

多吉來吧停了下來，看到紅衣女孩的母親回來了，一起出現的還有夜裏被牠攆跑的那些來抄家的強盜。強盜們站在房門前，吆三喝四的，其中那個黃呢大衣的聲音格外刺耳：「快說，妳把獅子藏到哪裡去了?」

女孩在哭，男孩已經不見了。

女孩的母親也在尖聲尖氣地喊：「妳快說呀妳，牠去了哪裡，說了好讓人家去抓牠。」

女孩就是不說，母親使勁搖晃著她：「說呀，說呀，求求妳說呀，妳不說人家不罷休。」

多吉來吧意識到他們對女孩的逼迫與自己有關，「轟」地叫了一聲，像是說：「我在這兒呢。」

除了女孩，所有的人都抖了一下。接著就是喊聲和奔跑聲，連女孩的母親也離開女孩躲到一邊去了。多吉來吧克制住撲過去撕咬的衝動，牠大義凜然地走過去，來到女孩身邊，穩穩當當地坐下，目光四射地望著那些人。女孩的雙手立刻摟住了牠的脖子。

跑散的人靜悄悄地觀望著，半晌，有個胸前掛滿了像章的人大聲說：「啊喲，黑天半夜咬我們的原來是牠呀，我在動物園見過牠，牠是藏獒。」

多吉來吧頓時盯上了他，準確地說，是盯上了他胸脯上亮閃閃的像章，「汪」地叫了一聲，神情突然變得親切友好起來。在草原上，幾乎所有牧民都佩戴著這種亮閃閃的東西，那是護身的小佛龕、背面有佛像的銅鏡、包銀的火鐮、鑲寶石的奶桶鉤、雕刻精美的子彈盒、鉚嵌著金屬的皮帶、富麗堂皇的腰扣、銀元一樣的「珞熱」、銀質的針線包以及叮叮噹噹的耳環、手鐲等。多吉來吧覺得這個人的像章和牧民的佩飾沒什麼區別，像章上的人頭和牠看慣了的佛像也沒什麼區別，不禁見了老朋友似的搖了搖尾巴。

滿胸像章的人說：「咦?牠好像認識我。」

黃呢大衣打著手勢帶頭圍攏了過來，看到多吉來吧沒有憤怒撲跳的樣子，便喊道：「快啊，機不可失，快撒網啊。」

滿胸像章的人說：「會把那女孩網住的。」

黃呢大衣從滿胸像章的人手裏奪過漁網，對女孩的母親喊道：「快把她拉開，快拉開。」

女孩的母親大著膽子走過去，拽起女孩就跑。與此同時，「嘩」的一聲響，一張大網撒向了多吉來吧，像一片烏雲，遮去了半個天空。

多吉來吧抬頭一看，獒嘴大開，利牙猙獰，憤怒地跳起來，朝著遮蓋而來的烏雲撲了上去。牠哪裡知道這不是烏雲，是一張漁網，牠沒見過漁網，以爲一撞就開、一撕就爛，等到牠被牢牢網住時，才意識到這東西作爲人的武器，厲害得跟槍一樣，是牠無力反抗的。牠吼叫著，掙扎著，在漁網裏翻騰跳躍，想把捆住牠的無數繩索粉碎成灰燼。

牠累了，躺下不動了，編織成漁網的柔韌的繩索卻牢固如初。很快，漁網收緊了，牠開始移動，牠被十幾個人拖拉著，向著馬路越來越快地移動著，蹭起的塵土飛揚而起，一浪一浪地瀰漫著。

紅衣女孩哭著追了過去。她的母親也追了過去，一把拽住了女孩，喊著：「牠又不是妳的，妳追牠幹什麼？禍害，禍害。」

女孩哭得更響亮了，濾淨了瀰漫的塵埃，傳出去很遠。多吉來吧看不見女孩，卻聽得見聲音。在所有亂七八糟、鋪天蓋地的市聲之中，牠就聽清了女孩的哭聲。於是牠把對強盜的憤怒暫時丟開了，牠也哭起來，牠覺得女孩的痛哭裏有一種熟悉而親暱的溫情，那是西結古草原寄宿學校裏主人漢扎西的溫情，是領地狗群裏妻子大黑獒果日的溫情，是所有被牠守護過的孩子以及吃過的糌粑和牛羊肉帶給牠的溫情，就越哭越厲害，淒慘得如同錦緞撕裂，連城市都不忍了，回應似的響起了汽車喇叭聲，到處都響起了汽車喇叭聲。

就這樣，多吉來吧和女孩在哭聲中分別。女孩被母親拽回了家，母親煩躁地說：「哭什麼哭，妳爸爸關進牛棚都一個月了，也沒見妳這麼傷心過。」

彷彿前世的恩情變成了今世的機緣，女孩抹著眼淚堅定地說：「牠比爸爸好，就是比爸爸好，爸爸不管我，我有一次叫街上的野孩子打了他都不管我。」

多吉來吧被牠認定的強盜拖拉著，沿著馬路一直向北，終於停下來的時候，肩膀、屁股上的皮肉已經磨爛了，一路都是血。牠看到了自己的血，那血就沿著眼光爬過來染紅了牠的眼球，那麼可怕，就像從血水裏撈出來的兩盞燈。牠就用這兩盞燈，仇恨地照耀著那些人。

那些人在黃呢大衣的指揮下扯開了漁網的收口，生怕多吉來吧跑出來咬死他們，比賽一樣跑開了，跑出了一個很大的門，然後從外面把門關死了。

多吉來吧打了好幾個滾才立住身子，用牙齒撕扯著漁網的纏繞，漸漸移動到了敞開的收口處。脫離漁網的一瞬間，牠朝著這個陌生的地方滾雷似的叫起來。四周不是牆壁就是窗戶，頭上是高高的頂棚，牠的聲音滾過來滾過去，塞滿了空間，似乎立刻就要爆炸，炸開這個限制了牠的自由的地方。牠叫了一會兒，便朝著關死的門衝了過去，這時候牠悲哀地意識到，磨爛的地方不光是肩膀和屁股，還有肚子，肚子上的皮很薄很軟，大量的血正從那兒流出來。

門不可能爲牠敞開。牠沮喪地臥在門邊，粗喘了一會兒氣，才騰出時間來仔細看了看四周，不免有些吃驚：房子居然有這麼大的，從來沒見過。牠不知道牠看到的是一座學校禮堂，禮堂很長時間不用了，桌椅板凳都堆在一角，中間空蕩蕩的，前面的講臺上，堆積著一些彩旗和演節目的道具，證明這是個曾經很熱鬧的地方。

多吉來吧在門邊臥了很長時間，在寂靜淹沒而來、一股洶湧的悲涼就要掀翻牠的時候，牠站了起來，帶著一絲僥倖，在禮堂裏到處走了走，沒有，沒有通向外面的任何縫隙，在牠搆不著的地方，是一扇扇的窗戶，玻璃透視著遙遠的蔚藍。牠失望地吹著氣，選擇了一個隱蔽的地方臥下來，把那些能夠舔到的創口都舔了舔，然後忍著疼痛閉上了眼睛。

很快就是黃昏，天色黯淡了，禮堂的雙開門忽地被人打開了，多吉來吧聞到了一股鮮羊肉的氣息。牠跳起來，跑了過去，不是衝著肉，而是衝著通往自由的門縫。遺憾的是，牠在禮堂這邊，門在禮堂那邊，沒等牠跑到跟前，門就咚地關上了。門外有幾個人在說話，說著就唱起來：「拿起筆，做刀槍，牛鬼蛇神一掃光。」歌聲漸漸遠了。立起來扒在門上的多吉來吧「撲通」一聲摔倒在地上，絕望讓牠渾身發軟。

牠躺著，身邊是一堆帶血的鮮羊肉，但是牠不吃。牠已經很餓很餓，惡劣的情緒比迫害更像猛獸吞噬著牠的能量，身體的消耗正在加緊，補充迫在眉睫，但是牠不吃。牠是一隻慣於用肉體磨難擔當精神痛苦的藏獒，尤其在徹底絕望、在痛徹肺腑地思念著主人和妻子的時候，牠絕不可能用食物來干擾自己的憂傷。牠堅決不吃，看都不看一眼，連口水也不流。牠想把自己餓死，而餓死之前唯一要做的，就是思念，就是在思念中一心一意地哭泣。

過了很久，眼淚把禮堂的水泥地面打濕了，沿著牠碩大的獒頭，開出了一朵偌大的黑色蓮花。天黑了，漫漫長夜無邊無際，終於到了盡頭，抬頭向著高高的窗戶看了看，原來還是昨天的太陽，冷漠依舊。但日子突然不同了，就在牠疲倦地站起來，頂著枯寂淒涼的壓迫，再次僥倖地走向禮堂別處，想看看有沒有出去的可能時，門開了，有個東西出現在門口的縫隙、明亮的天光下。

多吉來吧撲了過去，牠全神貫注著縫隙，撲向了光明，卻沒有在乎那個東西。那個東西以同樣的速度撲了過來，撲向了牠，讓牠不得不戛然止步。

沒有慣常對陌生者的審視，也沒有警告與威脅的吠叫，止步的同時就是撕咬。多吉來吧把利牙對準了對方的喉嚨，對方的利牙也對準了牠的喉嚨，碰撞的刹那，不是牠咬住對方，就是對方咬住牠。一種保護自己的反射動作讓多吉來吧縮了一下頭，同時伸直了自己的一隻前爪。縮頭的動作把對方咬住牠的時間推遲了半秒，伸直的前爪卻讓這推遲了的撕咬變得再也不可能。前爪搗歪了對方的鼻子，對方什麼也沒有咬到，正要再行撕咬時，卻發現在半秒鐘的時間差裏，自己的喉嚨已經變成了多吉來吧牙刀下的爛肉。牠「噢」的一聲怪叫，就要跳開，沉重的身子卻輕飄飄地飛了起來。多吉來吧不是摁住牠咬斷牠的喉嚨，而是揚起獒頭，把牠甩向了空中，用牠自己的重量撕裂了牠的喉嚨。牠轟然落地，掙扎著站起，晃了一下，又倒下去，就再也起不來了。

多吉來吧顧不上品嘗這突如其來的打鬥和突如其來的勝利，朝門撲去。禮堂的雙開門早已經嚴絲合縫地關起來，牠扒了幾下沒扒開，就用頭狠狠地撞了一下，然後回頭，怒氣沖沖地望著那個剛才跟牠殊死搏鬥的傢伙，好像門的關閉是這個傢伙的所為。但是一瞥之下，多吉來吧的怒氣就不再衝向牠了，牠死了，拘魂鬼從滋血的喉嚨裏溜進去拿住了牠的命。牠死了之後，多吉來吧才看清剛才和自己打鬥的是一隻長臉突嘴的大型獵犬。多吉來吧沒見過這種犬，但一聞味道就知道牠是自己的同類，牠迷惑地看著牠：獵犬跑到這裏來幹什麼？又像人類的孩子一樣眼睛撲騰著望了望上面，答案立刻有了。

多吉來吧看到禮堂兩邊高高的窗戶玻璃後面站滿了人，就知道獵犬是他們放進來的，他們要看熱鬧，畜生打鬥的熱鬧對城市的人類永遠都有熱血沸騰的刺激。但是多吉來吧始終都不會知道，這場打鬥更直接的原因是保皇派和造反派的鬥爭——保皇派要保衛單位的領導，以黃呢大衣爲首的造反派要揪鬥領導，恰好保皇派養了許多狗用來守衛領導，黃呢大衣說：「那就讓狗來決定，我們的狗要是勝了你們的狗，你們就乖乖把人交給我們。」

對方說：「行啊，要是你們的狗打不過我們的狗，你們就永遠不能跟我們作對了。」

多吉來吧望著窗戶兩邊黑壓壓的人影，惡狠狠地叫了幾聲，知道自己對他們無能爲力，就走到禮堂的一角臥下來，兀自憤怒著，傷感著。門又響了，在亮開縫隙的同時，四隻大狼狗魚貫而入。

多吉來吧眼光毒辣地盯著四隻大狼狗，慢悠悠地張開大嘴，齜出了利牙。

第十章　復仇之火

魁偉高大、長髮披肩的黑臉漢子騎著赤騮馬，帶著他的地獄食肉魔，抱著搶來的小兄妹藏獒尼瑪和達娃，就像曠野裏無根無繫的空行幽靈，快速繞過紫色嵐光裏百鳥競飛的白蘭濕地，跑出了白蘭之口。他知道父親馬上就會追蹤而來，更知道自己必須儘快接近下一個目標，再下一個目標，在更多的人知道他和他的藏獒之前，就讓應該飛揚的血肉飛揚起來，把應該抹掉的生命迅速抹掉。

黑臉漢子舉頭望了望泛濫著寂靜的原野，知道離索朗旺堆生產隊不遠，那兒有曾經是頭人財產的最好的看家藏獒，便掉轉馬頭，向北跑去。

過了一會兒，青花母馬帶著桑傑康珠來到了這裏，沒等到主人的指令就停下了。桑傑康珠望了望斜灑著陽光的原野，抖了抖轠繩，舉鞭朝北奔馳而去。

又過了一會兒，大黑馬帶著父親來到了這裏。父親勒馬停下，前後左右望了望疲倦地遼闊著的原野，猶豫不決地轉了一圈，朝東走了幾步，然後跑起來。

幾個小時後，白蘭狼群在黑命主狼王的帶領下，來到了這裏。牠們嗅著空氣，也嗅著地面，知道一個人朝北去了，一個人朝東走了。兩匹公狼分別朝北和朝東跑去，跑出去大約五百米，又迅速跑回來，似乎是告訴黑命主狼王，北去的路上灑滿了地獄食肉魔的氣味。黑命主狼王扭身朝北跑去，還是白蘭母狼搶先跟在了後面。所有的狼都跟著牠們跑起來。

東去的父親心室裏擁塞的全是驚恐和畏怖。他試圖想像一下那種場面：地獄食肉魔是如何殘暴無度地摧毀了十二隻藏獒的生命，可他的想像力太貧乏，怎麼努力，出現在眼前的也只是一片片流淌的鮮血、一個個奔突跳躍的生命僵硬地倒在地上的影子。他無數次地見識過藏獒和狼和豹和熊以及和藏獒自己打鬥的情景，但所有的情景似乎都無法成爲這次打鬥的參考。

越是無法想像他就越要想像，越想像就越恐怖，心驚肉跳的感覺一直陪伴著他。

父親心驚肉跳的追攆從白天持續到夜晚，不能再追了，大黑馬已經出汗，牠需要休息。父親牽馬走著，只要碰見帳房，就會走過去，喊出主人來告訴人家地獄食肉魔和黑臉漢子的事兒，一再叮囑：「小心啊，今天晚上要格外小心。」

路過了牧民貢巴饒賽家，他走進去喝了一碗酥油茶，吃了幾口糌粑，督促貢巴饒賽的小女兒央金卓瑪趕快去一趟藏巴拉索羅神宮，告訴她丈夫班瑪多吉：小心啊，一定要讓獒王岡日森格小心，讓所有的領地狗小心。

出了貢巴繞賽家，父親牽著馬朝西結古寺走去。他想這會兒鐵棒喇嘛藏扎西正望眼欲穿地等著他，而他帶給西結古寺的卻只是一個壞透了的消息，而不是什麼可以戰勝多獼藏獒的了不起的藏巴拉索羅和牠的夥伴，心裏就非常難受，步履越來越滯重了。

恐怖就像夜晚的黑色無邊無盡地堵擋著他，牽在後面的大黑馬好像有點不願意，一再地後贅著，想回到寄宿學校去。父親拍了拍牠的頭說：「你今天怎麼了，真的是老得不中用啦？」

正說著，就見面前的整塊黑夜突然破碎了，許多鬼影從草叢後面嗖嗖地撲了過來，父親嚇得銳叫一聲，朝後跳去，卻被自己不忍鬆開的馬韁繩拽了回來。鬼影抓住了父親，呼哧呼哧喘著氣。父親定睛一看，噗地鬆了一口氣。

父親一把揪住歪戴著狐皮帽的秋加說：「你們怎麼在這兒？」

秋加說：「我們到西結古寺請藏醫喇嘛尕宇陀去了。」

「請尕宇陀幹什麼？」說這話時父親很緊張，以為哪個孩子病了。

秋加說：「動了，動了，現場動了。」

父親說：「誰動了？」

秋加說：「行凶現場動了。」

父親說：「我是說誰把行凶現場動了？」

秋加說：「大格列動了。」

父親愣了一下，突然明白過來，問道：「另外四隻大藏獒呢，動了沒有？」

秋加說：「另外四隻大藏獒沒有動，烏鴉要來啄眼睛，我們埋起來啦。」

父親點著頭說：「把牠們埋起來是對的。」一晃眼，才看到孩子們身後，立著一個高高的黑影，那是騎在馬上的藏醫喇嘛尕宇陀。

父親從尕宇陀嘴裏知道，多獼騎手和二十隻多獼藏獒已經離開了西結古寺，他們咬傷了幾隻寺院狗，搜遍了西結古寺的所有殿堂，沒有找到麥書記，更沒有找到藏巴拉索羅，問丹增活佛又問不出結果，就匆匆離去了。

父親說：「幸虧只是咬傷了幾隻寺院狗，可是在白蘭草原，桑傑康珠家了不起的藏巴拉索羅和所有的寺院狗都已經被地獄食肉魔咬死了。」

尕宇陀驚叫一聲：「啊，你說什麼？」

一行人匆匆忙忙走向了寄宿學校。尕宇陀則告訴父親，西結古寺之所以把了不起的藏巴拉索羅等十二隻寺院狗寄養在白蘭草原的桑傑康珠家，就是害怕這些寺院狗被人害死，但現在牠們還是被人害死了，死得一點預兆都沒有，連能掐會算的丹增活佛也沒有事先覺察出來。

父親驚問道：「誰要害死寺院狗？」

尕宇陀說：「還能有誰啊，除了勒格。」

父親驚呼一聲：「勒格？他為什麼要害死寺院狗？」

尕宇陀說：「他有過誓言，要用自己的藏獒咬死西結古草原的所有藏獒。」

父親說：「他瘋了，怎麼會有這樣的誓言？」

對勒格父親是熟悉的，他就是那個曾經被父親稱作「大腦門」的孩子，是「七個上阿媽的孩子」中的一員。十幾年前他成了父親的學生後，父親就給他起了個名字叫勒格，勒格是羊羔的意思，父親說：「你是個苦孩子，沒阿爸沒阿媽的，就像一隻找不到羊群的羊羔，就叫這個名字吧，說明你是草原的多數，是道道地地的貧苦牧民。」

貧苦牧民勒格十六歲時離開了父親的寄宿學校，在西結古草原索朗旺堆生產隊放了兩年羊，然後成了西結古寺的一個青年喇嘛。以後的事情父親就不知道了，只知道他離開了西結古草原，離開的時候偷走了領地狗群裏的兩隻小藏獒，一隻是獒王岡日森格和大黑獒那日的最後一代，是公獒；一隻是多吉來吧和大黑獒果日最初的愛情果實，是母獒。岡日森格、多吉來吧、大黑獒果日，都曾經為尋找自己的孩子而滿草原奔走。大家都猜出來了，勒格偷走這兩隻小藏獒的目的是什麼，都說這是魔鬼的做法：岡日森格的後代怎麼能和多吉來吧的後代配對呢？牠們的母親——大黑獒果日和大黑獒那日可是親姊妹啊！在西結古牧民的倫理中，用這樣的親緣關係培育後代，是要遭受天譴的，無論是人，還是藏獒。但勒格好像不在乎，他執意要把這種人類所不齒的畸形交配強加給藏獒，然後誕生出他的理想，那就是超越，既超越岡日森格，也超越多吉來吧，更要超越大黑獒果日和大黑獒那日，達到極頂的雄霸、空前絕後的威猛與橫暴。

父親一路走一路驚歎：勒格回來了，那個一口氣咬死了包括了不起的藏巴拉索羅在內的十二隻寺院狗的地獄食肉魔，難道就是岡日森格和大黑獒那日、多吉來吧和大黑獒果日的後代，是牠們的孫子？

大格列又活過來了。牠沒有流盡最後一滴血，牠在剩下最後一滴血的時候突然就不流了。藏獒天生頑強的生命又一次創造了死而復生的奇蹟。

從夢魘中甦醒的大格列在看到父親之後，伸出舌頭舔了一下自己的嘴唇，父親立刻意識到牠想幹什麼，吩咐秋加：「快去拿水，不，拿牛奶。」

藏醫喇嘛尕宇陀在牛奶裏放了他新近用鹿淚、馬淚、牛淚、藏獒淚和仙鶴草汁、馬瑟花汁、鳳毛菊汁以及三十二種寒水石配製的「七淚寒水丹」，看著父親一點一點餵進了大格列嘴裏，又借著酥油燈的光亮，拿出兩顆用紫鹽花、熊結石、仙人薑、檀香、乳香、丁香、麝香、旋復花、菖蒲根、砷石粉等藏藥煉製成的「十六持命」，用手掌碾碎後撒在了肚腹左右兩處傷口上。

父親說：「你看這個地獄食肉魔，太毒太陰了，就往最軟的地方咬，牠有多長的牙，咬得這麼深。」

尕宇陀若有所思地望著血洞一樣的傷口，一聲不吭。大格列斜躺在地上，感激地望著父親和尕宇陀，不時地呻吟著。牠的痛苦只有牠自己和父親知道，這是躺在刀鋒上的痛苦，是再差一絲絲就已經死去、就已經訣別主人、訣別忠誠的肉體之痛和心靈之痛，雖然牠無比堅強地拽住了就要飛速逸去的生命，但在那邊，死亡的利爪依然牢牢嵌在牠的皮肉上，而且正在用力，時刻都在竭盡全力把牠朝昏暗的地獄拽去。

父親說：「大格列你一定要活著，千萬不要放棄啊！」大格列撲騰著眼睛，痛苦地齜著牙，淚珠子撲棱棱地滾動著，似乎是說：我要走了，我肯定是活不了的，我活過來就是爲了向你告別。

父親說：「尕宇陀你看呢？」

藏醫喇嘛尕宇陀沉重地搖了搖頭說：「我用上了豹皮藥囊裏最好的藥寶，那是丹增活佛在大藥王琉璃光如來面前加持過的藥寶，要是再不管用，那就是生緣已盡、無計可施了。」他看了看天上稀疏的星光，又說，「藥力正在發揮作用，天一亮我們就知道了：牠要是眼睛閉著，那就是死了；要是眼睛睜著，冒著白光，那就是可以活下去的預兆；要是眼睛瞪著，冒著血光，那你就要動手打死牠吧，牠活著不如死，那個疼痛是你我不知道的，你就給牠個痛快讓牠去吧。」

第十一章　藏獒生與死

天亮了，父親看到了他最不想看到的，大格列的眼睛既不是睜著的，也不是閉著的，而是瞪著的，瞪著的眼睛裏，冒著兩股懾人的血光，被風一吹，便有了一層慘澹的漣漪，忽地一下暗淡了，忽地一下明晰了，明晰的時候淌著淚珠，暗淡的時候淚珠就斷了。父親蹲在大格列跟前，呆愣著，不知怎麼辦好。

藏醫喇嘛尕宇陀說：「你看牠的眼睛，正在向你乞求一死，動手吧漢扎西，牠現在的每一分鐘就像一年一樣長。」

父親說：「你讓我動手，怎麼動手？我已經動手啦。」說著，把手伸到大格列的下巴後面，輕輕撓著，想用這種辦法安慰牠，減輕牠的痛苦。但大格列一陣猛烈的抽搐，一條拱起來的後腿無助地在空中刨著，刨著，顯得更加痛苦了。

一直陪伴著大格列不斷給牠舔著傷口的美旺雄怒看到夥伴如此難過，自己也難過地叫起來，叫聲就像小狗的聲音，吱吱吱的，悲傷淒婉。秋加哭了，他身邊的七八個孩子也都抽抽搭搭的。他們和父親和美旺雄怒一樣，也是徹夜未眠。

大格列知道人們和美旺雄怒都在為牠哭泣，眼睛持續地明晰血亮著，淚珠滾下來，落在了身下的草葉上，晶瑩晶瑩的。突然淚珠不滾了，一陣疼痛讓牠的整個身子晃了一下，牠想咬緊牙關忍著，卻乏力得怎麼也合不上嘴。

父親說：「大格列，你還不如不活過來，你讓人家乾脆一口咬死就沒有現在的痛苦了，趕緊閉上眼睛吧大格列，你閉上眼睛你就看不見我們哭了，你自己也不會這麼傷心難過了。」

父親撕了撕自己的胸口，想把自己的心痛撕出來，又對尕宇陀說，「你看牠難受的樣子，你能不能把牠的傷轉移到我身上來？你是喇嘛，是藥王，你難道一點點辦法也沒有嗎？」

尕宇陀歎著氣，搖著頭，又說：「是啊是啊，我沒有辦法，連我這個藥王喇嘛都救不了牠，你還留著牠幹什麼？還是趕快動手吧漢扎西，一個好主人是不會讓他的狗痛不欲生的，你讓牠在將死的苦難中繼續守著你是不仁慈的。」

父親知道尕宇陀的話是對的，但他怎麼能下得了手呢？雖然大格列跟他一起生活的時間只有一年，但一年裏幾乎每天都是親密無間的。在父親看來，一個人和一隻狗在一年中建立的感情，要比人和人在十年中建立的感情還要深厚。父親捨不得的，似乎並不是一隻和他朝夕相處了一年的狗，而是那些一旦狗死了就再也不會重複的日子，那些給他帶來震撼和溫暖的動物行為，那些讓人踏實、令人感懷的人與狗的往事。

學校放假的日子到了，要把孩子們一個個送回家裏去。過河的時候，父親想，要是能知道這裏的河水有多深就好了。大格列立馬衝了出去，河水把牠漂起來的地方，牠堅決不讓孩子們和父親過。

父親說：「大格列是知道我的心的。」初冬和早春，河水封凍了，但是冰很薄。父親想，要是能知道哪兒冰薄哪兒冰厚就好了。大格列立馬衝了出去，翹起前肢用自己的身體邊砸邊往前走，一旦砸出窟窿，就換一條路線，直到整條路線砸不出半個窟窿，牠才會允許孩子們和父親踏上冰面。父親說：「大格列的心就是我的心，我前一秒鐘想到的，牠後一秒鐘就做到了。」

有一次孩子們回家，父親有別的事兒，就讓大格列單獨去送。走了以後父親才想到，我忘了告訴大格列，應該把最遠的秋加先送回去，秋加腳上新長了兩個雞眼，要是疼得走不動了，別的孩子還能揹著他。孩子們返校後，父親問秋加：「那天你是怎麼回去的？」

秋加說：「大格列先送了我，再送了別的同學。」而以往，秋加總是最後一個被送回家的。

父親說：「大格列什麼都知道，什麼都做得比人好，大格列啊，你就差兩條腿走路了。」

父親記得，每當他騎著大黑馬外出，只要叫上大格列，牠就會走在大黑馬的前面。大黑馬跟著牠，蹄子就再也不會陷進旱獺洞、鼠兔窩裏了。如果父親外出留下牠守家，牠就會在上課的時候準時把貪玩的孩子們趕進帳房自習，又會在下課的時候準時把孩子們趕出帳房玩耍。

誰也不知道牠是依靠什麼掌握時間的，但其準確的程度連父親都無法做到。今年春天父親去西寧探親，回來的時候看到學校的學生、那些調皮搗蛋又戀著爺爺奶奶阿爸阿媽的孩子，居然沒有一個逃學的。

代管著學校同時也能教孩子們學藏文的寺院喇嘛告訴父親：「了不起啊，你的大格列，牠就像守著羊群一樣守著孩子們，不讓一個人離開學校。」

父親還瞭解到，他走後，美旺雄怒不吃不喝，無精打采，天天等著他回來，有時候還會離開學校去狼道峽口守候。而大格列是照吃照喝的，吃飽了就去做事兒，不僅做了牠經常做的，還做了許多過去只有父親才做的事情。

代管學校的喇嘛說：「牠除了不會給學生上課，什麼都會。」然後又說，「漢扎西你也了不起啊，能把大格列訓練得比人有靈性。」

父親說，其實他沒有在任何事情上訓練過大格列，一切都是大格列自己學會的，大格列太聰明了，有無師自通的本領。大格列沒有救過父親的命，也沒有像岡日森格和多吉來吧那樣，在和野獸的對抗中有過更多智勇驚人的表現，但是牠知道父親的心，牠是一隻想主人所想、做主人所做的狗。不，牠並不僅僅是一隻狗，而是寄宿學校一名忠實可靠的員工，不計報酬地做著分內的和分外的一切。牠是那種活著就必須為人為生活承擔責任的藏獒，牠平凡而偉大。

更讓父親難忘的是，大格列居然知道父親心裏時刻牽掛著遠去了西寧動物園的多吉來吧，每當父親無意中把牠叫成多吉來吧，或者跟牠嘮叨起多吉來吧的事情，牠就會比父親更快更多地流出眼淚來，衝著遠方——父親有一次指給牠的西寧的方向，使勁地哭叫，似乎想讓多吉來吧聽到：你的主人想你呢。

但是現在，父親卻要親手打死牠了。父親看了看自己的手，他還沒有動手，手就已經開始顫抖了。而且顫抖在延伸，延伸到了身體的每一個部位，包括心臟，心的顫抖告訴他：他沒有這個能力，他只能忍受和大格列同樣的疼痛，然後看著牠死去。父親跪倒在地上，流著眼淚說：「大格列，我知道你很難受，可是我不能給你個痛快，原諒我吧，我不能。」

父親扭過頭來，請求地望著身邊的藏醫喇嘛尕宇陀。尕宇陀明白父親的意思，整個身子都搖晃了一下，一連後退了好幾步：「你不要這樣看著我，我是喇嘛我不行。」

看父親的眼光依然盯著他，恐慌地轉身就走，沒走幾步就一頭撞在了一個人身上。尕宇陀抬頭一看，「哦」了一聲，轉身回去，拍著父親的肩膀說：「漢扎西你快看，替你動手的人來了。」

來人是鐵棒喇嘛藏扎西。在西結古寺，可以殺生而不會受到神靈懲罰的只有護法金剛的化身鐵棒喇嘛。但是父親一見藏扎西就更加難過了，他知道對方是來幹什麼的，沒等對方開口，就已經從那黯然陰鬱的眼神裏讀懂了埋怨：漢扎西你是怎麼搞的，讓你去白蘭草原把了不起的藏巴拉索羅帶到西結古寺去，可是都一天一夜啦，藏巴拉索羅在哪裡？我們寄養在桑傑康珠家的其他寺院狗在哪裡？父親轉過臉去不看他。

藏扎西說：「現在保衛我們西結古寺的只有十六隻寺院狗，而且有的已經被多獼藏獒咬傷，了不起的藏巴拉索羅和牠的夥伴要是不回到寺裏來，再來一撥外來人和外來狗，西結古寺就只能讓他們任意糟蹋了。」

父親緊閉了嘴唇不說話，彷彿只要不說話，所有的壞消息就都不存在了。藏扎西感到蹊蹺，牽著馬走過來，連連追問：「怎麼了？怎麼了？」

藏醫喇嘛尕宇陀一心想早一點終結大格列的痛苦，指著地上說：「是你的眼睛不管用了，還是大格列在你的眼裏已經死了？快快快，舉起你的鐵棒吧，漢扎西心疼得都不會說話了。」

藏扎西丟開馬韁繩，蹲下身子一看，不禁打了一個寒顫，吃驚地問道：「誰啊，誰能把大格列咬成這個樣子？瞎（讀如哈）熊和豹子也不能啊。」

父親說話了，一說就很多，把所有該說的都說了。

藏醫喇嘛尕宇陀補充說：「知道這個黑臉漢子是誰嗎？是勒格。」

藏扎西瞪著尕宇陀說：「勒格？你怎麼知道是勒格？」

尕宇陀說：「了不起的藏巴拉索羅死了，十二隻寄養在桑傑康珠家的寺院狗都死了，怎麼一點預兆都沒有？除了『大遍入』的魔法，害人的痲風，什麼東西能遮蔽丹增活佛的覺察呢？」

藏扎西打著冷戰說：「『大遍入』是佛法的死敵，我們怎麼辦？勒格是發過誓的，要用自己的藏獒咬死西結古草原的全部藏獒。」說罷，又打了一個冷戰，使勁攥了攥鐵棒。

父親說：「我現在最擔心的是誰你們知道嗎？」

藏扎西和尕宇陀對視了一下，異口同聲地說：「獒王岡日森格。」

父親說：「是啊，是啊。求求你了藏扎西，快幫我把大格列安頓好，我要去藏巴拉索羅神宮看看岡日森格。」

藏扎西說：「我也得趕緊回寺裏去，這個勒格，這個地獄食肉魔，我要在班達拉姆跟前狀告他們，要在降閻魔尊和十八尊護法地獄主跟前怒咒他們。」

鐵棒喇嘛藏扎西再次仔細看了看大格列，然後起身，沉重地舉起了那根象徵草原法律和寺院意志的鐵棒。他讓孩子們離遠點，也讓還在給大格列舔傷口的美旺雄怒離遠點。美旺雄怒望著藏扎西，知道他要幹什麼，停止了舔舐，悲哀地哭叫著，就是不離開自己的夥伴。

父親過去，抱住美旺雄怒，使勁把牠推到了一邊。美旺雄怒掙脫父親，撲了過去，用自己的身子護住大格列的頭，揚起脖子，「轟轟」地叫著。牠知道狗頭是最重要的，藏扎西的鐵棒一旦掄起來，砸向的一定是狗頭。

父親搖著頭，對藏扎西說：「算了吧，那就算了吧，你看美旺雄怒不願意，牠會記你的仇的。」

藏扎西說：「漢扎西你真是個無用的人，你怎麼比我們喇嘛還心軟？美旺雄怒是不懂事，牠一點也不知道大格列的痛苦。」

藏醫喇嘛尕宇陀也說：「大格列的痛苦只有大格列知道，你看牠望著鐵棒一聲不吭，那就是想死了，要是不想死，牠會喊叫的。」

父親蹲下來，擦了一把眼淚，輕輕撫摸著大格列說：「大格列，你真的疼得受不了了嗎？你真的想死、想離開我們嗎？你不要這樣看著我，你要是不想死，就張張嘴喊我一聲。喊啊，喊我一聲。」

父親一連說了幾遍，大格列渾身顫抖著，用雨濛濛的眼睛無限悲涼地望著父親，一絲聲音也沒有發出來。

父親歎口氣，再次抱住美旺雄怒，推搡著牠離開了大格列。美旺雄怒不情願地服從著父親，衝著鐵棒喇嘛藏扎西咆哮起來。父親一邊流淚，一邊安慰著美旺雄怒，又朝藏扎西無奈地擺了擺手：「動手吧，你最好一下就把牠打死。」說罷，他最後望了一眼大格列，緊緊地閉上了眼睛。

藏扎西朝手心吐了一口唾沫，兩手合攏著摩擦了幾下，握緊了鐵棒，忽地一下掄了起來。大格列把頭歪在地上，眼睛直勾勾地望著父親，依然是無限悲涼的告別的神態。父親的眼睛突然睜開了，又趕緊轉過身去閉上了。

就在這時，就在藏扎西掄起的鐵棒風聲獵獵的時候，大格列叫了一聲，牠衝著父親，用生命的餘熱，戀戀不捨地叫了一聲，聲音很微弱，微弱得連離牠最近的藏扎西都沒有聽到。但父親聽到了，大格列的夥伴美旺雄怒聽到了，而且聽出這聲音裏充滿了哀求：我能忍啊，再疼我也能忍，我不離開你們，不離開你們。

幾乎在同時，父親和美旺雄怒撲了過去，父親撲向了藏扎西，美旺雄怒撲向了大格列。

「牠要活，牠要活，牠要和我們一起活。」父親的聲音雷鳴一樣打懵了藏扎西，掄起來的鐵棒砰然一聲打在了地上。大格列立刻知道自己沒有被打死，又一次更加微弱地叫了一聲，已經不是哀求，而是感激了。

父親撲到大格列跟前，聲音哽咽著說：「大格列你放心，你不會死，不會離開我們，我們永遠在一起。」

美旺雄怒也哭起來，聲音裏充滿了苦澀和感動，牠跳起來撲向了鐵棒喇嘛藏扎西，不是記了仇的撕咬，而是真摯而樸素的謝忱，牠張嘴就舔，抒情地舔了舔藏扎西的手，更加抒情地舔了舔他手中的鐵棒，然後回來，激動地舔著大格列的傷口和抱著大格列的父親，「哈哈」地叫著，好像死裏逃生不是大格列，而是牠自己。

秋加和孩子們呼啦一下撲向了大格列，用那種呼喚阿爸阿媽的聲音，無比親切地喊叫著：「大格列，大格列，你沒有死啊，大格列。」

父親來不及擦乾眼淚，留下美旺雄怒守護寄宿學校，騎上大黑馬，奔向藏巴拉索羅神宮，去看望獒王岡日森格了。

第十二章　獅子吼

禮堂裏，面對四隻魚貫而入的大狼狗，張開大嘴齜出牙的多吉來吧忽地站了起來，「嗖嗖」地吸了幾口冷氣，感覺昨天被漁網拖在地上磨爛的地方突然疼起來，肩膀、屁股、肚子上的創口一起疼起來。牠衝著創口發出了一種剛健有力的叫聲，把一股股白霧般的氣息送了過去，彷彿創口是聽話的，牠一吠叫就能制止牠們的疼痛。牠叫著叫著，就把眼光從自己的創口沿著地面慢慢地移向了四隻大狼狗。

依然是吠叫，多吉來吧本來不喜歡吠叫，尤其在打鬥撕咬的前夕，牠的做派從來就是不虛張聲勢，不威脅挑釁，戰而不宣，驚雷無聲，把所有的能力都展示在深不可測的沈默裏。但是今天，當牠用眼光重重地掃了一遍四隻大狼狗後，突然就喜歡上吠叫了。牠吠叫不止，一聲比一聲亢亮有勁、短而不猝。

四隻大狼狗也在吠叫，牠們整齊地站成一排，吠叫的姿勢一律是鼻子指天、嘴巴朝上，此起彼伏的節奏聽起來就像河水奔騰，流暢而明快。牠們想用這個樣子告訴對方：牠們是訓練有素的軍犬，牠們的能力超過了人類，所以就被人類用來彌補他們的不足。牠們是優越的，在所有的城市狗中，牠們有無可比擬的後臺和無可比擬的伙食以及無可比擬的儀表，牠們是兇惡的，更是尊貴的，牠們希望當牠們發出震懾之聲時，所有的敵手都乖乖地走到跟前來俯首貼耳。牠們義正詞嚴地喊叫著，好比牠們的主人在面對敵人時發出的那種聲音：舉起手來，繳槍不殺。

一切都在理解之中，聰明的多吉來吧沒見識過軍犬的能耐，也不懂牠們的規矩，但卻依仗著狗對狗的理解看透了牠們的心思。狗的聲音和動作總是心靈的語言，這一點和人不一樣，人的語言包括行爲語言，往往並不代表心靈和心思。多吉來吧叫著叫著改變了姿勢，也是鼻子指天、嘴巴朝上的樣子，像是在告訴對方：不要以爲就你們會叫，你們會什麼我也會什麼。

正叫著，多吉來吧的眼睛噌地一下亮了，是閃射親切之光、纏綿之色的那種熠亮，叫聲也不由自主地改變了腔調，有點柔婉，有點激切。牠從窗戶玻璃後面的人群裏看到了那個男孩，那個曾給牠餵藥、曾和牠一起在紅衣女孩家度過了一夜的男孩，牠相信男孩的後面一定站著那個女孩，叫著叫著就哭了，一絲孤獨者的留戀、一種苦難的流浪漢在無助中尋找依靠的企盼，針芒一樣刺穿了上方的玻璃。男孩一定是聽明白了，突然抹起了眼淚，向牠招了招手，從窗臺上跳了下去。「咚」的一聲響，男孩不見了，多吉來吧的心碎了。

四隻大狼狗朝前跨了幾步，叫聲也拔高了幾度。從心碎中回過神來的多吉來吧朝後一挫，似乎要跳起來，撲過去，突然又穩住了，來回踱了幾下，一屁股坐下，專心致志地投入到了用聲音抵抗聲音的努力中。禮堂這時候變成了一個巨大的音箱，汪汪汪、荒荒荒、嗡嗡嗡的，雙方的音波滾滾而來，又撞牆而去，穿梭在頭頂，迴盪在耳邊，然後又催動出新的更加堅硬結實的吠叫來。

雙方都是百分之百的投入，看起來就像人類的對罵，但人類的對罵重要的是內容，所以人常說「有理不在聲高」，狗的對叫重要的是聲音的質量，也就是音域、音速、音量、音色、音強等等特質所產生的另一種對抗能力。我們常常看到兩隻憤怒的狗互相罵著吼著，朝對方奔撲過去，還沒有掐起來，一隻就轉身離開，或者落敗而逃，就是因爲聲音的比拼已經有了分曉，誰勝誰負不需要牙刀相向了。現在這座空曠禮堂裏的對峙就是這樣，當四隻大狼狗試圖首先用聲音營造出打擊的威力和效果時，多吉來吧做出了一副兵來將擋水來土掩的姿態，用自己最不擅長的叫囂進行著戰鬥。

作爲軍犬的四隻大狼狗發現牠們此起彼伏的吠叫都被對方沉甸甸的回叫頂了回來，就覺得蹊蹺。牠們停了下來，居中那隻爲首的黑脖子狼狗左右看了看，用頭勢指揮著，等牠們再次叫起來的時候，隊形、姿勢和聲音都變了。

原來是整齊的一排，現在是兩前兩後的方陣；原來是鼻子指天，現在是鼻子向前；原來是此起彼伏的吠叫，現在是異口同聲的壯吼，就像銅鈸擊響，音調鏗鏘，滿禮堂轟鳴不絕。四隻大狼狗挺胸昂首，和聲如鼓。

多吉來吧愣了一下，站起來，也像對方一樣鼻子向前，吼聲震耳。不同的是，四隻大狼狗始終都在用嗓子叫喊，而多吉來吧已經不是了，牠把從嗓子裏發出的吠叫變成了從胸腔裏發出的聲波振顫，呼呼呼、剛剛剛的，雄壯而有力。

開始是四隻大狼狗合吼一聲，多吉來吧吼一聲，好像都那麼響亮，分不出雌雄來。後來就變成了雙方同時吼叫，聲音在空中一碰撞，強弱就出來了，總是多吉來吧蓋過四隻大狼狗。聽起來整個禮堂就只有多吉來吧的聲音，連四隻大狼狗都有些驚訝：我們怎麼好像啞巴了？

爲首的黑脖子狼狗首先不叫了，望著同伴，用眼神表達著自己的意圖。同伴們明白了，很快又站成了一排，兩隻先叫，兩隻後叫，聲音頓時銜接成了一條沒有休止符的音流，既是高亢的，又是可以佔領一切時間、淹沒一切空間的。

多吉來吧靜靜地望著牠們，先不叫，聽了聽再叫，這次牠加快了節奏，一聲緊接著一聲，對方無論哪兩隻吼叫，都會跟牠同時張嘴，然後被牠渾厚壯猛的聲音所覆蓋。牠的聲音曾經在遼闊無邊的草原上威脅過看不見的狼豹，那時候牠處在原始浩茫的高風大氣裏，不經意地鍛煉著聲音的野曠，無限放大著吼叫的力量。爲了讓草原至尊的王霸之氣傳得更遠，祖先的遺傳加上環境的磨礪，讓牠的嗓子、胸腔和腹腔，都具備了發聲的功能，那種聲音不尖而利，不疾而遠，不大而強，如同平靜的河面之下湧動著湍急的潛流，只要接觸到牠，就會被一股無法抗衡的力量瘋狂地推向死亡。

四隻大狼狗感到巨大的壓力從四面八方擠壓而來，似乎房頂就要塌下來，牆壁就要倒下來，地面就要翻起來。牠們緊張地交換著眼色，毫不妥協，牠們是軍犬，聲音是經過訓練的，意志更是經過訓練的。牠們拼命吼叫著，唾沫雨點一樣飛濺而來，淋到了多吉來吧頭上。

多吉來吧岔開四肢，把身子牢牢固定在地上，脖子前伸著，用自己的唾沫回敬著對方的唾沫，一聲比一聲吼得敞亮。聲音在轟然鳴響，就像把大天闊地裏滾滾向前的驚雷突然裝進了一個小匣子，禮堂幾乎就要爆炸了。四隻大狼狗的堅強意志這時候得到了充分體現，越吼越有精神，雖然音量不及對方，但耐久、韌性的能力看上去只會比對方好，不會比對方差。

這樣吼了很長時間，四隻大狼狗驚怪地發現，多吉來吧居然是閉著嘴的，也不知是什麼時候閉上的。但牠的聲音依然響亮，從東牆撞到南牆，從天上撞到地上，最後再撞到牠們身上，撞進牠們的耳朵。爲首的黑脖子狼狗一聲怪叫，四隻大狼狗突然閉了嘴，豎起耳朵聽著，聽著閉嘴以後牠們的聲音滑翔在四周，回音疊加著回音，舊雷撞響著新雷，好像聲音一離開口腔，就可以獨立自主，想響多久就能響多久。

滑翔的吼聲漸漸變小了，撞來撞去的回音走向結束，首先消失的是四隻大狼狗的聲音，之後的幾秒鐘裏，多吉來吧野獒之吼的回音還在禮堂內奔走。四隻大狼狗面面相覷：這個來自荒野的傢伙，到底能發出多大的音量啊，這麼持久這麼沉重，似乎連禮堂外面窗臺上的人也感到了振顫，紛紛從玻璃上掉下去了。四隻大狼狗望著窗外，呼哧呼哧的，知道自己又一次落入了下風，便開始醞釀下一輪的吼叫。

但是多吉來吧已經顧不上眼下的吼聲之戰了，牠依靠靈敏的嗅覺，比四隻大狼狗更準確地捕捉到了禮堂外面一些人從窗臺上跳下去的原因：那個男孩又來了，那個女孩也來了，隔著厚厚的牆壁，牠清晰地聞到了他們的味道，也猜到了兩個孩子的心情。牠叫起來，但不是面對敵手的怒吼，而是依戀親人、企盼營救的哭聲了。牠跑了過去，瘋狂地跳了一下，窗戶是搆不著的，只能站起來面對牆壁。

牠用爪子使勁摳著，摳著，摳一下，哭一聲，一直摳著，一直哭著。牠的爪子曾經是堅硬的鐵杵，擊碎過多少冰塊土石，抓破過多少野獸的厚皮，多少次幫助牠完成了一隻偉大藏獒的使命，維護了飲血王黨項羅刹的一世威名，可是這次，爪子不行了，牠年事已高，又遇到了鋼筋水泥，用盡了力氣，卻一點效果也沒有。牠著急地在牆上甩著爪子，似乎在說：不爭氣的爪子啊，不爭氣的爪子你怎麼軟成酥油了。

而在牆外，男孩帶著女孩，沿著禮堂，跑啊跑啊，跑得氣喘吁吁，大汗淋漓。女孩的紅衣裳在跑動中變成了一條線，圈住了禮堂，綁住了水泥的牆壁。他們跑了一圈又一圈，沒找到一個可以放出大狗的地方，只好停在門前，求幾個守門的人。守在門口的人不理他們，他們就哭了。

其中一個胸前掛滿了像章的人似乎被感動了，指了指不遠處站在窗臺上的黃呢大衣說：「你們去求他，他是頭。」

兩個孩子去了，雙手拽著黃呢大衣的腳：「叔叔，叔叔，放了大狗吧，叔叔。」

黃呢大衣覺得自己就要被拽下窗臺，跳到地上呵斥道：「哪裡來的小痞孩，給我滾遠點兒。」

他們沒有滾，男孩跪下了，抱著黃呢大衣的腿，女孩學著男孩的樣子也跪下了，也抱著他的腿。

黃呢大衣抬腳踢開了兩個孩子：「去去去，去。」

禮堂裏的多吉來吧聽到了，只要牠把注意力集中到兩個孩子身上，牠就能聽到牆外他們發出的任何聲響，甚至都能感覺到他們在做什麼。牠跳著叫著，哭啊，用身體哭，用眼睛哭，用嗓子哭。這樣的哭聲、這種情不自禁的表達，讓牠突然明白，牠不是爲了自己，而是爲了兩個孩子的委屈。兩個孩子已經被牠看成是親人了，牠是必須有親人並且隨時準備爲親人去戰鬥去犧牲的，這是牠活著的理由。牠作爲一隻優秀藏獒最受不了的，就是看到和牠親近的人爲了牠而備受委屈，那絕對是一種撕心裂肺的折磨。牠暴怒地蹬踏著牆壁，轟隆隆地咆哮著，把肩膀、屁股和肚子上磨爛的傷口咆哮成了嘴巴，噴吐出點點鮮血來。

四隻大狼狗目瞪口呆地望著牠，以爲這是牠的一種新戰法，便急急忙忙投入了迎戰。新的一輪吼叫比賽又開始了，黑脖子狼狗帶領牠的同伴，齊聲爆叫起來。這次牠們運足了力氣，叫一聲，中間停一下，然後再運足力氣叫一聲。每一聲都叫得結實硬棒，衝力強勁，如同洶湧的大水進入了高落差的河床，激蕩連接著激蕩，顯得氣勢逼人，胸有成竹。

多吉來吧愣住了，顧望著四隻大狼狗，才意識到這場吼聲之戰並沒有結束，牠在傷情之餘還必須認真對付敵手的挑釁。牠回過身來，轟轟而叫，叫聲豪壯，粗而不短，也是叫一聲，停一下，運足了力氣再開始叫，而且總是在對方叫的時候牠才叫。野獒之聲轉眼又蓋過了狼狗之吼，壓迫和威逼出現了，多吉來吧用胸腔和腹腔發出的聲音，再一次讓對方感受到了來自荒野的王者之氣、悍拔之風，那是鮮血淋漓的叫聲，是用肩膀、屁股和肚子上磨爛的傷口發出的拼命之聲。牠沒有發現，傷口大了，越來越大了。

四隻大狼狗中一隻年輕的公狗首先感覺到了摧毀的恐怖，是聲音對心智和膽魄的摧毀，牠突然不叫了，轉身就走。走到門口，看走不出去，就又回來，望著多吉來吧，尖細地呻吟著，癱軟在了地上。牠被多吉來吧用憂傷而暴怒的吼叫打倒了，這不可挽救的軟弱頓時瓦解了同伴的鬥志，爲首的黑脖子狼狗就像洩了氣的皮球，嗓子裏嗤嗤地響起來，牠不叫了，狼狗們都不叫了。

禮堂裏只有多吉來吧的怒吼還在轟鳴，就像巨大的鐵錘一下比一下沉重地敲砸著牠們的腦袋。牠們有些慌亂，看到對方的聲音呼呼而來，吹飄了同伴身上的毛，就更有些不知所措了。

黑脖子狼狗強迫自己揚起頭，眼睛繃起來，閃射著最後的怒光，張大了嘴，想要再次發威，但只吼了一聲，便沮喪得連連搖頭。牠圍繞著同伴走了一圈，無可奈何地臥了下來。另外兩隻大狼狗也儘快臥了下來。牠們就像最初被人類馴服了蠻惡的野性那樣，伸直前腿，朝著依然叫囂不止的多吉來吧鞠躬致敬。

多吉來吧勝利了，用自己並不擅長，卻依然保有荒原之野和生命之麗的吼叫，吼垮了四隻大狼狗。牠得意地看到，和牠放浪而舒展的草原的野性相比，豢養的城市的驕橫永遠都是弱敗之屬。但多吉來吧的得意轉眼就消失了，牠立刻又發現了自己的失敗，牠不叫了，不叫的時候牠感到了傷口的疼痛，是鑽心揪肺的那種疼痛，也是不屈不死的獒魂的疼痛——這是城市打敗牠的證據。城市是居心叵測的，讓牠傷痕累累不說，還把牠關在了這裏，把兩個親近牠的孩子隔在了外面。

禮堂外面，被黃呢大衣踢開的兩個孩子又開始奔跑。他們一個拉著一個，跑著，瞅著，失望地「哎喲」著，哪兒也沒有一個可以放出大狗的地方，最後只好再次停在了黃呢大衣跟前，男孩再次跪下了，女孩也跪下了。

黃呢大衣不理他們，走過去朝著一幫拉狗的人說：「說話可要算數啊，要是打不過，人今天晚上就得交給我們。」

一個拉狗的眼鏡說：「做夢去吧，這麼多狗，怎麼可能打不過。」

男孩和女孩追到了黃呢大衣跟前，拌和著眼淚的哀求一聲比一聲懇切、一聲比一聲淒慘：「叔叔，叔叔，放了大狗吧，叔叔。」

黃呢大衣瞪起眼睛：「滾滾滾滾滾！」

胸前掛滿像章的人走過去，把兩個孩子拉到自己身邊問道：「我知道這藏獒是動物園的，你們跟牠是什麼關係？」

他們不知道怎麼回答，互相看了看。

女孩突然說：「大狗是我爸爸。」

滿胸像章的人怪怪地「哦」了一聲，想哈哈大笑，突然又嚴肅了面孔，點點頭，認真地說：「妳爸爸？原來牠是妳爸爸，怪不得你們要救牠。」說罷，走了，走到禮堂門口，看那些拉狗的人把一隻隻狗排成了隊，就要打開門放進去。滿胸像章的人攔住他們，說了幾句阻止的話，卻被領先的一隻黑毛披紛的西寧土狗撲過來咬住了衣襟。他嚇得尖叫一聲，趕緊跳開了。

黃呢大衣獰笑著說：「你想做叛徒是不是？咬死你。」

禮堂門響了，撲在牆壁上的多吉來吧猛然回頭，看到一群狗排著隊走了進來，忽地轉身，盯住了牠們。牠知道牠們是來幹什麼的，立刻變得冷靜而森然，牆外的孩子、遠方的主人和妻子，突然之間離開了牠的牽掛，只有一種幻滅的憂傷和抽象的悲情佔據著牠的頭腦，綿綿不盡地發酵著牠對城市、對敵狗的仇恨。

戰鬥又要開始，這次可不僅僅是聲音的對抗。新來的一群城市狗激動地跑來跑去，看多吉來吧似乎有些畏縮，便囂張地撲了過來，撲在最前面的是那隻黑毛披紛的西寧土狗，牠張嘴就咬，又一次張嘴就咬。

第十三章　刺殺

桑傑康珠騎著她的青花母馬向北而去，路上看到了新鮮的馬糞和粗硬的狗屎，就斷定自己追蹤的方向沒有錯，那個黑臉漢子帶著地獄食肉魔就在前面。她甚至猜到了他們北去的目標——索朗旺堆生產隊，那兒有西結古草原最好的看家藏獒，這些藏獒和牠們的父輩祖輩過去都是頭人的私有財產，是從整個部落中精挑細選出來的。如果黑臉漢子和地獄食肉魔來到西結古草原就是爲了和所有優秀的藏獒過不去，就一定不會放過索朗旺堆生產隊的藏獒。

天就要黑了，索朗旺堆生產隊遙遙在望。桑傑康珠跳下馬背，從腰裏摘下藏刀，拔出來，藏進右邊的袖筒，然後把刀鞘塞進了懷抱。她站在草莽之中望了望青紅色的天際，把憋在胸腔裏的一股怒氣長長地吐出來，又深深地吸進去，牽著馬朝前走去。桑傑康珠有點猶豫，自己義憤塡膺地追逐到這裏，到底要殺掉誰？殺掉咬死了藏巴拉索羅等十二隻寺院狗的地獄食肉魔嗎？但草原的規矩歷來都是人不能殺死藏獒，藏獒只能讓藏獒來殺死。可如果一隻外來的藏獒殺死了那麼多西結古草原的藏獒，而西結古草原的所有藏獒都沒有能力報仇的話，人還能後退嗎？還有，除了殺掉地獄食肉魔之外，是不是也要殺掉那個黑臉漢子？如果不殺死黑臉漢子，黑臉漢子能饒過她？

美麗的桑傑康珠把潔白的牙齒咬得嘎吱嘎吱響，抓住馬鬃，飛身上馬，袖筒裏的藏刀就像她的心臟一樣，跳躍著，越來越冰涼。

桑傑康珠沒有想到，她的一舉一動其實早就在黑臉漢子和地獄食肉魔的窺望之中了。出類拔萃的地獄食肉魔隨便一聞，就聞出了追逐者的味道，牠用朝後輕吠的舉動告訴了黑臉漢子，黑臉漢子便讓馬糞和狗屎指引著追逐者的方向，自己帶著馬和藏獒，躲到了路邊的草岡後面。幾分鐘之後，黑臉漢子就把被別人跟蹤變成了跟蹤別人。

天已經黑了，夜色中的桑傑康珠在黑臉漢子的眼裏就像一隻藏獒。他看得見她，因爲他是用心看的，當一個男人用心看一個女人的時候，黑夜就不起作用了。他騎著馬在草浪之中沙沙穿行，理解他的赤騮馬四蹄輕盈得如同騰雲駕霧，地獄食肉魔更不用說了，連微小的哈氣聲都沒有發出來。更何況風是逆向的，桑傑康珠只要看不見形跡，也就聽不到聲音。

跟蹤的距離越來越近，黑臉漢子兩腿一夾，讓馬加快了腳步，差不多只有十步遠了，突然從黑臉漢子鼓鼓囊囊的皮袍胸兜裏傳出了幾聲稚嫩的狗叫。那是小兄妹藏獒尼瑪和達娃的聲音，牠們處在離黑臉漢子的心最近的地方，很容易知道黑臉漢子在想什麼，便朝著已經有味道傳進牠們小鼻子的桑傑康珠發出了警告。

桑傑康珠扭過頭來，明白自己成了獵物，「哎喲」一聲，打馬就跑。黑臉漢子生氣地拍了一巴掌尼瑪和達娃，喊了一句什麼，就見地獄食肉魔朗叫一聲，從黑暗中飛身而去，攔在桑傑康珠的青花母馬前，張牙舞爪地撲了一下。青花母馬已經在家門口見識過這隻藏獒的蠻野，早已嚇得魂飛魄散，不聽桑傑康珠的指揮，扭轉身子往回跑，恰好和縱馬而來的黑臉漢子相交而過。黑臉漢子用雙腿牢牢夾住馬身，探出身子，一把摟住她的腰又扯住了她的腰帶，沒費什麼力氣，就把她抱到了自己的赤騮馬上。

赤騮馬狂奔著衝向了夜色，牠似乎知道這個時候主人需要更平整的草地、更隱蔽的地方。黑臉漢子放開韁繩，一手抓著桑傑康珠的氆氌袍，讓她仰面躺在鞍韉之前馬脖子揚成一堵牆的地方，一手攥住她的右胳膊，用拇指按了按裏面的藏刀，冷冷地獰笑了幾聲，然後低頭一口把藏刀從她袖筒裏叼出來，橫在了嘴上。桑傑康珠怒目而視，氣得渾身發抖。

黑臉漢子鬆弛下來，由著赤騮馬跑了一程，又由著牠停了下來。打眼一看，就見兩廂是凸起的黑影，中間是平整的窪地，用鼻子哼了一聲，翻身下馬，然後把桑傑康珠抱下來，放在了草地上。桑傑康珠忽地坐了起來，看到地獄食肉魔就守在跟前，自己的頭差點碰到牠的頭上。

地獄食肉魔晃了晃碩大的獒頭，盯著桑傑康珠，眼光就像帶毒的針芒，陰森森地明亮著。黑臉漢子跪下來，掏出胸兜裏的小兄妹藏獒尼瑪和達娃，交給地獄食肉魔看護，自己把手伸進桑傑康珠的懷抱，摸出了鑲著綠松石的刀鞘，又從嘴上取下刀柄上嵌著紅瑪瑙的藏刀，使勁插去，扔向了十步之外，然後就像藏獒盯著狼那樣，用犀利如刀的眼光盯著她。

桑傑康珠的青花母馬走了過來，靜靜地看著主人。地獄食肉魔望著青花母馬，覺得主人俘虜了姑娘，而母馬是可以馱著姑娘離開的，就想把母馬趕走，卻見主人的赤騮馬熱情地跑過去，圍繞著母馬轉來轉去。牠鄙視地瞪著赤騮馬，輕輕唬了一聲，又意識到作爲一隻聽命於主人的藏獒，在主人沒有授權之前，公馬和母馬的事情牠是管不了的。牠把眼光收回來，掃了面前一眼，不禁大吃一驚：主人讓牠好生看護的兩隻小藏獒，正在幹一件將會危害主人性命的事情。牠吼了一聲，撲過去，一口咬住了尼瑪。尼瑪奶聲奶氣地叫喚著。黑臉漢子朝著地獄食肉魔點點頭，意思是：你餓了？你要吃了牠？那就吃吧。

是達娃想出來的主意，牠是妹妹，但心眼比哥哥多。牠首先跑過去，用鼻子觸摸著被黑臉漢子扔在草地上的藏刀。哥哥尼瑪皺著小鼻子想了想，才知道達娃是什麼意思。尼瑪飛快地過去，叼起了藏刀，在達娃的掩護下，悄悄走向了仰躺在地上的桑傑康珠。牠們不認識桑傑康珠，但她的味道告訴牠們，她是西結古草原的人。牠們不是要讓桑傑康珠攥起藏刀殺了這個外來的黑臉漢子，僅僅是出於藏獒維護領地財產、維護主人或熟人財產的本能，才把屬於桑傑康珠的藏刀送到了她手邊。尼瑪跳起來，正準備用牙齒提醒一下那隻沒長眼睛的手，就被地獄食肉魔咬住了。

專注地盯著桑傑康珠的黑臉漢子教唆地獄食肉魔吃掉尼瑪，但地獄食肉魔並沒有聽他的。藏獒是天性愛護弱小的，尤其是同類的弱小，即使兇殘暴虐如地獄食肉魔，也不能例外。地獄食肉魔鬆鬆款款地咬著尼瑪，一甩頭把牠甩了出去，算是對牠的教訓，然後叼起桑傑康珠的藏刀，放回到了十步之外。

被甩出去的尼瑪蜷在地上哭著，牠想起了奶奶大黑獒果日，想起了阿爸賽什朵和阿媽娘毛希安，想起了把牠們從領地狗群帶到寄宿學校的父親，還想起了寄宿學校的藏獒大格列和美旺雄怒，他們對牠們小兄妹多好啊，不是舔就是拖，哪像面前這個黑臉漢子、這個陰沈沈的地獄食肉魔，說打就打，說咬就咬。

妹妹達娃跑過去，趴在哥哥尼瑪身邊，安慰地舔著牠的鼻子，舔著舔著，又有了新主意，那就是逃跑。達娃轉了轉眼睛，站起來跑了幾步又回來，看到尼瑪搖了搖尾巴，就知道哥哥已經明白了。尼瑪畏怯地望了望不遠處監視著牠們的地獄食肉魔，蜷起的身子更蜷了。牠知道逃跑是必須的，但現在不行，必須等到地獄食肉魔不注意牠們的時候。

黑臉漢子看了一會兒桑傑康珠，看到了她的美麗，也看到了她心裏的憤怒。他起身走過去，撿起藏刀，扔到了她懷裏。他陰鷙地盯著她，拍了拍自己的胸脯，告訴她：來吧，就往這兒刺。桑傑康珠站起來，唰地抽出藏刀，伸手便刺。

桑傑康珠的藏刀刺向了黑臉漢子的胸脯，卻沒有刺進肉裏，畢竟她從來沒有刺過人，不知道刺人和藏獒撕咬一樣，應該在柔軟的地方下手。更重要的是，地獄食肉魔撲過來了，牠撲倒了桑傑康珠，前腿壓在她身上，「轟轟轟」地叫著。牠沒有咬她，很可能因爲她是個姑娘，而且美麗迷人，或者牠知道主人喜歡她。牠用吼聲嚇唬著她，眼睛卻看著主人黑臉漢子。

黑臉漢子瞪了她一眼，漫不經心地走到一旁小解去了。小兄妹藏獒尼瑪和達娃稚嫩地吠叫著撲了過來，牠們是西結古草原的藏獒，自然要保護西結古人的安全，不管牠們有沒有能力保護。

桑傑康珠用眼角看到了尼瑪和達娃的舉動，感動得唉歎了一聲，生怕牠們被地獄食肉魔咬死，大聲說：「秋珠，秋珠（小狗），不要過來，不要過來。」說著，突然想起漢扎西說過，黑臉漢子搶走他的這兩隻藏獒是小兄妹兩個，名叫尼瑪和達娃，便又道，「尼瑪，達娃，你們不要命了，不要管我，快走開。」尼瑪和達娃不聽桑傑康珠的，依然玩命地吠叫著朝地獄食肉魔撲去。

地獄食肉魔的反應卻是好奇，牠用天真而友好的眼光瞪著尼瑪和達娃，看牠們互相鼓勵著咬住了自己的腿，乾脆放開桑傑康珠，跳過去，臥倒在草地上，任由兩個小傢伙在自己身上胡亂爬、胡亂咬。

尼瑪和達娃的拼命撕咬差不多就是給地獄食肉魔撓癢癢，牠們咬了一陣，漸漸發現已經沒有咬的理由了，需要牠們保護的桑傑康珠安然無恙地站了起來，她好好的，身姿挺拔，步履穩健，不需要牠們保護了。尼瑪和達娃停止撕咬，呆呆地看著桑傑康珠快步走向了自己的青花母馬。

桑傑康珠騎上了青花母馬，掉轉馬頭要離開這裏，看到尼瑪和達娃準備跟她去，卻被地獄食肉魔攔在那裏，就又拐了回來。地獄食肉魔用嘴拱著牠們，一拱一個跟頭。牠們可憐地叫喚著，似乎在請求桑傑康珠：把我們帶走，把我們帶走。桑傑康珠知道牠們叫喚的意思，喊了聲：「尼瑪，達娃，我來了。」驅馬朝牠們跑去。青花母馬畏懼著地獄食肉魔，翹起前肢，差點把主人撂下馬來。

桑傑康珠趕緊穩住馬，跳下來，想過去抱起尼瑪和達娃。地獄食肉魔蠻橫地擋在了她面前，威脅她不要過去。她停下，望著想到她身邊來又被地獄食肉魔堵擋著過不來的尼瑪和達娃，無奈地跺了跺腳，轉身要走，又戛然止步，衝著躲向五十米開外的青花母馬尖細地喊了一聲：「回來，回來。」

黑臉漢子看她想走又沒走，走過來審視著她，眼睛裏充滿了疑問：妳的心還不死，妳還想殺了我？

桑傑康珠平息了一下自己的情緒，問道：「把我帶到這裏來的漢子你叫什麼？我還不知道你的名字呢。」

黑臉漢子說：「勒格紅衛。」表情依然是冷漠的。

桑傑康珠又說：「紅衛是什麼意思？從來沒聽說過。」

勒格紅衛咬著牙在心裏說：愚昧的人啊，連「橫掃一切牛鬼蛇神」的紅衛兵都不知道。報仇的機會來到了，我把名字由「勒格」改成「勒格紅衛」了。

桑傑康珠看出他心裏有話，揮了一下手說：「不說名字啦，不管你叫什麼，你的眼睛告訴我，你是一個喜歡姑娘的男人，但是在西結古草原，沒有哪個姑娘會喜歡一個帶著魔鬼的男人。」

勒格紅衛獰聲哼了一聲，像是威脅。

桑傑康珠立刻說：「不過再有力量的魔鬼我也不怕，我是病主女鬼，我是女骷髏夢魘鬼卒，我是魔女黑喘狗，我是化身女閻羅。丹增活佛說了，天下魔鬼是一家。聽懂了嗎?你和我是一家。」

勒格紅衛轉身走開了。

桑傑康珠大聲說：「勒格你聽著，你再去白蘭草原的時候，我家的黑帳房是你的，白帳房也是你的，我家除了年老的阿爸，再沒有別的男人。」這是招婿的意思，在草原上，招婿的姑娘都這麼說。

勒格紅衛扭過頭來，看了看她腰際的藏刀，一副識破詭計的神情。

桑傑康珠說：「我的話語代表我的臉，又美麗又溫暖，我的藏刀代表我的心，又尖利又冰涼，是不是啊?現在我把冰涼交給你，剩下的就是溫暖了。」說著，從腰裏取下藏刀遞給了勒格紅衛。

勒格紅衛搖頭不接，他覺得藏刀對桑傑康珠是沒有用的，人世間最偉大的神保佑著他，他和他的藏獒是戰無不勝的。最偉大的神，不是釋迦牟尼，不是觀世音菩薩，不是吉祥天母，不是馬頭金剛，不是戰神威爾瑪，不是女神十二丹瑪，不是贊魔夜叉，不是獅座護法，不是鐵錘大威德，不是閻摩德迦，更不是怖德龔嘉山神、雅拉香波山神、念青唐古喇山神、阿尼瑪卿山神、巴顏喀拉山神，而是升起在東方的最紅最紅的太陽神。

桑傑康珠看他臉色平和了一些，瞪起眼睛問道：「勒格紅衛我問你，爲什麼你要殺死那麼多藏獒?」

勒格紅衛低下頭，眼睛裏亮亮的、水水的，那是他的怨憤，是他不願意說出來的積鬱。

桑傑康珠吼起來：「你不是啞巴你爲什麼不說?」

勒格紅衛倏地抬起來頭說：「你去問丹增活佛。」

桑傑康珠愣了一下，還要問什麼，就聽地獄食肉魔大叫起來，原來是小兄妹藏獒尼瑪和達娃逃跑了。

尼瑪和達娃看到勒格紅衛和桑傑康珠說話，而地獄食肉魔抬頭專注地觀察著主人和桑傑康珠的表情，就趁機跑進了黑夜。等地獄食肉魔發現時，牠們已經在百米之外，向著寄宿學校的方向小跑而去了。地獄食肉魔追了過去。幸虧牠追了過去，當牠堵住牠們的去路時，前面二十米遠的草窪裏，突然出現了一溜藍幽幽的狼眼之光。

是跟蹤地獄食肉魔的白蘭狼群，大約有五十多匹。牠們躲在草窪裏，悄悄地靠近著，很想試探一下，看看兇暴無比的地獄食肉魔，是不是像白蘭母狼說的，是一隻專咬同類不咬狼的藏獒，恰好看到兩隻小藏獒匆匆忙忙、偷偷摸摸離開人和猛獒，主動朝牠們跑來，便想咬死吃掉牠們，引起地獄食肉魔注意。但是地獄食肉魔出現得太快了，讓牠們來不及張開牙刀。

地獄食肉魔見狼就吼，還沒吼完就開始撲，好像牠是炸藥，狼就是導火線，一點就著。五十多匹狼怎麼可能害怕一隻成年藏獒？哪怕牠被白蘭母狼傳得神乎其神。看到地獄食肉魔撲了過來，牠們嘩地一下聚攏在了黑命主狼王的左右，然後以十匹大狼為先導，「呼啦」一聲形成了一個包圍圈。當十匹大狼奮勇爭先想齊心協力咬死對方時，卻發現今天的死亡格外詭怪，牠光顧的不是孤獨的敵手，而是群聚的自己，是所有帶著輕視包圍了地獄食肉魔的大狼。

地獄食肉魔的撲咬帶著一股巨瀾澎湃的氣勢，威不可擋，沒等牠觸到狼的肉體，狼就趴下了。狼們不知道自己是怎麼受傷或者死掉的，只覺得牠高高跳起，在你的身體上面虎跳鷹拿，身手疾快得就像子彈射擊。狼見識過人的子彈，認為那是世界上速度最快的一種傷害，現在又從宿敵藏獒這裏見識了具有同樣速度的傷害，覺得那根本就不是藏獒的利牙和利爪，而是子彈一樣的奪命之器。幾匹狼用咆哮緊張地傳遞著這個訊息。黑命主狼王發出一聲嗥叫，帶著幾匹狼直奔百米之外的勒格紅衛和桑傑康珠。

地獄食肉魔似乎早就知道狼會這樣，轉身飛馳過去，搶先來到離主人還有二十米遠的地方，猛吼一聲，驚得黑命主狼王直立而起，仰身倒地，爬起來就跑。黑命主狼王當然不是真的來傷害這一男一女的，不過是調虎離山而已，但沒想到地獄食肉魔的阻擊如此神速，差一點要了自己的命。牠趕緊返回狼群，沒做任何停留，吆喝起同伴，朝前奔逃而去。

狼群退了，在丟下五具屍體之後，帶著五個受傷者，迅速退到了地獄食肉魔攻擊不到的地方。一場噩夢如同黑夜，在露出了一點星光之後，又被漆黑染透了。當然黑命主狼王的狼群是不會放棄跟蹤的，尤其是在牠們親身經歷了地獄食肉魔的厲害之後，就更相信藏獒的死亡還會發生，饕餮藏獒肉的機會，洩恨和報仇的時刻，就在此去不遠的地方。

勒格紅衛望了望離去的狼群，又望了望地獄食肉魔，遺憾地歎了一口氣，心想他在礱寶雪山修行的時候，把一隻小藏獒和一匹狼崽混養在一起，天天給牠們念誦「大遍入」猛力之輪顛覆咒，結果是藏獒變成了狼，狼變成了藏獒。那藏獒見羊就咬，見狼就搖尾巴，而狼卻是親近人、狗、羊的，一見別的狼就火冒三丈。可是現在這隻藏獒不行，他怎麼努力也不能把牠培養成一隻專咬藏獒不咬狼的藏獒，看來他的「大遍入」猛力之輪顛覆咒離不開「大鵬血神」，離開了「大鵬血神」，就不再精深博大了。

地獄食肉魔帶著滿嘴的血，舉起鼻子吞咽了幾下，沒事兒似的走過去，舔了舔尼瑪，又舔了舔達娃，然後朝著主人勒格紅衛走去。尼瑪和達娃乖乖地跟上了牠。牠們儘管還小，對事理卻有著先天的明瞭，知道自己剛才差一點被狼群吃掉，也知道這個被牠們憎惡著的外來的大藏獒救了牠們的命，牠們應該感激牠，更應該服從牠，而服從的結果就是不能再次逃跑了。

尼瑪和達娃哭起來，不能逃跑，就傷心得不知道該幹什麼了。牠們又一次想起了奶奶大黑獒果日，想起了阿爸賽什朵和阿媽娘毛希安，想起了把牠們從領地狗群帶到寄宿學校的父親，還想起了寄宿學校的藏獒大格列和美旺雄怒。牠們腦子裏出現了奶汁、肉湯、糌粑糊糊、嫩肉和磨牙的骨頭，還出現了暖烘烘的懷抱、迷迷糊糊的睡眠。牠們餓了，也睏了，餓了睏了的時候，沒有誰來關照牠們，牠們就哭了。

桑傑康珠快步迎過來，抱起了尼瑪和達娃：「你們怎麼亂跑啊，草原上到處是狼和豹子，漢扎西沒告訴你們嗎？」地獄食肉魔衝她咆哮著，卻沒有撲過去堅決阻攔，牠已經看出來，主人和桑傑康珠的關係正在發生變化，這個美麗的姑娘不會離開，她要跟他們一起走了。

勒格紅衛和桑傑康珠騎著馬，一前一後行走在夜色漸漸淡去的草原上。看不見的雲霧正在奔走，星星點燈了，稀稀落落的這兒一盞，那兒一盞。

尼瑪和達娃擠在桑傑康珠的懷抱裏，吃了一些桑傑康珠從勒格紅衛那裏要來的糌粑，已經睡著了。地獄食肉魔一直走在前面，牠沒有來過這裏，自然不知道前往索朗旺堆生產隊的路線，但牠明白主人的意圖，就用鼻子捕捉著味道走了過去。索朗旺堆生產隊擁有西結古草原最猛惡的看家藏獒，最猛惡的藏獒也有最強烈的味道。桑傑康珠發現，地獄食肉魔不僅走對了方向，而且走的是一條最便捷的路線，應該在天亮後才會到達的目的地，天亮前就能趕到了。

桑傑康珠越來越緊張，她把藏刀抽出來再次藏在了袖筒裏，掩飾不住地顫抖著，暗暗祈告：「億萬個白水晶夜叉鬼卒，億萬個綠寶石兇暴贊神，快來啊，快來刺瞎地獄食肉魔的眼睛，索朗旺堆生產隊的藏獒危險了。」

她一邊禱告一邊琢磨：我是不是可以跳下去，一刀扎在赤騮馬的屁股上，馬一受驚就會把勒格紅衛掀到地上，然後她再撲過去，一刀刺向他的心臟？不不，勒格紅衛是多麼優秀的騎手，他不會從馬上摔下來。或者她可以走到他身邊，告訴他兩個小藏獒太重了，她抱不動，在把尼瑪和達娃交給他的同時，一刀刺進他的懷抱。不不，萬一他有防備呢？陰謀一旦敗露，你就再也無法接近他了。

她皺著眉頭想，沒想出來，又舒展了眉頭想，還是沒想出來。但她知道自己必須想出辦法來，因為她來這裏的目的已經不單單是報仇，更重要的是阻止新的打鬥，不，不是打鬥，是屠殺。她是大名鼎鼎的桑傑康珠，是美麗耀眼的魔女黑喘狗，是強悍尙武的化身女閻羅，她不能眼看著地獄食肉魔就像咬死寄養在她家的十二隻寺院狗那樣，咬死那些讓西結古草原引以為榮的索朗旺堆生產隊的看家藏獒。

她摸了摸袖筒裏的藏刀，覺得前面有些異樣，抬頭一看，發現他們已經進入了索朗旺堆生產隊的草場，一戶牧家的帳房就在不遠處的草岡下寂寞地張望著。夏天的晚上帳房是不拉緊門簾的，佛龕前酥油燈的光亮從門裏流出來，就像流出了一輪月亮，照耀著曼妙飄舞的經幡。經幡是掛在繩子上的，繩子是固定帳房的，她看到了繩子，突然就高興地哼哼一笑：有了有了，辦法有了，她想到了一個可以同時殺死勒格紅衛和地獄食肉魔的好辦法。

第十四章　獒王之戰

遙遠稀疏的星光照不亮草原，這是一個黑得有點瘋狂的夜晚。巴俄秋珠和他的上阿媽騎手們都覺得，看不見打鬥就等於看不見勝利的過程，那是沒有意思的，不如天亮了再打。班瑪多吉和他的西結古騎手們欣然同意，他們巴不得這樣，因爲他們總不肯放棄趕走上阿媽騎手和領地狗、保住麥書記和藏巴拉索羅的希望，期待著一夜安靜之後，能出現一個轉敗爲勝的契機。

藏巴拉索羅神宮前草色深沉的曠野裏，升起了上阿媽騎手和西結古騎手的帳房。然後就是點著酥油燈宰羊。雙方都把羊群趕到了這裏，就像古代打仗那樣。牛糞火點起來了，煮羊肉的濃香瀰漫在夜空裏，藏獒們的口水流成了河。雙方的騎手們都把最好的熟肉拋給了牠們。牠們吃著，知道這是人的賜予，也是人的託付，人把責任義務、流血犧牲、最後的勝利、未來的日子，統統託付給了牠們，牠們就得以身相許、以命相搏了。

吃了肉就去喝水，在走向野驢河的時候，上阿媽領地狗和西結古領地狗之間只有不到二十米的距離，牠們互相平靜地觀望著，甚至用鼻息和輕吠友好地打著招呼，秩序井然，一點張牙舞爪的舉動也沒有，好像離開了藏巴拉索羅神宮前的打鬥場，牠們就是好鄰居、好朋友。

後半夜是休息。人睡了，藏獒也睡了，除了哨兵。其實哨兵也睡了。人和藏獒都不擔心會有趁著月黑風緊前來劫營的，在大家無意識中必然遵守的規矩裏，劫營是恥辱的，是趁人不備的偷竊行爲，而擂臺賽是榮耀的，即使失敗也是光明的失敗。

只有一隻藏獒沒有睡，那就是西結古草原的獒王岡日森格。牠徹夜都在想像著黎明後的打鬥，想像著上阿媽獒王——那隻黃色多於黑色的巨型鐵包金公獒會如何撲咬，想像著對方那雙深藏在長毛裏的紅瑪瑙石一樣的眼睛裏，蘊藏著如何深奧的內容。後來牠又想到了自己，牠老了，已經不是一個打鬥的好手猛將了。牠爲自己的老邁慚愧著，覺得自己實在對不起西結古草原的人和領地狗，還需要牠挺身而出的時候，牠怎麼就老了呢？

慚愧的感覺讓牠一直緊閉著眼睛，似乎都不願意看到天亮。但是天還是亮了，陽光很快灑滿了大地，又有許多花開出了顏色，草原比昨天更加秀麗。

班瑪多吉吆喝著：「獒王，獒王，你是怎麼了獒王？天已經亮了，該起來戰鬥了。」

獒王岡日森格睜開眼睛站了起來，望了望前面的上阿媽獒王。

上阿媽獒王帕巴仁青一夜都在打鬥場中央休息，牠在那裏守護照顧著牠的孩子小巴扎。小巴扎奄奄一息，卻無人照料。上阿媽的騎手們把全部精力都集中在了對勝利的等待和對藏巴拉索羅的期望中，理所當然把傷殘的和死去的拋在腦後了，上阿媽獒王只好來到這裏，不時地舔著小巴扎的傷口，給孩子最後一點世間的溫暖。當然上阿媽獒王徹夜守在打鬥場中央，也有急切巴望第二天的勝利快快來臨的意思，好像不這樣守著，勝利就會偷偷溜走。

岡日森格動作遲緩地走了過去，牠已經懦弱得迎風搖擺，引起一片吃驚。尤其是上阿媽獒王瞪大了眼睛：你怎麼還能和我對陣？岡日森格意識到對方的吃驚就是自己的機會，一股殺伐的欲望驟然左右了牠的心腦，身體也隨之有了反應：一停、一跳、一撲，張嘴的同時利牙齜出，「嗤」的一聲響，居然咬住了對方的脖子。動作的協調、目標的準確，連岡日森格自己也沒有料到。

上阿媽獒王帕巴仁青疼得慘叫一聲，奮力朝後一跳，似乎這才意識到岡日森格是來打鬥而不是來問安的，於是就更加吃驚：對方撲咬的動作看上去並不迅捷，甚至有點笨拙，怎麼就一下子咬住了牠的脖子呢？仔細一想，才明白在對方並不迅捷的動作中，有一種威武到超凡脫俗的氣勢是自己很少見過的，而且牠的停、跳、撲、咬簡單實用，一絲絲多餘的動作都沒有，老辣到脫盡了所有的花色，只有最本質的存在。上阿媽獒王立刻不敢掉以輕心了。

但岡日森格接下來的動作並不是乘風鼓浪而是迅速離開，牠走了，牠在撲上去咬了一口上阿媽獒王之後，莫名其妙地揚長而去了。上阿媽獒王哪裡肯放過，跳起來就追，看到岡日森格頭也不回，只管走去，好像根本就沒有想到對手會追攆而來，就尋思如果自己不能突襲過去一口咬爛牠的肚皮，那就太無能、太愚蠢，連一隻普通藏狗都不如了。上阿媽獒王瞅準對方的肚皮，狂奔過去。

岡日森格不爲人覺察地輕輕抖了一下，牠沒有回頭，但感覺仍然保持著年輕時的敏銳和發達。牠在上阿媽獒王就要挨著自己的時候突然停了下來。狂奔而去的上阿媽獒王沒想到牠會停下來，來不及收住自己，準備咬破對方肚皮的牙齒卻從肚皮旁邊一滑而過。

岡日森格身子略微側了一下，讓上阿媽獒王擦著身子超過了自己，然後忽地回頭，牙齒正好對準了對方的肚皮。又是「嗤」的一聲響，準確扎進了上阿媽獒王最柔軟的部位，隨著對方朝前奔跑的慣性，劃出了一條長長的口子。

上阿媽獒王帕巴仁青停下了，回過身來，看了看自己肚皮上的傷痕，憤怒地咆哮著，沒做任何思考，就一躍而起。岡日森格的反應之快連牠自己也吃驚，牠不是轉身逃跑，也不是朝一邊躲閃，而是迎著對手，同樣也是一躍而起。但雙方的一躍而起截然不同。上阿媽獒王是斜射出去的拋物線；而岡日森格是原地跳起，直線上升，好像牠已經沒有力氣把自己猛烈地拋擲出去了。

兩隻藏獒就在空中砰然相撞，跟人摔跤一樣四條前肢糾纏在了一起。上阿媽獒王帕巴仁青撲向對手的雷霆之力達到了高潮，而岡日森格不僅沒有頂撞，反而用爪子撕扯著對方的鬣毛，仰身倒了下去。眨眼之間，上阿媽獒王從對方身上飛了過去，重重地摔在了地上。岡日森格翻身起來，朝前一撲，咬住了對方的腰窩，大頭揮動著，撕下一大片皮肉來。

岡日森格不禁有些納悶：自己這是怎麼了，一開始三個回合居然都贏了，自己好像又回到了從前，又有了霸者之氣、王者之風，可以隨心所欲地把握戰鬥局面了。提心吊膽地觀望著的班瑪多吉和他的西結古騎手以及所有的西結古領地狗，都長舒一口氣。

班瑪多吉騎到馬上喊起來：「巴俄秋珠回去吧，惹急了我們的獒王，沒有你們的好下場。」巴俄秋珠大聲說：「哈喇子的洞，深處在後面哩，往後看，往後看。」

岡日森格胸腹大起大落地喘著粗氣，瞇起眼睛，一邊觀察對方的傷勢，一邊琢磨下一步的行動。上阿媽獒王帕巴仁青的脖子、肚子、腰窩三處受傷，雖然沒有致命，但很重，尤其是肚皮上的那道傷，很長一截，令人揪心地滴瀝著濃稠的血。上阿媽獒王抬起頭，讓眼眶裏含滿了冷颼颼的光刀，「轟轟轟」地詛咒著岡日森格，又「剛剛剛」地威脅著岡日森格，朝後一退，突然趴下了。

上阿媽獒王趴得就像一隻癩皮狗，緊貼著地面，散了架似的，好像牠要重複和曲傑洛卓打鬥的經歷。岡日森格警惕地望著牠，感覺到這隻黃色多於黑色的巨型鐵包金公獒一趴下來就會升起一股撼人的威逼氣勢，你無法仔細觀察牠，如果你非要仔細觀察牠，你的眼睛就會被無數飛針刺痛，飛針是牠的眼光，牠的眼光不知爲什麼比任何藏獒的眼光都要犀利、熠亮、毒辣、陰險。

怪不得曲傑洛卓一上場就失敗了，是不是上阿媽獒王的眼光刺昏了牠的頭呢？岡日森格正這麼琢磨著，突然聽到一陣聲音，像是從對方眼睛裏發出來的，帶著紅色的血光和黑色的陰光，帶著風，呼呼地響起來。

岡日森格立刻面臨著選擇：是靜立著不動，還是跳起來閃開？也就是說，牠必須立刻判斷上阿媽獒王是會按照牠躲閃的路線拐著彎撲咬，還是會直截了當地撲咬？眼睛是靠不住的，只能靠感覺，岡日森格告訴自己：躲閃，躲閃，躲閃。接著就跳了起來，「刷」的一聲響，牠感覺躲閃是對的，又是「刷」的一聲響，眼看就要落地，突然發現牠錯了，牠不應該躲閃，牠應該原地不動。因為牠恰好落在了上阿媽獒王的大嘴裏，而且是脖子落在了大嘴裏。

岡日森格大叫一聲，用前爪蹬著對方的胸脯，再次跳了起來。這是一般藏獒不可能有的一次亡命之跳，牠讓岡日森格在死亡前的一秒鐘把生命重新抓到了自己手裏。上阿媽獒王帕巴仁青在奮力咬合的時候遺憾地錯過了對方脖子上的大血管。脖子流血了，那是小血管裏的血，染紅了岡日森格聳起的鬣毛。

西結古獒王岡日森格穩住了自己，回身掃視上阿媽獒王，發現對方正在朝後退去，退了幾步就趴下了，但撼人的氣勢依然盛大，刺人的眼光依然凜冽。岡日森格來不及思考靜立還是躲閃，上阿媽獒王就已經刮起了一陣黑色狂飆，朝岡日森格壓迫而來。躲閃，躲閃，躲閃，感覺告訴岡日森格，牠只能躲閃。牠躍然而起，改變了躲閃的節奏，跳起來趕緊落地，又跳起來趕緊落地，連續跳起了三次，落地了三次。但是很遺憾，上阿媽獒王提前半秒鐘撲到一個地方等著牠，牠剛一落地，就把牙刀送了上去。

這一次上阿媽獒王帕巴仁青咬在了岡日森格的屁股上，血從很深的窟窿裏冒了出來，雖然不致命，但難以忍受的疼痛讓岡日森格禁不住轉著圈蹦跳了好幾下，直想把屁股甩離身體，甩到雪山那邊去。

上阿媽獒王帕巴仁青第三次癩皮狗一樣地趴了下來，依然用犀利而毒辣的眼光瞪著牠。岡日森格忍住疼痛，撩起大吊眼，不屈地對視著，感覺就像強烈的陽光刺進了黑暗的眸子，頓時有了一陣眩暈。牠再次發現上阿媽獒王具有如此完美的儀表，那巨獒特有的野性勃勃的靈肉組合，即使在靜止不動的時候，也有奔騰呼嘯的曠野氣勢。

岡日森格喘了一口氣，似乎累了，不像年輕時那樣不知疲倦了。但是牠知道牠不能再有自認老邁的感覺，牠必須年輕起來，強迫自己用最後的血性迸發出最亮的光彩。牠抖動著毛髮，激勵著自己的各個器官，激勵著渾身的每一個細胞，希望牠們偉大起來、年輕起來，就像真正的獒王那樣豐盈而靈動、妖嬈而激蕩。

聲音又來了，呼呼地響，是凌厲肅殺的黑色疾風，朝著岡日森格拍打而來。岡日森格忽地揚起了頭，用寒冷如雪的眼光盯著上阿媽獒王。馬上又是選擇，感覺告訴岡日森格：躲閃，躲閃，躲閃，你必須躲閃。但是感覺未必準確，牠應該反其道而行之。牠選擇了靜立不動。上阿媽獒王帕巴仁青閃電般的進攻開始了，岡日森格的選擇也就閃電般地有了答案。

錯了，錯了，岡日森格這次又錯了。智慧的上阿媽獒王帕巴仁青在關鍵時刻再次堅持了牠的原則：沒有戰術的戰術是最有用的戰術，沒有詭計的詭計是最好的詭計。牠簡單而稚拙地直撲岡日森格，橫著利牙飛快地插向了對方的喉嚨。岡日森格意識到自己已經不可能躲開，下巴一低，護住喉嚨，用自己的額頭迎著對方的牙齒頂了過去。

「嘎巴」一聲響，岡日森格只覺得頭昏眼花、額際刺痛，身子一歪倒了下去。牠躺倒在地上只停留了兩秒鐘，就掙扎著站了起來。朝前看去，才發現上阿媽獒王也和自己一樣倒了下去。也就是說，牠的額頭這一次經受了鐵齒鋼牙的攻擊，也顯示了無與倫比的堅硬，牠爛開了額頭上的皮肉，卻也讓對手在見識了一隻立地生根的藏獒岩石一樣的穩固之後，匍匐在地上了。

上阿媽獒王帕巴仁青很快站了起來，用舌頭舔著牙齒。藏獒身上，最堅硬的是牙齒，其次是頭，但這次最堅硬的卻沒有拼過次堅硬的，岡日森格只是損傷了額頭上的皮肉，骨頭卻好好的，依然完美地堅硬著。

上阿媽獒王收回牙齒，閉上了嘴，眼睛放電一樣瞪著對方。岡日森格避開了對方的眼光，感覺自己脖子、屁股、額頭上的傷口，看到上阿媽獒王第四次緊貼著地面，癩皮狗一樣地趴下了。

岡日森格挺立在離對手十米遠的地方，表面上從容鎮定，心裏頭卻一抽一抽地緊張著。從上阿媽獒王紅瑪瑙石的眼睛火箭一樣逼射的鋒銳裏，牠看出了這一次撲咬的分量。大概是最後一次吧，上阿媽獒王帕巴仁青志在必得，不是撕開岡日森格的肚腹，讓牠拖著腸子斷命，就是咬斷牠的喉嚨，讓牠氣絕身亡。

糟糕的是，岡日森格還沒有想好是靜立還是躲閃。

感覺，感覺，感覺怎麼越來越不對了，一會兒是靜立著不動，一會兒又是跳起來閃開。那就不要依靠感覺了，依靠頭腦。岡日森格甩動碩大的頭腦，急切而緊張地尋找著答案。

突然，岡日森格昂揚起了身子，用琥珀色的眼睛裏迸發而出的焰光熾火盯視著上阿媽獒王，告訴自己也告訴對方：驚塵濺血、一命嗚呼的時刻已經來到，不是你，就是我。所有觀戰的人和狗都沒有想到，癩皮狗一樣趴在地上就要蹦躍而起的上阿媽獒王也沒有想到，這一次岡日森格既沒有靜立著不動，也沒有跳起來閃開，而是雄風鼓蕩地俯衝過去，就在上阿媽獒王準備覆蓋牠的前夕，把同樣勇猛的覆蓋還給了上阿媽獒王。

成功了。岡日森格從跳起、奔撲到覆蓋、撕咬，整個動作連貫得天衣無縫，就像牠年輕時那樣，出神入化到根本就看不出是打鬥。沒有聲音，咆哮和廝打的聲音瞬間消失了，只有空氣的震動在不經意中變成了徐徐來去的夏風。

原始的惡浪淹沒了上阿媽獒王帕巴仁青，野性的肉體壓得牠根本就喘不過氣來。這隻黃色多於黑色的巨型鐵包金公獒依然像癩皮狗一樣趴在地上，無聲地驚訝著。被懾服後的欽佩左右了牠的神經，牠變得安靜而容忍，甚至都忘了反抗和仇恨，忘了作爲獒王的丟臉和屈辱，也忘了疼痛。

疼痛應該來自喉嚨，岡日森格一口咬住了牠的喉嚨，疾速而準確，簡直就是一把飛刀，讓上阿媽獒王眼睛都來不及眨巴一下，就皮開肉綻。死了，死了，我就要死了。上阿媽獒王心裏哭泣著，牠知道只要岡日森格的牙齒輕輕一陣錯動，牠的氣管就會斷裂，死亡就會從裂口中溜進來，佔據牠的整個身體。

但是岡日森格的牙齒卻遲遲沒有錯動，好像牠很願意這樣把頭埋在對方濃密的獒毛裏延長即將咬死對手的興奮，或者牠聽到了對方心裏的哭泣，有一點不忍，又有一點同病相憐？

鋒利的牙齒始終沒有錯動，準備就死的上阿媽獒王帕巴仁青不耐煩了，晃了一下頭，催促著，又晃了一下頭，還是催促著，等第三次晃頭催促的時候，牠驚愕地發現，自己居然把喉嚨從岡日森格的牙刀之間晃出來了。岡日森格的牙齒鬆動了，上阿媽獒王吃驚地望著牠，似乎是說：你怎麼了？你沒有老糊塗吧？片刻，岡日森格朝後退去，上阿媽獒王也朝後退去，牠們好像互相聽到了對方的心聲，都變得彬彬有禮了。

上阿媽領地狗和西結古領地狗都不理解兩個獒王的打鬥居然會和平結束，惡狠狠地吼叫起來，就像人類的罵陣。狗叫聲中夾雜著騎手們的喊聲，也是惡狠狠的、不理解的。班瑪多吉直著嗓子大聲說：

「岡日森格，你是怎麼搞的？咬死牠，咬死牠，牠是上阿媽獒王，牠咬死了曲傑洛卓。」

岡日森格回頭看了一眼班瑪多吉，正在猶豫，滿身血污的上阿媽獒王轉身走到上阿媽領地狗群裏去了。岡日森格望著上阿媽獒王的背影，憂傷地意識到：上阿媽獒王是不該失敗的，牠的失敗比自己的失敗更加不幸，自己會有年邁體衰做藉口而繼續以往的生活，牠呢？牠很可能就不再是上阿媽草原雄霸一代的獒王了。

上阿媽騎手的首領巴俄秋珠看到自己的獒王敗北而歸，策馬從領地狗群後面擠過來，用馬鞭抽了一下上阿媽獒王，氣惱地說：「你是可以咬死牠的，你要是咬不死牠，我們上阿媽藏獒還有誰能咬死牠？去，接著咬，一定給我咬死牠。」

上阿媽獒王帕巴仁青率真地望著巴俄秋珠，似乎想讓他明白：我已經輸了，我打不過英雄的西結古獒王，只能回來了。但是巴俄秋珠不明白，一再用馬鞭抽著牠：「去啊，去啊，趕快去啊。」上阿媽獒王再次來到了打鬥場中央。空氣一下子凝重了，大家都看著西結古獒王岡日森格。

岡日森格站在領地狗群的邊緣，半晌沒有動靜，似乎疲倦了，也膽怯了。身後，班瑪多吉再次喊起來：「人家並沒有認輸，岡日森格，快上啊，爲曲傑洛卓報仇。」接著是眾騎手的催促，是西結古領地狗群的催促。

岡日森格無可奈何地走了過去。上阿媽獒王帕巴仁青用一種晚輩敬仰前輩的眼神望著牠，第五次趴下了，趴得還是像一隻癩皮狗，緊貼著地面，散了架似的。岡日森格下意識地抖了抖鬣毛，仔細觀察著牠，發現這隻巨型鐵包金公獒已經沒有最初那股撼人心魄的威逼氣勢了，眼睛裏也少了許多那種比別的藏獒更犀利熠亮、更毒辣陰險的光亮。牠不由得悲哀起來，好像前後判若兩人的不是對手而是自己。

陣風突起，一半是血光，一半是黑光，騰騰騰地朝著岡日森格覆蓋而來。

已經用不著選擇了，岡日森格知道牠只能一動不動，如果對方想好了計策拐著彎撲咬，那就算是自己選擇正確、不戰而勝，如果對方直截了當地撲咬，那牠就堅強地頂住，牠相信自己能夠頂得住，上阿媽獒王已經沒有大山傾頹一樣的猛力和悍然超群的氣度了。

結果瞬間而至，上阿媽獒王帕巴仁青的判斷失誤了，牠撲向了假如岡日森格跳起來躲閃就必然會落地的那個地方，發現什麼也沒有撲著，就神情迷茫地盯著岡日森格看了一會兒，似乎奇怪對方爲什麼是靜立不動的，然後渾身疲倦地朝回走去。牠喉嚨、脖子、肚子、腰窩四處受傷，已經流了很多血，現在還在流血，牠實在支撐不下去了。岡日森格無限憐惜地看著上阿媽獒王，看到牠淒涼無言地走進了上阿媽領地狗群後，所有的上阿媽騎手都發出了一陣噓聲，那是失望，是鄙夷，是來自主人的冰涼冷酷的羞辱。

上阿媽騎手的首領巴俄秋珠騎馬走過來，用馬鞭指著牠奚落道：「你就是這樣給上阿媽草原爭氣的嗎？難道上阿媽草原的肉不肥、水不甜，你吃了喝了不長力氣就長毛嗎？或者上阿媽草原的人對你不好，你想用自己的失敗丟他們的臉？我們還有領地狗，我們還要打下去，藏巴拉索羅一定是我們的，我一定要用它把梅朵拉姆換回來，你要是不死你就看著吧。」

上阿媽獒王帕巴仁青仰頭聽著這一番比任何利牙的撕咬都厲害的奚落，就像受到了平生最嚴重的打擊，張大了嘴，流著血水，似乎想申辯什麼，但最終什麼聲音也沒有發出來，眼睛閃射出兩股失落之極的光焰，委屈地流著淚，驀地一閉，轟然倒在了地上。

而在西結古領地狗群這邊，岡日森格也倒了下去。牠的傷並不重，牠是累倒了。這樣的疲累就像大棒的揮舞，從黏稠的精血裏擊打出了傷感和回望，讓牠感到牠還是老了，真的老了，年輕的時光一去不復返，那種鬥志旺盛、百折不撓，彷彿永遠都打不死、拖不垮的精神，只能變成苦苦的記憶、戀戀懷舊的情緒了。

岡日森格把整個身子貼在地上，就像必須吸附地中的精氣才能恢復體力似的，閉上了眼睛，什麼也不看，什麼也不管了。牠知道西結古領地狗這邊，下一個出場打鬥的還應該是牠，因爲牠是贏家，牠必須接受另一隻上阿媽藏獒的挑戰。但是牠太需要休息了，牠希望自己這樣趴著不起來，會給雙方帶來一個休戰的機會。

上阿媽騎手的首領巴俄秋珠遠遠地望著岡日森格，立刻意識到這樣的暫停對自己是不利的，一旦岡日森格恢復過來，上阿媽領地狗群裏，就更不會有誰能夠抗衡了。巴俄秋珠吆喝起來，代替上阿媽獒王指揮著領地狗群。

「你，上，就是你，給我上。」一隻被巴俄秋珠用馬鞭指著的大個頭金獒愣怔著沒有動。牠不是不想上場，而是不忍離開上阿媽獒王帕巴仁青。流血過多又被主人用奚落猛烈擊打的上阿媽獒王就要昏過去了，大個頭金獒正在舔著牠的傷口呼喚牠，這樣的呼喚是必不可少的安慰，一隻在鮮血中沐浴而來的藏獒如果連這一點安慰都得不到，牠的精神和肉體就會迅速垮掉，不昏的也得昏，不死的也得死。

「上啊。」巴俄秋珠用鞭梢抽打著大個頭金獒。大個頭金獒望了望滿臉怒容的主人，溫情無限地最後舔了一舌頭獒王的傷口，看到有別的藏獒過來替牠舔舐呼喚，這才離開。牠不放心地回望著，跑向了打鬥場中央。

大個頭金獒昂起頭，朝著西結古獒王岡日森格雷鳴般地吼叫著。岡日森格明白了，休戰是不可能的，自己必須鍥而不捨地戰鬥。牠慢騰騰地站起來，身子一晃，嘩地倒下去，更加癱軟地貼住了地面。牠喘著粗氣，喘著越來越粗的氣，四肢僵硬地支撐著，給自己鼓著勁：起來，起來。龐大的身軀緩緩地崛起著，吃力地崛起著，眼看就要立住了，「撲通」一聲，又癱軟了下去。

這時，就聽一陣馬蹄的疾響由遠及近，一個急急巴巴的聲音從空中傳來：「岡日森格，你怎麼了岡日森格？」

第十五章　脫困

多吉來吧的搏殺還在繼續，禮堂的窗戶玻璃上人更多了，密密麻麻就像砌起了好幾面黑牆，那男孩就擠在林立的人腿之間，斷斷續續叫著：「大狗，大狗。」叫幾聲，就低下頭去，把戰況告訴窗臺下仰臉站著的紅衣女孩。突然男孩驚叫一聲：「大狗。」又渾身抖顫、聲音結巴地對女孩說：「那麼多狗都撲到了大狗身上，大狗就要死了。」

女孩「哇哇」地哭起來。

也許是哭聲的刺激，兩個小時後，多吉來吧就讓禮堂變成了屠宰場。城市的人想透過打鬥屠宰多吉來吧，沒想到多吉來吧卻屠宰了一群城市狗。不，還有一隻城市狗活著，那就是被多吉來吧用堅硬的爪子掏開了胸脯的藏狗，牠的皮肉開裂了，胸骨斷開了，心卻被多吉來吧留下了。牠還活著，只要不再參與殘酷的打鬥，並且有人照顧，牠就一定能活下去。多吉來吧望著牠，牠也望著多吉來吧，雙方眼睛裏的內容是不一樣的。藏狗是不盡不絕的仇恨；而多吉來吧是無限而有悔的憐憫：我呀，我怎麼把牠咬成這個樣子了？

多吉來吧蹭著地面朝前挪動著，挪一下，眼睛裏就多一點親近，那是親近草原故土的熱腸在孤寂思念中的自然流露，那是藏狗身上滯留不去的草原味道對一個懷鄉者的頑固吸引。牠挪到了跟前，就把眼睛裏的親近無條件地送給了對方。牠靠著藏狗臥了下來，有點糊塗了，傷心落淚的思念讓牠覺得藏狗彷彿變成了草原，牠只要依附在草原的大地上，渾身的傷痕就會迅速痊癒，體力也會很快恢復。

牠把碩大的獒頭一半枕在了自己腿上，一半枕在了藏狗腿上。

藏狗很吃驚，想咬又沒咬，抬頭看了看禮堂的門，門關著，寂然無聲，又抬頭看了看人影密密匝匝的窗戶。眼光一到，玻璃就「嘩啦」一聲爛了，砸爛玻璃的人在一個利刺怒放的洞口喊叫著：「四眼，四眼，咬死牠，咬死牠，現在就看你了。」

被稱作四眼的藏狗望著喊叫的人，那是牠的主人。牠不顧傷痛站了起來，朝著多吉來吧齜了齜牙。「四眼，四眼，快咬啊四眼。」

四眼藏狗再次望了望主人，一口咬了下去。

多吉來吧的後頸被四眼的利牙戳出牙眼的時候，牠並不吃驚。牠用力站起來，甩脫對方，發出一種奇怪的聲音。早已脫離了草原的四眼藏狗，只擁有城市的思維和耳朵，聽得懂主人的旨意，卻絲毫不明白多吉來吧的藏話，聽到主人的喊聲再次傳來，便又一次張大了血口。

疲憊不堪的多吉來吧忍受著藏狗的撕咬，一次次不厭其煩地甩脫著。終於忍無可忍，多吉來吧的反抗完全是草原風格的展示，有熊的力量、豹的敏捷、狼的狠毒，牙刀閃電般飛出，又閃電般收回，「咕咚」一聲響，喉嚨洞開的四眼藏狗倒地了。

然後就是安靜。都死了，所有被人驅使著前來撕咬多吉來吧的城市狗都沒有逃脫既定的命運。

多吉來吧看了看最後倒下去的四眼藏狗，把眼光投向了窗戶玻璃後面林立的人。牠悲涼地發現，暗淡的暮色裏，男孩已經不見了，使勁聞了聞，到處都是亂七八糟的味道，根本就捕捉不到兩個孩子的氣息。牠「汪汪汪」地哽咽著，嘩啦啦地流出了眼淚。沒有了，牠現在的寄託、牠希望自己去保護的兩個孩子已經沒有了，牠用舌頭舔著眼淚，望著高高的窗戶，一次次用乾澀的嗓子呼喊著，喊得嗓子都啞了，最後孤立無援地趴在了死去的藏狗身邊。無可依附的時候，牠只好一廂情願地再次把自己依附在牠唯一能感覺到草原氣息的死去的藏狗身上。

多吉來吧想不到，這時候兩個孩子被滿胸像章的人帶到了距離禮堂一百多米的空蕩蕩的鍋爐房裏。滿胸像章的人對他們說：「你們就在這兒等著，哪兒也別去。」

天就要黑了，禮堂的門口，黃呢大衣對那個保皇派的眼鏡說：「沒什麼可說的了吧？把人交出來。」

眼鏡斷然搖頭：「這不是最後的戰鬥，畜牧獸醫研究所跟我們是一派知道不？我們已經商量好了，他們明天早晨派出六隻大狗支援我們，六隻大狗也是藏獒，敢不敢哪？」

黃呢大衣橫著眉毛不願意。

眼鏡說：「你們怕了是不是？」

黃呢大衣咬著牙說：「老子什麼時候怕過你們，明天就明天，明天你們把人帶到這裏來，要是你們輸了，當場交給我們。」

眼鏡說：「一言爲定。」

一夜很快過去了，畜牧獸醫研究所的大院裏，作爲科學研究對象的六隻來自草原的成年雄性藏獒，被餵養牠們的人拉上了一輛卡車。現在是早晨，這裏是城市，六隻身形魁梧、儀態霸悍的藏獒要去戰鬥了。那個關押著多吉來吧的禮堂早已從晨霧中醒來，等待著血雨腥風的打鬥即刻開始。

多吉來吧度過了一個不平常的夜晚。先是牠渴了，牠在打鬥中耗盡了體力，食物和水是必須的補充。牠在焦渴中站了起來，慢騰騰地走動著，到處找了找，沒有找到水。人不給牠水喝，就是逼牠喝血，但牠實際上並不喜歡喝血，儘管牠曾經是飲血王黨項羅剎。牠來到一隻狼狗的屍體旁邊，覺得狼狗離狼近一點，就撕開了脖子上的大血管，幾乎舔乾了狼狗能夠湧現的所有鮮血，這才起身離開狼狗，渾身乏力地走向了散發著羊肉味的地方。

那羊肉放了一天一夜，已經不鮮不香了，多吉來吧聞了聞，想了想，又回到了那隻狼狗身邊。牠吃起來，牠預感到接下來的時間裏，牠會消耗更多的體力和精力，就毫不猶豫地撕扯起了最能幫助牠產生能量的狼與狗結合的肉。沉重的憂傷和無盡的思念這時候突然變成了一種督促，讓牠把本該徹夜伴隨的哭泣變成了一種迫不及待的吞咽。

吃飽喝足之後牠臥下了。牠在傷痛的折磨中閉上了眼睛，牠要睡覺，要在睡眠的鬆弛中用最快的速度消化掉滿腹的食物，恢復牠的體力和能力，然後把所有的精神都獻給思念——思念牠的主人、妻子、雪山、草原。但是牠睡得並不鬆弛，傷痛帶給牠的是比無眠好不了多少的噩夢。牠夢見了黨項大雪山山麓原野上送鬼人達赤的石頭房子，夢見了牠小時候的所有磨難，夢見數不清的血盆大嘴從天邊飛翔而來，一口吃掉了牠。牠憤怒而悲慘地號叫著，突然看到主人漢扎西來了，妻子大黑獒果日來了，他們不理牠，又消失不見了。牠難過得心裏發顫，低聲哭訴起來，哭著哭著就有了變化：噩夢結束了，好夢出現了，牠看到送鬼人達赤的石頭房子正在變大，大得就像牠咬死了十五隻城市狗的那座禮堂。

禮堂的門咚咚地響著，突然打開了，走進來了紅衣女孩和那個男孩。他們後面還有一個人，胸前掛滿了金光閃閃的東西，手裏攥著一根撬槓。多吉來吧警惕而懊惱地瞪著他，發現他和兩個孩子說話時面帶親近的笑容，就把懊惱丟在了腦後。兩個孩子抱住了牠，「大狗大狗」地叫著，牠也抱住了兩個孩子，「嗷嗷嗷」地哭著，孩子們的眼淚和牠的眼淚互相交換著，然後牠被兩個孩子和那個滿胸金光閃閃的人帶領著，恍恍惚惚走出了禮堂，走進了如水如波的月光，走過了一座院子，來到了大街上。夜晚的大街上，一輛汽車急速駛過。

多吉來吧這才意識到已經不是夢境了，兩個孩子和一個陌生的大人，把牠從困厄中救了出來，牠自由了，再也用不著去迎接那些莫名其妙的打鬥了。牠佇立著，認真地看著兩個孩子正在和滿胸像章的人告別——孩子們說：「謝謝了叔叔。」

滿胸像章的人摸著女孩的頭說：「謝你們自己吧，妳一說大狗是妳爸爸，我就知道牠對你們多重要，快點離開這裏，不要再落到他們手裏。」滿胸像章的人給多吉來吧招了招手，提著撬槓走了。

多吉來吧深情地目送著他，也目送著撬開了禮堂門的撬槓，突然扭過頭來，猜測而憂傷地盯上了紅衣女孩的臉。

牠的猜測和憂傷很快被紅衣女孩說了出來：「大狗你說怎麼辦啊？你不能去我家了，我媽媽不喜歡你。」

男孩也說：「我爸爸那個狗日的，他要扒了你的皮，吃了你的肉。」

多吉來吧眨巴著眼睛，好像聽懂了，又好像沒聽懂，但稀稀落落夜行的汽車幫了牠的忙，那種在夜深人靜時格外誇張的轟隆隆的聲音喚醒了牠對城市的憎惡，牠的心明亮起來：自己不是要跟著兩個小孩去的，而是要離開，離開，離開城市，目標是草原故鄉、主人妻子，是向著草原覆蓋去的亢奮的人臊和伴生的危難，是預感中的需要——西結古草原的需要、寄宿學校的需要。牠告別似的舔了舔女孩的臉，又舔了舔男孩的臉，慢慢地轉身，慢慢地走了。

「大狗，大狗。」女孩叫著，男孩也叫著。女孩哭了，男孩也哭了。男孩呼喊著追了過去。多吉來吧跑起來，他追出去二十步，又趕緊回到越哭越傷心的女孩身邊。大狗走了，就這麼突然地離他們而去了，儘管兩個孩子早已想到他們救大狗出來，就是為了讓牠遠遠地離開，但還是不忍傷別，大狗一走就把心拽痛了。

兩個孩子站在那裏哭了很長時間，他們不知道他們的大狗又拐回來了。多吉來吧站在不遠處黑暗的樹蔭下，發癡地望著他們，看他們朝女孩家的方向走去，就悄悄地跟在了後面。牠知道城市的夜晚和荒原的夜晚一樣潛藏著更多的凶險，尤其是對孩子。牠要是就此一走了之，就算不上是一隻至情至性的藏獒了。

多吉來吧暗地裏護送著兩個孩子來到了紅衣女孩家。女孩敲門走了進去，男孩也走了進去，但男孩馬上被女孩的母親推了出來。

母親對女孩說：「妳去哪裡了，這麼晚才回來？哪裡的野孩子，也往家裏帶。」說著「嘩啦」一聲從裏面關死了門。

多吉來吧在黑暗中抖了一下，挺硬了脖子，瞪起眼睛看著，牠不理解人的舉動：那個母親怎麼會這樣無情？

男孩離開了那裏，走到闃寂無人的街上，又回到女孩家的門口，靠著門框坐了下來。這裏畢竟背靠著熟人的家，心理上不至於特別空落害怕。本來打算送孩子到家後就離去的多吉來吧不走了，牠坐下來，遠遠地守護著，看到男孩歪著身子漸漸進入了夢鄉，又悄悄走了過去。

多吉來吧臥在了男孩身邊。牠知道儘管是夏天，但這座高原古城的夜晚還是涼風颼颼的，牠把自己的長毛蓋在了男孩的腳上、腿上，又用帶傷的身體擠靠著他，讓體溫就像一床棉被一樣絲絲縷縷地傳了過去。明天再走吧，無論離開城市、撲向主人和妻子的願望多麼迫切，牠都必須在這一夜把自己交給孩子，以一隻草原藏獒與生俱來的責任，保證孩子在安全和溫暖中睡去。男孩睜了一下眼，把臉埋進大狗的鬣毛，又睡死過去了。

男孩實在太累了，他睡到太陽升高後才被開門出來的女孩叫醒。他站起來揉著眼睛對女孩說：「大狗呢，大狗呢？大狗在和我睡覺。」

紅衣女孩搖搖頭說：「沒看見，你在做夢吧？」

男孩撓撓後腦勺：「我在做夢？哈哈哈，我在做夢。」

這時女孩發現：男孩的脖子和臉上，黏著好幾根長長的獒毛。再一看，腿上腳上也有。他們兩個同時喊起來：「不是做夢。」他們把大狗的長毛一根一根集中起來，攥在了手心裏。

他們攥著獒毛儘量遠地看著街道，心裏頭酸酸的，又一次眼淚汪汪了。憑著孩子的直覺，他們知道大狗再也不會出現在他們面前，在最後陪伴了他們一夜之後，牠已經遠遠地離去了。

第十六章　刀出鞘

桑傑康珠想到了可以同時殺死勒格紅衛和地獄食肉魔的辦法後，打馬來到了勒格紅衛身邊，大聲說：「勒格我渴了，我想喝奶茶，尼瑪和達娃也想喝奶茶。」勒格紅衛眨巴著黏黏糊糊的眼睛，陰鬱地望著她，舔了舔自己乾硬的嘴唇。

兩個人走向了帳房，走著走著就有點奇怪：怎麼帳房周圍既沒有牛羊，也沒有一隻守夜的狗？下馬進了帳房更奇怪：裏面一個人也沒有。

桑傑康珠伸手在爐膛裏摸了摸，還是熱的，就去門口拿了幾塊乾牛糞吹著了火，然後從胸兜裏抱出尼瑪和達娃，放在溫暖的火爐邊讓牠們繼續睡覺。奶桶裏有奶，陶鍋裏有水，揭開佛龕下的木箱，拿出了茯茶和鹽巴。桑傑康珠說：「你來了，主人家就走了，魔鬼到來的消息好比天上的風，一會兒就吹得滿草原都是。」勒格紅衛不理她，默默坐在了火爐邊的地毯上。

桑傑康珠燒好了奶茶，又找到木碗，給勒格紅衛倒了一碗，給自己倒了一碗。喝完了，她又續上，然後去門口把狗食盆拿了進來，倒上奶茶，招呼守在門口的地獄食肉魔。地獄食肉魔進來了，看到狗食盆裏冒著熱氣，就臥下來守著，想等涼了再喝。勒格紅衛打著哈欠，朝著氈鋪上摞起的被子靠了過去。桑傑康珠趕快把尼瑪和達娃抓進了懷抱，匆匆出去了。

黎明悄然來臨，東方是白的，西方是黑的，一片浩浩茫茫的黑白色，一個銜接著夜晚和白晝的蒼蒼天穹。桑傑康珠沿著帳房習慣性地順時針跑起來，她握著藏刀，念著草原上十分普及的《二十一尊聖救度母經》：「那摩啊日亞嗟惹耶，目光如電的速捷勇度母、威光四射的朗月母、妙手蓮花的紫摩金色母、勝勢無限的如來頂髻母……」跑了兩圈，就把八根拴帳房的牛皮繩割斷了。牛毛褐子的帳房塌了下去，蓋住了勒格紅衛和地獄食肉魔。

桑傑康珠敏捷地跳上帳房，撲向了勒格紅衛，看到隆起著地獄食肉魔的那個地方正在劇烈搖晃，又改變主意撲向那個更大的隆包，「嗨」的一聲，一刀攮了下去。也不知攮在了什麼地方，搖晃突然消失了，一切變得十分安靜。

桑傑康珠跪在帳房上，正準備更加狠惡地再攮一刀，突然覺得鋪了一地的帳房移動起來，就像洪水破堤，嘩一下傾瀉而去。桑傑康珠一個趔趄躺倒在帳房上，又被拖出了十多米，忽地掀出了帳房。藏刀脫手飛了出去。

等她滾了七八個滾，好不容易爬起來時，發現帳房已經被撕得七零八碎，地獄食肉魔黑黝黝的身影正在撕扯一塊還沒有撕碎的牛毛褐子。

桑傑康珠沒想到地獄食肉魔的力氣大到了這種程度，這麼大的帳房，疊起來三頭犛牛才能馱得動的帳房，而且是鋪在地上的，竟被牠從下面頂起來掀上了天。她下意識地摸了摸胸兜，發現尼瑪和達娃不見了。她趕緊尋找，懵頭懵腦地喊著：「尼瑪達娃，尼瑪達娃。」

突然勒格紅衛從後面一把拉轉了她，一把從自己胸兜裏揪出尼瑪和達娃，扔進了她的懷抱。

桑傑康珠紅著臉解釋道：「帳房被風吹塌了，我把尼瑪和達娃弄丟了。」似乎是爲了揭穿她的謊言，勒格紅衛伸手抓住桑傑康珠腰間的刀鞘，插進去剛才撿來的那把藏刀。

桑傑康珠又說：「我的刀鞘這麼不緊，我摔了一跤，刀也掉出來了，吃肉的時候怎麼辦，牙齒是啃不淨骨頭的。」

讓桑傑康珠吃驚的是，對這種連自己都覺得可笑的謊言，勒格紅衛居然認可地點了點頭。

一聲不吭的尼瑪和達娃聞到了桑傑康珠的味道，吱吱地哭起來，用哭聲表達驚怕和委屈。桑傑康珠撫摸著牠們，瞪著面前的勒格紅衛，不明白他爲什麼不揭穿她刺殺未遂的行爲，爲什麼不用一個剽野漢子或者仇殺之敵的方式報復她。

地獄食肉魔狂奔而來又狂奔而去，呼哧呼哧地喘著氣，不是因爲疲累，而是因爲生氣。牠實在想不明白牠司空見慣的牛毛褐子帳房居然會蓋住牠，牠要反抗，要宣洩仇恨，要像撕咬一片勇猛的西結古藏獒那樣騰挪跌宕、捨生忘死。

桑傑康珠警惕地望著地獄食肉魔，發現牠行動自如，身姿英挺，一如既往地雄霸悍然，心說我不是狠狠地攮了牠一刀嗎，牠怎麼就毫髮未損呢？她毫無目的地走向了青花母馬，突然聽到一聲吼叫，就見地獄食肉魔瘋狂地朝西跑去，勒格紅衛跳上馬跟了過去。她知道西邊遙遙在望的是昂拉雪山西山腳下的高山草場，索朗旺堆家的帳房就在那兒，西結古草原最好的看家藏獒也在那兒。她一動不動，心想勒格紅衛是不可能再讓她接近了，他給了她藏刀，卻留下了更多的警惕。既然這樣，她不如回去，現在回去，還可以讓尼瑪和達娃安然無恙地回到漢扎西身邊。

她騎上青花母馬，掉轉馬頭走了幾步，忍不住回頭看了一眼，突然感到不甘心。她抽出藏刀，又一次放在袖筒裏，緊了緊氆氌袍的胸口，裝牢尼瑪和達娃，然後催馬而去，喊著：「等等我，勒格等等我。」

桑傑康珠跑到了他跟前，停下來說：「勒格，你還是離開西結古草原吧，不離開，你和你的藏獒就都會死在這裏。」

勒格紅衛堅定地搖了搖頭，那意思桑傑康珠完全理解：怕死就不來這裏了，索朗旺堆生產隊的看家藏獒沒有死，西結古寺裏還有不少可惡的寺院狗，岡日森格的領地狗群也還沒有露面，怎麼可能離開？

桑傑康珠說：「那你就打錯主意了。」說罷，使勁晃了一下轡繩，朝前跑去，越跑越快。

勒格紅衛愣了一下，明白她是要去通報消息的，心想那怎麼行，要是他們把索朗旺堆生產隊的看家藏獒轉移到了別的地方，他和他的藏獒不就白來了嗎？他縱馬就追，一路狂奔，眼看就要追上了，忽見青花母馬像突然遭遇了野獸，蹺著前腿直立而起，桑傑康珠驚叫一聲，被拋了出去，重重地摔倒在了草地上。

勒格紅衛丟開轡繩，從飛馳的馬上跳下來，穩穩地站住，然後朝桑傑康珠跑去。他看她歪著頭，閉著眼睛，趴在地上紋絲不動，便跪下一把抱住了她。

桑傑康珠的眼睛倏地睜開了，與此同時，袖筒裏的藏刀比眼光還要犀利地亮了出來。她抬手便刺，刀尖瞬間劃開了他的皮袍，又劃開了他的胸脯。他「哎喲」一聲朝後倒去，同時攥住她的手，朝上一撐，一腳踢翻了她。

勒格紅衛站了起來，目光如劍地瞪著她，陰森森地說：「狠毒的姑娘，妳讓我流血了。」說著，撕開皮袍的胸口，伸手抹了一下，亮出被血染紅的手掌讓她看了看，一腳把掉在地上的藏刀踢給了她，然後上前，從她的懷抱裏抓出尼瑪和達娃，放在了自己淌血的胸脯上，呵斥道，「舔，你們給我舔。」

桑傑康珠憤怒地喊起來：「你殺死了那麼多藏獒，你罪大惡極。」

勒格紅衛平靜地搖搖頭說：「我的藏獒死了，我的狼死了，我的明妃死了，我的大鵬血神也死了，都是西結古的藏獒咬死的。我被攆出了西結古寺，連一個睡覺的地方也沒有了。」

桑傑康珠說：「勒格你胡說，藏獒是絕不會咬死明妃的。」

勒格紅衛說：「難道丹增活佛不會使魔法放毒咒嗎？」

桑傑康珠說：「那你就去找丹增活佛算賬。」

勒格紅衛說：「我不殺人，我的誓言不針對任何人。」

桑傑康珠說：「還有大鵬血神，西結古草原的藏獒什麼時候咬死過神？」

勒格紅衛滿臉的肌肉一陣顫動，厚重的烏雲頓時壓在了鼻翼之上，讓人覺得比起他的藏獒、他的狼、他的明妃的死來，大鵬血神的死才是真正殘酷地抽去了他的靈魂的死。

朝西跑去的地獄食肉魔這時已經不見了蹤影，牠是心急火燎去戰鬥的，牠已經聞到了那些看家藏獒的味道。勒格紅衛緊著要去追，就不想再跟桑傑康珠糾纏了。桑傑康珠躺在柔軟的草地上，半天才坐起來，眼睛發直地望著迅速遠去的勒格紅衛的騎影，使勁咬了咬自己的嘴唇：我怎麼就殺不死他呢？億萬個白水晶夜叉鬼卒、億萬個綠寶石兇暴贊神，再加上億萬個地神、龍神、殺敵能成的戰神、女鬼差遣的念神、守土守舍的空行母，你們爲什麼不給我力量啊？

遠遠的，有了藏獒的叫聲，連成一片，就像天邊滾過了隱雷，一輪接著一輪。桑傑康珠渾身一顫，撿起藏刀，插入刀鞘，跨上了青花母馬。

已經開始了，還沒有到達索朗旺堆家，就已經開始了桑傑康珠絕不想看到的對峙。是那些優秀的看家藏獒主動前來迎擊的，牠們一聞刺鼻的獒臊味兒，就知道來了勁敵，你爭我搶地跑來，生怕別的藏獒占了先而使自己失去表現威武的機會。桑傑康珠知道自己無力阻攔，但又實在不想看到十二隻寺院狗慘死的境遇再次發生，就打馬衝過去，抽出藏刀，朝著地獄食肉魔的眼睛投了過去。

地獄食肉魔根本就沒有理睬藏刀，眼睛一橫，迅速瞥了一眼主人勒格紅衛，朝著桑傑康珠撲了過來。青花母馬等不到主人的驅使，揚起四蹄逃跑而去，跑向了索朗旺堆生產隊的八隻看家藏獒。一隻看家藏獒立刻跳起來，朝著地獄食肉魔攔截而去。

桑傑康珠喊了一聲：「不要過去，快跟我跑，快跟我離開這裏。」

那些天生就會奮勇當先的看家藏獒哪裡會聽她的，打鬥隨即發生。驚心動魄的場面讓一群烏鴉騰飛而起。烏鴉並不飛遠，起起伏伏地哇哇喊叫，這是召喚，是發給禿鷲的信號。烏鴉總是能最先預感到死亡，也總是讓禿鷲先來啄碎皮厚毛長的屍體，然後大家一起吃肉。

天上很快出現了禿鷲，開始是一隻，大概是搞偵察、打前站的，隨著一陣「嘎嘎嘎」的叫聲，慢慢就多起來，盤旋成了一片聲色俱厲的烏雲。烏雲沒有馬上落下來，一聲比一聲尖亮地喊叫著，像是氣急敗壞了，又像是在製造聲勢，牠們發現前來趁火打劫的不光是自己，還有黑壓壓的狼群。

白蘭狼群終於等到了地獄食肉魔咬殺藏獒的機會，激動得張嘴吐舌，都能把亮晶晶的口水潑灑到天上去。但牠們絕不像禿鷲那樣鬧哄哄地表達情緒，牠們是隱聲而隱形的，遠遠地窺伺，悄悄地靠近。黑命主狼王不停地揚起頭，前後左右地看著，牠有些不安，總覺得起伏不平的草原上隱聲隱形的不光是牠們，似乎還有一股狼群比牠們更迫切地等待著藏獒的死亡。牠舉著鼻子使勁嗅了嗅，意識到那是紅額斑頭狼的狼群，是大狼群，是野驢河流域最最強悍的狼群。

黑命主狼王又憤怒又沮喪：憤怒的是好不容易跟蹤到了這裏，爲此已經付出了五死五傷的代價，卻遇到了紅額斑狼群的搶奪；沮喪的是，這裏是紅額斑狼群的領地，牠們從白蘭草原來到這裏，已經構成侵犯。牠心裏發虛，自己的實力不如對方，肯定是不戰而敗的。

但黑命主狼王並不打算接受不戰而敗的結果，作爲一群狼的領袖，如果見到同類就跑，自己的下屬就會蔑視你，反抗你，取代你。黑命主狼王長長地嗥叫了一聲，放棄了繼續隱藏行蹤的打算，帶頭朝前跑去。牠想搶在紅額斑狼群之前靠近藏獒的廝殺現場，佔領有利地形，讓自己的下屬明白：牠們的頭狼是勇敢而堅忍的，任何時候都不會輕言敗退。

就在黑命主狼王帶領白蘭狼群距離目標還有兩百多米的時候，牠聽了紅額斑頭狼的嗥叫，便知道一場較量就要開始了。

第十七章　陽世離魂歌

「岡日森格，你怎麼了岡日森格？」這個急急巴巴的聲音是父親發出來的。父親一出現在藏巴拉索羅神宮前，就跳下馬跌跌撞撞地撲向了岡日森格。岡日森格忽地站了起來，也不知爲什麼，岡日森格一聽到牠的恩人我的父親的聲音，渾身的疲憊、四肢的癱軟突然就消失了。

牠挺身而立，望著跑來的父親，用眼神裏發自內心的豪邁的微笑告訴他：我沒什麼，我好著呢。

父親跪倒在地抱住了牠，急切地說：「我看見了，你都站不起來了，你沒事兒吧？」說著，就在岡日森格的身上到處摸索，他想知道哪兒有傷，骨頭斷了沒有。摸著摸著，父親就哭了，他看到了岡日森格脖子、屁股、額頭上的傷，他說：「你都是老爺爺了，你怎麼還跟牠們打？你老了，打不過牠們了，就不要逞能了嘛。」說罷又朝後看了看，衝著騎在馬上的班瑪多吉喊道，「班瑪書記你混蛋，怎麼還能讓岡日森格上場？你看你看你看，血流了這麼多。」

班瑪多吉說：「漢扎西你別罵我，連我的曲傑洛卓都戰死了，岡日森格不上誰上？牠好歹是獒王，人家的獒王上場了，就是要挑戰我們的獒王。再說岡日森格打贏了，牠沒有給我們西結古草原丟臉，應該高興才對啊。」

父親這才意識到，已經發生的打鬥是相當慘烈的，死傷的藏獒肯定很多。他站起來，四下裏看著，看到了打鬥場中央的小巴扎，禁不住大步走了過去。

上阿媽領地狗群不知道父親要幹什麼，威脅地叫起來。父親顧不上理睬牠們，蹲下身子，湊過嘴去，在小巴扎的鼻子上試了試。覺得還有鼻息，而且是溫熱的，便抬起頭朝上阿媽騎手高聲說：「牠還活著，牠沒有死，你們怎麼沒有人管？」又回頭喊道，「曲傑洛卓呢？我怎麼看不見曲傑洛卓？」

班瑪多吉告訴他，曲傑洛卓死在了上阿媽領地狗群裏，又警告他：「你不要過去，你要是過去，也會像曲傑洛卓那樣，再也回不來了。」

這個時候的父親心裏就裝著藏獒的死活，哪裡會在乎班瑪多吉的警告，站起來就走，一邊走一邊喊：「曲傑洛卓，曲傑洛卓。」彷彿曲傑洛卓只是在別人面前死了，他一來一喊就又會活過來。班瑪多吉驚慌失措地喊道：「危險，漢扎西，你回來。」

岡日森格「嗡嗡嗡」地叫著，使勁邁著步子，要追上去保護父親，追了幾步就停下了。牠看到上阿媽領地狗雖然一隻隻都瞪著父親，卻沒有一隻做出撕咬的樣子，那些平和而亮堂的眼睛告訴牠，父親不會有事兒。父親和藏獒有著天然生成的緣分，他剛才那個用自己的嘴試探小巴扎鼻息的舉動，已經讓上阿媽領地狗從心裏抹去了對他的敵意。

父親就這樣不管不顧地走進了上阿媽領地狗群中，找到了曲傑洛卓，又痛心地看到，曲傑洛卓身邊還躺著一隻軀大的雪獒，都死了，都用血色燦爛的眼睛癡望著高遠的藍天。牠們一黑一白，黑的就像山，白的就像水；黑的典雅雄奇，白的高貴俊美。父親不知道雪獒叫什麼名字，名字是什麼意思，只知道曲傑洛卓的意思是法智——法王智慧，或智慧的法王。藏獒之中，又一個法王離世了，在一場由人發起的莫名其妙的打鬥中悲哀地離世了。

父親的心裏慘慘的，悲憤地想：爲什麼要打鬥？誰能出來制止這場打鬥？丹增活佛，或者麥書記，他們爲什麼不露面了？在整個青果阿媽草原，大活佛的話、州委書記的話，哪一級領導、哪一個牧民敢不聽？

不能怪父親當時會有這樣天真的想法，西結古草原，天高皇帝遠，只有馬道牛路，沒有公路和郵路，甚至連一部通向外界的電話也沒有。包括父親在內的許多人並不知道那場轟轟烈烈的「文化大革命」在外界是什麼樣子的，只能感覺到草原跟過去不一樣了，變化正在發生，空氣緊張起來，人的行蹤詭秘起來，野蠻和恐怖的氣息迅速濃烈起來，藏巴拉索羅出現了。

藏巴拉索羅有什麼重要的？難道麥書記就是靠了它才成為麥書記的？怎麼大家都想把它掌握在自己手裏？要是麥書記沒有帶著藏巴拉索羅來到西結古寺，或者麥書記把藏巴拉索羅拿出來擺在草灘上，誰想要誰拿走，或者分開來一人一份，不就可以避免藏獒之間的打鬥了嗎？

父親流著淚，打著呼哨，叫來了自己的大黑馬，又指著離他最近的上阿媽騎手的首領巴俄秋珠，不容置疑地說：「巴俄秋珠你給我下來，下來幫幫忙。」

巴俄秋珠詫異地看著父親，似乎是說：我都是上阿媽公社的副書記了，你居然敢這樣命令我。又看了看自己身邊的騎手，自嘲地「呵呵」一笑，聽話地跳下馬，幫著父親把曲傑洛卓抬上了大黑馬的脊背。

父親板著面孔說：「巴俄秋珠我問你，你為什麼要帶著人和狗來西結古草原鬧事？」

巴俄秋珠說：「漢扎西老師你別問了，這跟你沒關係。」

父親說：「怎麼沒關係？這麼多藏獒死了傷了，牠們都是我心上的肉。」

巴俄秋珠說：「只要你們把麥書記交出來，把藏巴拉索羅交出來，藏獒就不會死了。」

父親憤怒地說：「為什麼？為什麼你要這樣做？」

巴俄秋珠說：「為了把藏巴拉索羅敬獻給北京城裏的文殊菩薩啊。」

父親說：「那就更不應該了，北京城裏的文殊菩薩要是知道草原上死了這麼多藏獒，一定會不高興的。」

巴俄秋珠冷靜了一下說：「北京城裏的文殊菩薩會知道嗎，真的會知道嗎？」看到對方點了點頭又說，「北京城裏的文殊菩薩會知道梅朵拉姆被人抓走的事情嗎？」

父親愣住了，不知道怎麼回答。

巴俄秋珠說：「只要爭搶到藏巴拉索羅，獻給北京城裏的文殊菩薩，我就能得到一切，包括草原的權力，包括我老婆梅朵拉姆。」

父親問道：「誰告訴你的？」

巴俄秋珠說：「梅朵拉姆是怎樣被抓走的？漢扎西老師你說呀，她是在西結古草原被抓走的，是被麥書記出賣的，我有了藏巴拉索羅我就是麥書記，我就能把梅朵拉姆奪回來。」

父親聽著，突然覺得巴俄秋珠可憐，便動情地說：「你光想著把梅朵拉姆奪回來，就沒想到梅朵拉姆是最最喜歡藏獒的，她要是知道你為了她就讓藏獒咬藏獒，她是不會答應的。」

巴俄秋珠歎了一口氣說：「可是我有什麼辦法呢？漢扎西老師你說啊，我除了爭奪藏巴拉索羅，除了把藏巴拉索羅獻給北京城裏的文殊菩薩，我還有別的辦法嗎？」

父親默然了，望著死去的藏獒，感覺自己就要哭出來，趕緊扭頭離開了。

父親先把曲傑洛卓馱到了不遠處的天葬場，又快速返回，把軀大的雪獒和那隻被小巴扎咬死的小黑獒也馱了過去。來來去去，他都唱著西結古草原的牧民們給親人送葬時唱的《陽世離魂歌》：

「這一個瞬間，我這一世的因緣已完，我沒有悲傷，沒有詛咒，沒有抱怨；這一個瞬間，我告別了所有的苦難，我離開冬天，告別苦寒，不再眷戀；這一個瞬間，我的來世已經顯現，我神情坦然，內心喜歡，滿懷蓮花盛開的祈願。」

所有的人和所有的狗都感激地望著他，都把爭搶與打鬥暫時放到了一邊。天葬場上，常年據守在這裏的司葬喇嘛立刻點起了牛糞和柏枝，「嗚哇——嗚哇——」地喊起來。隱身在遠方山坳裏的禿鷲紛紛飛來，覆蓋住了天葬場。無數烏鴉也冒出來，環繞在禿鷲們的周邊，準備撿食一點殘羹剩飯。

父親走過去叮囑司葬喇嘛：「人是怎麼天葬的，牠們就得怎麼天葬，只要牠們走得乾淨，一轉世說不定就轉世成人或神了。」父親的意思是等禿鷲把筋肉吃完了，一定要一點不剩地把骨骼砸碎，拌著血水和糌粑，讓禿鷲們啄食乾淨。

司葬喇嘛說：「漢扎西你就放心吧，我知道你對藏獒的心，其實你的心也是我們的心。」

父親就像送葬自己的親人那樣，感激得朝著司葬喇嘛磕了一個頭，又面對三隻就要被禿鷲送去轉世的藏獒，磕了三個頭，算是最後的拜別。

父親騎著馬，以最快的速度跑回到了藏巴拉索羅神宮前。

死的送走了，現在要緊的是救活負傷的。父親央求巴俄秋珠幫忙，把還沒有死卻無人照料的小巴扎和已經昏過去的上阿媽獒王帕巴仁青抬到了馬背上。

沒有人阻攔父親，西結古騎手和領地狗瞭解父親，知道父親必然會這樣做，就都用平靜的眼光看著父親忙來忙去。上阿媽騎手和領地狗非常意外，發現父親的行爲不僅是大膽而奇特的，更是仁慈而芳香的。尤其是上阿媽領地狗，憑著靈性，牠們從父親清澈的淚眼裏看出了救死扶傷的溫暖，便望著父親的背影和馱著上阿媽獒王的大黑馬，一個個搖起了尾巴。那隻挑戰岡日森格的大個頭金獒早已拐了回去，好像父親的行爲取消了牠的鬥志，牠再也不想發出雷鳴般的吼聲了。

岡日森格安靜地臥在地上，抓緊時間休息，牠知道父親帶來的只能是暫時的休戰，而不是永久的和平。

父親很快回到了寄宿學校。從這一刻起，寄宿學校變成了戰地救護所。需要救護的目前是三隻藏獒：在極端的痛苦中不想死去還想陪伴著父親的大格列、被曲傑洛卓咬傷的小巴扎和被岡日森格打敗的上阿媽獒王帕巴仁青。從被救護的對象看，父親的救護所從一開始就不單屬於西結古草原，它就像一個處於中立地位的人道主義救援機構，屬於整個青果阿媽草原，屬於所有的藏獒。

救護所的醫生只有一個，那就是藏醫喇嘛尕宇陀。尕宇陀被父親留下來隨時救治大格列，看父親一連馱回來兩隻將死而未死的藏獒，而且是上阿媽草原的藏獒，便抱緊了豹皮藥囊說：「漢扎西，你就可憐可憐我這個老人吧，我的『七淚寒水丹』是新近才配製成的，光鹿淚、馬淚、牛淚、藏獒淚我就用了五年時間收集，三十二種寒水石用了三年時間尋找，這麼珍貴的藥寶怎麼能胡亂用在不相干的藏獒身上呢？」

父親二話不說，「啪」地雙腿並攏，舉起雙手，空中一拍，額前一拍，胸間一拍，「撲通」一聲跪下，朝著尕宇陀匍匐而去。父親一連磕了三個等身長頭，站起來說：「偉大的藥王喇嘛尕宇陀，你也可憐可憐這些藏獒吧，你的藥寶是神賜的甘露，不灑到這些病痛者身上，就不是甘露是臭水了。」

尕宇陀愣了片刻，放下豹皮藥囊，也是雙腿並攏，舉起雙手，空中一拍，額前一拍，胸間一拍，跪下來朝著父親磕了一個等身長頭，兩手撐地站起來說：「你怎麼給我磕頭，我應該給你磕頭才對啊。」

父親說：「你把祈求還給了我，就是說，你還是不願意用你的如意甘露救治這兩隻藏獒？」

尕宇陀說：「我給你磕頭是因爲你是藏獒的菩薩，你比我們這些草原人更知道藏獒是我們的親兄弟。我服了，爲了不讓我的甘露變成臭水，我只能聽你的了。」

美旺雄怒奇怪地看著：主人和藥王喇嘛怎麼了？互相磕頭是什麼意思啊？

看著藏醫喇嘛尕宇陀給小巴扎和上阿媽獒王餵了「七淚寒水丹」，敷了「十六持命」，父親心裏踏實了一點。他叮囑尕宇陀千萬不要離開，告訴孩子們待在學校，哪兒也別去，小心地獄食肉魔吃了你們。自己騎著馬，又一次去了藏巴拉索羅神宮。上阿媽領地狗和西結古領地狗的打鬥是不會停息的，死傷隨時都會發生，他必須守在那裏，讓死去的立時天葬，把受傷的儘快馱到寄宿學校來。

一路奔馳，藏巴拉索羅神宮很快就到了。父親讓馬立住，挺起身子，遠遠地觀察著打鬥的場面，吃了一驚：怎麼回事兒，怎麼又多了一撥人、多了一群藏獒？立刻想到了他在西結古寺見過的多獼騎手和二十隻壯碩偉岸的多獼藏獒，想到了勒格和他的地獄食肉魔。難道他們都到這裏來了？他們來到這裏可不是對抗上阿媽騎手和上阿媽領地狗的，他們唯一的目標只能是西結古領地狗和獒王岡日森格，岡日森格危險了。

父親雙腿一夾，心急火燎地策馬而去。

第十八章 逆流而上

離開女孩和男孩的多吉來吧走一陣，跑一陣，從早晨到下午，在橫七豎八的街道裏穿行著，始終沒有走出城市去。好幾次牠似乎來到了城市的邊緣，但發現前去的路上並沒有草原的氣息，就又折回去了。離開城市就是爲了回到草原，可是草原，草原在哪裡呢？牠是被汽車拉進城市的，在進城的路線上沒有留下牠的任何痕跡，再說即使留下了痕跡，一年的風吹雨淋之後牠還能聞出來嗎？牠東跑西顛，越跑越累，越累就越不知道草原在哪個方向了。牠滿眼流淌著濕漉漉的迷茫，不時地關注著那些一見牠就躲開的人。牠記得在西結古草原，只要遇到牠解決不了的問題，總是人在幫助牠，主人漢扎西，或者隨便一個牧民。可惜在城市、在今天，牠見到的人只有兩種：一種是怕牠的，一種是想害牠的。

很快就是黑夜了，房子和燈火組成的溝谷似乎比白天更多了，多得讓牠絕望。牠漸漸累了，想找一個地方休息，但哪兒都不安靜，哪兒都有危險的存在，找了差不多兩個小時，才給自己找到了一個燈火熠亮、旗幟飄揚、畫像高聳的地方。

這兒的燈火是小小的一串兒一串兒的，環繞著酷似佛像的毛主席畫像，好比西結古寺大經堂裏酥油燈的閃爍，這兒的旗幟是連成片的，就像草原上鋪滿山坡的經幡箭垛風馬旗陣。牠望著燈火、畫像、旗幟，感到它們是安全的，是沒有敵意、可以信任的。更讓牠放心的是，牠看到了一些朝著畫像跪著說話的人，如同西結古草原那些面對佛像或者活佛和喇嘛祈請福佑的牧民。

多吉來吧臥了下來，就臥在了燈火通明處、全身畫像的腳下，聆聽著旗幟以草原的節奏呼啦啦響動，打量著那些跪在畫像前喃喃自語的人。牠不知道這是一些向偉大領袖「早請示，晚彙報」的黑幫，是一群沒有自由的「請罪者」，只覺得他們表情是木然的，也是善良的。他們來了一撥，跪完了，自語完了，就走了；又來了一撥，跪完了，自語完了，又走了。就這樣不間斷地來來去去，多吉來吧覺得根本不需要提防他們，就閉上眼睛睡著了。

不知睡了多長時間，一絲溫馨而愜意的味道走進了多吉來吧的夢鄉，告訴牠你該醒醒了。牠迷迷糊糊睜開眼睛，看到還有人在跪著說話，就又閉上了眼睛。但這次牠沒有閉實，牠怎麼也閉不實了，那溫馨而愜意的味道變成了一種帶著草原氣息的堅硬有力的襲擊，讓牠睡意全無。牠倏地站起來，幾乎是不由自主的，用眼光也是用鼻子指引著自己，走向了二十步之外那些跪著說話的人。

一陣驚叫，那些人紛紛跳起，轉身就跑。多吉來吧也很吃驚，停下來望著他們：這些和草原人一樣跪著說話的人怎麼害怕起牠來了？真正的草原人是不會這樣的，他們一看牠的表情，就知道牠是去打架的，還是去親近的。讓多吉來吧欣慰的是，還有一個人跪在那裏一點兒也沒挪動，牠最初的動機就是要走向那個人的。牠繼續邁步，來到那個人身邊，伸出舌頭舔著，舔了臉和耳朵，又去舔手。那個人抱住牠說：「多吉來吧，你怎麼在這裏？你是跑出來的吧？我知道你在動物園裏，很想去看你，但我沒有機會。」說著吧嗒吧嗒流下了淚。

多吉來吧也是吧嗒吧嗒流著淚，繼續用牠的舌頭呼喚著她的名字：梅朵拉姆，梅朵拉姆。他們互相擁抱著，都想把各自的苦水吐出來，又都意識到這是不可能的，便沮喪地分開了。

梅朵拉姆說：「多吉來吧，你是怎麼跑出來的？你今後怎麼辦？就在西寧城裏做一個無依無靠的流浪狗？你會被人打死的。」

多吉來吧嗚嗚嗚地哭叫起來，想對梅朵拉姆說：我要回家，我要回家，妳能不能幫幫我，我要回家。

梅朵拉姆說：「我要是能照顧你就好了，可是我不能，我沒有這個自由，我父親是『反革命』，母親是『壞分子』，我有一個伯伯在臺灣，他托人給我帶過一封信，我並沒有看到信，卻已經是潛藏在草原深處的『臺灣特務』了。我們全家都在接受監督，我不能把你帶回家去。」

多吉來吧聽不懂梅朵拉姆的話，但是能揣摩話語的味道，知道梅朵拉姆的處境跟自己一樣，甚至比自己還要糟糕。牠用舌頭安慰著她，突然就不哭了，警惕地看了看四周，意思是說：有我呢，我來保護妳。

立刻就有了保護的機會。有兩個中年男人和兩個青年女人走過來，蠻橫地說：「幹什麼呢？向毛主席請罪的時候還抱著一隻狗，不要以爲牠就是妳的靠山，我們要『痛打落水狗』。走，回去寫檢查，爲什麼對狗的感情比對無產階級革命派的感情還要深。」說著就要拉扯梅朵拉姆。

多吉來吧怎麼可能容忍他們這樣，跳起來就撲，卻被梅朵拉姆死死拖住了：「多吉來吧，多吉來吧，千萬不要發怒，多吉來吧。」又對那幾個男女說，「我不能鬆開牠，牠會傷了你們的，你們先躲一躲，我馬上就回去。」

幾個男女看到多吉來吧的個頭比跪著的梅朵拉姆還要高，又看牠憤怒兇霸的眼睛裏閃射著比最鋒利的刀子還要鋒利一百倍的寒光，知趣地走開了。

苦難中的邂逅，來不及喜悅，就又要分手了。梅朵拉姆長歎一聲說：「多吉來吧，你不要跟著我，一旦他們把你抓起來，你還不如在動物園裏。我知道你以後會天天來這兒等我，但是我不會再來了，明天我就要和父母一起被隔離審查了。你現在就走吧，千萬千萬別跟著我，走吧多吉來吧，保重啊！」

分手是艱難的，多吉來吧不可能不跟著她，一來是保護她，二來是依戀她。流落異鄉、孤苦伶仃的時候，一個來自大草原的人和一隻來自大草原的狗，是多麼需要相依爲命啊！但梅朵拉姆知道，所有跟自己有關係的都可能被自己連累，包括一隻熟識的狗。去吧，去吧，多吉來吧快去吧，孤獨的流浪總比失去自由好。

梅朵拉姆又是手勢又是語言地打發著牠，看牠不走，又拍著地面欺騙牠說：「那好，那你就在這兒等著，我去去就來，去去就來。」

多吉來吧明白了，於是就坐下來等著。牠不知道，一桿步槍瞄準了牠。

那是幾個對毛主席無限忠誠的造反戰士，他們對多吉來吧的深仇大恨來自牠的位置。牠有什麼資格坐在毛主席畫像旁邊，和偉大領袖一起接受人們的跪拜？這不是明目張膽的篡位嗎？是可忍孰不可忍！他們懷著滿腔的憤怒扣動扳機，多吉來吧眼看就難逃厄運，槍手突然在準星裏面看到了毛主席畫像，內心和手指都禁不住一哆嗦。這一哆嗦，救了多吉來吧的命，子彈便飛到別處去了。多吉來吧已經知道遇見拿槍的人必須儘快躲開，壓住撲上去拼命的怒火，轉身就跑。

多吉來吧一路狂奔，居然就逃離了城區，到了湟水河的河灘裏。牠喝了一些水，在一個掏挖砂石的坑窩裏躺了下來，想睡一會兒，眼光卻被漂過河面的一些木頭吸引了過去。牠看著那些木頭，突然站了起來，牠想起了故鄉的野驢河，經常也會漂過一些爛木頭的野驢河是從西往東流的，無論你在什麼地方，只要沿著河邊逆流而行，就會回到西結古草原。牠興奮起來，望著城市，再次悲傷地想了想梅朵拉姆，步履滯重地邁開了步子。

作爲喜馬拉雅獒種的藏獒，天生的智慧又一次成全了牠，事實證明牠做對了，儘管沿著湟水河牠不可能走到一千二百多公里以外的西結古草原，但至少方向是對的。牠朝著西邊跑去，跑出了城市，跑向了湟水河的上游。視野一下子開闊了，亢奮的人臊更加濃烈，正在從身後的城市向上游瀰漫，想像中的西結古草原、預感中的危難、寄宿學校的狼災，就要驚心動魄地變成現實了。牠跑啊，跑啊，思念是動力，使命更是動力，雙重的動力讓牠正在無意識中超越了自己。

一夜無眠，第二天天亮的時候，牠看到了遠遠近近的山，看到了田野和村莊，看到河水在這裏變成了幾十股溪流，漫溢在開闊的灘地上，看到幾隻野兔在不遠處活蹦亂跳。牠追過去，咬死兩隻又大又肥的野兔飽餐了一頓，然後選擇一塊涼爽的地方臥下了。

牠有些躊躇，不知道往哪裡走了。幾十股溪流來自不同的方向，到底哪個方向是西結古草原呢？牠意識到自己非常疲倦，而疲倦的身體是不利於判斷的，牠把自己藏在蒿草的叢落裏睡了過去。

又是噩夢，噩夢的睡眠讓牠動不動就會在憤怒中醒來，醒來後，牠會悲哀地掃一眼周圍，感覺是淒涼而平靜的，就又去繼續牠的噩夢。後來就不做噩夢了，牠睡得很踏實，直到黃昏。牠被一股撲鼻而來的味道刺激得渾身一陣顫抖。牠醒了。

刺鼻的味道來自一匹騾子。騾子來到離多吉來吧十步遠的地方，正在專注地吃著青草。騾子是不怕狗的，在騾子的記憶裏，生狗熟狗都不會咬牠。牠一邊吃草一邊放屁，屁的氣息讓多吉來吧高興起來。多吉來吧沒見過騾子，但一聞騾子的屁就知道牠是馬的近親，而馬是屬於草原的。也就是說，牠感覺自己已經接近草原了。多吉來吧站起來，打招呼似的走向騾子，望著牠搖了搖尾巴。

騾子知道牠是友好的，衝牠打了兩聲響鼻，漫不經心地轉過身去，一邊吃草一邊往前走，還不時地回頭關照著牠，似乎在引誘牠。多吉來吧跟了過去，牠喜歡這樣的引誘，喜歡一切帶著草原氣息的動物的引誘。半個小時後，牠跟著騾子來到了一排防風林帶的後面，這才意識到，動物之間的心心相印通過眼神就能彼此互達，騾子好像知道牠在想什麼，而牠喜歡騾子的引誘也正是因爲牠預見了騾子的去向，騾子的去向是個有馬的地方。這是一座院落，院落裏不僅有別的騾子，還有許多馬。

騾子走進沒有門庭的院落，衝著那些馬噗嗤噗嗤地吹起了氣。所有的馬都回頭看著騾子，也看著相跟而來的多吉來吧。多吉來吧昂揚著頭，一匹一匹審視著馬，牠想看到一匹自己認識的馬，然而沒有。所有的馬都是陌生的，還有那些堆在地上的輜重和鞍韉，那些氤氳不散的氣息，氣息以最清晰的語言告訴牠：牠們雖然來自草原卻是別處的草原。

這時，院落深處有房子的地方一隻狗怒叫起來，多吉來吧一聽那又尖又短的聲音就知道是一隻母狗，便用粗壯的喊叫回應了一聲，趕緊退出了院落。牠在離院落五十米遠的地方臥了下來，靜靜地等待著。牠不懂得這裏是路邊的旅館，就像古時候的驛站，牠遇到的這些人和馬，是一個給草原供銷社運送茶葉的騾馬幫。從滿地的輜重和鞍韉上牠知道，這些馬是要上路的。雖然馬們要去的是別處的草原，但草原連接著草原，只要是草原，就總會靠近西結古草原。

院落裏的母狗聞到了多吉來吧的氣息，叫著跑了出來。多吉來吧不打算理牠，依然趴臥著，甚至閉上了眼睛，突然嗅覺被刺激得痛了一下，一股陽剛的腥臊推動著氣流逆向而來，牠忽地睜開了眼睛，發現朝牠跑來的不光是母狗，還有一隻公狗。

母狗和公狗都是大黃狗，都是一副怒目圓睜、尋釁鬧事的樣子，不同的是母狗在吼叫，公狗卻像啞巴一樣一聲不吭。多吉來吧知道不叫的狗才是真正厲害的狗，不叫的原因是牠並不想嚇唬你，只想一口咬死你。牠繃緊了肌肉瞪視著公狗，卻發現公狗張大著嘴巴首先撲向了母狗，一口就把母狗的肩膀撕爛了。母狗慘烈地叫了一聲，「撲通」一聲趴在了地上。公狗惡狠狠地瞪了母狗一眼，然後才朝著多吉來吧奔撲過來。

多吉來吧驚呆了：這是怎麼回事兒？牠看到黃色公狗的牙齒上還滴瀝著母狗的鮮血，那鮮血就要甩到自己臉上，便狂猛地吼了一聲：你停下。

第十九章　狼歡

兩股狼群的較量開始了。

紅額斑狼群悄悄地從三面靠近，一出現就對白蘭狼群形成了圍打局面。牠們仗著狼多勢眾，把白蘭狼群分割成了十幾個單元，再分出一部分機動狼來，在單元與單元之間穿插奔跑，讓牙刀於飛行之中橫豎切割。咆哮與慘叫將響成一片，紫豔豔的狼血將紛至遝來。

然而，如此猛烈的狼群之戰卻沒有發生死亡，不是白蘭狼群防禦有道、避殺有方，而是紅額斑狼群始終有所克制，始終都堅守這樣一個原則：只咬傷，不咬死。似乎勝利者現在不需要對方用死亡來供奉，似乎狼只有在極端缺乏食物的時候，才會咬死同類。更加克制的是，紅額斑頭狼和牠的屬下一直沒有進攻黑命主狼王，不僅給了牠面子，也給了牠一個組織逃跑、免遭集體覆沒的機會。黑命主狼王不禁有些疑惑：紅額斑頭狼怎麼會仁慈到這種程度？

紅額斑頭狼自己也不明白自己的仁慈。草原突然變了，有許多外來的人在縱馬奔馳，有許多外來的藏獒在飛揚跋扈，藏巴拉索羅神宮前藏獒的擂臺廝殺正在進行，專門咬殺藏獒的地獄食肉魔又出現了。那些在夏天分散開去的小股狼群和家族狼群，紛紛跑來向牠傳遞了所見所聞以及牠們的驚悚不安。人性變了，獒性也變了，草原會不會遭遇危機？狼群會不會遭遇危機？在這瘋狂的時候，牠提醒自己，一定要克制，要忍讓，藏獒之間的自相殘殺已經失去分寸的時候，狼群之間的互相擠對卻不能瘋狂。讓牠們走，只要牠們不在野驢河流域滋生是非，就應該保證黑命主狼王的健全和白蘭狼群的一個不死。

黑命主狼王咆哮著，衝開一條路子，首先跑出了包圍圈，又在圈外焦急地嗥叫起來。白蘭狼群朝著狼王簇擁而去，牠們沒有不受傷的，但逃跑的四肢卻都還健全如舊。草原上騰起了一股亡命的塵煙。

紅額斑頭狼帶著狼群追了過去，追上一座草岡，停下來集體嗥叫，警告白蘭狼群：滾回老家去，野驢河流域不是你們耀武揚威的地方。但是紅額斑頭狼立刻意識到，警告沒有起到作用，塵煙不再騰起，說明白蘭狼群停下了。牠們停下來幹什麼？抱了等著瞧的態度，繼續窺伺這邊的動靜？

紅額斑頭狼回過頭去，觀察了一下藏獒對藏獒的咬殺場面，命令狼群停止嗥叫，然後帶著狼群跑向下風的地方，以詭譎的姿影，悄悄地走了過去。

西結古草原，索朗旺堆生產隊，循著刺鼻的獒臊味兒，跑來阻擊勁敵、表現威武的八隻看家藏獒沒有料到，僅僅一眨眼的工夫，就有兩隻從來沒有在野獸面前、在外來的藏獒面前失敗過的夥伴，倒在了地上。死亡發生得既突然又容易，好像一出場一撲咬，接著就是死，速度快得連負傷流血的痛苦也省略了。

第三個出場的是一隻藍眼睛的鐵包金公獒，牠顯然有著讓地獄食肉魔始料未及的速度，只聽「刷」的一聲，就已經把兩隻前爪搭在了對方脖子上，但是牠沒有來得及下口，就被對方渾身一抖，抖翻在了地上，趕緊站起來，卻只是為了把喉嚨送到飛來的牙刀之下。

桑傑康珠跳下馬，拽住勒格紅衛的馬韁繩喊道：「勒格，勒格，快讓你的藏獒住口吧，最好的看家藏獒是不能死的，你知道牠們比牧人的命還珍貴。」

勒格紅衛咕嚕了一句：「頭人的藏獒，剝削階級的走狗，終於該死了。」

桑傑康珠說：「什麼什麼，你說什麼？」

勒格紅衛輕蔑地望她一眼，立刻閉嚴了嘴。接著出場的是一隻黑獒，形體並不宏偉，卻有一種山呼海嘯的氣勢，第一次撲咬就讓地獄食肉魔後退了好幾步。但這也是最後一次撲咬，地獄食肉魔的後退不過是爲了讓肌肉積攢出更多的力量，讓牠死得更利索一點。後退還沒有停止，地獄食肉魔就開始了進攻，而進攻的開始就是結束，黑獒躺下了，血從喉嚨裏滋了出來。

死了，死了，七隻看家藏獒莫名其妙地死去了。草地上橫屍一片，鮮血流進了鼢鼠的洞穴，汩汩地響。

桑傑康珠哭起來：「勒格，勒格，你死了藏獒你心痛，人家死了藏獒難道不心痛？」

勒格紅衛歎了一口氣，從馬上下來，斜著眼睛把桑傑康珠投向地獄食肉魔的藏刀還給了她。

桑傑康珠握住藏刀抬手便刺，卻被勒格紅衛用陰惡的眼光逼了回去。

第八隻藏獒是索朗旺堆生產隊看家藏獒中的首領，首領哭了，牠走到每一個死去的同伴跟前，嗚嗚嗚地憑弔著，眼淚唰啦啦流在了每一個同伴身上，才把仇大恨深的目光掃向了地獄食肉魔。牠知道自己也難免一死，就奮不顧身撲了過去，居然一下子咬住了對方的肩膀。但牠的咬合是無力的，就像啃咬堅硬的樹根，牙齒怎麼也攮不到裏頭去。啊，這是什麼？是皮肉嗎？牠從來沒見過藏獒有這麼厚這麼硬的皮肉。這個疑問剛一出來，牠自己的皮肉就首先裂開了。地獄食肉魔的牙齒咬在牠的後頸上，咬出了一根人指粗的大血管。地獄食肉魔退後而去，看家藏獒的首領脖子上發出一聲嗡響，彷佛一根琴弦砰然斷裂，一股血柱悲憤地滋向了天空。

烏鴉一片，禿鷲一片，爭食啄肉的聲音響成一氣。沒等到看家藏獒的首領徹底咽氣，也沒等到已經現身的紅額斑狼群走到跟前來，勒格紅衛就帶著地獄食肉魔離開那裏，朝東而去。勒格紅衛知道東邊的草原牧家多，牧家多藏獒就多，他要帶著地獄食肉魔一路掃蕩過去，然後走向西結古寺，咬死那些寺院狗以後，再去挑戰岡日森格和領地狗群。

就像紅額斑頭狼想到的，白蘭狼群並沒有聽從對方的警告回到白蘭草原去，回去就沒面子了，狼群就該懷疑牠的領導能力，就該有潛在的野心家出來聚眾造反了。

黑命主狼王帶著狼群來到一座高岡上，四下裏眺望著，望到了幾頂草浪中漂流的帳房，聽到了幾聲藏獒的叫聲，一個報復紅額斑狼群的主意便悄然而生：去有人家的地方偷襲畜群，然後一走了之，嫁禍於人們熟悉的紅額斑頭狼的狼群。

黑命主狼王立刻帶領狼群奔向了索朗旺堆生產隊，剛剛失去了八隻看家大藏獒，沒有什麼能夠威脅和阻擋狼群的撕咬，帳房周圍的牲畜遭到了空前殘酷的洗劫，一百多隻羊瞬間死亡。

一場痛快到無法形容的洗劫之後，白蘭狼群飛身而去。牠們跑向了勒格紅衛和地獄食肉魔前去的地方，跑向了桑傑康珠騎著青花母馬前去的地方，跑向了紅額斑狼群前去的地方。黑命主狼王準確地估計到：前面還有痛快的洗劫等待著牠們。

草原上出現了四股敵對的力量朝著同一個方向運動的情形。最前面是勒格紅衛帶著地獄食肉魔，見牧家就去，見藏獒就咬，一路風捲殘雲。接著是桑傑康珠的路過，她見了被地獄食肉魔咬死的藏獒總是驚叫一聲，然後詛咒，然後發誓：一定要殺了勒格紅衛和地獄食肉魔。下來又是紅額斑狼群的靠近，牠們潮水一般湧蕩過去，當著傷心痛哭的牧家的面，把死去的藏獒吞食一淨，然後又去快速追蹤地獄食肉魔。最後是白蘭狼群的到來，牠們知道這裏已經沒有了藏獒，膽子大得就像回到了自己家裏，肆無忌憚地衝向羊群和牛群，不吃光咬，咬死拉倒，血色的洗劫染紅了草原，也染紅了牠們自己。

四股力量的同方向運動突然停止了，因爲勒格紅衛帶著地獄食肉魔走向了碉房山上的西結古寺。西結古寺裏，腥風吹來，血雨淋頭，地獄食肉魔面對十六隻寺院狗的打鬥突然爆發了。

紅額斑頭狼沒有帶著狼群跟到西結古寺，對狼群來說，碉房山是絕對不能上的，牠們從來不上，因爲牠們和人類一樣，從靈魂深處敬畏西結古寺的神聖和莊嚴。

紅額斑頭狼回頭看了看遠處，白蘭狼群就在地平線的那邊。紅額斑頭狼帶著狼群衝了過去，一眨眼的工夫，白蘭狼群便成了一個狼狽逃跑的集體。紅額斑狼群以數倍于對方的實力，很快把追撵演繹成了殺伐，當三具狼屍成爲侵入他人領地的懲罰時，白蘭狼群的逃跑就變成了抱頭鼠竄。

但紅額斑頭狼仍然是克制的，牠們只咬死了三匹白蘭狼，然後就不咬了，也不追了，只是不停地嗥叫以示恐嚇。

白蘭狼群逃跑的前方有父親的寄宿學校。

第二十章 東結古入侵

心急火燎的父親到了跟前才知道，新來到藏巴拉索羅神宮前的，既不是多獼騎手和多獼藏獒，也不是勒格和他的地獄食肉魔，而是東結古草原的騎手和領地狗群。不用說，他們也是來爭搶麥書記和藏巴拉索羅。

現在，東結古草原、上阿媽草原、下阿媽草原和多獼草原的人和狗都來了，等待著岡日森格和西結古的領地狗群只有傷殘和死亡。

父親拉著大黑馬走到了三軍對壘的中間、那片三十米見方的打鬥場邊緣。和西結古領地狗對陣的已經不是失去了獒王的上阿媽領地狗，而是驕縱專橫的東結古領地狗。現在，兩隻黑獒正在撕咬，和東結古黑獒戰鬥的是西結古的同年齡的黑獒當周。雙方的嘴上、腰上都有血跡，比較起來，當周的傷痕重一些、血跡多一些。

父親重重地歎氣道：「打什麼呀，打什麼呀，你們之間有什麼仇哇！」看當周又被咬了一口，父親又吆喝起來：「當周你就認輸吧，不要再打了，趕緊給我回來，都傷成這樣了，還打什麼。」

當周聽到了父親的呼喚，禁不住扭頭張望，反應敏捷的東結古黑獒趁著這個機會撲了過來，一口咬住了當周的脖子。父親又喊了幾聲，看喊不開東結古黑獒的利牙，丟開大黑馬的韁繩跑了過去。

父親違規了，在西結古的人和藏獒看來，他是要去掰開東結古黑獒的利牙，救當周一命的，但在東結古的人和藏獒看來，他是要幫著當周打鬥，直接威脅到東結古黑獒的安全。東結古黑獒毫不猶豫地丟開已經躺倒在地的當周，朝著父親撲了過來。

觀戰的西結古騎手和藏獒一陣驚呼。他們看到了父親的危險，卻來不及撲過去解救。只有一隻藏獒沒有驚呼，那就是岡日森格。牠在父親衝著打鬥的雙方喊出第一聲的時候，就感覺到了父親的危險。牠瞭解自己的恩人，牠悄悄守候在了父親身邊。現在，牠閃電般地超過父親，向著東結古黑獒迎擊而去。

岡日森格沒有齜出利牙，只是用自己雖然受傷卻依然堅硬的額頭撞翻了東結古黑獒，然後刹住腳步，橫過身子來，用自己的偉碩擋住了父親和被父親扶起來的當周。

父親回過身去，朝著東結古騎手喊道：「對不起，我們輸了，我們不是三個打一個，而是輸了，當周輸了，我輸了，岡日森格也輸了，藏巴拉索羅歸你們啦，拿走吧，快拿走吧，不要再讓藏獒們你死我活了。」父親無意中把自己也當成了參與打鬥的一隻藏獒，誠懇地表示了歉意。

東結古騎手的首領帕嘉、一個在盤起的髮辮中摻雜著黑色犛牛尾巴和紅纓穗的漢子說：「你是誰？你說話算數嗎？麥書記在哪裡？藏巴拉索羅在哪裡？」

父親無言以對，拉扯著當周和岡日森格回到了領地狗群裏。

接著還是打鬥。西結古領地狗中出場的是一隻身量不大卻十分猙獰的白腿公獒。父親顧不上觀看打鬥，用大黑馬馱著脖子上血流不止的當周，快步走向了寄宿學校。

這之後，父親又連續四趟馱回了四隻受傷的藏獒，兩隻是西結古的領地狗，兩隻是東結古的領地狗，都是重傷，都需要很多內服的「七淚寒水丹」和外敷的「十六持命」。藏醫喇嘛尕宇陀打開藥囊給父親看：「沒有藥了，真的沒有了，再有就是『晶珠三摩』、『五瓊麝香粉』，藥力差遠了。」

父親擦著滿頭的汗，一屁股坐到地上，盯著身邊的大格列看了一會兒，搖搖頭說：「大格列，大格列，你還疼嗎？」

大格列的回答是眨巴了一下眼睛，彷彿說：我行啊，我只要能聽到你的聲音就能忍受了。

父親起身把所有受傷的藏獒看了一遍，大聲說：「藥王喇嘛尕宇陀，這裏就交給你了，你看好這些藏獒，也看好孩子們。」然後轉身朝向帳房喊道，「秋加，秋加。」

秋加探出了帳房。父親說：「今天不學習了，你帶同學們過來，給大格列說說話，給所有的藏獒說說話，說說話牠們就不疼了。」

秋加跑了過來，問道：「外來的藏獒咬死了我們的藏獒，也給牠們說話嗎？」

父親說：「當然了。」

秋加又問：「給外來的藏獒說什麼話？」

父親說：「你就說，你們快快好起來，你們別打架啦，人的話有時候要聽，有時候不能聽，你們要分清好壞，天下藏獒一家親，都是一個老祖宗，光會打架、六親不認的不是好藏獒。就這些，說吧。」

秋加又問：「牠們不聽人的話，聽誰的話？」

父親說：「你囉嗦。」

父親走向大黑馬，喊了一聲：「美旺雄怒，快跟我走。」

赭石一樣通體焰火的美旺雄怒在前面帶出了一條沒有旱獺洞、鼠兔窩的路，渾身是汗的大黑馬馱著父親快步走著，涉過野驢河，走向碉房山。

美旺雄怒忽然停下來，朝著山上的空氣忽忽地嗅著，轉身朝自己跑來，一躍而起，把濕漉漉的舌頭舔在了父親臉上。騰地落到地上，朝前一撲，又戛然停住，朝著父親身後的原野狂吼亂叫起來。父親轉過身去，抬頭眺望，什麼也沒有看到。而美旺雄怒卻狂奔而去，好像威脅就在前面，爲了父親的安全，牠要去戰鬥了。但是牠並沒有跑遠，很快又回來，狂躁不安地轉著圈，似乎心中茫然。

父親一陣緊張，他從來沒見過美旺雄怒這樣。父親打著冷戰，拉緊了馬，趕快朝碉房山上走去。火焰紅的美旺雄怒咆哮著，在他的後面保護著他，突然又跑到了前面，衝著山頂上的西結古寺「嗚嗚嗚」地叫，再「嗷嗷嗷」地叫，又「咦咦咦」地叫。是哭聲，父親聽明白了，美旺雄怒發出的是藏獒在極端震驚之後大悲大慟的哭聲。父親停下腳步，仰望著西結古寺，腦子裏轟地一下，差一點跌倒在地。

第二十一章　情死

面對多吉來吧「你停下」的吼叫，黃色公狗沒有理睬，牠先一步跟著主人來到了這個旅館，就認爲這是牠的地盤，怎麼可能聽從後來者的吆喝呢？更要緊的是牠內心湧蕩著無盡的嫉妒：自己的母狗居然叫著喊著撲向了一隻看上去比自己還要偉岸健碩的雄性藏獒，儘管是去撕咬對方的，但撕咬不過是一種試探，一旦發現這隻邂逅的雄種比牠現在的丈夫更加剛猛勇敢，見異思遷不是今天就是明天。公狗撲跳而起，帶著一股罡風，把燃燒的妒火噴了多吉來吧一臉一身。

多吉來吧躲開了。面對黃色公狗的肆意挑戰，多吉來吧本來並不打算交手。爲了草原，爲了那不祥的人臊，牠必須要逃走，哪怕狼狽不堪大失風度。

但是多吉來吧沒想到，黃色公狗撲咬落空，突然回過身去，再次咬了母狗一口。母狗更加慘烈地叫著，叫聲一下子拽住了多吉來吧的腳步，也引發黃色公狗對多吉來吧的第二次進攻。

這一次，多吉來吧不想迴避躲閃了，一隻偌大的公狗膽敢在牠面前欺負一隻母狗，就算這母狗是公狗的妻子，也會激起牠貯滿血管的剛直不阿和凜然正氣。牠頓時忘了自己的目標，迎撲而上，在躲閃對方利牙的同時也亮出了自己的利牙。只見白光閃亮，「哧啦」一聲響，皮肉開裂了，鮮血嘩地飛濺而起，染透了清白的空氣。

「老天爺，我的黃狗是我見過的最大最猛的狗，怎麼讓牠三下五除二就咬死了。這條大藏狗，哪裡來的？」有人大聲說。多吉來吧這才看到幾個騾馬幫的人站在五十米遠的地方，驚恐失色地望著牠。牠衝他們威脅地叫了一聲，看到母狗汪汪叫著撲了過來，趕緊轉身離開。

黃色母狗撲過來，環繞著死去的丈夫轉了一圈，然後朝著多吉來吧緊追不捨。牠的主人在後面喊牠：「回來，妳要去送死嗎？」母狗不聽主人的，牠似乎只想著爲丈夫報仇而忘了自己的安危。但是追著追著，母狗的叫聲就變了，當牠追出主人的眼界，來到一片水澤的灘頭後，那聲音就不再是叱罵而純粹是一種代表性別的喊叫了。多吉來吧聽得懂這樣的聲音。牠停了下來，看到母狗張開前肢撲了過來，就趕緊低下頭，只把肩膀亮給了對方。

黃色母狗撲到了多吉來吧身上，啃了一口，又啃了一口，然後翹起尾巴，匍匐到牠的眼皮底下，把滿嘴的唾液用舌頭撩到了牠的臉上，似乎是說：你看呀，看我呀。多吉來吧看了一眼，看到母狗眼裏的柔光就像野驢河的水，親切而溫暖，看到牠的嘴角流淌著白沫、牠的鼻頭潮潤得就要滴水，就本能地搖了搖尾巴，伸出舌頭想舔又沒有舔，不無生硬地扭歪了脖子，轉身走開了。

牠不喜歡這樣一隻母狗，剛才還是他人之妻，一轉身就要對咬死丈夫的敵手表示鍾情。而藏獒是不會這樣的，不管公的還是母的，性格裏都沒有背叛，沒有隨風轉舵，牠們的忠誠一半體現於捨命相救，一半體現於捨命復仇。多吉來吧鼻子裏呼呼地響，好像是說：不能給親人復仇的狗啊，你算什麼。牠冷淡著母狗，找了一個乾燥點的地方臥下，看都不看牠一眼。母狗失望地瞅著牠，把高高翹起的尾巴放下來，號哭似的叫了幾聲，小跑著離開了那裏。

黃色母狗很快又回來了，叼著半個烙餅放在了多吉來吧面前。多吉來吧把吐出來的舌頭縮進去，嫌棄地扭轉頭，閉上了眼睛。牠知道母狗想幹什麼，而牠要做的就是讓母狗明白：狗和狗是不一樣的，對一隻藏獒來說，包括愛情在內的任何一種朝三暮四都意味著自殺。

但母狗沒有輕易放棄。這天晚上，牠沒有回到旅館的院子裏，而是待在水澤的灘頭一直陪伴著多吉來吧。牠醒來的時候總要蹭過去靠在了多吉來吧身上，多吉來吧總是躲開。

天亮了，母狗的主人騎著馬過來吆喝。母狗起身跑了過去，突然又停下，回頭深情地望著多吉來吧，激切地呼喚著：走啊，走啊，跟我走啊。多吉來吧對牠的呼喚嗤之以鼻，乾脆朝著相反的方向走去。母狗用尖銳而細緻的喊聲表達著自己的失望，無可奈何地離開了多吉來吧。

多吉來吧看著遠去的黃色母狗，也看著揹著槍的母狗的主人和他胯下的馬，那馬是備好了鞍韉、搭好了褡褳的，這是上路的訊息，牠是知道的。多吉來吧悄悄地跟了過去，還是最初的那種想法：雖然馬們要去的是別處的草原，但草原連接著草原，只要是草原，就總會靠近西結古草原。

整整一天，騾馬幫的人也沒有發現多吉來吧。多吉來吧用不著看見他們，就憑著他們隨風而來的味道，準確無誤地跟蹤著。路兩邊是荒地和農田，遠方是村莊和山脈，草原遲遲不出現，而黃昏卻不期而至。風大了，方向也變了。

騾馬幫的人停下來準備紮營休息。黃色母狗突然聞到了一公里之外多吉來吧的味道，興奮得上躥下跳。主人看了看母狗，丟給牠半個烙餅。母狗叼了起來，繞到了主人後面，以為主人看不見自己，轉身就走。

風向一變，多吉來吧就加快了腳步。牠怕失去跟蹤的目標，沒想到跟蹤的目標卻主動來找牠了。母狗一出現，牠就停了下來，知道前面的人和馬已經紮營休息，牠也就不怎麼著急了。

聞了一夜又一天母狗的味道，已經熟悉了，算是朋友了。多吉來吧一動不動地站著，允許母狗在自己身上又舔又蹭，甚至讓心急意切的母狗爬上了自己的脊背。但牠自己卻不做任何回應的動作，也不吃母狗送給牠的烙餅，忍受了一會兒母狗的親暱，就跑進路邊的荒地捉野兔去了。

這個地方有很多野兔，多吉來吧靠著靈敏的嗅覺和快捷的速度，毫不費力地抓到了兩隻，一隻給了黃色母狗，算是對母狗的報答——儘管牠並沒有吃母狗給牠的烙餅。母狗很饞肉，卻不知道如何吞掉一隻鮮血淋淋的野兔，盯著多吉來吧學了半天也沒有學會。多吉來吧就幫牠撕開了肚子，割開了胸腔，用示範的動作告訴牠：要是妳不能消化那些皮毛，妳就最好從裏面往外吃，我們的小藏獒就是這樣吃野物的。母狗吃起來，剛吃了兩口，就聽多吉來吧兇巴巴地叫了一聲。

多吉來吧發現了那幾個人，他們藏在十多米遠的青稞地裏朝這邊快速移動著。牠警惕地瞪視著，隨時準備撲過去。母狗呆住了，站在多吉來吧身邊不知道如何是好。母狗的主人突然鑽出青稞地，朝著多吉來吧甩出了臨時製作的套馬索。多吉來吧有點猶豫，想躲開飛過來的繩套，又覺得繩套沒什麼可怕的，爲什麼不能撲上去咬斷它？但沒想到一瞬間的猶豫讓牠既失去了躲開的機會，也失去了咬斷的可能，繩套以無可預料的速度和準確飛過來，掃過了牠蓬鬆的頭毛。只聽「噗」的一聲響，繩套穩穩地套住了脖子，接著就是嗷嗷地叫聲。

黃色母狗的主人沮喪地喊了聲：「怎麼套住的是牠呀？」馬上又明白是自己的母狗主動鑽進了繩套，母狗見識過主人使用套馬索的身手，知道多吉來吧在劫難逃，就提前跳起來，撲向了繩套。母狗的主人疾步過來，瘋了似的用繩索抽打母狗。多吉來吧愣了片刻，才意識到是母狗救了牠，跳起來，撲了過去，突然從氣味中感覺到這個抽打母狗的人就是母狗的主人，趕緊收回齜出的利牙，閉上嘴巴，只用額頭撞開了他，然後用牙和爪子撕扯著繩套，直到繩套從母狗脖子上脫落。

母狗的主人穩住自己，衝牠們吼道：「都知道聯合起來對付我了，我打死你們。」說著，從背上取下槍，拉開槍栓，「嘩啦」一聲讓子彈上了膛。

母狗轉身就跑，牠比誰都瞭解主人的槍法，跑出去十米，看到主人已經舉槍瞄準，而多吉來吧卻還在原地咆哮，又轉身跑回來，用頭頂著多吉來吧，告訴牠趕快逃跑。多吉來吧還是不跑，牠不是不知道槍的厲害，而是發現對方瞄準的並不是自己，而是搶先逃跑的母狗。牠用自己龐大的身軀堵住了母狗，然後用更加剛硬堅執的聲音威脅著母狗的主人。母狗的主人移動著槍口，對準了多吉來吧的大嘴，扣住扳機的食指輕輕地收縮著。

黃色母狗知道槍聲就要響起來，尖叫一聲，撲向了主人，又意識到絕對不可以這樣，慌忙回身撲在了多吉來吧頭上。母狗的主人吃驚地「哎呀」一聲，抬高槍口，扣動了扳機。

槍響了，一瞬間母狗倒在了地上。多吉來吧看了母狗一眼，仇恨地狂吼著，撲向了母狗的主人，正要把牙刀刺向握槍的手，就聽母狗在身後喊叫起來，扭頭一看，發現母狗又站起來了，而且是又蹦又跳的。多吉來吧放過了母狗的主人，來到母狗面前，吃驚地用前爪搗了搗牠，像是說：原來妳沒有被打死啊？又感激地舔了一下對方的鼻子，告訴牠：我記住了，妳救了我兩次。一次妳鑽進了套我的繩套，一次妳擋住了射我的槍彈。

母狗的主人端著槍後退著，退進了其實對他並沒有保護作用的青稞地，這才對其他人說：「牠們兩個好上了，不用抓，也不用打，只要大藏狗跟著母狗，牠就是我們的。」

有人說：「就害怕母狗跟著大藏狗走掉。」

母狗的主人說：「你天天餵牠們，牠們能走掉？沒有餵不熟的狗。」

以後的幾天裏，多吉來吧一直跟著騾馬幫往西走。一路上，牠和他們總是保持著一定的距離，但又不會消失到看不見的地方。讓母狗的主人擔憂的是，多吉來吧從來不吃他們的東西，不管是他們丟給牠的，還是母狗叼給牠的，不管是烙餅，還是肉，牠只吃自己打來的野食。母狗的主人說：「這個大藏狗，牠好像不想欠我們的。」

有人說：「牠走就走，只要讓母狗懷上狗娃就成，牠是多好的種公狗啊，萬裏挑一。」

母狗的主人說：「我要的不光是狗娃，我還要牠，我不會讓牠走的，牠走我就一槍打死牠。」

黃色母狗大部分時間和多吉來吧待在一起，牠的百般纏綿說明發情期已經到了，多吉來吧忍受著牠的纏綿，卻不表示絲毫雄性的愛意。母狗急得咬牠，牠也忍受著。母狗知道牠內心的防線比自己想像得還要堅固，就止不住傷心地哭了。

黃色母狗的哭聲就像草原冬季風雪的號叫，一陣陣響起在夜晚的田野裏。當多吉來吧閉上眼睛瞌睡去的時候，那「風雪的號叫」竟會親切而有力地勾起牠對故鄉的感情，讓牠恍然覺得回到了西結古草原，看到了暖雪中走來的主人漢扎西和妻子大黑獒果日，看到了人臊散盡、危難解除後大雪原的寧靜。每當這個時候，牠就會站起來，走向哭號的母狗，安慰地嗅嗅牠的鼻子、舔舔牠的眼淚。母狗不哭了，撒嬌地依偎在牠身上，用自己熾熱的鼻息繼續牠母性的嫵媚和引誘。多吉來吧一看母狗停止了哭號，就會理智地走開，在一個不即不離的地方臥下來睡覺，於是母狗就又會哭起來。

多吉來吧讓母狗依偎著自己，癡迷地聽著牠的哭聲，沈浸在草原冬季風雪的號叫中，禁不住流出了深情的眼淚。母狗的哭號更讓牠想起自己的身分：牠是大黑獒果日的丈夫，不是任何其他母狗的丈夫。牠有的是情有的是愛，卻不能胡亂給予，藏獒的天性是本分的，不是濫情而腳踩兩隻船的。

黃色母狗絕望了。牠不再用哭聲乞求，而是不吃不喝，趴在地上就像死了一樣。多吉來吧走過去嗅牠，舔牠，安慰牠。牠無精打采地閉著眼睛，似乎連看一眼多吉來吧的力氣也沒有了。正好騍馬幫來到了一個小鎮，需要補充給養，第二天沒有上路，母狗就一直趴著。主人從紮營在路邊的帳篷裏走出來踢牠，呵斥牠，牠也不理不睬。母狗的主人衝著多吉來吧喊道：

「你看你看，都是你，你是不是一隻公狗啊？」

多吉來吧來到母狗跟前，歉疚地舔著牠，舔著舔著，就啪嗒啪嗒滴下了眼淚。

多吉來吧流了許多淚，牠預感到自己跟隨騍馬幫的日子很可能已經結束，牠就要離開兩次勇敢救命的母狗了。牠看到了一匹真正的草原馬，那不是一匹馱運的馬，更不是一匹耕地的馬，那是一匹用來騎乘奔走的馬。草原馬拴在一百多米外一根豎起的木頭上，木頭後邊是一座兩層的大房子，有高高的臺階和華麗的門窗，那些門窗多像西結古草原石頭碉房上的門窗啊！多吉來吧相信草原馬去的地方一定比騍馬幫去的地方更接近西結古草原。

有人從大房子裏走出來，站到了草原馬身邊。多吉來吧驚呆了，沒想到馬的主人是個戴著高筒氈帽、穿著紫褐色氆氌袍、一臉黝黑的藏民。牠喜出望外地叫了幾聲，跑了過去，眼睛裏流露著濕汪汪的激動，終於見到藏民了，儘管不是西結古草原的藏民，但牠本能地意識到自己正在靠近那已經離開一年的、那在萬般思念中想要回去的西結古草原。遙遠的彷彿已經不再遙遠了。

神志不清地趴在地上就要死去的黃色母狗突然站了起來，牠看著多吉來吧跑向藏民的背影，像草原冬季的風雪那樣哭號起來。哭號就像刀子飛翔，是那樣的撕心裂肺。多吉來吧愣住了，營帳前騍馬幫的人也都愣住了。

母狗的主人說：「真想打死牠，牠會把母狗折磨死的。」

有人說：「要打就趁早打，牠是藏狗，小心牠跟著藏民跑了。」

母狗的主人說：「拿槍來。」

母狗的哭號越來越淒慘悲苦，那是一種無形的力量，足可以讓多吉來吧發呆。多吉來吧走向了黃色母狗，踢了踢母狗，聞了聞母狗，舔了舔母狗，然後就翹起前肢，緊緊擁抱了母狗。

母狗不哭了，激動地呻吟著。

母狗終於安靜地臥了下來。

多吉來吧跑到豎起的木頭跟前，聞了聞地上天上，草原馬帶來的草原的清香、藏民遺留的酥油的鮮香，都還是濃濃的、濃濃的。牠朝著藏民騎馬離開的地方跑去。母狗「汪汪汪」地叫起來。不是哭號，是充滿了惜別的傷慟。多吉來吧停下了，回頭望著母狗，突然又跑了回來。

大家都看出多吉來吧是前來告別的。黃色母狗看出來了，輕輕地叫著，輕輕地哭著。營帳前驟馬幫的人也表情複雜地望了望母狗的主人。

母狗的主人說：「只要大藏狗離開，我就開槍。」說著推彈上膛。

多吉來吧專注於母狗，全部心思都放在告別上。牠按照藏獒的習慣，用碰鼻子的方式一再地表達著自己的心情，然後在母狗的哭聲中，毅然轉身。

多吉來吧真的走了，黃色母狗哭著送別牠。母狗透過朦朧的淚罩望主人，看到黑洞洞的槍口正在眨巴著詭譎的眼睛，看到主人在屏住呼吸，扣動扳機。牠跳了起來，毫不猶豫地撲向了這隻牠一見鍾情的雄偉壯麗的藏獒，撲向了帶給牠愛情和滿足、帶給牠傳宗接代機會的多吉來吧。

槍響了，子彈打在了母狗的頭上，母狗仆倒在地，血在抽搐中湧動。美麗的黃色母狗，在滿足了愛情之後，勇敢地死去了。母狗的主人怪叫一聲：「老天爺，我的母狗怎麼會去救牠？」

多吉來吧回過身來，驚愕地看著黃色母狗，好像不相信母狗會死去。聞著，舔著，終於明白母狗在第三次挽救了牠的生命之後，無可挽回地獻出了自己的生命。多吉來吧止不住悲淚盈眶，開始是無聲的，然後是有聲的，就像母狗的哭聲一樣，挾帶著草原冬季風雪的號叫。牠又甩掉了眼淚，扭頭咆哮著撲向了母狗的主人。

騾馬幫所有的人都四散而逃，只把母狗的主人留給了多吉來吧。多吉來吧撲上去，一爪打掉步槍，咬爛了母狗的主人的手，然後撲倒他，把嘴貼到了他的喉嚨上。牠驀然想起他是母狗的主人，就把齜出去的牙刀又縮了回來，只是衝著他的臉狂叫一聲，濺了他一嘴稠呼呼的唾液。牠鬆開了母狗的主人，再次回到母狗身邊，臥下來，挨著母狗的身子，嗚嗚地哭著，哭著。

多吉來吧哭了很長時間，牠知道在自己專心哭泣的時候，那桿槍會再次瞄準牠，但是牠不怕，牠不怕的是子彈，更不怕的是死亡。但是，子彈卻再也沒有射過來。黃色母狗的主人彷彿被母狗的壯烈所感動，放棄了打死多吉來吧的打算。

黃昏的時候，多吉來吧看到騾馬幫的人起營離開了，他們穿過了小鎮的街道，走進了燃燒的西天，頓時就被晚霞燒化了。多吉來吧站了起來，在許多人的矚望中，一步三回頭地望著死去的恩狗，戀戀不捨地走了。

第二十二章　一擊斃命

勒格紅衛帶著地獄食肉魔一走上碉房山，十六隻偉岸的寺院狗就嚴陣以待地出現在了半山腰。牠們的身後，五百米之外，是巍峨的嘛呢石經牆。這是西結古草原最古老的石經牆，是西結古寺用真言堆積起來的吉祥照壁。勒格紅衛丟開馬韁繩，跪在地上，朝嘛呢石經牆磕了一個頭，在心裏默默禱祝著：

「偉大光明的吉祥天母、威武秘密主、怖畏金剛、猛厲詛咒眾神、女鬼差遣眾神，你們都是神聖的『大遍入』法門的本尊神，又是西結古寺和寺院狗的保護神，請你們主持公道，不要偏向任何一方。如果我的藏獒咬死了所有的寺院狗，請把這勝利看做是我的本尊神也就是你們自己的勝利，請把勇敢和好運賜給我和我的藏獒，請不要把懲罰降臨給我和我的藏獒。」

十六隻寺院狗「轟轟轟」地吼叫著，警告地獄食肉魔不要靠近。地獄食肉魔眼睛瞇瞇笑著，鼻翼上掛著和善與慈祥，就像老牛拉犁一樣，低伏著脖子，「呼哧呼哧」點著頭。走到了離寺院狗只有三米遠的地方，也還是「呼哧呼哧」點著頭。

寺院狗們不認爲牠這是來進攻的，都還昂揚起身姿繼續著警告：回去，回去，快回去。地獄食肉魔眼珠子轉了一下，似乎把面前所有蠕動的喉嚨都瞄了一遍，然後嘩地睜大眼睛，身子一側，選擇一條偏斜的路線，撲了過去。

十六隻寺院狗凹凹凸凸站成一排，離地獄食肉魔最近的是中間那隻藏獒，而地獄食肉魔卻把首撲的目標定在了離牠最遠的那隻四眼藏獒上。

四眼藏獒伸長脖子看著中間，心說打還是不打？打也輪不著牠。牠和大家都明白，打鬥的時候，沒有誰會在乎最遠的目標。但是地獄食肉魔就在大家的常識之外開始了進攻，只見一道黑電閃耀，「啪嚓」一聲響，骨頭斷裂了，是喉嚨上脆骨的斷裂，四眼藏獒並沒有感覺到疼痛，就倒在了地上。牠迅速站起，眨巴了幾下眼睛，才意識到自己受到了攻擊，跳起來就要撲過去，卻只是做出了一個撲咬的樣子，接著就趴下了，再也沒有起來。

一擊斃命。

立馬就是血雨腥風了，嘛呢石經牆前，所有的寺院狗都停止了吼叫，當警告和震懾已經失去意義，剩下的就是默默打鬥，偉大的藏獒都是要默默打鬥。

地獄食肉魔又撲向了離四眼藏獒最近的那隻老黑獒。老黑獒正在吃驚地關注著四眼藏獒的生死，地獄食肉魔便撲向了牠的喉嚨。喉嚨就像從裏面爆炸了一樣，「砰」的一聲，直接裂出了一個噴血的黑洞。老黑獒慘叫著，卻沒有發出聲音來，聲音全部從聲帶下面溜到體外去了。

再次一擊斃命。

地獄食肉魔幾乎沒有停頓，就開始了第三次撲咬。這一次牠本該撲向離牠最近的死者老黑獒身邊的那隻棗紅藏獒，但是牠沒有，牠從排成一排的寺院狗這頭，越過棗紅藏獒跑向了那頭，忽然折返。緊張的棗紅藏獒剛鬆懈下來，地獄食肉魔的撲咬就倏忽而至，牙刀挑斷喉管的速度快得都來不及緊張和悲哀。

也是一擊斃命。

這時桑傑康珠趕到了，跺腳罵道：「寺院狗是佛爺的寶，你把佛寶咬死了，勒格你沒有好下場，你來世是一匹狼。」

勒格紅衛說：「就是牠們把我攆出了西結古寺。」

桑傑康珠說：「可是寺院狗並沒有咬死你。」

勒格紅衛說：「草原上最壞的反動派，牠們讓我失去了『大鵬血神』。」

三隻藏獒已經死去，不能再讓地獄食肉魔主動進攻了。一隻鐵包金藏獒四腿一揚，撲了過去。地獄食肉魔迎撲而上，不躲不閃，直刺喉嚨。

還是一擊斃命。

桑傑康珠抽出自己的藏刀，用刀尖指著勒格紅衛罵起來：

「勒格你聽著，你說你的藏獒死了，活該；你說你的狼死了，也活該；你說你的明妃死了，更活該；你說你的『大鵬血神』死了，活該，活該，活該！你說是西結古的藏獒咬死了他們，可是西結古的藏獒怎麼沒有咬死你啊？你這匹惡狼！」

勒格紅衛瞪著她，一言不發。

桑傑康珠跨前一步，把刀尖逼到了他的鼻子上：「不要咬了，你給我停住，停住。」

勒格紅衛抬手擋開藏刀，冷冷地說：「『大遍入』法門不允許我有任何針對人的暴力，我既有咬殺所有西結古藏獒的誓言，也有不咬殺任何一個人的誓言。」

一男一女用堅硬的眼光對峙著。桑傑康珠知道自己不可能阻止這場屠殺，收起藏刀，轉身就走，心裏喊著：丹增活佛，你躲到哪裡去了，快出來管一管。

撲咬繼續著，又是幾個一擊斃命之後，轉眼就剩下了最後一隻寺院狗。這是一隻棕紅色的藏獒。牠哭著，走向每一個猝然死去的同伴，把眼淚滴落在牠們的眼睛上，牠希望不管是睜著的眼睛，還是閉著的眼睛，都是跟牠一起流淚的眼睛。

地獄食肉魔似乎想留下最後一隻寺院狗的性命，滴瀝著嘴裏的血水，肌肉鬆弛地坐了下來。勒格紅衛疾步過去，狠踢了棕紅色藏獒一腳，惡毒地說：「你怎麼還沒死？你到底死不死？」棕紅色藏獒轉身就咬，牠不知道這是勒格紅衛的計謀，是對地獄食肉魔殺性的引誘。地獄食肉魔撲過去，這是最後的一擊斃命。

十六隻龍吟虎嘯的寺院狗就這樣被地獄食肉魔咬死了。勒格紅衛跪下來，朝五百米之外的嘛呢石經牆磕了一個頭，再次在心裏默默禱祝著：

「偉大光明的吉祥天母、威武秘密主、怖畏金剛、猛厲詛咒眾神、女鬼差遣眾神，我的神聖的『大遍入』法門的本尊神啊，你們今天主持了公道，你們把勇敢無畏和一擊斃命的好運賜給了我和我的藏獒，我們的勝利就是你們的勝利，請繼續保佑我們，不要把懲罰降臨給我們。」

地獄食肉魔聲音壯猛地吼起來，像是對西結古寺的告別。勒格紅衛牽上自己的馬，下了碉房山，沿著野驢河，朝開闊的下游草場走去。那兒是牛羊的天堂，有不少看家的和牧羊的藏獒，咬死了牠們，野驢河流域就沒有多少家養的藏獒了，剩下的就只是岡日森格和牠的領地狗群。

桑傑康珠沒找到丹增活佛，只在護法神殿找到了鐵棒喇嘛藏扎西。藏扎西風快地跑來，看到十六隻寺院狗的遺體，又是捶胸又是咬牙。看著勒格紅衛一行的背影，追了幾步，意識到自己赤手空拳，又回到護法神殿，拿起供奉在護法神吉祥天母前的執法鐵棒。跨出門檻時，一個跟頭栽倒在地，鐵棒甩出去老遠。他爬起來，心說門檻怎麼會絆住自己呢？分明是神意啊，神意告訴自己：不能追，追上去又有什麼用呢？倒下的藏獒是不能死而復生的。尤其重要的是，他想起了丹增活佛的叮囑：

「可能有惡魔前來屠殺，這是不可避免的。我們是佛法僧三寶的守護者，能吃虧就吃虧，要忍啊，佛門就是忍，最重要的是保護好寺院，保護好麥書記和藏巴拉索羅。」

藏扎西悲哀地想，還會有許多西結古藏獒死去，死去的藏獒裏，會不會有獒王岡日森格？

滿心希望鐵棒喇嘛藏扎西有所作爲的桑傑康珠站在護法神殿的臺階下喊起來：「可憐的西結古藏獒沒有人管了，連喇嘛也不管了。這是怎麼回事啊？」她看看天，朝更深的地方看看天，天還是原來的天，怎麼所有的事情都面目全非？桑傑康珠咬了咬牙，在半山腰的屠殺現場找到自己的青花母馬，尋著勒格紅衛和地獄食肉魔的蹤影，急速追去。

第二十三章　丹增活佛

在美旺雄怒大悲大慟的哭聲引導下，父親來到了西結古寺，寺裏一片沉寂，沒有狗叫，沒有人聲，甚至也沒有風的腳步聲，沒有金剛鈴的清響，連經聲咒語都消失了。佛尊們默默地哭著，喇嘛們默默地哭著，一串串酥油燈就像一串串晶瑩的眼淚，哀痛地閃爍著。誰說西結古寺裏都是些淡漠於俗情、超脫於生死的人和神，死亡發生的時候，他們照樣會悲傷。

父親號啕大哭。

鐵棒喇嘛藏扎西說：「漢扎西你不要悲傷，牠們是走向了來世，來世都是好日子。」他安慰著父親，自己卻悲傷難抑地轉過臉去，揩了一把水淋淋的眼睛。

父親拍了拍美旺雄怒的頭，又說，「走吧，走吧，我們找丹增活佛去，佛門越忍，世界越亂，都到這種時候了，他爲什麼還不出面？」說罷，朝著雙身佛雅布尤姆殿走去，他知道雅布尤姆殿是丹增活佛最喜歡待的地方。

藏扎西跟過來，小聲告訴父親：「你見不到丹增活佛，他躲起來了。」父親問躲到哪裡去了，藏扎西不說。父親想，還能躲到哪裡，不就是昂拉雪山裏的密靈谷密靈洞嗎？

當父親騎著大黑馬，帶著美旺雄怒，走進昂拉雪山，來到密靈谷裏的密靈洞時，那裏根本沒有居住人的跡象，只有一窩狼。在洞口平臺上玩耍的狼崽一見他們就跑進洞裏去了。一匹母狼衝出來聲嘶力竭地嗥叫著，大概是通知遠去覓食的公狼趕快來保護牠們。美旺雄怒就要撲上去撕咬，被父親厲聲喝止住了。他說：「現在都忙著人整人、狗咬狗了，怎麼還能顧得上和狼打鬥，趕緊回來啊，美旺雄怒。」

父親和美旺雄怒疲憊不堪地走出昂拉雪山，走向了寄宿學校。他擔心騎在馬上會犯睏摔下來，就一直牽著馬。可走著走著，身子就重了，雙腿也軟得邁不動了。他歪倒在地上，告訴自己休息一小會兒就走，眼睛一閉就睡死過去。大黑馬臥了下來，美旺雄怒也臥了下來，牠們一左一右守護著夜色中睡倒在曠野裏的父親。

父親醒來時天還沒有亮，朝著滿天的星星眨巴了一下眼睛，忽地坐起來，吃驚得渾身一抖：怎麼除了大黑馬和美旺雄怒，還有一個黑影？恍惚中以爲來了地獄食肉魔，「哎喲」一聲，撲向大黑馬。剛拽住大黑馬的韁繩，父親就看清了：那是一個人，是一個盤腿打坐、輕聲念經的人。

父親走過去，「撲通」一聲跪下：「哎喲丹增活佛，你怎麼在這裏？」

丹增活佛說：「我看見你在找我，我就來找你了。」

父親說：「你在什麼地方看見我了？」

丹增活佛說：「在密靈谷的密靈洞裏。」

父親說：「不對啊，密靈洞裏住著一窩狼。」

丹增活佛說：「我就跟狼住在一起，我通過狼的眼睛看見了你，也看見了你的心。你希望我是一座冰山，化成水去澆滅燃燒的火焰；希望我是一堵長長的高高的嘛呢石經牆，隔離開人和人、藏獒和藏獒的爭搶打鬥。」

父親不斷地點著頭。

實。」

丹增活佛說：「好吧，我聽你的話，現在就跟你去，看一看我的祈禱和你的希望能不能變成現

了。」

父親虔誠地磕了一個頭說：「總是這樣丹增活佛，在我想到你的時候，你就順著我的心思走來

丹增活佛說：「這就是你的佛緣。你也是佛，對草原人和草原上的藏獒來說，你是一個不穿袈裟不念經的佛，是外來的菩薩，你做著我們沒做到的事情，我還能躲在密靈洞裏不出來嗎？」

父親拉起了丹增活佛。他們騎著各自的馬，朝著藏巴拉索羅神宮走去。

父親問道：「丹增活佛，麥書記真的把藏巴拉索羅交給了你嗎？」

丹增活佛不吭聲。

父親又問：「爲什麼不能把藏巴拉索羅拿出來，分給這些利用藏獒爭搶的人？」

丹增活佛搖頭說：「藏巴拉索羅是權力和吉祥，壞人得到了它，魔鬼就會泛濫，黑暗就會到來。」

丹增活佛看了看淺青色的東方天際，彷彿有了不祥的預感，皺起眉頭，念了一句父親聽不懂的經咒，打馬加快了腳步。

天正在放亮，好像首先是從打鬥場亮起來的，朦朧中對峙的雙方、休息了一夜的人和狗的眼睛，首先看到的，是躺在地上的五隻藏獒，三隻是東結古的，兩隻是西結古的，都死了。牠們本來都沒有死，只是被對方咬成了重傷，不能回到自己的領地狗群裏去。但一夜沒有人爲牠們止血，血就流盡了，性命也順便流走了。死亡讓黎明的到來和消失都加快了速度，人影和狗影、猙獰和殘酷、藏巴拉

索羅神宮和藏匿不出的麥書記的誘惑，一切都清晰起來，氣氛立刻緊張了。

散散亂亂的上阿媽騎手和領地狗群朝一起聚攏著，一夜的平靜之後，他們又顯得精神抖擻了。新的獒王已經產生，是上阿媽騎手的首領巴俄秋珠指定的，是一隻身似鐵塔的灰獒，有一對玉藍色的眼睛，名字叫恩寶丹真，就是藍色明王的意思。

東結古領地狗也都劍拔弩張，牠們的獒王大金獒昭戈望著打鬥場上死去的三隻東結古藏獒，悲憤地聳起渾身的獒毛，從胸腔裏發出陣陣呼嚕聲。

如果不是丹增活佛和父親出現在地平線上，打鬥已經開始了。

西結古騎手的首領班瑪多吉首先看到了從地平線上走來的丹增活佛和父親以及赭石一樣通體焰火的美旺雄怒，縱馬跑了過來。他跳下馬說：「回去吧丹增活佛，這裏不是你來的地方，現在已經不比從前了，他們不會聽你的。」

丹增活佛說：「我知道他們不會聽我的，但是佛不能不存在，我來了，怙主菩薩就來了，漢扎西也就不會到處找我了。」

班瑪多吉說：「你會引火燒身的，大家都知道，麥書記把藏巴拉索羅帶到西結古寺交給了你。」

丹增活佛說：「引火燒身好啊，那樣就升天，就涅槃了。」

班瑪多吉「啊」了一聲：「活佛你怎麼這麼說？」

丹增活佛爬下馬背，把韁繩交給了父親，自己徑直走向打鬥場。

草原上的藏獒跟草原人一樣，對穿著紫紅袈裟的僧人充滿了尊敬，更何況面前這位僧人還用一件達喀穆大披風證明了自己在喇嘛堆裏的尊崇地位。藏獒們紛紛搖起了尾巴，隨著丹增活佛的手勢，聽話地後退了幾步。

丹增活佛大聲念起了密宗祖師蓮花生大師心咒：「唵阿吽班雜咕嚕唄嘛悉地吽。」一連幾遍，又旋轉著身子，聲音朗朗地問道：「哪一隻藏獒還要打呢？過來跟我打。」

在場的三群領地狗鴉雀無聲，所有藏獒的眼睛都明晃晃地望著他，流溢著和平的光亮。

丹增活佛抬起了頭，目光灼人地望著來自上阿媽、東結古、西結古草原的三方騎手，聲音嚴厲地問道：「哪一個騎手還要打？過來跟我打。」

所有騎在馬上的騎手，都已經滾鞍下馬，包括上阿媽騎手的首領巴俄秋珠，包括東結古騎手的首領帕嘉。他們和藏獒一樣，對丹增活佛畢恭畢敬。但藏獒恭敬是誠實的，人卻不盡相同，大部分騎手出於他們至死不改的信仰，有一些騎手卻僅僅因爲習慣。習慣讓他們滾鞍下馬，卻不能讓他們一如既往的虔誠和聽話。

巴俄秋珠走了過去，哈著腰，低著頭，說話的口氣也是柔和綿軟的：「尊敬的佛爺，你來了，你要求我們走，我們當然應該聽你的話。可是，可是，你知道現在和從前不一樣了，還有人說話比你更有力量，我們不得不聽啊。」

有人喊起來：「麥書記，麥書記，藏巴拉索羅，藏巴拉索羅。」這是提醒巴俄秋珠。

巴俄秋珠把腰哈得更低了，說出來的話柔裏有剛：「保佑啊佛爺，保佑我們上阿媽人把神聖的藏巴拉索羅獻給北京城裏的文殊菩薩，不得到藏巴拉索羅，我們是不走的。」

丹增活佛說：「看樣子你是要和我打鬥了，那就打吧。」說罷，大聲念起了金剛薩埵摧破咒，念著念著，舉起雙手，在空中、額前、胸間連拍三下，然後仆倒在地，朝著巴俄秋珠，磕了一個等身長頭。所有的騎手都驚叫起來。草原上年年月月都是牧民給活佛磕頭，哪裡見過這麼大的活佛給別人磕頭！

巴俄秋珠承受不起，匍匐到地上，一臉的惶恐不安：「啊唷，你別這樣，佛爺你別這樣。」一個是上阿媽公社的副書記，一個是西結古寺的住持活佛，兩個人頭對頭地趴在地上，都在祈求對方，都不想在沒有得到對方的允諾之前爬起來。誰先爬起來，誰就接受了對方的膜拜，就意味著允諾對方的祈求而放棄自己的祈求。

巴俄秋珠說：「善良的佛爺啊，你看見死去的藏獒了吧？你肯定知道來到這裏的藏獒還會死，你是明白怎樣才能救牠們的。救救牠們吧，把麥書記交出來，把藏巴拉索羅交出來，我們就回去了，藏獒就不死了。」他嘴對著地面，粗氣吹得草葉沙沙響。

丹增活佛說：「麥書記是來過，但是又走了。」他也是嘴對著地面，卻沒有吹出草葉的響聲來。

巴俄秋珠說：「不會吧，西結古草原建起了保衛藏巴拉索羅的神宮，這就是證據。」

丹增活佛說：「麥書記是青果阿媽州的書記，救苦救難的漢菩薩，他離開了西結古寺，我們不放心，就建起神宮祈禱保佑他平安無事。念經吧，行善吧，祈求吉祥加身吧，爭搶是沒有用的，感動昂拉山神、礱寶山神、黨項山神以及億萬個綠寶石兕暴贊神和白水晶夜叉鬼卒保佑的時候，麥書記自然會來到你們身邊。」

巴俄秋珠說：「正是要祈求吉祥加身的，在麥書記和藏巴拉索羅沒有來到我們身邊之前，我們還請佛爺給我們指明方向，麥書記和藏巴拉索羅到底在西結古草原的什麼地方？」

丹增活佛說：「我們的圓光顯示，麥書記已經沒有藏巴拉索羅了。」

巴俄秋珠說：「佛爺說到圓光，那就再來一次圓光吧，我們相信你，但更願意相信神聖的圓光占卜。你最好讓我們親眼看到它已經不在麥書記手中。」

丹增活佛說：「不不，這裏沒有尊勝的佛菩薩像，沒有格薩爾王的畫像，沒有切瑪和青稞，沒有藥寶食子，沒有三白和三甜，沒有吉祥八寶，沒有供養神靈的金豆銀餅、珍珠瑪瑙，更重要的是，沒有銀鏡，沒有七彩的綢緞。」

巴俄秋珠說：「這裏有藏巴拉索羅神宮，正如你說的，祈求的聲音可以讓昂拉山神、礱寶山神、黨項山神聽到，可以讓億萬個綠寶石兇暴贊神和白水晶夜叉鬼卒前來顯靈。俗話說，神聞香即可，佛聞聲即樂，獻給神靈的供養，可以是我們的經聲和香火，而七彩的綢緞，是可以用袈裟來代替的。至於銀鏡，沒有也就算了，當神諭顯現的時候，佛爺的指甲蓋和一碗清淨水，足可以讓我們心領神會。」

丹增活佛還是不願意。巴俄秋珠撕住丹增活佛的袈裟，自己跪起來，也讓對方跪起來，口氣堅定地說：「你不能在這裏圓光，那我們就去西結古寺，現在就去。」丹增活佛不想讓這些已經不怎麼虔敬佛神的騎手踐踏那片神聖的淨土，他不吭聲了。

很快就有人端來了一碗清水，清水來自草原窪地的積水，有幾個小小的水蟲遨遊在裏面。丹增活佛脫下袈裟，蓋在了水碗上面，又從袖筒裏拿出一塊作爲手帕的黃緞子，包住了自己的右手大拇指，然後就是面對神宮的盤腿打坐和入定觀想。他奮力進入深度虛空，觀想著多獼草原上的多獼鎮，一聲比一聲大地念誦著大白傘蓋堅甲咒：「吽瑪瑪吽涅嗦哈。」而在他的右首，簇擁著上阿媽騎手，在他的左首，排列著東結古騎手。先是上阿媽騎手的首領巴俄秋珠大聲吼喊著：「藏巴拉索羅，藏巴拉索羅。」接著，所有上阿媽騎手和東結古騎手都喊了起來，最後連西結古騎手也參加了進來，好像是一場比賽，誰的聲音大，圓光裏顯現的藏巴拉索羅就應該屬於誰。

丹增活佛專注一心，大汗淋漓，調動全部的內力保持自己和神靈的聯繫，最後清楚地看到昂拉山神、礱寶山神、黨項山神以及許許多多綠寶石兕暴贊神和白水晶夜叉鬼卒都來到了自己面前，便用一聲狂猛洪亮的獅子吼，結束了觀想。

丹增活佛一結束，騎手們也都停止了喊叫，都用期待的眼光看著他。他站起來，又跪下，輕輕撫摸覆蓋著水碗的袈裟和裹纏著自己右手大拇指的黃緞子，對迫不及待走過來的巴俄秋珠說：「誰來看？這裏沒有小男孩，誰的心地是乾淨的，身體是清潔的，說話是誠實的？」

巴俄秋珠回頭看了看說：「那就是我了，我來看。」

丹增活佛笑笑，抬眼看西結古的首領班瑪多吉和東結古的首領帕嘉，他倆搶步來到跟前。丹增活佛望了望三方騎手的三個首領，慢慢解開右手大拇指上的黃緞子，然後一把掀掉了覆蓋著水碗的袈裟，大聲說：「看啊，你們仔細看啊。」

第二十四章　拐騙

多吉來吧告別死去的母狗，沿著那匹草原馬和那個藏民逸去的路線，追尋而去。

走了一夜又一天，當又一個黃昏來臨的時候，多吉來吧追上了高筒氈帽的藏民和草原馬。牠遠遠地看到藏民牽著馬穿過田野，走進了一個小村莊，想跟過去，聽到村莊裏傳來狗叫的聲音，就停了下來。牠臥在一棵矮小的樹下，舒展身子休息起來。休息夠了，就在田野裏找吃的。牠意外地捉到了一隻黃鼬，吞食完了，又在下風處堵截住了一隻兔子，又是一番饕餮，然後就睡了。

第二天太陽還沒出來，藏民就騎著草原馬走出了小村莊。多吉來吧跟了過去，越跟越近。

「你好啊，我叫巴桑，你叫什麼？」藏民高興地用藏語跟牠說。牠聽懂了，輕輕回應著靠近了一些。巴桑摸出一塊酥油丟給了牠，牠知道這是見面禮，聞了聞，舌頭一伸捲進了嘴裏。

多吉來吧跟著巴桑和草原馬，走過了一片片田野和一座座村莊。田野和村莊是永遠走不完的，牠經常會把疑慮深深的眼光投向巴桑和草原馬：你們真的是在走向草原嗎？走向青果阿媽草原、走向西結古草原嗎？巴桑知道牠在問話，卻不知道牠在問什麼，一臉不解地搖著頭。

草原馬開始也不知道，後來知道了，牠在巴桑下馬休息的時候，揚起四蹄，跑出去五十米又跑了回來。步幅是誇大的，身體是前衝的，姿勢是瀟灑的。跑出了一股蹄風，又帶出了一股身風。還有一個動作，那就是不時地朝著兩邊扭一扭，卻並不失去眼睛瞄準的直線。多吉來吧看懂了，那是只有在平闊的草原上才會有的跑姿，為了躲開隨時都會出現的鼢鼠洞和旱獺洞，草原馬養成了不時地朝著兩邊扭一扭的習慣。

草原，草原——草原馬用自己的身形語言，千真萬確地告訴多吉來吧，牠們前去的就是草原，那兒是草原馬肆意馳騁的故鄉。多吉來吧很激動，在牠的感覺裏，西結古草原是世界上所有草原的心臟，只要進入草原馬的故鄉，牠就有本事找到草原的心臟。

但在接下來的行程裏，草原越來越渺茫了。他們正在往越來越熱的低處走，而不是往越來越冷的高處走。記憶深處的草原，雲彩是低的，星星是大的，空氣是稀薄的，氣候是寒涼的呀。

多吉來吧再次把疑慮深深的眼光投向巴桑和草原馬，不懈地追問著他們：我們真的是在走向草原嗎？怎麼綠色越來越少了，氣溫越來越熱了，氧氣越來越多了？這次巴桑明白了，他轉過頭去，似乎不敢面對牠的逼問。他沒事兒似的唱起了歌。草原馬似乎也有了疑慮，牠在主人的催促下，腳步顯得遲疑，經不住主人再三吆喝才抬腿向前，留下多吉來吧瞇著眼睛發呆。

巴桑看到多吉來吧停了下來，回頭喊道：「嗳，藏獒你走啊。」

多吉來吧不聽巴桑的。巴桑又喊道：「你要去哪裡我知道，快跟著我來吧。」

這一天的行程裏，漸漸沒有了田野和村莊，沒有了夏季的綠色，臨近黃昏的時候，荒漠出現了。多吉來吧非常不安，牠從小就以綠色爲伴，沒見過這種一望無際的荒漠景觀。既然這裏沒有草，那就是離草原越來越遠了。牠再次停下來，想原路返回，巴桑卻對牠一再地招手說：「到了，明天就要到了。」一天之後，多吉來吧才明白不是草原到了，而是一個有人煙有房屋偶爾也有幾棵樹的地方到了。

這是一個被稱作蘇毗城的古城所在地，城牆的遺址是若斷似連的，樓門卻高挺完整。城裏城外堆積著一些石頭或土坯砌成的房子。巴桑來到一座木門敞開的石頭房子前，把馬拴在石頭的拴馬樁上，自己走到房子裏面去了。多吉來吧湊過去，臥在了草原馬的腿邊，四下裏打量著。牠很不喜歡這個地方，但是牠還想等一等，明天要是還往荒漠裏走，牠就堅決不走了。

巴桑從房子裏走了出來，跟他一起出來的兩個人，一見多吉來吧就驚叫起來。一個胖子說：「真的沒見過這麼大的狗，你說牠是藏獒？藏獒是不是狗？黑獅子吧？」

巴桑得意地笑了笑說：「那你就得出獅子的價錢了。」

一個瘦子說：「我們要的可是能把狼群攆跑的狗。」

巴桑說：「攆跑？牠可不會攆跑，牠只會把狼咬死吃掉。」

胖子說：「五十就五十，你把牠拴起來吧。」

巴桑說：「拴起來怎麼成？我從小就沒拴過牠，再粗的鐵鏈子也拴不住。」

胖子說：「那牠跑了怎麼辦？」

巴桑說：「藏獒什麼都不知道，就知道報恩，只要你餵牠，打死牠也不跑。」

瘦子進房拿了一塊熟羊肉出來，丟給了多吉來吧。多吉來吧警覺地站起來，看都沒看熟羊肉一眼，只是目光如劍地望著兩個陌生人。

胖子說：「看，牠不吃，就是不打算報恩了。」

巴桑說：「有空房子嗎？圈起來牠就吃了。」

瘦子和胖子對視了一下，一起走過去，打開了旁邊一間土坯房的門，然後迅速躲開了。

巴桑站到土坯房的門裏頭，朝著多吉來吧劃拉著手說：「過來，過來。」

多吉來吧不理他，牠爲什麼要聽他的？他又不是牠的主人。

巴桑想了想，對瘦子和胖子說：「牠是要守著馬的，你看牠責任心多強。」說罷從拴馬樁上解開馬轠繩，把馬拉進了土坯房，然後又一次劃拉著手說：「過來，過來。」

多吉來吧不看巴桑，看著馬，牠研究著草原馬眼睛裏的內容，猶猶豫豫地站了起來。牠對巴桑心存疑慮，但對草原馬是放心的。多吉來吧跟過去走進了土坯房，在這個異陌的地方，牠唯一熟悉的就是這匹馬和巴桑，牠只能和他們待在一起，不管在外面還是在房子裏。

巴桑快步走出了土坯房，想把馬拉出來，卻被跳過去的胖子一把奪過轠繩，攔腰抱住了他。

瘦子「嗖」地竄到門口，「嘩啦」一聲從外面關緊扣死了門。巴桑立刻意識到他們想幹什麼，大聲喊著：「土匪，你們是土匪。」

瘦子說：「你這個盜狗賊，一看就知道這狗是你偷來的，說，偷誰的？」

巴桑不說，和胖子摔跤。胖子渾身是肉，但都是重量而不是力量，巴桑一使勁，他就倒在了地上。他「哎喲哎喲」地叫起來。

瘦子扠著腰，也不上前幫忙，只是喊叫著：「打賊，打賊。」從木門敞開著的石頭房子裏頓時出來了十幾個人，不問青紅皂白，撲過去就打。巴桑轉身就跑，被一個眼疾手快的人一把撕住了氆氌袍。胖子爬起來，喊叫著：「打死他，打死這個盜狗賊。」

土坯房裏，多吉來吧和草原馬幾乎同時感覺到危險降臨。多吉來吧在草原馬驚慌失措的嘶鳴中跳了起來，撲向了木板門，用爪子抓了一下，又用頭頂了一下，知道木板是很厚的，抓不爛，也頂不開，就又撲向了牆壁。

牆壁是土坯的，多吉來吧試著用前爪搗了一下，就知道牠沒有水泥和石板的堅硬。牠直立而起，掄起前爪，又是搗，又是刨，牆泥和土坯嘩啦啦地掉落著，就像遇到了鐵杵的刨挖。牠想起在牠很小的時候，在黨項大雪山的山麓原野上，在送鬼人達赤把牠圈在壕溝裏的一年中，牠就是用前爪天天掏挖著溝壁，把兩隻前爪磨礪成了兩根無與倫比的鋼杵，隨便一伸，就能在石壁上打出一個深深的坑窩。而現在牠面對的只是土坯，雖然年紀大了，力量不如從前了，但「鋼杵」並沒有變糟變鈍，很快就是一線光明，接著就是一圈光明，接著就是一片光明。

多吉來吧跳出來了。

十幾個人還在毆打巴桑。巴桑滾翻在地，一聲比一聲慘烈地喊叫著。突然叫聲變了，變成了胖子的慘叫，又變成了瘦子的慘叫。多吉來吧虎跳鷹拿，電閃雷鳴。牠用搏殺野獸的速度和技巧，一個不落地咬傷了所有兇手，卻沒大開殺戒咬死一人。牠知道咬死人是要償命的，牠不能讓巴桑償命。

那些人帶著傷痕吱哇亂叫著跑散了。巴桑爬起來，驚訝地看著咆哮不止的多吉來吧，又看看房牆上那個掏挖出來的大洞，一把抓住自己的頭髮，狠狠地揪了揪。

多吉來吧停止咆哮望著他，以爲他是在找帽子，就把滾到地上的高筒氈帽叼起來送了過去。巴桑接過氈帽，還是揪著頭髮：「後悔啊，我真是後悔啊，這麼好的藏獒我怎麼要賣給他們。」

這時，草原馬把頭伸出牆洞嗚嗚地叫著。巴桑一瘸一拐地過去，打開鐵扣推開了門。草原馬忽地衝出來，跑出去二十多米又跑回來，站在多吉來吧和巴桑之間，警惕地昂揚著頭顱。巴桑抓起拖在地上的馬韁繩，爬上馬背，招呼著多吉來吧：「快走啊，快離開這個土匪窩。」

巴桑害怕那些人追上來報復，遠遠地離開蘇毗城，走向了荒漠中的黑夜。

巴桑突然想家了，本來前天他就能到達家鄉草原，為了出賣多吉來吧才多繞了兩天的路。現在他想把兩天的路變成一天的路，準備從荒漠的一角穿過去。幾年前他曾經走過這條路，便捷不說，還能遇到一小片一小片的荒漠綠洲，馬可以吃草，人可以喝水，最重要的是，他能在荒漠和草原的銜接處看到馬群。他是個在草原上人所不齒的盜馬賊，他的生活就是把盜來的馬賣給草原以外的漢人。

他騎在馬上，回頭看看緊緊跟在馬後面的多吉來吧，喟歎一聲說：

「我賣了你，你還要救我，我今生今世是不如你了，來世也不如你。來世你就是一個人，而我罪孽深重，很可能是一隻狗，是漢地那些沒人要的狗，我就是做狗也不如你啊！你看你多好，跟著誰誰就喜歡你。我要把你帶到家鄉去，讓那些瞧不起我的牧民看看，我有藏獒啦。不過我沒有牛羊沒有帳房，養一隻藏獒有什麼用？我要把藏獒賣給牧民，三十隻羊的價、七頭犛牛的價，三匹好馬的價，哈哈，我發財啦。藏獒你可不要離開我，我是個走南闖北的人，我知道只有青果阿媽草原和康巴草原才生長著獅子一樣的大藏獒，你是哪裡的獅子藏獒？是青果阿媽草原的，還是康巴草原的？」

多吉來吧突然衝著巴桑叫了一聲，打斷了巴桑的嘮叨。牠不喜歡巴桑嘮叨，巴桑的嘮叨干擾了牠的注意力，讓牠無法仔細分辨從三十里以外傳來的聲音和氣味到底是狼的還是狗的。多吉來吧悄悄地離開了巴桑和馬，在一百米遠的地方和他們平行前進。空氣中的聲音和氣味單純多了，沒有了巴桑的，也沒有了馬的，只有那在夜色中潛伏著和靠近著的：狼，還有狗。

狼和狗的味道都來了，淡淡的，淡淡的，而聲音卻全然消失。寂靜是危險逼臨的前奏：狼來了，狗來了。多吉來吧實在搞不明白：怎麼狼和狗一起來了？

第二十五章 大黑獒果日

藏巴拉索羅神宮前，西結古領地狗群裏，大黑獒果日悄悄地離開了自己的同伴。牠是尼瑪和達娃的奶奶，對尼瑪和達娃的味道比誰都敏感。牠並不知道寄宿學校發生了什麼，奇怪尼瑪和達娃的味道怎麼會從野驢河下游草場的方向傳來，但牠卻知道凶險、陰毒和暴虐。已經發生的並不重要，重要的是即將發生和正在發生的。

大黑獒果日無聲而迅疾地穿過原野。臨近野驢河下游草場的時候，牠和桑傑康珠不期而遇。桑傑康珠在馬背上衝牠吆喝了一聲。大黑獒果日則發出一聲響亮的吠鳴，既是回應，也是提醒：看啊，看啊，我們的前面是什麼！他們的前面，有一頂帳房，有幾個騷動的小黑點，那是勒格紅衛和地獄食肉魔正在咬殺守護帳房的藏獒。

桑傑康珠生怕大黑獒果日成爲地獄食肉魔的口下新鬼，立刻制止牠：「別叫，千萬別叫。」但大黑獒果日已經聞到尼瑪和達娃的氣息就在前面，吼叫著狂奔而去。桑傑康珠打馬緊緊地跟在了後面。

帳房的主人不在家，大概是到藏巴拉索羅神宮前爲西結古藏獒助陣去了。看家的藏獒已經倒在血泊中，還在喘氣，但注定是要死了。勒格紅衛和地獄食肉魔站在將死藏獒的旁邊，警惕地望著大黑獒果日。

大黑獒果日突然停下，舉著鼻子呼呼地嗅著。桑傑康珠飛身下馬，來到血泊跟前，俯下身子摸了摸那藏獒，渾身抖顫著說：「牠有什麼罪啊，你們要這樣對待牠。」

勒格紅衛說：「頭人的幫兇，一個牛鬼蛇神，早就該死了。」

桑傑康珠站起來，拔出藏刀，意識到那是沒用的，突然就吼起來：「你殺死了那麼多藏獒，就不怕我吃掉你？」

勒格紅衛瞪圓了眼睛，奇怪地望著她，意思是：妳能吃掉我？

桑傑康珠說：「我真想吃掉你，真想變成一張大嘴吃掉你。」

桑傑康珠被自己的話驚呆了，因爲她無意中說出了一個創世的傳說：最早最早的時候，青果阿媽草原生活著一張大嘴，它吃掉了所有的男人，吃掉了所有男人的心，它就是女人的陰戶。桑傑康珠攥了攥拳頭，心說大嘴，大嘴，我就是那張大嘴。

這時，大黑獒果日發現尼瑪和達娃就在勒格紅衛的胸兜裏，牠跳起來，撲上去。尼瑪和達娃也聞到了奶奶的味道，拼命地哭喊著。

桑傑康珠跳下馬來，著急地喊著：「果日，果日，回來，不要去送死。」大黑獒果日哪裡會聽她的，越跑越快，突然呼嘯而起，直撲勒格紅衛的胸懷。勒格紅衛身後的赤騮馬驚得轉身就跑，拉倒了攥著韁繩的主人。大黑獒果日跳上去就要撕開皮袍的領口，卻被一股橫逸而來的巨大力量推了一下，不由自主地歪倒身子，一口咬在了草皮上。

等大黑獒果日爬起來，準備再次撲過去時，發現面前站著一隻跟自己的丈夫多吉來吧一樣有著漆黑如墨的脊背和屁股、火紅如燃的前胸和四腿的大公獒。牠愣了一下，恍然覺得牠就是自己的丈夫，定睛一看又不是，張嘴就咬。

地獄食肉魔忍讓地後退著，牠是公獒，牠不能咬母獒，最多只能撞翻牠。牠從撲鼻而來的氣息中已經知道這隻母獒和主人胸兜裏的兩隻小藏獒的血緣關係，也知道主人的意志裏絕對沒有放棄兩隻小藏獒的可能，所以牠的後退非常有限，牠寧可受到傷害也要守護在主人的身邊。好在牠的皮肉有著一般藏獒沒有的厚硬，牠讓大黑獒果日老而不利的牙齒咬了好幾下，都沒有咬出血來。

被赤騮馬拉倒的勒格紅衛站了起來，看到大黑獒果日暴怒不已的架勢和胸兜裏兩隻小藏獒的反應，就知道牠是兩隻小藏獒的親人，但到底是祖母還是外祖母，他就無法辨清了。他咕嚕一句：「果日，大黑獒果日。」突然意識到地獄食肉魔應該就是大黑獒果日的親外孫，不禁有些激動，心想牠們已經互相不認識了，說明他的「大遍入」法門是成功的，這個法門教給藏獒的，除了兇惡，就是翻臉不認人。勒格紅衛想著，轉身跑向了赤騮馬。

兩隻小藏獒被勒格紅衛兜得很緊，牠們撕咬著牠的皮袍，揪心地哭喊著。大黑獒果日愈加煩躁暴怒，朝著勒格紅衛一連撲跳了幾次，不是被地獄食肉魔攔住，就是被牠撞翻在地。看到勒格紅衛騎上了馬，帶著尼瑪和達娃迅速離去，大黑獒果日無助地哭起來。

哭泣的時候，大黑獒果日想起了丈夫多吉來吧，要是多吉來吧還在西結古草原，尼瑪和達娃就不會被綁架了。似乎對多吉來吧的呼喚得到了回應，大黑獒果日突然聞到了一股熟悉的親緣的味道，轉眼又變成了一股透徹心肺的哀痛。牠想不到親緣的味道來自地獄食肉魔，地獄食肉魔實際上不僅是牠的親外孫，還是尼瑪和達娃的哥哥，還以爲那親切迷醉的味道來自思念。有那麼一個瞬間，牠感覺到那親緣的味道來自地獄食肉魔，又以爲是尼瑪和達娃把自己的味道蹭到了地獄食肉魔身上。

地獄食肉魔身上的親緣之氣越濃，大黑獒果日就越是悲傷，牠悲叫一聲，跪下了。大黑獒果日兩隻前腿彎曲著，下巴匍匐在地，後腿翹起來，「嗚嗚嗚」地哭泣著，屈辱地跪倒在了親外孫地獄食肉魔面前，跪倒在了被「大遍入」的法門和復仇的欲念以及一場地覆天翻的運動搞昏了頭的勒格紅衛面前。

天低了，草濕了，一隻母性藏獒的哭求跪拜讓不遠處的野驢河愕然停止了流淌，嘩啦啦的聲音消失了，一切都平靜著，只有大黑獒果日為了孩子的哭聲在草原上迴盪。地獄食肉魔愣了一下，不禁後退了好幾步。

桑傑康珠丟開青花母馬的韁繩，疾步走來，生氣得眼裏冒著烈火、臉上泛著綠光，瞪著勒格紅衛喊起來：「你人的不是，人的不是，連大黑獒果日都給你下跪了，快把尼瑪和達娃交出來。」

勒格紅衛望著大黑獒果日，似乎心軟了，唉歎一聲，跳下馬，手伸進胸兜，抓出達娃，放在了地上。

他說：「公的我留下，母的妳帶走。」

桑傑康珠說：「兩個，把兩個都交出來。」

他又說：「母的走開，母的走開。」

勒格紅衛抱緊胸兜裏哭泣的尼瑪，再次踢了踢地上的達娃。達娃抬頭看了看他的胸兜，用叫喊回應了一聲哥哥尼瑪的哭泣，望著奶奶大黑獒果日跑了過來，跑著跑著突然又停下了，返身跑了回去，仰頭望著勒格紅衛隆起的胸兜，一聲比一聲淒慘地乞求著：放了哥哥，放了哥哥，我要和哥哥在一起。

地獄食肉魔走過來，舔了一口達娃，像是安慰，又舔了一口主人，像是代為討饒。勒格紅衛一把抓起達娃，重新放回了胸兜，故意使勁拍了拍牠們，讓牠們發出了一陣更加淒慘的哭叫。地獄食肉魔覺得這樣是對的，只要不把小兄妹藏獒分開，放走和留著就都是對的。牠前走幾步，繼續惡狠狠地監視著實際上是牠外婆的大黑獒果日，監視著桑傑康珠。

桑傑康珠長歎口氣，突然驅馬離去了。

被紅額斑狼群驅趕的白蘭狼群意外發現了寄宿學校，黑命主狼王在下風處臥下來，命令白蘭狼群臥下來，一邊休息，一邊觀察面前這個有不少孩子的地方，到底有多少藏獒在守護，有多少大人在陪伴。

觀察是隱蔽而持久的，狼群有效地利用著草叢和土丘隱藏自己，牠們輪換著睡覺，耐心地等待一兩個孩子脫離學校的機會。牠們只看到寄宿學校的帳房之前，趴臥著幾隻大藏獒，不知道牠們都是傷殘者，有的甚至正瀕臨死亡。牠們一貫機警，哪裡知道人類自相殘殺給牠們提供了千載難逢的復仇機會。

寄宿學校孩子們的安危取決於狼群是否覺醒。

紅額斑頭狼趕走了白蘭狼群，率領自己的狼群，一心一意地跟在勒格紅衛和地獄食肉魔後面，繼續那種坐收漁翁之利的奔忙。牠們沿著野驢河，來到牧草豐美、地勢開闊的下游草場，愜意地遠觀了五六次地獄食肉魔對那些看家藏獒或牧羊藏獒的咬殺，更加愜意地吃喝了十幾隻藏獒的血肉，然後追蹤著地獄食肉魔走出了野驢河下游草場。

跑在最前面的紅額斑頭狼突然停下了。牠支稜起耳朵聽了聽，立刻從低窪處跑上了一處臺地，驚訝地盯著遠方，舉起鼻子嗅了嗅，然後輕輕咆哮了一聲，讓狼群裏的幾匹有經驗的狼都來聽聽。幾匹狼舉著鼻子嗅起來，不停地抖動著耳朵，好像一種聲音正在刺激著牠們敏感的聽覺。

意思顯然是相同的：來了一股大狼群，是從上阿媽草原過來的。怎麼上阿媽的狼群跑到西結古草原來了？紅額斑頭狼琢磨著，突然警醒：西結古草原的藏獒都忙著抵抗、忙著犧牲去了，誰還來管狼？外來的狼群哪有不乘虛而入的？

紅額斑頭狼看了看漸行漸遠的勒格紅衛和地獄食肉魔，遺憾似的長嗥了一聲：不能再跟著他們去吃藏獒肉了，該放棄的便宜還是要放棄。西結古草原的藏獒正在一隻隻被外來的藏獒殺死，攆走外來狼群就只能靠牠們了。

紅額斑頭狼率領狼群朝前跑去，一小時後，牠們從三面圍住上阿媽狼群。上阿媽狼群轉身就跑，紅額斑狼群緊追不捨。草原一片迷茫。

第二十六章　至高無上

三方騎手的三個首領班瑪多吉、巴俄秋珠和帕嘉，瞪大眼睛看著，看清楚了丹增活佛右手大拇指指甲蓋上顯現的圖畫，也看清楚了水碗裏的影像，那是一把明光閃閃的寶劍。

丹增活佛瞪著寶劍，一聲歎息。

帕嘉和巴俄秋珠還有班瑪多吉齊聲叫道：「格薩爾寶劍！」

丹增活佛起身，雙手合十，喃喃自語道：

「大家都知道，在我們的語言裏，『藏巴拉』是財神，代表著吉祥、寧靜、幸福的生活和充裕的財富，『索，索，拉索羅』意味著祭神的開始和人與神共同的歡喜，它在古老的吐蕃時代就進入了我們的傳說。傳說中的藏巴拉索羅，是所有最顯赫的善方之神集合最圓滿的法門提供給眾生的最方便的極樂之路。而在另一個傳說裏，藏巴拉索羅又代表了兇神惡煞的極頂之凶和極頂之惡。善方之神和兇神惡煞都曾經是西結古草原乃至整個青果阿媽草原的主宰，極樂之路和極頂之惡共同管理著人的靈魂和肉體，成爲原始教法時期和雍仲苯教時期提供給佛教的基礎。大乘佛法的金頂大廈從印度飛來，落在了這個基礎上，就有了寧瑪、薩迦、噶舉、覺朗、格魯等等法門。這些法門都把藏巴拉索羅看成是神佛意志的最高體現，剝奪了兇神惡煞運用藏巴拉索羅表現極頂之凶和極頂之惡的權力，成就了降福於人間的無上法音。」

丹增活佛靜默片刻，又說：「再後來，靠著觀世音菩薩、地藏王菩薩、大勢至菩薩和蓮花生的化身格薩爾王的力量，我們偉大的掘藏大師果傑旦赤堅，在一些殊勝的龍形山岡的包圍中，在當年格薩爾王的妃子珠牡晾曬過《十萬龍經》的地方，發掘出了蓮花生祖師親手修改和加持過的《十萬龍經》，同時發掘到的還有一把格薩爾寶劍，寶劍上刻著『藏巴拉索羅』幾個古藏文。於是格薩爾寶劍成了藏巴拉索羅的神變，它是和平吉祥、幸福圓滿的象徵，是尊貴、榮譽、權力、法度、統馭屬民和利益眾生的象徵。

在一次正月法會的圓光占卜中，包括西結古寺在內的青果阿媽草原上的所有寺院，都顯現了格薩爾寶劍，顯現了觀世音菩薩、地藏王菩薩、大勢至菩薩和格薩爾王的聖像，也顯現了神菩薩護持著的美好未來。草原上的大德高僧、千戶和百戶以及部落頭人，按照圓光占卜的啓示，把格薩爾寶劍獻給了當時統領整個青果阿媽草原的萬戶王，對他說：『你篤信佛教你才有權力和吉祥，也才能擁有這把威力無邊的格薩爾寶劍。』從此，世世代代的草原之王，就像愛護他們的王位一樣愛護著格薩爾寶劍，他們知道失去了寶劍，就等於失去了臣民的信仰、失去了地位和權力。後來萬戶王的傳承消失了，格薩爾寶劍被西結古寺迎請供養。這是大家都知道的。

大家有所不知的是，十多年前，麥書記來到了青果阿媽草原，他是個好人，他能夠用他的權力守護生靈、福佑草原。在經過圓光占卜之後，我們選擇了一個蓮花生大師通過雷電唱誦經咒的夜晚，懇請麥書記來到西結古寺，當著三怙主和威武秘密主的面，把格薩爾寶劍獻給了他。我們對他說，它就是藏巴拉索羅，你要用你的生命珍藏它。」

丹增活佛合十閉目，寶相莊嚴。所有的騎手包括藏獒受到感染，內心和面目都一片肅穆。良久，才聽到上阿媽騎手的首領巴俄秋珠聲音從寂靜中傳來，陰沈而堅定。

巴俄秋珠說：「世道變了，麥書記已經不能帶來吉祥，他不配擁有藏巴拉索羅了！」一句話喚醒了其他人，東結古騎手的首領帕嘉說：「是啊，只有北京的文殊菩薩才能帶來吉祥，才配擁有藏巴拉索羅。」

巴俄秋珠又說：「找到麥書記，拿回藏巴拉索羅，去北京獻給文殊菩薩，是神的意思。佛爺，您不能違背，您必須交出麥書記。」

一陣爆起的響聲倏然移轉了他們的眼光。是馬隊的馳騁和獒群的奔跑，剛一出現，就在二百米之內，說明這些人和藏獒隱藏在附近已經很久了。東結古騎手和上阿媽騎手一陣慌亂，他們的領地狗群也不知所措，只是一陣狂吠。

只有西結古騎手和西結古領地狗知道自己應該幹什麼，只要是外來的，就意味著侵犯；唯一的選擇只能是保衛。轉瞬之間，西結古騎手翻身上馬，密集地圍住了東西南北四座藏巴拉索羅神宮。獒王岡日森格也帶著領地狗群，井然有序地挺立在了西結古騎手的前面。

馬隊和獒群迅速靠近著，他們從西邊跑來，繞開打鬥場分成了三部分：一部分衝向了上阿媽的人和狗，一部分衝向了東結古的人和狗，一部分衝向了西結古的人和狗。父親騎馬站在西結古騎手的行列裏，有些奇怪：這不是多獼騎手和多獼藏獒嗎，他們的人和狗並不多，爲什麼還要分成三部分？難道他們狂妄傲慢到對誰都要仇恨，對誰都要進攻？

誰也沒有發現蹊蹺，除了西結古獒王岡日森格。岡日森格比父親更早地認出了對方是多獼騎手和多獼藏獒，更早地對他們的兵分三路產生了疑惑，牠看出三路人狗都是佯攻，主攻的是第四路人馬——多獼騎手的首領扎雅帶著另外兩個騎手，他們直撲打鬥場的中央、剛剛結束圓光占卜的地方。

那兒現在還站著兩個人：一個是丹增活佛，一個是上阿媽騎手的首領巴俄秋珠。

多獼騎手的首領扎雅和另外兩個騎手衝撞而來，撞倒了丹增活佛和巴俄秋珠，讓馬蹄翹起來，毫不留情地砸向了巴俄秋珠。馬蹄落下來了，巴俄秋珠眼看要被馬騰起的馬蹄踢死踏死了。

岡日森格撲上去了，牠用自己雖然受傷卻依然鐵硬的獒頭，抵住了鐵掌晶亮的馬蹄。那馬一個趔趄，差一點把多獼騎手掀到地上。岡日森格接著還是撲跳，撞走了另外一匹馬。巴俄秋珠安然無恙，這個曾經在西結古草原光著脊梁跑來跑去的人，被岡日森格毫不遲疑地救了下來。

但是這還是佯攻，真正的目標是丹增活佛。多獼騎手的首領扎雅從馬背上俯下身子，一把抓住了丹增活佛的袈裟，把丹增活佛拽上了馬背，立即掉轉馬頭，狂奔而去。

岡日森格追了過去，多獼騎手的目的已經達到，衝過去堵擋上阿媽人和狗、東結古人和狗、西結古人和狗的三路人馬，迅速撤了回來，在岡日森格面前形成了一道屏障。

巴俄秋珠從地上爬起來，望著迅速遠去的多獼騎手和多獼藏獒，吐了一口唾沫，吆喝上阿媽騎手追擊。與此同時，東結古騎手和東結古領地狗已經追了過去。只有西結古騎手原地未動，他們依然守在藏巴拉索羅神宮前，等待著外來的騎手還會拐回來。

他們執著地堅信，不祭祀神宮，沒有神的保佑，得到了丹增活佛，也得不到藏巴拉索羅。

外來的騎手果然拐回來了。先是帕嘉和東結古騎手，然後是巴俄秋珠上阿媽騎手。上阿媽騎手返回稍晚，是因爲巴俄秋珠有一陣猶豫，對祭祀神宮的必要，他心中掠過一絲疑慮。畢竟這已經是破四舊的時代了！

返回來的上阿媽領地狗碰見了西結古獒王岡日森格，牠們友好地衝牠打著招呼。一隻身似鐵塔的灰獒走到牠跟前，跟牠碰了碰鼻子，似乎是一種自我介紹：我是藍色明王恩寶丹真，上阿媽領地狗的新獒王。岡日森格知道牠們是來感謝的，感謝牠救了巴俄秋珠的命。

岡日森格回到西結古騎手跟前，看到父親和班瑪多吉正在激烈爭吵。班瑪多吉責怪父親叫來了丹增活佛。

父親說：「我不想看到藏獒一個個死去，必須有人出面制止，麥書記失蹤了，你又不頂用，我只能去請丹增活佛。」

班瑪多吉說：「丹增活佛來了藏獒就不死了？他來了連他也得死。」

父親問道：「丹增活佛會死嗎？」

班瑪多吉說：「他要是成了別人的活佛，他就等於死了。」

父親吃驚得把眼睛瞪到了額頭上：「他本來就不光是我們西結古草原的活佛，他是所有人的活佛，誰信仰他，他就是誰的活佛。」

班瑪多吉心中感歎道：「單純的漢扎西你哪裡知道，這是一場嚴肅的奪權鬥爭！」

就在班瑪多吉和父親爭吵的時候，對面的上阿媽陣營裏，騎在馬上的巴俄秋珠正在怒氣沖沖地訓斥自己的領地狗群：

「岡日森格救我，是因爲我小時候是西結古草原的人，我後來成了上阿媽草原的人，現在又是上阿媽公社的副書記，你們爲什麼不救我？我真替你們害羞，你們是幹什麼吃的，就會跑過去討好人家，你看人家那個高傲的樣子，理你們了沒有？以後不准你們跟西結古的藏獒碰鼻子，除非他們把藏巴拉索羅交給我們。」又朝著藍色明王恩寶丹真說，「你現在是新獒王，要是你不好好表現，就算我不罷了你，領地狗群也會讓你滾蛋。下來就要打了，你給我上場，就挑戰牠們的獒王，那個獒王已經老了，你肯定能贏牠，只要贏了牠，這個世界上就不會再有藏獒不服你了。」

也不知上阿媽領地狗們聽懂了巴俄秋珠的話沒有，但恩寶丹真顯然是聽懂了，牠朝打鬥場走了幾步，突然又停下來，扭頭用一種研究者的神態迷茫地望著巴俄秋珠，「呵呵」地輕聲叫了兩聲，口氣裏充滿了疑問：西結古草原的獒王可是救了你的命的，我怎麼能挑戰牠呢？恩寶丹真當然不懂「恩將仇報」這個詞，但卻從骨子裏、從遺傳的本能中知道，無論誰，只要對自己、對自己的主人有救命之恩，就再也不能以恨相見、以牙相對了。

巴俄秋珠看恩寶丹真猶猶豫豫不肯向前，就晃了晃馬鞭，督促道：「上啊，你給我上啊。」恩寶丹真還是不動，牠的疑惑是根深蒂固的，人越是忘恩負義牠就越是疑惑：不對吧，搞錯了吧，我們藏獒可從來沒有這樣過。巴俄秋珠甩著馬鞭抽起來。恩寶丹真不躲不閃，用一對漂亮的玉藍色的眼睛固執而單純地遞送著越來越深刻的疑惑。

巴俄秋珠吃驚地叫起來：「哎，你到底是怎麼了？」

父親在對面喊起來：「那個甩鞭子的巴俄秋珠，怎麼能這樣對待藏獒？」

沒想到他的話反而是火上澆油，巴俄秋珠抽打得更猛烈了。父親二話不說，抬腿跑了過去，根本就沒有想到可能招惹對方藏獒的攻擊，因爲這次闖入不是援救死傷的藏獒，明顯帶著挑釁的意圖。

美旺雄怒「嚓」的一聲，像箭一樣射了出去，卻發現岡日森格比自己還要快地跟上了父親。岡日森格在打鬥場的邊緣用自己的身子擋住了美旺雄怒，牠已經看出來了，上阿媽領地狗不會撕咬漢扎西。

的。」

父親站到巴俄秋珠面前，怒目而視：「不要打了。」

巴俄秋珠冷笑著說：「這是我們上阿媽的藏獒，我想打就打，你管得著嗎？」

父親說：「你這個『光脊梁的孩子』，你這個忘恩負義的傢伙，你忘了梅朵拉姆是怎樣對待藏獒的。」

巴俄秋珠說：「你別給我提梅朵拉姆，我今天這個樣子正是因爲梅朵拉姆。」說著又抽起來。

父親跳到馬前，雙手攥住巴俄秋珠緊握馬鞭的手，把馬鞭奪了過來。

上阿媽領地狗群動盪了一下，但沒有撲過來。巴俄秋珠揮手慫恿著領地狗群：「快啊，上，就像撕咬敵人的藏獒一樣，把他給我咬出去。」

上阿媽領地狗群再次動盪了一下，還是沒有撲咬。巴俄秋珠急了，跳下馬，跑前幾步，朝著恩寶丹真狠狠踢了一腳，打了一拳，又把牠朝著父親推搡。他罵道：「叛徒，叛徒，你是上阿媽的藏獒，還是西結古的藏獒？要是不聽話，就給我滾。」

父親看著恩寶丹真，他相信牠完全聽懂了，不然牠不會熱淚滾滾。牠朝著父親走來，知道自己面臨著兩個選擇：要麼撲向父親撕咬，要麼跟著父親離開上阿媽領地狗群。但離開顯然是不可能的，對於做了叛徒的藏獒，不僅上阿媽領地狗群會咬死牠，西結古領地狗群也會咬死牠。

恩寶丹真熱淚滾滾地撲了過來，撲到父親身上張嘴就咬，卻只咬在空氣裏、咬在衣服上，絲毫沒有傷及皮肉，每一次咬合都好像是一次纏綿的解釋：你奪走了他的馬鞭，你是爲了我，我怎麼能對你下狠手呢？

火焰紅的美旺雄怒又要如響箭一樣射過去保護父親，西結古獒王岡日森格再次攔住了牠，用濕漉漉的鼻息說：現在是假咬，我們一過去，說不定就變成真咬了。然後向著父親呼喚：回來吧，趕緊回來吧。

父親回來了，餘怒未消地詛咒著巴俄秋珠。岡日森格看他手裏還攥著奪下來的馬鞭，一口叼過來，跑過去，放在了打鬥場的中央。恩寶丹真心領神會地撲向馬鞭，叼起來，走過去交給了巴俄秋珠。

巴俄秋珠接過馬鞭，看了看父親，示威似的再一次狠抽了恩寶丹真一下。

父親大聲喊著：「殘害藏獒的人，你會遭報應的。」

這時傳來一陣響亮的笑聲，是東結古騎手的首領帕嘉發出的嘲笑，他嘲笑父親，也嘲笑巴俄秋珠：「今天我遇到菩薩了，你們的藏獒怎麼能跟菩薩鬥？回去吧，上阿媽的騎手們，藏巴拉索羅是不屬於你們的。」

巴俄秋珠惱羞成怒地說：「你不要囂張，我認識你，你是東結古公社的民兵隊長，你有什麼資格跟我說話，我們不對等嘛。」他把「資格」咬得很重，意在強調自己是上阿媽公社的副書記。

首領帕嘉笑得更響了，朗聲說：「等我們拿到了藏巴拉索羅，你就知道不對等的到底是誰了。」

這樣的口水仗讓東結古的獒王大金獒昭戈不耐煩，「轟轟轟」地吼起來，蓋過了所有人的聲音。騎手們誰也不說話了。大金獒昭戈走到了打鬥場的邊緣，把尖亮如刀的眼光射向了西結古獒王岡日森格。

第二十七章 大漠群狼

當狼和狗的味道混雜而來時，多吉來吧的行進變得屏聲靜息，輕手輕腳。空氣詭譎起來，陰謀在黑暗中發酵，變成了密如星星的針芒，從身前身後所有的地方刺激著牠。牠無聲地小跑起來，想跑到巴桑和草原馬的前邊去，一方面是想儘量遠一點地遏制住敵鋒，在一個萬無一失的地方保衛他們；一方面也是想給對方來個突然襲擊，在對方以爲離目標還遠著的時候，從天而降，咬牠一個冷不防。牠本能地相信用潛行迎擊潛行的方法一定能夠奏效。

糟糕的是，巴桑雖然還沒有感覺到險惡正在到來，但他對大荒漠裏的黑夜有一種本能的恐怖，一發現多吉來吧不見了，就緊張慌亂地喊起來：「藏獒，藏獒，你在哪裡，藏獒？」多吉來吧想回應，剛要出聲又閉嘴了。牠依然健步小跑著，先是向前，然後右拐，埋伏在一座沙丘後面，朝著已經可以用嗅覺摸得著的敵群張開了血盆大口。

多吉來吧的身後，巴桑還在喊叫，突然不喊了，就罵起來。罵藏獒薄情寡義，無緣無故離開了自己，連個招呼都不打。罵自己愚蠢呆傻，專挑個黑夜走荒漠，那不是直接往狼嘴裏走嗎？罵著，他停了下來，不走了，原地佇立了一會兒，掉轉馬頭，往回走去。這時候，他又不害怕蘇毗城的人了，覺得離蘇毗城越近就越安全。但是他沒想到，就是自己這種不信任藏獒的舉動，打亂了多吉來吧的方略，也使自己陷入了凶險死亡的境地。

敵群已經近在咫尺了。多吉來吧匍匐在地，歪著頭把嘴埋進兩腿之間，只靠耳朵和鼻子確定著牠們的距離和數量，心裏還是那個疑問：怎麼又有狼，又有狗啊？牠不知道，蘇毗城新來了一幫外地人，他們喜歡吃狗肉，隔三差五就要殺一隻狗解饞，結果幾乎所有還活著的狗都逃離蘇毗城，投奔了狼群，幫著狼群一起撕咬牲畜。狼患成災，所以才有了巴桑要把牠賣給胖子和瘦子的舉動。

多吉來吧一邊感覺著狼和狗快速而無聲的靠近，一邊分辨哪是狼哪是狗，突然站起來，撲了過去。完全是飲血王黨項羅刹的戰法，一撲到位，前爪刺在一匹狼的眼睛上，利牙插在另一匹狼的脖子上，「咚」的一聲響，又「嗤」的一聲響，兩匹餓狼看都沒看清敵手是什麼樣兒就同時斃命了。

接著又是一次撲跳，這次牠撲向了一隻狗，撲向狗的力量比撲向狼的力氣還要大，因爲對方是一隻捲毛大狗，是一個讓多吉來吧百般鄙視的人類和狗類的叛徒。捲毛大狗知道自己不是對手，但並沒有逃跑，以同類之間從祖先就開始的不可消解的妒恨，迎敵而來，張嘴就咬。

多吉來吧火氣沖天，狂叫一聲，牙齒就來到了對方的喉嚨上。

多吉來吧第三次撲跳而去，又一匹狼倒下了，牠不絕如縷地嗥叫了七八聲才死掉。多吉來吧喘了一口氣，奮起智勇，準備繼續拼命的時候，發現自己已經被狼和狗組成的群體團團圍住了，藍閃閃、黃燦燦的眼燈亮了一片。更不妙的是，牠發現牠已經看不到巴桑和草原馬了。

牠跑上一座高高的沙丘，趕走了已經佔領沙丘制高點的三匹狼、一隻狗，揚頭眺望著，看到在牠走來的路上，荒漠朝著蘇毗城延伸而去的地方，又亮起了一片眼燈。那是另一股狼和狗的群體，不用說，牠們已經圍住了巴桑和草原馬。多吉來吧抖動胸毛打雷似的轟鳴起來，似乎在告訴巴桑：不要遠離我，靠近我，靠近我。

當轟鳴傳來的時候，巴桑並沒有意識到這是多吉來吧的聲音，他以爲天邊真的出現雷聲了，而前後左右圍堵著自己的狼狗之群，正是借了雷鳴的掩護突然出現在了這裏。倒是草原馬比主人更有靈性，立刻意識到了多吉來吧的存在，牠不聽主人的驅策，轉身走去。巴桑以爲馬被狼狗之群嚇壞了，使勁拽著韁繩，又拉轉了牠的身子，他還是以爲離蘇毗城越近就越是安全的。狼狗之群對他的想法瞭如指掌，把更多的大狼和大狗集中在了他的前面。

他向前二十多步，就再也走不過去了，而停下來的這個地方恰好是個窪地，四面的沙丘不高卻更適合狼和狗的撲咬。狼和狗密密麻麻排列在沙丘的脊線上，高處的可以撲到巴桑的喉嚨，低處的可以撲到馬的脖子，再低一點的可以撲到馬肚子。巴桑嚇壞了，草原馬揚起脖子長嘶起來，一聲接著一聲，牠這是報信給多吉來吧聽的：危險了，我們危險了。

多吉來吧聽到了草原馬的嘶叫，立刻意識到他們死亡已經臨頭，自己不能在這裏廝打下去了。牠四下裏觀察，看到狼狗之群嚴密地部署在牠和巴桑之間，不可能直接跑過去，連繞過去都不可能，左右都是密集的狼群。後面是狼狗之群的大本營，強烈厚重的狼和狗的臊味兒讓多吉來吧知道，對方只安排了一些老弱病殘把守。多吉來吧突然衝了過去，連嚇帶咬地摧破了圍攻，然後以最快的速度奔跑而去。

圍堵牠的狼狗之群嘩地一下動盪起來，追攆是牠們的本能。大荒漠的黑夜裏，一場賽跑開始了，多吉來吧在前，狼狗之群在後。距離漸漸縮小了，狼狗之群的速度比多吉來吧要快一些，牠們是荒漠裏的居民，習慣了在鬆軟的沙丘上奔跑，個個都是「沙上飛」，而多吉來吧總覺得爪子下面軟綿綿的，力氣越大就越使不上勁。更重要的是，牠必須拐彎，一個一百八十度的大轉彎，讓牠幾乎再次把自己投入到狼狗之群的中間。好在牠是要去救人救馬的，這比讓牠自己面對死亡還能激發牠潛藏在骨血裏的潛能。在狼狗之群接近牠就要吞沒牠的一瞬間，牠躍過了一座沙丘，然後戛然止步，趴在沙壁下的坑窩裏一動不動。

狼狗之群有的從沙丘之上牠的頭頂飛瀑而去，有的從沙丘兩側奔瀉而去，跑在前面的發現目標已經消失，停下來回頭尋找時，跑在後面的來不及刹住，紛紛撞在了牠們身上，猛烈的慣性讓牠們仰的仰、趴的趴，狼狗之群亂了。趁著這個機會，多吉來吧蹦起來，躍上沙丘，原路返回，稍微一拐，直奔巴桑和草原馬。

包圍著巴桑和草原馬的狼狗之群沒有耽擱多久，就開始了進攻。其實說進攻是不確切的，因爲沒有防禦。巴桑和草原馬都不過是俎上之肉，等待切割撕咬就是了。也就是說，這不是打鬥的瞬間，而是吃肉的前夕，既然是吃肉就需要有先有後，搶先撲向巴桑和草原馬的狼和狗都沒有來得及把利牙插入血肉，就被後面更加強壯的狼和狗頂翻了。牠們互相糾纏著、爭吵著，彷彿這也是形成決議前的協商，片刻之後突然安靜下來。一些狼和狗後退著，把首先撕咬吃喝的機會讓給了四匹強壯的狼和兩隻強壯的狗。四匹狼撲向了巴桑，兩隻狗撲向了草原馬。

巴桑驚慌地喊叫著，胡亂揮舞著馬鞭，卻一點作用也沒有，他的雙腿和胳膊迅速被狼咬住了。他慘叫了幾聲，知道自己就要餵狼，恐怖得揪下了一把草原馬的鬃毛。草原馬跳起來往前跑，看跑不出窪地，就轉著圈來回尥蹶子，卻沒有踢到一隻撲咬牠的狗。狗太熟悉馬了，很容易地躲過了蹄子，然後一邊一個咬住馬的屁股把自己吊了起來。

也許狼狗之群的失誤就在於牠們內部的爭吵延宕了時間，也在於牠們讓兩隻狗去撕咬馬，而沒有讓狼去撕咬馬。狗畢竟是狗，無論如何還沒有返樸歸真到擅長於咬住獵物的喉嚨一牙斃命的程度。牠們沒有立刻咬死馬，就等於給多吉來吧贈送了一個救人救馬、表現忠肝義膽的機會。牠來了，擺脫了狼狗之群追殺的多吉來吧牠悍烈無比地跑來了。

多吉來吧一來就出現了死亡，是狼和狗的死亡，只見一股黑風從天上撲來，只聽一聲雷鳴在耳畔炸響，咬住巴桑雙腿和胳膊的四匹狼頓時滾翻在地。大概是大荒漠裏的食物來源歷來短缺，乾旱枯瘦了植物也枯瘦了動物，荒漠狼比草原上的狼要小一些，體格小，膽子也小，滾翻在地的四匹狼竟有兩匹抖抖索索起不來了。多吉來吧伸出鐵硬的前爪，從這匹狼身上跳到了那匹狼身上，兩匹狼的肚子就都被搗破了，搗得很深，破裂的腸子裏血沫和狼糞飛濺而出。倒是吊在馬屁股上的兩隻狗膽子不小，丟開草原馬就橫撲過來，撲過來就是倒地，一隻狗被多吉來吧撞倒了，另一隻狗剛咬住牠的鬣毛，就被牠一口撕掉了耳朵，然後還是前爪出擊，打在了對方鼻子上，打得那狗連打了三個滾，嗷嗷地叫著爬起來就跑。

多吉來吧站在巴桑和草原馬的身邊，衝著狼狗之群威力四射地播放著一聲聲堅硬銳利的叫聲，前衝後挫地運動著，做出隨時就要撲過去的樣子。狼狗之群緊張地後退了五六米，形成了一個「凸」字形的輪廓。多吉來吧一看就明白，最突出的那匹大黃狼應該就是頭狼。牠朝前走了走，又回頭招呼著人和馬。馱著巴桑的草原馬會意地跟過去，跟著多吉來吧走出了危險的窪地，走上了一座沙丘。

一直傻愣著的盜馬賊巴桑直到這時才明白，藏獒沒有離開他，藏獒來救他了，他和自己的馬已經死裏逃生。他喊起來：「藏獒，藏獒。」喊了兩聲，眼淚就奪眶而出。一個盜馬賊的眼淚就像兩股清澈的悔恨之泉，淙淙地流淌在大荒漠的黑夜生死攸關的時刻。

巴桑一巴掌拍在自己臉上說：「你救了我的命，你就是我的親阿爸，佛菩薩保佑，讓我的親阿爸來救我了。」

多吉來吧聽不懂巴桑在說什麼，只能意識到語言裏充滿了悲戚，覺得人的悲戚是因爲作爲藏獒的牠沒有盡到責任，就再次把眼光投向了狼狗之群「凸」字形的輪廓。

頭狼，頭狼，多吉來吧知道驅散狼狗之群的唯一辦法就是幹掉頭狼。牠以居高臨下的眼光朝前掃去，看到作爲頭狼的大黃狼依然處在最突出的位置上，就咆哮了幾聲，縱身而起，跳下了沙丘。

狼狗之群在頭狼的帶領下朝後盪了一下，又朝後盪了一下，接著便朝前盪來。牠們看到撲向牠們的多吉來吧栽倒在了沙丘之下，半天爬不起來，又看到多吉來吧好不容易爬起來後，一瘸一拐地走著路，尖叫了幾聲，又開始呻吟，還不時地坐下來，彎過身子去舔著後腿。顯然牠的後腿摔斷了，已經不能撲咬、不能廝打了。大黃狼得意地嗥叫了幾聲，帶著狼狗之群威逼而來。多吉來吧緊張地咆哮著，想站起來，屁股使勁抬著，卻怎麼也抬不起來，只好癱軟在地上，著急而痛苦地扭動著身子。

沙丘之上，草原馬「嗚嗚」地叫著，馬背上的巴桑「唷唷」地叫著，他們都看清了多吉來吧受傷的情狀，心說完了，又完了，死裏逃生的他們又陷入絕境了。

狼狗之群乘時乘勢而來，轉眼就來到多吉來吧跟前，三四米的距離讓多吉來吧渾身發抖，連骨頭都能打出響亮的冷戰來。一匹大公狼撲了過來，咬住了多吉來吧的脖子，看到對方毫無反抗能力，趕緊又退了回去。一隻惡狗撲過來，咬在了多吉來吧的肩膀上，看對方慘叫著並不回咬，就吐著舌頭，回到了頭狼身邊。接著又是一匹狼的撲咬，也是咬了一口之後，轉身回去了。都是試探，三次試探在多吉來吧身上留下了三處傷口，鮮血流淌著，多吉來吧舔都不舔，似乎已經沒有力氣顧及自己的傷勢了。

頭狼陰惡地瞪著多吉來吧，確定這隻牠從未見過的大藏獒真的不行了，便亢奮地抖動起耳朵，長長地獰笑幾聲，肆無忌憚地撲了過來。身後的狼狗們轟轟地湧動著，為牠們的頭狼咆哮助威。頭狼一口咬向了多吉來吧的喉嚨，大嘴咬合的瞬間，突然覺得什麼也沒有咬到，又咬了一口，還是沒有咬到。不禁大吃一驚，知道事出蹊蹺，趕緊後跳，卻只來得及發出半聲慘叫。癱臥在地的多吉來吧閃電般起身，牙刀直刺頭狼的喉嚨。

一切都是詭計，多吉來吧冒著被試探者咬死的危險，成功地把頭狼引誘到了自己的嘴邊。咬死了頭狼的多吉來吧大步朝前走去，機靈的草原馬趕緊走下沙丘，跟在了後面。馬背上的巴桑發現又有活的希望了，不停呼喊著：「藏獒，藏獒。」走出去了幾百米，巴桑才抬起頭，發現藍幽幽的眼燈已經不在眼前左右了。巴桑又一次哭了。草原馬呼呼地打著響鼻，表達著牠的慶幸，也表達著一個畜生對另一個畜生發自肺腑的感激。

第二天上午，他們穿過荒漠的一角，來到了草原的邊緣。他們停下來休息。巴桑從馬褡褳裏拿出一個盤鍋（鏊做的扁圓烙餅），讓多吉來吧吃。多吉來吧堅決不吃，走到離巴桑二十步遠的地方趴下睡著了。

草原馬腳步輕輕地來到多吉來吧身邊，吃著周圍的草，吃完了也不到別處繼續吃，就那麼身姿挺拔地站著，用牠的身體為睡著的多吉來吧遮擋著荒漠邊緣惡毒的陽光，也用尾巴驅趕著飛來騷擾多吉來吧的蚊蠅，好像牠是不累的，也不知道還有不短的路要走，必須儘快多吃一些草。

巴桑看著自己的馬，眼睛裏潮潮的，連馬都知道千方百計地報答救命之恩，而他卻還在心裏打著小算盤。他閉上了眼睛，重新考慮著如何處置多吉來吧的事情。一個盜馬賊第一次為了一個畜生的去留在睏乏的失眠。而多吉來吧永遠都不會知道，正是牠的勇敢和機智以及對人的忠誠，軟化了盜馬賊堅硬的心，給自己贏得了一個繼續踏上回鄉之路的機會。

太陽西斜的時候，他們又開始行走。巴桑騎馬走在前面，對多吉來吧說：「藏獒你聽著，我不帶你去我的家鄉草原了，哪怕你能給我換來一百匹馬。你是逃跑出來的是不是？就像我賣馬那樣，你被人賣給了外面的漢人是不是？你現在要回家鄉是不是？我知道只有青果阿媽草原和康巴草原才生長著你這樣的大獅子藏獒，告訴我你是青果阿媽草原的，還是康巴草原的，我好送你去啊。」

多吉來吧知道他這番話很重要，使勁聽著，也沒有聽明白，當巴桑說到「青果阿媽草原」時，牠沒有吭聲；說到「康巴草原」時，也沒有吭聲。巴桑唉歎一聲說：「那我只能把你送到花石峽了，到了花石峽你自己走，你能走回去嗎？」

第二天下午，他們到達了花石峽，這是個前往草原腹地的路口，有一些房子，有許多人，還有南來北往的汽車。巴桑不走了，下馬指著前面的路對多吉來吧說：「你就往前走吧，再走四五天，就能看到巴顏喀拉山，翻過了山往南去是康巴草原，往北去是青果阿媽草原，能不能回到家鄉，就看佛菩薩保佑不保佑你了。」

多吉來吧順著巴桑手指的方向看了半晌，搖了搖尾巴，好像聽懂了。其實牠只聽懂了一點，那就是往前走，就憑這一點，牠也要離開巴桑和草原馬了。

多吉來吧朝前走去。草原馬揚起鼻子嘶鳴著，這是送別：保重啊，藏獒！多吉來吧聽明白了，腳步沒停，頭也沒回，但叫聲卻一聲比一聲洪亮、懇切：謝謝啊，謝謝你們帶我來到了這裏！巴桑看著，聽著，揉了一下眼睛，就嗚嗚嗚地哭起來。

多吉來吧離開草原馬和巴桑的視線，就奔跑起來。牠突然聞到了深藏在草原內部的野獸的氣息，聞到了寒涼可親的雪山的氣息，聞到了帳房和牛羊的氣息，牠覺得日思夜想的故土西結古草原就要到了，牠很快就能見到自己的主人漢扎西和妻子大黑獒果日了。隱隱約約，帶著城市亢奮的人臊在風中飄忽，從身後催促著牠。多吉來吧突然意識到，自己處在兩股風氣之間，亢奮的人臊和自己回鄉的方向完全一致，自己的使命是和裹挾著人臊的東風賽跑，趕在危難之前回到西結古草原，承擔著救援草原、救援寄宿學校的責任。

多吉來吧追逐著風頭，向西飛奔。

第二十八章 「大遍入」法門

勒格紅衛策馬而去，一路都是尼瑪和達娃的哭聲。地獄食肉魔走在主人身後，不時地回頭看一眼大黑獒果日。

大黑獒果日遠遠地跟蹤著他們，知道自己無能為力，對丈夫的思念便愈加強烈起來：多吉來吧，多吉來吧，你要是沒有遠走他鄉就好了，我們的孫子就不會被人打劫走了。牠望著遠方，望著狼道峽口的方向，用發自胸腔的帶有共鳴的聲音嗡嗡嗡地叫著，好像這種穿透力極強的聲音可以取消一切距離。

大黑獒果日的叫聲讓勒格紅衛愣了一下，他起身從馬背上卸下褡褳和韁繩，放開赤騮馬，讓牠隨意去吃草，又從褡褳裏拿出糌粑吃了幾口，也讓地獄食肉魔以及尼瑪和達娃吃了幾口，然後拿出一根備用的馬肚帶，把尼瑪和達娃拴在了草墩子上，再把另外一根馬肚帶和韁繩接起來，做了一個套馬索。他招呼地獄食肉魔來到自己身邊，讓牠和自己一起歪倒在了草墩子旁邊。

鼾聲響起來，有人的，也有藏獒的，不停地跋涉，不停地打鬥，勒格紅衛和地獄食肉魔真是太累了，想好了要假裝睡著，一閉上眼睛就真的睡著了。

他們身後，被拴在草墩子上的尼瑪和達娃卻一點睡意也沒有，牠們望著不遠處的大黑獒果日，掙扎著想過去，幾次都被馬肚帶拽了回來。

聰明的妹妹達娃首先開始用牙齒切割馬肚帶，哥哥尼瑪看到了，也學著妹妹的樣子咬起來。

馬肚帶是牛皮的，達娃稚嫩的小牙齒根本就咬不斷，尼瑪的力氣大一點，咬了差不多一個小時才咬斷。尼瑪後退著，當確定馬肚帶已經不再牽連自己時，高興得轉身就跑。牠幾乎跑到了奶奶大黑獒果日身前，突然一個愣怔，「嚓」的一聲站住了：妹妹怎麼辦？我怎麼能把妹妹丟下呢？牠回過身去，望著妹妹達娃，停了片刻，又悄悄地跑了回去。

大黑獒果日翹頭看著尼瑪，真想跑過去攔住尼瑪，又害怕驚醒了地獄食肉魔，想喊又不敢喊，急得又刨腿又哈氣。牠畢竟是飽經風霜的老藏獒，比小藏獒要理智一些，能逃脫一個是一個，幹嘛要回去呢。

哥哥尼瑪來到隱隱哭泣的妹妹達娃身邊，用自己的小牙齒幫著達娃咬嚙依然緊拴著牠的馬肚帶，不時地安慰幾句：我沒走，我沒走，要走我們一起走。達娃不哭了，抬頭看著尼瑪，突然一頭頂了過來，好像是說：哥哥你回來了，快幫我咬斷馬肚帶啊。又好像是說：哥哥你快走啊，你回來幹什麼。但是牠頂得太猛了，哥哥尼瑪「撲通」一聲倒在了地上。

就是這一聲倒地的響動驚醒了地獄食肉魔，牠忽地站起來，一眼就看到拴著尼瑪的馬肚帶斷了。牠衝著主人叫了一聲，跳過去一嘴拱翻了正想跑開的尼瑪，轉身盯住了大黑獒果日。

大黑獒果日奔撲而來，一心想著把已經咬斷繩索的尼瑪從地獄食肉魔的阻攔中救出來。剛剛從睡夢中驚醒的勒格紅衛站起來，老練地甩出了套馬索，大黑獒果日一頭撞進圈套，頓時被扯翻在地上。

大黑獒果日哪裡受過這樣的侮辱，翻身起來，暴跳如雷，隨著套馬索的迅速拉緊，撲向了勒格紅衛。就見地獄食肉魔狂吼著撲過來，擋在大黑獒果日前面，用肩膀狠狠一扛，扛得對方翻倒在地，然後又用堅如磐石的前肢死死摁住了對方。

勒格紅衛滿意地哼了一聲，指著大黑獒果日對地獄食肉魔說：「外婆，牠是你的外婆。」

勒格紅衛牽著馬匆匆往前走。大黑獒果日被綁起來馱在了馬背上，許多牛皮繩纏繞在牠身上，把牠和赤騮馬連成了一體。牛皮繩勒得牠幾乎要窒息而死，但更糟糕還不是窒息，而是搖晃。赤騮馬好像很不滿意主人讓牠馱著一隻陌生的藏獒，故意大搖大擺地走路，晃得大黑獒果日頭暈目眩、嘔吐不止。作爲一隻習慣於用健壯的四肢馳騁草原的藏獒，牠最害怕的就是失去平衡、失去大地的依託，綁起來讓馬馱著牠，等於要了牠的命。牠在恍惚、迷亂、痛苦、悲哀之際，感覺到了死亡的來臨。

大黑獒果日睜大眼睛，無聲地流著淚，突然看到多吉來吧從一幅圖畫中快速跑來，那是以雪山爲背景的草原的圖畫，是撲咬狼群、撲咬一切強大敵手的圖畫，是跑過來和牠相親相愛的圖畫。牠興奮地喊起來，喊著喊著，圖畫中多吉來吧消失了，地獄食肉魔出現了。大黑獒果日一陣納悶：當記憶中的味道展示出形象的時候，地獄食肉魔怎麼會變成多吉來吧呢？

勒格紅衛停下了，抓出尼瑪和達娃，放到地上，狡黠地撇著嘴說：「現在要考驗考驗你們，看你們是不是真正的好藏獒。」說著，揮了揮手，又踢了踢牠們。尼瑪和達娃愣愣地望著他，看他一再地揮手，達娃首先反應過來，用頭頂了頂尼瑪，轉身就走。尼瑪跟了過去。牠們走出去十多米，再回頭看時，只看到了勒格紅衛大步前去的背影。

自由了，小兄妹兩個都自由了，終於可以回到寄宿學校漢扎西身邊去了。牠們興奮得叫起來，一個比一個歡快地朝前跑去。跑著跑著就停下了，聰明的妹妹達娃和憨厚的哥哥尼瑪幾乎同時停了下來，碰了碰鼻子，好像商量了一下，然後一起轉過身去，朝著勒格紅衛和地獄食肉魔大聲武氣地叫起來，一陣響亮的「汪汪汪」之後便衝了過去。牠們惦記著奶奶大黑獒果日，牠們要去救奶奶，如果救不了奶奶，牠們寧可肯讓可惡的勒格紅衛和地獄食肉魔再次俘虜。

勒格紅衛看牠們跑了回來，心想，果然是好藏獒。他一把一個抓起牠們，重新放進了自己的胸兜。

他們繼續往前走，沒多久就看到地平線上出現了一頂黑色的牛毛帳房。地獄食肉魔和勒格紅衛亢奮地跑了過去，卻什麼也沒有看到，沒有主人，更沒有藏獒，只有青花母馬和桑傑康珠。

桑傑康珠從帳房裏走了出來，慶幸地說：「你們撲空了，這裏沒有你們要殺要咬的。」原來她並沒有離開，她是想：既然自己無力阻攔暴行，與其跟在後面，不如繞到前面來告訴牧人和藏獒躲避。

勒格紅衛仇恨地望著桑傑康珠，把牙齒咬得嘎吱嘎吱響。他陰沈沈地說：「為什麼？為什麼妳要和我過不去？」

桑傑康珠說：「現在該你來問我為什麼了，不知道。」

勒格紅衛沒有問她，他盤腿打坐，目不斜視，就盯著草地自言自語，好像聽他說話的是穿行在草葉之間的螞蟻，而不是桑傑康珠。桑傑康珠站在他的身後，忽然聽見，他說的正是她一直追問的。她大感驚奇，不知道他為什麼在這個時候突然開口，難道他陰冷的表情下隱藏著一顆柔弱的心？

勒格紅衛聲音很低沉，言詞不連貫，有時還會結巴。不是因為激動和憤怒。很久以來，他都沈默面對高山草原，他唯一的說話對象就是地獄食肉魔。這是多少年來他的第一次傾訴，他不知道為什麼選擇了對他恨之入骨的桑傑康珠為對象，也不知道為什麼一開口就停不住。

他說他在索朗旺堆生產隊放羊的時候，就是一個病人，去西結古寺做了喇嘛後，病就更重了，渾身上下彷彿有許多小蟲子在爬動，有時奇癢，有時奇痛。藏醫喇嘛尕宇陀的藥治不好他的病，丹增活佛的經咒也無法使他平靜。他請求丹增活佛允許他去礱寶雪山避世修行，因為在寧瑪派和噶舉派的普通教法裏，避世修行是一種把病痛轉換為佛法的方便之門。丹增活佛同意了，並給他親授了尊勝白度母的長壽儀式和六臂大黑天的三種隨許法，叮囑他堅忍，精進，不得懶惰，也不得逾越。

他這時已經當了三年喇嘛，他丟開上師關於「不得逾越」的教誡，開始秘密修煉講究男女合修、證悟明空大樂的「大遍入」法門。他知道這種不是先顯宗後密宗、而是直接進入密宗修煉的做法，在主宰著西結古寺的大圓滿法門和大手印法門裏，是絕不允許的，它很可能帶來極其危險的後果：聚毒成魔，或者暴死於身內毒焰。但他覺得自己是上根利器，只要修出正果，允許不允許又有什麼要緊呢？

「大遍入」法門的修煉需要伴侶，他不僅給自己找了一個明妃（修法女伴），還私養了一隻只認他而不認任何別的喇嘛的小藏獒。而在西結古寺數百年的傳統是，只能有公共的寺院狗，不能有專屬於活佛喇嘛個人的藏獒。他把這隻小藏獒和一匹狼崽圈養在一起，小藏獒是牧民給他的，狼崽是拜託獵人抓來的。他修行了兩年，用一種被丹增活佛說成是「棄佛反佛」的法門圈養了兩年，結果是藏獒變成了狼，狼變成了藏獒。那隻藏獒見羊就咬，往死裏咬，咬死了光喝血不吃肉；那匹狼見人就跟，見狗就套交情，不吃羊，專咬狼，不咬死不罷休。

有一天，丹增活佛帶著藏醫喇嘛尕宇陀去礱寶雪山探望他，看到這匹狼和這隻藏獒之後，臉色陡然大變，立刻念起了《猛厲火經咒》。丹增活佛說：

「走火入魔的人啊，修煉出來的不是智慧，不是佛，不是一顆光明安詳、利樂眾生的心，而是比一般人熾盛一百倍的貪嗔癡慢妒，他調換了藏獒與狼的本性，說明他顛倒了佛與魔鬼、美善與醜惡、光明與黑暗的位置，靠近的是『大遍入』法門的邪道而不是正道，他是害人的瘋瘋，害人的瘋瘋。」

後來，岡日森格帶著領地狗群咬死了那隻變成狼的藏獒和那匹變成藏獒的狼。他悲痛地埋葬了自己的藏獒和狼，從碧寶雪山的修行地回到西結古寺，想問問活佛爲什麼要這樣安排。沒想到更大的不幸接踵而至。

丹增活佛對他說：「你的業障現在是難以消除了，你還是離開我們吉祥的寺院吧，不徹底覺悟就不要回來。真正的『大遍入』法門不是你現在就能證悟的。走吧，快走吧，你留在寺裏只能是禍害。」

他給丹增活佛跪下了，乞求活佛留下他。他說：「我修煉『大遍入』就是爲了解除病痛，現在病痛已經沒有了，我可以一心念佛了。」

丹增活佛斷然拒絕，吩咐下去，不給他分配僧舍和僧糧，也不讓他參加任何法事。他待在大經堂的廊簷下，化緣爲食，說什麼也不離開，丹增活佛讓鐵棒喇嘛藏扎西帶人把他抬到了碉房山下。他說：「只要不把我抬進『地獄』，我就屬於『天堂』。」

幾天後，他果然又回來了。丹增活佛縱狗驅趕他。他憤怒而無助，只好逃之夭夭。

勒格紅衛沈浸在往事之中，桑傑康珠看不見他的臉，不知道是不是佈滿了悲戚。只聽見他喃喃說道：「我的藏獒死了，我的狼死了，我的明妃死了，我的大鵬血神死了！」

桑傑康珠輕聲說：「大鵬血神是哪裡的神，是你的本尊嗎？我給你請一個。」

勒格紅衛垂頭說：「『大遍入』壇城的中心大神，請不來啦。」

桑傑康珠說：「請不來就不請了，你的明妃我來做，我做過的，我可不在乎什麼大鵬血神。」

桑傑康珠說著，跪著朝前挪了挪，又警惕地看了一眼五步之外的地獄食肉魔。地獄食肉魔趴臥在赤騮馬的前面默默無聲，赤騮馬和馬背上的大黑獒果日以及草地上的尼瑪和達娃也是默默無聲，似乎都睡著了，沒有一隻眼睛是盯著她的。她假裝脫衣解帶，悄悄抽出了藏刀。

現在，她離勒格紅衛只有不到一米，身子朝前一伸，就可以把藏刀插進他的喉嚨了。刺殺發生了，但卻不是刺向勒格紅衛的喉嚨，而是刺向了地獄食肉魔的喉嚨。出刀的瞬間，桑傑康珠心中一軟，藏刀改變了方向。

桑傑康珠不應該把藏刀刺向地獄食肉魔。對地獄食肉魔來說，睡著和醒著都一樣。藏刀從牠的鬣毛之間刷然而過的同時，牠就一口咬住了桑傑康珠的脖子。

然而，地獄食肉魔忽然發現，牠咬住的不是桑傑康珠的脖子，而是勒格紅衛的脖子。地獄食肉魔趕緊鬆口，當牠再次撲向桑傑康珠的時候，碩大的獒頭卻被勒格紅衛滿懷抱住了。

勒格紅衛喊了聲：「牠會咬死妳。」

桑傑康珠說：「我不怕死。」

勒格紅衛說：「『大遍入』的法門不允許我害人，也不允許我親自動手殺死藏獒。我發了誓，如果違背誓言，『大遍入』法門給我的出路有兩條：一條是讓仇人殺死我的一個親人，一條是自己了斷和世界、和『大遍入』本尊神的關係，也就是自殺。如果我不能選擇其一，我就會墮入苦海，永永遠遠不得脫離地獄、餓鬼、畜生三惡途。妳走吧。」

桑傑康珠看著暴怒的地獄食肉魔就要掙脫勒格紅衛的摟抱，轉身跑向拴在帳房後面的青花母馬，飛身而上，打馬就跑。她知道已經沒有必要跟著他們了，她已經心軟，已經有了同情，再也不可能把藏刀刺向勒格紅衛，更何況還有地獄食肉魔的憤怒和警惕。好在她已經搞清了對方屠殺西結古藏獒的原因，還知道了大鵬血神對勒格紅衛的重要。她想，既然大鵬血神尊崇到可以成為一座壇城的中心大神，它就不會真正的死去，就應該有無量之變來顯示它的法威。丹增活佛為什麼不能舉行一個祈佛降神的儀式，還給勒格紅衛一個大鵬血神呢？

桑傑康珠奔馳而去。勒格紅衛站起來，抓起尼瑪和達娃，牽上赤騮馬，吆喝著地獄食肉魔，匆匆走向了下一個屠殺目標。走著走著，他又停下了，回望桑傑康珠消失的地方。

第二十九章　東結古獒王之殞

藏巴拉索羅神宮前，面對東結古獒王大金獒昭戈的挑戰，岡日森格的反應卻是睏頓地打了一個哈欠，動作遲緩地臥了下來。牠知道自己老了，已經不是雄姿英發、目空一切的時候了，牠必須給別的藏獒創造出人頭地的機會。曲傑洛卓死了，情勢逼迫下，西結古草原的領地狗群裏必然會冒出更加出色的藏獒，比自己出色，比曲傑洛卓出色，比整個青果阿媽草原所有的藏獒都出色。

果然，一隻藏獒跳了過來。讓獒王岡日森格詫異：就是你？你能迎戰東結古獒王？

這是一隻名叫各姿各雅的雪獒，虎背熊腰、儀表堂堂，但性格靦腆溫順，很少有爭強好勝的時候，尤其是在和野獸和外來藏獒的打鬥中，誰也不能把牠跟大智大勇、出類拔萃聯繫起來。岡日森格正準備搖搖頭，就見雪獒各姿各雅已經走向了打鬥場。

東結古獒王大金獒昭戈一看出場的不是岡日森格，毅然從打鬥場的邊緣退了回去，尖亮如刀的眼光頓時變得呆鈍黯淡了。這是一種不屑的表示，傲慢的大金獒昭戈並不想輕易施展本領。高山只能和高山碰撞，高山要是掩埋了土丘，那不叫勝利，叫欺負。

各姿各雅看到獒王大金獒昭戈退了回去，知道對方瞧不起自己，又看到走出來抗衡的是一隻虎頭蒼獒，便學著大金獒昭戈的樣子，面帶傲慢的神情，不屑地後退。退了幾步，就「汪汪汪」地吠鳴起來。

勇敢善戰、悍猛剛毅的藏獒一般是不會吠鳴的，尤其是打鬥之前，但是各姿各雅卻莫名其妙地吠嗚起來，而且沙啞短促、若斷似連的，給人的感覺是牠連虛張聲勢都不會。東結古騎手們和領地狗們都笑起來：這哪裡是藏獒，是一隻膽小怕死的笨狗熊吧？可惜牠這一身絲綢般漂亮的白毛了，可惜牠那虎背熊腰、儀表堂堂的長相了。

但就在這時，所有的眼睛都看到，雖然叫聲還在持續，各姿各雅卻已經不在原地了，好像那兒本來就沒有站立過一隻雪獒。牠正在摁住虎頭蒼獒，噴吐著滿嘴血沫。

誰也沒有看見牠的奔撲和撕咬，等人們看清的時候，打鬥已經結束了。

西結古的人和狗、東結古的人和狗、上阿媽的人和狗幾乎同時發出了驚呼。西結古獒王岡日森格更是興奮而欣慰：這可是只有獒王級別的藏獒才可能有的撲咬技巧。啊，獒王，各姿各雅不是西結古草原的獒王，誰是獒王？

父親跑了過去，蹲下身子看了看虎頭蒼獒，怒瞪著各姿各雅，吼道：「牠咬死你，你咬死牠，你們互相咬吧，總有一天你們會把草原上的藏獒咬完。」

雪獒各姿各雅溫順地搖了搖尾巴，一臉靦腆地扭轉了身子，好像不敢面對父親。

父親無奈地長歎一聲，起身走開，又回過頭來，就像一個長輩叮囑一個管束不住又不能不管的孩子那樣說：「不要往死裏咬，咬傷就行啦，但也不要咬成重傷，聽見了沒有？」

各姿各雅晃了晃身子，好像是說：怎麼可能呢？藏獒的所有打鬥都是血肉橫飛、你死我活的。

東結古獒王大金獒昭戈來到虎頭蒼獒身邊，悲痛地哭號了幾聲，然後抬起頭，怒視著各姿各雅，目眥盡裂。雪獒各姿各雅靦腆地笑了笑，牠為自己能夠挑戰威武不群的東結古獒王而振奮不已。

岡日森格跑向打鬥場，橫擋在了雪獒各姿各雅前面，用頭一再地頂著對方。各姿各雅明白這是讓牠回去的意思，左右躲閃著就是不走，眼神裏掛滿了疑問：爲什麼？爲什麼？我已經打贏了一場，我應該繼續打下去。

岡日森格用眼神傳遞著自己複雜的內心：你是一隻有望繼任西結古獒王的藏獒，你還要成長，怎麼能輕易面對死亡呢？還是讓我來打吧，讓我去掃清你走向獒王之路的障礙。我老了，生命已經不重要了，我就是打不過東結古獒王大金獒昭戈，也會讓牠身受創傷。你再去挑戰，就一定能贏牠了。

各姿各雅並沒有讀懂岡日森格眼神裏的內容，只知道自己必須服從獒王，就收斂了臉上的殺氣，一如既往地帶著靦腆的神情，溫順地轉身走去。

東結古獒王大金獒昭戈衝著各姿各雅狂叫起來，讓牠留下性命再走。各姿各雅停了下來，看了看自己的獒王岡日森格。岡日森格衝著大金獒昭戈咆哮起來，告訴對方：我是挑戰者，你來跟我打。看到一心想爲虎頭蒼獒報仇的大金獒昭戈依然糾纏著各姿各雅，便毫不遲疑地撲了過去。

岡日森格的撲咬帶著老藏獒的遲緩，大金獒昭戈稍微一晃就躲開了。牠倏地橫過眼光來，打量著岡日森格，嗓子眼裏頓時冒水一樣呼嚕嚕響起來，這是唬嗚，是從肚腹裏發出來的雷霆。大金獒昭戈把雷霆之怒一輪一輪地送上天空，天空正在幻變，有雲了，剛才還是一碧如洗，一下子就烏雲翻滾了。

父親看了看壓抑的天空，擔憂地喊了一聲：「岡日森格，不要打了，回來吧。」

班瑪多吉在他身邊說：「你胡喊什麼？渙散軍心，東結古出場的是獒王，我們出場的也應該是獒王。」

父親吼起來：「班瑪書記你瞎了呀，岡日森格已經老了，不能再打了。」

班瑪多吉說：「牠能不能打你不知道，領地狗群才知道，領地狗群沒有懷疑牠做獒王的資格，你懷疑什麼？」

岡日森格又是一次動作遲緩的撲咬，被大金獒昭戈輕鬆頂開了。東結古騎手的首領帕嘉喊起來：「昭戈，快啊，咬死牠，咬死那個笨蛋。」

剎那間，大金獒昭戈飛鏢一樣撲了過來，但牠不是按常規撲向岡日森格的喉嚨，而是撲向了岡日森格的頭頂，似乎在炫耀牠的跳高能力。牠的矯健的身軀變成了飛翔的鷹，展開翅膀遮住了半個天空。岡日森格忍不住心中驚歎，大金獒是牠見過的跳得最高的藏獒。更讓牠吃驚的是，對方跳高的目的並不是爲了攻擊，而是爲了表演，是爲跳高而跳高。至少表面上是這樣。

大金獒昭戈落到了岡日森格後面，就在岡日森格準備前衝過去，躲開對方的後面進攻時，大金獒又跳了起來，奔躍的路線居然是原路返回。一眨眼工夫，又落在了牠第一次起跳而岡日森格準備躲去的那個地方。接著就是第三次、第四次、第五次、第六次跳高。牠以不變的路線和不變的高度，在岡日森格的頭頂來回奔躍著，不知道牠要幹什麼。

岡日森格把眼光送上了天空，忽然覺得頭大了，天地傾斜了。牠知道危險就要來臨，大金獒的進攻馬上就會出現。岡日森格穩住自己，蹦跳而起，試圖從對方奔躍的路線中脫險而出。但是立刻牠就發現失策，大金獒驀然改變了奔躍的路線，幾乎在岡日森格落地的同時，砸擊在了牠身上。

大金獒昭戈知道對方本能的反應是扭轉脖子，抬頭朝上撕咬，就朝下齜著牙刀，等待牠的喉嚨自動露出來。岡日森格果然中計，幸好有無數次出生入死的經驗制止了牠。牠把脖子一縮，「撲哧」一聲趴倒在了地上。大金獒一看岡日森格的喉嚨貼近了地面，意識到牠精心設計的戰術已經落空，便惱怒地一口咬住了對方的後脖頸。

岡日森格知道，後脖頸離大血管很近，如果讓對方把利牙扎得太深，就會有生命之憂，便把肩膀一斜，奮力朝一邊滾去。牠幾乎是馱著龐大的大金獒，接連翻滾，從打鬥場的中央一直滾到了邊緣，才算把對方徹底甩掉。

岡日森格站起來，喘著粗氣，搖搖欲倒地走向打鬥場的中央。血從後脖頸上流下來，就像一些遊走的蛇，在長長的鬣毛之間蠕動著，漸漸滴到了地上，一路都是血染的足印。

大金獒昭戈從後面看著牠，突然意識到對方雖然甩掉了自己，卻沒有甩掉緊隨不去的厄運，進攻的機會又來了。牠用矯健的四肢無聲地跳起來，以風的速度撲殺過去。岡日森格來不及回頭看，感覺到身後的氣流正在發生變化，就知道死神的魔爪又要來掐死牠，便玩命地朝前逃竄而去。

但是岡日森格沒有逃脫，大金獒昭戈撲殺的動作準確到無與倫比，牠的逃竄差不多就是把自己要命的腹腰奉送到了對方的魔嘴之下。情急之中，岡日森格還像上次那樣「撲哧」一聲趴下，讓自己的腹腰緊緊貼住了地面。身量高大的大金獒昭戈只好一口咬在岡日森格的脊背上。

岡日森格又一次朝前滾去，又一次滾到了打鬥場的邊緣，當牠又一次甩掉大山一樣沉重的大金獒的時候，已經疲倦得發不出吼聲了。

岡日森格滿眼悲觀地望著西結古騎手和領地狗群，似乎是告訴他們：對不起了，我給你們丟臉了，我老了，我已經打不過如此強悍的對手了。然後猛烈地喘了幾口氣，又重重地咳嗽了幾聲，帶著落花流水的無奈，走向了打鬥場的中央。

西結古陣營裏，父親忍不住哭著喊起來：「回來吧，岡日森格回來吧，咱不做獒王了，咱回家。」他知道岡日森格不可能回來，就又把怒火噴向了班瑪多吉：「什麼藏巴拉索羅，你爲什麼不給他們？」說著，抹了一把眼睛，滿手都是淚。

班瑪多吉也心中不忍，扭頭尋找各姿各雅：「各姿各雅在哪裡？你給我上，把岡日森格換下來。」

各姿各雅朝班瑪多吉看了看，搖了搖尾巴，表示聽到了。但牠沒有動，牠信守著領地狗群的規矩，雖然焦急卻很本分地佇立在觀戰的位置上。

而在東結古陣營裏，騎手們正在輕鬆地說笑，首領帕嘉的笑聲裏抑制不住地夾雜著嘲弄：「這樣的獒王，怎麼還有膽量保衛藏巴拉索羅神宮，可惜了藏巴拉索羅，麥書記怎麼搞的，居然把藏巴拉索羅帶到了西結古草原。」

東結古獒王大金獒昭戈卻沒有東結古騎手那樣輕鬆。牠看著不屈不撓走向打鬥場中央的岡日森格，既是嫉恨的，又是欽佩的：在牠一生的打鬥中，還沒有遇到過一隻這樣的藏獒——牠連續兩次讓你費盡心機的進攻失去了目標，你年輕力壯的身軀和久經沙場的智勇在牠面前似乎永遠得不到最充分的展示。

東結古獒王大金獒昭戈跳了起來，速度在這個時候變成了槍彈，根本就不顯示線路，只顯示結果。結果卻讓大金獒昭戈大吃一驚：牠怎麼只咬住了對方的尾巴？岡日森格面對著牠，牠的目標必須是喉嚨。也就是說，在牠的高速攻擊面前，岡日森格不僅保住了自己的喉嚨，還從容不迫地轉過身去，只讓自己蜷起的尾巴帶著嘲諷進入了牠的大嘴。

大金獒昭戈氣急敗壞地一陣撕扯，幾乎將岡日森格的尾巴扯斷。岡日森格的尾巴不是牠想像中的脆骨，而是隨著年齡老去了的硬骨，牠一下沒有咬斷，準備換口的時候，對方已經脫身而去。看到岡日森格踉踉蹌蹌，差一點仆倒的樣子，大金獒昭戈實在想不出這隻老藏獒跟打鬥的速度有什麼關係。

大金獒昭戈琢磨著下一步如何撲咬，卻見岡日森格使勁彎過身子來，想舔一舔自己尾巴上的傷口，可牠和大部分狗一樣是搆不著自己的尾巴的，就追著尾巴轉起來，一圈又一圈，越追越快，旋風一樣，在打鬥場的中央呼呼地響。大金獒昭戈有點納悶：小狗才會追著自己的尾巴轉圈圈，牠都老了，怎麼還這樣？詭計？一定是詭計。可這樣的詭計有什麼用呢？只能自己把自己跑死、累死、轉死。

大金獒昭戈看著，突然意識到尾巴的傷口是不疼而癢的，那種癢比疼痛還要難受。面前的岡日森格肯定是不堪忍受才這樣的，這又一次給牠製造了進攻的機會。岡日森格的身子是彎著的，轉著的，當彎曲的身子凸出來的一側轉向牠的時候，對方的頭正好扭向自己的尾巴看不見牠。牠應該就在這個時候撲過去，一口咬住暴露而出的柔軟的肚腹。

攻擊的結果讓大金獒昭戈再吃一驚：不是牠咬住了岡日森格的肚腹，而是岡日森格咬住了牠的肚腹。因爲岡日森格突然不轉了，牠一停，對方撲咬的力量就失去了意義，只能一頭扎向牠彎曲的身子。如果岡日森格這個時候動作稍慢，大金獒昭戈還可以咬住牠的肚腹，撕開皮囊，掏出腸子。但就在大金獒昭戈牙刀逼臨的一瞬間，岡日森格彎曲的身子突然繃直轉向了，牠什麼也沒有咬到，而自己的肚腹卻不可原諒湊到了對方的嘴前。

肚腹破了，大金獒昭戈的肚腹砉然而響，就像有人正在解剖。這是牠第一次負傷，卻比牠帶給岡日森格的三次負傷加起來還要嚴重。似乎連岡日森格都有些驚訝：怎麼就這樣得手了？

父親又一次喊起來：「行了行了岡日森格，你已經贏了，你趕緊回來吧。」

班瑪多吉釋然地笑著：「行啊岡日森格，老了老了，還這麼厲害，不愧是西結古草原的獒王。再咬啊，再這樣咬牠一口，牠就死啦。」

雪獒各姿各雅和所有的西結古領地狗都高興得叫了一聲。牠們的叫聲引起了東結古領地狗的不滿，也都悶悶地叫起來給大金獒助威。東結古騎手的首領帕嘉喊起來：「昭戈必勝，昭戈必勝。」

大金獒昭戈悲憤地長嘯一聲，震得空氣動盪，草原搖晃。岡日森格好像受到了驚嚇，竟有些抖顫，趕緊鬆開對方，朝後退去，還沒有退到安全的地方，大金獒昭戈就拖帶著淋漓的鮮血，不顧一切地撲了過來。

這一次岡日森格沒有來得及躲開，或者說牠乾脆就沒有躲。牠挺立著，略微側了一下身子，讓大金獒昭戈咬住了牠的肩膀而沒有咬住牠的喉嚨，然後牠奮然跳了起來。觀戰的騎手和藏獒都有些納悶：怎麼岡日森格又傻了，還嫌自己受傷得不夠嗎？讓對手咬住自己以後才開始跳，這就等於幫助對方撕開自己的皮肉啊。

皮肉開裂的聲音就像風在穴口吹出的哨音，尖銳而響亮。

只有正在搏殺的大金獒昭戈知道，正是岡日森格這種自殘式的做法，讓牠立刻感覺到了危機的來臨，跳起來的岡日森格迅速伸出前爪，猛搗牠的鼻子。牠慘叫一聲，丟開對方趕緊後退，但已經晚了，血從鼻孔裏冒出來，一下糊滿了寬大的嘴。

騎手們和藏獒們明白了：岡日森格用自己肩膀上的一塊皮肉，換來了大金獒昭戈鼻孔血管的破裂。

但岡日森格畢竟老了，如果不老，牠一定會鍥而不捨地追上去，在大金獒昭戈因鼻孔負傷而痛苦不堪的時候，撲住對方的脖子，一牙封喉。可惜牠老了，牠已經沒有年輕時那種窮追猛打的連貫和流暢了。

大金獒昭戈退到一邊，低頭看了看自己還在滴血的肚腹，又抬頭望著岡日森格，嗷嗷地叫了幾聲，大步朝前走來。不愧是東結古草原偉大的獒王，雖然肚腹已破、鼻子已爛，但只要不到生命的最後一刻，就決不放棄戰鬥。牠撲了過來，依然是無法抵抗的力量，依然是快如閃電的速度。

岡日森格轉身就跑，牠知道打鬥就要結束，但勝負並未確定，自己一旦被對方咬住，必死無疑。大金獒昭戈已經感覺到了死亡的恐怖，必然發揮最有威懾力的兇殘，一隻藏獒最後的兇殘往往也是用生命搏取生命的最輝煌的一瞬。

岡日森格看到對方發狂地追攆著，就沿著打鬥場的邊緣拼命跑起來。岡日森格一生都是奔跑的聖手，到老了還是，別看牠氣喘吁吁，好像就要跑不動了，但對方就是追不上，速度居然和年輕而瘋狂的大金獒昭戈一樣快。牠跑了一圈又一圈，大金獒昭戈追了一圈又一圈。大金獒昭戈突然意識到這樣的追攆對牠極爲不利，牠重傷在身，跑得越快，血流得越多，離死亡也就越近。

東結古獒王大金獒昭戈毅然停了下來，看岡日森格還在狂跑，心說：我都不追了，牠還跑什麼？岡日森格感到機會隱隱地出現了，是最後的，也是最沒有把握的機會。牠把四肢舒展成翅膀，儘量和地面保持著水平線，彈性的爪子比期望更加有力地蹬踏著，如水如風地跑起來。

漩流出現了，是岡日森格掀起的金色漩流，環繞著東結古獒王大金獒昭戈，迷亂了所有觀戰者的視覺，更迷亂了大金獒昭戈的視覺。大金獒昭戈感覺到威脅，又無法判斷威脅會在什麼時候出現，會以什麼樣的形式出現。牠在漩流的中間轉動著，突然發現圓圓的日暈一樣的漩流變形了，破碎了。與此同時，一道光脈激射而出，彷彿一股冰融的瀑流擊中了牠，喉嚨一陣冰涼，一股寒氣刺入了身體。牠渾身一顫，躺下了，雖然沒有疼痛，但牠知道自己只能躺下了。

一片寂靜，所有觀戰的騎手和藏獒，都沒有發出聲音。風突然響起來，像是老天爺的歎息。

「昭戈」是臥龍的意思，臥龍徹底臥倒了，再也不是呼風喚雨的獒中臥龍了。

第三十章　望故鄉渺茫

現在，多吉來吧不僅聞到了草原內部野獸的氣息，也看到了野獸對牠的頂禮膜拜，那是十幾隻對人對牠都無害的小野獸——嘰嘰喳喳的旱獺，翹起前肢，拱手作揖，彷彿在列隊歡迎牠的歸來。牠高興啊，「嗡嗡嗡」地回應著，吐著舌頭，用熱切的眼神頻頻致意。現在，牠不僅聞到了寒涼可親的雪山氣息，也遙望到了它的風采：挺拔起伏的姿影，沁人心脾的銀白。

牠使勁呼吸著，恨不得把那冰光雪色全部吸到肚子裏。現在，牠不僅聞到了帳房、牛羊的氣息，也實實在在看到了它們的存在。朝思暮想的帳房啊，它們是深色的，是牛毛編製的；夢中浮現的牛羊啊，牠們跟自己一樣是渾身長毛的，是四條腿走路的。

多吉來吧跑出公路，跑向了旱獺，嚇得旱獺一個個鑽進了洞裏。牠跑向了兩溜兒用繩子拉起來的經幡，激動不已地讓飄蕩的經文摩挲著自己的臉，又跑向了一群羊，頓時有一隻大狗「杭杭杭」地叫著衝了過來，沒衝到跟前就停住了。大狗不是藏獒，只是一隻普通的藏地牧羊狗，看到多吉來吧如此碩大威風，嚇得聲音都變了。

多吉來吧知道對方害怕自己，抱歉地縮了縮身子，趕緊離開了。離開的時候不禁「哦」了一聲：西結古草原什麼時候有了這樣一隻狗？想著牠抬起了頭，再次看了看遠方的雪山，呼呼地哈著氣：昂拉雪山啊我回來了；不，不是昂拉雪山，是礱寶雪山，礱寶雪山啊我回來了；不，也不是礱寶雪山，是黨項大雪山，黨項大雪山啊我回來了；不，也不是黨項大雪山，是……突然牠停了下來，發出了一種連自己都奇怪的聲音，那是驚喜後的沮喪，是失望中的悲傷。

只要是草原，就會有旱獺、羊群、帳房和經幡，只要是雪山，就都會閃爍銀白之光，播散寒涼之氣。日思夜想的故土草原西結古依舊遙遠，牠的主人漢扎西和妻子大黑獒果日以及寄宿學校仍然渺茫。牠大聲哭起來，呼呼呼的聲音如同悲風勁吹。草潮在悲風中動盪著，蔓延到天邊去了。

多吉來吧從悲哀中清醒過來，牠回到公路上，按照巴桑指給牠的方向繼續往前跑，跑過了白天，又跑過了夜晚。路多起來，好幾條路朝著不同的方向延伸而去，插向了陰霾蔽日的天空。牠停下來徘徊。一個穿著老羊皮袍的藏民趕著一群犛牛從牠身後走來，朝著右邊的草原走去，牠跟了過去，沒跟幾步，又發現三個同樣穿著老羊皮袍的藏民也趕著一群犛牛走向了牠左邊的草原。這裏是人就都是藏民，是牛就都是犛牛，多吉來吧已經不能見藏民就跟，見犛牛就親了。

多吉來吧臥下來琢磨，不經意就睡著了。等牠醒來的時候，抬腿就走，剛才的迷茫和徘徊轉眼就沒有了。原來，天晴了，太陽出來了。這一路走來，都是朝著太陽落山的地方走，在無數個太陽落山之後，牠看到了草原。現在只要牠繼續朝著太陽落山的地方走，就能走到西結古草原。

太陽已經西斜，強光照得多吉來吧眼睛瞇了起來，牠高興地看到，給牠指引方向的除了太陽，還有在金紅的光暈裏愈加巍峨壯麗的雪山。牠跑起來，牠知道太陽一落山自己的腳步就不會如此堅定，就想在太陽落山之前多趕一些路。

就這樣晝夜兼程，走過了一片又一片草原，翻過了一座又一座山，遇到了狼，遇到了熊，遇到了金錢豹，也遇到了保衛領地的藏獒和藏狗，牠克制著自己的殺性，能躲就躲，只要不妨礙牠西去的進程。但野獸和藏獒藏狗並不理解牠的心情，看牠夾著尾巴往前跑，總以為牠怯懦無能。不得已，牠咬死了一隻攔路的金錢豹，咬死了兩隻追著不放的藏獒，還咬傷了一隻藏馬熊和三隻藏狗。

眼前是一個牧區集鎮，許多高高矮矮的房子錯落在陽山坡上，許多大大小小的帳房散落在平川裏，更重要的是，有三條河流環繞在這裏，有三條路都是指向太陽落山的西方。多吉來吧犯難了，牠試著把三條路都走了一遍，都是走過去五六百米後路就拐彎了，拐到山峽裏頭去了。山峽是朝南朝北朝東的，唯獨沒有朝西的。更讓牠疑惑的是，路居然也能過河，路一過河就淩空架在水面上，就把西去的方向改變了。這裏不是平坦的大草原，到處都是陡峭的山、湍急的水，離開了公路，牠根本就無法向西行走。多吉來吧絕望地望著滔滔不絕的河水，趴下了。

一趴就是大半天，牠餓了，起身去尋找吃的，才發現這是一個沒有野物的地方。集鎮的街道上，來來往往的都是人，還有敞開著鋪門的商店。一瞬間，多吉來吧恍然回到了西寧城，緊張憤怒得幾乎跳起來。牠本能的舉動是躲開人群，可是牠已經進入了街道，躲到哪裡都是人，很快就被人注意上了。

「誰家的藏獒這麼好。」「是啊是啊，這麼好的藏獒。」多吉來吧趕緊走開，忽然意識到他們說的是藏話，回頭看到滿街道幾乎都是藏民，跟西結古草原的藏民差不多，懸起的心頓時落下了。牠聞了聞空氣裏濃郁的酥油味、牛糞味和羊糞味，確定牠並沒有回到牠極其討厭的西寧城，而是來到了一個藏民聚集的地方。

多吉來吧心裏鬆快了一些，藏民給牠帶來了安全感。牠在街道上走著，和許多人擦肩而過。

藏民們並不怕牠，讚賞地看著牠，甚至有人伸手梳理了一下牠的鬣毛。牠容忍著沒有咆哮，仰起面孔，彷彿在詢問那人：知道去西結古草原的路怎麼走嗎?接下來的走動中，牠把牠的詢問用那雙深澈而憂鬱的眼睛告訴了所有面對牠的人，但是沒有人給牠說起路的事情。牠覺得他們比起牠的主人漢扎西來差遠了，讀不懂牠的眼神，看不透牠的心。

多吉來吧失望得垂頭喪氣，牠臥在一個味道蠻好聞的地方。過了片刻，就知道這是一個人人都可以吃飯的地方，連牠也得到了一些羊骨頭和一個鮮羊肺。是飯館的阿甲經理拿給牠的。

阿甲經理板著面孔說：「哪裡來的藏獒，臥在這裏幹什麼？吃吧。」

多吉來吧吃起來。牠發現人吃飯之前，總要把一些紙片交給飯館的人，就從街上叼來大字報紙和標語碎片放在櫃檯上。阿甲經理驚呼起來：「你們看，你們看，多麼聰明的藏獒，連吃飯交錢都學會了。」晚上牠就臥在門口，守護著飯館，這是牠的本能，任何一個餵養過牠的人，都會得到這樣一種出自本能的報答。沒有人騷擾牠，看到牠的人都以為牠是飯館餵養的藏獒。而阿甲經理也有這個意思：一定要好好餵牠，別讓牠走掉了。

多吉來吧走遍了集鎮的所有地方，牠期望會在熙熙攘攘的藏民堆裏看到主人，牠從來就認為牠的主人漢扎西是一個道道地地的藏民。牠還不時去集鎮西頭的公路上察看。牠沿著指向夕陽的公路往前跑，一直跑到公路突然改變方向的時候才返回來。牠總覺得路是有生命的，或許有一刻，某一條路不再拐彎了，不再拐到朝南朝北朝東的山峽裏頭去了，也不再凌空跨過水面拐向更加莫名其妙的峽谷，而是劈開山脈，朝著太陽落山的地方，一直向西，向西。但是沒有，牠沒有發現路的變化，不，變化還是有的，那就是更加彎曲了，更加執拗地向南向北向東去了。

集鎮上的人都認識了多吉來吧，所有的狗也都認識了多吉來吧。人對牠和氣，狗對牠也和氣，好像這裏的狗沒有一隻是壞脾氣的。多吉來吧儘管處在落魄寂寥之中，仍然保持著傲慢驕矜的態度，只要不是來跟牠玩的小狗崽子，牠一律不理，好像這兒原本是牠主宰的領地，牠是不怒而威、睥睨一切的大王。

狗們的大度包容讓多吉來吧有些奇怪，這裏有各式各樣的藏狗，卻沒有一隻是藏獒。這兒離漢地比較近，藏獒都被「下邊人」（指平原上的人）綁架走了。沒有藏獒的地方是懦弱而平庸的，經常會有外人來鬧事，抓人，鬥爭，遊街，那些藏狗卻熟視無睹，完全不盡捍衛領地安全的責任。多吉來吧看不懂那些外來人在鬧什麼，卻對他們保持警惕，因爲他們身上散發著那種亢奮的人臊，那是不祥的氣息。

突然有一天，多吉來吧不再走動了，從晚上到早晨到中午都沒有離開飯館，大部分時間臥著。飯館的阿甲經理很奇怪：「藏獒是怎麼搞的，今天這麼老實，不會是病了吧？」

多吉來吧似乎聽懂了，把抬起的頭懶洋洋地耷拉在了前腿之間，然後閉上眼睛，從嗓子眼裏發出一陣呼呼聲，好像在生氣，又好像在打鼾睡覺。阿甲經理給牠端來了半盆肉湯，裏面放了幾塊熟牛肉。牠跳起來，呼嚕呼嚕把牛肉和肉湯全部吃乾喝盡了，然後又趴下，又是一副無精打采的樣子。

阿甲經理說：「好著呢，能吃就沒病，牠大概終於把這裏當成家了，牠當成了家，就不會再走了。」

多吉來吧自己也不知道牠爲什麼一整天都待在飯館，直到下午，當一群外來的人突然包圍了飯館開始胡作非爲時，多吉來吧才知道自己等待的就是報答。外來人在牆裏牆外糊滿大字報，牠不干涉；外來人給阿甲經理戴紙糊的高帽子，牠也不吭聲。等到那些人擰住阿甲經理的胳膊，吆三喝四地要把他帶走的時候，牠從門口站起來，威脅著吼了起來。

那些人不理會多吉來吧，他們串聯到這個牧區集鎮傳播革命火種已經好幾天了，知道這隻碩大無朋的狗不咬人。幾個人架著阿甲經理走出了飯店，走向了街道，另一些人開始打砸飯館裏的所有設施。多吉來吧就在這個時候撲了過去，牠一連撞倒了七八個人，幾乎扯爛了所有來犯者的衣服，牠讓所有人心驚膽寒，卻沒有咬死一個人。他不能給阿甲經理帶來殺人償命的麻煩。

在牠攻擊的時候，集鎮上的所有藏狗都參與進來，成了牠的幫手。牠們借勢狂吠著，朝著這裏的藏民和這裏的藏狗向來不敢得罪的外來人，第一次發出了憤怒的吼叫。那些人跑了，一個比一個狼狽地跑了。

多吉來吧追了過去。所有的藏狗都跟在了牠身後，追著，喊著，高興得打著滾兒。牠們本來就應該這樣，但不知從什麼時候起牠們不這樣了。現在牠們又開始了，又把捍衛領地安全的責任承擔起來了，好像多吉來吧一下子喚醒了牠們休眠已久的狗魂。牠們從此一發而不可收，見了那些渾身人臊的外來人就吼叫就追咬，直到把他們追攆出集鎮。

多吉來吧迅速回到街上，回到飯館門前。阿甲經理等在門口，激動地過來抱牠。牠躲開了，牠已經不習慣這樣和人親近了。阿甲經理去廚房拿了幾塊熟牛肉犒勞牠，牠讓給幾隻追攆外地人回來的藏狗，神情淡漠地臥在了飯館門口。

忽然，一道閃電在腦海裏掠過，牠站起來，眼睛盯著飯館對面的一輛卡車，就是這輛笨頭笨腦的軍用卡車喚醒了牠記憶深處的光亮。牠衝動地跳起來，想跑過去，又猛地停下了。牠謹慎地四下看了看，慢慢地走過去，聞了聞車廂，又聞了聞車頭，知道駕駛室裏沒有人，便回頭看了看，看到阿甲經理正在把門口牆上的大字報撕下來扔掉，看到飯館裏坐著幾個來吃飯的軍人，立刻就明白，卡車是軍人的。牠朝軍人走去，發現他們有點怕牠，就停在飯館門口搖了搖尾巴，然後走到阿甲經理身後，輕輕地叫了一聲。

阿甲經理回頭看了一眼，以為牠是想吃肉了，嗔怪地說：「誰叫你剛才把肉讓給了別人，你以為我的肉多得沒處去了，可以胡亂散給天下的狗。」看到多吉來吧還在叫，就說，「等著吧，我去給你拿。」說著就要進飯館。

多吉來吧的叫聲變了，忽細忽粗，奇奇怪怪的。阿甲經理停下來問道：「你怎麼了，你哭了？哭什麼，肉還有，肉還有，就是我們人不吃，也得讓你吃啊。」

多吉來吧是哭了，那是離別的眼淚，彷佛是說：我走了，我就要走了，這個給我餵食、讓我停留的人啊，我要走了。

阿甲經理沒看懂多吉來吧的眼淚，去廚房又拿來幾塊熟牛肉，要丟給牠時，發現牠已經不見了。他喊起來：「藏獒，藏獒。」一聲比一聲大。

多吉來吧又一次來到了集鎮的西頭。還是那三條不變的路，從這裏開始指向太陽落山的地方。太陽就要落山了，黃昏在路面上逗留，泥土是金黃金黃的；峽谷在不遠處花瓣似的展開著，花瓣是明亮的綠色，中間是純淨的藍色。多吉來吧把自己藏匿在路邊高高的蒿草叢裏，靜靜等待著。

一個讓牠激動也讓牠傷感的機會就要來到了，牠很快就會知道，是哪條路能把牠帶回故土西結古草原。

第三十一章　救死

岡日森格剛閉上眼睛，父親就跑進了打鬥場，他看著死去的東結古獒王昭戈，痛心得衝著岡日森格喊起來：「你為什麼要把牠咬死？」又撫摸岡日森格的遍體傷痕，難過得一屁股坐了下去。美旺雄怒來到了父親身邊，湊過頭去，在岡日森格的傷口上輕輕地舔著。

東結古騎手的首領帕嘉打馬走過來，跳下馬背，跪倒在獒王昭戈跟前，拿出一塊酥油抹在了牠身上，這是祝福的意思，是送牠去遠方的意思。接著就淚如泉湧：「昭戈，昭戈，我從小看到大的昭戈，你才活了幾個年頭就要離開我了。」

他仇恨地看著岡日森格，攥了攥拳頭，衝著自己的陣營喊了一聲：「東結古的藏獒們，為獒王報仇啊，誰來上？誰來上？」他跳上馬背，剛一坐穩，突然又驚詫地「噢喲」了一聲。

首領帕嘉的眼光盯著上阿媽騎手和領地狗群的陣營，空空蕩蕩的，人沒了，藏獒也沒了。他們是什麼時候沒有的？他們為什麼沒有了？西結古騎手的首領班瑪多吉一瞥之下，也高興地對自己身邊的騎手說：「上阿媽認輸了，上阿媽回去了。」剛說完就意識到不對，他們的首領巴俄秋珠是第一個喊出「藏巴拉索羅萬歲」的人，怎麼會輕易放棄呢？

不過首領帕嘉仍然是高興的，自言自語道：「這些拋棄了神的人啊，但願神的光輝也遠離他們。」藏巴拉索羅神宮是勝利與幸福的象徵，它聚集了山神、河神、天神、地神、風暴神、雷雨神、四季女神等等自然之神的力量。一群沒有舉行拉索羅儀式的人，怎麼會得到神的保佑呢？

首領帕嘉走向自己的騎手，大聲說：「偉大的神靈會把懲罰降給那些不尊重祂們的人。而我們爲了匍匐在神的腳下，犧牲了我們的獒王大金獒昭戈。昭戈此去，也要變成神了，這是我們獻給拉索羅儀式的最好禮物。現在，我們要磕頭，一人磕一百個長頭，要是藏巴拉索羅神宮不在磕頭中倒下，那就是對我們的允諾，我們不跟西結古的領地狗群打啦，直接去找麥書記，去找藏巴拉索羅。」

東結古的騎手紛紛下馬，朝著東西南北聳立在岡頂與山麓的四座華麗繽紛、吉祥和美的神宮，虔誠地磕起了等身長頭。

西結古的班瑪多吉吼起來：「不准磕頭，我們的神宮你們磕什麼頭？」

父親大步走到班瑪多吉跟前說：「你就讓他們磕吧，磕完了頭他們就不打鬥啦，神是大家的，又不是你一個人的。」

班瑪多吉說：「他們輸了，他們應該離開西結古草原，他們磕了頭就不會離開了。」

父親說：「不離開又能怎麼樣？能找到麥書記和藏巴拉索羅嗎？說不定藏巴拉索羅早就被別人拿走了。」

班瑪多吉擔心的就是這個，多獼騎手已經掠走了丹增活佛，丹增活佛會不會把藏巴拉索羅交出去？即使他無法交出去，麥書記也會交出去。一旦落到多獼騎手或上阿媽騎手手裏，藏巴拉索羅也就和西結古草原無緣了。班瑪多吉當然相信，不祭祀神宮，多獼騎手和上阿媽騎手就得不到神的保佑，但如果北京的文殊菩薩保佑他們呢？他們搶奪藏巴拉索羅是要獻給北京的文殊菩薩的呀！沒有大神文殊菩薩的保佑，多獼騎手和上阿媽騎手怎麼敢繞開神宮去追逐藏巴拉索羅！

班瑪多吉對父親說：「你去把岡日森格帶過來，我們已經勝利了，我們要走啦，去尋找丹增活佛和麥書記，去保衛藏巴拉索羅。」

父親說：「你還想讓岡日森格跟著你去打鬥啊？牠都起不來了，牠在睡覺，我不能叫醒牠，我要守著牠。」

班瑪多吉說：「牠醒了就讓牠來找我們，我們先去狼道峽口，看看那裏有沒有多獼騎手和上阿媽騎手的蹤跡。」

西結古騎手要走了，西結古領地狗群不走，牠們不想丟下獒王岡日森格。班瑪多吉怎麼吆喝也不頂用，求救地望著父親。

父親絮絮叨叨地說：「走吧走吧，誰讓你們是領地狗群呢，你們不聽話是不對的，班瑪多吉是西結古公社的書記，他有指揮你們的權力啊！你們的獒王岡日森格我來關照牠，牠不會有事兒的，你們放心去吧。岡日森格不在的時候，你們要團結啊，要聽人的話，也要聽……」

父親四處看了看，走過去摟住靦腆而溫順的各姿各雅說，「牠可是一隻好藏獒啊，不知道你們聽不聽牠的話，慢慢地擁護吧，你們會習慣牠的。岡日森格老了，已經不能帶著你們四處征戰了，就讓牠休息吧，以後永遠都休息吧。」

父親相信領地狗群的離開是因為聽懂了他的絮叨，他望著牠們的背影，感動地想：都是一些好藏獒啊，牠們什麼都懂，牠們知道我的心。

父親來到岡日森格身邊，剛要坐下，岡日森格就醒了。牠睜開眼睛看了看父親和美旺雄怒，吃力地站了起來。父親摟著牠說：「你的領地狗群走了，你不必跟牠們去，打打殺殺有什麼好，連我都不知道這是為什麼。你跟著我走，去寄宿學校好好治傷吧，那兒有藏醫喇嘛尕宇陀，還有很多受傷的藏獒。」

岡日森格眼睛濕漉漉地看著自己的恩人，用頭蹭了蹭他的腿，然後抬頭望了望西結古領地狗群遠去的方向，聽話地朝著寄宿學校的方向走去。父親突然意識到，岡日森格早就醒了，牠是希望雪獒各姿各雅代替牠成爲獒王。

他們身後，越來越遠的地方，敬信著山野自然之神的東結古騎手還在磕頭。一人一百個等身長頭不是一時半會兒就能磕完的，牠們磕得從容不迫、一絲不苟，磕頭伴隨著祈禱，整齊而抑揚頓挫。儘管誓死保衛藏巴拉索羅神宮的西結古騎手已經帶著領地狗群離開，這裏沒有誰觀看或者監督他們的虔誠，但是他們還是把膜拜的儀式按照內心的要求做得完美無缺。在每人磕了五十個頭之後，漸漸洪亮起來的祈禱就蓋過了風聲，如同天賜的合唱壯美而渾厚，在遼闊的草原上浩浩然迴盪。

藏巴拉索羅神宮在眾人祈禱的和聲裏，歡喜地揮舞著滿身的旗幟，它沒有在外鄉人的膜拜中倒下，也就是說，西結古的神宮允諾了東結古人的祈願，他們可以放心大膽地直接去尋找麥書記和藏巴拉索羅了。成爲戰地救護所的寄宿學校裏，唯一的醫生藏醫喇嘛尕宇陀正在念經，念的不是他每逢療傷就會念起來的《光輝無垢琉璃經》，而是《免害地上動物咒》：「唵嘎別啦嘎牧煞哈。」完了又是《卓瑪救世經》。他一條腿跪在地上，一條腿屈曲而立，用了一個馬頭金剛的坐姿，結了一個釋迦降魔的手印，目不轉睛地盯著昂拉雪山，把那經咒念了一遍又一遍。

突然他不念了，把打開的豹皮藥囊端起來，在胸前晃了晃說：「佛啊，佛啊，你看，你看，我的藥寶用完了，救命救難只能念經了，你可不能讓我尕宇陀丟臉啊，救不活這些藏獒，我算什麼藏醫喇嘛？我見了漢扎西我怎麼說，他要是再給我磕頭，我可就要撞死了。」

牛糞牆圍起來的草地上，橫七豎八地躺著那些傷勢嚴重的藏獒：上阿媽的小巴扎、上阿媽獒王帕巴仁青、東結古的兩隻藏獒、西結古的黑獒當周和另外兩隻藏獒，以及被地獄食肉魔咬傷的父親的藏獒大格列。秋加和幾個孩子也像藏獒一樣橫七豎八地趴在地上。他們按照父親的吩咐，一直在跟這些藏獒說話，也不知是否減輕了牠們的痛苦。現在他們說累了，就一個傳染一個地睡著了。

父親帶著獒王岡日森格和美旺雄怒悄悄地走近了他們，一個一個搖醒了孩子：「去，回帳房睡去。」孩子們爬起來，一見岡日森格，睡覺的心思就沒有了，都想跟牠玩，有的揪住了牠的耳朵，有的拉住了牠的尾巴。秋加翻身上去騎在了牠身上。岡日森格就像一個好脾氣的老爺爺，儘量地配合著他們的玩興。

父親看到了，吼了一聲，搶過去一把拽下秋加：「你們怎麼還能這樣，牠一直都在打仗，身上受了那麼多傷，你們看不見嗎？在你們家，你阿爸受傷了，你爺爺受傷了，你們也會這樣嗎？」

草原上的孩子都有著親近和心疼藏獒的天性，聽父親這麼一說，都圍住了岡日森格，輕輕撫摸著牠，柔聲問候著牠：「岡日森格，岡日森格，你疼不疼？」

岡日森格領情地望著他們，腳步遲滯地走動著，在每隻臥倒不起、半死不活的藏獒身上聞了聞，最後停在了大格列身邊，流著眼淚舔了舔牠的傷口。大格列感覺到了，睜開眼睛看了看牠，鼻子抽搐著，渾身突然一陣抖動，好像要告訴牠什麼。岡日森格再次舔了舔牠的傷口，又用自己的鼻子蹭了蹭牠的鼻子，好像是說：知道了，知道了，你想說什麼我已經知道了。然後來到藏醫喇嘛尕宇陀身邊臥了下來。大格列想說的是，小心啊，獒王，只有您和多吉來吧才可能是地獄食肉魔的對手，而且是年輕時候的您和多吉來吧！

父親和尕宇陀正在說話。父親說：「沒有藥了，你說怎麼辦？」

尕宇陀說：「你沒見我正在念經嗎？」

父親說：「念經誰不會念，我也會念。」

尕宇陀說：「我念和你念不一樣啊，我是個修行的人，千萬億佛土上都能長出我的聲音來。」

岡日森格聽著，仰頭看了看藏醫喇嘛尕宇陀。尕宇陀拍了拍牠的頭說：「岡日森格，我知道你爲什麼臥在了我身邊，你想讓我給你敷藥餵藥是不是？藥沒有了，連我們的獒王我都不能救治了。聽經好嗎？你聽我給你念經好嗎？」說著把懷裏的豹皮藥囊放在了地上。

岡日森格有點明白了，看了看裏面空空如也的藥囊，站了起來，在尕宇陀如泣如訴的經咒聲中，走向了牛糞牆的外面。

獒王岡日森格走了，牠是來休息和療傷的，但現在，休息和療傷都已經不可能了。牠從現場的遺留和大格列身上聞到了地獄食肉魔的強盜氣息，也從鼻子的抽搐和渾身的抖動中聽懂了大格列的話。其實用不著大格列提醒，岡日森格一看一聞就什麼都明白了：不是暴戾恣睢到極致的傢伙，留不下如此腥臊不堪、經久不散的味道。面對這樣的味道，牠唯一的選擇就是出發，去尋找，去復仇，牠是獒王，獒王的存在就是和平寧靜的存在，現在和平沒有了，寧靜消失了，牠不得不用連續不斷的廝殺和戰鬥來挽救草原的碎裂，儘管牠老了，已經承擔不起那份過於沉重的責任了。

父親追了過去：「岡日森格，你要去幹什麼？回來，你回來。」

岡日森格不聽恩人的，牠知道恩人的心就像棉花一樣柔軟，但柔軟的心對藏獒是不適用的，尤其是獒王。牠跑起來，想用儘量矯健的跑姿讓操心自己的恩人放心：我好著呢，你瞧瞧。牠越跑越快，很快跑出了恩人的視野。

父親是瞭解岡日森格的，牠越是神氣十足他就越不放心。他回頭喊道：「美旺雄怒，美旺雄怒。」美旺雄怒過來了。他比劃著手勢說：「我知道岡日森格要去幹什麼了，你跟著牠去吧，遇到危險你幫幫牠，幫不了就趕緊跑回來叫我。」火焰紅的美旺雄怒飛身追了過去。

一離開父親的視野，岡日森格就慢了下來，牠需要在慢行中恢復體力，做好迎接惡戰的準備，更需要穩住自己的心，仔細地判斷，耐心地搜索。正走著，看到美旺雄怒追了上來，便停下來吼了一聲，明確表示了牠的不願意。美旺雄怒不聽牠的，繼續靠近著。岡日森格吼聲更大了，牠知道美旺雄怒一離開，恩人漢扎西身邊就沒有一隻能夠保護他的藏獒，就堅決要把美旺雄怒趕回去。

美旺雄怒為難了，牠吼叫著告訴獒王，自己必須聽從主人的，看到獒王惱怒得就要撲過來，只好不再解釋，轉身朝回跑去。

父親一見美旺雄怒，就知道是岡日森格讓牠回來的，生氣地說：「你聽我的，還是聽牠的？去，快去跟著岡日森格，你不去我就不理你了。」美旺雄怒又追了過去。這次牠沒有被趕回來。牠理解主人的心，也理解獒王的心，就遠遠地偷偷地跟著岡日森格，又不斷地回頭聞著來自寄宿學校的味道，隨時準備跑回去。

寄宿學校裏，藏醫喇嘛尕宇陀還在念經。這次他吃力地換了一種金雞獨立的姿勢，做出斧鉞光明的手印，把經咒吼得就像唱歌一樣。父親來到他身邊說：「只要經好，用得著這麼費勁嗎？不要藏獒們的傷沒治好，先把你累死了。」

尕宇陀瞪著眼睛說：「你不要褻瀆我，我是誰？我是偉大的藥王醫聖宇陀・元丹貢布的轉世，我用修密法的姿勢威鎮住山野裏興風作浪的魔怪，再用洪亮的聲音把琉璃光如來叫醒。來啊，你也來啊，你這個漢扎西，你救下的藏獒，你爲什麼不念經？」

父親看了看趴臥在地上的那些藏獒，有的醒著，有的昏睡著。醒著的無一例外地望著他和尕宇陀，那些眼睛有的是血色的光亮，有的是玉色的光亮。他知道那是血淚閃閃的乞求，是緊緊抓住生命不想死去的掙扎。他一陣鑽心的痛，趕緊扭過頭去，用手掌抹了一把眼淚，甩在了地上。

父親對秋加和另外一些孩子說：「來，過來，你們也來念經。」

孩子們過來了。

秋加問：「漢扎西老師我們念什麼經？」

父親說：「會什麼就念什麼。」

秋加說：「唵嘛呢唄咪吽行不行？」

父親說：「唵嘛呢唄咪吽行得很。」

又有個孩子問道：「嗡啊嗒吧哑曩嘀行不行？」

父親說：「嗡啊嗒吧哑曩嘀也行得很。」

孩子們背書一樣念起來，先是六字大明咒，再是七字文殊咒。

父親也念起來，他念的經跟尕宇陀和孩子們念的都不一樣，是自己發明的經：

「藏獒們好起來卓瑪拉，藏獒的傷勢好起來白水晶夜叉，所有的藏獒都好好的怙主菩薩，牠們不好起來要你們幹啥？藏獒們好起來四十二護法，藏獒的傷勢好起來光榮的山神怖德龔嘉，所有的藏獒都好好的英雄的山神巴顏喀拉，牠們不好起來要你們幹啥？」

執著的經聲終於感動了他們所知道所祈求的所有神祇。當又一個黎明來臨的時候，一隻藏獒輕輕地叫喚起來，是上阿媽的小巴扎，牠醒了，一醒來就開始發洩憤怒。父親激動得撲了過去，藏醫喇嘛尕宇陀學著小巴扎的叫聲也撲了過去，睡著的、打盹的、醒著的孩子們都撲了過去。

父親撫摸著小巴扎的頭說：「你可不要再死了。」小巴扎怒視著他，錯動著牙齒想咬又沒有力氣咬。父親說：「秋加，快去把奶茶拿來。」父親和尕宇陀給小巴扎灌了一碗奶茶後，小巴扎就不再怒視了，但還是警惕地看著面前的陌生人。

又有藏獒的叫喚傳了過來，上阿媽獒王帕巴仁青也醒了。大概是小巴扎的聲音喚醒了牠，牠是小巴扎的阿爸，牠回應著小巴扎，聲音裏沒有絲毫發洩憤怒的意思。閱歷豐富的上阿媽獒王，睜開眼睛就知道，正是面前這些陌生人讓牠們死而復生的。牠望著他們，掙扎著想起來，卻被父親摁住了。

父親說：「先別，先別，現在你還沒有力氣。秋加，再去拿一碗奶茶。」

秋加說：「沒有了，剛才是最後一碗。」

父親說：「牛奶呢？」

秋加說：「牛奶也沒有了。」

父親說：「快去，快去牧民的帳房裏要些牛奶來，多要一些，你們就說漢扎西要餵受傷的藏獒，受傷的藏獒多得很啊，多得整個西結古草原都擺不下了。」

秋加跑向帳房，拿了兩個空癟的牛肚口袋，帶著幾個孩子跑去。

這時大格列叫起來，牠一直醒著，一直不叫，生怕父親爲牠的傷痛擔憂。但是現在牠叫了，牠看到父親一會兒去關照上阿媽的小巴扎，一會兒又去關照上阿媽獒王帕巴仁青，就忍不住嫉妒地叫起來。意思好像是說：你是誰的主人，你為什麼要管上阿媽草原的藏獒？

父親趕緊過去，蹲到大格列面前問道：「疼嗎？你疼嗎？」看大格列閉上眼睛依然叫著，立刻就明白了，說：「都是藏獒啊，你們之間有什麼仇，往前兩百年，說不定你們還在一個奶頭上吃過奶呢。不過你是我最親近的，待會兒餵牛奶，我會給你多餵一點。」

大格列當然聽不懂父親的話，但牠能從節奏的舒緩、口氣的軟硬中知道主人在安慰牠，立刻睜開水汪汪的眼睛，感激地望著父親。

整個上午，在寄宿學校的草地上，在藏醫喇嘛尕宇陀和父親持續不斷的經聲佛語中，那些橫七豎八、傷勢嚴重的藏獒一個個都醒過來了，都被灌了一碗醇厚的牛奶。除了兩隻西結古的藏獒，牠們沒有醒，沒有醒就是死了，牠們堅韌強悍的力量終於還是沒有拽住生命的遠去，早早地托生轉世去了。尕宇陀念起了《度亡經》，嫋嫋地空行著，感染了在場的所有生靈。孩子們哭起來，藏獒們也哭起來，上阿媽獒王帕巴仁青、上阿媽的小巴扎、東結古的兩隻藏獒、西結古的黑獒當周、父親的藏獒大格列，都為兩隻西結古藏獒的死亡而傷心不已。

當然傷心之餘還有欣喜，畢竟大部分醒了，活了，而且站起來了。兩隻東結古的藏獒站了一會兒，就朝著牛糞牆外面走去，父親上前攔住了：「還沒好利索呢，哪裡去？去了就是你咬我，我咬你，不要去。」

上阿媽獒王帕巴仁青站起來後的第一個動作，就是舔舐兒子的傷口。小巴扎也激動地回舔著。父親看著牠們，靈機一動，就把黑獒當周連抱帶搡地搞到了上阿媽獒王跟前：「你們也互相舔一舔吧，舔一舔你們就不會再打架了，舔啊，快舔啊。」

父親看上阿媽獒王不明白，就自己伸出舌頭舔了一下當周的傷口。上阿媽獒王看懂了，牠必須聽從這位救命恩人的。牠抱歉地看了一眼自己的孩子小巴扎，就把舌頭伸向了當周。小巴扎妒恨地衝著當周吼起來。

父親說：「你怎麼這麼小氣啊，難道你就不想得到別人的幫助？你們活著，要習慣於互相幫助，不能光習慣於互相撕咬。你站著，別動，我來給你舔。」說著，趴在地上，認真地舔起了小巴扎的傷口，舔了有十分鐘才抬起頭。他看到小巴扎已經不吼了，眼睛裏的妒恨之光正在消失，就說：「當周啊，你也應該去舔舔人家。」說著就把當周推到了小巴扎跟前。

當周是懂事的，牠知道藏獒與藏獒的敵對完全是因爲人的需要，現在人不需要敵對而需要友好了，牠就必須友好起來。牠也像父親那樣認真地舔著，等到父親起身離開時，那場面就是上阿媽獒王帕巴仁青舔著當周的傷口，當周舔著小巴扎的傷口，小巴扎舔著上阿媽獒王的傷口。

父親來到兩隻東結古藏獒的面前，坐在地上絮叨了半天，估計牠們聽懂了，才拽著鬣毛把牠們帶到了依然臥地不起的大格列身邊：「來啊，你們也親近親近吧。」

大格列憤激地望著牠們，掙扎著站起來，身子一晃又倒在地上了。

父親撫摸著大格列說：「安靜，安靜，我在你身邊你緊張什麼。現在沒有藥了，你們的舌頭就是藥，互相舔一舔，傷才會好的。」說著，趴在地上，一會兒舔舔大格列的傷口，一會兒又舔舔兩隻東結古藏獒的傷口。他就這樣做著榜樣，堅持不懈地消除著大格列和兩隻東結古藏獒之間的仇視，直到牠們互相舔起來。

父親長舒一口氣，疲倦地站了起來。突然意識到這裏一片安靜，四下看了看，才發現孩子們睡著了，藏醫喇嘛尕宇陀也睡著了，牛糞牆圍起來的草地上，橫七豎八躺著的已經不是傷勢嚴重的藏獒而是人了。他也躺了下來，閉上眼睛，很快進入了夢鄉，等他醒來的時候，已經是午夜了。

是奔跑而來的美旺雄怒叫醒了父親。他睡眼惺忪地抱著美旺雄怒的頭問道：「美旺雄怒，你怎麼回來了？」

美旺雄怒的回答就是不斷舔舐自己的前腿。父親翻了個身，湊近了看看牠的腿，不禁驚叫一聲：「怎麼了，出什麼事兒了？」月光下，美旺雄怒前腿上的傷口就像一朵血紅的花。

父親站起來，又問了一句：「你說呀，快說呀，出什麼事兒了？」但是馬上父親就明白，其實美旺雄怒已經告訴了他，所有的語言都在那一朵傷口上，那不是任何敵手咬傷的，是牠自己咬傷的。美旺雄怒知道事情緊急，聲音的語言和身形的語言都說不清楚，就咬傷了自己，用滴血的傷口告訴主人：血腥的事情發生了，趕快去救命哪。在西結古草原，包括美旺雄怒在內的許多藏獒，都會在緊急情況下用咬傷自己的辦法給人報信。

「秋加，秋加。」父親喊起來。

父親喊醒了秋加和孩子們，安排他們看好學校，看好那些受傷的藏獒。再尋找藏醫喇嘛尕宇陀時，發現不知什麼時候尕宇陀已經離去了。

父親埋怨道：「你是西結古草原唯一的醫生，這兒是唯一的戰地救護所，你怎麼說走就走了？沒有藥寶不要緊，沒有藥寶可以念經啊，經聲是真正的法寶，你這個藥王喇嘛，連這個都不知道。」父親大步走向大黑馬，備好鞍韉，跳上了馬背。

美旺雄怒立刻跑起來，牠要在前面帶路，只有牠知道，到底在什麼地方，到底發生了什麼事。

第三十二章　多獼獒王之喪

多獼騎手以爲抓到了丹增活佛，再順藤摸瓜找到麥書記，就能得到藏巴拉索羅。丹增活佛果然開口就說：「你們怎麼知道找到了我就等於找到了藏巴拉索羅？看來多獼騎手是世界上最聰明的騎手，走啊，要是你們不嫌路遠，就跟我走啊。」

多獼騎手用馬馱著丹增活佛，將信將疑地朝南走去，走了不到兩個小時，丹增活佛就下馬不走了，告訴他們：「這裏就是藏巴拉索羅。」

這是一個被稱作「十萬龍經」的殊勝之地，原野以龍的形象把一座座綿長的草岡延伸到了這裏。草岡連接平野的地方，有一個大坑，有一座覆滿了珠牡花的平臺。珠牡是格薩爾王的妃子，意思是龍女，珠牡花就是菊屬龍女花，一叢挨著一叢，顏色各個不同，紅紫藍黃白五色雜陳。奇怪的是，三米高二十米見方的珠牡臺上，只生長珠牡花，別的花草一概不長。人們說，這是當年格薩爾王派遣妃子珠牡晾曬過《十萬龍經》的地方，而龍經就來自平臺旁邊的大坑。

大坑裏長滿了珠劍草，意思是龍草，龍草只開一種花，滿坑都是雪青色的花朵，濃郁的香氣從坑中瀰揚而起，幾公里以外都能聞到。《十萬龍經》是古老的苯教經典，而出自珠劍坑的《十萬龍經》卻是經過藏傳佛教密宗祖師蓮花生的修改和加持，作爲伏藏被寧瑪派掘藏大師果傑旦赤堅發掘出來的。同時驚現於世的，還有那把刻著「藏巴拉索羅」古藏文的格薩爾寶劍。如今這出自西結古草原珠劍坑的《十萬龍經》不知去了哪裡，只留下傳說和信念，就像永不消失的風日雪色一樣永恆在人們的生活中。

丹增活佛告訴多獼騎手：「所有的尋找都是捨近求遠，所有的丟失都會在自己身上找到。藏巴拉索羅就在這裏，你們擁有了它，也就擁有了整個青果阿媽草原。」

扎雅說：「幾年前我來西結古草原朝拜過這裏，這是個吉祥的地方，正可以埋藏藏巴拉索羅。」他踢了踢平臺又說，「快啊佛爺，快告訴我們，藏巴拉索羅埋藏在什麼地方？」

丹增活佛說：「埋藏起來幹什麼？在我們的信仰裏，格薩爾到過的地方、神女珠牡到過的地方、晾曬過《十萬龍經》的地方、蓮花生降伏苯苯子（苯教徒）的地方、有過伏藏和掘藏的地方、上師果傑旦赤堅弘法的地方，就是藏巴拉索羅利益眾生的地方。」

扎雅蠻橫地吼了一聲：「錯了佛爺。」他一吼，遠遠近近觀察著他的表情的二十隻多獼藏獒也吼起來。扎雅說：「你說的藏巴拉索羅不是我們要找的藏巴拉索羅，我們要找的藏巴拉索羅是格薩爾寶劍！」

丹增活佛心平氣和地說：「佛爺是不會錯的，佛爺怎麼會錯呢？是世界錯了，你們錯了。」丹增活佛拍了拍胸脯又說：「藏巴拉索羅不在別處，就在這裏。遠古的教典裏，藏巴拉索羅是人心，人的好心、善心、光明的心，哪裡有好心，哪裡就有藏巴拉索羅。」

丹增活佛忽然大喝道：「我就是藏巴拉索羅，藏巴拉索羅就要死了！」

丹增活佛大叫一聲，雙手飛翔似的展開，轉了一圈，眼睛一閉，朝後倒去。

扎雅想扶住丹增活佛，伸出手時已經來不及了。誰也沒想到他這一倒下去，就把生命依附給了土地，死了，這麼快就死了。多獼騎手們驚愕著。扎雅蹲伏在地，把臉貼到丹增活佛的鼻子上說：「沒氣了，進的出的都沒有了，你們也試試。」騎手們輪番把臉貼到丹增活佛的鼻子上，也說：「沒氣了，進的出的都沒有了。」扎雅撕開丹增活佛紅氆氌的袈裟和黃粗布的披風，摸了摸胸口說：「不跳了，心不跳了。」騎手們輪番摸了摸，也說：「心不跳了，一絲動靜也沒有了，這麼快就冰涼了。」

扎雅最後又摸了摸，感覺丹增活佛的屍體冰涼得就像雪山融水裏撈出來的石頭。他站起來，皺著眉頭想了半晌說：「誰說這佛爺不是藏巴拉索羅呢，在西結古草原，他在哪裡權力就在哪裡。誰也不准說他死了，他就是變成鬼魂，也要控制在我們手裏。走啊，把他送到西結古寺去，我們就在那裏宣布我們找到了藏巴拉索羅。」

這時，二十隻多獼藏獒此起彼伏地叫起來。騎手們發現他們已經走不了了。一百米開外，西結古騎手和西結古領地狗黑壓壓站了一片。扎雅說：「快，不要讓西結古的人看到佛爺死了，他們會和我們拼命的。」騎手們把丹增活佛朝後抬了抬，翻身上馬，排成一列，擋在了前面。二十隻壯碩偉岸的多獼藏獒知道出生入死的時刻又來了，亢奮得你擠我撞。

班瑪多吉帶著西結古騎手和西結古領地狗群，小跑著過來，在二十米遠的地方停下了。班瑪多吉大聲說：「不守規矩的多獼人，你們不會不知道這是什麼地方吧？珠牡臺上的珠牡花、珠劍坑裏的珠劍草，難道沒有讓你們升起敬信的心來？這裏是《十萬龍經》之地，野蠻的馬蹄怎麼可以踐踏如此尊貴的地方呢？」

扎雅回答道：「正是『十萬龍經』這個名字吸引了我們，我們來看看，藏巴拉索羅是不是埋藏在珠牡臺上、珠劍坑裏。」

班瑪多吉說：「你們連藏巴拉索羅神宮都沒有祭拜，怎麼就敢爭搶藏巴拉索羅？對不舉行拉索羅儀式的外來人，西結古草原的神靈是會懲罰他們的。」

扎雅哈哈大笑幾聲說：「什麼祭拜藏巴拉索羅神宮，那都是四舊，不頂用啦，還不趕快回去燒掉，燒掉，亂講迷信是沒有好下場的。」

班瑪多吉不寒而慄，驚訝地叫起來：「哎呀呀，這不是牧民說的話，這是夜叉瘋魔的預言，你代替魔鬼說話，就不怕白哈爾護法神主割掉你的舌頭，讓你渾身長瘡變臭？」

扎雅又一陣哈哈大笑，說：「還是四舊，迷信，你們西結古人離開了迷信就不會說話啦？」

班瑪多吉說：「不跟你囉嗦了，快把丹增活佛交出來，然後離開這裏，離開西結古草原。」

扎雅說：「我們是想交出來，可是我們的藏獒不答應，你們說怎麼辦呢？」

班瑪多吉說：「狠心無恥的人啊，你們怎麼能忍心看著自己的藏獒死的死、傷的傷呢？」

扎雅說：「你怎麼知道是我們的藏獒死的死、傷的傷？快按照規矩戰鬥吧，要是你們贏了，我們就一定把丹增活佛交給你們。」

一場流血亡命的打鬥又要開始了，班瑪多吉巡視著西結古領地狗群，心想獒王岡日森格沒有來，到底讓誰先上場只能由他來決定了。必須旗開得勝，必須讓一隻最有威懾力的藏獒一舉滅除他們的威風。他喊起來：「各姿各雅，各姿各雅。」看到身邊的領地狗群裏毫無反應，正在尋找，就聽對面的扎雅一陣驚叫，這才發現雪獒各姿各雅早已經衝出去了。

雪獒各姿各雅做出了一個誰也沒想到的驚人舉動，牠沒有按照所有藏獒打鬥的常規，撲向自己的同類，而是撲向了多獼騎手的首領扎雅，一口咬在了毫無防備的扎雅的腿上，又一爪掏在了扎雅坐騎的生殖器上。坐騎驚慌地跳開，差一點把扎雅撂下馬來。靠近扎雅的多獼藏獒馬上撲過來援救，雪獒各姿各雅把自己變作一股風雪的渦流，扭頭往回跑。跑了兩步，突然轉身，以最快的速度再次撲過去，撲向了另一個騎手。這次牠沒有撕咬騎手，也沒有撕咬坐騎，而是從馬肚子下面噌地躥了過去，又躥了過去。

追過來的藏獒本來完全可以咬住各姿各雅，但是每次從馬肚子下面躥過去後，各姿各雅的脊背都會使勁摩擦馬柔軟的肚腹，馬的本能反應就是擺動身子跳起來。這一擺一跳，恰好就堵住了追上來的多獼藏獒，牠們只能擠擠碰碰地繞過馬再追，距離頓時就拉開了。

各姿各雅一連從五匹馬的肚子下面躥了過去，然後舉著鋒利的牙刀，從斜後方撲向了一隻黑如焦炭亮如油的大個頭藏獒，牠是多獼藏獒的獒王，各姿各雅一來這裏就盯上了牠。

多獼獒王當然知道隔著幾匹馬的那邊出現了險情，但已經有好幾隻藏獒撲過去了，牠也就不去管了。牠是沉著而穩健的，儀表堂堂，雍容大雅，一派王者之風。牠看清了衝過來的雪獒各姿各雅，甚至都看清了對方臉上的靦腆和眼睛裏的溫順。正因爲看清了，才覺得根本就不值得自己去親自堵截。那雪獒不是西結古草原的獒王，沒有超凡的體格，沒有入聖的氣度，更沒有山嶽般昂然沉穩的力量，牠就是一個不諳世事的半大小子，還沒有認出二十隻多獼藏獒裏誰是獒王，就被人吆喝著匆匆忙忙撲過來了。而真正強大霸悍的藏獒，絕不會匆忙胡亂行事，要出擊就會衝著對方的獒王出擊。

既然這雪獒不是西結古草原的獒王，那麼誰是獒王呢？多獼獒王在對方剛剛出現時就開始觀察，到現在也沒有觀察明白，好像沒有獒王？這麼大一群領地狗裏怎麼可能沒有獒王呢？牠搖晃著碩大的獒頭，眼光再一次專注地掃過西結古領地狗群：獒王肯定隱蔽起來了，牠隱蔽起來想對付我。

多獼獒王正這麼凝神思考的時候，一場風雪突然降臨，是夏天翠綠風景裏的風雪，潔白得讓牠眩暈，冰涼得讓牠心痛。冰涼先是出現在脖子上，接著觸電似的蔓延到了全身，當一股被冰涼逼出的熱血從自己的脖子上激射而出時，多獼獒王才意識到自己被對手咬了一口。反咬是來不及了，那雪獒已經離開牠的身體，轉身跑去。

多獼獒王神態閒雅地回過頭去，看了一眼飛身遁去的雪獒各姿各雅，閒庭信步似的邁步前走，又邁步後退，然後炫耀威風般地搖晃著，搖晃著，轟然一聲倒在了地上。牠就要死了，脖子上的大血管已經被挑斷，血是止不住的，轉眼身下就是一大片了。牠躺在鮮血上，發出了一聲驚心動魄的吼叫，從容不迫地閉上了眼睛。熊心豹膽、虎威彪彪的多獼獒王，還沒有搞清楚敵情，沒有來得及出擊就已經死了，誰也沒有想到，雪獒各姿各雅神奇的偷襲會是如此的斬釘截鐵。

雪獒各姿各雅在馬腿之間穿行，一方面是擺脫多獼藏獒的追攆，一方面是撲向新的目標。新的目標不是藏獒，而是人，是被多獼騎手堵擋在後面的丹增活佛。多獼騎手們看著偉大的多獼獒王什麼作為也沒有，就已經血肉飛濺，倒了下去，吃驚得呆立在馬上，一時還以為自己看花了眼。這正是雪獒各姿各雅衝破屏障的機會，牠飛行在馬肚子下面，左繞右繞，很快接近了丹增活佛，然後就「剛剛剛」地叫起來。

追攆而來的多獼藏獒圍住了各姿各雅，用吼聲狂轟濫炸著。各姿各雅衝幾十米遠的班瑪多吉叫一聲，又衝多獼藏獒叫一聲，臉上有了牠慣常的靦腆和溫順。牠後退一步臥了下來。牠用行動告訴對方，牠不走了，牠要一直守護著丹增活佛，丹增活佛是西結古草原的，是班瑪多吉和西結古騎手要搶奪回去的。

一隻多獼藏獒搶先撲過來，卻又突然停下了。所有圍住各姿各雅的多獼藏獒都回過頭去，就聽扎雅大聲說：「我們的獒王死了，難道是天雷打死的嗎？跑過來的是什麼藏獒，從來沒見過呀。」

班瑪多吉帶著西結古騎手和西結古領地狗群走了過來，好像各姿各雅的勝利給他注入了藏獒充沛的中氣，也給他換了一副嗓子，他的喊聲如雷如鼓：「不是說好了嗎，只要我們贏了，就一定把丹增活佛交給我們。」多獮藏獒知道更大的危機已經來臨，更重要的保護等待著牠們，丟下各姿各雅，一個個跑到多獮騎手前面去了。

扎雅意識到多獮騎手和多獮藏獒不是西結古的對手，又想到丹增活佛已經死亡，要是對方知道，麻煩就大了。他朝多獮騎手揮了揮手：「走吧，趕緊走吧，還是要找到麥書記，麥書記手裏才有真正的藏巴拉索羅。」

有人問：「這個佛爺怎麼辦？」扎雅說：「只能撂下了，我們帶個死人幹什麼，淨惹得人家追我們。」說著率先掉轉了馬頭。騎手們跟上了他。

十九隻多獮藏獒不想走，牠們望著死去的獒王硬是不想挪動半步。傷心和憑弔是必須的，藏獒比人更容易產生生離死別的悲痛，更需要一個用眼淚表達感情的儀式。這是祖先的遺傳，已經成爲一種支配著習慣的潛意識了。扎雅和多獮騎手們回頭喊著：「走啊，快走啊。」多獮藏獒們聽話地回過身去，要走，又不忍心就這樣走掉。

突然一隻藏獒哽咽了一聲，接著是淚流如注。所有的多獮藏獒都哽咽起來，圍繞著牠們的獒王，把清亮的淚珠流在了多獮獒王漸漸冰涼、硬化的身體上，《十萬龍經》之地的天空，助哭的風聲嗚嗚地響著，吹散了扎雅和多獮騎手催促牠們快走的吆喝。牠們不理睬自己的主人，不理睬人的無情，牠們堅守著自己的綿綿情意，義無反顧地要把悲情藏獒發自肺腑的慷慨悲歌用聲音和眼淚唱出來，哪怕即刻被就要撲過來的西結古領地狗群一個個咬死。

多獼藏獒忘情忘我地哭泣憑弔著，正在一步步靠近的西結古領地狗群當然知道，一個突襲猛進、摧枯拉朽的機會出現了，只要牠們出擊，這十九隻多獼藏獒就會葬送在這《十萬龍經》之地。但是西結古領地狗群在靠近到還剩十米的時候就停下了，沒有一隻藏獒乘機而出，包括最應該乘威再戰的雪獒各姿各雅，也是遠遠地看著多獼藏獒悲痛欲絕的憑弔。不，西結古領地狗不是靜靜地看著，牠們也在默默流淚，悄悄哭泣，冷漠不屬於藏獒，哪怕是作爲敵手的藏獒，也會對任何同類的死亡傷心斷腸。

扎雅和多獼騎手看吆喝不來多獼藏獒，就先自奔跑而去。他們知道，只要多獼藏獒不被咬死，牠們遲早會循著味道追攆而來。

班瑪多吉和西結古騎手惱怒地望著遠去的多獼騎手，直到看不見了，才把眼光收回來，這才發現珠牡花嬌豔盛開的地方，雪獒各姿各雅守護在一個躺倒的人身邊。那個人是誰啊？不用走近他們就看清楚了，那是紅氆氌袈裟和黃粗布披風的擁有者，是丹增活佛。

第三十三章　西奔

多吉來吧藏匿在路邊的蒿草叢裏，一眼不眨地瞪著三條路面，瞪了一個小時，機會終於按照牠的願望出現了，那是一抹在腦海中閃電般來去的略帶亮色的記憶，是一輛牠在集鎮的飯館對面看到的笨頭笨腦的軍用卡車。牠一躍而起，撲了過去，沿著那條卡車選擇的路，鑽進了車輪掀起的飛揚的塵土。疾馳開始了，牠的目的是追上卡車，絕不放過卡車，直到卡車停下。

記憶越來越清晰，再也不是閃電般來去了。牠想起多年前第一次離開主人漢扎西時的情形：主人給牠套上鐵鏈子，把牠拉上卡車的車廂，推進了鐵籠子，那一刻，牠就像一個孩子，委屈得哭了。牠沒有反抗，知道主人讓牠幹什麼牠就得幹什麼。牠大張著嘴，吐出舌頭，一眼不眨地望著主人，任憑眼淚嘩啦啦地流在了車廂裏。就是這輛卡車的車廂，絕對沒有錯，儘管牠的眼淚早已經乾涸，氣息也已經消散，但牠還是聞出了車廂的味道。更何況開車的也是軍人，雖然不是多年前的那個軍人。

在青果阿媽州州府所在地多獼鎮的監獄，牠待了兩個月，天天都能看到軍人。後來牠跑了，牠咬斷了拴著牠的粗鐵鏈子，咬傷了看管牠的軍人，跑回了西結古草原漢扎西的寄宿學校。現在，牠知道只要跟著卡車，就有希望找到多獼鎮，找到那所監獄，牠就知道路了，就能穿過多獼草原，再穿越狼道峽，回到西結古草原，就像第一次牠跑回主人身邊那樣。

天已經黑透了。多吉來吧拼命奔跑著，牠被裹在塵土裏，什麼也看不見，但是牠知道卡車一直離牠只有十米遠，也就是說，牠的速度和卡車是一樣的。後來牠就離開塵土了。牠氣喘吁吁，知道自己不行了，無論如何追不上了。牠慢下來，聞著地上和空氣中的氣息，跟了過去。

很快牠就發現，氣息越來越淡了，風很大，捲走了卡車的味道也似乎捲走了牠的嗅覺。更糟糕的是，公路上不光是牠追攆的那輛笨頭笨腦的軍用卡車，大大小小好幾輛汽車從牠身邊飛馳而過，跑到前面去了，牠用鼻子捕捉到的更多是這些汽車的味道。牠當然有能力分辨清楚，但如果遇到岔路，遇到風向轉變，就沒有十拿九穩的把握了。

多吉來吧再次疾馳起來。不希望被穿透的夜色一次次地堵擋而來，又一次次無奈地裂開了口子。但黑暗是不屈的，多吉來吧每跑一步都像頂撞在一堵厚牆上。奔跑漸漸吃力了，緩慢了，胸腔裏冒火，嗓子眼裏冒火，眼睛也在冒火，四肢開始發軟，身子沉重起來。突然，牠停了下來，搖晃了一下身子，一頭栽倒在路旁的河水邊。好在這兒水不深，牠嗆了幾口水，趕緊爬上來，呼哧呼哧地喘息著，再也起不來了。

天很快亮了，峽谷裏的晴色透明得就像抽掉了空氣。一輛拉著羊毛的汽車急停在五十多米開外，又倒回來。三個男人費了九牛二虎之力把多吉來吧抬上了裝羊毛的車廂，怕牠被顛下來，又在羊毛垛子上掏出一個坑，使勁推了進去。累昏了的多吉來吧哼了一聲，表明牠還不是一隻死狗，還有知覺。司機說：「好一隻大藏獒，連呻吟都是雄壯的。」

汽車上路了。

不知走了多久，汽車又停下了。司機下車撒尿，忽然聽到藏獒在車廂上面「嗡嗡嗡」地吼叫。司機對同事說：「牠怎麼突然精神起來了？你聽這聲音，哪裡是狗叫，分明是打雷。」正說著，多吉來吧從高高的羊毛垛子上跳了下來。

從昏睡中醒來的多吉來吧跳下車就往回跑，跑著跑著，牠看到了那輛軍用卡車停在路邊，三個軍人正在打開的車頭邊忙活著。多吉來吧停下來，遠遠地觀察著，牠不知道車壞了，需要修理，還以為卡車已經到達了目的地。牠興奮起來，眼光四下裏閃爍著，想找到監獄，想找青果阿媽州州府所在地的多獼鎮和多獼草原。但很快牠就沮喪了，這裏什麼也沒有，完全跟記憶沒關係。牠憤怒地咆哮了一聲，然後告別卡車。轉身朝著太陽落山的地方走去。

牠覺得自己走了很長時間，走過了黃昏，走進了黑夜，不能再走了，儘管有路，但牠只相信太陽，沒有太陽的天空會讓牠迷失方向。牠走出公路，來到河邊喝了幾口水，感覺餓了，正發愁沒有東西吃，就見黑黝黝的淺水灣裏，幾隻大魚正在游動。牠撲了過去，咬住了一條甩到岸上。正吃著，就聽公路上一陣汽車的轟隆聲。仰頭一看，就見那輛笨頭笨腦的軍用卡車從自己面前疾馳而過。牠吃驚地吼了一聲，跳起來就追，恍然明白：原來卡車並沒有到達目的地，剛才只不過是休息，就像藏獒，就像人，卡車也需要休息。

多吉來吧又一次鑽進了卡車後面飛揚的塵土，用恢復過來的精力，瘋狂地奔跑著。塵土好像空前厚實，牠看不見前面的卡車，也看不到兩邊的景色，只能感覺到灰塵的微粒一團一團地鑽進了牠的鼻子，嗆進了牠的肺腑，牠克制著難受，一再地告誡自己：追上去，追上去，更近更緊地跟上卡車，就像追逐野獸那樣，始終處在一撲就能咬住對方的地步。牠成功了，一步不落。

這時候，剛剛修好的卡車又壞了，是方向盤的問題，司機害怕栽進河裏去，一腳踩住了剎車。只聽一陣刺耳的摩擦聲，車停下了，黑暗中的多吉來吧、被塵土裏纏著的多吉來吧，一頭撞了過去。「咚」的一聲響，卡車搖晃了一下，牠被彈了起來，彈出去了十米，轟然落地之後便什麼也不知道了。幾個軍人下車拐到後面來，打著手電筒在車廂下面照了照，沒發現什麼，罵了一句這輛老掉牙的車，就去前面打開車頭修起來。

天正在放亮，多吉來吧在一陣汽車的發動聲中醒了過來。牠恍恍惚惚地觀察著身邊，發現自己躺在一片灌木叢裏，前爪上有血，舔了舔才知道不是爪子爛了，是頭上的血流下去了。牠憤憤地看著前面的卡車，不知道沒被撞死已經是不幸中的大幸，要不是恰好撞到平放在車廂下面的備用輪胎上，就不僅是頭皮開裂，早已經骨頭粉碎了。

多吉來吧站了起來，走了幾步，又試著跑了幾步，然後就朝著笨頭笨腦的軍用卡車小跑著追了過去。追了一段就栽倒了，爬起來再追。卡車走得很慢，司機害怕方向盤再次失靈，不敢快跑，這倒方便了多吉來吧。牠遠遠地跟著，雖然距離越拉越大，但畢竟能看見卡車，也能聞到卡車。兩個小時後，卡車突然加速了，很快消失在多吉來吧的視線外。多吉來吧不得不跑起來，跑著跑著又栽倒了。牠憤怒地吼了一聲，一口咬在自己的前腿上，似乎是說：你怎麼這麼不爭氣啊！

多吉來吧趴在地上，心中一片絕望。山風吹來，牠感覺到了風中的人臊，就是西寧城的紙牆邊扭打的那些人身上的臊味，就是小鎮飯館裏牠撕咬過的那些外來人身上的臊味。現在，這些人臊已經無處不在，瀰漫在牠經過的所有山坡所有草原。顯然，人臊已經超越牠，在牠前邊，很可能早已經漫過了西結古草原，漢扎西、妻子果日、寄宿學校，說不定已經遭遇了危難。

想到故鄉草原的危難，多吉來吧又有了力量，正艱難地向前爬行，忽然又聽見了汽車的聲音，而且聞到了那輛軍用卡車的氣息。多吉來吧大吃一驚，難道它又開回來了？

原來峽谷已經結束，路開始順著山坡下跌，用一個個連起來的「之」字形朝著草原鋪排而去。車況的不佳使卡車在多吉來吧的下方繞彎。牠望著卡車，毫不猶豫沿著路和路之間的草坡溜下去。這是牠的本能，在牠最早開始追逐野獸、撲咬敵手的時候，牠就知道直線比曲線更便捷、更容易得手。牠在草坡上連爬帶滾，很快接近了卡車，牠在上面，卡車就在兩米外的下面。牠知道卡車一走下山坡，走過這些「之」字形的路面，就再也追不上了。牠無助地坐下來，滿眼惆悵地望了望遠方的草原。似乎一望就有了靈感，牠那仍然眩暈脹痛著的腦袋突然輕鬆了一下：爲什麼不能讓下面這輛可惡的卡車拉著牠到達青果阿媽草原的多獼鎮呢？

牠倏地站起，順著山勢，對準車廂裏那些紮成捆的犯人穿的藍色棉大衣，跳了下去。

第三十四章　夢魘

父親離開兩個小時後，寄宿學校裏來了上阿媽騎手。他們去西結古寺搜查，一無所獲，便想到了牧民的帳房。上阿媽騎手的首領巴俄秋珠對騎手們說：「就是一個帳房一個帳房地搜，也要把麥書記搜出來。」他們路過了這裏，忽然惦記被父親救走的獒王帕巴仁青和小巴扎的死活。驚訝地發現，牠們不僅活著，而且恢復得很快，已經能夠站起來走動了。

上阿媽獒王帕巴仁青本能地朝他們走去，走了幾步又回來，炫耀似的舔起了傷口。和剛才一樣，帕巴仁青舔著當周的傷口，當周舔著小巴扎的傷口，小巴扎舔著帕巴仁青的傷口。

巴俄秋珠用馬鞭指著當周說：「帕巴仁青你怎麼給牠舔？你忘了牠是你的敵手啊？」

帕巴仁青不明白他在說什麼，或者牠假裝不明白，依然用濕漉漉的舌頭塗抹著當周。

巴俄秋珠說：「出叛徒了，這怎麼可以？我得把牠們帶走，不然牠們會叛變到底的。」說著舉鞭抽了上阿媽獒王帕巴仁青一下，看牠還在舔，就揪著鬣毛往前拖去。

首先表達憤怒的是十步遠的大格列。雖然牠傷勢最重，站都站不起來，憤怒卻一點也沒有失去威力。牠用粗厚的前爪在地上咚咚咚地敲打著，叫不出聲來就呼呼呼地吹氣，幾乎能把氣流噴灑到巴俄秋珠身上。受到牠的感染，跟牠在一起互相舔舐傷口的兩隻東結古藏獒吼叫起來，接著當周也發火了，要不是疼痛的傷口拽住了牠，早已經撲過去了。

被激怒的巴俄秋珠指著獒王帕巴仁青和小巴扎大聲說：「這些藏獒眼看要把我吃掉了，你們居然一點反應都沒有，那就趕快給我走，不走我就打死你們。上阿媽草原的藏獒沒有當叛徒的自由。」

秋加和孩子們跑了過去，抱住巴俄秋珠，不讓他把上阿媽獒王帕巴仁青和小巴扎帶走。秋加說：「牠們有傷，牠們走不動，漢扎西老師說牠們在這裏休息一個月才能離開。」

另一個孩子說：「我們還要給牠們餵牛奶、餵肉湯呢，牠們走了我們就餵不上了。」

巴俄秋珠推搡著他們，衝上阿媽獒王和小巴扎喊道：「咬，快把他們給我咬開。」

上阿媽獒王帕巴仁青不動，小巴扎看阿爸不動自己也不動。牠們的眼睛都濕汪汪的。

巴俄秋珠揪住領頭的秋加，推倒在了上阿媽獒王帕巴仁青跟前：「咬，你給我咬。」

帕巴仁青張開了嘴，朝秋加齜了齜牙，又朝巴俄秋珠齜了齜牙。但牠誰也沒有咬，而是一口咬在了自己腿上，腿上的肌肉頓時爛了，血從獒毛中洇了出來。帕巴仁青疼得用鼻子「哧」了一聲，濕汪汪的眼睛裏，淚水終於破堤而出，呼啦啦地流了一地。

巴俄秋珠怒斥道：「沒有用的傢伙，你還是獒王呢，你給我們上阿媽草原丟盡了臉。」說著踢了帕巴仁青一腳，又過去把秋加推倒在了小巴扎跟前，吼道：「咬，你給我咬。」

小巴扎看阿爸朝自己甩著眼淚晃著頭，就想學阿爸的樣子，也把自己咬一口，但牙到腿上又猶豫了，抬頭望著阿爸，好像是說：阿爸，我不敢咬，我疼。巴俄秋珠再次推了推秋加，在小巴扎頭頂又是揮拳又是咆哮：「快咬啊，你給我快咬啊。」

小巴扎知道主人的命令是不能不聽的，朝上看著主人盛怒的面孔，突然歪過頭去，一口咬在了秋加的衣袍前襟上。牠是故意的，牠沒有咬住秋加的骨肉，只是咬在了不會疼痛的衣袍上。但在上阿媽獒王帕巴仁青看來，就是咬在衣袍上也是不可原諒的，秋加是恩人，恩人的衣袍和骨肉一樣，都必須得到以命爲代價的尊重和保護，當主人逼迫你攻擊恩人的時候，你唯一的選擇就是把牙齒對準自己。

上阿媽獒王走了過去，懲罰似的一口咬在了小巴扎的肩膀上。小巴扎疼得尖叫一聲，委屈地哭起來，嗚嗚嗚地哭起來。

巴俄秋珠吼道：「你們是藏獒，還是我是藏獒？我都想咬了，你們怎麼還不咬？」

秋加呆愣著，突然明白過來：他們不能再讓上阿媽獒王帕巴仁青和小巴扎爲難了。他爬起來，仇恨地望著巴俄秋珠，招呼還在糾纏巴俄秋珠的幾個孩子退回到了大格列身邊。他們坐在地上，看著巴俄秋珠又是腳踢又是鞭打地趕走了上阿媽獒王帕巴仁青和小巴扎，一個個都哭了。

上阿媽獒王和小巴扎蹣跚而去，不停地回望著，有些留戀，有些歉疚。大格列一直怒對著巴俄秋珠，當周和兩隻東結古藏獒似乎想過去把上阿媽獒王和小巴扎救回來，卻被秋加和幾個孩子抱住了。

秋加說：「他們是魔鬼，會用鞭子抽你們的，你們不要過去。」

巴俄秋珠帶著上阿媽騎手和領地狗群北去的路上，看到一個牧家姑娘騎馬走在地平線上，就不遠不近地跟了過去。

姑娘掉轉馬頭迎過來，橫眉豎眼地說：「我是桑傑康珠，你們是誰？跑到我們西結古草原來幹什麼？」

巴俄秋珠說：「我們來自上阿媽草原，來這裏尋找麥書記，美麗而誠實的姑娘，妳能告訴我們麥書記在什麼地方嗎？」

桑傑康珠心想，終於碰到這幫外來的強盜了，便說：「不能，除非你們向佛菩薩保證，你們不是貪婪自私的人，你們不和任何人爭搶藏巴拉索羅。」

巴俄秋珠說：「請妳可憐可憐一個失去了老婆的人，我得到了藏巴拉索羅，就能換回我的老婆。我的老婆是梅朵拉姆，我是上阿媽公社的副書記巴俄秋珠。」

桑傑康珠說：「我知道你是巴俄秋珠，還知道你曾經是我們西結古草原的人，可我和你沒什麼交情，爲什麼要可憐你？」

巴俄秋珠說：「不會可憐人的姑娘，就不是一個好姑娘。我的老婆梅朵拉姆，她是一個可憐一切的姑娘，所以她成了草原的仙女。」

桑傑康珠：「我不會可憐一切，尤其是不會可憐跑到別人的草原來爭搶藏巴拉索羅的人。我的可憐只有一點點，只能送給一個被我騎馬追逐的人，他的名字叫勒格，知道嗎，勒格紅衛！」說著，眼睛突然一亮：槍？她看到槍了，巴俄秋珠揹著叉子槍，許多上阿媽騎手都揹著叉子槍，那可是遠勝於藏刀的真正的武器，用不著靠近敵人，遠遠地瞄準，即便有一點心軟同情，她也能萬無一失地了卻爲西結古藏獒報仇的心願——打死地獄食肉魔，打死勒格紅衛。她腦子一轉，立刻又說：「藏巴拉索羅是個寶，沒有代價拿不走。」

巴俄秋珠說：「姑娘，妳要什麼代價？」

桑傑康珠指著一個騎手背上的叉子槍說：「借給我一桿槍，我就告訴你們藏巴拉索羅在哪裡。」

巴俄秋珠說：「妳要槍幹什麼？你們西結古人的槍呢？」

桑傑康珠說：「我們西結古的騎手都好幾年沒有槍啦，槍都被丹增活佛藏了起來，丹增活佛說，槍是佛的敵人。可是現在，勒格紅衛來了，地獄食肉魔來了，我不用槍口對準他們，他們就會咬死吃掉所有的藏獒。」

巴俄秋珠驚怪地問道：「就是那個被妳騎馬追逐的人嗎？為什麼又要可憐，又要用槍口對準他？」

桑傑康珠說：「我不是已經告訴你了嗎，他的地獄食肉魔會咬死吃掉所有的藏獒，包括你們的藏獒。」

巴俄秋珠說：「哪裡來的強盜，哪裡來的地獄食肉魔，他們來幹什麼？」

桑傑康珠說：「你們來幹什麼，他們就來幹什麼，至於是哪裡來的，我可不能告訴你。」

巴俄秋珠立刻意識到這筆交易是划算的：既可以得到關於藏巴拉索羅的消息，又可以借這個姑娘的手，扼制甚至除掉一個爭搶藏巴拉索羅的對手。

巴俄秋珠說：「我們的槍只借給誠實的人，妳拿什麼證明妳不會欺騙我們？」

桑傑康珠說：「我要是欺騙了你們，就讓佛菩薩派遣女骷髏夢魘鬼卒來懲罰我吧。」

桑傑康珠的誓言是無法懷疑的，巴俄秋珠從一個騎手那裏要來了槍和十發自製的火藥彈，把它們交給了桑傑康珠。而他得到的是這樣幾句話：「麥書記不在西結古寺裏，也不在牧民的帳房裏，他在一個你們不敢去的地方。」

這時候，她想起了鹿目天女谷，覺得那是個恐怖陰森沒人去的地方，騙他們走一遭，也是一件開心的事兒，就說出了它的名字，口氣裏透著不容置疑的神秘，心裏卻嗖嗖地冷笑著：「我就是佛菩薩派遣來的女骷髏夢魘鬼卒，我怎麼可能自己懲罰自己呢？」

巴俄秋珠心想：那倒真是一個藏人藏寶的好地方。

桑傑康珠把比自己的身體還要高的叉子槍架在了馬背上，朝來路跑去，又見一彪人馬和一群藏獒從南邊的草岡背後閃出來，朝著碉房山的方向疾速跑去。她縱馬過去堵在他們前面，認出是東結古草原的騎手，喝問他們來西結古草原幹什麼。

東結古騎手的首領帕嘉說出的話居然和上阿媽的巴俄秋珠一模一樣：「美麗而誠實的姑娘，妳能告訴我麥書記在什麼地方嗎？」於是，他們也得到了相似的回答：「把你們最大的綠松石和紅松石給我，把你們最華麗的藏刀給我，我就告訴你們麥書記和藏巴拉索羅在什麼地方。」

於是，他們在上阿媽騎手身後，朝著鹿目天女谷飛馳而去。

桑傑康珠亢奮地鞭打年輕的青花母馬去追趕勒格紅衛和地獄食肉魔。青花母馬的奔跑開始是疾馳的，後來就遲緩了，再後來就偏離方向跑向岔路。桑傑康珠惱怒地喊道：「爲什麼給我搗蛋，你這個地獄食肉魔的幫兇。」

桑傑康珠很快就明白了，從前面的草壩背後隱約傳來一陣廝打聲，她以爲是地獄食肉魔又在作祟，跑上草壩才發現是多獼騎手和多獼藏獒，他們攻擊的是西結古草原的獒王岡日森格。

岡日森格爲追蹤在寄宿學校留下味跡的地獄食肉魔來到了這裏，多獼騎手和多獼藏獒爲尋找麥書記和藏巴拉索羅路過了這裏。彼此相遇的一瞬間，多獼騎手的首領扎雅喊起來：「咬死牠，咬死牠。」他並不知道他們遇到了西結古草原的獒王，只知道一隻身形如此高大、氣度如此不凡的藏獒絕非等閒之輩，而他們恰恰需要一個找準目標爲死去的多獼獒王報仇雪恨的機會。

騎手們用聲音和手勢唆使著藏獒。十九隻多獼藏獒剛剛從《十萬龍經》之地趕過來，送別獒王的悲傷依然迴盪在胸間，報仇的衝動卻又主宰了牠們的身心。牠們圍住岡日森格狂吼大叫，打鬥眨眼就拉開了帷幕。

但無論多獼藏獒咬死岡日森格的欲望多麼強烈，都不能違背一對一的鐵律群起而攻之。很快牠們就發現，沒有一隻多獼藏獒是岡日森格的對手，牠們只能採取前仆後繼的戰術，讓岡日森格在廝打的疲倦中自己認輸，主動就範。桑傑康珠趕到的時候，疲憊不堪的岡日森格擊敗了七隻多獼藏獒，正與第八隻大藏獒艱難對峙，眼看就被對方壓倒在身下。

桑傑康珠撒開韁繩，端著槍，驅馬走過去大聲說：「佛菩薩，佛菩薩，快快告訴我，這些沒有鼻梁的多獼人和狗熊一樣的多獼藏獒，爲什麼要欺負我們的老獒王岡日森格。無恥之極的多獼人，不想吃槍子的話，就趕快收場吧。」

她端槍瞄準了騎手，幾乎在同時，意識到自己用不著開槍，她的法寶還應該是語言，不見形跡卻可以達到目的的語言。她說：「你們不就是來尋找麥書記和藏巴拉索羅的嗎？咬死了我們的老獒王岡日森格，難道麥書記就會帶著藏巴拉索羅走到你們面前來？」

多獼騎手的首領扎雅一聽就懂了桑傑康珠的話，立刻喝住了還在撕咬的多獼藏獒，喊起來：「啊，牠就是你們的獒王岡日森格，怪不得厲害得讓我們不敢相信，不過最後的勝利就要來到了，是我們的，不是你們的。快告訴我姑娘，麥書記在哪裡，妳的一句實話，就可以換取你們獒王的性命。」

桑傑康珠說：「麥書記算什麼，他只會給我們西結古草原帶來災難，比起我們的獒王岡日森格，他就是一攤沒有用處的稀牛糞。你快把你們的藏獒帶走，我用歌聲告訴你。」

扎雅招呼騎手們離開。桑傑康珠在他們身後亢亢亮亮地唱起來：「牛羊愛吃的那紮草，牠長在南方的平地上，不會念經的麥書記，他走過了那紮草地，走進了鹿目天女谷。」唱罷就跳下馬，撲向了岡日森格。

岡日森格知道是桑傑康珠救了自己，感激地搖了搖尾巴，強迫自己站起來，舔了舔她的手。

桑傑康珠坐下來，仔細看了看岡日森格，覺得沒有性命之憂，就心疼地摸了摸牠的傷口，口氣堅定地說：「岡日森格，我不能陪著你啦，我得去追攆勒格紅衛和地獄食肉魔，去給西結古草原的藏獒報仇。你趕快回到領地狗群裏去，或者去找你的漢扎西。」

岡日森格從她的手勢中理解了她的意思，想告訴她前面的危險，又說不出來，急得「呵呵呵」一直叫。桑傑康珠翻身上馬，朝著野驢河東去的方向奔馳而去。

岡日森格矚望著桑傑康珠的背影，休息了片刻，循著她的路線走了過去。走著走著就停下了，前後左右地聞起來。不同的氣味從三個方向徐徐而來，前邊是遠去的桑傑康珠，後邊是追來的恩人漢扎西和赭石一樣通體焰火的美旺雄怒，而牠此行的目標勒格紅衛和地獄食肉魔卻突然出現在了右邊。顯然牠是不能再跟著桑傑康珠走了，但如果繼續追蹤地獄食肉魔，恩人漢扎西和美旺雄怒怎麼辦？牠知道他們是來找牠的，他們找不到牠，就會一直找下去。

岡日森格猶豫不決地轉著圈子，另一股讓牠警覺的氣息突然鑽進了牠的鼻子，牠神經質地揚起了頭：狼？怎麼從狼道峽的方向隨風飄來了這麼濃烈的狼臊味？牠下意識地朝前走去，突然又停下了，現在哪裡還有咬殺狼群的時間，排除外來藏獒的挑戰，就已經力不從心了，更何況還有對恩人漢扎西和美旺雄怒的擔憂。牠焦躁不安地吼了幾聲，不停地用前爪刨著地面。

狼群的氣息漸漸清晰起來，清晰成了兩股，一股是牠極其熟悉的紅額斑狼群的，一股是牠不熟悉的外來狼群的，外來狼群和本地狼群的氣息混合在了一起，說明狼對狼的戰爭就要開始或者已經開始，在藏獒與藏獒你殺我咬的時候，狼類也不可避免地陷入了自相殘殺。這對西結古草原的領地狗群來說，當然是好事兒，無論外來的狼，還是本地的狼，都還顧不上侵害人畜。

此刻，岡日森格還無法知道，另有一股狼群，即白蘭狼群也來到了野驢河流域，牠們處在下風口，沒有把氣息傳給牠，但牠們現在是西結古草原上最危險的狼群。牠們正在以極大的耐心和極惡的用心覬覦著寄宿學校，草原的狼災已經降臨，九年前狼群咬死十個孩子的慘景隨時都可能發生。

岡日森格臥了下來，畢竟牠是理智的，知道追蹤地獄食肉魔的欲念無論怎麼迫切，都不能立刻付諸實施，剛才和多獼藏獒的打鬥已經耗盡了體力，牠需要恢復，更需要打消一切後顧之憂——如果心裏牽掛著恩人漢扎西和美旺雄怒，牠就不可能百分之百地集中精力。牠用最舒服的姿勢趴臥著，把視覺和嗅覺的注意力都投放在了走來的路上。一個小時後，牠看到美旺雄怒帶著恩人漢扎西出現了。

父親和美旺雄怒一見岡日森格，就激動地大叫起來。父親忘了他的大黑馬已經年老體衰，使勁用靴子後跟剁著馬肚子：快啊，快啊。岡日森格望著他們，起身就走。牠當然知道這樣的相遇對沒有預知能力的父親來說意味著多大的驚喜，但牠實在顧不上迎合一下這種驚喜，勒格紅衛和地獄食肉魔已經走了很長時間，牠必須儘快趕上去。恩人已經來到，履行一個獒王的職責，保衛領地，懲罰入侵者，為大格列報仇，為所有牠已經預感到卻還無法斷定的死去的藏獒報仇，就是第一位的了。

當桑傑康珠和多獼騎手交涉的時候，魁偉高大、長髮披肩的勒格紅衛其實就在離他們不到三百米的地方。他把馱著大黑獒果日的赤騮馬拴在草窪裏的石頭上，自己趴在高處觀察著桑傑康珠和多獼騎手的動靜。他雖然聽不清楚他們在說什麼，但當他看到多獼騎手和多獼藏獒朝南走去的時候，立刻決定：暫時放棄對西結古藏獒，包括獒王岡日森格以及領地狗群的屠殺，跟上去看看，這些外來的人到底要幹什麼?在「大遍入」法門的啓示裏,不是也有比咬殺西結古藏獒更重要的事情嗎?再說,儘管他潛意識裏並不反感桑傑康珠跟著自己,但一想到她會追問他的往事,尤其是追問他的明妃、他的「大鵬血神」,就覺得還是甩掉她的好。更何況他看到了她胸前明晃晃的叉子槍,知道那是專門用來對付他和他的藏獒的。她有了槍,他就不得不萬分小心了。

勒格紅衛帶著地獄食肉魔,沿著多獼騎手和多獼藏獒的路線,走向了恐怖陰森的鹿目天女谷。

第三十五章 上阿媽新獒王之殤

丹增活佛的紅氆氌袈裟和黃粗布披風昭示著他們，班瑪多吉跳下馬跑了過去，所有的騎手都跑了過去。圍住丹增活佛的同時，就知道他死了，西結古草原的靈魂死了。除了作爲公社書記的班瑪多吉再三再四地探摸著丹增活佛的氣息和心跳之外，大家都哭起來。珠牡花芬芳、珠劍草吐香的《十萬龍經》之地上，藏獒爲藏獒而哭泣，人爲人而哭泣。

班瑪多吉要率領騎手和領地狗追擊多獼騎手，有人問：「佛爺呢？我們的佛爺怎麼辦？」班瑪多吉說：「動不得，動了就說不清了，這裏是現場，再說，這是一個多麼吉祥的現場啊，有珠牡台，有珠劍坑，有寫在大地上的《十萬龍經》，還有天上的神鷹，就要下來了，就要下來了。」

騎手們朝天上看去。領地狗們見人在看天，也都翹首朝天上看去，牠們看到了盤旋的禿鷲，不是一隻，而是幾十隻。

禿鷲們催逼人離開，朝著人群淋起了雨，那是饑餓的口水。見淋了口水的人群好像還沒有迅速離開的意思，禿鷲們便發起狠來，冰雹一樣淋下來一天的鳥糞。有一坨正好在班瑪多吉臉上開了花，他用手掌抹了一把說：「快走啊，神鷹們都急不可耐了。」說著大步過去，跳上了馬。騎手們趕緊向圓寂了的丹增活佛磕頭，祈禱，誠摯地告別，然後紛紛上馬。

只有雪獒各姿各雅沒有走，牠朝著騎手們的背影叫起來，意思是說：不要走啊，你們不要走。騎手們不理牠，牠便衝過去，橫擋在了班瑪多吉前面。

班瑪多吉不理解，朝牠揮著手說：「幹什麼，你要幹什麼？讓開，快讓開。」見各姿各雅不僅不讓開，反而叫得更兇了，便帶著騎手們驅馬繞了過去。

雪獒各姿各雅悲傷而憂急地看到無人理解牠的意思，就跑向了領地狗群，用叫聲表達著，用焦躁刨土的前腿表達著，用和牠們一個個碰鼻子的方式表達著。領地狗群理解了，跟著各姿各雅跑向了西結古騎手，排開隊行，密密匝匝地攔住了去路。

班瑪多吉把眉頭皺成了昂拉雪山，怒氣沖沖地呵斥著：「怎麼了，我們西結古草原的領地狗群怎麼了？不聽我的話不說，還給我搗蛋。沒有了獒王岡日森格，你們都成野狗啦？」

領地狗們不在乎班瑪多吉的呵斥，一任倔強地阻攔著。班瑪多吉命令身邊的騎手：「衝過去，衝過去。」自己首先打馬跑起來。雪獒各姿各雅不想傷害到馬，指揮著領地狗群讓開了。班瑪多吉帶領騎手們從領地狗群的夾道裏一擁而去。

各姿各雅失望得差點哭起來。牠叫了幾聲，想再次追上去攔住騎手們，卻發現天上的禿鷲已經一隻接一隻地落在了丹增活佛身邊，便不顧一切地朝丹增活佛跑去。領地狗群紛紛跟上了雪獒各姿各雅。各姿各雅已經透過咬死多獼獒王的行動證明了自己超群的機智和勇敢，牠們是服氣的，在岡日森格不在的情況下，牠們樂意聽牠的，牠儼然已經在代行獒王的職責了。

班瑪多吉跑著跑著，突然尋思道：沒有了領地狗群，我們靠什麼找到並保衛麥書記和藏巴拉索羅？靠什麼去給丹增活佛報仇？他勒馬停下，讓騎手們等他一會兒，自己縱馬跑向了領地狗群，用企求的口氣喊著：「走吧，快跟我們走吧，各姿各雅，快帶著領地狗群跟我們走。」

跑到跟前，班瑪多吉就不喊了。他看到那些饑餓的禿鷲被領地狗群趕上了天，雪獒各姿各雅正在溫情地舔舐丹增活佛的臉，另外幾隻藏獒撕扯著他的袈裟。丹增活佛坐起來了，雖然眼睛閉著，卻真真切切地坐起來了。班瑪多吉想：死人都已經變硬了，怎麼還能坐起來？趕緊跳下馬過去，從後面抱住了丹增活佛，手在胸前一捂，不禁大吃一驚：佛爺啊佛爺，你的心怎麼又跳起來了？再摸摸他的氣息，氣息是流暢而溫熱的。他放開丹增活佛，打著呼哨讓騎手們過來，喊道：「活了，我們的佛爺又活了。」

坐起來的丹增活佛又躺下了，躺下後就被各姿各雅舔開了眼睛。他看著天，看著天上的禿鷲，眸子轉動著，突然呼出一股勁力之氣，「啊呀」一聲，雙手撐地，欠起了腰，稍候片刻，便雙腿一縮，站了起來。他整理著自己紅氆氌的袈裟和黃粗布的披風，四下看了看，問道：「多獼騎手呢，他們又到哪裡去尋找麥書記和藏巴拉索羅了？」

班瑪多吉說：「佛爺你不是死了嗎，怎麼又活來了？」

丹增活佛說：「我死了嗎？我是佛，佛怎麼會死呢？佛沒有活，也就沒有死，佛是睡著了。」

班瑪多吉後來才明白，丹增活佛一直在修證金剛乘無上瑜伽，其中有一法，就是離魂法，也叫如來滅度，做法的人有本事讓自己的意識和呼吸心跳歸空不見，自由住行。在別人看來，那就是死了，靈魂和肉體分家了。

班瑪多吉說：「你還說你不會死，你已經被神鷹圍住了你知道嗎？今天是各姿各雅立了大功，牠一是咬死了多獼獒王，二是救了佛爺你一命，要不是牠，你早就跑到神鷹肚子裏去了。」

丹增活佛感激地摸了摸一直靠在自己腿邊的雪獒各姿各雅，溫情地念了一句金剛薩埵心咒：「唵，別扎薩埵吽。」算是對牠的祝福。

雪獒各姿各雅高興得刨腿揚頭，眼睛裏的靦腆和溫順更加可愛了。牠畢竟是一隻年輕的藏獒，不像老成持重的岡日森格，根本不把人的誇讚放在心上。牠等待的就是被牠救了一命的丹增活佛的表揚，現在牠心滿意足了，回到領地狗群裏，率先朝西跑去。

班瑪多吉意識到牠們一定有西去的理由，不再吆喝，率領騎手要奔去西結古寺，防止外來的人去搜查。

丹增活佛說：「你還嫌西結古寺不夠煩亂嗎？寺院是清淨安寂之地，你們去了寺院，外來的騎手就以爲那兒藏著麥書記和藏巴拉索羅，你們是去保護的。他們跟到寺院鬧騰起來，那還得了？」

大家就跟著領地狗群往西走去，不到半個小時，就發現雪獒各姿各雅又立了一功，牠把領地狗群和騎手們帶進了一片莽莽蒼蒼的開闊地，那兒長滿了牛羊愛吃的那紮草，在開闊地的草潮那邊，一隊上阿媽騎手牽著馬，藏身露頭地走到窪地裏去了。看他們行蹤詭秘的樣子，雪獒各姿各雅也放慢腳步，伏下了身子，所有的領地狗都學著牠的樣子放慢腳步伏下了身子。

藏獒不是一般的狗，一般的狗在這種時候總會大喊大叫，藏獒身上有一半野獸的血統，保持有野獸接近獵物時屏聲靜息的天性。

丹增活佛首先溜下馬，朝著班瑪多吉擺擺手。班瑪多吉和所有騎手都下了馬，圍攏到了丹增活佛身邊。

丹增活佛小聲說：「他們來這裏幹什麼？往前就是鹿目天女谷了。」

班瑪多吉失聲叫起來：「鹿目天女谷？」他早就聽說過這個地方，但是他和所有的牧民一樣，都沒有靠近過這個神秘的山谷，只知道無數山谷的傳說。

鹿目天女谷自然是鹿目天女的領地。鹿目天女是一個有無量之變的密法女神，她讓無數的白唇鹿做她的伴侶，因此哪兒有群聚的白唇鹿，哪兒就是鹿目天女的行宮。她的華麗的行宮有時飛翔在藍空，有時停留在雲中，有時出現在冰山頂上，有時就坐落在鹿目天女谷連接著那紮草開闊地的谷口。她的行宮是兩隻眼睛的形狀，不管在什麼地方，都會發出兩股白光。野獸中鹿的眼睛是最大最亮的，鹿目天女的意思也就是她有一雙超美麗的鹿眼。

據說幾百年前，寧瑪派的大師們就是在鹿目天女谷發掘了「大圓滿要門阿底瑜伽部教法」的全部伏藏。而在比伏藏現世更爲久遠的年代，佛教把不能降伏收納的山野之神和苯教神祇用法力統統趕進了這個山谷，交由鹿目天女管理。這個山谷便從此有了獰厲而恐怖的色彩，一般人不敢進入，進去就是死。也有超凡之人進去後，出來就變成了格薩爾說唱藝人。青果阿媽草原的三個最著名的格薩爾說唱藝人都是從鹿目天女谷裏走出來的，他們都是「巴仲藝人」，也就是做夢學會說唱格薩爾的人。據他們自己說，他們進到谷裏走了大約不到五十個箭程，就被一些凶神惡煞打昏了，醒來後就情不自禁地說唱起了格薩爾。一說唱格薩爾，那些一直包圍著他們的凶神惡煞就驚恐萬狀地逃之夭夭了。

丹增活佛說：「幾十年前，昂拉雪山的密靈洞被一場狗瘟廢棄後，我就把鹿目天女谷當成了一個修證無上密法的去處，曾經在這裏塗泥封門靜修了五年。但是現在，牠和密靈谷裏的密靈洞一樣，也已經和佛法密宗無關了。」

班瑪多吉說：「佛爺，你是說已經有人知道了？」

丹增活佛點點頭說：「是啊，不僅知道了，而且已經有人進去了。還有前面的上阿媽騎手，他們肯定是爲尋找鹿目天女谷才來到這裏的。到了這裏，有眼睛的人都能找到，人不告訴他們，滿地的白辱鹿也會告訴他們。走啊，悄悄地跟過去，他們要是想進山谷，就追上去堵住他們；要是不進山谷，就裝作沒看見，放他們過去。」

班瑪多吉說：「讓他們進吧，進去就出不來了，神會管束他們。」

丹增活佛搖搖頭說：「神就是信，信就是神，人要是不信，空淨就沒有了，心就會變實變髒，很容易沾染上魔鬼的氣息，一旦出來，貽害牧民不說，麥書記和藏巴拉索羅也要遭殃了。」

班瑪多吉覺得丹增活佛的話裏還有別的意思，想了想，不明白，就說：「上阿媽的人爲什麼要進鹿目天女谷？鹿目天女谷跟麥書記和藏巴拉索羅有什麼關係？」

丹增活佛說：「啊，我也不知道，做佛的人，是破了意識和知見的，也就是什麼也不知道，世界上的事情，沒有一樣他知道。」

班瑪多吉驚訝而疑惑地望著丹增活佛，還想說什麼，丹增活佛一甩披風，走到前面去了。

丹增活佛和騎手們很快走過那紮草地，看到了一個灌木叢生的開闊山口。

丹增活佛說：「那就是鹿目天女谷。」他從馬背上溜下來，把馬交給了馬的主人，然後說，「我要回西結古寺了，你們去追吧。」

班瑪多吉看到上阿媽騎手正在快步走向谷口，立刻招呼西結古騎手上馬。他們「拉索羅，拉索羅」地喊著，追了過去。

班瑪多吉帶著西結古騎手和領地狗，來到灌木叢生的山口，及時堵住了就要隱入鹿目天女谷的上阿媽騎手和上阿媽領地狗。一場打鬥勢在必然了。在上阿媽騎手看來，鹿目天女谷裏果然藏匿著麥書記，要不然西結古人不會專門跑來堵截他們。而在西結古騎手的首領班瑪多吉看來，不管鹿目天女谷跟藏巴拉索羅有沒有關係，最重要的是，外面的人搶到哪裡，他們就應該堵到哪裡。

班瑪多吉喊道：「各姿各雅，各姿各雅。」

上阿媽的巴俄秋珠也喊起來：「恩寶丹真，恩寶丹真。」

雪獒各姿各雅一如既往地靦腆和溫順著，甚至都有點唯唯諾諾、膽小怕事的樣子。西結古的騎手和領地狗群已經知道牠是那種大勇若怯、大智若愚的厲害角色，都把期待信任的眼光投向了牠。而上阿媽的新獒王藍色明王恩寶丹真卻因爲一直沒有出色的表現，受到了上阿媽騎手的懷疑。巴俄秋珠喊完了牠的名字，就有些猶豫，是讓牠上呢，還是讓原來的獒王帕巴仁青上？瞅了一眼帕巴仁青，看牠一副委靡不振的樣子，就啐了一口唾沫，然後大聲說：

「恩寶丹真，你的機會來啦，你要是再不好好表現，新獒王就不是你了。」

身似鐵塔的恩寶丹真知道是催促牠拼命。牠邁著虎虎生威的步伐走過來，把一身蓬鬆的灰毛抖了又抖，然後用一對玉藍色的眼睛深沉而陰狠地望著雪獒各姿各雅。各姿各雅似乎笑著，謙卑地低著頭，走到離對方五步遠的地方安靜地臥了下來，好像是說：我可不想和你打鬥，你想打你就來吧，咬死我算了。牠的眼光柔和而善良，是最具有狗性魅力的那種善良，是只有見到主人或親人後才會有的那種柔和。

恩寶丹真稍微有些猶豫，牠知道對方的柔和與善良也許是假的，但在這種假象沒有被對方自己撕破之前，牠是寧可做君子不做小人的。牠也臥了下來，這個舉動說明牠充滿了自信，以爲犯不著在對方表示友好的時候發動突然襲擊，堂堂正正地比拼力量和速度，就完全能夠讓對方一敗塗地。

遺憾的是，人對藏獒總是缺乏理解，上阿媽的巴俄秋珠以爲恩寶丹真害怕了，使勁鼓動著：「恩寶丹真，上啊，快上啊，你是我們的新獒王，不能還沒有打鬥就趴下。無敵於天下的藍色明王，你的名字就是恩寶丹真，你快給我上啊。」

恩寶丹真只好站起來，撲過去一口咬向各姿各雅的脖子。

結果在所有人的預料之中，恩寶丹真不是各姿各雅的對手，牠的體力和速度都不輸於各姿各雅，但牠的智慧不如。幾個回合之後，恩寶丹真的喉嚨就已經掛在各姿各雅的牙齒上了。

第三十六章　入獄

卡車在上午明麗的陽光下停在了監獄的高牆下。高牆上有崗樓，崗樓裏有哨兵，居高臨下的哨兵衝司機喊道：「怎麼才回來？」

司機說：「車況不好，多走了一個晚上。」

哨兵說：「你拉的是什麼，一隻狗熊嗎？」

司機說：「什麼狗熊，你才是狗熊。」

哨兵說：「那是什麼？是一隻大狗？」

似乎是為了證明自己的存在，突然看到高牆的多吉來吧知道目的地已經到了，驚喜地叫了一聲。司機愣然地站到駕駛室的踏板上，往車廂裏頭看了一眼，不禁大叫一聲：「哎喲媽呀，果然是一隻狗，這麼大一隻狗。」

多吉來吧立刻意識到危險來臨了，從紮成捆的犯人穿的藍色棉大衣上跳起來，跳出了車廂。車箱板擋了一下牠的後腿，牠脊背著地一連打了好幾個滾兒。

等牠爬起來再跑時，司機喊起來：「打死牠，打死牠，快啊，別讓牠跑了。」

哨兵舉起了槍，就在多吉來吧跑出去五十米後，扣動了扳機。

多吉來吧趔趄了一下，保持著奔跑的姿勢沒有倒下，但速度明顯地慢了下來。司機和另外兩個從卡車上下來的人都跑了過去，不知從哪裡冒出來的幾個人也跑了過去，他們都是年輕的軍人，天不怕地不怕，橫擋在多吉來吧面前。多吉來吧憂傷地回過頭去，看著從屁股上滴瀝而下的血，似乎覺得自己已經不可能回到西結古草原，不可能回到主人和妻子的身邊去了，眼淚嘩啦啦流下來。牠哭著，一瘸一拐地朝著人牆衝了過去。人牆嘩地散了，那些人又跑到前面去，組成了新的人牆。多吉來吧哭得更厲害了，血越來越多地流淌著，地上出現了一串紅豔豔的血花血朵。牠倒了下去，又起來，再一次衝了過去。

就這樣，多吉來吧一次次衝破人牆，人牆又一次次出現在牠面前。更不幸的是，人牆在不斷增厚，又有很多人加入了進來，其中一個穿軍裝戴袖套的學生，身上散發著人臊，手拿著一根鐵釘丫杈的棍子搗來搗去，有一次居然搗在了牠的眼睛上。幸虧牠躲閃得及時，沒有讓對方把牠搗成瞎子，但鐵釘還是劃破了牠的臉頰和嘴唇。牠徹底惱怒了，哭著叫著，不顧一切地撲過去，咬住那個戴袖套的手，讓他丟掉了棍子。但緊接著牠就再也撲不動了，槍傷的疼痛、臉頰和嘴唇上的疼痛拿住了牠，力氣隨著鮮血的流淌喪失殆盡。

牠跌倒在地，掙扎著怎麼也站不起來，只有哭聲一如既然地陪伴著牠。牠把思念主人和妻子以及故土草原和寄宿學校的感情，把不能撲向預感中的危難、氤氳不散的亢奮人臊的焦急，變成了最後的乞求，變成了從來沒有忍受過的屈辱，永不甘心地表達著。牠的眼淚變色了，不是白的是紅的，眼睛流血了，第一次因爲示弱和乞求，而變得血色飽滿。

戴袖套的學生用右手捂著受傷的左手，把掉在地上的棍子朝司機踢了踢說：「打呀，打死這個畜生。」

司機說：「同學，我看算了，就讓牠這樣待著：要是死了，咱們扒皮；要是活了，讓牠去咬狼，咱們扒狼皮，扒幾張狼皮你帶回老家去。」說罷，轉身走了。

十分鐘後，司機找來了一個年老的管教幹部，指著多吉來吧說：「就是牠，小心牠把你咬了。」

老管教懷抱著一團粗鐵鏈子，畏畏縮縮地望著司機，再一看多吉來吧，頓時就不敢往前了。

司機催促著：「快啊，這是考驗你的時候。」

老管教走近了一些，試探著伸過手去。多吉來吧吼起來，把滿嘴的唾液當做武器濺了老管教一身，嚇得他一屁股坐下，滿懷的粗鐵鏈子稀哩嘩啦掉在了地上。

老管教恐懼地瞪著多吉來吧對司機說：「你們不要急，拴住牠得有時間，我在這裏坐一會兒，讓牠先認識我，然後再靠近牠。」

司機說：「反正這事兒交給你了，牠要是跑了，你得承擔責任。」

人們陸續離開了。老管教屁股蹭著地面，離多吉來吧遠了一點，歎口氣說：「你這隻藏獒，我好像認識你，八九年前你是不是在這兒待過？你叫什麼來著？叫多吉？叫金剛？我記得後來你咬斷鐵鏈子逃跑了，怎麼又回來了？回來就沒有你好過的，你看他們把你打成什麼樣子了。你要聽話，千萬不要對抗拿槍的人。他們都是後來的，不認識你。這兒認識你的人已經不多了，我算是一個吧。我是個沒有後門的老管教，調不到城裏去，現在又是批判對象，跟你一樣失去了自由，你可要同情我、配合我，知道嗎？讓我把鐵鏈子銬到你身上，不然我的日子就不好過了。」

他就這麼翻來覆去地嘮叨著，多吉來吧安靜了，加上傷痛和乏累的困擾，牠閉上了血紅的眼睛，也閉上了張開的大嘴，在神志漸漸變得模糊迷亂的時候，容忍了老管教對牠的靠近。

老管教的靠近是一點一點的，直到多吉來吧完全閉上眼睛，連喘氣都顯得微弱不堪的時候，他才伸手觸到了牠的毛，先是輕輕地摸，然後輕輕地拽，看牠沒有任何反應，便大著膽子用指頭使勁梳了梳牠那足有一尺半長的鬣毛。接下來的時間裏，老管教把粗鐵鏈子牢牢固定在了牠粗碩的脖子上，又找來一根一米多長的鋼杵，用鐵錘打進地裏作爲拴狗樁。一切妥當之後，他去向司機彙報。

多吉來吧昏睡了兩天，當第三天的烏雲從牠心裏升向天空的時候，牠睜開了眼睛。牠望著從自己眼前延伸而去的粗鐵鏈子，呆癡了很久才回憶起兩天前的情形。牠心裏一陣傷感和緊張，想跳起來，屁股上的槍傷一陣鑽心的痛，只好慢騰騰地撐起身子，朝前走去。鐵鏈子拽住了牠，牠回頭咬鐵鏈子，沮喪地知道它是強大而牢固的，它代表著人的意志，沒有給牠留下一絲逃離此地的可能。

牠想起八九年前自己從這裏逃跑的情形，那一次牠咬斷了粗鐵鏈子，咬傷了看管牠的軍人。可是這一次不行。這一次的鐵鏈子粗得無法再粗，更何況牠已經老去，牙齒也不如那時候堅硬鋒利了。牠丟開鐵鏈子，朝著五十米之外的監獄高牆悲憤地咆哮起來。

聽到咆哮，老管教從高牆拐彎的地方冒了出來，快步來到多吉來吧面前，驚叫著：「我的天，你流了那麼多血還能活過來，要是人早就死了。」

多吉來吧一聞味道就知道正是這個人給牠套上了粗鐵鏈子，一再拼命地朝他撲去。

老管教後退著說：「別，別，你別生氣，別把傷口掙裂了，我給你敷了藥，也灌了藥，還灌了羊奶，你能站起來就好，站起來就說明我有功了，我得表功去。」說著，老管教轉身就走。

剛走出去十多米，就聽一陣哭聲突然傳來：「同學你醒醒，你醒醒。」老管教抬腳就跑，跑向了高牆拐彎的地方，倏忽一閃不見了。多吉來吧搞不明白這哭聲來自哪裡，更不明白這哭聲到底爲了什麼，只聽伴隨著訴說的哭聲越來越聲嘶力竭了：「同學你怎麼了？你醒醒，同學你醒醒！」牠屏住呼吸靜靜地聽著，聽了很長時間哭聲才消失。

下午，正當太陽曬得多吉來吧煩躁不安的時候，老管教又來了。他給牠帶來了一個青稞麵饅頭、一小塊生羊肉。在丟給牠的時候，老管教說：「你可不能再咬我了，我是個好人，我在餵你。」多吉來吧從嗓子眼裏發出一陣呼嚕聲威脅著他，先一口吞掉了肉，再一口吞掉了青稞麵饅頭，然後又朝他咆哮撲跳，一次次把沉重的粗鐵鏈子繃成了直線。

老管教坐到牠撲不到的地方說：「藏獒你聽著，我們這兒有人突然躺倒起不來了，昏迷了，拉到醫院搶救去了。我看是高原反應，他是個學生，從北京城來的，來串聯，播撒革命的火種。來了就鬧不住，整天寫標語喊口號，上躥下跳，能不反應？但是現在人家不怪高原反應，怪的是你啊，你咬傷了人家的手，人家要報復你。他們這會兒還在醫院，顧不上你，你說你怎麼辦？是等著讓人家回來打死你呢，還是要逃跑？」

多吉來吧壓根就沒打算聽他說話，不斷地咆哮著，撲跳著。

老管教又說：「我看你還是逃跑吧，像你這樣的大藏獒，死了多可惜啊！我想放你走，大不了讓我承擔責任唄，批鬥是免不了的，習慣了，沒什麼，最壞的結果也就是關到大牆裏頭去。我是個老好人管教，從來沒有欺負過犯人，裏頭的犯人比外頭的同事對我好。但是藏獒，我害怕你咬我，你要是咬我，我就不能把鐵鏈子給你解開了。」

老管教嘮叨著，往前湊了湊。一貫聰明的多吉來吧這時候不聰明了，牠受了槍傷，又被面前這個人用粗鐵鏈子拴了起來，這就等於在牠的意識裏取消了對這裏所有人的信任，牠唯一的辦法就是掙扎、不馴、怒號、仇恨。老管教看牠一直都這樣，自己說了那麼多都是白說，起身走開了。

老管教很快又回到了這裏，丟給多吉來吧幾根羊肋巴骨。就在牠一再地想吃又無法輕易搆著的時候，他從後面悄悄過去，從作爲拴狗樁的鋼杵上解開了粗鐵鏈子，然後站起來就跑，跑出去二十步遠，才回頭說：「藏獒你走吧，帶著鐵鏈子快走吧，走回你的老家去，讓你的主人把鐵鏈子解下來。」

多吉來吧沒有意識到牠已經自由，只覺得突然搆著了羊肋巴骨，就大口吃起來。牠知道自己負傷了，多吃東西傷口才會好得快一點。吃完了就想發洩，牠衝著老管教一邊吼一邊撲，這才發現粗鐵鏈子在跟著自己移動。

多吉來吧詫異地回頭看了看，又盯上了老管教。老管教正在給牠揮手：「走啊，快走啊。」牠走起來，一再地觀察著老管教的舉動，看他是不是在耍什麼陰謀。牠不明白：這個拴住了牠的人，怎麼又把牠放走了？走了幾步，多吉來吧就想跑起來，但是不行，屁股上的槍傷太疼。鐵鏈子太長，太粗，太沉。牠只好慢慢地走，簡直不是困厄中的逃跑，而是黃昏後的散步。牠著急起來，對著自己的無能咆哮著，一再地歪過身子去，怒瞪著自己的屁股和拖在地上的粗鐵鏈子。

老管教知道送病人去醫院搶救的人馬上就要回來了，一回來，多吉來吧的命就保不住了，自然比牠還要著急，使勁跺著腳，壓低了嗓門催促著：「快走啊，快走啊，你怎麼好像捨不得走，這裏有什麼捨不得的？」但立刻他就明白是粗鐵鏈子妨礙了多吉來吧。他回頭看了看高牆拐彎的地方，聽到已經有人聲的喧嘩從那邊傳來，緊趲幾步，追上了多吉來吧，一腳踩住了粗鐵鏈子，堅決地說：「來，我給你解開。」

老管教似乎忘了這隻藏獒正處在暴怒之中。多吉來吧哪裡會明白老管教的意圖，以爲他是來阻止自己逃跑的，張嘴就咬，按照牠獸性的本能，牠本來是要咬住他的喉嚨的，突然想到他給自己餵過食，便把頭一扭，咬在了他的肩膀上。

老管教痛叫了一聲，卻沒有撒手，拽住牠脖子上的粗鐵鏈子，嘩啦嘩啦搖晃著，搖大了圈套，雙手拽著，從偌大的獒頭上把粗鐵鏈子拽了出來，又大喊一聲：「逃，你快逃！」

一瞬間，多吉來吧鬆口了，也愣住了。牠明白過來，完全明白過來。牠禁不住嘩啦啦地流下了淚，牠不走了。老管教躺在地上，用手捂著流血的肩膀，一再地喊著：「逃啊，你快逃啊！」

多吉來吧這次聽懂了他的話，但是牠沒有逃，越是聽懂了，牠就越是不能逃。牠走過去，舔著老管教的肩膀，無比歉疚、無比懊悔。老管教咬著牙坐了起來，推了牠一把，又蹬了牠一腳：「藏獒你怎麼了你？爲什麼不逃，再不逃你就完蛋了。」

多吉來吧深情地搖著尾巴臥了下來，滿臉都是眼淚，都是感激和悔恨。

老管教長歎一聲，突然也像多吉來吧那樣淚如泉湧了，哽咽著說：「你比人好啊，你比人有感情。」說著他抬起了頭，無限悲戚地瞪著監獄高牆拐彎的地方。

從監獄高牆拐彎的地方走來了那些準備殺死多吉來吧的人。他們吆吆喝喝停在了二十米遠的地方，立刻有幾桿槍從人群裏伸出來，瞄準了多吉來吧。老管教趕緊挪過去，擋在了多吉來吧前面。多吉來吧怒視著人和槍，站到了老管教前面。

「咦？都挺勇敢，都挺仗義的。」司機說，司機胳膊上有了紅色袖套，身上也有了濃烈的人臊。

寂靜。多吉來吧坦然如原、冷靜如山地挺立著，感染得老管教也像山原一樣坦然、冷靜地從後面抱住了多吉來吧。風不吹了，雲不動了，呼吸也沒有了，什麼聲音都消失了，世界就等著槍響。

槍沒有響。槍放下了。司機歎了一口氣，突然說：「這麼英雄的造型我喜歡，我下不了手。算了，還是讓牠走吧。」

老管教趕緊站了起來，繞到多吉來吧前面，用雙手推著牠的頭：「走吧，趕緊走吧。」

司機也說：「走吧，想去哪兒就去哪兒吧。」說著，揮了揮手。

多吉來吧最後一次舔了舔老管教的肩膀，轉身走了。走的時候已經不是逃跑，而是惜別。牠走得很慢，不停地回望著監獄的高牆和高牆前面那些給牠送行的人，回望著老管教和司機，默默地流著淚，似乎是說：有恩的人們啊，我怎麼才能報答你們？

第三十七章　瘋獒王

上阿媽新獒王恩寶丹真倒下之後，巴俄秋珠對各姿各雅說：「你咬死的不過是一個代理獒王，真正的上阿媽獒王就要來了，你等著，你等著。」

各姿各雅似乎聽懂了他的話，不好意思地撮了撮鼻子。

這時，班瑪多吉哈哈大笑：「滾出西結古草原吧上阿媽人，麥書記和藏巴拉索羅跟你們沒關係。」

巴俄秋珠惱羞成怒地揮動馬鞭抽打了幾下恩寶丹真的屍體，回身來到帕巴仁青身邊說：「你還是我們的獒王，拿出你以前的威風來，給我上。」

上阿媽獒王帕巴仁青望了一眼巴俄秋珠，依然是一副委靡不振的樣子。

巴俄秋珠彎下腰，指著前面的雪獒各姿各雅吼道：「西結古的藏獒咬死了我們的恩寶丹真你沒看見嗎？快去報仇啊，快去啊。」

帕巴仁青坐了下來，好像沒聽見，神情淡漠地注視著前面。巴俄秋珠用手使勁推著帕巴仁青，看推不到前面去，就舉起馬鞭抽起來，好幾下都抽在了沒有痊癒的傷口上。帕巴仁青疼得齜牙咧嘴，離開巴俄秋珠，後退了幾步，又坐下了。

巴俄秋珠說：「哪有上阿媽草原的獒王不聽上阿媽騎手的，你不上，那就讓你兒子替你上。」

巴俄秋珠來到小巴扎跟前，指了指雪獒各姿各雅，做了個撲咬的手勢說：「獒多吉，獒多吉，你要是不咬死牠，就不要回來，我們不要你了。」小巴扎畢竟是小孩子，想不了那麼多，一看主人讓牠上陣，跳起來就撲了過去。

一直在前面靜靜觀察著的雪獒各姿各雅早有防備，小巴扎一到跟前，牠就躲開了。牠連躲五次，惹得小巴扎急躁難忍，「剛剛剛」地叫起來。牠一叫，撲咬的速度就慢了，而且把頭揚了起來，一揚頭就給各姿各雅亮出了喉嚨，更糟糕的是，牠為了叫得響亮，眼睛朝向了天空。就在這個眼睛望著天空而不是平視對手的瞬間，各姿各雅發動了第一次反擊，理所當然一口咬住了小巴扎的喉嚨。

當各姿各雅猛然甩頭離開時，牠小巴扎就已經站立不穩，頭重腳輕了。片刻，牠倒在了地上，打了一個滾，把頭朝向阿爸帕巴仁青，撲騰撲騰忽閃著眼皮，期待地看著：阿爸，阿爸，我不行了，快來為我報仇啊！

帕巴仁青走了過去，淚眼濛濛地望著自己的孩子，舔哪，舔哪，在血流不止的喉嚨上無望地舔著，一邊舔，一邊把眼淚糊在了孩子的傷口上。小巴扎也哭著，那是對世間的留戀，是無聲的告別，當最後一滴眼淚變成珍珠滾落而下時，牠的氣息也就隨之消失了，只有血是活躍的，還在旺盛而急切地流動。帕巴仁青嗚嗚地號啕起來。

上阿媽騎手的頭巴俄秋珠走了過來，看了看小巴扎說：「好啊，好啊，要麼你咬死敵人，要麼被敵人咬死，你是藏獒你就得這樣。」然後又對帕巴仁青說，「你要是早上，你兒子就不會死了。現在你該上了吧？快去給兒子報仇啊，咬死這隻雪獒！」他看帕巴仁青還是無動於衷，再次揮動馬鞭，使勁抽打著，「給我上，快給我上，你不上，我們就進不了鹿目天女谷，就得不到麥書記和藏巴拉索羅，就換不來梅朵拉姆，你知道嗎？求求你了，快給我上。」

上阿媽獒王帕巴仁青揚頭迎受著鞭打，痛苦地望著自己的主人，發出一聲長叫，彷彿在乞求主人放棄。回答帕巴仁青的依然是鞭子。帕巴仁青吼叫起來，算是一聲長歎，然後撲向了前面。前面是一塊堅硬的石頭，牠把石頭咬住了，牢牢地咬住了，牠用最大的力氣咬合在石頭上，只聽「嘎巴」一聲響，一顆虎牙倏然崩裂，又是「嘎巴」一聲響，另一顆虎牙也是倏然崩裂。

悲壯而剛烈的自殘讓牠滿嘴是血，牠疼痛得渾身抖顫，朝著巴俄秋珠張大了嘴，吐長了舌頭，哈著紅豔豔的腥氣，撲簌簌地流著淚。他告訴自己的主人：我沒有牙齒了，我不能打鬥了。

巴俄秋珠愣了一下，氣得渾身發抖，像狼一樣咆哮起來：「沒有牙齒也得咬，只要你不死你就得咬，你是上阿媽獒王，你活著就得咬！」

巴俄秋珠的馬鞭再次抽起來，如同風的呼嘯，以前所未有的猛烈，落在了上阿媽獒王帕巴仁青身上。帕巴仁青跳起來了，終於跳起來了。這隻黃色多於黑色的巨型鐵包金公獒終於服從了主人的意志，牠的眼淚嘩嘩而下，牠在眼淚嘩嘩而下的時候，張著斷裂了兩顆虎牙的血嘴，撲向了西結古的雪獒各姿各雅。雙方的騎手都吆喝起來：「咬死牠，咬死牠！」

雪獒各姿各雅一看上阿媽獒王帕巴仁青來勢兇猛，不可抵擋，便朝後一擺，回身就跑，牠想帶著對方兜圈子，兜著兜著再尋找撕咬的機會。但帕巴仁青不跟牠兜圈子，看一下子沒撲著牠，就又撲到別的地方去了。帕巴仁青撲向了另一隻藏獒，那是西結古的一隻母獒。母獒哪裏會想到對方會攻擊自己，愣怔了一下，來不及躲閃，就被對方咬住了喉嚨，只覺得渾身一陣冰涼的刺痛，鮮血頓時滋了出來。

所有的人、所有的藏獒，都驚呆了：公獒絕對不會、從來不會撕咬母獒，不管牠是己方的還是敵方的母獒，這是藏獒的鐵律，是遠古的祖先注射在生命血脈中的法則，但是現在，上阿媽獒王帕巴仁青公然違背了。更何況牠的兩顆虎牙已經斷裂，牠失去了置對手於死地的鋒銳，居然和擁有鋒銳一個樣。牠這是怎麼了？難道牠不是藏獒？或者，牠瘋了。

上阿媽獒王帕巴仁青咬死了一隻西結古母獒，又撲向了另一隻小藏獒，也是一口咬死。這隻出生還不到三個月的西結古小藏獒，連一聲慘叫都沒來得及發出。人和藏獒都是一片驚叫。

驚叫還沒落地，就見帕巴仁青已經朝著西結古騎手撲去，牠張著斷裂了兩顆虎牙的血嘴，撲到騎手的身上，咬了一口，又撲向騎手的坐騎，一口咬破了馬肚子，然後轉身就跑。

帕巴仁青跑向了上阿媽的陣營，驚愣著的上阿媽領地狗群突然意識到牠們的獒王得勝歸來了，趕快搖著尾巴湊上去迎接，沒想到迎接到的卻是獒王所向無敵的斷牙。斷牙所指，立刻就有了驚訝的喊叫，有刺破鼻子的，有咬爛肩膀的，還有眼睛幾乎被刺瞎的。領地狗們趕緊躲開，這一躲就躲出了一條夾道，夾道是通往上阿媽騎手的首領巴俄秋珠的。

巴俄秋珠愣怔地看著帕巴仁青從夾道中朝自己跑來，忽地舉起馬鞭，恐怖地喊道：「魔鬼，魔鬼，你要幹什麼？」喊著，使勁揮舞著鞭子。上阿媽獒王帕巴仁青迎著馬鞭撲了過去，一口咬在了巴俄秋珠的胳膊上，幾乎把他的胳膊咬斷，然後再次跳起來，撲向了另一個騎手。

巴俄秋珠喊起來：「瘋了，瘋了，牠瘋了。」

是的，牠瘋了，上阿媽草原的獒王帕巴仁青瘋了。牠已經不知道誰是主人、誰是同伴、誰是對手了。瘋狗帕巴仁青撲向了所有能夠撲到的目標，包括人，也包括藏獒，包括西結古的人和藏獒，也包括上阿媽的人和藏獒。上阿媽騎手和領地狗群亂了，西結古騎手和領地狗群也亂了。雙方暫時放棄了互相的對抗，都把對抗的目標鎖定在了瘋狗帕巴仁青身上。瘋狗帕巴仁青張著斷裂了兩顆虎牙的血嘴，忽東忽西地追逐撕咬著，好像牠是不知疲倦的，只要牠不死，就一直會這樣殘暴乖張地撕咬下去。

西結古的班瑪多吉指揮著自己的騎手和領地狗群躲避。而在上阿媽騎手這邊，在一陣緊張忙亂的逃跑躲閃之後，巴俄秋珠和所有帶槍的騎手都從背上取下了槍。十五桿叉子槍瞄準了他們的獒王瘋狗帕巴仁青，但帕巴仁青快速奔跑在混亂人群狗群裏，他們無法開槍。巴俄秋珠氣得臉都紫了，不停地說：「丟臉啊，我們的獒王真是丟臉啊！」

終於一個機會出現了。當瘋狗帕巴仁青再次撲向西結古領地狗群，眼看就要咬住班瑪多吉時，雪獒各姿各雅斜衝過去，一頭撞開了帕巴仁青。帕巴仁青丟開班瑪多吉，朝著各姿各雅撲去。各姿各雅轉身就跑，用一種能讓對方隨時撲到自己的危險的速度，帶著帕巴仁青離開西結古騎手和領地狗群，朝著開闊的那紮草地跑去。瘋狗帕巴仁青緊追不捨。上阿媽騎手的首領巴俄秋珠縱馬跟了過去，雙腿夾緊馬肚，兩手端槍，在奔跑中瞄準了瘋狗帕巴仁青。

大家都知道，只要槍響，喪失理智的帕巴仁青就會平靜，是徹底的平靜、永遠的平靜。

但是上阿媽獒王瘋狗帕巴仁青似乎永遠都不會平靜，槍始終沒有響。巴俄秋珠看到，在他的瞄準線上、瘋狗前去的地方，突然出現了一列人影、一列獒影。他放下槍，勒馬停下，仔細看了看，異常懊惱地發現：這裏又增加了一個搶奪麥書記和藏巴拉索羅的對手，東結古騎手和東結古領地狗來了。

東結古騎手和東結古領地狗一靠近鹿目天女谷，就看見一隻雪獒和一隻黃色多於黑色的巨型鐵包金公獒一前一後奔馳而來。他們立馬停下，嚴陣以待，準備迎擊來犯者。等到跑在前面的雪獒到了跟前，才發現牠們是一個追一個，與自己沒有關係，頓時就放鬆了警惕。

雪獒各姿各雅何其聰明，一看來了另一隊人和狗，就知道這些人和狗的到來對西結古騎手和西結古領地狗是不利的。牠在奔跑中搖起了尾巴，臉上的神情卑微而平和。東結古領地狗都是清一色的優秀藏獒，一看對方表示友好，就大度地放棄了迎戰的姿態，讓雪獒各姿各雅闖進狗群，轉眼消失了。

上阿媽獒王瘋狗帕巴仁青一對深藏在長毛裏的紅瑪瑙石眼睛燃燒著，幾乎能噴出藍焰來。牠撲向了離牠最近的一隻黑色公獒。黑色公獒以為牠會繞過自己繼續追攆雪獒，正要讓開，那快如閃電的撕咬就來到了自己脖子下面。黑色公獒驚慌地躲開，卻已經被咬傷，正要橫撲過去報仇，發現瘋狗帕巴仁青已經撲向了另一隻黑藏獒。這隻黑藏獒有一點準備，猛吼一聲奔撲而去，在被對方咬住自己肩膀的同時，也把自己的牙齒嵌進了對方的肩膀。瘋狗帕巴仁青哪裡在乎自己的肩膀，狂跳而起，踩著黑藏獒的身子，撲向了五步之外東結古騎手的首領帕嘉。

首領帕嘉「哎呀」了一聲，拽著韁繩要躲開，卻把馬屁股亮給了對方。帕巴仁青一口咬在了馬屁股上，驚得馬前仰後合，一下子把帕嘉摔了下來。幸虧他被摔了下來，摔得淹沒在了馬隊中，帕巴仁青沒有咬著他，就去撲咬別的目標。

首領帕嘉驚慌地喊道：「瘋狗，這是一隻瘋狗。」一爬起來就跑，邊跑邊指揮自己的人和狗快速前進，他知道只有把他們和前面的西結古人以及上阿媽人混雜在一起，才有可能擺脫瘋狗肆無忌憚的撕咬。瘋狗是那隻雪獒從對手那裏故意引過來的，他們要做的，就是把牠引還給對手。

東結古騎手和東結古領地狗被瘋狗帕巴仁青追攆得七零八落，紛紛靠近了上阿媽陣營。上阿媽的巴俄秋珠再次端起槍，瞄準了越跑越近的瘋狗帕巴仁青，就要開槍的時候，首領帕嘉突然在他面前晃了一下，擋住了他的眼睛。帕嘉的意思是：牠把我們咬慘了，現在該咬咬你們了，你不能打死牠。

瘋狗帕巴仁青轉眼到了跟前，帶著空前肅殺的氣息，無限誇張地演示著牠風暴一般的乖戾恣睢。上阿媽騎手和上阿媽領地狗就像被狂風捲起的沙塵，呼啦啦地攪成了一團。巴俄秋珠看到這麼亂的場面、這麼近的距離槍已經失去作用，就只好喝令領地狗群咬死牠。可是上阿媽的領地狗群怎麼可能咬死牠們的獒王呢？儘管牠們知道獒王瘋了，自己隨時都會被瘋獒王咬死咬傷，但牠們不像人，牠們只要清醒，就寧可自己死傷，也不會撲向昔日的同伴和首領。

又是一次廝殺表演，瘋狗帕巴仁青一連咬倒了兩隻藏獒、四名騎手，好像牠意識到是人讓藏獒們互相殘殺的，是人把牠逼成了這個樣子。受了傷的馬橫衝直撞，踩踏著亂哄哄的人和狗。巴俄秋珠捂著自己胳膊上的傷口，驚恐失色地喊叫著：「這可怎麼辦，這可怎麼辦？西結古的山神不頂用了嗎，怎麼不來管管這畜生。」

突然傳來一陣呼喚：「帕巴仁青，帕巴仁青，你怎麼了帕巴仁青？」這聲音緊張裏透著柔和，嚴厲中藏著關切，好像帕巴仁青真正的主人來到了這裏，讓所有的上阿媽騎手和上阿媽領地狗都愣了一下。他們循聲望去，只見那個曾經出現在藏巴拉索羅神宮前的寄宿學校的漢扎西老師，從那紮草地那邊騎馬跑來了。

西結古的陣營裏，班瑪多吉喊了一聲：「別過去，漢扎西，上阿媽獒王瘋了。」

父親跳下馬，詢問地望了望班瑪多吉，丟開大黑馬的轠繩跑起來，呼喚的聲音更加關切更加憂急了：「帕巴仁青，你瘋了嗎？你怎麼瘋了？你還認得我嗎？」

瘋狗帕巴仁青看到所有的人和狗都在躲避牠，只有一個人正在快速接近牠，便暴吼著撲過去。

人們驚叫起來，藏獒們也驚叫起來，但誰也無法阻攔父親，更無法阻攔瘋狗，就眼睜睜地看著父親和瘋狗相互跑近。瘋狗是六親不認的，瘋狗咬傷他的結果是狂犬病，可怕得勝過了鼠疫、痲瘋和虎狼之害。父親不管不顧，他在一片人和狗的驚叫聲中張開了雙臂，做出了擁抱帕巴仁青的樣子，就像他曾經多少次擁抱岡日森格、多吉來吧、美旺雄怒、大格列那樣。瘋狗帕巴仁青撲過去了，張開血盆大口，齜出依然不失鋒利的斷牙，在摁倒父親的同時，一口咬住了他的喉嚨。

但是沒有血，瘋狗帕巴仁青咬住了父親的喉嚨，卻沒有咬出血來。父親的皮太厚了，喉嚨太硬了，就像裹了一層鐵。人們當時都這麼想。而父親自己卻什麼也沒想，當瘋狗的大嘴咬住他的喉嚨時，他並不認爲這是仇恨的撕咬，他覺得他跟所有藏獒的肉體接觸都是擁抱和玩耍，所以他現在跟帕巴仁青也是情不自禁的擁抱。他用蠕蠕而動的喉嚨感覺著被斷牙刺激的疼痛，依然在呼喚：「帕巴仁青，你瘋了嗎？你是一隻好藏獒，你怎麼瘋了？」

這呼喚是那麼親切，氣息是那麼熟悉，一瞬間，瘋狗帕巴仁青愣住了，似乎也清醒了。牠從小就是上阿媽草原的領地狗，沒有誰像家庭成員那樣豢養過牠，牠的主人是所有上阿媽人，聽著上阿媽人的呵斥，服從他們的意志，成了牠的使命。既然如此，牠的感情就是粗放的、整體的、職業的。來到西結古草原後，牠的感情突然細緻了、具象了、個性化了。父親，這個在藏巴拉索羅神宮前救了牠的命的恩人，這個在寄宿學校的草地上傾注所有的力量和感情照顧過牠的恩人，這個不怕被牠咬死而深情地跑來想再次挽救牠的恩人，突然抓住了牠那已經麻木成冰的神經，輕輕一拽，便拽出了一天的晴朗。所有的堅硬，包括最最堅硬的瘋狗之心，驀然之間冰融似的柔軟了。

帕巴仁青趴在父親身上一動不動，在瘋魔般席捲了幾個小時後，終於靜靜地不動了。不動的還有嘴，嘴就那麼大張著噙住了父親的喉嚨，用清亮而火燙的唾液濕潤著父親黑紅色的皮膚。眼淚，嘩啦啦的，上阿媽獒王帕巴仁青的眼淚嘩啦啦地流在了父親的臉上，讓父親深深的眼窩變成了兩片透澈清瑩的鹹水湖。父親後來說，草原上的藏獒啊，就是這樣的，只要你對牠付出感情，哪怕是瘋狗，也會被感動，也會平靜下來跟你心貼著心。

父親推著帕巴仁青說：「你都壓扁我了，你還是讓我起來吧。」

帕巴仁青明白了，把大嘴從父親喉嚨上取下來，沉重的身子離開父親半米，臥了下來。

父親欠起腰，撫摸著牠說：「讓我看看，你的傷好了沒有，啊，沒有啊，又嚴重了，又有了新傷，到處都是血啊，你是怎麼搞的，一點也不知道心疼自己。」

這時父親看到了牠的嘴，驚叫起來：「你的牙？你的牙怎麼斷了？」好像斷裂的是自己的牙，父親一下子就哭了，痛苦地說：「沒有牙你怎麼活呀？」

帕巴仁青當然聽不懂父親的話，但父親心疼的撫摸就是翻譯，讓牠準確地感受到溫柔和關切。牠流淚了，牠不會傾訴牠的委屈和無奈，但牠完全明白父親的心，明白父親對牠的愛護超過了任何一個人，也知道這愛護無比珍貴，是萬萬不能丟棄的。

父親輕輕撫摸著牠，用衣袖揩拭牠嘴上身上的血，站起來說：「你跟著我吧，你不要待在這裏了，這裏的人都是魔鬼。」

上阿媽獒王帕巴仁青仰頭望著父親，看父親朝前走去，便毅然跟上了他。牠跟得很緊，生怕被父親甩掉似的。

西結古騎手的首領班瑪多吉餘悸未消地站在遠處，大聲問道：「喂，瘋狗怎麼不咬你啊？」

父親說：「我又不是藏獒，我怎麼知道，你還是問牠自己吧。」

這時有人喊了一聲：「站住。」父親站住了，就像又一次看到了藏獒的死亡，呆愣的表情上，懸掛著無盡的憤怒、悲傷和茫然不解。

前面，十步遠的地方，上阿媽騎手的首領巴俄秋珠正騎在馬上，把槍端起來，瞄準著上阿媽獒王帕巴仁青。父親「啊」了一聲說：「巴俄秋珠，你要幹什麼？求求你不要這樣。」

巴俄秋珠屏住呼吸一聲不吭。

父親說：「我知道爲什麼你要這樣，你要打就打死我吧。」

巴俄秋珠還是不吭聲。

父親又說：「難道你不相信報應嗎？打死藏獒是要遭報應的。你沒有好的來世了，你會進入畜生、餓鬼、地獄的輪迴，你知道嗎？」

槍響了。這是誰也沒有料到的，在父親的乞求和警告聲中，槍居然響了。槍聲伴隨著巴俄秋珠的咬牙切齒，嘎吱嘎吱的，就像嫉妒變成了鋼鐵，又變成了火藥。他是這樣想的：這是誰啊，是我們上阿媽草原的獒王帕巴仁青嗎？上阿媽獒王不聽上阿媽騎手的，更不爲上阿媽騎手戰鬥，卻要跟在一個西結古人的屁股後面轉悠。叛徒啊，不管牠瘋了還是不瘋，牠都是一個不折不扣的叛徒。連獒王都做了叛徒，藏巴拉索羅從何而來？梅朵拉姆從何而來？

帕巴仁青以無比清醒的頭腦望著巴俄秋珠和黑洞洞的槍口，哭了。上阿媽草原的獒王、這隻黃色多於黑色的巨型鐵包金公獒，閃爍著深藏在長毛裏的紅瑪瑙石一樣的眼睛，哭了。牠知道主人要打死牠，知道自己已經中了致命的槍彈，牠淚如泉湧，打濕了土地，打濕了人和狗的心。牠張大了嘴，裸露著兩顆斷裂的虎牙，極度悲傷著，沒有撲向巴俄秋珠，儘管牠還有能力撲上去阻止他繼續實施暴行。牠不再瘋了，清醒如初的時候，牠服從了主人要牠死的意志。牠搖晃著，搖晃著，告別著人間，告別著救命恩人西結古的漢扎西。

槍響了，是第二聲槍響。上阿媽獒王帕巴仁青應聲倒地。巴俄秋珠一臉猙獰，吼叫著：「叫你叛變，叫你叛變，藏獒是從來不叛變的，而你卻叛變了。」

父親撲了過去，撲向了巴俄秋珠，伸手把他從馬上拽下來，然後又撲向了上阿媽獒王帕巴仁青。已經沒有用處了，父親只能捶胸頓足：慢了，慢了，我的動作太慢了，我怎麼就沒有擋住他的子彈呢？帕巴仁青，都是因爲我啊，我要是不讓你跟著我走，上阿媽人也不會把你當叛徒。

誰也無法理解父親這時候的心情，他憤怒得要死，又無奈得要死。他不理解巴俄秋珠——昔日那個可愛的「光脊梁的孩子」爲什麼要對一隻情重如山的藏獒開槍——就算你是爲了得到藏巴拉索羅，最終得到你的愛情，你的梅朵拉姆，就算你的動機是美好的、高尚的，但美好和高尚怎麼能如此讓人痛心地結出瘋狂、甚至邪惡的果實呢？更不理解爲什麼人需要如此爭搶，藏獒需要如此打鬥，不就是麥書記嗎？不就是藏巴拉索羅嗎？要他們有什麼用？麥書記你藏在哪裡？你快出來吧，藏巴拉索羅是什麼東西？你給他們不就了結了。不要再打了，不要再死藏獒了。

第三十八章　麥書記

父親坐在上阿媽獒王帕巴仁青身邊，守了很久，突然在心裏念叨了一聲岡日森格，這才站起來，過去牽上了自己的大黑馬。他四下裏看了看，不停地回望著漸漸冰涼的帕巴仁青，朝著鹿目天女谷敞開的谷口急速而去。

這一路走來，岡日森格一直走在他和美旺雄怒前面，一進入那紮草地，岡日森格就跑起來，一溜煙地不見了。父親讓美旺雄怒追上去尋找，自己循著藏獒的吼叫來到了這裏。他知道岡日森格在追蹤什麼，那可不是一般的對手，那是一個名副其實的地獄食肉魔。在岡日森格的對決生涯裏，恐怕沒有誰能和地獄食肉魔相比，一場空前絕後的廝殺在所難免，就是不知道什麼時候開始，在什麼地方開始。

火焰紅的美旺雄怒跑過來了，牠是來告訴父親，牠已經發現了岡日森格的行蹤。父親跟著牠走去，沒走多遠，就隱隱聽到一陣吼叫，是岡日森格的聲音，和年輕的時候一樣雄壯、鏗鏘、醇厚、洪亮，在西結古陣營的背後，鹿目天女谷的深處，逆著流雲風勢湧蕩而來。

西結古騎手和領地狗都有點吃驚：獒王岡日森格什麼時候跑到裏頭去了？雖然谷口草丘密布，淺壑縱橫，地形開闊而複雜，牠完全可以避開牠們的視線走進去，但牠為什麼要這樣呢？

已經來不及琢磨了，岡日森格的聲音突然變得激切緊張起來。父親牽著大黑馬，帶著美旺雄怒，走進了谷口，然後朝著不遠處的西結古騎手招了招手，喊道：「快走啊，岡日森格都進去了，你們怎麼還站著？」

班瑪多吉和所有西結古騎手都沒有動，他們懼怕被鹿目天女拘禁在溝谷裏的山野之神和苯教神祇，看到父親無所顧忌地走進了谷口，一個個吃驚地瞪歪了眼睛。但西結古草原的領地狗群是不害怕的，牠們在雪獒各姿各雅的帶領下隨著父親的喊叫跑了過去，又比父親更快地跑向了山谷深處的獒王岡日森格。

上阿媽騎手的首領巴俄秋珠觀察著前面的動靜，立刻意識到，如果不隨著父親深入鹿目天女谷，就別再想找到麥書記，得到藏巴拉索羅了。牠指揮上阿媽騎手和領地狗群一窩蜂地跟了過去。東結古騎手的首領帕嘉哪裡會允許別人搶先，指揮自己的騎手和領地狗追進谷口，從上阿媽騎手身邊一閃而過。

西結古騎手的首領班瑪多吉一看這樣，便問自己的騎手：「我們怎麼辦，是不是應該唱起格薩爾了？」他覺得既然「巴仲藝人」一說唱格薩爾，鹿目天女谷裏的兇神惡煞就會逃之夭夭，騎手們唱起來恐怕也會收到同樣的效果。

騎手們沈默著，看班瑪多吉一再地揮著手，便壯著膽子唱起來：

「嶺國的雄獅大王格薩爾，要降伏害人的黑妖魔；我要放出利箭如霹靂，射中魔頭把血喝；我要斬斷惡魔的命根子，搭救眾生出魔窟。」

班瑪多吉帶領西結古騎手，快步走進了獰厲恐怖的鹿目天女谷。

丹增活佛從鹿目天女谷回來，剛走進西結古寺，就在嘛呢石經牆前碰到了麥書記，吃驚地問道：「你怎麼出來了，你要去哪裡？」一把拽住麥書記，拉著他就走。

就像父親後來說的，果然傳說就是歷史，在那些悲涼痛苦、激烈動盪的日子裏，關於丹增活佛把麥書記和藏巴拉索羅密藏在西結古寺的傳說，最後都一一得到了驗證。事實上是，麥書記來了又走了，他覺得人的災難不能讓神來承擔，便謝絕了丹增活佛的一再挽留，離開西結古寺，騎著馬走向了狼道峽。

是丹增活佛讓麥書記再次回到了西結古寺。麥書記離開時，丹增活佛派鐵棒喇嘛藏扎西暗中保護他。藏扎西騎著一匹馬，牽著一匹馬，又帶了一襲袈裟，一直跟在後面。就在麥書記眼看要被上阿媽騎手發現的時候，藏扎西趕上去攔住麥書記，不由分說給他穿上了絳紫的袈裟，換上了寺院馬。

藏扎西說：「麥書記啊，如今能讓你安全的就只有西結古寺了，趕緊跟我回去吧。」

麥書記不去，說：「我就讓他們抓住我，看他們到底能把我怎麼樣。」

藏扎西說：「丹增活佛說了，野蠻的外道來到了草原，中了邪魔的人是什麼事情都能做出來的。」說著走過去，拉歪了棗紅馬的鞍子和皮韉子，拔出藏刀割斷了馬肚帶，使勁捶了幾下棗紅馬的屁股。

棗紅馬沒受過這樣的待遇，驚怕地跑開了。

藏扎西說：「應該讓大家知道，麥書記已經從西結古草原消失了。」然後跳上自己的馬，奔跑而去。麥書記胯下的寺院馬立刻跟著跑起來。

丹增活佛把麥書記藏進了大經堂。大經堂裏有十六根裏著五妙欲供圖、生死流轉圖、佛本生故事和蓮花生入藏等刺繡唐卡和貼花唐卡的松木柱子。每個柱子都有兩人抱粗，其中一根繪著格薩爾降伏魔國圖的柱子是空心的，正好可以讓麥書記待著。

這會兒，丹增活佛拉著麥書記回到了空無一僧的大經堂。兩個人坐下，相伴著沿牆四周數千尊銅質的半尺三世佛和幾十溜兒打坐念經的卡墊，幾乎同時說出了第一句話。

麥書記說：「我怎麼可以一直躲在這裏呢？」

丹增活佛說：「你聽我說，你還沒到投胎轉世的時候，你不能出去。」

麥書記愣了一下說：「你是擔心他們會殺了我？畢竟我還是州委書記。」

丹增活佛說：「在我們佛教裏，不會有比死亡更輕鬆的事，可惜你還死不了，輕鬆的因緣還沒有聚合，而活著的痛苦卻從四面八方朝你跑來。你的皮肉不是藏獒的皮肉，骨頭也不是藏獒的骨頭，是經不起踢打的。茫茫世界，浩大無邊，卻沒有你的去處，只有西結古寺對你是安全的，也只有佛菩薩才能保佑你，你就踏踏實實待在這裏吧。」

麥書記說：「這場革命對每個人都是一次洗禮，就讓我去接受洗禮吧。」

丹增活佛把腿盤起來，雙手合十說：「啊，洗禮，每一個人的洗禮，也包括我嗎？」

麥書記說：「當然，包括所有的活佛和喇嘛。」

丹增活佛說：「洗禮之後呢，是升天堂，還是下地獄？」

麥書記說：「不升天堂，也不下地獄，而是要更加徹底地爲人民服務。」

丹增活佛說：「我知道你們的『爲人民服務』是什麼，就是我們的藏巴拉索羅，意思一樣，說法不一樣，都代表了權力、地位、尊貴、榮譽以及和平、吉祥、幸福、圓滿。」

麥書記點著頭，指了指自己藏身的繪有格薩爾降伏魔國圖的柱子說：「格薩爾寶劍還藏在這裏頭，我把它還給你們了，一定要保存好。」

丹增活佛嘴角露出一絲苦笑說：「願佛法繼續眷顧你，也眷顧格薩爾寶劍。其實藏在這裏也是不保險的，許多喇嘛都知道，格薩爾降伏魔國圖的柱子曾經是專門用來秘密供養格薩爾寶劍的地方。」

麥書記說：「難道喇嘛們會洩密？」

丹增活佛想起了正在肆虐西結古藏獒的勒格，但他沒說出來。

麥書記說：「那就換一個地方嘛。」

丹增活佛說：「不用了，這個地方是吉祥的。」

麥書記說：「在他們心巾，格薩爾寶劍就是權力。我可以落到他們手裏，格薩爾寶劍不能。不能讓他們手持格薩爾寶劍橫行霸道。」

丹增活佛說：「其實沒有什麼格薩爾寶劍，只是名字叫格薩爾寶劍，也沒有什麼藏巴拉索羅，只是名字叫藏巴拉索羅，包括你，其實沒有什麼麥書記，只是名字叫麥書記。既然沒有麥書記，你還去幹什麼？既然只是名字叫麥書記，那就讓名字代替你去吧。」

麥書記說：「名字怎麼去？」

丹增活佛說：「我帶著名字去，告訴他們，大回轉的咒語已經毀滅了藏巴拉索羅，哪裡來的藏巴拉索羅回到哪裡去了。」

麥書記說：「不行，誰代替我去，誰就會倒楣，還是我自己去吧，這種時候，我不能放棄責任。再說這揪鬥依我看也就是過關，現在不過，以後也得過，萬一拖久了，連走資派也做不成了怎麼辦？

考驗嘛，是要經得起的。」

丹增活佛沈默了片刻說：「如果你非要去，那也得看燈的意思，燈的啓示就是在天之佛的啓示。一個小時不滅，說明這裏是吉祥的，你就必須留下；一個小時滅了，說明外面是吉祥的，你就可以去了。」

丹增活佛起身過去，在他的本尊佛威武秘密主和大威德怖畏金剛的供案上點起了三盞酥油燈，用鐘鳴般的聲音念了一遍芳香剛健的大威德九尊咒：「嗡詩地唯知達哪哪吽呸。」回身坐到卡墊上，盤腿念起了經。

他們靜靜等待著，一個小時眼看就要過去了，燈不僅沒有滅的意思，反而更加熠亮了。麥書記站起來，走到跟前，「噗噗噗」一口氣吹滅了三盞燈。

丹增活佛看著麥書記，長歎一聲，站起來說：「我知道你會這樣，看來你是不會聽我的了，那就讓我陪你去吧。」

麥書記說：「不麻煩你了佛爺，我自己能對付。」

丹增活佛苦澀地一笑說：「既然你還叫我佛爺，我就更應該去了。這個時候不去，什麼時候去？害人的瘋瘋來了，真正的修行開始了，險中的坦、困中的祥、苦中的樂是好的；濁世的清、汙世的淨、鬧世的定是高的；色中有無，無中有色；大聲是寂，大寂是聲；我臭你臭，他空法空；蓮花有馨又無馨，金剛有怒又無怒，眾生有情又無情；我和佛法的緣分已經沒有了，我和『沒有』的緣分也已經沒有了。佛法沒有，緣分沒有，『沒有』也沒有，草原真安靜，這個世界真安靜。你說的這個『文化大革命』是什麼？它就是一個安靜、一個虛無，曠世之中一個轉瞬即逝的安靜和虛無。」

麥書記知道丹增活佛指的是心的修煉，心靜了，一切嘈雜騷亂就都不存在了。也就是在糞坑裏修煉清潔，在雷鳴中修煉寧靜，在仇恨中修煉愛情，在死亡中修煉新生。

麥書記說：「我不是佛，我做不到。」

丹增活佛說：「不是這樣的，麥書記，不需要你做，就需要你不做。要知道所有的苦難、所有的魔鬼、所有的壞蛋，都是觀世音菩薩的化現。它的作用就在於考驗我們的堅定，托舉我們走向無比的高妙和無限的光明。所以說慈悲也包括了傷害，包括了流血和死亡，所有的不幸都是慈悲的另一種表現。」

麥書記說：「丹增活佛，你是慈悲的，你會傷害我嗎？」

丹增活佛說：「不是我傷害你，是你自己傷害你；不是我慈悲，是你自己慈悲。」

兩個人走出了大經堂。

丹增活佛說：「麥書記你等等，我再去本尊佛前添兩盞祈福的燈。」說罷，進去，過了一會兒才出來。

鐵棒喇嘛藏扎西和許多喇嘛已經等在門口，他們都想跟去保護丹增活佛和麥書記。

丹增活佛說：「我們面對的不是狼群，去的人越多越不好。你們留下來保護西結古寺吧，這裏佛寶萬千，是草原和國家的財富，一定不能出事。我們已經沒有寺院狗了，就得靠喇嘛來守衛。」

麥書記說：「是啊，出了事就麻煩了，牧民們會怪罪你們的。」

丹增活佛說：「人的怪罪是不怕的，怕的是心的怪罪，心的怪罪就是佛的怪罪。」

麥書記說：「你說的是你會怪罪你自己吧？你是真佛，是草原的心，你說過的，佛就是心，佛教就是心教。」

丹增活佛慘然一笑說：「是真佛又能怎麼樣？當佛心還不是眾生之心的時候，即使是通往天堂的橋樑，也不可能是幸福的彩虹，而只能是災難的烏雲。」

麥書記說：「是啊是啊，即使真佛也不能免除人的所有痛苦。」

丹增活佛說：「你知道這是為什麼？」

麥書記說：「因為人活著就是痛苦，世界是一片痛苦的海洋，一切的源泉都是痛苦。」

丹增活佛半晌不說話，突然抬頭意味深長地看了麥書記一眼，搖了搖頭說：「不對不對，佛不能免除痛苦的原因是，根本就沒有痛苦。沒有你，沒有我，沒有人，沒有佛，沒有世界，沒有天地，自然也就沒有痛苦。我空，人空，佛空，法空，連『空』也是空的，那就是『空空』。一切都空了，連空氣也空了，哪裡來的痛苦啊？就像你們漢和尚說過的，『本來無一物，何處染塵埃。』」

麥書記似有所悟地唉歎了一聲，小聲自語道：「空空，空空，空空，空空。」

丹增活佛又說：「再給你說一個故事吧，當初釋迦牟尼作為忍辱仙人時，有個叫割利王的人割掉了他的耳朵、鼻子、兩手、兩足。釋迦佛不僅一點兒嗔恨怨懟都沒有，還笑著說，你割吧，想割哪兒就割哪兒吧。為什麼會這樣呢？釋迦佛是這樣解釋的：『我於爾時，無我相，無人相，無眾生相，無壽者相。』也就是說消除了『我』，消除了『人』，消除了『有情眾生』，也消除了『生命長存』，把什麼都看空了，精神和肉體都沒有了，痛又是誰痛呢？痛都不存在了，煩惱也就不見了，你又從哪裡生起嗔恨怨懟呢？」

麥書記說：「別說了，丹增活佛，我知道你是怕我受不了，我不會受不了的。」

丹增活佛說：「我是佩服你麥書記的，你會挺過去的。」

兩個人走出西結古寺，走下碉房山，來到了原野上。

丹增活佛指了指遠處堆滿了坎芭拉草的行刑台說：「走吧，我們到那裏去，那裏是你應該去的地方，你是逃不脫了，連我也保護不了你。該來的都會來，該走的就要走了。」說罷，蒼涼而聲調悠長地唱起了六字箴言。

第三十九章　重圍

多吉來吧告別老管教和司機，離開監獄，穿過多獼鎮，走向了遼闊的多獼草原。這是牠八九年前走過的一條路，牠永遠忘不了豐美的草原上鋪滿黃色野菊花和藍色七星梅的情形，忘不了當年這條草原通道是如何順暢無阻地讓牠回到了故鄉西結古草原，回到了主人漢扎西的身邊。牠直線行走，想快一點，再快一點，心裏頭的激動就像天邊的烏雲一再地怒湧著。

多吉來吧的身後，差不多一公里的地方，是多獼草原的領地狗。牠們一聞味道就知道，前面有一隻十分強悍的外來藏獒。牠們追了過來，在牠們天經地義的職守和義務中，趕走或者咬死這隻外來的藏獒，是一件絲毫不該猶豫的事情。

走了不多一會兒，多吉來吧就停下了，揚起脖子警惕地望著前面。再次出發的時候牠走得很慢，而且也改變了方向，不是牠不著急了，也不是槍傷妨礙著牠。老管教的治療和牠自己超強的恢復能力以及一隻優秀藏獒的毅力，都在減輕牠的痛苦，牠可以大步往前走了。但是牠的小心制約了自己。牠看到了前面三百米之外六頂帳房的帳圈（帳圈是草原上小於生產隊的一種鬆散組織，類似於生產小組），知道那兒一定會有多隻藏獒，就謹慎地繞開了。

身經百戰、英勇強悍的多吉來吧，牠現在變得如此小心翼翼，爲的就是避免打鬥，避免傷亡，儘快回家，回家。牠不想再受傷了，那樣會延緩牠回家的時間，更不想在逞勇爭強的打鬥中死掉。好不容易到了這裏，眼看就要見到主人漢扎西和妻子大黑獒果日了，怎麼能死掉呢？牠繞了很大一個彎，才繞開了那個六頂帳房多隻藏獒的帳圈，回到直通狼道峽的路上。牠加快了腳步，不斷地看著一半陰沈一半晴的天色，突然又停下了，依舊揚起脖子，警惕地望著前面。

多吉來吧沒有望到什麼，卻聞了出來：前面不是幾家牧民合起來的帳圈，前面只有一頂帳房、一隻藏獒。牠猶豫了半晌，最後還是決定繞開。等牠回到老路上時，烏雲已經籠罩了整個天空，醞釀已久的雨突然掉了下來。

雨不大，並不影響牠的行動。牠加快腳步，不斷用鼻子在空氣中聞著，利用牠超人的嗅覺和聽覺，躲開了沿途所有養著藏獒的牧家，躲開了一大一小兩隻過路的藏馬熊，躲開了一個由六匹狼組成的狼家族，躲開了一對狼夫妻。甚至躲開了旱獺密集的地帶，因爲牠們吱吱喳喳的叫聲會成爲向別的野獸和藏獒通風報信的語言：注意啊，一隻來自他鄉的藏獒正在雨中行走。

多吉來吧就這樣躲來躲去地走到天黑，又走到天亮。雨大了，被雨水泡濕的屁股上的槍傷讓牠格外難受，牠知道有必要用自己的體溫儘快烘乾傷口，否則很容易惡化，一旦惡化牠就不可能順利回家了。牠走進一道溝壑，找了一處避風遮雨的土崖臥了一會兒，感覺傷口不疼了，就準備打一點野食：最好是火狐狸，吃了火狐狸，牠就可以儘快趕路，而不用在乎天雨天晴了。

火狐狸的內臟可以讓傷口儘快長出肉來。這一點，牠的祖先早就通過遺傳告訴牠了。更何況在草原上，火狐狸的蹤跡是最容易找到的，牠們的數量不亞於狼，而且不論公母大小，都散發著一股濃烈的狐臭味兒。多吉來吧舉起鼻子，前後左右地聞了聞，讓牠喜出望外的是，牠聞到的狐臭味兒正好在前面牠要去的地方，牠不必耽擱更多的時間就能吃到火狐狸的內臟了。

牠興奮異常又躡手躡腳地朝前走去，走出了溝壑，就在偏離牠前去的路線三百米的一座草岡下，發現了一個狐狸洞。一隻身材苗條、秀麗迷人的火狐狸站在洞口，憂愁滿面地望著雨水淅瀝的天空。也不知牠在憂愁什麼，全然沒有注意到從下風的地方悄悄走來了一隻大藏獒。

多吉來吧在雨簾的掩護下悄無聲息地靠近火狐狸。火狐狸驚愕萬分地發現牠時，已經不足五米距離，就只好把自己的內臟奉獻給多吉來吧了。

多吉來吧吃了母狐狸的內臟，心滿意足地朝前走去，沒走多遠，就發現自己不該偏離前去的路線到這座草岡下。牠吃掉母狐狸的代價，就是把自己毫無保留地交給此刻牠最不想遇到的凶險。草岡下早有一群狼埋伏在大大小小的草窪裏，顯然牠們是來偷襲母狐狸家族的，沒想到被一隻藏獒占了先機。

狼群是多獼草原狼類中的一個大家族。牠們一看多吉來吧就知道是外來的，而對外來的一切包括藏獒，牠們都有一種欺生的衝動。尤其是現在，當眼看就要到口的狐狸成了藏獒的食物，牠們自然就把窺伺的食物換成了這隻孤苦伶仃的外來藏獒。牠們看到這隻藏獒的行動不太靈敏，明顯是帶著傷的。還看到牠非常警覺，聽到一點點聲音都會停下來觀察半天。這雖然不能表明牠是膽怯和懦弱的，卻至少說明牠缺乏坦然和自信。二十匹狼在頭狼的帶領下紛紛從大大小小的草窪裏跳了出來。

多吉來吧愣住了，牠吃驚自己居然沒有在吃掉狐狸之前就聞出來，是因爲雨太大，還是風向出了問題？牠來不及想明白，就發現二十匹狼中，至少十五匹是大狼和壯狼，剩下的五匹狼個頭雖然不大，但也都是能撲能咬的少年狼。牠遲疑地朝前走了走，眼睛裏噴射著兇狠辣毒的火焰，腦子裏卻迅速做出了一個作爲一隻優秀的喜馬拉雅藏獒從來沒有做出過的決定，那就是趕快離開。還是那個一離開監獄就冒出來的想法主宰著牠：害怕敵手的糾纏耽擱時間，害怕自己萬一有什麼閃失就再也回不了家。牠轉身就走，走著走著就跑起來，牠跑得很慢，怎麼也不習慣在狼群前面逃跑。狼們都有些發呆，眼睛裏充滿了疑問：是陰謀，還是真正的畏葸？

多吉來吧回頭看了看，發現狼群沒有追上來，便很快兜了一個圈子，朝著狼道峽的方向跑去。狼群明白這不是誘敵深入的陰謀，多吉來吧前去的方向，正是牠們走來的路，那裏沒有任何埋伏。牠們開始追擊，一股狼風嗡然而起，一層層地撕裂著雨幕，雨亂了，橫飛豎濺著，嗥叫沖天而起，就像激射而去的水浪，沉重地擊打著多吉來吧。多吉來吧猛然停下，本能地轉過身來，準備迎戰。但理智卻拼命地對抗著本能，讓牠在意識到狼勢洶洶、不可莽撞後，又開始逃跑。

牠是狼狽的，是空前恥辱的狼狽，連雨水都奇怪得不再淋漓了：頂天立地的藏獒啊，什麼時候變成了驚弓之鳥？但是多吉來吧已經顧不上在乎別人的嗤笑了，牠寧可蒙受奇恥大辱，寧可在逃跑的狼狽中揹負膽小鬼的壞名聲，也要回家，回到主人漢扎西和妻子大黑獒果日身邊去，應對那裏挾人臊漫捲而來的危難。

畢竟屁股上帶著槍傷，時間一長，狼群一點一點地靠近了。每靠近一點，頭狼就會興奮難抑地發出一陣嗥叫。頭狼一叫，別的狼也會叫起來，是放縱而得意的叫聲。在牠們的獵逐生涯中，跑在前面的總是兔子或者鼢鼠或者狐狸，很少有機會快意追殺一隻體魄強大的藏獒。牠們高興啊，用奔跑的威勢震懾著，也用嗥叫震懾著。

疲累不期而至，多吉來吧無可奈何地慢了下來，又停了下來。狼群眨眼來到，牠轉身就咬，咬了一嘴狼毛。牠只能咬到狼毛了！牠忽地轉身，奪路而逃。

已經逃不出去了，牠只能搏殺，而搏殺就意味著死亡，牠就要死了，現在的牠根本就鬥不過二十匹狼的集體進攻，牠只能死了。頭狼帶著另外五匹大狼撲了過來，幾乎同時在腰、臀、腿等等不同的地方咬住了牠。牠以牙還牙，但牠只有一嘴牙，而對方卻有六嘴牙，不，二十嘴牙。二十匹狼全都撲過來了，多吉來吧被密不透風的狼爪狼牙摁倒在了地上，牠的還擊頓時變成了掙扎。

多吉來吧知道自己就要死了，突然節奏舒緩地叫起來，當然不是憐惜生命，作為一隻殺伐成性的藏獒，牠就像不憐惜狼的生命一樣不憐惜自己的生命。牠是想到自己千里迢迢歷經磨難來到了這裏，就要回到故鄉草原見到主人漢扎西和妻子大黑獒果日，卻又如此輕易地葬送在了八輩子都沒有懼怕過的狼群之口。牠悲傷欲絕，痛心不已，放棄了反抗和掙扎，萎縮在地上，用叫喊告別著牠所牽掛的一切。

牠叫了有多長時間，叫著叫著就奇怪起來：自己怎麼還在叫，怎麼還沒有死？用力一站，居然站了起來，再回頭一看，狼不見了，二十匹狼無一例外地不見了。是厚重的雨幕把牠們遮了起來？不是，雨幕怎麼可能連味道也會遮起來呢？只有泥水中的狼毛和牠身上隱隱作痛的狼牙之傷昭示著狼群的存在，但那是曾經的存在，而現在此刻眼目下，狼群已經明明確確地不在了。

多吉來吧大惑不解地矚望了片刻，轉身就跑。牠心情激動，沮喪頓消，又可以活著了，而且是甩掉恥辱、帶著希望活著。活著就要跑，繼續跑下去，朝著故鄉的草原和危難，朝著主人和妻子以及寄宿學校，跑下去，跑下去。

沒有人知道狼為什麼會放過多吉來吧，多吉來吧也不知道，父親更不知道。大自然的心思不是父親能夠知曉的。父親只能猜測，一隻外來的偉岸兇悍到前所未見的藏獒，一隻原本應該英勇無畏、所向無敵的藏獒，在穿越雨夜和穿越峽谷的奔跑中忍辱負重，孤獨前行。會給警惕的狼什麼樣的感受？

什麼樣的狐疑和什麼樣的震撼？牠們在多吉來吧的悲涼的叫聲中，聽出了什麼樣的情懷？又體會到了什麼樣的感動？

總之，狼群不聲不響地撤了，牠們目送多吉來吧孤獨前行，神色肅穆。

但是，多獼草原的領地狗群又追上來了。對多吉來吧這隻外來的藏獒來說，後者是更危險的對手。牠現在不僅沒有逃離追蹤的可能，就連表現狼狽、讓人嗤笑的機會也沒有了。風從前面吹來，雨絲斜射著，多吉來吧聞不到多獼領地狗的味道，而多獼領地狗卻能輕鬆捕捉到牠的氣息，加上雨霧朦朧，水蔽天空，幾乎在多吉來吧不知不覺的時候，多獼領地狗已經來到了身後。

聽到了雨水中吧唧吧唧的腳步聲，多吉來吧才回過頭去，似乎不相信自己的眼睛，更不相信傷痛和疲累竟然讓自己遲鈍到了這種地步：已經在二十步之外了，黑壓壓一片敵手，黑壓壓一片死神的象徵。這可不是狼群，是保衛領地、仇視一切侵犯者的同類。動物界和人類是一樣的，同類對同類的嫉恨往往遠甚於異類之間的嫉恨。多吉來吧吼起來，這是稟性的顯露：那就死吧，那就死吧。但一想到死，牠就不想死了，牠千里跋涉來到這裏，可不是爲了死。牠又改變了吼聲，似乎在告訴對方：牠不是侵犯，牠來到多獼草原僅僅是路過，就要離開了，就要離開了。

多獼領地狗繼續逼近。多吉來吧停下來，衝著包圍了自己的同類吼了幾聲，就把利牙收起來，閉上了嘴，一副任憑宰割的樣子。一隻鐵包金的猛獒首先撲了過來，想用肩膀頂倒牠，然後再用牙刀仔細切割，一頂不要緊，只聽「咚」的一聲響，牠立刻被反彈回來，一屁股坐倒在地上。多獼領地狗們吃了一驚：一隻老藏獒的身體居然如此硬朗，幾乎不是骨肉是岩石。鐵包金的猛獒爬起來又要撲，發現已經有同伴衝了過去。

這是一隻棕紅色的公獒，性格就像牠的毛色一樣，燃燒著不服、不羈、不馴的光焰，牠覺得既然同伴是被撞倒的，牠的進攻也應該是撞擊而不是撕咬。一來牠想試試對方到底堅硬到什麼程度，二來牠覺得一旦自己撞倒了對方，那就證明自己比同伴厲害，這樣的證明似乎比打敗對手更重要。牠也是用肩膀頂向了多吉來吧。多吉來吧用自己的肩膀迎接著牠，只覺得骨頭一陣悶疼，身子不由得搖晃了一下。好在倒下去的是對方。棕紅色的公獒驚叫一聲，踢踏著雨水爬起來，瞪著多吉來吧撲了一下，突然又停住，「剛剛剛」地叫了幾聲，轉身就走。牠不是害怕，而是羞愧，撞擊之下，也是一個狗坐地，牠比同伴強到哪裡去了？

多獼領地狗們「汪汪汪」地叫起來，翻譯成人類的話，那就是：咦？咦？怎麼這麼厲害？牠們定睛看著多吉來吧：漆黑如墨的脊背和屁股、火紅如燃的前胸和四腿，老邁的偉岸裏透出一種驚天動地的獅虎之威，渾身的傷疤就像勳章一樣披掛著，說明牠到老都保有一種不甘雌伏的雄傑本色。牠們激動起來，因爲牠們終於碰到了一個可以縱情挑戰、可以檢驗自己能力的強硬對手。

又有藏獒撲了過來，還是撞，不是咬。多吉來吧岔開粗壯的四肢，把爪子夯進濕硬的泥土，像一個健美比賽的選手那樣，忽一下鼓硬了渾身的肌肉。倒地了，還是對方倒地了。多獼領地狗們前仆後繼，接二連三地撞向了多吉來吧。多吉來吧的骨頭「砰砰砰」地響著，始終證明著無與倫比的堅固，但卻是令牠自己擔憂的散架、碎裂前的堅固。多吉來吧一看就知道，這一隻隻撞過來的藏獒，都是驍勇善戰的草原之王，都有捨生忘死的非凡經歷，只要牠們堅持不懈地撞下去，總有一刻，牠會撲通一下趴倒在地，一旦趴倒，就不可能再站起來了。

經過了十八隻壯猛藏獒的十八次撞擊，多吉來吧眼看就要堅持不住了，多獼領地狗們突然停止了撞擊。多吉來吧狐疑地看著牠們，等待牠們新的撞擊，卻突然有了疑問：怎麼沒發現牠們的獒王？難道這群領地狗中根本就沒有獒王，才這樣溫文爾雅地用肩膀撞來撞去？

多吉來吧慢騰騰地把深陷在泥土裏的四腿拔了出來，假裝無所畏懼地朝前走去。

多獼領地狗們望著牠，猶猶豫豫地跟了過來。多吉來吧的判斷是不錯的，牠們的確是沒有獒王的一群，獒王和另外一些最最強悍的藏獒被多獼騎手帶走了，帶到西結古草原爭搶麥書記和藏巴拉索羅去了。牠們沒有了獒王就想產生新的獒王，牠們之間的比試一刻也沒有停止過，但結果表明，智慧和能力都是半斤八兩，永遠不可能有一隻藏獒超拔而出，只好延宕下去，也無所適從下去。現在牠們想：這隻外來的藏獒是了不起的天生王者，能不能留下來做我們的獒王呢？如果不能，再實施殺伐——輪番撲上去打敗咬死這個兇極霸極的入侵者。幾乎所有的成年藏獒都這麼想，又都拿不定主意，最重要的原因是，牠們不知道原來的獒王是不是還活著，能不能再回來？趁著牠們猶豫的機會，多吉來吧加快了速度，天黑了，天亮了，連接著多獼草原和西結古草原的狼道峽口突然來臨了。

雨還在下，水從峽口流過來，淌成了河。不得超越的草原界線就在河的這邊攔住了多獼領地狗。多吉來吧游過河去，停下來，回頭注視著牠們，聲音柔和地叫了幾聲，好像是感謝牠們的送行。直到這時，多獼領地狗們才意識到，留下這隻了不起的天生王者做獒王的可能性已經沒有了，撲過去咬死牠的機會也已經失去了，牠們只能看著牠離去。

儘管新增的撞傷讓多吉來吧痛苦萬分，疲憊不堪的跋涉讓牠很想即刻躺倒在泥窪裏酣然大睡，但是牠沒有停下來喘息片刻。牠沿著狼道峽，一步一步靠近著西結古草原。

狼道峽時窄時寬，兩岸的山勢忽高忽低，從山上流下來的雨水匯聚到一起，在峽谷裏奔騰著，彎曲而浩大。很多地方都被大水淹沒了，牠不得不選擇山洪稍微緩慢的地方逆水游過去。

牠知道這樣是危險的，一旦讓山洪順著峽谷衝下去，不被淹死，也會被礁石撞死。但牠不能停下來，等雨住水枯了再走。前面就是西結古草原，那是主人漢扎西的草原，是妻子大黑獒果日的草原，也是牠的草原。這是最後一段路，牠已經等不及了，恨不得長出一對翅膀飛過去，飛過去。

牠往前走著，奮不顧身。牠差點被陡壁上坍塌下來的土石埋住，又險些被橫斜而來的瀑布打翻在水裏，衝下激流，葬身險灘。忽然，路被大水沖斷了，中間是跌落的激流，兩邊是陡立的土壁，攀援和跳躍都是不可能的，牠只能用前爪在陡壁上硬生生挖出一條垂直的通道。

更危險的一次是牠又遭遇了群狼。牠們站在峽谷一邊的山坡上望著牠，「嗚啊嗚啊」地嗥叫著。狼道峽是前往西結古草原的必經之地，也是惡狼出沒的地方。狼群就像綠林好漢，嘯聚在這裏半路剪徑，咬死牲畜咬死人乃至咬死藏獒的事情經常發生。但是今天，四十多匹狼的狼群沒有任何行動，牠們只是默默注視這個與山洪和死亡抗爭的傢伙。牠們忘了牠是藏獒？忘了牠是自己的天敵？牠不屈不撓的身影會喚起牠們心中的同情和尊敬？

終於，多吉來吧走出了狼道峽，草原出現了。

多吉來吧聽到身後的狼群發出一陣叫聲，聽得牠疑惑：怎麼像是歡呼？多吉來吧扭頭回望，心中說了聲：「謝謝。」

現在，多吉來吧面對著草原。

這就是牠的草原，牠的故鄉西結古草原，就是主人漢扎西的草原，妻子大黑獒果日的草原。

多吉來吧看到了雨後的彩虹，看到了藍色晴日中的金色太陽。太陽照耀著雪山，把無量無邊的冰白之光散射到了視域之內所有的地方。一切都是熟悉的，遠景和近景、天空和地面、氣息和陣風，都以原來的模樣，親切無比地歡迎著牠。牠哭起來，多吉來吧哭起來。牠渾身乏力，四肢酸軟，再也無法支撐自己沉重的身體了，「撲通」一聲栽倒在地。多吉來吧哭起來，牠舔著淚雨浸濕的土地，牠像羊和牛一樣啃咬牧草，咀嚼著牧草，讓滿嘴馨香而苦澀的綠色汁液順著嘴角流淌而出。

多吉來吧靜靜地躺著，盡情地感受故鄉草原的氣息，身下的土地溫濕舒坦，給牠的身體注入生命的活力。牠安詳坦然地趴著，像是睡著了。突然牠搖搖晃晃地站了起來，朝著碉房山的方向走去，那兒有主人漢扎西的寄宿學校，有妻子大黑獒果日的領地狗群。走著走著牠便逼迫自己跑起來，牠渴望以最快的速度出現在主人和妻子面前。

跑不多遠牠就停下了，詫異地四下裏看著：不錯，就是記憶中的故鄉，就是牠熟悉的一切，但是風中的氣息怎麼和剛才不一樣了呢？遠遠近近有那麼多陌生的味道攪混在一起：外來的藏獒、外來的狼群、外來的人，怎麼都是外來的？而且都混合有亢奮的人臊。牠立刻躁動起來，那種曾經主宰了牠的憤懣、焦慮、悲傷的情緒，像坍塌的大山一樣砸傷了牠。牠朝空氣吼起來，吼了幾聲，就聽到一陣奔跑的聲音如浪而來，隨著忽強忽弱的風一陣高一陣低。

——是狼，是狼群的奔跑，而且是外來的狼群。

多吉來吧瞪起眼睛，停止吼叫，原地轉了一圈，四肢繃得鐵硬，靜靜等待著。

第四十章　雪獒戰死

鹿目天女谷裏，到處都是白唇鹿吉祥而膽小的身影。牠們一個小時前看到多獼騎手和多獼藏獒偷偷溜進了山谷，後來又看到魁偉高大、長髮披肩的勒格紅衛帶著地獄食肉魔偷偷溜進了山谷，再後來就看到了追蹤他們而來的西結古獒王岡日森格，現在又看到這麼多的人和狗走進了牠們安靜詳和的領地。牠們飛快地集中到谷地兩邊的山坡上，驚訝地矚望著，然後轟轟隆隆朝著隱秘的谷地縱深地帶跑去。

隨著白唇鹿奔跑的煙塵消失，一片四圍緩緩傾斜、中間平凹的草地漸漸清晰了，好像一個天造地設的打鬥場，把四面八方的鬥士吸引到了這裏。最先佔領打鬥場的是多獼騎手和十九隻多獼藏獒，但他們並不知道這兒就是接下來的打鬥場，還以為下馬休息一會兒，再給藏獒們餵點吃的，就可以繼續深入山谷尋找麥書記和藏巴拉索羅了。正要啓程的時候，突然看到一隻魁偉高大、長髮披肩的藏獒和一匹赤騮馬橫擋在他們前去的路上，赤騮馬的背上馱著一隻黑色大藏獒。一個同樣魁偉高大、長髮披肩的黑臉漢子躲藏在赤騮馬的後面。

多獼騎手的首領扎雅「哦喲」了一聲，表示對地獄食肉魔的驚歎，但也沒有把牠放在心上，覺得他們已經見識過了西結古草原的獒王岡日森格，就不可能再有更厲害的藏獒了。十九隻多獼藏獒的想法跟扎雅大概是一樣的，也沒有表示出特別的警惕和仇恨。而在地獄食肉魔看來，這些多獼藏獒簡直是不配自己仇恨的，聽到了勒格紅衛讓牠出擊的命令後，牠幾乎是笑著走了過來，表情和肌肉以及走動的姿態都顯得放鬆而懶散。這樣的放鬆當然不是爲了麻痹對方，地獄食肉魔用不著麻痹，牠除了輕視，還是輕視，輕視到不屑於主動出擊。

多獮藏獒中的一隻金獒首先撲了過去，速度快得連多獮騎手都沒有看清楚。就在金獒以爲牠可以一口咬住對方的時候，突然聽到一聲慘叫，居然是自己發出來的。金獒實在搞不明白牠爲什麼會拿自己的脖子去撞擊對方的牙齒。金獒躺下了，多獮藏獒一個接一個地撲過來，一個接一個地倒下。多獮騎手們一次比一次驚訝地喊叫著：「魔主，魔主，牠是魔主，是厲鬼王。」突然聽到身後又有了藏獒的吼聲，趕緊回頭，看到不知什麼時候，西結古獒王岡日森格出現在了綠得流油的草坡上。

岡日森格最初是沈默的，以牠的智慧，牠當然希望多獮藏獒和地獄食肉魔一直打下去，最好靠著多獮藏獒的輪番上陣，就能消滅這隻雄野到極頂的魔鬼。但眼看著被消滅的只能是一隻隻多獮藏獒，牠突然沈默不下去了，用吼聲宣告了自己的存在。經歷過無數次殘酷打鬥的岡日森格不會想不到自己很可能不是地獄食肉魔的對手，但牠更容易想到的是，如果連自己都不是對手，西結古草原就不會再有對手了。既然如此，牠唯一要做的，就是用自己的智慧和不要命的舉動拖垮地獄食肉魔，以便在自己失敗或者死掉之後，讓雪獒各姿各雅一舉消滅牠。

岡日森格挑釁似的吼叫著，儘量讓自己老邁的嗓音充滿雄壯鏗鏘的威懾。對面的地獄食肉魔立刻停止了對多獮藏獒的屠殺，瞪著岡日森格，顯得既憤怒又吃驚：好一個雄偉的藏獒，怎麼這個時候才出現？

地獄食肉魔沒有馬上撲過來，敢於挑釁自己的這隻老藏獒到底有多老，是不是已經老糊塗了？太老的對手、稀哩糊塗的對手，牠是沒有必要花工夫對付的。地獄食肉魔漫不經心地走了過去，甚至都

「呵呵」地笑出了聲，放鬆得好像隨時都會臥下來睡覺。

地獄食肉魔的傲慢延緩了時間，讓本來即刻就要發生的打鬥推遲了，就在這瞬間的推遲之後，岡日森格突然不準備打鬥了，牠聞到了大黑獒果日以及尼瑪和達娃的味道，也看到了大黑獒果日被綁在馬背上的情形。更讓牠納悶的是，這個地獄食肉魔的氣息也是似曾相識的，到底是誰啊？牠見過嗎？沒見過面怎麼氣息是熟悉的？

這時岡日森格突然看到了躲藏在赤騮馬後面的勒格紅衛，打了個愣怔，就把地獄食肉魔的氣息暫時拋在腦後了。牠很激動，畢竟勒格紅衛曾經是「七個上阿媽的孩子」中的一個，而「七個上阿媽的孩子」又是牠過去的主人。牠親熱地「汪汪」了幾聲，想到自己的這個主人最早是牧民的裝束，後來又是喇嘛的打扮，現在又成了長髮披肩的雲遊僧的模樣，就覺得有點奇怪。牠帶著奇怪的神情，搖著尾巴跑向了勒格紅衛。

地獄食肉魔迎面截住，一頭撞翻了岡日森格。岡日森格爬起來，左閃右躲地想繞開地獄食肉魔，發現對方快得就像自己的影子，無論你跑到哪裡，面對的都是黑糊糊的山牆。岡日森格生氣地吼叫著，看到勒格紅衛從赤騮馬後面跳了出來，不僅不阻止地獄食肉魔對自己的攔截，反而對自己又是揮手又是喊叫：

「不要過來，岡日森格你不要過來，我現在還不想看到你死，我要多看你一會兒才讓你死。」

岡日森格後退了幾步，疑慮重重地看了看牠一路追蹤的地獄食肉魔和綁在馬背上的大黑獒果日，聞了聞藏在勒格紅衛胸兜裏的尼瑪和達娃的味道，多少有點醒悟了：這個主人已經背叛了西結古草原，他和所有外來的騎手一樣，成了危害西結古人的對頭。現在牠應該怎麼辦？牠是西結古草原的獒王，是帶領西結古領地狗群履行保衛職責的首領，絕不能容忍西結古人的對頭綁架大黑獒果日以及尼瑪和達娃，但如果是曾經的主人要這樣做呢？牠天生就是忠於主人的走狗，難道會把撕咬主人和主人的藏獒作爲忠於職守的代價？

忠於主人和忠於職守都是牠的天性，牠在天性與天性之間選擇，結果發現，牠根本就無法做出選擇，主人是神聖的，職守是偉大的，牠除了忠於，還是忠於。

還有一種迷惑始終困擾著牠，那就是地獄食肉魔的氣息。經過剛才肉體與肉體的廝撞，牠發現對方的氣息不僅是熟悉的，還是親切的，親切得就跟自己的氣息、就跟過世了的妻子大黑獒那日的氣息一樣。牠搖頭晃腦，疑慮重重：莫非牠是一個跟自己有著血緣關係的後代？自己的後代怎麼會變成這個樣子呢？

岡日森格不知道，牠永遠都不會知道，多少年前，正是牠曾經的主人勒格在被丹增活佛趕出西結古寺後，偷走了領地狗群裏的兩隻小藏獒，公獒是牠岡日森格和大黑獒那日的最後一代，母獒是多吉來吧和大黑獒果日最初的愛情果實。地獄食肉魔就是這隻公獒和這隻母獒的孩子，是牠岡日森格的孫子。牠的孫子正在實現主人勒格的願望：那就是超越岡日森格和多吉來吧，更超越大黑獒果日和大黑獒那日，讓雄霸走向極頂，讓橫暴達到空前，然後按照「大遍入」法門的理想和「橫掃一切牛鬼蛇神」的要求：報仇，報仇，流血，流血。爲了實現他的理想，他做到了使用「大遍入」讓他的地獄食肉魔喪失記憶，然後六親不認。

所以岡日森格非常奇怪：既然牠聞起地獄食肉魔的氣息來具有親緣的熟悉和親切，地獄食肉魔爲什麼對牠的氣息就沒有絲毫感覺呢？

不知道原因的岡日森格卻知道如何解決面前這個複雜的問題。牠又一次後退了幾步，揚起頭顱激切而緊張地吼起來。這是吼給西結古騎手和領地狗群聽的：快來啊，快來啊，快來營救大黑獒果日，快來營救尼瑪和達娃。岡日森格想：我曾經的主人我不能撕咬，散發著親緣氣息、很可能是我的後代的這隻惡霸藏獒我也不能撕咬，但不等於別的領地狗不能撕咬，在自己無法赴湯蹈火的時候，讓自己的同伴做出捨生忘死的努力就是必須的選擇了。

岡日森格吼來了西結古領地狗群，也吼來了一個牠原本不想看到的局面，那就是在地獄食肉魔沒有被牠拖疲拖垮的時候，雪獒各姿各雅就來到這裏，撲了過去。

地獄食肉魔挺立在離牠的主人勒格紅衛和赤騮馬十五步遠的地方，這個距離是最適合保護的，只要不是群起而攻之，牠就有能力攔住任何一個威脅到主人的敵手並把他咬翻在地。所以當西結古的雪獒各姿各雅撲向大黑獒果日以及尼瑪和達娃的時候，也就等於撲向了地獄食肉魔。

雪獒各姿各雅和地獄食肉魔一對一的打鬥眨眼就開始了。各姿各雅依然把靦腆和溫順掛在臉上，做出一副憨厚怯懦的樣子，剛撲到跟前，又退了回來，張開大嘴，抱歉地哈哈著，假裝被嚇得不輕。地獄食肉魔一看牠這副德性，乾脆掉轉身子用屁股對準了牠，好像是說，就憑你這樣的，也配讓我去挑戰？各姿各雅等待的就是這樣的輕慢，朝後一挫，就要撲過去，突然又停下，加倍地憨厚怯懦著，連尾巴都搖起來了。牠知道對方非同小可，不等到徹底消除對方的警惕，絕不能輕舉妄動。地獄食肉魔後退著，用屁股靠近著牠，似乎想進一步試探牠承受侮辱的能力。各姿各雅乾脆趴下了。

地獄食肉魔用屁股撞了撞各姿各雅的鼻子，看牠一點反應也沒有，就突然吼了一聲，慢騰騰地走向了西結古獒王岡日森格。既然我用屁股撞你，你都可以忍受，那就說明你已經被我用氣勢打敗，用不著再去費勁對付了，要對付的應該是下一個目標。雪獒各姿各雅偷眼看著地獄食肉魔，覺得時機已到，一躍而起，用比眨眼還要快的速度，撲向了對方的喉嚨。

但是在大勇若怯、大智若愚的風格中從來沒有失誤過的各姿各雅，這次卻不可挽回地失誤了。牠連對方的一根毛都沒有咬到，就被對方一牙刀撕破了臉頰。

陰謀，雙方都是陰謀。在雪獒各姿各雅是裝出來的怯懦，在地獄食肉魔是裝出來的愚蠢。前者是引敵入彀，後者是請君入甕。畢竟地獄食肉魔不僅有非凡的力量和速度，也有超群的智慧，早就看出各姿各雅靦腆而溫順的背後，隱藏著巨大的狡詐。牠識破了狡詐，同時也意識到這個陰險地襲擊了自己的對手，有著超出牠想像的厲害，不然牠就不可能僅僅撕破對方的鼻子。

地獄食肉魔忽地轉身，橫撲過來，這是幾乎所有對手都無法迴避的一撲，包括雪獒各姿各雅。這一撲的特點是你的躲閃同時也是牠的反應，牠並不是從你的身形變化中判斷你的去向，而是取消了判斷過程的一種如影隨形，牠成了你的一部分，成了你的毛髮、你的牙齒，只不過這牙齒最終是要咬向你自己的。

最終的結果立時就到，在雪獒各姿各雅一連躲閃了三四下之後，牠感到喉嚨上有了一陣奇異的冰涼，一下子涼透了牠的心，接著就是仆倒。牠被地獄食肉魔壓住了，牢固得就像長出了根。牠知道自己的悲劇已經發生，死亡在所難免，便慘烈地叫了一聲，告別世間、告別夥伴的同時，提醒必然會撲過來爲牠報仇的獒王岡日森格：千萬要小心啊，敵手的兇猛狠毒是草原上沒有的。

地獄食肉魔憤怒至極，進入西結古草原後，還沒有遇到過一隻讓牠戰勝起來如此費勁的藏獒。牠咬穿了各姿各雅的喉嚨，又挑斷了對方脖子上的大血管，然後一口撕破了對方的肚子。牠不是在戰鬥，而是在虐殺，完全是氣急敗壞的。牠把自己的震怒像大山一樣聳立起來，然後像地震一樣坍塌而去，轉眼摧毀了雪獒各姿各雅年輕的生命。

都愣了。包括西結古獒王岡日森格，包括已經來到這裏的上阿媽騎手和領地狗、東結古騎手和領地狗、西結古騎手和領地狗。半晌沒有聲音，沒有任何反應。突然響起了哭聲，是西結古領地狗群集體發出的哭聲，哭聲裏蘊含了悲憤與驚訝。靦腆而溫順的各姿各雅死了，大勇若怯、大智若愚的各姿各雅死了，潔白如雪、身形如鷹的各姿各雅就這樣飛快地死去了。

只有帶著美旺雄怒來到這裏的父親不認爲各姿各雅已經死去，他跑了過去，一點也不在乎地獄食肉魔的存在：「各姿各雅，各姿各雅。」

危險馬上出現了，傲慢地站在各姿各雅屍體旁的地獄食肉魔怎麼知道父親不是撲向牠，不是撲向自己身後的主人勒格紅衛和馱著大黑獒果日的赤騮馬呢？牠跳了起來，撲向了父親。

與同此時，父親身後，岡日森格和美旺雄怒從不同的方向也跳起來撲了過去，牠們是去保護父親的。牠們都看出地獄食肉魔是一隻無法理喻的藏獒，就毫不遲疑地把自己的生命當成了阻止進攻的屏障。

美旺雄怒不愧是一隻出類拔萃的藏獒，當主人需要牠去救命的時候，牠採取了一種最爲便捷有效的方法，那就是首先撲向奔跑的父親。在撞倒父親、阻止了他的奔跑之後，牠一躍而起，亮出虎牙，超過岡日森格，搶先來到了地獄食肉魔跟前。

地獄食肉魔張嘴就咬，一口咬在了美旺雄怒的耳朵上，不禁勃然大怒：居然沒有讓我一口咬住你的喉嚨，你的本事也太大了。正要送上第二口，忽見一股金色的罡風從身邊嘯然而過，立刻意識到身後的主人勒格紅衛和赤騮馬已經十分危險，身子一頓，來了一個一百八十度的大轉彎，飛撲而去，從側後一頭撞翻了岡日森格。

跑去營救大黑獒果日以及尼瑪和達娃的岡日森格迅速立住，對著這隻氣息讓牠備感親切的藏獒「剛剛剛」地吼叫著，卻沒有做出撕咬的舉動，迷茫地後退了。地獄食肉魔生怕別的藏獒威脅到主人，也不戀戰，跳起來，訇然堵擋在了主人面前。岡日森格牽掛著恩人漢扎西，邊吼邊退去。

父親爬起來，撲向了雪獒各姿各雅：「各姿各雅，各姿各雅。」他搖晃著牠，又想抱起牠，發現牠根本就不配合自己的摟抱，才意識到牠已經死了，雄風卓越的雪獒各姿各雅已經不在了，牠在展示著能力、最有希望成為西結古草原新獒王的時候，突然被命運擊倒了。

這彷彿是一種預示，所有的強悍和偉大、生命的張揚和風光，都已經黯淡了，萎縮了，不再成為草原的象徵、雪山的變體了。父親內心一片冰涼，丟開他只能丟開的雪獒各姿各雅，欲哭無淚地走向了打鬥場的邊緣。他身邊一左一右是西結古獒王岡日森格和赭石一樣通體焰火的美旺雄怒。牠們護衛著父親，警惕地回望著，生怕地獄食肉魔從後面突襲父親。

而父親，淚眼朦朧的父親，想到的卻是：我怎麼這麼無能啊，怎麼讓藏獒一個個都死了呢？好像他是藏獒的天然保護神，所有藏獒的死亡都是因為他沒有盡到責任。

父親越是自責，打鬥就越是殘酷。他看到地獄食肉魔走了過來，站在打鬥場的中央，衝著岡日森格轟隆隆地吼起來。誰都知道這是挑戰，更知道沒有哪隻藏獒會迴避挑戰，尤其是西結古獒王岡日森格。許多人盯著岡日森格，都為牠捏了一把汗。只有岡日森格自己明白，牠已經不準備拼殺地獄食肉魔了。作為一隻最是敢打敢拼的獒王，牠無能地把犧牲的機會讓給了同伴，眼看著對方轉眼咬死了雪獒各姿各雅，咬傷了美旺雄怒，這樣的痛苦幾乎是無法忍受的。但現在牠必須忍受，牠在潛意識裏已經把地獄食肉魔當做了自己的後代，忠於遺傳、不傷害親緣的天性牢牢禁錮著牠。牠隱隱約約感覺到，忍受的結果也許是好的，希望正從遠方走來，打敗地獄食肉魔的希望，正隨著一縷清風，悄悄地走進了牠靈敏的嗅覺。

父親朝前跨了一步，喊道：「岡日森格，你不要理牠，過來，跟我在一起。」

岡日森格聽話地來到父親身邊。父親揪住牠的鬣毛不讓牠離開，然後一手扠腰，盯著前面躲藏在赤騮馬後面的勒格紅衛，大聲說：

「勒格，勒格你給我過來，你不認識我了嗎勒格？我是漢扎西，是你的老師，你想幹什麼勒格？你讓你的藏獒殺死了這麼多西結古藏獒，你是有罪的，懲罰就在前面等著你，你知道嗎？虧你還當過喇嘛，你那些『吽嘛呢唄咪吽』白念了嗎？」

勒格紅衛不露面，也沒有任何聲息。

父親又說：「忘恩負義的勒格啊，你爲什麼要這樣？你忘了岡日森格救過你的命，忘了我這個漢扎西用生命保護過你，忘了在你無家可歸的時候是西結古草原收養了你，你忘了，把什麼都忘了，就記住了仇恨，你爲什麼要仇恨？你仇恨誰就去報復誰，你不要亂咬亂殺好不好？」父親揉著眼睛哭了。

勒格紅衛說：「漢扎西老師你不要說了，我現在不是勒格，我是勒格紅衛，我要『橫掃一切牛鬼蛇神』你知道嗎？我不可能聽你的話，我就聽『大遍入』法門的話。」勒格紅衛說罷，再次躲到了赤騮馬的後面，不管父親怎麼懇求、規勸和詛咒，他都一聲不吭。

父親衝了過去，他已經顧不得自己了，只想把勒格從赤騮馬後面揪出來，阻止接下來的打鬥。地獄食肉魔哪裡會允許父親靠近牠的主人，撲過來，張嘴就咬，咬到的卻是岡日森格的肩膀。岡日森格同樣也不會允許任何敵手傷害到父親，但牠只想保護，不想進攻，就只好把自己的肉體主動送入對方的大嘴。死亡瞬間就會發生，岡日森格用身子擋住父親，聽天由命地閉上了眼睛。地獄食肉魔看第一口沒有致命，立馬又來了一口。

勒格紅衛老鷹一樣刷地撲過來，一邊抱住地獄食肉魔使勁朝後推著，一邊焦急地揮手喊著：「退回去，岡日森格退回去，不要現在就來送死，等我心裏不難受了再讓你死。」

勒格紅衛的喊聲提醒了父親，他覺得自己可以不怕死，可以用生命為代價讓勒格紅衛放棄廝殺打鬥的念頭，但他不能牽連岡日森格。岡日森格不是一隻見死不救的藏獒，不等他死，岡日森格就會先死。

父親退了回去，岡日森格跟著退了回去。勒格紅衛拽著地獄食肉魔也退了回去。

父親大聲說：「勒格你聽著，我最後再說一遍，我是你的老師，岡日森格是你的藏獒，我們都救過你的命，你要是還有良心，就給我老老實實的，不要再殺了，再打了。」

勒格紅衛聲音淒慘地說：「我的藏獒死了，我的狼死了，我的明妃死了，連我的大鵬血神也死了，我被趕出了西結古寺，誰對我講過良心啊？」

安靜出現了，天色正在黑去。圍觀的騎手和藏獒全都望著父親和岡日森格，他們奇怪父親居然會不要命地衝過去，也奇怪面對挑戰的西結古獒王岡日森格居然是一副主動挨打的樣子。

西結古騎手的頭班瑪多吉走過來，惱火地對父親說：「你撲什麼撲？讓人家把你咬死怎麼辦？

勒格已經變成魔鬼啦，已經不是你的學生啦，你還是讓岡日森格給我上。」又摸摸岡日森格的頭說，「岡日森格聽我的，關鍵的時刻來到了，不要害怕，你從來沒有輸過，這次也不會輸。上，給我上，咬死勒格的藏獒，也咬死勒格，不要客氣，他早就不是你的主人啦，他連西結古草原的人都算不上。」

父親瞪著班瑪多吉說：「我算是看出來了，你不讓岡日森格死掉是不甘心的。我告訴你班瑪書記，我是勒格的老師他就得聽我的。我今天豁出去了，我就是不讓岡日森格上，就是要看看勒格有沒有膽量縱狗咬死我。以往每次都是岡日森格保護我們，今天我要保護岡日森格一次。你過來，抱住牠，不要讓牠跟著我朝前撲，要撲我撲，我是藏獒，我是獒王岡日森格。」

班瑪多吉吃驚地說：「漢扎西你不要命啦？你死了，我怎麼給上級、給牧民交代？」

父親說：「對藏獒你怎麼不這麼想？人命和藏獒的命是一樣的，西結古草原的藏獒死了這麼多，你作爲公社書記不是從來沒有給上級、給牧民交代過嗎？你要是不想讓我死，就趕快帶著騎手和領地狗群離開這裏，你們一走，外來的騎手就都會走，打鬥不就沒有了嗎？」

班瑪多吉說：「這是不可能的，我們離開了，麥書記怎麼辦？藏巴拉索羅怎麼辦？還保衛不保衛了？」

父親說：「麥書記在哪裡？藏巴拉索羅在哪裡？我不相信他在這裏，我就相信他已經離開了西結古草原，已經回到了州上。」

班瑪多吉說：「我也不相信麥書記會帶著藏巴拉索羅來到這裏，但萬一呢？萬一藏巴拉索羅落到別人手裏，我們怎麼辦？我現在的任務就是，外來的騎手找到哪裡，我就要保衛到哪裡。」

父親絕望地搖了搖頭說：「既然我說服不了你，那就只好去說服勒格和牠的藏獒了，過來，抱好了，把岡日森格抱好了。」

班瑪多吉照辦了，蹲下身子，緊緊地抱住了岡日森格。

父親撲了過去，他不是兩條腿撲過去的，他是四條腿撲過去的，牠先是趴在地上，朝前走了幾步，然後大喊一聲，撲向了勒格紅衛。他這樣做是想告訴勒格：你的老師已經被你逼得不想做人啦，他現在是岡日森格，一隻始終把你當做主人的藏獒。他要做的就是義無反顧，就是乞求你們離開或者被你們咬死。

勒格紅衛不知所措，抱著地獄食肉魔對父親說：「別，別，漢扎西老師你別過來。」

父親撲到跟前，吼道：「堂堂男子漢利用藏獒打鬥算什麼，有能耐你把格薩爾寶劍拿到手。」

勒格紅衛說：「我拿格薩爾寶劍幹什麼？」

父親說：「格薩爾寶劍就是藏巴拉索羅，藏巴拉索羅就是格薩爾寶劍，你連這個都不知道，來這裏幹什麼？」說著，張嘴就咬向了他的喉嚨。

勒格紅衛抱緊了掙扎著想撲向父親的地獄食肉魔說：「漢扎西老師，我請求，我請求，我馬上就請求。」心想，原來藏巴拉索羅就是格薩爾寶劍。他在做喇嘛的時候就知道，大經堂裏繪有格薩爾降伏魔國圖的柱子，曾經是專門用來供養格薩爾寶劍的地方。如果麥書記把寶劍還給西結古寺，說不定還會放在那裏。

父親停止了撲咬，趴著問道：「你想請求我嗎？我不會退回去的，除非你離開這裏，離開西結古草原。」

勒格紅衛說：「我要請求『大遍入』法門的本尊神，他們讓我離開我就離開。天就要黑了，所有的本尊將在黑暗中顯身明示，得到了明示我再告訴你。」

父親像一隻真正的藏獒那樣，用前爪摁住控制在勒格紅衛懷抱裏的地獄食肉魔，把嘴湊到了勒格的嘴邊，逼問道：「什麼時候告訴我？」

勒格紅衛說：「明天天亮。」

第四十一章 大鵬血神

天已經黑透，鹿目天女谷裏一片安靜。儘管大家都知道鹿目天女並不高興人群狗影的騷擾，時刻會把險惡與恐怖降臨頭頂，但來這裏的各路騎手都不想離開，因為目的沒有達到：麥書記在哪裡呢？藏巴拉索羅在哪裡呢？

午夜，岡日森格的叫聲吵醒了一堆一堆蜷縮在地上的人。叫著叫著，牠就跳了起來。一直守護著岡日森格的父親以為牠要跳向地獄食肉魔，趕緊阻攔，卻發現牠又把身子彎過去，衝著鹿目天女谷黑暗的谷口叫起來。

班瑪多吉過來說：「不要讓牠叫了，省點力氣吧，明天牠還要上場跟地獄食肉魔決鬥呢。」父親說：「班瑪書記你怎麼還不明白，明天決鬥的是我，不是岡日森格。」

但是很快父親就發現，勒格和他的地獄食肉魔已經不在了。父親吃驚地想，他們為什麼會離開這裏？是良心發現了，無法面對自己的老師漢扎西和救過自己命的恩狗岡日森格，還是意識到這裏人多藏獒多，大黑獒果日以及尼瑪和達娃很可能會被解救而去？反正勒格走了，在黑夜的掩護下，他牽著赤騮馬，帶著地獄食肉魔，悄悄離開了這裏。

岡日森格也要離開了。牠惦記著被勒格紅衛綁架走的大黑獒果日以及尼瑪和達娃。父親和美旺雄怒跟了過去，所有的西結古領地狗都跟了過去。班瑪多吉一看身邊沒有了藏獒，惶恐不安地說：「領地狗都走了，光留下我們能幹什麼，就是找到了麥書記和藏巴拉索羅，也保護不了啊。走，趕緊走，把牠們追回來。」

西結古騎手一走，黑夜就緊張起來。上阿媽騎手的首領巴俄秋珠、東結古騎手的首領帕嘉、多獼騎手的首領扎雅都在猜測：他們幹什麼去了，是不是又有了麥書記的新線索?跟上去，這裏是西結古草原，西結古騎手走到哪裡，他們就應該跟到哪裡。三方騎手爭先恐後地跑向了山谷外面，生怕走慢了，藏巴拉索羅就會落到別人手裏。巴俄秋珠帶領上阿媽騎手跑得最快，他們覺得一定有什麼值得追逐的目標吸引著西結古騎手，就超越而過，跑到最前面去了。

鹿目天女谷再次成爲密法女神鹿目天女尊享寧靜的領地，潛藏在黑暗中的白唇鹿奔相走告：走了，走了，強盜們走了。那些迄今都沒有被佛教降伏收納的山野之神和苯教神祇開始了憤怒的驅趕，呼呼地刮起一陣陣陰慘慘的風，推動著人馬和藏獒的背影，讓他們迅速消失了。

鹿目天女谷裏，又有了神秘、獰厲、恐怖的氣息，寂寞和寧靜悄悄歸來。

桑傑康珠沿著野驢河一路奔馳，沒有發現勒格紅衛和地獄食肉魔，又拐回來尋找，滿草原轉悠到天黑又天亮也沒有找到，便斷定追蹤了這麼久的仇敵也許已經離開西結古草原，沮喪得又是拍打自己，又是拍打馬背。青花母馬知道主人的心思，安慰似的長嘶一聲，擺頭拽鬆了韁繩，朝著鹿目天女谷的方向走去。牠是馬，嗅覺雖然沒有藏獒靈敏，但比人還是強多了。

桑傑康珠自己沒有了主意，就任由青花母馬馱著她朝前走去，就見迎面徒步走來一個人，定睛一看，塌下去的腰忽地直了起來。來人正是她一直都在追蹤的勒格紅衛。她飛快地靠近他，端起槍，瞄準著，沒有瞄準勒格紅衛，而是瞄準了他旁邊一個更低的地方，那兒應該是地獄食肉魔奔跑的位置。但是她沒有看到地獄食肉魔的影子，便把槍口朝上一抬，瞄準了勒格紅衛的胸脯。

勒格紅衛的胸脯鼓鼓囊囊的，讓桑傑康珠猶豫了一下，她想到對方的皮袍胸兜裏還裝著尼瑪和達娃，就又把槍口對準了對方的腿，正要射擊，就見勒格紅衛迎著槍口大步走來，突然停下，掏出藏刀對準了自己的胸脯，意思是說：妳要是不想讓兩隻小藏獒活了，妳就開槍吧。

桑傑康珠大聲說：「你想殺了尼瑪和達娃，我倒要看看，是你的刀子快，還是我的子彈快。」

勒格紅衛陰鬱地望著她，臉上掛著一絲冷笑。

一聲猛吼傳來，桑傑康珠回頭一看，發現地獄食肉魔早已從身後包抄而來，正在不遠處虎視眈眈地盯著她。她扭身瞄準地獄食肉魔。地獄食肉魔朝她奔撲而來，卻被勒格紅衛厲聲制止住了。

皮袍胸兜裏的小兄妹藏獒尼瑪和達娃聽到了桑傑康珠的聲音，掙扎著想出去，卻被勒格紅衛的大手捂著，動彈不得。妹妹達娃腦子一轉，用碰鼻子的方式對哥哥尼瑪說：我們撒尿吧，撒了尿他就會把我們抓出去放到地上。說罷立刻撒了一泡尿。尼瑪也撒了一泡尿，看到這人的手仍然緊緊捂著不鬆開，就失望得哭起來。妹妹達娃再次碰了碰哥哥的鼻子說：我們拉屎吧，拉了屎他就不要我們了。說罷就拉起了屎。哥哥尼瑪也拉起了屎。

藏獒是從來不在人懷裏拉屎撒尿的，但這次拉了很多。勒格紅衛把藏刀插進腰裏，手伸進胸懷，一把抓出了達娃，又一把抓出了尼瑪。尼瑪和達娃委屈地哭起來，好像不是牠們搞髒搞臭了勒格紅衛，而是勒格紅衛干涉了牠們的拉屎撒尿。

桑傑康珠又回過身來，吼一聲：「快把尼瑪和達娃還給我。」

勒格紅衛把尼瑪和達娃放到地上，迅速解開腰帶，脫下皮袍，抖落著胸兜裏的狗屎狗尿。尼瑪和達娃意識到自己的詭計成功了，歡天喜地地朝桑傑康珠跑去。桑傑康珠收起叉子槍，跳下馬，單腿跪在地上，想要抱起尼瑪和達娃，就在這個時候，勒格紅衛的皮袍飛過來了。就像之前用套馬索套住大黑獒果日一樣，皮袍準確地蓋住了桑傑康珠的頭。

桑傑康珠一手拿著槍，一手抓著達娃，無法一把掀掉皮袍。等她放下達娃再掀皮袍時，已經來不及了，勒格紅衛撲了過來。勒格紅衛臉色黝黑，魁偉高大，一頭瀟灑的披肩英雄髮，就像他的藏獒地獄食肉魔那樣，雄壯而不可抗拒地撲在了她身上。

接下來就是力氣的較量，勒格紅衛用堅實的雙臂告訴桑傑康珠：這個世界上比我力氣大的人，還沒有生出來呢。況且還有地獄食肉魔的聲援，牠似乎知道結果一定是主人的勝利，一動不動地站著，只用輕輕的叫聲證明著自己的存在。桑傑康珠很快就有了詛咒，詛咒意味著她的無奈和妥協，她掙扎不動了，一點力氣也沒有了，只好把槍交給他。

桑傑康珠吼道：「那就開槍吧，現在你可以打死我了。」

勒格紅衛坐在地上，把槍扔到了五步之外。

桑傑康珠爬起來，就要撲過去拿槍，看到地獄食肉魔已經守護在那裏，便四下裏望了望，厲聲問道：「大黑獒果日呢？你把大黑獒果日搞到哪裡去了？」勒格紅衛不回答。

桑傑康珠憤怒地問道：「你們是不是把大黑獒果日咬死了？」勒格紅衛還是不回答，抬頭望著遠方。

桑傑康珠不禁尖叫起來：「死了，大黑獒果日死了。你們這些魔鬼，我怎麼就不能打死你們。」

勒格紅衛不想再增加桑傑康珠的仇恨，他囁囁嚅嚅地說，他讓赤騮馬馱著大黑獒果日回他的「日朝巴岩洞」（**修行者的岩洞**）去了。赤騮馬是認識路的，多遠的路都認識，牠要是不回去，西結古草原的人尤其是漢扎西，就會把大黑獒果日奪走。這麼好的母獒，他可捨不得。

桑傑康珠說：「你爲什麼不走？你也應該帶著你的地獄食肉魔滾回你的『日朝巴岩洞』去。」

勒格紅衛陰沈沈地搖著頭。他來西結古草原，就是要咬死所有的寺院狗、所有的領地狗、所有的看家狗和牧羊狗，牠們都是「牛鬼蛇神」的走狗，現在目的還沒有實現一半，怎麼可能離開？昨天見到漢扎西和岡日森格之後，突然意識到他還需要更狠心，才能突破漢扎西和岡日森格的情面。所以，他有了新的想法：把藏巴拉索羅搶到手。既然他的藏獒天下無敵，爲什麼要眼看著別人，尤其是那些外來的騎手從西結古草原搶走藏巴拉索羅呢？無論他和西結古的藏獒和丹增活佛有多大的仇恨，他都是一個西結古人。這些年來，他時時刻刻都想回到西結古草原來，如果掃蕩了西結古的藏獒，再有了藏巴拉索羅，他就是西結古草原的主人，誰還敢隨便欺負他。

勒格紅衛說：「康珠姑娘，我知道妳仇恨我，但妳也可以不仇恨我。」

桑傑康珠說：「你不放棄咬死西結古藏獒的目的，我只能仇恨你。」

勒格紅衛說：「我的藏獒死了，我的狼死了，我的明妃死了，連我的大鵬血神也死了。他們把我攆出了西結古寺，我無路可走，只有報仇。現在機會來了，可以『橫掃牛鬼蛇神』了，我把名字改成勒格紅衛，就是爲了不放過這個報仇的機會。」說著，眼眶裏突然濕汪汪的。

桑傑康珠很怕男人的眼淚，她眼睛一橫，盯住了自己的槍：「讓你的藏獒走開，我要取回我的槍。」

勒格紅衛從地獄食肉魔身邊拿起槍，還給了她，坐下來，仰臉望著她說：「明妃，妳就像一個明妃。」

桑傑康珠說：「我本來就是明妃。」說著，抱起尼瑪和達娃，坐到他面前。

勒格紅衛說：「可是我的明妃死了，我的大鵬血神也死了。」

桑傑康珠用槍對著他說：「接下來就是你死。」

勒格紅衛長歎一口氣說：「死就死吧。」

勒格紅衛無視桑傑康珠的仇恨和槍口，眼望遠方，目光迷離。他嗓子裏發出低沉的聲音，像是自言自語。漸漸地，桑傑康珠聽出來了，那是他的講述，斷斷續續，結結巴巴，痛苦而沈重。

……他的藏獒死了，他的狼死了，他被攆出了西結古寺，於是他去礱寶雪山投奔他的明妃。他看到的卻是一具明妃的屍體。明妃的阿爸、一個臉上褶子密布的老人告訴他，他的女兒死了已經四五天了，就爲了等他，才沒有送到天葬場。

他哭著說：「你知道我要來嗎？」

老人說：「不是我知道，是女兒知道，女兒死的時候說，勒格就要來了，一定要讓他看上我一眼。」

勒格是第一次看到老人的女兒，一個多麼周正的姑娘啊。在「大遍入」的法門裏，爲了徹底破除欲念和俗念，雙修的男女是不能提前見面的，一切都由明妃的阿爸來安排。阿爸當然求之不得，今生的明妃，下世的佛母，誰不想讓自己的女兒有一個超凡入聖的來世呢。雙修的時候，男女都用三張羊皮包裹頭臉，誰也看不見誰，也不知道對方叫什麼名字，只用本尊神的伴神雄神米楚巴（不亂）和雌神繆娃（不動）稱呼彼此，而且只准在心裏用雄神米楚巴或雌神繆娃的形象來稱呼。如今勒格終於一目瞭然了，卻已經是一張沒有生命的面影。

老人說不清女兒是怎麼死的，越是說不清就越讓勒格懷疑，他看到屍體上到處都是利牙撕咬的痕跡，就哭著說：「怎麼這麼深的傷口啊，不是獒牙咬不出來。西結古草原的藏獒從來不咬姑娘，這次為什麼咬死了我的明妃？」

他覺得明妃的死一定是丹增活佛施放了魔法毒咒，便再次返回西結古寺，質問丹增活佛。丹增活佛陡然變色，厲聲說：「你想用污穢的口水淹死我嗎？我的法力從來不加害於人，哪怕他是佛法的敵人。是你的『大遍入』邪道、走火入魔的法門，害死了你的明妃。她是你的修法女伴，你讓她渾身毒焰燃燒，卻沒有打通脈絡讓她連天接地，她無法排洩毒火烤炙的痛苦，只好用自己的牙齒咬死自己。她肯定瘋了，用最大的力氣把她的牙齒變成了獒牙。」

他絕不相信，明明是獸牙的痕跡，丹增活佛怎麼說是人牙呢。他在大經堂前追問丹增活佛，卻被寺院狗一陣瘋咬。這一次獒牙傷著了他，讓他流了很多血，他的大鵬血神就在這次流血中消失了。

他從此失去了所有的依靠、所有的生存希望。他痛哭一場，離開了西結古草原。走的時候他說：「我發誓，我向偉大光明的吉祥天母、威武秘密主、怖畏金剛、猛厲詛咒眾神、女鬼差遣眾神以及所有『大遍入』法門的本尊神發誓，你們讓岡日森格帶著領地狗群咬死了我的藏獒、我的狼、我的明妃，讓寺院狗把我攆出了西結古寺，咬死了我的大鵬血神，我就要想辦法搞死你們的寺院狗、你們的領地狗、你們的看家狗和牧羊狗，還有你們的獒王。我不在乎我曾經是岡日森格的主人，牠咬死了助我修法的一切，牠就是我的敵人。『大遍入』法門的本尊神正在對我說：所有的報仇都是修煉，所有的死亡都是資糧，鮮血和屍林是最好的神鬼磁場，不成佛，便成魔。從今天起，你們小心提防，我將用我的藏獒，咬死西結古草原的全部藏獒，是的，咬死全部藏獒。」

勒格紅衛憤懣而憂傷地結束了自己的話。半晌，桑傑康珠才說：「你也是一個可憐的悲慘的人，你怎麼能讓藏獒比你更可憐更悲慘呢？」

勒格紅衛說：「我不讓藏獒悲慘，還能讓西結古人悲慘，能讓丹增活佛悲慘？儘管我的明妃和我的大鵬血神一定是遭了丹增活佛的魔法毒咒，但丹增活佛是西結古草原的活神，是天佛的化身，我怎麼敢對付他？」

桑傑康珠歎了一口氣，憐憫地望著他，突然又一次想起了那個創世的傳說：最早最早的時候，青果阿媽草原生活著一張大嘴，它吃掉了所有的男人，吃掉了所有男人的心，它就是女人的陰戶。傳說的啓示讓她覺得也許天意就是這樣：阻止勒格的，只能是她。她是女人，西結古草原一張美麗的大嘴，她應該吃掉他，吃掉藏獒的災難。她說：

「還記得我給你說過的話嗎，我想變成一張大嘴吃掉你？」

勒格紅衛臉色驟然鐵青，鼻子「哧」了一下說：「妳還想殺死我。」

桑傑康珠說：「我當然可以殺死你，但只要你聽我的話，不再屠殺我們的藏獒，我就不會是吃人的大嘴。我是病主女鬼，我是女骷髏夢魘鬼卒，我是魔女黑喘狗，我是化身女閻羅，我比任何姑娘都有資格做一個修法者的明妃。我有我的中心大神，我不在乎你的大鵬血神死了還是活著。」

勒格紅衛呆愣著一動不動。

桑傑康珠說：「讓你的藏獒不要動。」

勒格紅衛猶豫一下，朝著地獄食肉魔做了一個不要動的手勢。

桑傑康珠說：「現在，你發誓從此以後改邪歸正，不再屠殺西結古草原的藏獒，你發誓你的仇恨會流進我的身體，變成一顆歡喜的心，你發誓你願意得到我的拯救，做一個行事規矩、度人度己的喇嘛。你怎麼不說話？難道你的發誓就是一句不吭嗎？」說著，她丟開手中的槍，放下懷裏的尼瑪和達娃，迅速解散腰帶，脫掉了皮袍，皮袍上連綴著她從東結古騎手的首領帕嘉那裏騙來的一把華麗的藏刀。

勒格紅衛驚訝地叫了一聲，他看到她光滑的肌膚了，看到她就像雪白的山峰傾頹而來，把他轟然壓倒在草地上。地獄食肉魔平靜地盯著他們，好像牠是明白的，什麼都明白。

接著就是模糊，一切界限都悄然模糊，男人與女人、征服與反抗、心靈與肉體、憤怒與溫存、仇恨與愛情，都在時間的無常中，把清晰的界限模糊成了一片混沌，瞬間產生的情緒又在瞬間消解，女人的瘋狂終於換來了男人失去自我的歎息，男人一歎息，氣氛就不再堅硬和冰涼了。草原上的人生就是這樣粗獷而單純，女人並不會把「以前」看得比「現在」更重要，從來可怕的不是失去貞操，而是失去欲望失去榮譽。復仇的靈魂這一刻露出了溫情的假象，桑傑康珠的詛咒和詈罵不期然而然地變成了一種和平深處曼妙無限的衝動，天經地義地流淌在青花母馬的陰影下。尼瑪和達娃愣了。

然而，什麼也沒有發生。即將發生的時候，勒格紅衛用最大的力氣把桑傑康珠推開了。他驚慌失措地跳起來，看她起身就要撲過來，招呼一聲自己的藏獒，抬腳就走。

桑傑康珠穿上皮袍，沮喪而憤怒地喊起來：「勒格你站住，你不是男人，不是一個需要明妃的修法者。」

勒格紅衛一臉羞慚，徑直往前走去。

桑傑康珠撲過去拿起槍，朝著他面對的天空就是一槍。

勒格紅衛猛地停下，生怕這一槍惹怒地獄食肉魔，趕緊跳過去護住她，冷颼颼地瞪她一眼說：「藏巴拉索羅，我要得到藏巴拉索羅。」

桑傑康珠吃驚地說：「你也要去爭搶藏巴拉索羅？你要它幹什麼？」突然意識到如果勒格紅衛這樣做了，至少可以保證麥書記和藏巴拉索羅不讓外來的騎手搶走。她繫好腰帶，走過去拿起槍，激將地說：「你連麥書記和藏巴拉索羅在哪裡都不知道，你不可能得到它。」

勒格紅衛驅散著臉上的陰雲，神秘而自信地說：「昨天夜裏，在我奮力請求『大遍入』法門的本尊神們再次加持我的時候，我得到的明示是這樣的：麥書記將在一個我熟悉的地方顯現，那個地方高高的平平的，被寺院的金頂遙遙關照著；它是一個過去的部落用來懲罰罪人惡人的血腥之地，鋒利的寶劍曾經在這裏砍下過許多人頭；是一個漢扎西和岡日森格解救過『七個上阿媽的孩子』的吉祥之地，攢動的人頭說明部落法會的影子還沒有散盡。」

桑傑康珠問道：「你說的是行刑台？」

勒格紅衛點點頭，還想說什麼又驀然閉了嘴：自己怎麼可以洩露「大遍入」法門的機密呢？儘管面前是一個願意做他的明妃卻被他拒絕了的姑娘。

桑傑康珠又問：「麥書記，藏巴拉索羅，會出現在行刑臺上？」

勒格紅衛在心裏回答道：「藏巴拉索羅並不會和麥書記一起顯現，它被數百個空行母日夜守護著，斂盡光芒沉睡在一個巨大的彩繪圓筒裏。想一想吧姑娘，在西結古草原，除了西結古寺，哪個地方還會聚集數百個空行母呢？」

勒格紅衛大步前去。

第四十二章　狼恩

雖然在別人的領地上有些心虛膽怯，上阿媽狼群並不打算輕易離開，牠們彎來彎去沒有直接跑出西結古草原，招惹得紅額斑狼群一直都在追攆。兩股狼群在逃命與追命之間周旋著，持續了一個夜晚。

天亮時，追命的有點追不動了，逃命的也有點逃不動了，兩股狼群慢下來。距離還是開始時的距離，但結果卻越來越接近，狼道峽已經不遠，上阿媽狼群就要被攆出西結古草原了。爲此，紅額斑頭狼發出了一陣得意的嗥叫，提前宣告了勝利的到來。叫著叫著，聲音就變了，是命令自己的狼群停下來的聲音，得意中摻進了一絲警惕和憂慮。

紅額斑狼群不追了，都把警惕的眼光掃向了遠方。遠方有一個小小的黑點，但那個黑點無論怎麼小，對狼來說都是一座山、一種屏障的存在。狼們都在想：哪裡來的藏獒，怎麼會在這裏，牠孤零零地立在狼群面前想幹什麼？

追命的停下了，逃命的卻沒有停。上阿媽狼群恍然以爲後面追攆的狼和前面堵截的藏獒是一夥的，西結古草原的生靈——狼和藏獒，在對待外來侵略的時候，仇敵變成了夥伴，對手結成了同盟。而牠們別無選擇，只有衝鋒陷陣，奪路突圍。

上阿媽狼群衝了過去。大家都想繞開多吉來吧，狼群中間譁然出現了一道裂痕。多吉來吧左看看，撲向了左邊；右看看，撲向了右邊。疲憊和傷痛拖累著牠，牠還是咬傷了兩匹狼，等牠撲向第三匹狼——一匹銜牠齜牙瞪眼的少年狼時，遭到了少年狼所屬的整個狼家族的同時攻擊，五匹成年狼從不同的方向撲過來咬住了牠。

多吉來吧暴跳如雷，好像是說我才離開了多久，外來的侵略者居然猖狂到這種地步了。牠狂吼狂咬著，雖然一口也沒有咬住狼，兩隻前爪卻比利牙還要迅捷地掏向了狼胸狼腹。那是永不鬆軟的鋼鐵，所到之處，皮開肉綻。一陣混撲亂打之後，狼毛和獒毛變成旋風飛上了天，隨著旋風上天的，還有三匹狼不甘就死的氣息。

多吉來吧再撲再咬，圍過來廝打的狼越來越多了。上阿媽狼群似乎也意識到，這裏只有一隻藏獒，只要狼群同心協力，就沒有打不過、咬不死的道理。

坐山觀虎鬥的紅額斑狼群悄悄靠近著。突然一聲嗥叫，所有紅額斑狼群的成員都愣了，牠們不明白，為什麼牠們的頭狼會在這個時候發出這樣一聲嗥叫。嗥叫之後，上阿媽狼群突然放棄對多吉來吧的圍攻，潰退而去。

多吉來吧用爪子拖帶著狼腸狼血追了過去。

上阿媽狼群被攆進狼道峽口的時候，多吉來吧「撲通」一聲臥倒在地，舔著自己身上可以舔到的傷口，片刻之後，身子搖晃著站起來，碩大而沉重的獒頭掉轉了方向，面對牠身後的紅額斑狼群。

多吉來吧陰鬱而傷感地望著紅額斑狼群，這是和牠一樣把西結古草原當家園的狼群，這樣的狼群可不是一番追咬就能趕走的。多吉來吧突然意識到，剛才對上阿媽狼群的追擊消耗的是牠最後的力量。牠不遠千里奔回自己的草原，不僅沒有機會休息，也沒有機會活命了。見到主人漢扎西和妻子大黑獒果日的千般努力，也許就要功敗垂成。

多吉來吧安靜下來，巍然聳立，如同冰山。紅額斑狼群就在四十米之外，一大片狼眼一起射向多吉來吧，也是不嗥不叫，冷靜得就像寒冬。

沈默中的對峙讓時間凍結了，也凍結了即將來臨的死亡。死亡只能是多吉來吧，一隻連逃跑都很吃力的藏獒，面對一股少說也有一百五十匹狼的大狼群，如果牠不能變成一縷空氣升天而去，就只能變成一堆鮮香的血肉，等待著被切割成碎塊後，進入狼群的肚腹。

最初的行動是從狼群開始的。牠們在紅額斑頭狼的帶動下，集體朝前移動了兩個身位。多吉來吧立刻做出了反應，也是朝前移動了兩個身位。現在，多吉來吧和紅額斑狼群的距離不足十丈。空氣滾燙，好像來自藏獒肺腑和狼群肺腑的烈火，正在融合成另一種氣體，一點就炸。

沈默之中，雙方的眼光變得深邃遙遠。多吉來吧想起了九年前的那場搏殺，大雪飄揚的日子，三股狼群圍住寄宿學校，咬死了十個孩子，也幾乎咬死牠多吉來吧。就是因為牠沒有被咬死，揮之不去的恥辱讓牠差一點離開主人成為一隻野狗。當年咬死十個孩子的狼，只要活著的，就都在面前這股狼群裏，包括紅額斑頭狼。紅額斑頭狼當時雖然還不是頭狼，卻是一匹比頭狼還要勇敢聰明的戰狼。多吉來吧盯著當年的戰狼如今的頭狼，心想上天給了自己一個復仇的機會吧，只恐怕自己是力不從心了！

而在紅額斑頭狼記憶深處，是更加深刻慘烈。十個孩子的血肉和幾十匹壯狼的血肉，依然在眼前橫飛。這隻名叫多吉來吧的藏獒，牠山呼海嘯般的猛惡，曾讓鋪天蓋地的狼一個個心驚膽寒。留在牠腦海裏的不可磨滅的印象，已經不是恐懼，而是敬畏。

紅額斑頭狼渾身抖了一下，帶著狼群，再一次朝前移動。現在，多吉來吧和紅額斑狼群的距離只有二十米了。空氣是透明的，卻又是熊熊燃燒的，白色的燃燒裏，湧動著白色的恐怖。

眾多的狼心和一顆獒心在無聲而激烈的對抗中比賽著堅硬和氣魄。

沈默。

紅額斑頭狼終於忍不住咆哮了一聲，所有的狼都開始咆哮。多吉來吧昂然挺立，依然用天生的輕蔑不吭不哈地面對著狼群，緩緩地朝前走了一步，又一步。距離迅速消失，只剩下不到十米了，這是一隻偉健的藏獒可以一撲致命的距離，其殺傷力不是任何個體的狼所能承受和迴避的。紅額斑頭狼身子不禁縮了一下；狼毫頓時聳了起來。所有的狼都把身子朝後傾著，隨時準備迎擊撲過來的撕咬。

但是多吉來吧並沒有撲過去，牠又朝前走，把牠和狼群的距離縮短成了四米，好像牠面對的不是一群窮兇極惡的狼，而是一堆灰色的石頭。牠坦然、自信、不屑一顧，好像根本就沒打算撕咬。九年前山呼海嘯的猛惡、雷霆萬鈞的氣象又回來了，同時回來的還有傳遞給狼群的心驚膽寒。

紅額斑頭狼後退了一步，突然一聲嗥叫。這是號令，不是進攻的號令，而是撤退的號令。號令還沒有落地，牠就搶先轉過身去，撒腿就跑。狼群跟上了牠，牠們其實早就想跑了，所以逃跑的動作協調如水，比進攻還要自然流暢。

多吉來吧沒有追趕，儘管追趕是藏獒對狼的本能反應，儘管九年前的仇恨還耿耿於懷，儘管十個孩子的音容笑貌就在眼前，栩栩如生，牠也不能追趕。牠聞到另外一股狼的氣息，而且來自寄宿學校方向。

牠不禁埋怨起來：西結古的領地狗群，獒王岡日森格，你們幹什麼去了？怎麼一進入草原，到處都是耀武揚威的狼群，而不見你們的影子呢？

巴俄秋珠帶領上阿媽騎手超越西結古騎手，跑向了前面，沒發現什麼值得追逐的目標，又往回跑，跑著跑著，突然勒馬停下了。他身後的騎手和領地狗來不及剎住，跑出去又紛紛折回來，用眼睛問道：「爲什麼要停下？」

巴俄秋珠舉起馬鞭指了指左前方說：「看見了吧，那是什麼？」騎手們說：「早就看見了，不過是一隻沒有主人的藏獒。」

巴俄秋珠說：「那好像是多吉來吧，多吉來吧可不是一般的藏獒，牠是當年的飲血王黨項羅剎。我聽說牠被漢扎西賣到了西寧城，怎麼又回來了？」

巴俄秋珠吆喝著自己的人和狗，縱馬跑了過去。

多吉來吧正從上阿媽騎手的側翼插過，按照習慣，牠應該撲向這些外來的騎手和藏獒，但牠沒有，寄宿學校的狼群、命在旦夕的孩子們比什麼都重要，任何事情都不值得牠去浪費時間。牠想迴避上阿媽騎手和領地狗群，卻沒想到他們跑過來橫擋在了自己面前。牠不高不低、氣息平穩地吼了一聲，態度幾乎是和藹的，意思是：請你們讓開，我要過去。上阿媽領地狗們理解了，互相看了看，並沒有對著吼起來。

巴俄秋珠大聲說：「多吉來吧你在這裏幹什麼？是不是也要去鹿目天女谷？我們聽說麥書記在那裏，你能帶我們去嗎？」

多吉來吧沒有聽懂，以爲對方的意思是擋著牠不讓牠走，便用一種只有面對狼群時才會有的黑暗寒冷的眼光，針芒一樣扎向巴俄秋珠。

巴俄秋珠很氣憤：「別忘了我曾經也是西結古草原的人，你不服從我，就不是一隻好藏獒。」

多吉來吧的回答是一聲剛猛的吼叫，告訴對方牠才不管他曾經的身分，只知道他現在的身分：來自上阿媽草原的侵略者。

巴俄秋珠冷笑一聲說：「你的態度其實我們已經猜到了，但是你沒有猜到我們的態度。你知道你今天為什麼碰到我們嗎？因為你的死期已經到了。」說著從背上取下了槍，喊道，「騎手們，快快瞄準這傢伙，我們的藏獒沒有一隻能打過牠。」

騎手們紛紛取槍在手。多吉來吧蹦跳而起，巴俄秋珠以為牠要撲過來，正要端槍射擊，卻見牠轉身就跑。

「追。」巴俄秋珠狂叫一聲。上阿媽騎手和上阿媽領地狗瘋追而去。

西結古草原上，剛剛還是狼群的逃命，轉眼又是一代悍獒多吉來吧的逃命了。多吉來吧拼命地逃著，上阿媽騎手和領地狗群拼命地追著，馬本來就比藏獒跑得快，加上多吉來吧越來越倦怠的體力，距離漸漸縮小了。

多吉來吧回頭看了一眼，突然朝右拐去，跑上了一座馬鞍形的草岡。馬的速度頓時受到了限制，距離又拉開了。

巴俄秋珠朝著多吉來吧開了一槍，看沒有打著，喊道：「快啊，快啊。」然後揚鞭催馬，跑上了馬鞍形草岡的低凹處，一看前面還是草岡，憤怒地叫著：「獒多吉，獒多吉。」催促上阿媽領地狗追上去堵住多吉來吧。上阿媽領地狗箭鏃一樣「嗖嗖嗖」地衝向了前方。

多吉來吧是機智的，牠把上阿媽騎手引到了一個草岡連著草岡的地方，這樣的地方抑制了馬的奔跑，使牠暫時擺脫了槍的威脅，至於追上來的上阿媽領地狗群，牠是不怕的，不就是牙刀和爪子嘛，不就是力量和速度嘛，牠多吉來吧從來不懼怕，也從來不缺乏。而上阿媽領地狗群似乎也不想給多吉來吧造成致命的威脅，尤其是被父親救了命的獒王帕巴仁青，怎麼好意思再去咬殺西結古草原的藏獒呢。大概是受了帕巴仁青的影響，所有的上阿媽領地狗都是追而不近、近而不咬的。

但是上阿媽領地狗的客氣並沒有給多吉來吧帶來好運，很快就是無路可逃——狼群出現了。

草岡連著草岡的地形對多吉來吧是有利的，對狼也是有利的，多吉來吧逃亡的地方，也正好是被牠嚇退的紅額斑狼群逃亡的地方。牠翻過了一座草岡，又翻過了一座草岡，第六座草岡剛剛翻過去，就看到這股少說也有一百五十匹狼的大狼群，密密匝匝地堵擋在牠面前。多吉來吧停下了，牠只能停下，牠已經失去了剛才那種山呼海嘯、勢不可擋的威猛氣勢，一副抱頭鼠竄、見縫就鑽的可憐樣子。這個樣子的藏獒，一旦闖進狼群，立刻就是肉糜。

多吉來吧呆愣著，巴俄秋珠帶著騎手追過來，端起了一桿桿叉子槍。

多吉來吧前有狼群，後有叉子槍，心中一片絕望。狼群包圍了寄宿學校，孩子們就要死去，主人漢扎西還沒有見上一面，妻子大黑獒果日更不知凶吉如何，牠的生命就要終結了。牠千里奔波，回援故鄉，到頭來卻是一事無成，就爲了做槍的活靶、狼的美味？

多吉來吧走向上阿媽騎手，牠寧可讓人打死，也不能讓狼群咬死。

巴俄秋珠緊張地看看自己兩邊的騎手，大聲說：「我喊一二三，大家一起開槍。」騎手們應和著，一個個閉上眼睛，扣住了扳機。

但是狼群沒有讓巴俄秋珠喊出「一二三」來，牠們撲過去了，首先是紅額斑頭狼，帶著一股迅疾的罡風撲過去了。多吉來吧以爲是撲向自己的，回身要咬，卻看到狼們一匹匹從自己身邊飛馳而過，撲向了槍口，撲向了上阿媽騎手。槍聲啪啦啦的，就像是對骨頭斷裂的模仿，兩匹狼頓時栽倒在地。

騎手們事先沒有瞄準狼，大部分叉子槍打偏了，再裝彈藥是來不及的，群狼已經到了跟前，咆哮如雷，撲咬如風。即使騎手不怕，那些馬也怕得要死。坐騎們紛紛掉轉了身子，一口氣跑下了草岡。追攆多吉來吧時一直消極怠工的上阿媽領地狗這個時候才趕到，看到狼群撲向了主人，大吼大叫著衝了過來。

紅額斑頭狼的指揮張弛有度，沒等上阿媽領地狗靠近，牠就發出了一聲停止撲咬的尖嗥。狼群趕緊後撤，順著草岡一路狂馳，跑上了另一座草岡，停下來再看多吉來吧時，發現牠已經離開那裏，奔向了一處窪地。

巴俄秋珠和上阿媽騎手們遠遠地注視多吉來吧和紅額斑狼群，驚奇勝過恐懼：狼群救了多吉來吧！

後來，狼群救了多吉來吧，成了草原多年的傳說，更成了父親固執的嘮叨。父親用這個故事說明很多時候，人不如畜生，不如野獸，說明天地有靈。卻說不出狼為什麼要救多吉來吧。

父親說不出，草原上別的人也說不出。也許，不是說不出，而是不願說。沒有人願意接受一個簡單的解釋：狼群不是救多吉來吧，是救牠們自己。牠們只看到騎手的槍口朝向，沒看出槍口瞄準的只是多吉來吧。

作為狼，怎麼會相信人的槍口瞄準的不是狼，而是永遠忠誠於他們的藏獒？

第四十三章 草窪風雲

西結古獒王岡日森格嗅著赤騮馬留下來的味道，朝著狼道峽的方向走去。牠走得有些吃力，牠老了，牠在和上阿媽獒王帕巴仁青和東結古獒王大金獒昭戈的打鬥中多處受傷，流了很多血，又沒有足夠的時間恢復，牠感覺自己就快筋疲力盡。但是，牠必須儘快追上勒格紅衛和赤騮馬，否則目標就會走出狼道峽口，那是別人的領地，牠和自己的領地狗群很可能就無力解救大黑獒果日以及尼瑪和達娃了。

父親牽著他的大黑馬，跟在岡日森格身後，不停地說著：「你不要追了，你停下來休息，我帶著領地狗群去追，一定把大黑獒果日、把尼瑪和達娃救回來。」

岡日森格沒有停下，牠更覺得自己責任重大、義不容辭。牠走著走著，身子一歪摔倒了，掙扎著爬起來，再往前走的時候，不禁沮喪得呻吟了一聲。牠嗅著空氣，看了看遠方，突然凝神不動了。一會兒，牠衝著天空「嗷啊嗷啊」地叫起來，然後撲過去咬住父親的腿，使勁撕了一下，把褲子都撕爛了。

父親趕緊摸摸牠的頭：「怎麼了，岡日森格，到底出什麼事兒了？」父親相信岡日森格有事情要告訴他，一再地詢問著。岡日森格就一再地表達著：啃咬他的腿，不停地啃咬他的腿，咬了幾下，又去啃咬大黑馬的腿。

父親明白了，岡日森格是要他們快走，不要跟著牠，牠走得太慢了。父親聽話地騎上了大黑馬，往前走了幾步，再回頭看岡日森格時，發現牠已經趴臥在地，實在無法支撐自己的獒王岡日森格只好趴臥在地了。天光照耀著岡日森格越老越明亮的眼睛，那裏面含滿了淚水，是傷心，是不捨，是自責，還是別的意思？父親來不及分辨，打馬就走。

班瑪多吉問道：「岡日森格不走了，你知道往哪裡走？」

父親肯定地說：「知道。」

班瑪多吉回頭看了看黑壓壓一片外來的騎手和藏獒，招呼西結古騎手跟上了父親。上阿媽騎手、東結古騎手、多獼騎手看到西結古騎手還在走，也都沒有停下來，他們始終以爲走在前面的西結古人跟他們一樣是在尋找麥書記和藏巴拉索羅。

父親急急忙忙走著，累得大黑馬渾身是汗。大黑馬不走了，不是因爲疲累，也不是因爲耍賴，而是在用行動告訴著急上火的主人：到了，獒王岡日森格要你來的地方已經到了，就在前面，你看，你看。

父親愣怔了片刻，趕緊下馬，小心翼翼地走向了前面的窪地。窪地幾乎是個方圓一百米的聚光池，別的地方是高處先有陽光，這個地方是低處徑自燦爛。茂盛的羽毛草、針茅草、狐尾草、紫雲英泛濫而生，就像要把窪地填平似的。窪地的鮮花濃綠中，勒格紅衛的赤騮馬馱著大黑獒果日，在安閒地吃草。

父親四下裏看著，想看到勒格紅衛和地獄食肉魔以及尼瑪和達娃，半天沒看到，就納悶地走過去，拽住赤騮馬，解開了綁縛著大黑獒果日的牛皮繩。這時班瑪多吉過來幫忙，把大黑獒果日從馬背上抱了下來。趁此機會，赤騮馬跑開了。有騎手追過去要抓住牠，牠就朝著狼道峽的方向狂奔而去。

大黑獒果日和父親相對而泣。東結古騎手和多獼騎手發現他們跟著西結古的人和狗走了這麼長時間，看到的並不是麥書記和藏巴拉索羅，懊惱得嚷嚷了一會兒，便帶著各自的藏獒，紛紛離開了。東結古騎手的想法是這樣的：再去一趟碉房山，看一看那些碉房裏有沒有藏匿著麥書記，如果沒有，那就退而求其次，佔領西結古寺並讓丹增活佛代替麥書記受過，因爲沒有了麥書記，丹增活佛就是西結古草原乃至整個青果阿媽草原人所共指的中心。而多獼騎手的想法是：別人走到哪裡，他們就跟到哪裡，只要發現麥書記和藏巴拉索羅，就豁出命來搶。這時巴俄秋珠帶著上阿媽騎手也從前面回來了，猶豫了一會兒，便跟上了他們。

外來的騎手們誰也沒有想到，從這裏到碉房山，必然要經過行刑台，他們追逐搜尋的那兩個人——擁有藏巴拉索羅的麥書記和擁有西結古寺的丹增活佛，這會兒正在行刑臺上平靜地等待著他們。

遠遠的地方，西結古獒王岡日森格吼起來，一聽就是召喚：快來啊，快來啊。班瑪多吉帶領西結古騎手，迅速靠了過去。

草原上只要馬能走過去就都是路，岡日森格帶著西結古領地狗和西結古騎手走的是最便捷的一條路，當他們來到這裏時，還沒有一個外來的騎手和一隻外來的藏獒經過這裏。這裏名叫藍馬雞草窪，一面是野驢河，三面是緩緩起伏的草梁。翻上前面的草梁，踏上漫漫平野前走一公里，就是行刑台了。好像行刑台是個深奧的殿堂，藍馬雞草窪便是進入殿堂的門戶，岡日森格以守衛者的本能，站在門戶前不走了。

數百隻藍馬雞飛起來，盤旋了一陣，又落進了草叢。牠們不怕人，只是因爲好奇，才要凌空看一看，「咕咕」地叫幾聲，以示這個地盤是牠們的。

西結古騎手的頭班瑪多吉不理解，一再地詢問父親：「我們這是去幹什麼，爲什麼要停在這裏？」

父親說：「我怎麼知道，你最好親自問問岡日森格。」

岡日森格的回答就是不僅自己守在了這裏，也讓領地狗群一溜兒排開守在了這裏。班瑪多吉看出這是一個準備打鬥的陣勢，也就不再多問了，帶領騎手，站到領地狗群後面，靜靜地望著前面。前面，桑傑康珠縱馬跑來。岡日森格迎了過去，突然又拐到父親身邊，用牙扯了扯父親的袍襟。父親跟了過去，剛走到桑傑康珠和她的青花母馬跟前，就聽到從馬背上的褡褳裏傳出一陣小藏獒的尖叫。

桑傑康珠跳下馬說：「快快快，漢扎西，你要是想要尼瑪和達娃，就快給我磕頭。」

父親愣了：「尼瑪和達娃？牠們怎麼在這裏？」撲過去就要滿懷抱住褡褳，嚇得青花母馬轉身就跑。

桑傑康珠追上青花母馬，從褡褳裏抓出縮成一團的尼瑪和達娃，丟在草地上說：「快啊，快給我磕頭。」

父親哪裡顧得上磕頭感謝，跳起來撲了過去，就像母親撲向了失散多日的孩子。尼瑪和達娃以孩子對母親的直覺，迅捷地認出了父親。尼瑪一口咬住父親的手，達娃一口咬住父親的胸脯，尼瑪又一口咬住父親的臉，達娃又一口咬住父親的脖子。牠們咬著，舔著，叫著，哭著，委屈地埋怨著：你怎麼才來啊，你去哪裡了，怎麼不管我們了？父親摟著牠們，親著牠們，像一隻母性的藏獒那樣深情而激動地舔著牠們，叫著：「尼瑪，尼瑪，達娃，達娃。」一次次在牠們柔軟溫暖的皮毛上揩擦著自己的眼淚。

這時桑傑康珠喊起來：「你們在這裏幹什麼，往前走啊。你們不是要尋找麥書記嗎？我告訴你們，麥書記將在一個我們熟悉的地方顯現，這個地方高高的平平的，被寺院的金頂遙遙關照著。它是一個過去的部落用來懲罰罪人惡人的血腥之地，鋒利的寶劍曾經在這裏砍下過許多人頭；是一個漢扎西和岡日森格解救過『七個上阿媽的孩子』的吉祥之地，攢動的人頭說明部落法會的影子還沒有散盡。」

班瑪多吉不以為然地說：「別賣關子了，妳直接說行刑台不就行了？前面就是行刑台。康珠姑娘，這麼重要的秘密，妳是怎麼知道的？」

桑傑康珠說：「我是病主女鬼，我是女骷髏夢魘鬼卒，我是魔女黑喘狗，我是化身女閻羅，我遍知一切，能窺破前生來世，這麼一點小小的預見算得了什麼。」說罷，快步走向自己的青花母馬，跳上去就跑，喊道：「走啊，跟著我呀，你們為什麼不跟著我？」

班瑪多吉揮揮手說：「會吹牛的姑娘，妳想去哪裡就趕緊去吧，我們是要跟著岡日森格的。」

行刑台的存在已經很久很久了，在過去的年月裏，它是西結古草原所有部落懲罰罪人惡人的地方，那些從黨項大雪山搬運來的大石頭以永固的姿態，維持了它的高度，既有地表的高度，也有社會的高度。臺上的一溜兒原木支架十分陳舊，支架上的一排鐵環鏽得爆起了幾層皮。鐵環上原本拴著一些牛皮繩，如今早已被饑餓的禿鷲吃掉，只剩下一些結實的繩結成了鏽環的一部分。支架前後躺人、坐人、砍人的木案一如既往地寬大厚重。木案的後面，山一樣堆滿了坎芭拉草，那是一種酷似柏葉、油性很大、可以燃燒的草。牧民把它堆在這裏，等到春秋兩季祭祀山神的時候，用來點火煨桑。

丹增活佛盤腿坐在木案上，木案的旁邊，站著青果阿媽州委的一把手麥書記。

麥書記一身黃色的軍裝，丹增活佛一身紅色的袈裟，遠遠看去，就像升起了一尊金黃的法幢和一個裹著紅氆氌的寶瓶。他們的周圍，是草原的遼闊，是起伏波蕩、無邊無際的綠色。今年的綠色格外綠，也格外盛大，連往年不綠的山腰也綠了，綠色的崢嶸之上就是白雪，一絲絲灰黃土石的過渡也沒有。西結古草原以無與倫比的清潔和綠白兩色的美麗，簇擁著古老的行刑台。

奔馳而來的桑傑康珠看到了麥書記和丹增活佛，不禁就佩服起勒格紅衛來，他的「大遍入」法門真是神佛的靈驗場。她飛身下馬，快步走過去，「撲通」一聲跪在行刑台下，磕了一個頭，就大大咧咧站了起來。

桑傑康珠說：「丹增活佛，我正要找你，沒想到在這裏碰到了你。」

丹增活佛說：「知道妳在找我，不知道妳爲什麼找我。」

桑傑康珠說：「我見到勒格了，我想問問勒格的事。」

丹增活佛點了點頭。

桑傑康珠說：「我問勒格，爲什麼你要殺死那麼多藏獒？勒格反問我：爲什麼寺院狗要把我攆出西結古寺？爲什麼西結古草原的藏獒把屬於我的都咬死了？他的藏獒死了，他的狼死了，他的明妃死了，他的大鵬血神也死了。我想知道的是，牠們的死跟你有什麼關係？爲什麼勒格總是說，你去問丹增活佛？」

丹增活佛說：「妳是西結古草原的信民，妳不需要知道這些。妳應該讓勒格自己來問我，我會如實對他說。」

桑傑康珠又問：「那麼大鵬血神呢？我從來沒聽說有這樣一個神靈。我想知道它有什麼教法和儀式，是不是傳承了我們苯苯子（苯教徒）的信仰。」

丹增活佛說：「妳不會是明知故問吧？」

桑傑康珠說：「勒格說，所有的命加起來都抵不上大鵬血神的死，還說大鵬血神是『大遍入』壇城的中心大神。丹增活佛，如果你能舉行祈佛降神的儀式，還給他一個大鵬血神，他一定會就此罷休，不再殘害西結古草原的藏獒了。」

丹增活佛說：「愚蠢的人啊，勒格需要的不是大鵬血神，是遍地流淌藏獒的血。」

桑傑康珠說：「如果是這樣，丹增活佛，就請你救救藏獒，也救救勒格。」

丹增活佛說：「我知道，如今能救藏獒和勒格的，除了我，就是妳了。」

桑傑康珠說：「我？我有法力嗎？丹增活佛能傳給我法力嗎？」

丹增活佛說：「妳看到了勒格，妳想阻止他的惡行，挽救他的靈魂，這是一種良好的緣起，是命裏的因果，妳和他都是無法迴避的。祈福的經咒告訴我們，他只有在女人的幫助下，才能實現贖罪：他的地獄食肉魔咬死了多少藏獒，他就會挽救多少藏獒。康珠姑娘，我在這裏請求妳，佛門在這裏請求妳，畢竟勒格曾經是西結古寺的喇嘛，是我讓領地狗咬死了他的藏獒他的狼，也是我縱狗把他攆出了西結古寺，他才變成今天這個樣子的。」

桑傑康珠皺著眉頭不說話，她的疑惑越來越深：莫非丹增活佛真的施放了魔法毒咒，害死了勒格的明妃，摧毀了「大遍入」壇城的中心大神——大鵬血神，現在要拿她去彌補他的過錯？

丹增活佛又說：「『大遍入』邪道的進入靠的是母性，『大遍入』邪道的崩壞靠的也是母性。前一個母性代表無明和我執，後一個母性代表開放和空性。康珠姑娘，妳是天生具有法緣的佛母，妳會讓他消除『大遍入』的偏見、走火入魔的法門，變成一個安分守己、徹悟正道的喇嘛。」

桑傑康珠說：「既然這樣，那我現在就去找勒格。」

丹增活佛說：「妳還應該去找妳的阿爸，告訴他這裏發生的一切。」

桑傑康珠說：「爲什麼要找阿爸？」

丹增活佛說：「只有妳阿爸才能傳授給妳降服勒格的法力。」

勒格紅衛曾經是西結古寺的喇嘛，他對西結古寺的熟悉就是對娘家的熟悉。當「大遍入」法門的本尊神啓示他，在數百個空行母日夜守護的西結古寺，一個巨大的彩繪圓筒裏，沉睡著藏巴拉索羅時，他就知道這實際上也是自己的猜測：大經堂中那根繪著格薩爾降伏魔國圖的柱子裏，一定藏匿著格薩爾寶劍。

現在的問題是，他如何潛入大經堂，如何獨自靠近那根空心柱。他把自己搶奪來的一匹灰騍馬拴在了碉房山下的灌木林裏，讓地獄食肉魔看著牠，自己步行上山，邊走邊想，等走進西結古寺的時候，主意也就有了。他繞過照壁似的嘛呢石經牆，停在父親曾經住過的那間僧舍前，探頭朝裏看了看，看到裏面沒有人，便隱身而入。他從僧舍的櫃子裏找出一塊酥油，在門板上厚厚抹了一層，從腰裏解下火鐮，再拿出一撮引燃的苞草，打著後插在了門板上。

他走出僧舍，沿著僧舍後面曲曲扭扭的狹道，飛快地走向護法神殿的白色山牆，踩著祭台，爬進了一個半人高的佛龕。他蜷縮在佛龕裏，閉上眼睛，念了幾遍「大遍入」尊勝焰火摧破咒：「蘇哈蘇哈加噠仇——蘇哈蘇哈加噠仇——」似乎風來了，從極天之處陰險地刮來了。他倏地睜開眼睛，看到僧舍那邊已經燃起了劈哩啪啦的火焰，右前方一百米處，大經堂的門前，鐵棒喇嘛藏扎西驚叫起來：「著火了，著火了。」

就跟勒格紅衛設想的那樣，喇嘛們紛紛跑向了火災現場，大經堂內外頓時空空蕩蕩。勒格紅衛跳下佛龕，貓腰來到大經堂，直奔目標。

勒格紅衛圍繞著空心柱，緊張地用手指敲打著，然後拿出藏刀，在格薩爾降伏魔國圖的邊沿使勁一撬，一扇門便輕輕打開了。他爬進去，先是看到了一尊釋迦佛的三尺金塑，他不是賊，儘管知道這尊佛像價值無與倫比，但也沒有放在心上。他佛前佛後地看了看，沒看到什麼寶劍，站起來朝上瞅，上面黝黑一片，什麼也看不見，又轉著圈摸了摸柱子四壁，沒摸到什麼，正納悶的時候，就見門扇也就是格薩爾降伏魔國圖的背後，插著一個明光閃閃的東西。

勒格紅衛愣了，那不是他要找的東西是什麼？格薩爾的寶劍，萬戶王的象徵，青果阿媽草原權力的象徵、唯一的主宰，人人都想得到的藏巴拉索羅，他已經是它的主人了。

他看到那寶劍跟他想像得一樣華麗，有金銀的裝飾，有寶石的鑲嵌，只是短了點，只有一尺多長。勒格紅衛一把抓住劍柄，搖了幾下才拿到手，飛快地從胸兜裏面插進腰際，鑽出空心柱，仔細關好格薩爾降伏魔國圖的門，朝大經堂外面快步走去。

喇嘛們已經撲滅了火，都在那裏議論：到底是怎麼著火的？是人幹的，還是鬼的行動？哪裏來的人或鬼，敢於在神佛仙居的西結古寺放火燒房？勒格紅衛沒有原路返回，而是朝上走過西結古寺最高處的密宗札倉明王殿的遺址，走到了降閻魔洞前的岔路口，順著那條通向草原的小路，繞來繞去來到碉房山下灰騍馬和地獄食肉魔藏身的灌木林裏，然後騎馬一溜煙地消失了。

藍馬雞草窪人影幢幢，先是上阿媽騎手和領地狗走來，接著又出現了東結古騎手和領地狗、多獼騎手和多獼藏獒。這些人還沒走到跟前，就傳來了地獄食肉魔的吼叫。藍馬雞們再次飛起來，一片「咕咕」聲：這麼多的人，這麼多的狗！

父親和班瑪多吉看出獒王岡日森格想把各路外來的騎手堵擋在這裏，不禁有些詫異：爲什麼是這裏？難道麥書記和藏巴拉索羅就在附近？

地獄食肉魔一轉眼來到了離西結古領地狗群十多米的地方，衝著岡日森格發出了一陣挑戰似的咆哮。獒王岡日森格無奈地擺出了應戰的架勢。牠已經聞到身後不遠處就是麥書記和丹增活佛的味道，必須在這裏擋住所有的危險。牠朝著地獄食肉魔走去，也朝著不幸走去。不幸的原因還是牠那靈敏的嗅覺和超凡的記憶，牠更加切實地感覺到，地獄食肉魔的氣息不僅是熟悉的，更是親切的，親切得就像自己的氣息、就像妻子大黑獒那日的氣息。牠疑慮重重地朝前走了幾步，坐下來，輕輕搖著尾巴。

而喪失了記憶的地獄食肉魔永遠是簡單的，在牠看來，搖尾就是屈從，屈從就是死亡，牠活著就是爲了讓別的藏獒死亡。牠按照勒格紅衛灌注在牠骨血裏的仇恨與毀滅的法則，猛惡地撲向了岡日森格。

岡日森格沒有動，就像承受調皮孩子的遊戲打鬧一樣，張大嘴巴，吐著舌頭，仁愛地哈著氣。地獄食肉魔一口咬在了岡日森格的脖子上，立刻就很後悔：自己爲什麼不能採取一擊斃命的戰術，爲什麼要來一次試探？試探被對方當成了無能的表現，瞧瞧，對方根本就不在乎。地獄食肉魔迅速退回去，奮力助跑著，再一次撲了過來。這是一次真正的進攻，目標：喉嚨。

岡日森格的喉嚨很容易就被血嘴利牙噙住了，但是地獄食肉魔沒有立即咬合，牠有些詫異：這隻外表高拔強悍得堪與自己媲美的藏獒，死到臨頭了，怎麼還不反抗？不反抗是牠害怕了，既然害怕，爲什麼又不躲閃？詫異讓地獄食肉魔放鬆了進攻，沒有用最快的速度咬死岡日森格。

面對敵手歷來都是冷酷殘暴的岡日森格，這時候拿出了老爺爺的溫情和寬厚，即使感到了喉嚨的疼痛，也沒有做出任何回擊的舉動。

死亡即刻就會發生。父親尖叫著：「岡日森格，你怎麼了？」

西結古騎手的頭班瑪多吉歎道：「完了完了，連岡日森格也完了，我們現在靠誰去戰鬥？」

匆匆趕來的勒格紅衛看到地獄食肉魔已經咬住了岡日森格的喉嚨，驚訝地「啊」了一聲，接著又陰險地放起了冷箭：「咬死牠，牠就是獒王岡日森格，就是丹增活佛。」

勒格紅衛的聲音讓岡日森格翻起了眼皮，牠翻起眼皮不是爲了看清對方，而是爲了看不清對方。牠淚眼朦朧，發現這位昔日的主人已經模糊，關於往事的記憶也已經模糊，清晰呈現的只有天塌地陷的危機。牠不顧一切地掉轉了身子，一頭頂開地獄食肉魔，「轟轟」大叫，彷彿突然之間，牠就不再惦記勒格紅衛是牠曾經的主人，也不再顧忌地獄食肉魔跟牠的親緣關係了。

地獄食肉魔後退了一步，意識到岡日森格居然頂撞了自己，就暴怒地一連跳了好幾下，好像是說：死定了，死定了，你今天死定了。

岡日森格發出了一陣「嗚嗚」聲，牠爲自己必須和親人決鬥而悲痛不已。

班瑪多吉朝牠有力地揮著手，聲嘶力竭地喊道：「岡日森格，拿出獒王的威風來。」

只有父親的聲音是溫暖而體貼的：「岡日森格，你老了，你就認輸吧，不要再打了。」

岡日森格瞇上眼睛，仰望空中最遙遠的明亮，喟然一聲長嘯，把一隻老獒王滿腹滿胸的惆悵和歷經滄桑的悲涼呼了出去，然後像一個孩子一樣，撲騰著淚眼，好奇而審慎地走向了牠的親緣後代地獄食肉魔。這一刻，牠的內心突然豪烈起來，已經不僅僅是為許許多多被地獄食肉魔咬死的藏獒報仇了，也不僅僅是為了聽命於西結古人的意志，服從於西結古人的需要。

岡日森格用蒼老的身軀支撐著勇毅者的尊嚴和一個獒王的神聖職責，坦然冷靜地走上了血性之路、廝殺之路。

第四十四章　血戰故鄉

白蘭狼群餓了，掠食的欲望愈加強烈，而由欲望產生的膽量和力量，也跟著機會同時出現在眼前。機會不是一兩個孩子離開寄宿學校朝牠們走來，而是風的轉向。原來的風是迎面而來的，狼群能聞到藏獒的味道，藏獒聞不到狼群的味道，現在的風突然倒刮而去，只讓藏獒聞到了狼群的味道，狼群卻聞不到藏獒的味道。立刻有藏獒叫起來，這一叫就暴露了牠們的實力：趴臥在寄宿學校帳房前的幾隻大藏獒不是全部都叫，能叫的藏獒也不是吼聲如雷、氣衝牛斗，而是虛弱不堪、有氣無力。黑命主狼王立刻明白過來，懊悔得連連刨著後爪：白白地窺伺和忍耐了這麼久，原來這些藏獒都是毫無戰鬥力的，大概是老者，或者是傷者和病者。

黑命主狼王一躍而出，站在草岡的最高端，放肆地嗥叫了一聲。狼們紛紛跳出了隱蔽的草叢和土丘，也像黑命主狼王一樣嗥叫起來。

「狼來了。」十多個孩子喊叫著。這裏沒有大人，只有孩子，孩子們的頭是秋加。秋加先是帶著孩子們跑向了幾隻藏獒，像是去尋求保護的，馬上意識到現在只能由人來保護這些藏獒，就大人似的對孩子們說：「你們守著牠們，我去看看狼，少了扒少的狼皮，多了扒多的狼皮。」說罷，甩著膀子，大步走到了牛糞牆前，往前一看：「哎喲阿媽呀，這麼多的狼。」

一大片狼的湧動就像一大片雲彩的投影，在秋加的眼裏半個草原都黑了。他轉身就跑，膀子再也甩不起來，到了孩子們跟前就哆哆嗦嗦地說：「我們回帳房吧，快回帳房吧。」

孩子們朝著帳房跑去，沒跑幾步秋加就喊道：「藏獒怎麼辦？」趕緊又帶著孩子們跑回來。

藏獒們都站起來了，包括差一點死掉的父親的藏獒大格列。大格列也不知哪兒來的力量，站起來後居然還朝前走了一步。但牠也只能走這一步，再要往前時，就「撲通」一聲栽倒了。牠掙扎著，卻再也沒有挺起身子來。

這時，兩隻東結古草原的藏獒走到了孩子們前面，西結古草原的黑獒當周走到了孩子們一側，都用撲咬的姿勢對準了牛糞牆。牛糞牆不到半人高，主要的用途是晾曬冬天取暖燒茶的燃料，哪裡擋得住一群蓄謀已久的餓狼？有的狼扶牆而立，朝裏看著，有的狼看都不看，一躍而過，還有的狼是大模大樣從敞開的門裏走進來的。四面都是狼，所有的狼都首先盯住了藏獒，牠們看到兩隻藏獒已經死了，一隻藏獒趴在地上起不來，能夠站起來行走的只有三隻藏獒，而這三隻藏獒是多麼疲弱啊，步履蹣跚，血色塗滿了戰袍，嘴大如斗，卻吼不出雄壯的聲音來。

狼群的包圍圈很快就縮小了，離藏獒最近的狼只有三米了，離孩子們最近的狼只有五米了。狼群的步驟顯然是先咬死藏獒，再吃掉孩子們。十多個孩子發出了同一種聲音，那就是哭聲，邊哭邊叫：「漢扎西老師，漢扎西老師。」

多吉來吧奔跑著，一頭栽倒了，爬起來又跑。牠已經看到了寄宿學校，「荒荒荒」地喊叫著：漢扎西，我來了！又一頭栽倒了，還是爬起來又跑，「荒荒荒」地喊叫著：孩子們，我來了。

黑命主狼王首先撲向了一隻東結古藏獒。那藏獒無法迎撲而上，只能原地扭動脖子阻擋狼牙，阻擋了幾下，就發現冷颼颼的狼牙是神出鬼沒的。藏獒知道死亡已是不可避免，乾脆後退一步，把身子靠在了秋加身上，意思是：我就是死了，身子也是一堵牆，也不能讓你們咬住孩子們。孩子們不是牠的主人，卻是在危難時刻關照過牠們的人，而在牠們的習慣裏，只要得到一時片刻的關照，就會有奉獻生命或者一生的報答。

另一隻東結古藏獒似乎還能撲咬幾下，幾匹攻擊牠的狼暫時沒占到什麼便宜，但牠終於在撲咬的時候趔趄在地，被狼牙輕易挑了一下，脊背上頓時裂出了一道大口子。牠站起來，知道自己的反抗毫無作用，便也學著同伴的樣子，把身子緊緊靠在兩個孩子身上，告訴狼群：你們就是撲過來，也只能撲到我，而不能撲到孩子，至少在我沒死之前是這樣。

西結古草原的黑獒當周卻義無反顧地撲向了狼群，牠只有兩歲，是個單純的小夥子，一時忘了重傷在身。牠被三匹狼撲倒在了地上，掙扎著起來後，看到一匹狼正騎在大格列身上試圖將利牙攮入後頸，便一頭撞了過去。牠撞開了狼，卻把自己撞趴在了大格列身上。馬上有四五匹狼撲過去覆蓋了當周。當周慘叫著。孩子們的哭叫聲更大了。狼們上躥下跳，你爭我搶。

多吉來吧奔跑著，腹肋間、胸腔裏、嗓子中好像正在燃燒，就要爆炸。一次次栽倒，一次次爬起，不管是栽倒還是爬起，牠都會「轟轟轟」地喊叫：我來了，我來了。牠已經看到了狼群，看到狼群正在圍住孩子並開始撕咬，牠吞咽著滿嘴的唾液，捲起舌頭，眼球都要噴出血來了。

聽到了多吉來吧的聲音，狼群撲咬藏獒和孩子們的精力突然就不集中了，都回過頭來看著這隻毛髮披紛的藏獒。這給了十多個孩子和四隻病傷在身的藏獒一線生機。多吉來吧踉踉蹌蹌衝到狼群的後面，而狼群的後面都是老狼和狼崽，從來不欺負弱小的多吉來吧這一次衝過去，一口咬住了一匹狼崽，並讓狼崽發出了一陣「吱吱吱」的尖叫。黑命主狼王愣了一下，咆哮著跑了過去。

多吉來吧轉身就走，就像一個綁架人質的歹徒，在窮途末路的時候把賭注押在了弱小者身上。

狼崽的父母和黑命主狼王哪裡會允許牠這樣，跳上去就咬。多吉來吧大頭使勁一甩，把狼崽甩出去老遠。狼崽的父母跑向了狼崽，發現狼崽已經死了，悲痛地嗥叫。黑命主狼王聽到牠們的嗥叫，自己也嗥叫起來，這一聲嗥叫就把所有狼的注意力吸引到這邊來了。而這也正是多吉來吧的目的，牠成功地轉移了狼群的注意，又用成功地激發了狼群的仇恨。牠跑起來，想牽引著狼群離開這裏儘量遠一點。

狼有拼命護崽的本能，也有欺軟怕硬的習性，牠們憤怒地追了過去，所有的狼都追了過去。多吉來吧回頭看了一眼，突然不跑了，趴下了。潮湧而來的狼群嘩地超過了牠，又迅速圍住了牠。牠趴著不動，希望片刻的休息能讓牠滋生搏殺狼群的力量。狼群沒有馬上撕咬，牠們不相信一隻孤膽襲擊了狼群並咬死了狼崽的大藏獒，會是一隻疲乏到無力打鬥的對手，牠們一貫的狡猾和機警提醒牠們注意對手的陰謀。

白蘭狼群不知道牠們遇到的是大名鼎鼎的多吉來吧。牠們雖然也屬於西結古草原，卻幾乎不來野驢河流域活動，只聽說過多吉來吧，卻沒有見過。在牠們猶豫不決的時候，多吉來吧不吼不叫，不怒不躁，只用一種不經意的眼光瞟著黑命主狼王。牠已經看出來了，狼群的心臟就是這匹狼。

而在黑命主狼王看來，越是平靜安詳的藏獒，越具有潛在的威懾，就越要小心提防。牠派出去了好幾匹狼，佔領了四面八方的高地，想看看這隻奇壯無比的藏獒是不是誘餌，是不是有更多的藏獒正在朝這裏奔襲而來。十幾分鐘後，派出去的狼都開始嗥叫，那是反饋：沒有，沒有，沒有別的奔襲者。

黑命主狼王就更奇怪了：既然就這麼一隻藏獒，牠爲什麼要這樣？牠可以遠遠地離去，也可以去守著孩子們，就是沒有理由一動不動地趴臥在這裏。這樣的疑問讓黑命主狼王一直沒有發出撲咬的命令。

時間就這樣過去了，多吉來吧的喘息漸漸平靜，奔跑帶來的腹肋、胸腔、嗓子裏燃燒和爆炸的感覺已經沒有了，力量正在一絲絲地聚集。牠試著揚了揚頭，感覺脖頸是硬挺的，試著吼了一聲，感覺轟鳴是飽滿的，又試著鼓了鼓渾身的肌肉，感覺雖然不是特別硬朗，但至少不會一碰就倒了。牠慢騰騰地站起來，又慢騰騰地朝前走了幾步，朝後退了幾步，像是活動筋骨，一前一後地傾了傾身子，看都不看狼群一眼，氣定神閒地晃著頭，又一次臥了下來。

黑命主狼王詫異地撮起鼻子，咆哮著朝前撲去，幾乎撲到了多吉來吧身上。多吉來吧不僅沒有驚慌，反而閉上眼睛，舒舒服服地把獒頭靠在了伸直的前腿上。黑命主狼王趕緊退回來，正要再次撲過去時，就見多吉來吧忽地飛了起來，朝著狼影遮罩而去。黑命主狼王朝後蹦跳而起，一閃身躲到一邊去了，卻把死亡的機會讓給了一匹毫無防備的大公狼。大公狼還沒有搞清楚怎麼回事兒，喉嚨就被獒牙牢牢鉗住了。狼命在獒牙之間遊蕩，嘶嘶地響了幾聲後就倏然消失。

黑命主狼王驚訝地看到，多吉來吧的撲咬根本不需要站起，不需要準備，更不需要威脅，想什麼時候撲就什麼時候撲，想撲到哪裡就能撲到哪裡。牠嗥叫了一聲，警告自己的部眾：對方迷惑了我們，想讓我們統統死於麻痹，小心啊，牠可不是一般的藏獒。而多吉來吧需要的恰恰就是這種效果：讓狼群在錯覺中不敢輕易撲來，牠卻可以抓緊時間休息，儘可能多儘可能快地恢復足以戰勝狼群的體力。

多吉來吧也在疑惑，白蘭草原的狼群，怎麼跑到野驢河流域來了？儘管牠走南闖北歷經磨難見多識廣，牠還是不明白，爲什麼草原說變就變了，不該發生的流血和死亡統統發生了，秩序、規則、習慣、古老的約定，都變得陌生了、不起作用了？而牠和面前的狼群，卻不由自主地成了陌生秩序的一部分。就像父親後來說的，只要是人的活動，不管是生產活動，還是政治活動，草原上的藏獒和狼以及別的野生動物，都會被牽扯或者主動參加進來，只是牠們不自覺罷了。

又一會兒過去了，以爲多吉來吧會隨時進攻的狼群，終於懷疑多吉來吧是在休息。牠們怎麼能允許一隻作爲勁敵的藏獒在牠們眼前旁若無狼地睡大覺呢？黑命主狼王繞到多吉來吧後面，悄悄地靠近著，突然一張嘴，嘩地咬向了對方的肚腹。但是對方的肚腹突然不見了，黑命主狼王咬到的只是一嘴獒毛，牠知道又一次上當了，趕緊躲閃，卻被多吉來吧扭身一口咬住了後頸。

狼王畢竟是狼王，居然一個滾兒打出了多吉來吧大鐵鉗一樣的獒牙，打到狼群裏頭去了。多吉來吧追了過去，分明是在追攆黑命主狼王，卻把身子一偏，張開大嘴，飛刀而去，一下子劃破了一匹壯公狼的肚腹。壯公狼慘叫一聲，回身就咬，發現多吉來吧已經撲向另一匹公狼，也是用飛鳴的牙刀，劃破了對方的臉頰。

似乎多吉來吧的戰鬥這才真正開始。牠拿出剛剛恢復過來的全部體力，衝進騷動的狼群，抖散渾身拖地的獒毛，如同一股揚塵的風，撲啦啦地迷亂了狼眼。牠奔撲跳躍，撲倒一匹狼，不管咬在什麼地方，都不會停下來再咬第二口。牠知道停下來是危險的，狼群會鋪天蓋地而來，把幾十張大嘴同時對準牠。牠想起了九年前的那場搏戰、那種狼群在牠身上摞成山的情形，那樣的情形如果再出現，帶給牠的就一定是死亡。

黑命主狼王彷彿看透了多吉來吧的心思，牠要做的就是儘快制止對方的奔撲跳躍，儘快給自己創造一個群起而攻之的機會。牠迅速離開多吉來吧的撲咬範圍，召集一些大狼壯狼來到自己身邊，靜靜地等待著，只要多吉來吧衝過來，牠們就會一擁而上，用狼牙齊心協力埋葬牠。

多吉來吧一看，大吼一聲，氣勢洶洶地衝了過去。

沒等到多吉來吧衝到跟前，那些靜立不動的狼就突然攪起了一陣旋風，前後左右地躥動著，包圍了多吉來吧。多吉來吧發現情況不妙，鬃毛一扇，忽地跳了起來。黑命主狼王邊叫邊撲，所有的狼都跟著撲了過去，硬是從前後左右咬住多吉來吧的鬃毛，把牠從空中拽了下來。

多吉來吧被壓住了，開始牠還能站著，還能搖晃著身子試圖甩掉那些狼，後來就沒有力氣了，覆蓋而來的狼不斷增加，重得牠無法承受，只好側著身子趴下來。好在牠的上面是狼摞狼的，摞上去的狼不一定咬住牠。牠把下巴緊貼在脖子上，齜出利牙保護著喉嚨，然後憑藉狼的撕拽，仰面朝天，冒著自己的肚腹被狼咬破踩爛的危險，強勁有力地搗出了前爪和後爪。

緊貼著牠的那匹大狼頓時被牠搗爛了肚腹，大狼疼得想離開，卻被別的狼牢牢壓著，連咽氣前的掙扎都不可能了。多吉來吧用四肢緊緊抱住了這匹死狼，讓上面的狼根本咬不著自己的胸部和腹部，又用狼頭擋住喉嚨和脖子，騰出利牙一次次地朝上攻擊著。

很快多吉來吧就發現自己的攻擊是徒勞的，摞上去的狼越來越多，越來越重，差不多就是黨項大雪山了。最擔心的情形已經發生，多吉來吧感到窒息正在出現，被壓死的危險就要來臨。牠絕望地閉上了嘴，不再有任何撕咬對手的企圖。

讓多吉來吧沒有想到的是，想置牠於死地的黑命主狼王，這時候又成了牠的救星。黑命主狼王也被壓在下面了，窒息的感覺和被壓死的危險同樣沒有放過牠。牠這才意識到：自己光想到了壓死對手，卻沒想到同時也會壓死自己和別的狼。牠嗥起來，牠身邊的狼和牠上面的狼也都嗥起來，一個意思：走開，走開，讓我們出去。狼們一層一層地離開了，空氣飄了回來，呼吸舒暢了。黑命主狼王和壓在多吉來吧身上的狼一個個站了起來。幾乎在同時，多吉來吧丟開抱在懷裏的死狼，打了一個滾兒，搖搖擺擺地挺起了身子。

多吉來吧滿頭是血，是狼牙撕咬的痕跡。牠抖動著獒毛，抖落了渾身的塵土草屑，巡視似的轉了一圈，四腿一蹦，呼地撲了過去。牠撲向了黑命主狼王，看到對方已經躲開，就又撲向另一匹公狼，一口咬住了對方的脖子。牠憤然一撕，讓大血管的開裂帶出了一聲死神的歌吟，然後激跳而去，再次撲向了黑命主狼王。

黑命主狼王又一次躲開了，又一次把身後的一匹公狼亮給了多吉來吧。多吉來吧在咬住這匹公狼的同時，一爪伸過去，蹬踏在了另一匹公狼的腰窩裏。

但就是這一殺性過於貪婪的蹬踏，讓多吉來吧失去了平衡，牠歪倒在地，放開了那匹本來可以咬死的公狼。那公狼回頭就咬，咬在了多吉來吧的前腿上，讓多吉來吧的起身慢了至少五秒鐘，而這五秒鐘恰好就是黑命主狼王撲過來咬牠一口的時間。

黑命主狼王咬在了多吉來吧的脖子上，差一點把大血管挑破，然後又奮力後退著嗥叫起來。牠通報了一個回合的勝利，督促眾狼趕緊圍過來集體進攻。狼們快速運動著，裏三層外三層的包圍圈眨眼形成了。多吉來吧知道接下來就是狼的四面出擊，如果有七八匹狼同時撲過來，牠就會防不勝防。牠衝了過去，想撕開重圍，佔領一個不至於背後受敵的地形。但黑命主狼王的指揮太及時了，多吉來吧剛進入狼陣，就有了牠的嗥叫，有了六匹大狼的圍堵和進攻。

六匹大狼的戰術和黑命主狼王一樣，撲過來咬一口然後迅速離開，離開是爲了讓別的狼繼續撕咬。狼們六匹一組，前仆後繼，輪番進攻著。

多吉來吧來回躲閃，很快就力不從心了。但力不從心並不等於束手無策，畢竟多吉來吧是打鬥的聖手，牠丟棄防守，又開始奔撲跳躍，這一次牠收斂了牙齒，只撲不咬，就用前爪對準狼的脊梁骨，踢了這個，又踏那個。所有被牠踢踏的狼都趴了下去，卻又能立刻站起來。狼們以為牠就只會這樣不輕不重地踢踏，也就不怎麼害怕了，紛紛靠過來，想伺機咬住牠。有幾匹狼也真的咬住了牠，正要牙刀切割，卻發現沉重的反擊驟然出現，也不知怎麼搞的，自己被一股勁力推倒了，接著就是傷口開裂，就是死亡，一連死了四匹狼，每一匹死去的狼都被多吉來吧在喉嚨上咬出了一個深深的血洞。狼們恐懼地後退著，給多吉來吧讓開了一條突出重圍的路。

多吉來吧吼喘著衝了出去，衝到了一面坡坎前，局勢立刻變得對牠有利了。牠回過頭來，在後面和兩側沒有敵手威脅的情況下，面對追過來的狼群，一次次地撲咬著。牠撲咬的是狼群的邊沿，狼群再多，前面的也會擋住後面的，牠左晃右閃，聲東擊西，一咬一處豔麗的傷痕，一咬一股噴湧的血泉。

這時，黑命主狼王繞著狼群跑過來，想從側面偷襲多吉來吧。多吉來吧假裝沒發現，等牠到了跟前，突然轉身，炸吼一聲，撲了過去。黑命主狼王比別的狼多一種本領，那就是朝後奔躍，牠讓牠幸運地躲過了死亡，卻沒有躲過傷殘。牠的皮肉開裂了，從脖子一直開裂到肩膀。

牠一連朝後奔躍了四次，才完全擺脫多吉來吧的撕咬，驚魂未定地跑到了狼群後面。黑命主狼王忍著傷痛，揚起脖子，悲哀地長嗥了一聲，眼光朝遠處不經意地一閃，看到了牛糞牆裏十多個孩子和四隻傷殘的藏獒，心裏就有些懊悔：為什麼非要和這隻霸悍無比的藏獒糾纏不休呢？黑命主狼王用招呼同伴的聲調嗥叫了幾聲，搶先衝向了孩子們。

孩子們驚叫起來。多吉來吧沙啞地吼了一聲，丟開正在和自己糾纏的一匹公狼，拼命跑了過去。

黑命主狼王只來得及咬住秋加的衣袍把他拽倒在地，多吉來吧就趕到了，牠趕緊鬆開秋加，一個漂亮的朝後奔躍，躲開了多吉來吧的撕咬。

「多吉來吧，多吉來吧。」孩子們早就看到了多吉來吧，早就歡呼過了，但等牠到了跟前，可以和他們互相觸摸、緊緊廝守的時候，還是爆發出了一片歡呼。好像只要多吉來吧來到跟前，危險和恐懼就會煙消雲散。孩子們爭爭搶搶地和多吉來吧擁抱著。多吉來吧氣喘吁吁地舔了這個，又舔那個，讓每個孩子紅撲撲的臉蛋都變得水靈靈的。他們似乎忘了狼群，忘了殘酷的打鬥還在繼續，只剩下重逢的喜悅，用情深意長的表現，否定了所有的不安和不幸。

黑命主狼王發出了進攻的嗥叫，自己卻一動不動。圍攏而來的狼驚愣地望著多吉來吧和孩子們，第一次沒有聽從黑命主狼王的命令。牠們當然知道人與藏獒的親密關係，但像眼前這樣深摯到忘乎所以的情義表演卻從來沒有見過。

多吉來吧和孩子們親熱夠了，又去問候黑獒當周和大格列，牠知道牠們是西結古草原的藏獒，如今受傷了，已經承擔不起保護孩子們的責任了，就安慰地舔了舔牠們。然後來到兩隻東結古的藏獒跟前，以主人的姿態，矜持地和牠們碰了碰鼻子，眼睛裏充滿了疑問：你們怎麼也在這裏，而且受傷了，是誰把你們咬成這個樣子的？最後，多吉來吧站到了兩隻死去的西結古藏獒跟前，憑弔似的聞了聞，突然一聲猛吼：牠們不是狼咬死的，牠們是藏獒咬死的，怎麼會是藏獒咬死的？牠四顧八荒：草原，草原，畢竟不一樣了，奇怪得就像西寧城了，藏獒咬死了藏獒，把囂張的機會提供給了狼，怪不得夏天的狼也是群居的，而且是見了藏獒不害怕，見了牠多吉來吧也不害怕。

多吉來吧走過牛糞牆，走向了狼群。牠走到七八米的地方突然臥下，用陰森森、紅閃閃的眼光盯著黑命主狼王。孩子們再也不害怕了，舉著拳頭喊起來：「咬死狼，咬死狼。」

多吉來吧回頭看了看孩子們，打哈欠似的張了張嘴，像是說：放心吧，等我休息夠了，面前這些狼就都得死掉。

多吉來吧只休息了不到十分鐘，就被狼群催逼起來了。狼群知道不能讓牠休息，一點一點靠近著，不斷用咆哮挑釁著牠。多吉來吧吃力地站起來，恨恨地吹著粗氣，走向了一匹離牠最近的大公狼。大公狼趕緊朝後退去，退到了黑命主狼王身邊，好像是去商量的：到底怎麼打，一起撲還是分開撲？

多吉來吧繼續靠近著，做出撲咬的樣子，用刀子一樣的眼光在兩匹狼身上掃來掃去，掃得大公狼和黑命主狼王心裏直發毛：到底對方會撲向誰呢？多吉來吧突然停下了，從胸腔裏發出一陣吼聲，好像是最後通牒：你們誰不後退，我就咬死誰。吼了幾聲，多吉來吧縱身一跳，撲了過去。

與此同時，黑命主狼王朝後奔躍而去，唰一下躍出了多吉來吧的撲咬範圍。大公狼沒有這等本事，只能轉身逃跑，剛把頭掉過去，就被多吉來吧牢牢壓在了身體下面。

完蛋了，狼們都以爲大公狼命已休矣，全然沒想到多吉來吧會從大公狼身上跳下來，看都沒看牠一眼，就又走向了黑命主狼王，似乎是說：你有朝後奔躍的本領，那我就看看你是不是每一次都能逃脫我的撲咬。

多吉來吧又撲了一次，結果跟上次完全一樣，黑命主狼王逃脫了，牠撲住了黑命主狼王身邊的另一匹狼。多吉來吧毫不猶豫地放掉了牠，還是走向了黑命主狼王。同樣的戰法和結果一直持續著，直到再也沒有一匹狼願意跟黑命主狼王並肩站在一起。

狼群動盪著，黑命主狼王跑到哪兒，哪兒的狼就會紛紛離開。多吉來吧知道，牠的離間之計成功了。黑命主狼王把牠們當做了替罪羊，牠們為什麼還要和狼王站在一起成為刀俎之肉呢？

多吉來吧加緊了追咬，拿出最後的體力，再也沒有給黑命主狼王停下來的機會。無處可躲也無狼幫助的黑命主狼王只好跑離了寄宿學校，跑上了兩百多米外的一座草岡。多吉來吧沒有追過去，牠知道自己的力氣正在耗盡，就臥在離孩子們十米遠的地方，緊張地觀察著狼群的下一步行動。牠感到渾身的傷口就在這個時候一起疼起來，大概是掙裂了吧，怎麼一下子全部掙裂了？

黑命主狼王嗥叫起來，是召集狼群來到自己身邊的聲音。狼群過去了，在草岡上待了一會兒，便又跟著黑命主狼王走了回來。大概是受到了黑命主狼王的訓示吧，牠們顯然沒有放棄咬死孩子的目的，新的一輪進攻正在醞釀之中。

多吉來吧站起來，步履滯重地走向了寄宿學校的帳房。牠從帳房門口叼起主人漢扎西洗衣服用的一個馬口鐵盆子，拖到了孩子們面前，又往返幾趟，從帳房裏叼來了孩子們用的三個搪瓷洗臉盆。牠用爪子對著洗臉盆的盆底拍起來，拍一下，叫一聲，著急地望著孩子們。秋加首先明白了，學著多吉來吧的樣子，用自己的巴掌拍響了盆底，拍了幾下覺得不夠響亮，便撿起一塊石頭敲起來。

轉眼之間，馬口鐵洗衣盆和三個搪瓷洗臉盆都被孩子們敲起來了。草原上的人都非常愛惜器皿，尤其是外來的鐵質的器皿，從來沒有人如此敲打過，狼自然也就從來沒有聽到過。牠們不知道這是什麼東西在響，還以為是爆炸，驚愣在三十米之外不知如何是好。多吉來吧衝過去了，就在這種亙古未聞的鐵器的戰叫聲中，牠蹣蹣跚跚地衝向了黑命主狼王。

黑命主狼王轉身就跑，牠一跑，狼們就都跟著跑起來。多吉來吧追了幾步，突然停下來，身子一歪，倒了下去。不行了，不行了，牠感到渾身的傷痛如同亂錐扎身，一點力氣也拼擠不出來了。牠艱難跋涉、奮力廝殺一千二百多公里，回到西結古草原後，依然是艱難的奔逐廝殺，牠就是金剛身軀，也已經散架了。牠一聲比一聲氣短地叫起來，看到白蘭狼群還在奔逃，看到一種更大的威脅悄然出現在寄宿學校的南邊，就把孤憤難已的叫聲變成了一聲歎息：我不行了，孩子們、幾隻傷殘的藏獒們，就要變成狼食了。

第四十五章 獨孤求死

藍馬雞草窪裏，走上血路的西結古獒王岡日森格首先撲了過去。因為是懲罰、是復仇、是正義之舉，牠覺得自己必須首先撲過去。撲過去是一種姿態，至於一下子就咬住對方，牠也知道那是不可能的。但是就在牠的利牙距離對方還有兩寸半的時候，腦子裏突然閃出一個僥倖的念頭：並不是不可能，對方紋絲不動，就好像要試探牠的牙齒夠不夠鋒利。岡日森格獒頭朝前使勁一抵，一口咬在了對方的肩膀上，只覺得牙根生疼，嘴巴震盪，就跟咬在了橡皮上，對方的皮肉咬前是什麼樣子，咬完後還是什麼樣子。牠趕緊鬆口，退回到原地，吃驚地尋思：能咬破所有獸皮的牙齒，竟然沒有咬破對方，是我的牙齒不行了，還是對方的皮肉有著出乎意料的堅韌？

而在地獄食肉魔這邊，也有一種吃驚：一隻如此年邁的藏獒，怎麼可能有這麼堅固的牙齒？差一點咬爛，就差一點，如果不是咬在肩膀上，很可能已經是傷口爛開了。接下來的打鬥中，躲閃是必須的，絕不能讓這種牙齒接觸到牠一般不會刻意防護的喉嚨和軟肋。牠抖了抖被岡日森格咬亂的黑色獒毛，抖出了一片耀眼的油光閃亮，悍氣十足地望著對方，朝前走了幾步，走得虎虎有威，浩浩有氣，好像是說：來啊，有本事再來啊。

岡日森格早已過了容易被激怒的年代，冷靜地觀察著對方，發現這是一隻行動起來根本就沒有破綻的藏獒：牠的頭顱是低伏的，這是為了保護喉嚨和便於出擊；牠的身形是筆直的，這是為了保護兩肋和縮小對方進攻的面積；牠的四腿是彎曲的，這是為了爆發更大的力量和產生更快的速度；牠的眼睛是瞇縫著的，這是爲了排除干擾、聚焦對手，以最精準的方式撲向對方的喉嚨。

岡日森格略微有些遲疑，牠知道自己必須撲上去，也知道這一次撲咬肯定無法奏效，卻又希望不至於徹底無效。牠從嗓子眼裏發出一陣呼嚕嚕的聲音，突然意識到：從來沒有絕對的無效，此刻無效的撲咬也許是最正確的舉動。牠撲了過去，就在對方閃開的同時，突然停下，狂吼一聲，按照牠預測到的結果，第三次撲了過去。

第三次撲咬依然無效，地獄食肉魔輕鬆閃開了。岡日森格氣急敗壞地原地蹦跳，頭顱亂晃，身形亂扭，四肢亂刨，眼光亂飛，幾乎成了破綻的化身，從哪個角度進攻，都是可以一擊斃命的。地獄食肉魔一瞥之下，知道機會到了，心裏冷笑著，掀起一股風撲了過去。岡日森格瞬間被撲倒，卻又跳起來溜開了。地獄食肉魔再掀一股風撲了過去，又撲倒了對方，對方又一次跳起來溜開了。地獄食肉魔第三次掀風而去，第三次撲倒了對方，對方第三次跳起來溜出了致命的撕咬。

地獄食肉魔大吃一驚：原來對方氣急敗壞的原地蹦跳是裝出來的。更讓牠吃驚的是，岡日森格的躲閃速度和技巧是牠從來沒有遇到過的，你風一樣撲去，牠風一樣躲開，總是在你以爲根本不可能躲過的時候消失在你的爪牙之外。你那駭人聽聞的一擊斃命在牠面前煙消雲散，打鬥突然籠罩起了無法預測結果的迷霧。沒有老，這隻表面上老去的藏獒原來沒有老。

地獄食肉魔突然不動了，定定地望著岡日森格，醞釀著第四撲，第四撲是志在必得的一撲。

岡日森格知道，是自己僞裝的氣急敗壞干擾了地獄食肉魔，使對方的撲咬隨意而簡單，所以牠逃脫了。但是現在，第四撲馬上就要降臨，不可能再是隨意而簡單的，迎受打擊的時刻已經來到，似乎只有一種可能等待著牠，那就是束手待斃。牠提前跳了起來，在對方的第四撲還沒有開始的時刻，牠就已經朝後蹦跳而去。但是這樣的蹦跳顯得很不光彩，牠好像不是戰鬥中的躲閃，而是逃跑。梟雄一代的西結古獒王岡日森格居然要逃跑了，連牠自己也吃驚。牠怎麼可以這樣，好像對方一瞪眼，一作勢，等不到如風似電，牠就被嚇跑了。

岡日森格匆忙落地，轉過頭來，看到地獄食肉魔似乎已經放棄撕咬，便大吼一聲，撲了過去。

地獄食肉魔其實並不認爲岡日森格的蹦跳是逃跑，看牠轉身撲了過來，覺得這正是自己等待的一個機會，也是大吼一聲，迎頭而上，張開大嘴，齜出牙刀，直逼對方的喉嚨。牠們在空中飛翔，力量和殘酷在空中飛翔，勝敗取決於轟然對撞的一瞬間，到底是誰的鮮血能夠滋潤對方的牙舌。

岡日森格一看對方撲跳的高度跟自己一樣，腦子裏明光一閃，突然醒悟了：牠不應該這樣莽撞，雖然牠老了，但還不至於愚鈍到連迴避死亡的能力都沒有。經驗和智慧讓岡日森格慢了下來，速度一慢，身子就會下沉，恰好離開了地獄食肉魔瘋狂撲咬的路線。

當預期中對撞的瞬間嘯然到來時，牠們一上一下地交叉而過，先是岡日森格落地，後是地獄食肉魔落地，幾乎在同時，牠們轉過身來，用爭衡稱霸的眼光再次瞄準了對方。

誰也沒有死，也沒有傷，在岡日森格是慶幸，在地獄食肉魔是憤怒：誰能躲過我的這一撲，只有牠，只有牠，這個老謀深算的傢伙。地獄食肉魔再次跳起來，牠是原地跳起，一連幾跳。這是仇恨的宣洩，牠仇恨的首先是自己、自己的無能，所以牠一再地把自己置放在空中，然後重重地摔下來。跳著跳著，牠就把宣洩仇恨的對象從自己轉換成了敵方。牠撲過去了，真正是殘暴如山倒，如昂拉雪山的傾倒，遮蔽了岡日森格的天空。

岡日森格早有準備，但牠立刻就知道，有準備和沒準備是一樣的，躲開對手的這次撲咬根本就不可能。牠以一生的打鬥經驗和技巧做依靠，最多只能把死亡轉換成受傷，而且是嚴重受傷。牠本能地躲閃著，當地獄食肉魔一口咬住牠的脖子後，牠又本能地反抗著。

好在牠的反抗不是一般藏獒的反抗，這裏面浸透了牠對生命的認知和對死亡的看法，牠不怕，不怕生命失去，所以牠的反抗並不是垂死的、無用的。牠緊而不僵，鬆而不懈，狀態就像活佛修禪那樣，信心十足地把爪子塞進對方嘴裏，如同撬槓撬住了地獄食肉魔的血盆大口，脖子上的大血管因此沒有破裂，生命得救了。岡日森格飛速蹭過地獄食肉魔紅色的胸脯，蹭乾淨了自己脖子上的鮮血，借著對方的推力，翻滾在地，滾出去七八米，才脫離了對方的撕咬。

岡日森格站了起來，金黃的鬣毛就像風中走浪的牧草，依然自由而放鬆地起伏著。牠等待著對方的撲咬，鼻子一抽，突然有空前迷茫的悲哀。牠的嗅覺在不該發揮作用的時候離奇地敏銳精確起來，那個一直都很朦朧的親緣關係漸漸清晰了：是正宗的後代，是牠岡日森格與大黑獒那日的兒子的兒子，是親得不能再親的親孫子。啊親孫子，這個和自己殊死搏鬥的原來是自己的親孫子！牠吼了一聲，又吼了一聲，一聲比一聲親切溫存，似乎想告訴地獄食肉魔：你是我的親孫子，我是你的親爺爺，難道你沒有聞出來？

遺憾的是地獄食肉魔聽不懂，牠一看對方又一次活著離開了自己，暴怒不止地吼叫著，懲罰自己似的一頭撞在了地上，然後用前爪狠狠地打著地面：我怎麼還沒有咬死牠？這個威儀不凡的老獅頭金獒，居然敢用不死來挑戰我。牠惡狠狠地幾乎咬爛自己的舌頭，再次撲了過去。

速度是魔鬼的，力量是風暴的，岡日森格是無可脫逃的，牠被對方摁住了，牠知道即便是年輕時候，牠都無法迴避牠的親孫子地獄食肉魔聲光電影般的這一撲。牠沒有躲閃，而是在驚塵濺血的瞬間，主動把肩膀湊了上去。

不，不要你的肩膀，我要你的命。地獄食肉魔在心裏吼叫著，牙刀劃過肩膀，直插對方的喉嚨。喉嚨顫抖了，在牙刀飛來的時候，牠以極高的頻率發出一陣驚恐的顫叫，然後砉然裂開，把牙刀緊緊吸住了。

血濺出來了，是西結古獒王岡日森格的血，濺在了地獄食肉魔的眼睛上。地獄食肉魔把眼睛一閉，甩頭便撕。牠已經得逞了，現在只需要把口子撕大一點，打鬥就可以結束，牠是勝利者，牠不可能不是勝利者，牠將在自己創造的驕傲和偉大中，把此生所遇到的最頑強的抵抗送進記憶，然後慢慢地嘲笑。

然而，想不到的事情總是出現在最後一刻，多少次從死亡線上爬出來的岡日森格其實並不會驚恐，牠的喉嚨的顫抖不過是一種極其有效的防護措施，顫抖中喉管滑過了利牙，只把保護著喉管的脆骨和肌肉讓給了傷害。地獄食肉魔哪裡會想到，牠的甩頭撕咬雖然撕大了裂口，但岡日森格的氣息依然是暢通無阻的。就在牠以爲勝利已經屬於自己而鬆開對方的時候，岡日森格腰身一挺，站了起來，迅速走向一邊，在一個對方無法一下撲到的地方停了下來。

岡日森格打量著對方，似乎有些不相信自己的判斷：這哪裡是什麼親孫子啊？親孫子有這樣對待親爺爺的嗎？牠的嗅覺呢，跟親爺爺一樣靈敏的嗅覺呢，爲什麼不起作用了？岡日森格咂摸著對方的氣息，晃了晃頭，一下子又晃掉了自己的懷疑：判斷是沒有失誤的，的確是自己的親孫子，地獄食肉魔的勇敢和打鬥方式就是證明。岡日森格搖了搖尾巴，似乎是說：不能再打了，親爺爺和親孫子不能再打了。

地獄食肉魔一看岡日森格還能走動，惱火得幾乎想把自己吃掉，撕扯著所有自己的牙齒可以搆到的皮毛，以自虐的方式鞭策著自己：咬啊，咬啊，咬不死牠我就不活了。然後回頭看了看自己的主人勒格紅衛。勒格紅衛和牠一樣惱火，繃大眼睛催逼著牠：快讓牠死，快讓牠死。地獄食肉魔答應似的吼了一聲，跳起來奔撲而去。牠這次用了一條彎來彎去的路線，讓岡日森格一時不知道往哪兒躲閃了。岡日森格盯著牠，乾脆不躲不閃，就那麼死僵僵地立著，好像牠不是一個行將斃命的活物，而是一尊沒有感覺的石雕。

但是凝然不動的石雕還是動了一下，在地獄食肉魔正要把大嘴貼向牠的喉嚨時，牠突然自動倒地了，牠寧可被對方用堅爪踩痛踩傷，也不願意已經帶傷的喉嚨再次負傷。地獄食肉魔喀嚓一下咬合，什麼也沒有咬到，便一爪夯過去，夯住了對方的胸脯，利牙直逼喉嚨，再行撕咬。

岡日森格知道自己逃不脫了，也不管喉嚨有恙無恙，身子一展，不僅沒有躲閃，反而把自己的喉嚨湊了上去。地獄食肉魔看到喉嚨自己來到了跟前，趕緊咬合，卻發現嵌進自己大嘴的，不光是喉嚨，還有半個脖子。也就是說，可以置對方於死地的喉嚨已經越過突出在外邊的利牙，進到嘴裏邊去了，裏邊是舌頭，舌頭的舔舐只能是消毒，而不是殺戮。地獄食肉魔趕緊縮頭，想把利牙挪到對方的喉嚨上。岡日森格卻使勁把脖子朝牠嘴裏塞著，好像不讓牠咬斷脖子不罷休似的，與此同時，牠抬起一隻前爪，朝著雖然看不見卻能估計到的地方，猛然打了出去。

岡日森格打中了，打中了對方的一隻眼睛，雖然不是致命的，卻是最具有摧毀力的。眼睛爛了，地獄食肉魔的左眼流血了，不管左眼以後會不會瞎，至少現在看不見了。

圍觀的騎手們驚叫著：「呀，呀，呀。」藏獒們歡呼著：「杭，杭，杭。」而岡日森格卻抑制不住地哭起來：爛了，爛了，我的親孫子的一隻眼睛被我打爛了。哭著哭著，地獄食肉魔的疼痛就蔓延到了牠身上，利牙咬囓一樣折磨著牠的心。牠心說不打了，不打了，就讓親孫子咬死我算了。牠沉重地低下頭，愧疚地呆立著，等待著死，等待著用交出生命的辦法實現親爺爺對親孫子的忍讓。

地獄食肉魔覺得事情不妙，大幅度甩動著獒頭，撕裂了岡日森格的脖子，然後風快地向左轉了一個圈。左邊是牠從來沒有見過的黑暗，牠發現用急速轉圈的方式可以使黑暗消失，但只要停下來，黑暗就又會出現。牠煩躁地喊起來，似乎想喊來主人幫忙，把左眼的光明復原給牠。

主人勒格紅衛沒有過來，只是焦急而惡毒地喊著：「咬啊，往死裏咬啊，快一點，你耽擱什麼？」在勒格紅衛看來，他的地獄食肉魔之所以到現在還沒有咬死對方，並不是牠不能，而是牠不想。

地獄食肉魔聽明白了，又向右轉著圈，用一隻眼睛對準了岡日森格，才發現對方已經後退到五米之外，正在一邊喘息一邊流淚。不，不能給牠喘息的機會，地獄食肉魔一躍而起，用一隻眼睛噴吐著更加強烈的王霸之氣、雄烈之風，撲向了這個世界上唯一一個傷害了牠的藏獒——西結古獒王岡日森格。

岡日森格驀然一陣顫抖，生命的本能給了牠不想死亡的催動，牠一下子又回到了最初的清醒：自己的親孫子要殺死的可不光是自己，是西結古草原所有的藏獒。那麼多西結古藏獒已經死掉了，兇手既然是牠的親孫子，就更應該由牠來親自懲罰。

岡日森格一躍而起，帶著滴瀝不止的血脖子，朝著自己的右邊、對方的左邊閃避而去，一閃就閃到了地獄食肉魔左眼的黑暗中。地獄食肉魔只好停下來向左旋轉，一轉就又看見了岡日森格，正要直撲過去，岡日森格倏忽一閃，又躲進了牠的黑暗。這樣重複了幾次後，靈性的地獄食肉魔突然開始向右旋轉，轉了半圈，然後直撲過去，正好撲到了還在朝自己右邊閃避的岡日森格身上。地獄食肉魔張嘴就咬，一口咬在了岡日森格的右耳朵上，差一點把整個耳朵撕下來。

岡日森格感覺到一陣鑽心的疼痛，突然意識到，現在的問題根本就不是牠應該不應該懲罰自己的親孫子，而是牠有沒有能力實施懲罰。即使親孫子瞎了一隻眼睛，最大的可能仍然是自己被對方一口咬死。岡日森格把注意力集中在對方的眼睛上，想把對方的右眼也打出鮮血和黑暗來，但堅硬的爪子剛要伸出去，對方就敏銳地躲開了。

岡日森格愣了一下，當牠確認地獄食肉魔真的躲開了牠的打擊時，突然就興奮起來。變了，變了，局勢終於變了。之前一直是牠被動地迴避著地獄食肉魔，現在地獄食肉魔開始被動地迴避牠了，這說明對方已經意識到了自己的弱點。而對弱點的迴避既是保護自己，也是暴露自己，當牠集中精力保護這一邊時，也就等於暴露了那一邊。

岡日森格後退了幾步，往右邊一跳，又往右邊一跳。地獄食肉魔趕緊向左，一再地向左。就在這個時候，岡日森格突然改變了跳躍的方向，猛地靠向了自己的左邊、對方的右邊，然後大水決堤似的撲了過來。

地獄食肉魔沒想到對方的撲咬並沒有選擇自己的弱點，趕緊把注意力集中到右邊，但已經晚了，在牠防禦的牙齒撕住岡日森格的肩膀時，岡日森格進攻的牙齒已經提前插進了牠的脖頸，開始猛烈撕咬。撕咬是有效的，雖然脖頸上是很結實的皮肉，但畢竟比對方肩膀上的皮肉要柔軟薄嫩一些。岡日森格咬爛了牠，終於發現自己的牙齒還可以年輕，還可以成爲利器而讓對方忍受傷殘之痛。牠想拼命切割，擴大戰果，感覺自己的肩膀也正在痛苦地開裂，奮身一跳，退了回來。

地獄食肉魔第一次感覺到自己受了重傷，好像有點奇怪：被牙齒咬傷的樣子居然是這樣的不舒服。牠搖晃著頭顱，想看到脖頸受傷的地方，可是牠看不到，又伸出舌頭，想舔一舔傷口，怎麼使勁也舔不上，於是就瞋目而視，怒吼著撲了過去。

牠的撲咬神速而準確，沒等岡日森格做出躲到右邊還是左邊的選擇，就被牠一口咬在了脖子上。但岡日森格似乎並不在乎對方的撕咬，或者牠期待的就是對方的撕咬，牠伸出爪子，打向對方的右眼，想讓所有的光明都離開對方。地獄食肉魔趕緊鬆口，後退一步，晃開牠的爪子，突然跳起來，試圖用沉重的身子把對方死死摁在地上。岡日森格閃開了，閃進了地獄食肉魔一隻眼睛看不見的地方，迅速拉開距離，張嘴吐舌地大喘了一口氣。

地獄食肉魔朝右轉了一圈，才看到岡日森格，憤極恨深地盯著牠。岡日森格喘息已定，傲然而立，似乎已經不再蒼老了。牠自己的感覺不老，所有人、所有狗的感覺都是不老。牠的親孫子地獄食肉魔冷酷無度的雄野和汪洋恣肆的猛惡刺激了牠。牠那來源於雪山草原的靈性再造了牠，那麼多人、那麼多狗的期待推動著牠，牠以年輕人的姿態開始了接下來的打鬥。牠撲向了地獄食肉魔，飛翔的速度，鷹鷲俯衝的速度，好像青春回來了，雪山獅子回來了。

一直沈默不語的西結古騎手的首領班瑪多吉昂奮地喊起來：「獒多吉，獒多吉，岡日森格加油啊，咬死這畜生。」他這麼喊的時候，好像岡日森格不是畜生而是人。

父親也喊起來，一如既往地充滿了擔憂：「小心啊，岡日森格。」

岡日森格的俯衝是充滿了迷惑的，當地獄食肉魔判斷著左邊還是右邊的時候，牠卻從上邊崩塌而下。但地獄食肉魔畢竟是將一隻妖氣、鬼氣、神氣、霸氣集於一身的藏獒，仰頭一看，便做出了一個讓岡日森格措手不及的舉動，那就是原地跳起，用自己平闊的脊背迎接岡日森格的踩踏。

已經來不及躲開了，岡日森格是飛翔的，也是失重的，踩住對方脊背的一剎那，牠就失去了平衡，被對方掀翻在了地上。僥倖的是，地獄食肉魔忘了自己的左眼已經看不見，當牠把岡日森格掀翻到自己左邊的時候，也就失去了一個一刀送命的機會。牠撲了過去，卻只是憑著感覺撲向了岡日森格的喉嚨。

而岡日森格的老辣就在於牠完全預知了對方的舉動，翻倒在地的時候，牠強迫自己側身背對著地獄食肉魔。地獄食肉魔張嘴就咬，然後甩動頭顱，一陣猛烈的撕扯，撕扯出了一股鮮血和一地金色獒毛，這才意識到自己咬住的根本就不是喉嚨，而是後腦。岡日森格的後腦是堅固的，就算對方的利牙是鋼鐵鑄就，也無法頃刻洞穿骨頭。地獄食肉魔憤激而失去理智地蹬了岡日森格一爪子。岡日森格借力一滾，滾出了撕咬範圍，忽地站起來，晃了晃頭，把後腦上的鮮血晃得四下飛濺。

地獄食肉魔惡狠狠地吼叫著，朝前撲去，發現對方像影子一樣閃向了自己看不見的左邊，突然又改變主意，身子朝左一擺，拔腿奔跑起來。牠跑了一圈，然後跑向了岡日森格。在牠的想象裏，這樣的奔跑就是追擊，只要形成追逃局面，牠就不怕對方利用自己獨眼的弱點偷襲了。岡日森格的確跑起來，但並沒有跑多遠，牠就直上直下地蹦躍而起，讓來不及刹住的地獄食肉魔從自己下面嚕地躥了過去，把屁股格外愚蠢地亮給了牠。

岡日森格落到地上，興奮地叫了一聲，立刻又明白，牠們是高手對決，真正的愚蠢實際上是不存在的。儘管如此，牠還是按照自己的願望，朝著地獄食肉魔的尾巴撲了過去。

地獄食肉魔前腿一撐，後腿一蹬，神速地朝後蹦過來，落地的時候重重壓在了岡日森格身上。岡日森格被壓得趴下了，吼叫了一聲，繃直四腿，使勁支撐起了身子。牠很奇怪，牠居然把身量超過自己的地獄食肉魔馱起來了。地獄食肉魔也很奇怪：這個不再老態龍鍾的老傢伙，怎麼有著比年輕藏獒還要大的力氣?牠在岡日森格背上啃了一口，俯下身子，直把利牙快速伸向對方的喉嚨。岡日森格往前拼命一跳，擺脫了牠，轉過身來，撲了一下，卻又矯健地朝後退去，在十步遠的地方立定腳跟，用冷颼颼的眼光望著地獄食肉魔。

地獄食肉魔從一隻眼睛裏激射著焰火，彷彿要把自己、把敵手、把整個世界都要燃燒起來，而燃燒的方式就是斜著身子朝前撲咬。岡日森格立刻發現自己已經不可能躲到對方左眼看不見的地方去了，也不可能拿出看家的閃避本領，脫離急如星火的危險。對方的撲咬太不可思議了，速度是沒有見過的，一隻眼睛關照的面積也是沒有見過的，牠只能迎撲而去，只能承受死亡。

然而死亡是公道的，對誰都不會例外，在糾纏岡日森格的時候，必然也會去糾纏地獄食肉魔。岡日森格突然意識到，地獄食肉魔既然斜著身子消除了左眼看不見的弱點，那就不可避免地把整個腰腹暴露給了牠，接下來的廝打中，不管地獄食肉魔的牙齒咬在牠的什麼地方，牠都有可能把自己的牙齒或者前爪捅向地獄食肉魔的要害處。岡日森格坦坦然然做好了用死亡換取死亡的準備，看到地獄食肉魔倏忽而來，猛然伸出了自己的前爪。

事情果然就像岡日森格預想的那樣發生了，地獄食肉魔咬住了岡日森格的脖子，岡日森格用前爪捅向了對方的上腹。皮肉瞬間破裂了，是岡日森格的皮肉，也是地獄食肉魔的皮肉。但破裂並沒有深入下去，也沒有擴大開來。地獄食肉魔從來不準備同歸於盡，牠只想讓對方死，不想讓自己再受任何致命的傷害。牠立馬鬆口了，一鬆口，對方的前爪也立馬離開了牠的上腹。牠狂吼一聲，連連後退，又奔撲而去，看到岡日森格已經躲開，便四肢蹭著地面，驀地停下，然後又跳起來，以鋪天蓋地的氣勢，齜出蠻惡的牙刀瞄準了對方的喉嚨，伸出酷虐的四爪瞄準了對方的肚腹。

岡日森格本能地躲了一下，發現躲閃是更快的死亡，趕緊又不動了。不，不是不動，而是原地翻倒，主動把已經受傷的喉嚨亮給了對方的牙刀，把薄軟透明的肚腹亮給了對方的堅爪，然後朝上舉起了自己的四肢。又是一次自殺性抵抗，岡日森格期待在自己猝然死去的時候，也用自己並沒有老化的爪子，掏出對方的腸子。

鮮血，鮮血，牠已經忘記了地獄食肉魔是自己的親孫子，牠渴望看到對方的鮮血，渴望自己的生命在最後的時刻掙扎出最有光彩的血性和陽剛。牠的四隻爪子直挺挺地翹起著，明白如話地告訴對方：你就成全了我吧，讓我老當益壯一回，讓我耄馬嘶風一次。

地獄食肉魔立刻看懂了，哪裡會有成全之心，在空中縮起身子，歪斜了一下，躲開對方的四肢，卻伸直了自己的四肢。牠知道落地的時候，自己的後爪會插入對方的肚腹，前爪會踩住對方的胸脯，而牙刀的指向必然是喉嚨。啊，喉嚨，所有的野獸都格外鍾情的敵手的喉嚨。

岡日森格意識到自己的渴望已經不可能實現了，忽地蜷起四肢，沮喪籠罩了牠。但經驗和沉著在這個以命相搏的時刻仍然成了牠最忠實的朋友，牠的王者之風裏突然滋生出一股悍匪之氣。

牠的抗爭是無爲的，似有似無，亦真亦幻，完全是化境的體現，在無知無覺、無他無我中成就了牠蓄積一生的輝煌。

能量和智慧出來了，岡日森格居然用蜷起的後腿擋住了對方的後腿，用蜷起的一隻前爪護住了自己的喉嚨，只把胸脯挺給了對方。胸脯是堅固的，是到死也不會鈣化碎裂的。就在地獄食肉魔踩住胸脯的剎那，岡日森格把另一隻前爪伸了出去，似乎是無意識的舒展，卻舒展出了藏獒生命的全部強悍。

奏效了，不可能不奏效，原因是地獄食肉魔太狂猛、太專一、太著急了。岡日森格又一次把前爪準確搗向了地獄食肉魔的眼睛，這一次是右眼，右邊的眼珠頓時凹了進去，血從眼皮底下滲出來。白晝瞬間消失，彷彿地獄食肉魔一口咬住的不是敵手而是黑暗。黑暗牢牢黏住了牠，即使牠有力拔山河氣蓋世的能量也擺脫不掉了。

西結古獒王岡日森格突然發現，自己獲勝的機會已經出現。牠從地獄食肉魔的屠殺之中脫身而去，喘了一口氣，仰頭看了看天。天上烏雲籠罩，萬里無藍，風在陰沈沈的草原上悄然止息，好像一點徐徐來去的情緒也沒有了。沒有了就好，牠就可以在任何一個方向接近地獄食肉魔而不會被對方聞到味道。

地獄食肉魔一直在急速旋轉，朝左轉幾圈，再朝右轉幾圈，以爲這樣轉來轉去，光明就會出現。牠瞎了，兩隻眼睛都瞎了，而在牠的概念裏，卻沒有瞎眼這一說。牠不理解這到底怎麼了，使勁用鼻子嗅著，想嗅到主人的氣息，然後走過去，問問他：我到底怎麼了？快幫幫我。但牠沒料到的是，牠聽到了主人的罵聲：「咬啊咬啊！你這個沒用的東西，你去咬啊！」

牠感覺到了主人的腳尖在踢，踢在牠的傷口上。牠感覺到疼痛，比岡日森格撕咬時更疼痛，這是牠從來沒有體會過的連心的疼痛。牠轉身尋找岡日森格的氣息，牠準備服從主人的命令做最後一次撲咬。牠知道一定是最後一次，失去生命的只能是牠自己。

地獄食肉魔仰天一聲長嘯，岡日森格和所有的領地狗和所有的人，都感覺到牠虎落平陽的悲涼。

地獄食肉魔渾身繃緊的肌肉忽然鬆懈下來，牠豎起耳朵努力傾聽什麼。所有旁觀的人和狗也都跟隨牠傾聽，但什麼都沒聽見，除了草原上流動的風，甚至草葉上跳盪的陽光。

地獄食肉魔流血的眼睛裏忽然有了眼淚，牠聽見了主人的哭聲。那哭聲不在空氣中，而在主人的胸腔裏。這個世界上，就只有牠熟悉主人的胸腔，就只有牠能夠在主人的胸腔裏聽出和冷漠的表情截然不同的心思。那是一個情感豐富的深處，卻從來不會呈現在主人的臉上。牠知道，主人的臉上，永遠只需要一種表情：冷漠無情。

地獄食肉魔丟下岡日森格，緩緩走過去，靠近勒格紅衛，趴下身子，臥倒在勒格紅衛身邊，把泣血的頭埋在主人腿間。牠輕輕舔舐主人的腳面。牠感覺到主人的手掌落在自己後腦上，無聲傳遞著主人的指令：去吧。

地獄食肉魔站起身，忽然仰天狂叫。所有的人和狗都驚詫不已，因爲這狂叫聲的基調已不是悲涼，恍惚中，似乎有欣喜，彷彿地獄食肉魔得到了豐厚的獎賞。沒有誰能夠明白地獄食肉魔的心境，因爲沒有誰能從牠主人冷酷的臉上看出勒格紅衛的心聲。

地獄食肉魔義無反顧地向前撲去，撲向岡日森格，撲向死亡。伴隨地獄食肉魔赴死的是勒格紅衛的號啕大哭。那是這世上，只有地獄食肉魔才能聽見的哭聲。

地獄食肉魔臨死前的最後一瞬間，突然產生一絲疑惑。牠在主人的哭聲之外，還聽到了另一聲哭泣，這哭泣居然來自咬死自己的岡日森格。而且，牠在岡日森格的哭泣中，突然感受到一股熟悉的親切。一線光明在心底豁然閃亮，牠忽然明白，岡日森格是自己的親人！

第四十六章　行刑台

這是一個清涼的草原夏夜，藍馬雞草窪裏一片鼾聲。騎手們和藏獒們一堆一堆地棲息著，除了偶爾有守夜的藏獒與藏獒之間發出聲音的對抗，偶爾有狼嗥從月亮懸掛的地方傳來，看不出別的不融洽。離開黑壓壓的人群和狗群大約一百米，是勒格紅衛和他的地獄食肉魔，後來桑傑康珠也來了，她把自己的馬和勒格紅衛的馬拴在一起，坐在勒格紅衛對面。

她看不清勒格紅衛的臉，只感到臉上一片陰影。

她聽到勒格紅衛低沉的話音，不像是說給她聽，他的聽眾像是這冥冥天地和茫茫夜空。

「我的藏獒死了！」

桑傑康珠看著他身邊的地獄食肉魔，牠安詳地躺在主人身邊，勒格紅衛的手放在牠的後背上，輕輕地撫摸，彷彿牠是在酣睡之中，隨時都會醒來，依照主人的召喚閃電出擊。桑傑康珠坐在地獄食肉魔身邊，也伸出手去撫摸牠的身體。她的動作是下意識的，似乎僅僅是爲了表達對勒格紅衛的同情——怎麼，她居然有了同情？這個惡毒的漢子，難道不是罪有應得麼？

她的手指觸摸到地獄食肉魔的肌膚的瞬間，心中莫名其妙有感動湧動。這個兇殘的畜生，這個她費盡心機絞盡腦汁也不能擊斃的魔鬼，一旦真的死在她眼前，她居然沒有興高采烈，反倒有一絲凄涼。

「我的藏獒死了！」

她聽見他再一次自語。她想像以前那樣頂撞他：「你的藏獒該死！牠咬死了那麼多藏獒，牠自作自受，牠早就罪該萬死了！」但她什麼話也沒說，她說不出口。她想說：「你不要難過，牠死得英勇、死得壯烈，牠死得其所。」她更說不出口。

桑傑康珠就默默地坐在地獄食肉魔身邊，和勒格紅衛隔獒相對。

停了一會兒，勒格紅衛又一次自語。

「我的藏獒死了！」

和地獄食肉魔一樣，桑傑康珠也聽到了勒格紅衛胸腔裏的哭聲，這哭聲讓她慌亂。她從來不會想到，一個壯年男子的哭聲會消解她心中的仇恨，讓她像面對一個無辜無助的可憐人一樣心軟。

還不僅是心軟，還有安慰的衝動。這更讓她茫然，一個女人，在這茫茫草原，在這浩浩夜空，她拿什麼去安慰他？

她又聽到他的自語：「我的狼死了。我的藏獒死了。我的明妃死了。我的大鵬血神死了。我的藏獒又死了。」

她忽然聽到自己心中的自語：「我是神靈病主女鬼，我是女骷髏夢魘鬼卒，我是魔女黑喘狗，我是化身女閻羅。」聲音在心中一遍一遍回響，應和著勒格紅衛的自語。說著說著，她說出聲來，卻不是「神靈病主女鬼、女骷髏夢魘鬼卒、魔女黑喘狗、化身女閻羅」，而是讓自己震驚的一句話：

「你需要一個明妃！」

桑傑康珠躺下了，她仰望著天，天似穹廬。

她聽到了勒格紅衛的回應，聲音依舊斷斷續續，若隱若現。

勒格紅衛說：「『大鵬血神』沒有了。」

桑傑康珠以為勒格紅衛沒明白，她又重複說道：「你需要一個明妃。」

然後，桑傑康珠把丹增活佛的話搬了出來：「『大遍入』邪道的進入靠的是母性，『大遍入』邪道的崩壞靠的也是母性，前一個母性代表無明和我執，後一個母性代表開放和空性，我是天生具有法緣的佛母，我會讓你消除『大遍入』的偏見、走火入魔的法門，變成一個安分守己、徹悟正道的喇嘛。」

勒格紅衛歎了一口氣，目光終於從深邃的夜色中收回，集中到她的臉上。就一瞬間，又離她而去，再度投向茫茫夜色。

她聽到了他悲涼的聲音：「妳挽救不了我，妳知道我為什麼要修煉『大遍入』法門？」

她靜靜地聽著，他卻沈默了。他不僅是一個僧人，更是一個人。他想把一個僧人和一個人結合起來，而「大遍入」法門恰好給他提供了這樣一個機會。他的全部追求也就是讓自己有一個完整的生命，達到人生最起碼的標準，除了拜佛修法，除了吃喝拉撒，還應該有愛，有男女之愛。就像六世達賴倉央嘉措，就像牧民們唱誦的那樣：「喇嘛倉央嘉措，別怪他風流浪蕩，他所苦苦尋求的，和凡人沒有兩樣。」可是他發現追求的道路是那麼艱辛、那麼悲傷。

他想對她訴說內心的悲傷，說出來的話依然是那一句：「我的藏獒死了，我的狼死了，我的明妃死了，我的『大鵬血神』死了。」

桑傑康珠說：「丹增活佛說了，我和你的認識，是一種良好的緣起，是命裏的因果，誰也無法迴避。丹增活佛還說，你只有在女人的幫助下，才能實現贖罪。」

勒格紅衛又是歎氣，他問她：「他居然提到了女人。他沒告訴妳『大鵬血神』是什麼嗎？」她搖著頭，又聽他說：「沒有人能夠拯救我，明妃也不能夠。因爲『大鵬血神』就是男人的根。我的大鵬血神沒了，我的根沒了。」

桑傑康珠聽見自己一聲歎息，很長很長。

桑傑康珠騎馬沿著藍馬雞草窪轉了一圈，朝著行刑台跑去，她想去質問丹增活佛：「你施放了什麼魔法毒咒，讓勒格變成了一個廢人？勒格已經沒有了根，你爲什麼還要讓我去做他的明妃？」跑著跑著她停下了，她徘徊了片刻，跑向了白蘭草原她的家。

天剛亮，太陽還沒有出來，上阿媽騎手、東結古騎手、多獼騎手就在藍馬雞的「咕咕」鳴唱中紛紛離開了藍馬雞草窪。還是那個想法左右著他們的行動：再去硇房山尋找麥書記和藏巴拉索羅，如果找不到，就去佔領西結古寺。他們走上緩緩起伏的草梁，進入平闊的草野往前走去。硇房山遙遙在望，行刑台慢慢而來。

西結古獒王岡日森格看到外來的騎手和藏獒都已經離開這裏，強忍著傷痛站起來，朝前走了幾步，又回頭看了看被牠咬死的親孫子地獄食肉魔，看了看親孫子身邊的勒格紅衛，晃頭甩掉了含滿眼眶的淚水，對著父親和班瑪多吉以及西結古騎手叫了一聲，意思是：快走啊，時間已經被我們耽擱了，我們的目標是行刑台。

東結古騎手的首領帕嘉首先看到了行刑臺上的人，他喊了一聲：「幹什麼的，見到麥書記了嗎？」

回答他的是比他反應敏捷的巴俄秋珠。巴俄秋珠打眼一看，立刻招呼上阿媽騎手策馬而去。於是所有的騎手——上阿媽騎手、東結古騎手、多獼騎手都跑起來，「嗷嗷嗷」地喊叫著，突然不喊了，停下了：啊，麥書記，還有丹增活佛。他們沒想到，要找的人居然都在這裏。

更加吃驚的當然還是多獼騎手，他們明明看到丹增活佛死在了《十萬龍經》之地他們的面前，怎麼又活著從這裏冒了出來？吃驚完了，又覺得本來就應該這樣：活佛活佛，就是活著的佛，就是不死的佛，死了又活，活了又死，說死又活，說活又死，死死活活，反正既沒有死又沒有活，這就是真正的活佛。

巴俄秋珠喊了一聲：「藏巴拉索羅萬歲。」然後第一個驅馬向前，又飛身下馬，丟開韁繩，就要爬上行刑台。帕嘉哪裡會讓別人搶先，幾乎是從馬上飛下來，飛到了巴俄秋珠身上，硬是把他拽住了。兩個人正在扭打，卻見多獼騎手的首領扎雅已經爬上了行刑台，他們同時跳起來，拽著扎雅的衣袍把他拉了下來。扎雅穩住身子，回頭一拳，打在巴俄秋珠的胸脯上。

巴俄秋珠要還擊，又生怕帕嘉趁機跳上行刑台，一手攥住扎雅，一手攥住帕嘉，吼道：「小心我用槍打死你們。」

扎雅說：「還是用藏獒見分曉吧，誰的藏獒贏了，麥書記就是誰的。」所有的藏獒都叫起來，擁擠到行刑台前，只等主人一聲令下，牠們就會一個接一個地撲向對方的藏獒。

臺上的麥書記說話了：「求你們不要再讓藏獒死傷了，你們抓個鬮，誰贏了我就跟誰走，還不行嗎？」

巴俄秋珠說：「不行，藏巴拉索羅只能屬於我們上阿媽草原。」

丹增活佛說：「我已經說過了，在遠古的教典裏，藏巴拉索羅有時指人心，人的好心、善心、光明的心，哪裡有良心，哪裡就有藏巴拉索羅。」

巴俄秋珠說：「有槍就有藏巴拉索羅，有藏巴拉索羅就有良心。」說著從背上取下了自己的槍。彷彿是早已商量好了的，所有帶槍的上阿媽騎手都從背上取下了槍。裝彈藥的動作熟練而迅速，十五桿叉子槍霎時平端起來。槍口是明亮而黑暗的，就像人的眼睛，十五桿叉子槍就是十五雙罪惡的眼睛，對準了東結古騎手和多獼騎手。大家愣了，只有憤怒的眼光，而沒有憤怒的聲音。巴俄秋珠身手矯健地跳上行刑台，亢奮地指揮著：「槍桿子掩護，其他人都給我上來。」沒帶槍的上阿媽騎手紛紛跳了上去。

上阿媽騎手們搜遍了麥書記的全身，也沒有看到格薩爾寶劍的影子。

上阿媽騎手氣急敗壞地拳打腳踢起來：「交出來，交出來，快把格薩爾寶劍交出來！」

麥書記一臉輕蔑，彷彿是說：「你們不配，不配藏巴拉索羅，不配格薩爾寶劍。」

一陣暴打。巴俄秋珠把麥書記的腿支在木案上，用靴子使勁跺著說：「我們要的是藏巴拉索羅，不是你的腿。但要是你不說出來，你的腿就要變成『罡冬』啦。」

「罡冬」是用人的小腿骨做的吹奏法器，人們叫它人骨笛。

麥書記咬緊牙關說：「那我的骨頭就是法骨，你們踩斷法骨是有罪的。」

巴俄秋珠說：「有了藏巴拉索羅，獻給了北京的文殊菩薩，就能免除一切罪惡！」巴俄秋珠把所有的怨恨集中在麥書記的腿上，拼命地跺。只聽「嘎巴」一聲響，麥書記發出尖厲的慘叫聲，所有人都知道，麥書記的腿斷了。

麥書記一頭冷汗，輕聲問丹增活佛：「活佛，你說怎麼辦？」

丹增活佛一聲歎息，對巴俄秋珠說：「問佛吧，你們爲什麼不問佛？」

巴俄秋珠立刻跳到依然盤腿而坐的丹增活佛面前，撕住他的袈裟說：「好，我現在就問你，藏巴拉索羅在哪裡？」

丹增活佛說：「在西結古寺的大經堂裏，在格薩爾降伏魔國圖的柱子裏。」

巴俄秋珠喊道：「你再說一遍。」

丹增活佛說：「格薩爾寶劍只能放在格薩爾降伏魔國圖的柱子裏，別處是不合適的。不過我勸你們，誰也不要拿走這把寶劍，不再吉祥的權力和欲望讓它浸透了鋒利的大黑毒咒，誰拿了誰就會倒楣。」

巴俄秋珠說：「倒楣的事情就不用你操心了，我們把寶劍獻給北京城裏的文殊菩薩，難道北京城裏的文殊菩薩也會倒楣嗎？你這個反動派。」

巴俄秋珠指揮上阿媽騎手和上阿媽領地狗，就要前往西結古寺，忽然一陣蹄聲，西結古騎手和西結古領地狗來了。緊接在他們身後，勒格紅衛也出現了。

臉色黝黑、魁偉超群、留著披肩英雄髮的勒格紅衛突然打馬，越過西結古騎手和狗，直奔行刑台。一把明光閃閃的寶劍突然被他高高揚起，光芒照亮了所有人和狗的眼睛。勒格紅衛高喊道：「我們的藏巴拉索羅，青果阿媽草原的權力，吉祥如意的格薩爾寶劍，我已經得到了。」

巴俄秋珠一看到寶劍，愣了。勒格紅衛知道對方是懷疑的，立刻就喊道：「藏巴拉索羅，藏巴拉索羅，我從西結古寺的大經堂裏得來，從格薩爾降伏魔國圖的柱子裏得來。」

巴俄秋珠一聽，跟丹增活佛說的一樣，帶著騎手追了過去。行刑台前的原野上，以示警告的槍聲砰砰砰地響起來。

勒格紅衛扭頭看著，朝右一拐，跑向了西結古騎手，舉著格薩爾寶劍喊道：「班瑪多吉你聽著，要不要藏巴拉索羅就看你們的藏獒啦，上啊，讓你們的藏獒上啊，只要把上阿媽騎手和上阿媽領地狗趕出西結古草原，我就把藏巴拉索羅交給你們。」看對方滿眼疑慮地望著他不動，就又喊道：「我發誓，我向我的本尊神發誓，我說到做到，趕走了上阿媽人，藏巴拉索羅就是你們的。」

班瑪多吉立刻調動騎手和領地狗跑過來，保護著勒格紅衛，又指著追過來的上阿媽騎手，命令西結古領地狗：「衝啊，衝過去咬死他們，獒多吉，獒多吉。」

獒王岡日森格帶著西結古領地狗群衝了過去，看到上阿媽騎手和領地狗群紛紛停步，立刻停了下來。

勒格紅衛對班瑪多吉說：「西結古的藏獒都不打鬥了，你們還想得到藏巴拉索羅？」

班瑪多吉跑向岡日森格，催促牠往前衝。岡日森格卻坐下了。班瑪多吉喪氣地說：「岡日森格累了，不想再打鬥了。你也是西結古人，快把藏巴拉索羅給我。」

勒格紅衛打馬跑向了對面的上阿媽騎手，揮舞著格薩爾寶劍，衝巴俄秋珠喊道：「你們不用追不用搶，只要你們把西結古藏獒全部打死，我就把藏巴拉索羅交給你們。」

巴俄秋珠問道：「我憑什麼相信你？」

勒格紅衛喊道：「我的藏獒死了，我的狼死了，我的明妃死了，我的大鵬血神也死了，我被攆出了西結古寺，都是藏獒幹的，西結古的藏獒幹的。」

所有聽到勒格紅衛喊叫的人都愣了，他們這才明白他要幹什麼：他攛掇西結古領地狗衝鋒，原來是想讓上阿媽騎手盛怒之下開槍打死牠們。他始終沒有放棄全部殺掉西結古藏獒的目的，他亮出格薩爾寶劍是爲了讓它去代替地獄食肉魔完成殺戮的使命。人們盯著勒格紅衛，包括因懼怕上阿媽騎手的叉子槍已經準備放棄爭搶的東結古騎手和多獼騎手。

勒格紅衛又重複了一遍：「只要你們把西結古藏獒全部打死，我就把藏巴拉索羅交給你們。」

看巴俄秋珠依然疑惑，勒格紅衛搖晃著格薩爾寶劍說：「我向『大遍入』法門的所有本尊神發誓，我騙了你們我就渾身長蛆、頭腳流膿、生不如死。」

巴俄秋珠這次信了。他回頭吆喝了一聲，慢慢地舉起了槍。他身後所有的上阿媽騎手都舉起了槍。還是十五桿叉子槍，槍口的前方，是西結古領地狗群。每一個黑洞洞的槍口，都瞄準著一隻藏獒。

行刑臺上，丹增活佛倏然站了起來。他其實已經想到，勒格會去西結古寺格薩爾降伏魔國圖的柱子裏拿到寶劍，他希望勒格如獲至寶地離開西結古草原，也吸引各路騎手隨他而去。他沒想到勒格不僅沒有離開，反而變本加厲地把寶劍當成了繼續殺害西結古藏獒的武器。他禁不住大喊一聲：「這就是藏巴拉索羅嗎？」

忍受著斷腿疼痛的麥書記也說：「假的，假的，這個人的寶劍是假的，牠不是藏巴拉索羅，不是格薩爾寶劍。」

上阿媽騎手愣了，瞄準西結古藏獒的十五桿叉子槍立刻放了下來。勒格紅衛也愣了，驚訝地瞪著麥書記。

麥書記又說：「真的是假的。」

丹增活佛接上說：「真的是假的，假的是真的，假的不成真，真的不成假，大千世界，無真無假。」

勒格紅衛說：「不是真的，藏在格薩爾降伏魔國圖的柱子裏幹什麼？你們不要聽他們的，他們是想阻止你們殺死西結古藏獒，他們不想讓你們拿走藏巴拉索羅。」

巴俄秋珠望望丹增活佛，又望望勒格紅衛說：「我們相信誰的？」

勒格紅衛大喊一聲：「我發誓。」

丹增活佛說：「佛菩薩可以作證。」

巴俄秋珠說：「怎麼作證？」

丹增活佛沉吟著說：「那就只好再來一次圓光占卜了，看看代表權力和吉祥的藏巴拉索羅是不是勒格手中的那把劍，看看真正的格薩爾寶劍是什麼樣子的。」

第四十七章　神問

出現在寄宿學校南邊的是一股精神抖擻的大狼群。因爲有了牠們，白蘭狼群才放棄了覬覦已久的食物奔逃而去。也因爲牠們，多吉來吧心生更深的絕望：寄宿學校的孩子們沒救了，牠再也不能保護他們了。死神就在頭頂打轉，讓孩子們死，也讓多吉來吧死。

多吉來吧勉強站起來，走到牛糞牆跟前，面對著新來的狼群臥下了。

狼群太強大了，牠們帶著黨項大雪山的氣息，帶著萬分險惡的預謀和蓄積已久的兇狠，借著藏獒之間互相殘殺的機會，乘虛而來。牠們已經看出了多吉來吧的垂死，看出牠的臥倒不是胸有成竹，而是認命。牠們不緊不慢地靠近著，搖頭擺尾，大大咧咧，好像不是來打鬥，而是來觀光的。

多吉來吧吼了一聲，又吼了一聲。聲音喑啞，不像吼叫，像是呻吟。

多吉來吧不吼了，牠用四肢使勁蹬踏著地面，緩緩地站了起來，不，是升了起來，就像一座黑山一樣升了起來。黑山上到處都在流淌，所有的傷口都在流淌，包括西寧城裏漁網拖拉的傷口，包括一路上汽車撞翻、槍彈擊中的傷口，包括無數狗牙和狼牙肆虐的傷口，都在流淌殷紅的鮮血。彷彿牠是鮮血的披掛，是瀑布的披掛，而渾身的獒毛不過是浮游在瀑流血浪之上的青青牧草。

多吉來吧昂然升起，比牠的身量升起得要高，高多了，那是氣勢的升起，是靈魂的升起。藏獒，當牠的氣勢和靈魂昂然升起的時候，牠就變成了草原雪山的一部分。牠是從狼眼裏升起的，狼眼看到的，就不是一隻垂死的藏獒，而是一座巍峨的雪山。

前面的狼停了下來，牠們都感受到無形的壓迫，讓牠們呼吸急促。牠們回望頭狼，頭狼緩緩向前。牠們紛紛後退，給頭狼閃開一條道。牠們看見頭狼一臉莊重和肅穆，就跟著莊嚴肅穆起來。牠們看見頭狼站住了，又蹲下了，就跟著蹲下了。

牠們彷彿在等待，等待這隻藏獒的死。只有牠死了，轟然倒下了，牠們才能越過牠，攻擊牠身後的學校。如果牠一天不倒下，牠們就一天不越過。如果牠永遠不倒下，牠們就永遠不越過。

多吉來吧默默佇立著，也讓自己的神情有了莊重肅穆。但牠不是對著狼群，而是對著天空。在牠的眼裏，已經沒有了狼群，也沒有了凶險，更沒有了死亡。恍惚之中，牠感覺自己立成了一道山呼海嘯的景色、一個氣吞山河的象徵、一種不朽的精神、一個不死的靈魂、一尊憤怒的神。

草原靜靜的，天地凝固了。

行刑臺上，班瑪多吉派騎手去西結古寺取來一面銀鏡、一面銅鏡和一黑一白兩方經綢。丹增活佛用黑經綢包住了銀鏡，用白經綢包住了銅鏡，把它們放在了木案上。他用一種唱歌似的聲音念了一句蓮花生大師心咒：「唵阿吽班雜咕嚕唄嘛悉地吽。」然後對行刑台下騎馬並排而立的巴俄秋珠、班瑪多吉、帕嘉和扎雅說：

「就不要水碗了，也不要我的指甲蓋了，一銀一銅的鏡子是護法神殿吉祥天母和威武秘密主前的寶供，沒有比它們更靈驗的。雙鏡同照的圓光占卜是不能有嘈雜的，你們一定要安靜，千萬不要出聲，免得擋住了神靈的腳步，干擾了占卜結果的顯現。」

丹增活佛盤腿坐在了木案上，對著兩面鏡子，看了看天，又看了看四周泛濫著寂寞的原野，並沒有立刻入定觀想，而是念了許多咒語，然後誦經一樣絮絮叨叨說起來：「最早的時候，格薩爾寶劍成了藏巴拉索羅的神變，它代表了和平吉祥、幸福圓滿，是利益眾生和尊貴權力的象徵。草原上的佛和人把格薩爾寶劍獻給了統領青果阿媽草原的萬戶王，對他說：『你篤信佛教你才有權力和吉祥，也才能擁有這把威力無邊的格薩爾寶劍。』那是因爲所有寺院的圓光占卜中，都顯現了格薩爾寶劍。後來世世代代的草原之王都得到了象徵地位和權力的格薩爾寶劍，也是因爲圓光的顯現。

再後來，我們把格薩爾寶劍獻給了麥書記，更是因爲我們聽從了圓光占卜的啓示，啓示告訴我們，麥書記是個守護生靈、福佑草原的人。但是現在，一切都不一樣了，和過去所有的時光都不一樣了，被守護的生靈要攻擊守護者，被福佑的草原要摧殘福佑者。我們的圓光占卜啊，又輪到你來指引我們選擇未來的時候了，請顯示菩薩的恩惠，讓我們這些失去了依止的人重新找到依止。我祈請三世佛、五方佛、八方怙主、一切本尊、四十二護法、五十八飲血、憤怒極勝、吉祥天母、蓮花語眾神、真實意眾神、金剛橛眾神、甘露藥眾神、上師持明眾神、時間供贊眾神、猛厲詛咒眾神、女鬼差遣眾神，還有光榮的怖德龔嘉山神、尊敬的雅拉香波山神、偉大的念青唐古喇山神、高貴的阿尼瑪卿山神、英雄的巴顏喀拉山神、博拉（祖父）一樣可親可敬的昂拉山神、嫫拉（祖母）一樣慈祥和藹的礱寶山神，都來照臨我們的頭頂，護送我們走過艱難的時光。」

絮叨漸漸消隱，丹增活佛進入了觀想。

原野裝滿了安靜，極致的無聲裏，能聽見靈識的腳步沙沙走去，又沙沙走來。那是法界佛天之上，丹增活佛正在交通神明：「你好啊，你好啊。」

西結古騎手的首領班瑪多吉首先跪下了，接著東結古騎手的首領帕嘉跪了下來，上阿媽騎手的首領巴俄秋珠跪了下來，最後跪下的是多獼騎手的首領扎雅。所有的騎手都跪在了草地上。各方藏獒也都不出聲息地臥在了各自的騎手身邊，除了西結古獒王岡日森格。

岡日森格沒有臥，牠站在麥書記身前，站在父親身邊。父親幾次用力摁著牠，要牠臥下來休息，牠都拒絕了，好像牠已經預感到了什麼，牠必須站著，時刻保持警惕。父親發現，牠的眼光一直盯著勒格紅衛。勒格紅衛騎馬而立，手裏依然攥著那把明光閃閃的寶劍，冷峻得如同雕像。

誰也不知道過了多長時間，突然聽到丹增活佛喊起來：「誰來啊，你們誰來看圓光結果。」騎手們這才看到丹增活佛已經出定，紛紛起身，熙熙攘攘地湧向行刑台。走在最前面自然是各方騎手的首領。

丹增活佛說：「人太多了，不是每一雙眼睛都能看到的，你們選個人過來，要乾淨的、純良的、誠實的、公正的、心裏時刻裝著佛菩薩的。」

班瑪多吉要過去，被帕嘉一把拽住了。帕嘉要過去，又被扎雅拽住了。巴俄秋珠跳到跟前，推搡著他們，喊道：「我來看，我來看，你們看了我不信。」

班瑪多吉說：「你看了我們也不信。」

帕嘉說：「那就大家一起看。」

扎雅說：「大家是乾淨的嗎？純良的嗎？誠實的嗎？還是我來看，我一定公正。」

巴俄秋珠一手晃著背上的槍，一手揪住扎雅說：「我們這裏就數你不乾淨，你們多獼人連藏巴拉索羅神宮都沒有祭祀，有什麼資格代表我們看圓光顯示。」

丹增活佛說：「不要爭了，我舉薦一個人。」

大家都把眼光投向了丹增活佛：「誰啊？」

丹增活佛抬起手指了過去。大家一看是父親。

沒有人表示反對。巴俄秋珠張張嘴，想說什麼又沒說。

父親說：「我？我來看圓光？為什麼？」

丹增活佛說：「你不爭搶什麼，你反對所有的打鬥，你愛護任何一方的藏獒。你的心就是一顆佛菩薩的心。你還是聽他們說吧，他們是相信你的。」

巴俄秋珠說：「我們就不說了，你自己說吧漢扎西，你向佛父佛母、天地神靈保證，如果你說了假話，你遭殃，麥書記遭殃，丹增活佛遭殃，岡日森格遭殃，西結古草原上所有的藏獒都遭殃。」

這是最能保證誠實、公信的毒誓，巴俄秋珠算是摸準了父親的脈搏，尤其是讓「岡日森格遭殃，西結古草原上所有的藏獒都遭殃」這兩條，絕對是約束父親的鐵律。父親不寒而慄，徵詢地望著丹增活佛。丹增活佛深深地點了點頭。

父親望著稍遠一點的勒格紅衛，望著行刑台下的各路騎手，就像宣誓那樣，一字一頓地說：「如果我說了假話，我遭殃，麥書記遭殃，丹增活佛遭殃，岡日森格遭殃，西結古草原上所有的藏獒都遭殃。」

丹增活佛虔誠地雙膝跪地，生怕自己先於父親看見，閉上眼睛，摸索著從木案上拿起銀鏡，解開了黑經綢，輕輕放下，又拿起銅鏡，解開了白經綢，輕輕放下。

父親輕手輕腳地走了過去，看了一眼銀鏡，又看了一眼銅鏡，愣怔了一下，一臉緊張。他揉了揉眼睛，再次看了看銀鏡，看了看銅鏡，神情更加不安了。他把兩面鏡子輪番端起來，轉著圈，對著不同方向的光線，仔細看著，看著，然後又抬頭看了看行刑台下的人和狗。所有騎手的眼睛都望著他，所有藏獒的眼睛都望著他。

父親收回眼光，看了看丹增活佛，發現丹增活佛依然閉著眼，就又盯住了麥書記。誰也不知道父親爲什麼要盯住麥書記。

寂靜。寂靜得都能聽到草地上螞蟻的腳步聲和天空中雲彩的爬行。

突然一聲響，銀鏡掉到地上了，突然又是一聲響，銅鏡也掉到地上了。瞪大眼睛看著的騎手們好一會兒才意識到兩面鏡子不是掉到地上的，而是被父親摔到地上的。父親摔掉了鏡子，然後又拼命用腳跺，先是銀鏡變了形，後是銅鏡變了形，接著銅鏡乾脆裂開了一道口子，嗡嗡地響。

丹增活佛睜開眼睛驚訝地看著父親。行刑台下，所有的騎手都驚訝莫名地看著父親。依然是寂靜，騎手們驚訝得連叫聲都沒有了。倒是藏獒的反應比人要快，站在麥書記和父親之間的岡日森格首先叫了一聲。緊接著，行刑台下，西結古領地狗群裏，父親的藏獒美旺雄怒衝了過來，牠敏感地捕捉到了接下來發生的事情，衝上行刑台，和岡日森格一起保護著父親，面對那些就要撲過來的騎手。

各路騎手這才發出一陣驚叫。上阿媽騎手的首領巴俄秋珠狼一樣嗥叫著，撲了過來。西結古騎手的首領班瑪多吉獅子一樣吼叫著，撲了過來。東結古騎手的首領帕嘉豹子一樣咆哮著，撲了過來。多獼騎手的首領扎雅不倫不類地怪叫著，撲了過來。父親還在踩踏，他生怕鏡面上還有影像，就恨不得踩個稀巴爛。兩面神聖的用於圓光占卜的寶鏡遭到如此摧殘，怎麼可能還會留下佛菩薩顯示的圓光結果呢？再說還有時間，顯現的時間已經過去，就是寶鏡完好無損，騎手們也看不見了。再說還有岡日森格和美旺雄怒，就是鏡面上還留有占卜的結果，暴怒的騎手們也衝不到跟前來了。

除了班瑪多吉，班瑪多吉衝上了行刑台，對父親吼道：「你看到了什麼？」

父親把兩面破鏡子摞起來，一屁股坐了上去。

巴俄秋珠喊起來：「漢扎西！你已經向佛父佛母、天地神靈保證過了，如果你說了假話，你遭殃，麥書記遭殃，丹增活佛遭殃，西結古草原遭殃，青果阿媽草原上所有的藏獒都遭殃。你說，快說呀，你看到了什麼？」

父親還是沈默。他只保證了他不說假話，但沒有保證他必須說話。

所有的騎手都議論紛紛。巴俄秋珠從背上取下了槍，平端在懷裏，對準了父親。父親抬頭望著槍口，仍然一聲不吭。岡日森格和美旺雄怒幾乎同時吼叫著跳了過來，牠們絕不允許任何人用槍對著父親。巴俄秋珠馬上意識到怎樣才能逼迫父親開口，掉轉槍口，對準了岡日森格。他身後，所有帶槍的上阿媽騎手都把槍口對準了西結古獒王岡日森格。

巴俄秋珠喊道：「你要是堅決不說，我們就打死岡日森格。」

西結古騎手的首領班瑪多吉催逼著：「爲什麼不說？快說呀，你不能眼看著岡日森格被亂槍打死。」

東結古騎手的首領帕嘉和多獼騎手的首領扎雅也用同樣的話催逼著，那麼多騎手、那麼多藏獒都用聲音催逼著。連麥書記和丹增活佛也開始勸他了。

麥書記說：「漢扎西，你就說出來吧，不要緊的，一切我都可以承擔。」

丹增活佛說：「漢扎西你能不能告訴我，讓我斟酌一下，看是不是一定不能說。」

父親依然沈默，感覺自己掉進了無底的深淵。

父親聽見巴俄秋珠又一聲喊叫：「漢扎西，原來你也沒良心，天上的菩薩地下的鬼神不要恨我，害死獒王岡日森格的不是我，是這個沒良心的漢扎西啊！」

父親抱住了岡日森格的頭，把眼淚滴在那親切而碩大的獒頭上。

父親終於說話了：「巴俄秋珠，要打死岡日森格的怎麼是你啊？你忘了十多年前，岡日森格剛剛來到西結古草原的情形？你忘了你光脊梁奔跑在西結古草原的情形？沒有岡日森格，哪有你的活命！沒有岡日森格，哪有你和梅朵拉姆的愛情！」

巴俄秋珠不再吼叫，聲音淒涼：「可是，沒有藏巴拉索羅，我又怎麼找回梅朵拉姆？」

父親搖頭說：「你要是作惡多端，藏巴拉索羅怎麼會保佑你找回梅朵拉姆？你又有什麼臉面去見梅朵拉姆？梅朵拉姆又怎麼肯原諒一個雙手沾滿藏獒鮮血的人？又怎麼會原諒打死岡日森格的人！」

巴俄秋珠說：「我知道梅朵拉姆是藏獒的親人，是岡日森格的親人，我知道打死了岡日森格，她不會原諒我。但是，漢扎西你告訴我，我還有什麼別的辦法找回梅朵拉姆？我得到了藏巴拉索羅，我就乞求藏巴拉索羅。我把藏巴拉索羅獻給北京城的文殊菩薩，我就乞求文殊菩薩。只要北京城的文殊菩薩揮揮手點點頭，這天上的鬼神地下的活佛，誰敢懲罰我？梅朵拉姆又怎麼會怪罪我？」

父親無話可說了，巴俄秋珠抬出北京城的文殊菩薩，他還能說什麼！

父親抱了抱岡日森格，忽然撒手，朝著巴俄秋珠，朝著所有舉槍瞄準的上阿媽騎手，「撲通」一聲跪下了。

父親說：「你們就打死我吧。」

第四十八章　獒王歸天

就在父親朝槍口跪下的時候，岡日森格怒吼了。

高山澎湃的岡日森格，竭智盡忠的西結古獒王岡日森格，昂揚起歲月斫砍、草原鍛造的擎天之軀，用冰刀一樣寒光閃閃的眼睛，瞪著巴俄秋珠和上阿媽騎手以及那些裝飾華麗的叉子槍，怒吼了。

巴俄秋珠雙手抖了。

岡日森格的吼叫更加宏大了，那是一種能把耳膜震碎的無形擊打，是一種能讓所有對手恐怖怯懦的威風表演。草原獵人的叉子槍，能讓騎手威武剽悍的叉子槍，就在人的恐怖怯懦時發出了狼一般的嗥叫，是巴俄秋珠的槍首先發出了嗥叫。

岡日森格從行刑臺上跳了起來，直撲巴俄秋珠嗥叫的槍口。

接著，所有上阿媽騎手的槍口都發出了狼一般的嗥叫。十五桿叉子槍飛射而出的十五顆子彈，無一脫靶地落在了岡日森格身上。

岡日森格長嘯一聲，從空中隕落而下，蒼鷹落地一般重重地砸向了地面。

西結古草原彷彿搖晃了一下。青果阿媽草原彷彿搖晃了一下。遠處的昂拉雪山、礱寶雪山、黨項大雪山和近處的碉房山真的搖晃了一下。天上地下，所有的飛禽走獸都在驚叫：岡日森格，岡日森格。

還是一如既往的遼闊，還是原始的大地、原始的天空，悲哀在晴空下泛濫，白色的雪冠突然就是輓幛了，漫漫草潮以浩大的氣勢承載著從來就沒有消失過的哀愁和憂傷。風的哽咽隨地而起，太陽流淚了，讓光雨的傾灑覆蓋了所有的凹凸。綠色的地平線痛如刀割，瑟瑟地顫抖著。而在更遠的地方，是野驢河飲恨吞聲的流淌，是古老的沈默依傍著的無邊的孤獨，草原，草原。

遠處突然有了一陣顫顫巍巍的狼嗥，先是一聲，接著就是此起彼伏的群嗥，不知是歡呼，還是悲鳴。

騎手們紛紛後退，滿臉驚恐無度。上阿媽騎手後退，東結古騎手後退，多獼騎手後退。只有巴俄秋珠站在原地驚愕，彷彿他不相信倒在他槍口下的西結古草原的獒王岡日森格真的死了。

西結古騎手呆愣著。他們在班瑪多吉的帶領下，集體呆愣著。

同樣呆愣著的還有勒格紅衛，他看著岡日森格的身體，奇怪自己怎麼沒有復仇的快意。更奇怪自己居然感覺到疼痛，就像西結古騎手和父親一樣感覺到疼痛，就像地獄食肉魔倒下時感覺到的疼痛。

父親和丹增活佛撲下了行刑台，斷了一條腿的麥書記也掙扎著撲下了行刑台。他們撲向他們的老獒王。十五顆子彈打出了十五個窟窿，十五個窟窿冒出了十五股鮮血。一身黃色軍裝的麥書記趴在血泊裏，染紅了自己；一身袈裟的丹增活佛趴在血泊裏，染紅了袈裟。父親趴在血泊裏，染紅了他的眼淚。

岡日森格是死不瞑目的，望著恩人漢扎西的眼睛裏，依舊貯滿了熱烘烘的親切、清澈如水的依戀、智慧而勇敢的星光般的璀璨。

班瑪多吉跳下馬，撲向了父親，掄起巴掌，一個耳光扇了過去：「漢扎西你看到了什麼？你爲什麼不說？你這個叛徒，你害死了岡日森格，你活著還有什麼用，你死去吧，快死去吧。」

父親的臉紅了，腫了，兩邊都是清晰的指印。血從嘴角和鼻子流了出來，眼淚也流了出來。他跪在地上，朝著岡日森格磕頭，朝著班瑪多吉和西結古騎手磕頭，一遍遍地說著：「對不起啊，對不起啊。」

西結古騎手中有人哭著說：「說對不起有什麼用，岡日森格已經死了，被你害死了。」

西結古領地狗走過來，圍攏著自己的獒王岡日森格，聞著，舔著。終於相信獒王已經去了，突然就「嗚嗚嗚」地哭起來，哭得天昏地暗。

父親的藏獒美旺雄怒沒有哭，牠繞著獒王岡日森格走了一圈又一圈，用牠自己的方式表達著牠對岡日森格的尊敬和哀悼。突然停下了，把寒夜一樣懾人的眼睛瞪起來，巡視著上阿媽騎手，漸漸把眼光聚焦在了巴俄秋珠身上。

美旺雄怒朝前走了幾步，前腿蹬了一下，身子朝後一坐，就要撲過去。

父親看到了，大喊一聲：「美旺雄怒。」連滾帶爬地過去抱住了牠：「你不要去，千萬不要去，他們有槍，他們會打死你的。」

美旺雄怒沒有再撲，並不是父親有足夠的力氣抱住牠，而是牠聞出巴俄秋珠身上有西結古草原的味道。對味道熟悉的人，哪怕他是壞人，牠都得嘴下留情。這是主人漢扎西教會牠的守則，牠任何時候都不想違背。

哭聲更大了。上阿媽領地狗、東結古領地狗和多獼藏獒也加入了悲傷悼念的行列。牠們不在乎主人們對西結古獒王岡日森格的仇恨，只在乎自己的表達——為了一隻偉大藏獒的死去。

父親、麥書記和丹增活佛的眼淚以及藏獒們的哭聲，證明了西結古獒王岡日森格的確已經死亡，騎手們大著膽子撲過來了，上阿媽騎手、東結古騎手、多獼騎手都撲過來了，想在最近的地方，看看這隻神勇無比的老獒王。

丹增活佛和父親以及麥書記被擠到了一邊，悲哀地靜坐著。

趁著這個機會，丹增活佛問道：「你現在可以告訴我了吧，漢扎西，你在銀鏡和銅鏡裏到底看到了什麼？」

父親扭過臉去，也扭走了話題：「岡日森格死了，我也想死了。」

丹增活佛說：「佛法裏面其實是沒有死的，不生不滅，不垢不淨，不增不減，沒有生老病死，沒有怨憎愛憐，沒有欲求不得，沒有苦集滅道。」

父親說：「這樣的經我也念過，既然本來什麼都沒有，你為什麼還要為牠們流淚呢？」

丹增活佛說：「是啊，是啊，佛對輪迴世界是厭離而無牽掛的，是不應該有悲傷的。草原上的人，都想丟掉悲傷，都願成佛，可我這個佛，有時候又想做一個人。」

父親揩了一把眼淚說：「魔鬼正在無法無天地毒害著草原，草原上已經沒有人了，只有藏獒。丹增活佛，我知道你們佛想轉世成什麼，就能轉世成什麼，你轉世成一隻藏獒吧，轉世成一隻岡日森格一樣的藏獒。」

丹增活佛認真而誠懇地說：「好吧，我答應你，再轉世的時候，我就做一隻藏獒，我的名字就叫岡日森格，我也是來自阿尼瑪卿的雪山獅子，也是草原的獒王。」說著，一代聖僧的臉上又一次滾落了兩串世俗的眼淚。

父親說：「你不能光管你自己，你也要負責把我轉世成一隻藏獒。」

丹增活佛說：「一定，一定。」

父親摸了摸朝自己靠過來的美旺雄怒以及小兄妹藏獒尼瑪和達娃，說：「還有岡日森格，還有遠方的多吉來吧，還有大格列，還有美旺雄怒，還有尼瑪和達娃，還有許許多多的藏獒，你也要負責牠們的轉世。」

丹增活佛說：「我負責，我一定負責。」

父親說：「岡日森格轉世後，還會是藏獒嗎？」

丹增活佛說：「不是了，岡日森格轉世後是人，是一個名叫漢扎西的人。」

父親說：「那他就會和我們在一起了，是嗎？」

丹增活佛說：「是啊，是啊。」說著，擦了一把眼淚又說，「不要再有悔恨了漢扎西，你應該這樣想：死就是搬家，你把一間房子住破了，要搬到另一間房子裏去，這就是死。死也是換皮袍，把一件穿髒穿破的皮袍丟掉，找一件新皮袍再穿上，就這麼簡單。所以說，真正的死是沒有的，人和藏獒，一切生命，都一樣，岡日森格不是死了，而是暫時離開我們了。」

父親說：「那就趕快轉世吧，讓所有跟岡日森格共同擁有的日子，都到來世去吧。」

上阿媽騎手的首領巴俄秋珠又站在了父親身前，對父親說：「漢扎西，你害死了岡日森格，還想害死西結古所有的藏獒？」

沉浸在來世的父親沒聽明白。巴俄秋珠又說：「你要是還不說出藏巴拉索羅是什麼，我們就像打死岡日森格一樣，打死西結古草原所有的藏獒！」

回答他的不是父親的聲音，而是班瑪多吉的吼叫。西結古騎手們望著肆無忌憚的上阿媽騎手，突然意識到，不該怨恨父親，導致獒王岡日森格慘死的是自己的無能。班瑪多吉吼叫著撲向巴俄秋珠，所有的西結古騎手都撲向上阿媽騎手。

忽然一聲槍響。

然後是一陣槍響。

第四十九章　活佛涅槃

行刑台前的槍聲，沒有打破寄宿學校的靜穆。

迷離恍惚中，一縷熟悉而溫暖的馨香走進了多吉來吧的鼻孔、牠的胸腔，然後動力似的響起來，鼓舞著牠的血脈，熱了，熱了，想冷卻一會兒的情緒突然又熱了。牠聽見了主人漢扎西的召喚，還有妻子大黑獒果日的召喚，牠要追尋召喚而去了。牠覺得自己騰空而起，越過靜穆的狼群，邁著細碎的步伐朝主人和妻子走去。

牠就要見到主人和妻子了，猛然聽身後一陣稚嫩哭喊，是寄宿學校的孩子們的哭喊。牠回過頭去，卻沒看見孩子們，也沒看見寄宿學校。一股嗆鼻的人臊忽然呈現鮮紅的色彩，正鋪天蓋地席捲而來。

牠看見一隻藏獒正在奔跑，在城市的街道上，在山間的公路上，在茫茫沙漠裏，在青青的草原上，在皚皚雪山下，在幽深的狼道峽。

牠看見藏獒超越動物園的飼養員，超越紅衣女孩和男孩，超越滿胸像章的人和黃呢大衣，超越付出愛情也付出了生命的黃色母狗，超越盜馬賊巴桑和他的草原馬，超越飯館的阿甲經理，超越拴牠又放牠的老管教，超越卡車司機，一路狂奔。

牠看見禮堂一片城市狗屍體，看到多獼狼群飛濺的鮮血，看到渴望獒王的多獼草原領地狗的惋惜，看到在狼道峽注視牠穿越洪水的狼群的眼神。

牠終於看到了妻子，妻子大黑獒果日正迎面走來。

牠看見了妻子眼睛裏的光亮，看見了妻子如滔滔不絕的野驢河一樣的內心。牠向著妻子奔跑過去。

牠看見了主人漢扎西，傻子一樣的漢扎西，日思夜想著多吉來吧的漢扎西。他卻沒有認出牠。牠的變化太大了，目光已不再炯炯，毛髮已不再黑亮，一團一團的花白、疲憊不堪的神情、傷痕累累的形貌，讓漢扎西若有所思。牠用深藏的激動望著漢扎西，極力克制著自己，沒有撲上去。牠要等一等，等到主人認出牠來的那一刻，再撲上去，擁抱，舔舐，哭訴衷腸。

漢扎西蹲在地上說：「你是哪裡來的藏獒？你很像我的多吉來吧。鼻子太像了，看人的樣子也太像了。還有耳朵，還有尾巴……」

突然，牠跳了起來，幾乎在同時，漢扎西也跳了起來。他們中間隔著大黑獒果日，牠跳了過去，漢扎西跳了過來。他們交錯跳過，擁抱推遲了。

牠又跳了過來，漢扎西又跳了過去，擁抱又一次推遲了。

「多吉來吧，多吉來吧，你真的是我的多吉來吧？」

漢扎西第三次跳了過去，牠第三次跳了過來，擁抱第三次推遲了。

「你怎麼在這裏啊多吉來吧？你什麼時候回來的多吉來吧？」漢扎西張開雙臂，等待著牠的撲來，牠人立而起，等待著漢扎西的撲來，擁抱第四次推遲了。

漢扎西淚流滿面地說：「過來呀，過來呀，多吉來吧，我不動了，我等著你過來。」

牠立刻聽懂了，甕聲甕氣地回答著撲了過去。

擁抱終於發生了，但根本就不能表達彼此的激動，他們滾翻在地，互相碰著，抓著，踢打著。牠一口咬住了漢扎西的脖子，蠕動著牙齒，好像是說：真想把你吞下去啊，變成我的一部分。漢扎西心領神會，喊著：「咬啊，咬啊，你怎麼不咬啊？你把我吃掉算了，多吉來吧，你把我吃到你的肚子裏去算了。」說著，把自己的頭使勁朝牠的大嘴裏送去。

牠拼命張大了嘴，儘量不讓自己的牙齒碰到漢扎西的頭皮，然後彎起舌頭，舔著，舔著，舔得漢扎西滿頭是水。漢扎西號啕大哭，牠也是號啕大哭。漢扎西說：「從西寧城到西結古草原，一千二百多公里啊！」

神一樣屹立的多吉來吧依然鐵鑄石雕，巍然不動。牠空茫的眼中有淚光閃亮，表明牠生命猶存，英魂不散。

在牠面前，狼群依舊肅然靜穆。

當上阿媽騎手的槍彈再次鎮住班瑪多吉和西結古騎手的時候，勒格紅衛走了過來。他拿著誰也不知道是真藏巴拉索羅還是假藏巴拉索羅的寶劍，策馬來到行刑台前，舒了一口氣，叫了一聲「丹增活佛」，然後垂頭而立。丹增活佛瞥了他一眼，爬上行刑台，威嚴肅穆地盤腿坐在了木案上。

丹增活佛說：「勒格你來了，你見了我既不下馬，也不下跪，說明你不是來皈依的。」

勒格紅衛一聲不吭，似乎還沒想好要說什麼。

丹增活佛說：「勒格有什麼你就快說，我已經做好準備了。」

勒格紅衛突然抬起了頭，問道：「丹增活佛，我想問幾個問題，你向你的本尊神保證，你一定要說實話。」

丹增活佛合十雙手，點了點頭。

勒格紅衛說：「我的藏獒死了，我的狼死了，是不是你安排西結古的領地狗咬死了牠們？」

丹增活佛閉上眼睛不說話。

勒格紅衛等了一會兒說：「那就是你安排的了。我再問你丹增活佛，我的明妃怎麼也被藏獒咬死了，西結古的藏獒可是從來不咬姑娘的，是你使了魔法，放了毒咒對不對？」

丹增活佛還是不說話，眼皮抖了一下，閉得更緊了。

勒格紅衛又說：「那就是你使了魔法念了毒咒。我還要問你丹增活佛，你最仇恨的並不是『大遍入』法門，而是大鵬血神對不對？又是你施放魔法毒咒，讓寺院狗咬死了我的大鵬血神對不對？」

丹增活佛依舊不說話，好像入定了，不省人事了。

勒格紅衛說：「那就是了，是你害死了我的大鵬血神。」說著，跨下馬背，「撲通」一聲跪下，聲音嘶啞地說，「丹增活佛，那就對不起你了。所有的藏獒都是替你死的，剩下的藏獒還會替你死，你是西結古草原最大的罪人！」

丹增活佛突然睜開了眼，大聲問道：「勒格我問你，在你的『大遍入』法門裏，有沒有一種辦法可以消除你的心魔對藏獒的仇恨？」

勒格紅衛站起來，聲嘶力竭地吼道：「有，那就是你死，現在就死。」

丹增活佛平靜地說：「好了，看樣子你是來送我的，我們的緣分又要開始了。爲了消除你的仇恨，離世是值得的。勒格，你聽著，我在這裏看著你。你的地獄食肉魔咬死了多少藏獒，你就要挽救多少藏獒。」

勒格紅衛說：「我不，我誰也不挽救。」

丹增活佛聲音朗朗地說：「離佛又來佛，來佛又離佛，離了又來，來了又離，離離來來，來來離離，到底是佛不是佛？」

勒格紅衛飛身上馬，面對各路騎手，再一次高高舉起了那把明光閃閃的寶劍高聲喊叫：「所有的草原騎手都聽著，我告訴你們什麼是真正的藏巴拉索羅，吉祥如意的藏巴拉索羅！」

所有騎手的目光都被他吸引，他又高聲說：「漢扎西他爲什麼不說他看見了什麼？他爲什麼不說藏巴拉索羅是什麼？爲什麼他寧願岡日森格死也不說？因爲他是西結古草原的漢扎西，他要爲西結古草原守護藏巴拉索羅。還因爲他看見的藏巴拉索羅不是別的，就是格薩爾寶劍，就是我從西結古寺的大經堂得來的這把寶劍，就是我從格薩爾降伏魔國圖的柱子裏得來的這把吉祥如意至高無上的格薩爾寶劍！」

所有的騎手都湧動起來，他們看著父親，父親淒然搖頭。

父親心中，有草原，有藏獒，沒有西結古、東結古、多獼上阿媽之分。吉祥如意的藏巴拉索羅，是草原的神器，它保佑的是整個草原。它在誰的手上，都不重要。父親搖頭，是說勒格紅衛看錯他了，歪曲他了，完全不懂他那顆柔軟的心。

勒格紅衛高聲喊道：「還有誰能說格薩爾寶劍不是藏巴拉索羅？」

一片肅靜，格薩爾寶劍就一定是藏巴拉索羅了。

勒格紅衛又喊道：「誰要想得到格薩爾寶劍，誰就打死西結古藏獒，誰打死多，我就給誰！」

巴俄秋珠喊起來：「勒格紅衛你別跑，你看著，我們的槍法不會讓你失望，藏巴拉索羅一定是我們的。」

巴俄秋珠扣動槍機，淒厲的槍聲劃破天空，一隻西結古藏獒倒下了。緊跟著，上阿媽騎手們都端起了槍，眼看就將是一群西結古藏獒的死亡，一種轟然爆炸的聲音響起，吸引了所有人的注意，那是坎芭拉草燃燒起來的聲音。

誰也沒有看到木案後面堆積如山的坎芭拉草是如何燃燒起來的，沒看到打響的火鐮，沒看到誰來點燃。火勢一燒起來就很盛大，等聽到轟響、再看草堆的燃燒時，就已經是烈焰熊熊、沖天瀰漫了。偌大的火舌乘風搖擺，驅趕著人群和狗群紛紛後退。

父親和班瑪多吉跑過去，把行刑台下掙扎著往前爬的麥書記抬到了烈焰烘烤不到的地方。什麼也看不見了，除了火，半邊天空都是火。藏獒們轟轟大叫，撲向了行刑台，又被熱浪逼退了。只有父親的藏獒美旺雄怒一直在往前衝，獒毛燎焦了，身上著火了，牠還在往火裏衝。

父親追了過去：「美旺雄怒，你傻了嗎，會燒死你的，快回來。」追過去的父親頭髮立刻冒起了黑煙，但他還是不管不顧地往前滾著，直到一把抱住美旺雄怒。

美旺雄怒向著火焰吼叫著，掙扎著，用不怕死的倔強讓父親突然明白過來：火焰裏有人。他回頭大叫起來：「你們看看誰沒有了？」沒有誰聽清他的話，只有他自己聽清了，也回答了。

他喊起來：「丹增活佛，丹增活佛。」

父親的呼喚聲中，勒格紅衛呆若木雞，他聽見自己和丹增活佛剛才的對話在天空中迴盪，那是只有他才聽得見的聲音。

丹增活佛問：「有沒有一種辦法可以消除你的心魔對藏獒的仇恨？」

他答：「那就是你死，現在就死。」

丹增活佛死了，不是死，是坐化，是圓寂，是涅槃。

父親，俗人的父親喊叫著，要撲向火陣，要去營救丹增活佛，騎手們中間，很多人都要去營救丹增活佛，但是沒有人能夠接近行刑台。熱浪和火焰如山如牆地保衛著丹增活佛，讓他在大火中安靜地成灰化煙、升天入地。美旺雄怒停止了前衝，所有的藏獒都怵然而立，悄悄地沒有了聲音。牠們已經聞不到丹增活佛的氣息了。火勢再一次強盛起來，堆積如山的坎芭拉草，酷似柏葉、油性大得燃燒起來就像潑了汽油的坎芭拉草，牧民們祭祀山神的坎芭拉草，完全按照丹增活佛的心願，完成了作為生物的使命：燃燒。

勒格紅衛呆立著，很長時間都是一棵僵硬的樹。他沒有撲，沒有想到應該去救，他知道救命是徒勞的，丹增活佛的離去是活佛自己和天上神靈共同的決定，營救才是違背佛意的。他在想：既然丹增活佛已經死了，完全按照他勒格紅衛的願望死了，他心中的仇恨是否消解了呢？

彷彿就這麼一想，火勢頓時小了下來。風不吹了，草沒有了，火焰由沖天而鋪地，開始是房子高的，後來就人高、牛人高、一尺高，很快就是渺小如豆了。丹增活佛已經杳然不存，連較為完整的骨殖都沒有了。一股粗碩的青煙，一片白花花的灰燼，中間閃爍著一隻黑亮黑亮的眼睛。人人都知道那不是丹增活佛的眼睛，那是丹增活佛得道成佛的證明——珍貴的無比珍貴的舍利子。

幾乎所有的眼睛都看見了明亮如星的舍利子，剎那間大家驚呆了，那一種驚愣帶著來自內心的莊嚴和肅穆，帶著信仰的力量讓人們、讓藏獒們暫時安定了。幾隻禿鷲飛過，幾聲狼嗥飛過，一抹白雲淡淡地描繪在天上，天更藍。

丹增活佛走了。紛亂的人世讓他早早地告別了西結古草原和滿草原的信民，他回到天上去了。他留下了利益眾生的福寶舍利子，留下了天人下凡的信物。他想用肉體的毀滅，挽救草原的災難、藏獒的命運，涅槃成了最後的努力。這是活佛的再生，是生命的延續，慈悲和歡喜化爲光陰隱沒在草原的綠色裏。

騎手們跪下來，朝著舍利子磕頭。各種各樣的祈禱如潮如湧。很多人哭了，真摯的情感讓眼淚閃爍一片，讓哭聲變成了一支支沈悶的號角。

父親邊哭邊說：「丹增活佛，你怎麼就這樣走了呢？你留下了我們，留下了苦難中的藏獒，你忍心嗎，你就這樣走了。」

父親的感情是世俗的，是那種只有親人死後才會有的哭別。他想起在西結古草原，不論誰，只要遇到難處，都是丹增活佛出來化解，給予安慰和幫助，就哭得更厲害了。

第五十章　救贖

只有勒格紅衛在舍利子顯現的時候沒有跪下來磕頭，他內心莊嚴而又茫然。冥冥之中，丹增活佛的舍利子牽扯著他的腳步。他木然上前，把手伸向黑亮黑亮的舍利子，彷彿那是丹增活佛留給他的誓言，他用雙手去迎接。

他感覺舍利子黏連在一個沉甸甸的東西上，他抓起東西，燙得他一陣吸溜，又扔進了灰堆。灰粉揚起來，撲向他的眼睛。他眨眨眼，再次抓起了那東西。這次他沒有鬆手，他看清楚和舍利子黏連在一起的沉甸甸的東西了，那是一把劍。

他盯著劍，兩眼茫然。

這才是寶劍，這才是格薩爾寶劍。一把烙印著「藏巴拉索羅」古藏文字樣的真正的格薩爾寶劍。真正的格薩爾寶劍原來穩穩當當揣在丹增活佛的懷抱裏。

真正的格薩爾寶劍沒有金銀的鑲嵌，沒有珠寶的裝飾，甚至連劍鞘都不需要。它古樸天然，彷彿不是人工的鍛造，而是自然生成的天物。草原牧民世世代代的敬畏和祝願附著在沒有鏽色的寶光裏，給了它金銀寶石無法媲美的明亮，至高無上的權力和遙遠幽深的傳說滲透在鋼鐵中，給了它不可比擬的神聖。

勒格紅衛雙手捧著格薩爾寶劍，木然站立。

所有騎手所有的目光在瞬間的木然之後，都豁然閃亮，行刑台下一片驚呼，上阿媽騎手的首領巴俄秋珠撲向了勒格紅衛。與此同時，東結古騎手的首領帕嘉和多獼騎手的首領扎雅也都撲上前。木然的勒格紅衛被那驚呼聲喚醒，本能地跳開，比受驚的兔子還要快。他跳下行刑台，直奔自己搶奪來的灰騾馬，一躍而上。

巴俄秋珠知道自己追不上，站在行刑臺上大聲說：「勒格，你的話還算數嗎？只要我們把西結古藏獒全部打死，你就會把藏巴拉索羅交給我們。」

勒格紅衛不說話，只把自己從大經堂偷來的華麗的寶劍扔了過去。

巴俄秋珠沒有接，看著它掉在了行刑臺上。他說：「我們要的是真正的藏巴拉索羅。」

勒格紅衛目光陰鬱地望著對方，晃了晃手中的格薩爾寶劍沒說什麼。此刻，他的心中一片愴然。丹增活佛死了，復仇的目的達到了，但更大的空幻和絕望卻依然厚重地籠罩著他。他的藏獒、他的狼、他的明妃、他的大鵬血神卻不能活過來。他沒有絲毫的欣悅，只有無盡的悲哀、河流一樣源遠流長的悲哀。他手握格薩爾寶劍，悲哀且孤獨地佇立著，茫然無措。

突然一聲吼叫，沒有來得及跳上行刑台的班瑪多吉從後面靠近他之後，縱身躍下馬背，撲倒了他。勒格紅衛「啊唷」一聲，從馬背上栽了下來，結結實實把臉杵到了地上，臉爛了，流血了。

那一瞬間，他沒覺得疼，他想起丹增活佛曾經的讖言：「不再吉祥的權力和欲望讓格薩爾寶劍浸透了鋒利的大黑毒咒，誰拿了誰就會倒楣。」

緊跟著，所有的騎手——上阿媽騎手、西結古騎手、東結古騎手、多獼騎手紛紛下馬撲過去，撲向了即使栽倒在地也還是緊緊抱著格薩爾寶劍的勒格紅衛。

格薩爾寶劍被人搶走了，又被人搶走了。搶來搶去的戰鬥是激烈的，人們糾纏在一起，推著，搡著，打著，踢著，甚至有代替藏獒用牙齒咬的，不分彼此，交叉錯落。上阿媽騎手的槍失去了作用，各方騎手的機會一下子均等了。所有的藏獒——西結古領地狗、上阿媽領地狗、東結古領地狗、多獮藏獒，都退卻到一邊，冷靜地觀望著。好像打鬥不是藏獒們的天性，而是人的天性，好像不是人豢養驅使了藏獒，而是藏獒豢養驅使了人。

突然有人「嗷嗷嗷」地喊叫著，從人堆裏滾出來，跳上馬就跑。那是西結古騎手的頭班瑪多吉。班瑪多吉懷抱失掉了舍利子的格薩爾寶劍。他的右臂被人咬傷了，冒著鮮血，一路都是飄灑的紅雨。巴俄秋珠從地上爬起來，惡狠狠地望著班瑪多吉的背影。一股怒火燒得他渾身發燙。跳上馬背，一邊追擊一邊裝彈藥。所有上阿媽騎手和上阿媽領地狗也都跟著他追起來。

東結古騎手和多獮騎手似乎猶豫了一下，意識到真正的格薩爾寶劍——藏巴拉索羅的最後歸屬並沒有確定，就紛紛上馬，緊追不捨。

勒格紅衛撫摸著臉上摔爛的傷痕，知道自己不可能再把格薩爾寶劍奪回來了，奪回來也沒有用處。他手握著丹增活佛的舍利子，幻滅的心事便驟然放大，一股巨大的悲傷橫穿了他的肉體。他望了望身後燒沒了丹增活佛的乾乾淨淨的一片白灰，望了望行刑台前死去的獒王岡日森格，望了望被自己一路綁架的大黑獒果日，望了望一直仇恨著他卻忍讓著不過來撕咬他的美旺雄怒，望了望那些依然活著的西結古藏獒，「嗚嗚嗚」地哭起來。

勒格紅衛站在風中，想著自己的身世、自己的仇恨，想著死去的藏獒和狼、明妃和「大鵬血神」，以及這些年幾乎是自己影子的地獄食肉魔，哭得更兇了。

半個小時後，跑在最前面的班瑪多吉就被巴俄秋珠帶著上阿媽騎手堵了回來。班瑪多吉看到行刑台前還有西結古騎手和西結古領地狗，尋求保護似的朝他們跑去。但他沒想到，這個舉動無疑又把危險引向了西結古領地狗。

巴俄秋珠帶著騎手追到了跟前，停下來喊道：「班瑪多吉你聽著，真正的藏巴拉索羅只能屬於我們，只能由我們敬獻給北京城裏的文殊菩薩。快把藏巴拉索羅交出來，不交出來，我們就打死西結古的所有藏獒。」

班瑪多吉說：「沒見過世面的巴俄秋珠，我知道你是想表忠心，想用格薩爾寶劍換回自己的老婆梅朵拉姆，可你一個比牛羊聰明不了多少的老（意為愚鈍）牧民，知道去北京的路怎麼走嗎？知道北京城的城門在天上還是在地下嗎？」

巴俄秋珠一下子呆住了，這是一個他從未想過但一提起來卻又萬分現實的問題，他憤憤然地尋思：是啊，把格薩爾寶劍進獻給北京城裏的文殊菩薩的路在哪裡？在上阿媽草原，他是一個叱吒風雲的公社副書記，一離開家鄉，就只是一個從來沒出過遠門的牧民，連東西南北都辨不清楚，怎麼可能走到西寧，走到遠在天邊的北京？

巴俄秋珠嘴一張，聲音突然沙啞了，眼淚禁不住流了出來。他聲嘶力竭地喊叫著：「格薩爾寶劍會保佑我，藏巴拉索羅會保佑我，北京城裏的文殊菩薩會保佑我！」然後馳馬跑出去，又跑回來，依然是聲嘶力竭地喊叫：「舉世無雙的格薩爾寶劍，神聖無比的藏巴拉索羅，只能屬於我們上阿媽草原。班瑪多吉，你不交出來，我們就打死西結古的所有藏獒。」

西結古領地狗群彷彿聽懂了巴俄秋珠的話，都滿眼祈求地望著班瑪多吉。班瑪多吉看了看牠們，又看看手中黏連著黑亮黑亮的舍利子、烙印著「藏巴拉索羅」古藏文字樣的真正的格薩爾寶劍，突然揮動拳頭，喊起一聲口號：「誓死捍衛格薩爾寶劍！誓死捍衛藏巴拉索羅！」

西結古騎手稍一猶豫，也舉起了拳頭，高聲呼喊起「誓死捍衛」。口號聲中，他們更加緊密地聚集在班瑪多吉身邊，表明了眾志成城誓死捍衛的決心。

「誓死捍衛」聲中，西結古藏獒的生命就無足輕重了。

巴俄秋珠命令所有帶槍的上阿媽騎手端起了槍，然後喊道：「打死牠們，打死牠們，一個也不要剩下。」話音未落，就打響了第一槍，一隻西結古藏獒倒下了。

就在上阿媽騎手的槍聲集體響起之前，行刑臺上，響起一聲狂笑。是勒格紅衛。他高高站立在行刑臺上，向著所有的騎手揮揮手，高聲笑道：「瘋狂的人啊，愚蠢的人，把你們愚蠢的槍放下！」

上阿媽騎手沒有放下槍，但沒有扣動扳機。他們聽勒格紅衛說話：「知道我為什麼能拿到格薩爾寶劍嗎？是因為剛才，丹增活佛坐化之前告訴了我。知道我為什麼讓班瑪多吉搶去嗎？因為丹增活佛對我說，那是個不祥之物。」

班瑪多吉叫道：「你胡說，難道它不是格薩爾寶劍？」

勒格紅衛說：「丹增活佛說了，它是格薩爾寶劍，卻不是藏巴拉索羅。」

勒格紅衛高聲問：「你們應該還記得，丹增活佛說過，格薩爾寶劍是神變之物，它是藏巴拉索羅，又不是藏巴拉索羅。因為藏巴拉索羅是吉祥如意，而格薩爾寶劍不是。丹增活佛說，它在善良的人手中，就帶來吉祥，就是藏巴拉索羅。它落在邪惡的人手中，就會帶來災難，就是不祥之物，就不是藏巴拉索羅。」

拉索羅了。」

勒格紅衛手指上阿媽的巴俄秋珠，高聲說：「你和我一樣，心中充滿了仇恨和邪惡，我們給草原帶來的是鮮血和死亡。格薩爾寶劍就算還真是藏巴拉索羅，落到我們手上，也神變了，也就不是藏巴拉索羅了。」

勒格紅衛略略停頓，然後以悲涼的口氣對所有騎手說：「你們看看藏獒的屍體，摸摸你們暴烈的胸膛，今天的草原，還有吉祥嗎？格薩爾寶劍早就不是藏巴拉索羅了，它就是一個凶器！」

勒格紅衛長歎一口氣，對巴俄秋珠說：「你帶著格薩爾寶劍去北京，不但梅朵拉姆回不來，你自己也回不來了。」勒格紅衛的聲音變得嚴厲起來：「因爲帶去的不是吉祥藏巴拉索羅，是不祥凶器。你把凶器送給北京城的文殊菩薩，你是什麼居心？」

勒格紅衛沈默了，所有的騎手都沈默了。

班瑪多吉手握格薩爾寶劍，茫然無措，他把寶劍貼在胸前，彷彿在問自己的心，是不是懷揣著善良。所有的騎手都不知不覺摸著自己的胸，在捫心自問。

勒格紅衛向巴俄秋珠招手說：「放下你的槍吧，放棄你爭搶寶劍的邪念，回上阿媽草原去，燒香吧，念經吧，祈禱吧，乞求佛菩薩饒恕你的罪過，保佑你的梅朵拉姆。」

回答勒格紅衛的是巴俄秋珠淒涼的一聲叫喚：「我都拜過了，藏菩薩漢菩薩，北京城的文殊菩薩，我都求過了，拜過了啊。你說的經文，我都轉過了念過了。喇嘛經，漢經，還有革命經，我都念過了。梅朵拉姆還是沒回來啊！我只有藏巴拉索羅了，沒有藏巴拉索羅，我見不到梅朵拉姆啊！」

勒格紅衛沈默了，他緊握丹增活佛的舍利子，心裏對活佛說：「活佛你告訴我怎麼辦？你教我怎麼辦？」

忽然他有了靈感，身子轉向西結古騎手群，高聲說道：「班瑪多吉書記，你把格薩爾寶劍給他，把你懷中不祥的凶器給他，讓那個執迷不悟的人帶去北京城，去褻瀆神聖的文殊菩薩吧。」

班瑪多吉卻把格薩爾寶劍抱得更緊了。他高聲回答說：「有見過夢想成真的嗎？我們的藏獒流了那麼多血，我們的獒王和我們的活佛都奉獻了生命，我們才奪回格薩爾寶劍，我們怎麼可能恭敬奉送給那個邪惡的人？」班瑪多吉高聲問：「西結古草原的騎手，你們答應不答應？」

回答聲響徹原野：「不答應！」

比西結古草原騎手的回答聲更響亮的槍聲，還有一聲淒厲無比的慘叫：

「梅朵拉姆！文殊菩薩！藏巴拉索羅！」

這是巴俄秋珠最後的瘋狂，是無限積鬱的全面發洩，是徹底絕望後的殘暴殺戮。劈哩啪啦一陣響，上阿媽騎手的十五桿叉子槍沒有遺漏地射出了子彈。倒地了，倒地了，西結古藏獒紛紛倒地了。他們不敢殺人，殺人是要犯法的，他們只會殺藏獒，草原上藏獒再重要，也沒有殺獒償命的規矩。他們迅速裝填著彈藥，再次同時瞄準了西結古領地狗群。

勒格紅衛呆若木雞，他對著丹增活佛的舍利子說：「活佛，你錯了。我做不到，我殺了多少藏獒，我救不回多少藏獒。我實在做不到！」

一陣馬蹄敲打地面的聲音驟然響起。桑傑康珠騎馬從遠方跑來，跑向了一個略微高一點的草壩，她想一覽無餘地看清楚勒格紅衛在什麼地方——她必須找到他，立刻找到他，但吸引了她目光的卻是岡日森格的血泊長眠，是上阿媽騎手對西結古藏獒的屠殺。她吃驚地「啊」了一聲，策馬過來，從背上取下那桿她從上阿媽騎手那裏騙來的叉子槍，瞄準了上阿媽領地狗。意思是說，你們打死了西結古草原的獒王，我就打死你們的所有藏獒。

巴俄秋珠喊道：「走開，小心我們打死你。」

桑傑康珠毫無懼色地說：「我是病主女鬼，我是女骷髏夢魘鬼卒，我是魔女黑喘狗，我是化身女閻羅，我是打不死的。」

密集的槍聲響起來，十五桿叉子槍再次射出了要命的子彈，又有許多西結古藏獒倒下了。血飛著，飛著，密集的麻雀一樣飛著；落地了，稠雨般地落地了。肉在地上喘息，很快就成了一堆狼和禿鷲的食物。皮毛，黑色的、雪色的、灰色的、赤色的、鐵包金的，都是一種顏色了，那就是血色。

桑傑康珠憤怒了，朝著正在衝她吼叫的上阿媽領地狗就是一槍。一隻藏獒應聲倒地。

巴俄秋珠急迫倉促地尖叫起來：「開槍啦，她開槍啦。打，打死他們的所有藏獒。」上阿媽騎手端起了槍，依然是十五桿裝飾華麗的叉子槍，同時瞄準了西結古領地狗群。

桑傑康珠麻利地裝上彈藥，朝著上阿媽領地狗又開了一槍。又一隻上阿媽藏獒倒下了。上阿媽騎手的報復接踵而至，十五桿叉子槍爆發出一陣激烈的射擊。

一瞬間就是橫屍遍地，是西結古藏獒碩大的屍體，在陽光下累累不絕。還有受傷沒死的，掙扎著，哭號著，用哀憐的眼光向人們求救著。這時候，爲救藏獒，從來都奮不顧身的父親呆若木雞，那不絕於耳的慘叫聲他都充耳不聞。他呆呆地坐在行刑台下，緊緊地抱著胸。沒有人知道，父親的胸前抱著什麼。

父親抱的是小藏獒尼瑪和達娃。

父親的力量，也只夠保護這兄妹倆了。

槍聲中，有一聲聲狼嗥破空而來。面對藏獒的群死，父親不知道牠們是幸災樂禍，還是兔死狐悲。

許多藏獒衝著狼嗥的方向吼起來，包括正在經受摧殘的西結古藏獒，都本能地把警惕的眼光掃向了遠方。父親知道，即便面對人類的屠殺，牠們也沒忘記自己的職責。牠們不怕死，但牠們渴望人們槍下留情，讓牠們死在保衛草原的廝殺中。

紅了眼的桑傑康珠正抬槍射擊，不知不覺到了父親跟前。被悲哀折磨得麻木的父親突然撲向她，把她滿懷抱住。父親後來說他自己是個懦弱的人，沒有能力阻止上阿媽草原的巴俄秋珠，就只好阻止西結古草原的桑傑康珠了。

桑傑康珠向父親怒吼，說上阿媽騎手打死了那麼多西結古藏獒，她才打死兩隻上阿媽藏獒。父親頑梗地從桑傑康珠手裏奪過了槍，衝著天空扣動了扳機，「砰」的一聲響，叉子槍的後坐力把他夯倒在了地上。他趴著，死死地抱住槍，哭著說：「不能再打了，誰的藏獒也不能打了，再打就沒有藏獒了。」桑傑康珠不聽他的，以一個草原姑娘的潑辣和一個白蘭後裔的強悍壓住他，拼命搶奪著。

槍回到了桑傑康珠手裏。她朝前跑了幾步，似乎立刻就要打死巴俄秋珠。也許她知道，她的槍裏這時沒有彈藥，所以她竭盡全力吼叫著，就像一隻惱怒得失去了理智的母獸：「勒格，勒格你在哪裡？我就是你的明妃，我沒有被藏獒咬死，你冤枉了丹增活佛。」

勒格紅衛一直都在迎風呆立，這時候彷彿聽到了天外之音，驚訝而虔誠地矚望著桑傑康珠。

桑傑康珠繼續喊叫著：「勒格，勒格你在哪裡？我是你的明妃，你快來幫幫我，打死上阿媽人，打死上阿媽人。」她當然知道僅靠她的一桿槍是打不過的，勒格來了也打不過，但她還是要打，彷彿不打就不是她桑傑康珠，就不是一個霸悍如獒、威武勇悍的白蘭人的女兒，就不是一個交通天神地鬼的苯教咒師的後代。

一陣恐怖的劈哩啪啦聲掩蓋了桑傑康珠的聲音，十五桿叉子槍又開始了射擊，又有一些西結古藏獒倒了下去，同時倒下的還有桑傑康珠。無法遏制瘋狂的巴俄秋珠這一次抬高了槍口，一槍打穿了她的心臟。

父親和西結古騎手們怎麼也不相信巴俄秋珠會向人開槍，他們看到桑傑康珠倒下了，以為不過是躲避槍彈的臥倒，便沒有在乎。他們撲向了那些陪伴他們長大並和他們生死相依的藏獒、那些受傷的四條腿走路的兄弟姐妹，試圖給牠們一絲臨終前的安慰。只有淚眼朦朧的勒格紅衛跌跌撞撞地跑向了桑傑康珠。

勒格紅衛撲到桑傑康珠身上，摸了一把她胸脯上的血跡，慘叫了一聲：「康珠姑娘。」

勒格紅衛說：「妳說妳是我的明妃，我冤枉了丹增活佛，誰說的？」

桑傑康珠也好像笑了笑，蠕動著嘴唇說：「阿爸，阿爸說的。」

勒格紅衛說：「阿爸？妳的阿爸是誰？」突然明白了，「是饕寶雪山的苯教咒師嗎？」

桑傑康珠說：「阿爸騙了你，其實我沒有死，我活得好好的。」

勒格紅衛沈默著，突然又問：「妳阿爸怎麼跑到白蘭草原去了？」

桑傑康珠說：「他願意生活在老家。」

勒格紅衛說：「不對，他用另一個姑娘的屍體騙了我，他害怕我再去找我的明妃。」

桑傑康珠說：「是啊，你已經背離佛門，阿爸不想再讓女兒做你的明妃了。後來你讓你自己失去了『大鵬血神』。阿爸就更不願意你去找我了。」

勒格紅衛哭了。

桑傑康珠說：「阿爸說，是你讓你自己失去了『大鵬血神』。你走火入魔，脫掉了皮袍，對著寺院狗又蹦又跳，說有本事你們咬掉我的『大鵬血神』，我就離開西結古寺。沒想到牠們真的就咬掉了。」

勒格紅衛說：「你阿爸說我錯怪了丹增活佛？」

桑傑康珠突然清清亮亮地說：「你不要難過，你的『大鵬血神』雖然死了，但你要是死了，你就能找到它了。最最重要的是，我也要死了，我死了，就能再做你的明妃了。」

勒格紅衛意識到這是桑傑康珠最後的話，再也沒說什麼，又摸了一把她胸脯上的血跡，從她身邊拿起了那支她始終不肯射向人的叉子槍，不緊不慢地裝好了彈藥。

他聽到巴俄秋珠再次尖叫起來：「快啊，把所有的藏獒都打死，都打死。」

他站了起來，挺身在已經死去的桑傑康珠身邊，似乎沒有瞄準，就把子彈射向了五十米外的巴俄秋珠。這一槍果斷而準確，很多人都看到巴俄秋珠晃一晃、挺一挺，然後從馬背上栽下來的情形。所有人還聽見了巴俄秋珠驚天動地的那聲慘叫：「我的梅朵拉姆啊！」

巴俄秋珠死了。突然一片安靜。遠處，狼嗥的聲音大起來。

失去了瘋狂首領的上阿媽騎手再也沒有人開槍了。東結古騎手和多獼騎手以及他們的藏獒，都定定地佇立著，似乎誰也不想破壞這難得的安靜。西結古騎手的首領班瑪多吉和父親步履沉重地走過去，站到了勒格紅衛面前。

班瑪多吉緊緊抱著格薩爾寶劍，想表達自己的感謝。當他看清楚勒格紅衛的眼睛後，就什麼也說不出來了。勒格紅衛的眼睛裏，正在噴湧著巨大的悲傷和憐憫，那是他最後的也是埋藏最深的情緒，這時候悄悄跑出來成了他的主宰、行刑台的主宰。

勒格紅衛說：「我違背了誓言，我打死人了。」

父親輕輕地叫了一聲：「勒格。」

勒格紅衛看著父親鼓脹的懷抱，笑問父親：「是那搗蛋的小兄妹？」

父親點頭，鬆開手，懷裏露出小兄妹藏獒尼瑪和達娃可愛的小腦袋，牠們望著勒格紅衛，一臉迷茫。

勒格紅衛摸摸牠們的小腦袋，對父親說：「是好藏獒，好好養大，給西結古藏獒帶來興旺。」這時候，勒格紅衛想起了丹增活佛的話：「我在這裏看著你。你的地獄食肉魔咬死了多少藏獒，你就要挽救多少藏獒。」他當時的回答是：「我誰也不挽救。」但結果是他挽救了，他不知道殘存的西結古藏獒是不是地獄食肉魔咬死的數量，他沒有心思去數了。

勒格紅衛把手中的叉子槍平遞給班瑪多吉，讓他開槍打死自己。他說，「槍太長了，當我瞄準自己的時候，我的手搆不著扳機。求你們了，動手吧。」

父親說：「為什麼要死？勒格你可以不死。」

班瑪多吉也說：「活著，將功補過吧。」

勒格紅衛說：「一個違背了誓言的人，是沒有資格活下去的。『大遍入』法門不允許我殺害人，我已經違背了，就只能在讓仇人殺死我的一個親人和自殺之間選擇，否則我就會墮入輪迴的苦海，永永遠遠不得脫離地獄、餓鬼、畜生三惡途。」

父親說：「你是個孤兒，明妃就是你的親人，她已經被仇人殺死了，你用不著自殺。」

勒格紅衛笑說：「我不死，他們也不答應。」

原來，上阿媽騎手已經圍攏過來，對勒格紅衛怒目相向。在他們身後，是多獼騎手和東結古騎手。班瑪多吉看身邊很少西結古騎手，他們都被隔在外圍去了，頓感緊張，把手中的格薩爾寶劍握緊了。

勒格紅衛對父親說：「我的『大鵬血神』死了，我要是死了，我就能找到它了。我的明妃死了，我死了，也就跟她在一起了。如果我們的來世不是餓鬼或畜生，如果不在地獄，我們還來西結古草原，這兒是我們的家鄉。」

勒格紅衛突然撲向班瑪多吉，從班瑪多吉手中奪過格薩爾寶劍，反插進了自己的肚子。古老的寶劍、英雄的寶劍、神聖的寶劍，在成爲自殺工具的時候，依然具有削鐵如泥的神威。他很用力，讓自己的肚腹湮沒了整個劍身。

勒格紅衛高高站立，環顧四周，對著所有的騎手微笑。他高聲說：「你們還惦記格薩爾寶劍？還相信它就是吉祥的藏巴拉索羅？你們要還是執迷不悟，我就把這個神變的凶器給你們！」

說完，勒格紅衛奮力拔出格薩爾寶劍，扔向上阿媽騎手群。

格薩爾寶劍帶著勒格紅衛的鮮血在空中劃出一道豔麗的弧線，於是，所有的人都看見血腥殺戮的西結古草原上空，架起了一道彩虹。

行刑台前的殺戮終止的時候，父親聽到遠處有藏獒的吼叫。父親聽出是美旺雄怒的聲音，霎時間，殘存的西結古藏獒們都湧動起來，牠們都不約而同地望一眼父親，然後向前跑去。父親看牠們奔跑的方向，正朝著寄宿學校，心中一驚，奔向自己的大黑馬。

黃昏正在出現，那一片火燒雲就像血色的塗抹，從天邊一直塗抹到了草原。草原是紅色的，是那種天造地設、人工無法調配的綠紅色。父親奮力縱馬跑到藏獒前邊，遠遠地望見了寄宿學校那片原野。父親忽然勒馬，大黑馬前蹄高高揚起，身子人立，差點把父親摔下馬來。

父親身後，所有的藏獒也都急停，駐步遠望。

父親和大黑馬和所有的西結古藏獒，都看見了一個奇特的景象。他們都被驚呆了，卻沒敢發出驚恐的喊叫。籠罩著他們的是巨大無邊的肅穆，讓他們不敢出聲。

他們看見一群狼匍匐在寄宿學校前方，靜默無聲，那種情景，不像是埋伏，也不像是圍困，更沒有攻擊。牠們的身形像是在聽經，像是在磕長頭，像是在膜拜。就好像牠們的前方不是牠們世世代代的天敵，不是牠們命中注定要侵擾禍害的人類，不是牠們難得尋覓到的弱小，而是一尊天神。

父親和大黑馬還有西結古藏獒們的眼光越過狼群。父親的眼睛潮濕了，透過淚光，他看見了縈繞在寄宿學校上空的祥雲，看見了閃耀原野上的光芒。然後，父親看見了那尊巍然屹立的天神。

父親輕輕念了一聲：「多吉來吧。」

狼群起身了，撤離了。不是潰逃，沒有慌亂，按部就班，井然有序，寂然無聲。

父親和藏獒們快速奔向前去，寄宿學校突然傳來孩子們劫後餘生的歡叫。父親避過迎面撲來的孩子們，跑向仍然站立的多吉來吧。父親蹲下身子，伸出手去，輕輕撫摸多吉來吧。父親心說：多吉來吧，你也太沈著了，你竟然還不撲上來，你這個多吉來吧！

多吉來吧轟然倒地。

終結的場景是一場浩大的天葬儀式。所有死去的西結古藏獒和東結古藏獒和多獼藏獒還有上阿媽藏獒，連同死去的桑傑康珠、勒格紅衛，還有巴俄秋珠，都安靜地躺在天葬臺上。所有幸存的西結古騎手和西結古藏獒、東結古騎手和東結古藏獒、多獼騎手和多獼藏獒、還有上阿媽騎手和上阿媽藏獒，都無聲地聚集在一起，莊嚴地注視著在神秘浩渺的天空中盤旋飛翔俯衝的神鷹，目送不死的魂靈乘風升天。所有的欲望，所有的仇恨，所有的貪念，都在莊嚴肅穆的注視中跟隨升天的魂靈隨風消逝。

西結古的首領班瑪多吉把不祥的格薩爾寶劍給了上阿媽騎手，身爲「走資派」的麥書記自願跟著多獼騎手去接受批鬥，東結古的騎手什麼都不要，只希望父親告訴他們，真正的藏巴拉索羅是什麼。這也是所有騎手的願望。父親看著他們疲憊的臉上浮現起平靜安詳的神色，點了頭。

父親從懷裏抱出小兄妹藏獒尼瑪和達娃。父親說，他在銀鏡和銅鏡裏看到的是三尊菩薩和格薩爾王。丹增活佛早就說過，當真正的藏巴拉索羅顯現的時候，觀世音菩薩、地藏王菩薩、大勢至菩薩，還有蓮花生的化身格薩爾王，都會作爲吉祥的見證出現在圓光裏。他們見證的藏巴拉索羅不是格薩爾寶劍，而是草原上新一代的藏獒，小兄妹尼瑪和達娃。

所有人都驚歎了一聲。即將離去的東結古騎手和多獼騎手和上阿媽騎手都上前看小兄妹藏獒，並且都伸手撫摸牠們可愛的小腦袋，以此表達他們作爲一個草原牧民真誠的喜愛和祝福。

尾聲　永別了，藏獒

幾天後，父親從西結古草原的四面八方找來了獒王岡日森格原來的主人：「七個上阿媽的孩子」中的六個人。他們個個都已經是身強力壯的牧民了，他們和父親一起去天葬場和岡日森格已經升天的魂靈告別。回想起十幾年前和岡日森格流落到西結古草原的日子，他們把眼淚流成了野驢河。

岡日森格死後，西結古草原再也沒有出現新的獒王。牠成了最後一代獒王，成了草原把藏獒時代推向輝煌又迅速寂滅的象徵。牠的死，送走了人與自然的和諧，送走了心靈對慈悲的開放和生命對安詳的需要。喜悅、光明、溫馨、和平，轉眼不存在了，草原悲傷地走向退化，是人性的退化、風情的退化，也是植被和雪山的退化，更是生命的物質形態和精神形態的嚴重退化。

更加不幸的是，在那天翻地覆的年代，在革命風暴席捲的時候，所有的神佛都成了四舊，被打翻在地，失去了往日的法力，被三尊菩薩和格薩爾王見證的藏巴拉索羅小兄妹尼瑪和達娃，也不能帶來吉祥。

帶著疲憊和悔恨離開西結古草原的外來騎手，回到自己家鄉草原，立即就被革命風暴席捲了。上阿媽騎手輕蔑地拋棄了對藏巴拉索羅的信奉和追逐，激進派靠著叉子槍的威力，奪取了整個結古阿媽藏族自治縣革命委員會的大權後，用古老的部落風格和復仇習慣，對膽敢繼續以他們爲敵的西結古領地狗和所有的看家狗、牧羊狗，進行了一次大清洗。

這是利用權力進行的一次更大規模的殺戮。一隊基幹民兵打著「草原風暴捍衛隊」的旗幟，來到了西結古草原，把藏獒當做了練習射擊的活靶子。

就在這場清洗中，那些威猛高大、智慧過人的純種藏獒，那些獒王岡日森格和大黑獒那日的後代、多吉來吧和大黑獒果日的後代、所有偉大的獒父獒母的後代，那些深藏在牧民家裏、還原了喜馬拉雅古老獒種的黑獒、雪獒、灰獒、金獒、紅獒、鐵包金藏獒，那些獅頭虎腦、熊心豹膽、銅頭鐵額、方嘴吊眼、體高勢大、雄偉壯麗的藏獒，一隻接一隻地消失了。

父親在那段日子裏成了一個專司送葬的人，他帶著寄宿學校的學生，天葬了所有被清洗的領地狗，同時也天葬了西結古寺專門給領地狗拋灑食物的老喇嘛頓嘎。那麼多領地狗一死，老喇嘛頓嘎也死了。鐵棒喇嘛藏扎西說：「老喇嘛頓嘎是屬狗的，他找狗去了，以狗魂爲伴去了。」

清洗的過程中，父親冒著激射的子彈，抱住了幾隻具有岡日森格血統和多吉來吧血統的藏獒。他朝那些實施清洗的基幹民兵跪下，向他們磕頭。他把額頭磕出大包，磕出濃血，才使西結古草原的藏獒沒有絕種，也才使今天當我們進入青果阿媽草原、來到西結古草原時，還能看到一些真正的屬於喜馬拉雅獒種的藏獒。

父親從槍彈中救下來的，還有大黑獒果日。民兵們把大黑獒果日逼到了父親曾經和瘌痢頭公狼、瘌痢頭母狼相依爲命的那個大坑裏。父親跳進去了，跪著用身子擋住了大黑獒果日，一跪就是整整一天一夜。

領地狗群遭到清洗以後，外來的狼就泛濫了。每天都有死羊死牛。那些作爲看家狗和牧羊狗的藏獒，那些倖免於難的領地狗，疲於奔命地撲殺著，一天比一天無能爲力了。無能爲力的時候，所剩不多的藏獒就像商量好了一樣，突然停止了對狼群的撕咬追殺。

藏獒們一隻隻病倒了，開始是四肢乏力、無精打采、不吃不喝，接著從眼睛、鼻子、嘴巴、耳朵裏流出了濃稠的黏液，很快就發展成了全身褪毛、牙齒脫落。有經驗的人都知道，不可抗拒的狗瘟來臨了。

父親後來跟我說：如果不打死那麼多藏獒，如果沒有狼災，狗瘟肯定不會來。那麼多強悍壯碩的藏獒死於非命之後，活著的藏獒日日傷心，夜夜思念，過度了，免疫力急劇下降了。更重要的是，牠們必須保護牧民的牛群羊群，當征戰和抵抗無濟於事的時候，就有了用毀滅自己的生命換取狼災消失、換取草原和平的舉動。

患了狗瘟的所有藏獒，那些作爲看家狗和牧羊狗的藏獒，那些倖免於清洗的領地狗，就像牠們的祖先那樣離別了西結古草原。這是走向死亡的集體大離別，慘痛到天雨淅瀝，野驢河哽咽。看家的藏獒哭望著主人和帳房，戀戀不捨地回望著，走了；牧羊的藏獒淚對著牧人和畜群，悲傷地喊叫著，走了；那些倖免於清洗的領地狗藏獒來到了所有牠們能看到的牧家門前，在幾十米遠的地方哭別著，走了。

牧民們知道這樣的死別已經無可挽回，老奶奶和老爺爺們在跪著送別，青年和壯年們在站著送別，男孩和女孩們在跑著送別。都哭了，聲音是潮濕的，人是潮濕的，天空和草原都是潮濕的。悲壯、慘烈、深情似海的大離別持續了整整一個星期，最後離開草原的，是父親的藏獒。

父親的藏獒火焰紅的美旺雄怒也要走了，同時離去的，還有父親從死亡線上召喚到人間的大格列，還有父親從打鬥場救回來的西結古的領地狗黑獒當周，還有已經養好傷並在父親的撮合下和所有西結古藏獒成了好夥伴的兩隻東結古藏獒。牠們都患了狗瘟，都要走了。父親知道牠們不能留下來，留下來會把瘟病傳染給多吉來吧和大黑獒果日，傳染給他拾命救下的具有岡日森格血統和多吉來吧血統的藏獒以及小兄妹藏獒尼瑪和達娃。父親和牠們擁抱送別，人和藏獒都淚流滿面。

患病的藏獒們陸陸續續走進了昂拉雪山，走進了密靈谷，這是一個所有狼群和所有狼種都必然光顧的地方。藏獒們在聞味而來的狼群面前一個個倒下了，死去了。躲藏在密靈洞裏修行的喇嘛看到了藏獒死去的場景，就在鐵棒喇嘛藏扎西的帶領下，天天祭祀著藏獒，超度著牠們的忠勇之魂。喇嘛們祭祀著藏獒，藏獒也增加著他們的功德，功德的體現就是他們一個個都變成了丹增活佛。很多牧民都說，他們看到丹增活佛又復活了，就在密靈洞裏悄悄修行呢。牧民們總是把願望當做現實。

祭祀獒魂的半個月裏，狼群以世代積累的仇恨和不可遏止的貪婪，不斷啃咬著藏獒的屍體，很快就把厄運帶給了自己。所有吃了藏獒肉、喝了藏獒血的狼以及和這些狼有著親近關係的狼，都無一例外地傳染上了狗瘟。傳染上狗瘟的狼比藏獒死得還要快，狼群對牛群羊群的肆虐驟然減少了，很快消弭了。藏獒用痛苦的離別、用生命的代價，履行了牠們保衛牛羊，忠於草原的天職。

然後就是寂靜。藏獒沒有了，遼闊的草原上，此起彼伏的狗吠獒叫已經隨風而去，再也聽不到了。接著消失的是人的聲音——那些嘈雜，那些彼此鬥爭的話語。

有一天，父親走出寄宿學校，想去牧民的帳房裏爲他的藏獒和他的學生討要一些吃的，驚奇地發現：有人面朝著昂拉雪山，在曠野裏燃起了柏枝和坎芭拉草，煨起了桑煙，點起了酥油燈，擺上了糌粑和酥油製作的寶塔形的祭狗「食子」。香霧瀰漫，天光和燈影灼灼煌煌，很高很高的天上都有了青煙，和雲彩連在一起，吉祥地飄蕩著，就像飛來了許多美麗的空行母。

這是祭祀藏獒的獻供，而祭祀藏獒的獻供居然是一貫橫行霸道的上阿媽人擺起來的。他們是上阿媽的基幹民兵，是一些「造反」的人，是掌握了縣革命委員會大權的「草原風暴捍衛隊」。祭祀之後，「草原風暴捍衛隊」就走了，回到上阿媽草原去了。

原來，從不傳染人的狗瘟突然傳染給了上阿媽人，被迫還俗而成赤腳醫生的尕宇陀束手無策，陸續有人死去了。還有一個人得了狂犬病，他是「草原風暴捍衛隊」的大隊長，他多次用叉子槍對準了西結古的藏獒，有一隻藏獒做了屈死前的最後一次反抗，撲過去咬傷了他的耳朵。大隊長死前很可怕，會發出狼嗥和豺叫，同時撲上去咬人，包括他的親人。

上阿媽人惶恐無度，意識到自己犯下了不可饒恕的罪孽，報應不期而至了。不想讓自己也遭到報應的人給飄蕩在草原上的獒魂跪下，祈求原諒，然後匆匆離去，再也沒有捲土重來。

在父親的記憶裏，上阿媽人祭祀西結古獒魂的這一天，就是西結古草原「文化大革命」結束的日子。它比別處來得晚，一九六七年才開始，又比別處結束得早，至少提前了五年。父親說，還是藏獒的功勞，如果沒有牠們罹患瘟病，集體走向死亡，草原的和平還不知道是哪年哪月的事情。藏獒用幾乎絕種的犧牲換來了人的覺醒，止息了殘酷的鬥爭。牠們走了，永遠地走了，升到天上去了，即使走了，那傲岸而不朽的獒魂依然爲廣闊的草原貢獻著吉祥與幸福。

西結古草原「文化大革命」提前結束的另一個標誌，就是麥書記的出現。他被多獼騎手帶走之後，在草原各地接受巡迴批鬥，在上阿媽人離開西結古草原後的第三天，麥書記騎馬走來，又一瘸一拐地走進了寄宿學校的帳房，留下來給草原的孩子教書。但僅僅一個月，麥書記就走了，青果阿媽州要成立「老中青三結合」的領導班子，他被「結合」爲主要領導，要去走馬上任了。

走時麥書記對父親說：「漢扎西你記住我的話，這次我上任，要是再不能給草原帶來和平與幸福，再不能讓牧民們過上安定的日子，那我就連狗都不如了。」

父親說：「人本來就不如狗，不如叫藏獒的這種狗。」

若干年以後，父親已經離開人世，當西結古草原乃至整個青果阿媽草原成爲中國生態保護最完整、風景最美麗的草原之後，早已退休的麥書記，在他八十三歲高齡的時候，建起了中國的當然也是世界的第一個原生態的「藏獒自然保護區」。與此同時，藏巴拉索羅的真正含義也漸漸凸現——藏獒成了西結古草原的吉祥物，成了青果阿媽草原的吉祥物，漸漸又成了整個青藏高原的吉祥物。而青果阿媽草原乃至整個青藏高原的藏獒，那些最好的、最有喜馬拉雅獒種氣質的藏獒，都跟岡日森格和大黑獒那日、多吉來吧和大黑獒果日有著或遠或近的血緣關係，都寄託有父親生前的心願。

巴俄秋珠被勒格紅衛打死後的第二天，西結古領地狗從白蘭狼群的圍剿中救出了一個女人，當牠們把這個女人帶到牧民們跟前時，大家都驚呆了：這是誰啊，是梅朵拉姆嗎？離開草原才多長時間，西寧城就把她折磨得面目全非，她已經不是那個「觀音菩薩，年年十八」的仙女了。只有藏獒，那些還活著的藏獒，捨命救了她，又一如既往地親近著她，撲著，舔著，人立而起和她激動地擁抱。

梅朵拉姆和多吉來吧一樣逃離西寧城，回奔草原。先是坐公共汽車，然後又攔截運貨的卡車，到了青果阿媽草原，便有牧民借馬給她。她一路驅馳，以最快的速度出現在了西結古草原，同時也以最快的速度陷進了白蘭狼群的包圍圈。幸虧藏獒及時趕到，她損失了馬卻沒有損失掉自己。

梅朵拉姆來了，又走了。連一口水也沒喝就走了。走的時候，她告別了永遠都依戀她的西結古藏獒，告別了又開始把她看做仙女的西結古牧民，也告別了看到她的父親。她走進了黃昏，走進了碉房山下牛羊聲聲的牧歸之景，最後走進了大水滔滔的野驢河，然後就消失了，到丈夫巴俄秋珠等待她的地方去了。

看到她走進河水的牧民們都不會認爲她這是自殺，也不會認爲這自殺的舉動裏，包含了她對丈夫的感情，包含了她對西結古草原的愧疚，更包含了她對丈夫打死岡日森格、打死那麼多西結古藏獒的贖罪——梅朵拉姆想用自己的死救贖愛人的靈魂。牧民們以爲，這位下凡的仙女不想走路了，就召喚河水漫溢而來，托舉著她，像送走魚兒那樣把她送走了。

多吉來吧沒有死在寄宿學校的牛糞牆前。爲了躲避人的追殺，父親把牠送到黨項大雪山山麓原野上送鬼人達赤的石頭房子裏藏了起來。一同送去的還有大黑獒果日，但大黑獒果日並沒有像牠期待的那樣狂熱地迷戀牠的懷抱，回應牠因爲長久思念而聚攢起來的如火如荼的愛情，因爲大黑獒果日從牠身上聞到了那隻黃色母狗又舔又蹭的味道。

多吉來吧死的時候，大黑獒果日沒有哭，也沒有叫，只是呆癡地望著丈夫，一直守候到春天來臨，溫暖的氣流催生出滿地的綠色。就在整個冬天都覬覦不休的禿鷲覆蓋了多吉來吧屍體的一刻，大黑獒果日終於哭了。

大黑獒果日死於一九七二年。牠是老死的，算是父親的藏獒裏，唯一一個壽終正寢的藏獒。天葬了大黑獒果日後，父親對自己說：「我不能待在沒有領地狗群、藏獒稀少的草原，我要走了。我有妻子，還有孩子，他們在西寧城裏，我應該去和他們團圓了。」

父親悄悄地告別著——騎著已經十分老邁的大黑馬，告別了昂拉雪山、礱寶雪山、黨項大雪山，告別了野驢河流域、碉房山、西結古寺、白蘭草原，告別了所有的牧人，告別了草原的一切一切。

他的告別是無聲的，沒有向任何人說明。牧民都不知道他是最後一次走進他們的帳房，喝最後一碗奶茶，舔最後一口糌粑，吃最後一口手抓羊肉，最後一次抱起他們的孩子，最後一次對他們說：「我要是佛，就保佑你們過上世界上最好的日子，保佑你們每家都有幾隻岡日森格和多吉來吧那樣的公獒、大黑獒果日和大黑獒那日那樣的母獒。」

父親在寄宿學校上了最後一堂課，完了告訴學生：「放假啦，這是一個長長的長長的假，什麼時候回來呢？等你們有了自己的孩子再回來，那時候你們就是老師啦。」

孩子們以爲漢扎西老師在說笑話，一個個都笑了，然後結伴而行，蹦蹦跳跳地走向了回家看望阿爸阿媽的草原小路。父親一如既往地送他們回家。

「這是最後一次送你們了，菩薩保佑你們以後所有的日子。」父親在心裏默念著，轉身走回寄宿學校的時候，眼睛一直是濕潤的，滿胸腔都是酸楚。

第二天，父親騎馬來到了狼道峽口，他下馬解開了大黑馬的轡繩。他知道大黑馬就要老死了，那就讓牠死在故鄉的草原上吧，要是死在路途上，或者死在西寧城，那是淒慘而孤獨的，馬會悲傷，會流淚，悲傷的馬的靈魂是沒有力氣回到草原的，即使轉世，那也是城裏的畜生、遭受奴役的牲口。

父親把大黑馬趕走以後，就「撲通」一聲跪下了，向著自己生活了二十多年的西結古草原，向著天天遙望著他的遠遠近近的雪山，重重地磕了三個頭，磕第一個頭的時候他說：

「別了，藏獒，謝謝你們了，藏獒。」

磕第二個頭的時候他說：「別了，牧民，謝謝你們了，牧民。」

磕第三個頭的時候他說：「別了，草原，謝謝你們了，草原。」

感恩和傷別共同主宰了父親的靈魂。

父親沉甸甸地站了起來，發現天空正在翠藍，一道巨大的彩虹突然淩虛而起，五彩的祥光慈悲地籠罩著視野之中一切永恆的地物：青草、山巒、冰峰、雪谷。父親愣怔之下，情不自禁地喜悅了，看到彩虹之根插入大地的時候，大地的歌舞在清風朗氣中已是翩翩有聲，看到彩虹之頂架過高天的時候，所有的雲彩都變成了卓瑪的衣裙、空行母的飄帶。他知道那是自己對草原的祝福，是他的心願變成了美好的預示：草原，我的青果阿媽草原，我的西結古草原啊，永遠都是彩虹的家鄉、吉祥的故土、幸福的源頭。

父親佇立了很久，直到彩虹消失，直到西天邊際隱隱地出現了一陣雷鳴和電閃。父親想起了那隻追逐雷電、撕咬雷電、試圖吞掉雷電而死的藏獒，那隻爲了給主人報仇而和主人一樣被雷電殛殺的藏獒。牠的名字叫德吉彭措，德吉彭措是幸福圓滿的意思，幸福和圓滿追逐雷電而去了，雷電彷彿變成了幸福圓滿的象徵——哪裡有雷電，哪裡就會有幸福，有圓滿。

父親揹著不重的行李，轉身走進了狼道峽口，沒走多遠，就吃驚地看到，鐵棒喇嘛藏扎西正在微笑，正在路邊等著他。藏扎西身邊，是一群藏獒。

藏扎西給父親帶來了送別的禮物，那是一公一母兩隻小藏獒。兩隻小藏獒是父親救下來的具有岡日森格血統和多吉來吧血統的藏獒的後代。藏扎西說：「我知道，沒有藏獒，就沒有你的生活，沒有你的心情，帶回去養著吧，牠們是你的一個紀念，當你想念西結古草原、想念我們的時候，就看看牠們。」

父親堅決不要，這是何等珍貴的禮物，他怎麼能隨便接受呢：「不行啊，藏扎西，牠們是藏巴拉索羅，是草原的希望，是未來的吉祥，我怎麼能把草原的希望帶走呢。」藏扎西指著身邊的一群藏獒，懇切地說：「希望還有，希望還有，這是多出來的，你就帶走吧。」

父親把兩隻小藏獒摟進了懷裏。

父親轉身走去。他高高地翹起下巴，眼光掃視著天空，不敢低下來，他知道低下來就完了，就要和藏扎西身邊的那一群藏獒對視了。父親假裝沒看見牠們，假裝看見了不理睬牠們，假裝對牠們根本就無所謂，假裝走的時候一點留戀、一點悲傷都沒有，嘴裏胡亂哼哼著，彷彿唱著高興的歌。

但是一切都躲不過藏獒們的眼睛，牠們對著父親的脊背，就能看到父親已是滿臉熱淚，看到父親心裏的悲酸早就是夏季雪山奔騰的融水了。牠們默默地跟在父親身後，一點聲音也沒有，連腳步聲、連哽咽聲、連彼此身體的摩擦聲都被牠們制止了。牠們一程一程地送啊送，一直送出了狼道峽。

父親沒有回頭，他吞咽著眼淚始終沒有回頭。藏扎西停了下來，送別父親的所有藏獒都停了下來。不能再往前了，再往前就是別人的領地了。已經成爲大藏獒的尼瑪和達娃控制不住地放聲痛哭，所有的藏獒都控制不住地放聲痛哭，先是站著哭，後來一個個臥倒在地，準備長期哭下去了。

父親的身影消失在地平線上以後，藏獒們在狼道峽口守望了一天一夜，才在藏扎西的催促下走上回家的路。藏扎西見藏獒中沒有尼瑪和達娃，就知道牠們要按照一隻藏獒最普通的守則來安排自己的命運。

尼瑪和達娃留在了狼道峽口，一直守望。兩天過後，藏扎西再次騎馬送來鮮牛肺，牠們不吃。一個星期之後，藏扎西又來了，又帶來了一些鮮牛肺，牠們還是不吃。半個月之後，藏扎西帶著鮮牛肺再次來時，看到的是牠們不倒的屍體。

藏扎西沒有悲傷，他說：「我知道你們會這樣，你們不死在這裏，也會死在別處，你們是漢扎西的藏獒，漢扎西已經把你們的靈魂帶走了。」藏扎西一遍又一遍地念叨著，「尼瑪和達娃，尼瑪和達娃，多吉祥的名字啊，一個是太陽，一個是月亮，如今太陽落山了，月亮隱沒了。」讓藏扎西奇怪的是，尼瑪和達娃死後，狼道峽裏的狼群並沒有吃掉牠們的屍體，好像狼群也知道牠們爲守望父親而死，也被深深感動了，把那吃肉喝血的本能欲望完全丟棄了。

西結古草原的牧民們不相信父親就這樣走了，匆匆忙忙從黨項草原、礱寶澤草原、野驢河流域草原、白蘭草原來到了碉房山下、寄宿學校。他們趕來了最肥的羊、最壯的牛，牽來了最好的馬，這些都是送給父親的禮物。他們以爲父親到了西寧城，還能騎著馬到處走動，還能趕著牛羊到處放牧。牧民們還帶來了最好的糌粑、最好的酥油、最好的奶皮子和潔白的哈達，把這些東西放在了寄宿學校的院子裏。他們相信即使父親走了，也會很快回來，拿走這些東西。因爲這是他們的心，而漢扎西是最懂得藏民的心的。

很長一段時間過去了，父親的學生——畢業的和還沒有畢業的學生來到了學校，怎麼也不肯離去，一直都在眼巴巴地等待著他們的漢扎西老師。這些心和藏獒一樣誠懇的牧民們，總覺得那個愛藏獒就像愛自己的眼睛一樣的父親，那個無數次挽救了藏獒的性命、和藏獒心心相印的父親，那個和牧民相濡以沫、生死與共的父親，那個在大草原的寄宿學校裏讓一屆又一屆的孩子學到了文化的父親，還會來，就會來。

還會來、就會來的父親卻再也沒有來。時間過去很久很久了，但很久很久的時間並不妨礙西結古草原的牧民對父親的懷念，他們對父親的感情表達給所有能見到的漢人。一旦有漢人來到西結古草原，他們就會敞開門戶，燒起奶茶，端上糌粑和手抓，就像對待父親那樣對待他們，男男女女、大人小孩都會說：「住下來吧，這裏就是你的家，就是你的家。」

牧民們把漢扎西的故事變成了傳說，一代一代地傳了下來。直到今天，還在娓娓傳說，就像野驢河的水還在汩汩流淌一樣：「哦，讓我們說說漢扎西的故事吧。」

遼闊而美麗的西結古草原，永遠流傳著藏獒與漢扎西的故事。

二〇〇七年四月七日初稿

二〇〇七年九月十五日四改

【風雲三十周年紀念典藏版】

藏獒3

作者：楊志軍
發行人：陳曉林
出版所：風雲時代出版股份有限公司
地址：10576台北市民生東路五段178號7樓之3
電話：(02) 2756-0949
傳真：(02) 2765-3799
執行主編：朱墨菲
美術設計：許惠芳
業務總監：張瑋鳳

出版日期：2023年12月典藏版一刷
版權授權：人民文學出版社
「本書原由人民文學出版社出版中文簡體字版，經由人民文學出版社授權風雲時代出版股份有限公司出版本書的中文繁體字版」
ISBN：978-626-7369-15-9
風雲書網：http://www.eastbooks.com.tw
官方部落格：http://eastbooks.pixnet.net/blog
Facebook：http://www.facebook.com/h7560949
E-mail：h7560949@ms15.hinet.net
劃撥帳號：12043291
戶名：風雲時代出版股份有限公司
風雲發行所：33373桃園市龜山區公西村2鄰復興街304巷96號
電話：(03) 318-1378
傳真：(03) 318-1378
法律顧問：永然法律事務所 李永然律師
北辰著作權事務所 蕭雄淋律師

行政院新聞局局版台業字第3595號 營利事業統一編號22759935

國家圖書館出版品預行編目資料

藏獒 3 ／楊志軍 著. -- 臺北市：風雲時代出版股份有限公司，2023.09- 面；公分
風雲三十周年紀念典藏版
ISBN 978-626-7369-15-9（平裝）

857.7　　112015514